UMA
LUZ
NA
CHAMA

Conheça as obras da autora publicadas pela Galera

Série *Sangue e Cinzas*
De sangue e cinzas
Um reino de carne e fogo
A coroa de ossos dourados
A guerra das duas rainhas

Série *Carne e Fogo*
Uma sombra na brasa
Uma luz na chama

JENNIFER L. ARMENTROUT

UMA

LUZ

NA

CHAMA

Tradução
Flavia de Lavor

1ª edição

— Galera —
RIO DE JANEIRO

2023

CAPA
Adaptada do design original de Hang Lee
IMAGEM DE CAPA
Setor Fiadzigbey
PREPARAÇÃO
Marina Góes

REVISÃO
Cristina Freixinho
TÍTULO ORIGINAL
A Light in the Flame

CIP-BRASIL. CATALOGAÇÃO NA PUBLICAÇÃO
SINDICATO NACIONAL DOS EDITORES DE LIVROS, RJ

A76L

Armentrout, Jennifer L.
 Uma luz na chama/ Jennifer L. Armentrout ; Tradução Flavia de Lavor - 1. ed. - Rio de Janeiro : Galera Record, 2023.

 Tradução de: A Light in the Flame
 ISBN 978-65-5981-262-2

 1. Ficção americana. I. Lavor, Flavia de. II. Título. III. Série.

23-83910

CDD: 813
CDU: 82-3(73)

Meri Gleice Rodrigues de Souza - Bibliotecária - CRB-7/6439

A Light in the Flame © 2022 by Jennifer L. Armentrout
Direitos de tradução mediante acordo com Taryn Fagerness Agency
e Sandra Bruna Agencia Literaria, SL.

Todos os direitos reservados.
Proibida a reprodução, no todo ou em parte, através de quaisquer meios.
Os direitos morais da autora foram assegurados.

Texto revisado segundo o Acordo Ortográfico da Língua Portuguesa de 1990.

Direitos exclusivos de publicação em língua portuguesa somente para o Brasil adquiridos pela
EDITORA GALERA RECORD LTDA.
Rua Argentina, 120 – Rio de Janeiro, RJ - 20921-380 - Tel.: (21) 2585-2000,
que se reserva a propriedade literária desta tradução.

Impresso no Brasil

ISBN 978-65-5981-262-2
Seja um leitor preferencial Record.
Cadastre-se e receba informações sobre nossos
lançamentos e nossas promoções.

Atendimento e venda direta ao leitor:
sac@record.com.br

Dedicado a você, leitor.

Sem você nada disso seria possível.
Obrigada.

Guia de Pronúncia

Personagens

Aios – a-uh-us

Andreia – ahn-dray-ah

Attes – AT-tayz

Aurelia – au-REL-ee-ah

Baines – baynz

Bele – bell

Dorcan – dohr-can

Dyses – DEYE-seez

Ector – ehktohr

Ehthawn – EE-thawn

Embris – EM-bris

Erlina – Er-LEE-nah

Ernald – ER-nald

Eythos – EE-thos

Ezmeria – ez-MARE-ee-ah

Gemma – jeh-muh

Halayna – ha-LAY-nah

Hanan – hay-nan

Holland – HAA-luhnd

Jadis – JAY-dis

Kayleigh – KAY-lee

Keella – kee-lah

King Saegar – [king] SAY-gar

Kolis – CO-lis

Kyn – kin

Lailah – lay-lah

Lathan – LEY-THahN

Loimus – loy-moos

Madis – mad-is
Maia – MY-ah
Marisol – MARE-i-soul
Mycella – MY-cell-AH
Nektas – NEC-tas
Nyktos – NIK-toes
Odetta – OH-det-ah
Orphine – OR-feen
Peinea – pain-ee-yah
Penellaphe – pen-NELL-uh-fee
Phanos – FAN-ohs
Polemus – pol-he-mus
Rhahar – RUH-har
Rhain – rain
Saion – SI-on
Sera – SEE-ra
Seraphena – SEE-ra-fee-na
Sotoria – so-TOR-ee-ah
Taric – tae-ric
Tavius – TAY-vee-us
Thad – thad
Theon – thEE-awn
Veses – VES-ees

Lugares
Dalos – day-los
Kithreia – kith-REE-ah
Lasania – la-SAN-ee-uh
Lotho – LOW-tho
Massene – ma-see-nuh
Sirta – SIR-ta
Vathi – VAY-thee

Termos
Arae – air-ree
benada – ben-NAH-dah
dakkai – di-ah-kee
graeca – gray-cee
meeyah Liessa – (mee-yah lee-sa)

Reproduzimos o guia de pronúncia original da autora, com exceção dos termos que receberam tradução para o português. (N. E.)

I

— *Você é a herdeira das terras e dos mares, dos céus e de todos os planos. Uma Rainha em vez de um Rei. Você é a Primordial da Vida* — murmurou Nyktos, o Sombrio, Aquele que é Abençoado, o Guardião das Almas e Primordial do Povo e dos Términos.

Os lábios que tinham sussurrado palavras calorosas contra minha pele e dito verdades cruéis e brutais agora estavam entreabertos. Seus olhos grandes e prateados agitados por fios de éter luminoso, a essência dos deuses, estavam fixos nos meus. Uma espécie de espanto e admiração suavizava as linhas frias das maçãs do rosto angulosas, do nariz reto como uma lâmina e da mandíbula proeminente dele.

Cabelos ondulados e castanho-avermelhados caíram sobre as bochechas marrom-claras quando ele se ajoelhou, colocando a mão esquerda no chão da sala do trono e a direita sobre o peito.

Nyktos estava fazendo uma *reverência* a *mim*.

Afastei-me dele.

— O que está fazendo?

— O Primordial da Vida é o ser mais poderoso de todos os planos, superando os demais deuses e Primordiais — explicou Sir Holland. Exceto que ele não era mais o homem que eu conhecia como cavaleiro da Guarda Real de Lasania nem um mero mortal. Ele era um dos Arae, um maldito *Destino*: nem deus, nem mortal. Capazes de ver o passado, o presente e futuro de todos, os Arae não estavam vinculados a nenhuma Corte Primordial.

Os Destinos eram tão assustadores quanto um Primordial, e eu não conseguia contar quantas vezes tinha dado um chute nele.

— Ele está demonstrando o respeito que você merece, Sera — prosseguiu Holland enquanto eu continuava olhando para Nyktos.

— Mas eu não sou a Primordial da Vida — afirmei o óbvio.

— Você possui a única e verdadeira brasa da vida — acrescentou Nyktos, e sua voz grave e ao mesmo tempo suave me deixou toda arrepiada. — Para todos os efeitos, você *é* a Primordial da Vida.

— O que ele está dizendo é verdade. — A deusa Penellaphe se aproximou, parando sob o teto aberto. O céu estrelado lançou um brilho suave sobre sua pele marrom-clara. — Não podemos nos dar ao luxo de negar isso.

— Mas eu sou uma simples mortal... — Meus pulmões pareciam estar cheios de buracos, e Nyktos *continuava* curvado diante de mim. — Será que poderia ficar de pé ou se sentar? Qualquer coisa que quiser, menos ajoelhado? Isso é muito estranho.

Nyktos inclinou a cabeça, fazendo com que várias mechas de cabelo caíssem em sua bochecha.

— Você é a *verdadeira* Primordial da Vida, tal qual meu pai. Como Holland disse, é uma demonstração de respeito.

— Mas eu não quero... — Parei de falar, sentindo o coração disparado e um aperto no peito. O éter parou de rodopiar nos olhos dele. — Pode só... parar com isso? Por favor?

Nyktos se levantou depressa, os fios de éter brilhando tão vívidos em seus olhos que era quase doloroso de ver. Ele pairou sobre mim com o olhar parecendo revelar as camadas do meu próprio ser, vendo... *sentindo* o que eu sentia.

Retesei o corpo, sentindo a irritação fervilhar.

— Espero que não esteja lendo minhas emoções.

Ele arqueou a sobrancelha escura.

— O tom acusatório da sua voz é desnecessário.

— Sua resposta não foi uma declaração de inocência — retruquei.

Penellaphe arregalou os olhos.

— Não. — Nyktos abaixou a voz, mas o som reverberou em meu corpo mesmo assim. — Não foi.

— Então não o faça — exigi. — É uma grosseria.

O Primordial abriu a boca, provavelmente para comentar que eu não era a melhor pessoa para falar sobre grosseria.

— Você nunca foi uma simples mortal, Seraphena. — Holland interveio, de modo apaziguador, como havia feito tantas vezes sempre que eu começava uma discussão. — Você carrega a possibilidade de um futuro para todos nós.

Ele já havia dito algo parecido durante o treinamento, mas agora o significado era completamente diferente.

— Mas eu ainda não passei pela Seleção, e você acabou de me dizer que vou... — Fechei os olhos sem concluir a frase.

Todo mundo sabia o que havia sido dito.

Inspire. Meu corpo e mente mortais não seriam capazes de suportar o poder das brasas quando eu começasse a Ascensão. A única chance que eu tinha de sobreviver não era nem mesmo uma esperança. *Prenda.* Porque exigia o sangue do Primordial ao qual uma das brasas da vida pertencia. Exigia isso e o poder do *amor*.

O amor do Primordial que passei a vida inteira planejando matar. Não fazia diferença eu ter acreditado que era a única maneira de salvar meu reino.

A ironia me faria rir se eu não estivesse prestes a morrer. Provavelmente em menos de cinco meses e antes de completar 21 anos, levando comigo as últimas brasas da vida. O plano mortal seria o primeiro e o mais atingido entre os planos. No final, a Devastação se espalharia das Terras Sombrias para todo o Iliseu.

Soltei o ar lentamente, como Holland me ensinou a fazer havia tantos anos, quando as coisas ficavam complicadas demais e o peso de tudo me deixava sem fôlego. A morte iminente não era nenhuma novidade. Sempre soube disso. Quer falhasse ou fosse bem-sucedida em cumprir meu destino, eu sabia que acabaria morrendo no processo.

Mas agora era diferente.

Finalmente descobri como era ser mais do que um meio para um fim, uma arma a ser usada e então descartada. Conheci o que é viver, de fato. Eu enfim me senti como uma pessoa de verdade em vez de um fantasma com sangue nas mãos. Não uma mentirosa ou um monstro capaz de matar sem remorso.

Mas aquela era minha versão sob a fachada, e agora Nyktos também sabia disso. Eu não tinha mais como esconder a verdade — nem essa, nem qualquer outra.

Senti os pulmões começarem a arder e vi pontinhos de luz dançando em minha visão. Os exercícios de respiração não estavam funcionando. Minhas mãos começaram a tremer, e o pânico desabrochou no meu peito. Não havia ar...

Senti os dedos de alguém na bochecha. Dedos *quentes*. Abri os olhos e me deparei com traços tão perfeitos que eu devia ter percebido de imediato que ele não era um deus qualquer. O toque me assustou, não só porque estava quente em vez de surpreendentemente frio, como era antes de ele beber meu sangue, mas porque eu ainda não estava acostumada com *toques*. Nem sei se algum dia me acostumaria, já que fora sempre muito raro que alguém me tocasse.

Mas ele tocou em mim. Depois de tudo que aconteceu, Nyktos *tocou* em mim.

— Você está bem? — perguntou ele, em voz baixa.

Senti a língua pesada e inútil, mas não tinha nada a ver com o aperto no meu peito, e sim com a preocupação dele. Eu não queria isso. Não agora. Era errado de muitas maneiras.

Nyktos se aproximou, abaixando a cabeça até que seus lábios ficassem a poucos centímetros dos meus. Um arrepio seguiu sua mão quando ele fechou os dedos na minha nuca. Ele pressionou o polegar delicadamente sobre minha pulsação acelerada. Em seguida, inclinou minha cabeça como se estivesse alinhando nossas bocas para um beijo, como havia feito no escritório antes de nos encontrarmos com Holland e Penellaphe. Mas aquilo jamais voltaria a acontecer. Foi o que ele mesmo havia me dito.

— Respire — sussurrou Nyktos.

E foi como se ele tivesse obrigado o próprio ar a entrar no meu corpo, e eu pude sentir seu cheiro de frutas cítricas e ar fresco. Os pontinhos de luz se apagaram, e meus pulmões se expandiram com a respiração. Minhas mãos continuaram trêmulas enquanto ele deslizava o polegar sobre minha pulsação, agora disparada por outros motivos. Nyktos estava tão perto de mim que não havia como impedir a enxurrada de lembranças — a sensação da sua boca no meu pescoço e de suas mãos na minha pele nua. O prazer entremeado de dor da sua mordida conforme ele se alimentava de mim. Ele se movendo *dentro* de mim, provocando um tipo de prazer que jamais seria esquecido e ardia em meu sangue mesmo agora.

Fui a *primeira* mulher da vida de Nyktos.

E ele... ele vai ser o *último* homem da minha, não importa o que aconteça a partir de agora.

A tristeza tomou conta de mim, esfriando meu sangue acalorado e se instalando no meu peito com um tipo diferente de pressão. Pelo menos já não me sentia prestes a sufocar.

— Às vezes ela tem dificuldade em controlar o coração e a respiração — explicou Holland, baixinho, sem a menor necessidade.

— Eu reparei. — O polegar de Nyktos continuou a deslizar suavemente enquanto eu me encolhia por dentro. Ele devia estar pensando... Só os deuses sabiam o que ele estava pensando.

Eu preferia não saber.

Com o rosto corado, afastei-me do toque de Nyktos, batendo na beira do estrado. Sua mão pairou no ar por alguns segundos e, em seguida, ele fechou os dedos. O Primordial abaixou o braço quando me virei para a plataforma elevada. Concentrei-me nos tronos assombrosamente belos esculpidos a partir de enormes pedaços de pedra das sombras. Os espaldares tinham a forma de enormes asas abertas que se tocavam nas pontas, unindo os dois assentos. Enxuguei as mãos úmidas na calça manchada de sangue seco.

— Vocês têm certeza de que ninguém mais sabe sobre ela? — perguntou Nyktos.

— Além do seu pai? Embris conhece a profecia — respondeu Penellaphe, referindo-se ao Primordial da Sabedoria, da Lealdade e do Dever, enquanto eu me recompunha. Eu me virei para eles: aquilo era importante demais para ignorar por causa de um colapso. — E Kolis também. Mas é tudo o que sabem.

O éter se agitou mais uma vez nos olhos de Nyktos com a menção a Kolis, que todos os mortais, inclusive eu até bem pouco tempo atrás, acreditavam ser o Primordial da Vida e o Rei dos Deuses. Mas Kolis era o *verdadeiro* Primordial da Morte. Aquele que empalou os deuses na Colina que cercava a Casa de Haides só para lembrar a Nyktos que toda vida era facilmente extinta — ou foi o que presumi. Era uma suposição lógica. Afinal de contas, o pai de Nyktos era o verdadeiro Primordial da Vida antes de Kolis roubar suas brasas.

Reprimi um calafrio, pensando na profecia que Penellaphe havia nos contado. A parte sobre o desespero das coroas douradas podia estar relacionada com meu antepassado, o Rei Roderick, e com o acordo que ele fez e que iniciou tudo isso. Mas as profecias eram só uma possibilidade e...

— Profecias são inúteis — reclamei em voz alta.

Penellaphe se virou para mim, arqueando a sobrancelha.

Fiz uma careta.

— Desculpe. Saiu pior do que eu esperava.

— Estou curioso para saber como você esperava fazer essa declaração — comentou Nyktos. Lancei um olhar enviesado para ele. — Mas não discordo. — Parei de encará-lo como se quisesse o apunhalar.

— É compreensível — disse Penellaphe com uma expressão perplexa no rosto. — As profecias podem ser confusas mesmo para quem as recebe. E às vezes só uma parte delas é conhecida por alguém, o início ou o fim, enquanto o meio é conhecido por outra pessoa e vice-versa. Mas algumas visões se concretizaram, tanto no Iliseu quanto no plano mortal. É difícil ver isso desde a destruição dos Deuses da Divinação e da morte do último dos oráculos.

— Deuses da Divinação? — Eu já tinha ouvido falar dos oráculos, os mortais que viveram muito antes de eu nascer e que eram capazes de se comunicar diretamente com os deuses sem precisar invocá-los.

— Sim, deuses capazes de ver o que estava oculto para os demais: suas verdades, tanto do passado quanto do futuro — explicou Penellaphe.

— Eles moravam no Monte Lotho e serviam na Corte de Embris. Os oráculos falavam com eles, os únicos deuses verdadeiramente bem recebidos pelos Arae.

— Não os únicos — corrigiu Holland suavemente.

O rubor de Penellaphe me distraiu por um instante, pois era evidente que havia algo entre eles.

— A mãe da Penellaphe era uma Deusa da Divinação — continuou Holland. — Foi por isso que ela teve uma visão. Somente esses deuses e os oráculos eram capazes de receber as visões que os Antigos, os primeiros Primordiais, sonharam.

— Não tenho as outras habilidades dela, a capacidade de ver o que está oculto ou o que já é conhecido — acrescentou Penellaphe. — Nem recebi outras visões.

— As consequências do que Kolis fez ao roubar as brasas da vida foram de longo alcance. Centenas de deuses pereceram durante a onda de choque — explicou Nyktos. — Os Deuses da Divinação foram os mais atingidos. Quase todos foram destruídos, e nenhum outro mortal nasceu como oráculo.

A tristeza preencheu o semblante de Penellaphe.

— Com isso, as outras visões que os Antigos sonharam, e só eram conhecidas por eles, se perderam.

— Sonharam? — perguntei, arqueando as sobrancelhas.

— As profecias são os sonhos dos Antigos — explicou ela.

Apertei os lábios. A maioria dos Antigos, sendo os mais velhos dos Primordiais, já tinha ido para Arcadia.

— Não sabia que as profecias eram sonhos.

— Acho que essa informação não fará Sera mudar de opinião a respeito delas — declarou Holland, irônico.

Nyktos deu uma risada seca.

— Não, imagino que não. — Penellaphe sorriu, mas o sorriso desapareceu bem rápido. — Muitos deuses e mortais nasceram sem ouvir ou ver sequer uma profecia ou visão, mas elas foram muito comuns em determinada época.

— E a visão que você teve? — perguntei. — Você sabe qual dos Antigos a sonhou?

Penellaphe negou com a cabeça.

— Não é do conhecimento de quem as recebe.

Ora, é óbvio que não. Mas não importava, já que os Antigos tinham ido para Arcadia eras atrás.

— Profecias à parte, eu Ascendi Bele quando a trouxe de volta à vida.

— Bele não era uma Primordial, não exatamente. Seus olhos castanhos haviam se tornado prateados como os de um Primordial, e os deuses das Terras Sombrias acreditavam que ela agora seria mais poderosa, mas ninguém sabia muito bem o que isso significava. — Todos sentiram, não é?

— Sim — confirmou Penellaphe. — Não foi tão forte como quando um Primordial entra em Arcadia e os Destinos escolhem outro para tomar seu lugar, mas todos os deuses e Primordiais devem ter sentido a mudança de energia que ocorreu. Principalmente Hanan. — A preocupação a fez franzir a testa. Enquanto Primordial da Caça e da Justiça Divina, Hanan supervisionava a Corte onde Bele havia nascido. — Ele já deve saber que outro deus alcançou um poder que pode desafiar o seu.

— Mas não podemos fazer nada a respeito — disse Nyktos, cruzando os braços sobre o peito.

— Não — concordou ela, baixinho. — Não podemos.

— Só os presentes quando você trouxe Bele de volta à vida sabem que foi você quem a Ascendeu. — Nyktos olhou para mim. — Nem Hanan, nem nenhum outro Primordial conhece a extensão total do que meu pai fez quando colocou as brasas da vida na linhagem Mierel.

Senti um nó no estômago ao me lembrar do choque e do golpe que havia recebido. Eu não sabia como aceitar o fato de ter vivido inúmeras vidas das quais não conseguia me lembrar. Que eu tinha sido Sotoria, o grande amor de Kolis — *sua obsessão* — e o motivo de tudo aquilo ter começado.

Achei que a história da garota mortal que se assustou ao ver um ser do Iliseu e caiu dos Penhascos da Tristeza não passava de uma lenda bizarra. Mas ela existiu de verdade. E foi Kolis quem a deixou tão apavorada.

Como eu podia ser *ela*? Eu não fugia de nada nem de ninguém — bem, só de serpentes. Mas eu sabia lutar, era uma...

Você é uma guerreira, Seraphena, dissera Holland. *Sempre foi. Assim como ela aprendeu a ser.*

Deuses!

Pressionei os dedos contra as têmporas. Eu sabia que Eythos e Keella, a Primordial do Renascimento, haviam feito o que acreditavam ser melhor. Eles capturaram a alma de Sotoria antes que ela passasse para o Vale, impedindo Kolis de trazê-la de volta à vida. Suas ações deram início a um ciclo de renascimentos que culminou com o *meu* nascimento. Mas me parecia outra violação. Outra escolha roubada dela. Não de mim. Podemos até ter a mesma alma, mas eu não era ela. Eu era...

Você não passa de um recipiente que estaria vazio se não fosse pela brasa da vida que carrega dentro de si.

As palavras de Nyktos foram duras quando ele as proferiu, mas eram a verdade. Desde o nascimento, eu não passava de uma tela em branco preparada para me tornar o que o Primordial da Morte desejasse ou para ser usada da maneira que minha mãe preferisse.

Sentei-me na beira do estrado, lutando contra a pressão que ameaçava voltar ao meu peito.

— Vi Kolis há pouco tempo.

Nyktos se virou na minha direção.

Pigarreei, sem conseguir me lembrar se havia contado aquilo a ele ou não.

— Eu estava na plateia quando Kolis chegou ao Templo do Sol para o Ritual. Estava na parte de trás, com o rosto coberto, mas poderia jurar que ele olhou diretamente para mim. — Engoli em seco. — Eu me pareço com ela? Com Sotoria?

Penellaphe levou a mão até a gola do vestido cinza.

— Se fosse esse o caso e Kolis a visse, ele a teria levado naquele mesmo instante.

O ar que exalei se condensou quando um súbito vento gélido soprou na sala. Eu me virei para Nyktos.

A pele dele tinha afinado e sombras escuras se formavam por baixo, me fazendo lembrar de sua real aparência. Sua pele era um caleidoscópio de meia-noite e luar, e suas asas pareciam as de um dragontino, mas feitas de uma massa sólida de éter. *Poder.*

Ele parecia prestes a se tornar um Primordial por completo outra vez.

— Sotoria não pertencia a ele na época, e Seraphena não pertence a ele agora.

Seraphena.

Eu podia contar nos dedos de uma das mãos quantas pessoas me chamavam pelo meu nome completo, e nenhuma delas o pronunciava como ele. Como se fosse uma oração e um acerto de contas.

— Não conheço a fisionomia de Sotoria — respondeu Holland depois de alguns minutos. — Só segui os fios de seu destino depois que Eythos veio até mim buscando uma alternativa para a traição do irmão. Tudo o que sei é que ela não tinha a mesma aparência a cada renascimento. Mas é possível que Kolis tenha sentido traços de éter em você e acreditado que fosse filha de um mortal e um deus: uma semideusa ou uma deusa entrando na Seleção.

Assenti lentamente, me forçando a deixar de lado a história de Sotoria. Precisava fazer isso. Era demais para mim.

— Mas o que fiz já chamou a atenção deles. Não podemos fingir que não aconteceu.

— Eu sei — concordou Nyktos friamente. — Espero receber vários visitantes indesejados.

— Como Consorte, você terá um certo nível de proteção — disse Penellaphe, olhando para Nyktos. — Até lá, qualquer Primordial pode agir contra ela. Inclusive um deus. E é muito improvável que você receba o apoio dos outros Primordiais se retaliar. Você sabe como é a política das nossas Cortes? — Penellaphe fez uma careta de simpatia para mim. — Arcaica.

Aquela era só uma maneira de a descrever. Brutal era outra.

— Por outro lado, uma coroação também terá seus riscos — prosseguiu. — A maioria dos deuses e dos Primordiais das nove Cortes, incluindo a sua, comparecerá à cerimônia. Eles *devem* seguir os costumes que proíbem... conflitos nesse tipo de eventos. Mas, como você sabe muito bem, muitos gostam de ultrapassar esses limites.

— E como sei... — murmurou Nyktos.

Penellaphe estremeceu.

— Kolis não costuma participar dessas festividades, mas...

— Ele sabe que há alguma coisa aqui. Já enviou dakkais e dragontinos, como imagino que saiba. — Nyktos lançou um olhar sério para Holland, que arqueou uma sobrancelha escura em resposta. — Kolis não vem para as Terras Sombrias desde que traiu meu pai, mas isso não quer dizer nada. Suponho que, mesmo que saiba se ele pode ou não entrar nas Terras Sombrias — disse ao Arae —, ainda assim não possa me contar.

— Infelizmente você está certo — confirmou Holland, e fiquei imaginando se saber e não poder dizer nada era mais frustrante do que não ter conhecimento algum.

Provavelmente não, levando em conta como eu tinha ficado irritada.

Apesar de a temperatura da sala ter voltado ao normal, um calafrio percorreu minha pele quando pensei no que poderia estar por vir.

— O que vai acontecer se Kolis entrar nas Terras Sombrias?

— Kolis pode ser imprevisível, mas não é tolo — observou Nyktos. — Se ele puder entrar nas Terras Sombrias e vier para a coroação, não vai fazer nada na frente dos outros deuses e Primordiais. Kolis acredita ser o justo e legítimo Rei dos Deuses e gosta de manter a fachada, mesmo que os Primordiais saibam que não é bem assim.

— Mas e se ele... — comecei a falar.

— Não vou deixar que encoste um dedo em você — prometeu Nyktos, com os olhos ardentes.

Senti o coração palpitar. Embora fosse uma bela promessa, eu sabia que era porque eu possuía as brasas da vida. E porque Nyktos era decente. Protetor. *Bom*.

— Obrigada, mas não estou preocupada com o que vai acontecer comigo.

Nyktos retesou o maxilar.

— Claro que não.

Fingi que não ouvi.

— O que Kolis vai fazer se perceber que você está protegendo o portador das brasas da vida? — indaguei. — Ou descobrir que possuo a alma de Sotoria? O que ele vai fazer com as Terras Sombrias? Com as pessoas que vivem aqui? Quero saber o que minha presença vai custar a você.

— Sua presença não vai me custar *nada*. — As sombras se intensificaram novamente sob a pele de Nyktos.

— Mentira — retruquei, e o prateado das íris dele assumiu um tom de ferro. — Você não precisa esconder a verdade de mim. Não vou ficar assustada a ponto de correr para o penhasco mais próximo.

Holland suspirou.

— Bom saber — respondeu Nyktos secamente. — Mas estou mais preocupado que você corra na direção oposta.

Ergui o queixo.

— Não sei o que quer dizer com isso.

— Mentira — imitou ele, e semicerrei os olhos. Nyktos tinha razão. Eu sabia muito bem o que ele queria dizer com aquilo.

Que seja.

— Kolis já sabe que algo aqui é capaz de criar vida — interveio Penellaphe, ignorando o olhar furioso que Nyktos lançou a ela. — Mas como Nyktos bem disse, Kolis não é tolo. Ele enviou os dakkais como um aviso, uma maneira de mostrar a Nyktos que sabe o que aconteceu.

— Mas isso foi depois de eu trazer Gemma de volta à vida — falei.

Ela era uma das terceiras filhas e filhos entregues durante o Ritual para servir ao Primordial da Vida e sua Corte, uma tradição honrada e respeitada em todos os reinos do plano mortal. Uma honra que havia se tornado um pesadelo sob o reinado de Kolis. Gemma era uma das poucas pessoas que Nyktos havia escondido da Corte de Kolis com a ajuda de deuses como Bele, abrigando-as nas Terras Sombrias. Ele lhes deu um refúgio, um lugar de paz, coisas que minha existência ameaçava.

Gemma não tinha entrado em detalhes sobre como fora o tempo que passara na Corte de Kolis, mas não foi necessário para que eu soubesse que ser a favorita de Kolis não era nada agradável. O que quer que tenha vivido foi ruim o bastante para que entrasse em pânico ao ver um dos deuses da Corte de Kolis em Lethe. Para que fugisse até os Bosques Moribundos, onde a morte certa a aguardava, com medo de ser devolvida ao Primordial.

— Kolis ainda não reagiu ao que fiz com Bele — falei. — Até onde sei.

— Imagino que só porque o ato o tenha pegado desprevenido — ponderou Penellaphe. — Nem ele, nem mais ninguém esperava por isso. — Ela olhou para Nyktos. — Ele não o convocou?

— Não.

— Você está falando a verdade? — indaguei.

Nyktos assentiu.

— Posso demorar a responder à convocação dele, mas não posso me negar a ir.

— Ele deve estar cauteloso no momento — ponderou ela. — E creio que também esteja bastante curioso sobre o que pode estar escondido nas Terras Sombrias, como é possível haver brasas da vida e como pode usar essa fonte de poder, seja lá o que for.

— Para ajudá-lo a concretizar o ideal de vida deturpado que ele acredita estar criando — acrescentou Holland.

— Você sabe o que ele está fazendo com os Escolhidos que desapareceram? — Nyktos lançou um olhar penetrante na direção dele. — Com aquelas coisas chamadas de Espectros?

— Sei que o que Kolis chama de Espectros não é a *única* imitação barata de vida que ele conseguiu criar. — O olhar sombrio de Holland se fixou em Nyktos. — E você já viu o que ele ajudou a fazer. O que alguns deuses de sua Corte têm feito no plano mortal.

Nyktos franziu o cenho e então olhou para mim.

— A sua costureira.

Demorei um pouco para perceber que ele estava falando da costureira da minha mãe.

— Andreia Joanis? — Antes de encontrá-la morta, vi a deusa Madis perto de sua casa na Colina das Pedras, um bairro que fica de frente para o Mar de Stroud. As veias da costureira haviam escurecido, manchando a pele como se estivessem cheias de tinta, e seus olhos tinham sido... queimados. Nyktos estava seguido Madis naquela noite e acabou lá. Ele também achou que a mulher estivesse morta. — Andreia voltou à vida ou algo do tipo. Sentou e abriu a boca. Possuía quatro presas que não me lembro de ter visto antes.

Holland resmungou uma palavra curta e gutural numa língua que eu não conhecia e virou a cabeça, cuspindo no chão.

Arqueei as sobrancelhas, perplexa.

— O quê?

— Voraz? — perguntou Nyktos, franzindo o cenho ao reconhecer o que Holland havia dito.

O Destino assentiu.

— É o que acontece com um mortal quando sua força vital, seu sangue, é roubada e a perda não é reabastecida. Não importa quem o mortal era antes disso: o ato degenera seu corpo e sua mente, transformando-o numa criatura amoral movida por uma necessidade insaciável de sangue. Um Voraz.

Nyktos congelou.

— Matar um mortal enquanto se alimenta é algo proibido desde o início dos tempos.

— E esse é o motivo — explicou Holland. — É um equilíbrio.

Então eu me exaltei.

— Como é que transformar um mortal em algo assim é um equilíbrio?

— O equilíbrio exige que a vida tirada seja restaurada para lembrar os deuses de que sua incapacidade de se controlar tem consequências. Manter o equilíbrio nem sempre é tão simples de entender como quando, digamos, o Primordial da Vida restaura a vida de um mortal. — Os olhos dele se fixaram nos meus. Severos. Oniscientes. — A vida de outra pessoa deve ser sacrificada em seu lugar.

Respirei fundo, sentindo um vazio no estômago.

— Na noite em que eu trouxe Lady Marisol de volta à vida, meu padrasto, o Rei de Lasania, morreu durante o sono. — Jamais pensei que aquilo tinha alguma coisa a ver com minhas ações. — Bons deuses! Será que matei meu padrasto?

— Não — disparou Nyktos, estreitando os olhos na direção de Holland. — Você não fez isso.

Eu o encarei. Como ele podia ter tanta certeza? Porque parecia que eu tinha feito isso, sim.

— Não foi de propósito — afirmou Holland. — Mas estava na hora dela. Você interferiu e desestabilizou o equilíbrio, que precisou ser corrigido.

— Por quem? — indaguei. — Quem decide como o equilíbrio é restaurado?

Holland me encarou.

Retesei o corpo.

— Você?

— Não ele especificamente — respondeu Nyktos. — Os Arae em geral. Eles são como... faxineiros cósmicos.

Não sabia o que dizer ou sentir — além da culpa, pelo menos. O que eu deveria sentir mesmo porque, embora o Rei Ernald não tenha sido um grande líder, ele também não era ruim. Mas eu também não senti nada além de um choque passageiro e uma pontada de vergonha, como quando matava e sabia que jamais voltaria a pensar naquilo. E isso me deixou assustada. Assustada comigo mesma. Mas eu não podia pensar nisso no momento porque essa não foi a única vida que restaurei.

— E se um deus for trazido de volta à vida? O equilíbrio exigiria a morte de outro deus?

— Felizmente, não — respondeu Nyktos. — Isso se aplica apenas a mortais.

— Não é muito justo — murmurei. Era um alívio saber que eu não tinha matado um deus, embora tenha sentenciado à morte um mortal desconhecido ao trazer Gemma de volta. — Seria bom ter sabido disso antes.

Holland me encarou.

— Isso a teria feito agir diferente?

Fiquei calada. Eu não tinha uma boa resposta para isso.

— Mas agora você sabe o que já havia descoberto em outra vida. Certas lições sempre serão dolorosas de aprender. — Ele deu um sorriso triste e gentil. E, felizmente, breve. — De qualquer forma, se essa tal de Andreia não tivesse sido morta, ela teria saído de casa e atacado a primeira pessoa que encontrasse, fosse homem, mulher ou criança.

— Foi Madis que fez aquilo com ela? — perguntou Nyktos.

— Acho que Madis estava tentando... consertar o que uma das criações de Kolis deixou para trás. — Holland inclinou o queixo ligeiramente. — E isso é tudo que posso dizer. Não sei muito mais, mas revelar qualquer coisa pode ser considerado interferência.

— E ele está prestes a passar dos limites — Penellaphe nos lembrou, principalmente a Nyktos, que encarava o Destino. — Mas, neste momento, o que Kolis está fazendo não é nossa maior preocupação, e também não deveria ser a sua.

Eu não tinha certeza se concordava com isso.

— Você me perguntou o que Kolis faria para obter as brasas da vida. Ele dará um jeito de obtê-las. Talvez não use os métodos mais cruéis para isso — seus brilhantes olhos azuis se anuviaram, assombrados —, mas se descobrir quem você costumava ser, nada o impedirá de alcançá-la.

— Penellaphe — advertiu Nyktos.

— É a verdade — insistiu ela, virando-se para o Primordial. — Você não pode esconder isso dela. Talvez sequer seja capaz.

— E você sequer imagina do que sou capaz de fazer quando necessário — rebateu.

— Não — concordou Penellaphe, com um tom de voz gentil. — Mas *você* sabe muito bem do que Kolis é capaz. Assim como eu. Ele atearia fogo nas Terras Sombrias para conseguir sua *graeca*.

Na antiga língua dos Primordiais, *graeca* significava vida. Mas, como Aios havia me dito, também poderia significar *amor*.

Gemma foi a primeira pessoa que ouvi usar o termo. Ela me disse que Kolis costumava falar a respeito de sua *graeca,* e que parecia haver alguma relação com o desaparecimento dos Escolhidos, aqueles que depois reapareciam diferentes e estranhos. Frios. Sem vida. *Famintos.*

Mal consegui reprimir um calafrio.

— E o que Kolis fará com Nyktos se ele tentar me proteger?

— Não precisa se preocupar com isso. — Nyktos se virou para me encarar.

— Sério? — disparei. — Estamos falando da pessoa que matou seus pais, que empalou deuses na muralha da *sua* Colina para lembrá-lo de como as vidas são frágeis.

— Não é como se eu tivesse esquecido disso. — Os fios brilhantes de éter arderam nos olhos dele outra vez. — O que quer que faça ou deixe de fazer não muda nada. Eu cuido de Kolis.

Sacudi a cabeça, tomada pela frustração.

— Ele pode matar você...

— Não, não pode — interrompeu Holland. Eu me virei para ele.
— Como eu falei antes, deve sempre haver um equilíbrio. Em tudo, até
mesmo entre os Primordiais. A Vida não pode existir sem a Morte, e elas
não deveriam ser a mesma coisa.

— Espera. — Baixei as mãos até os joelhos. — Você está falando de
um... Primordial da Vida e da Morte? Isso é possível? Porque você disse
que não *deveria*, não que não *podia*.

— Tudo é possível — respondeu Holland. — Até o impossível.

Olhei para ele e me esforcei para manter a paciência.

— Essa foi uma declaração extremamente útil. Obrigada.

Holland riu.

— O que ele quer dizer é que um Primordial da Vida e da Morte
não deveria existir — explicou Nyktos. — Seria impensável que ambas
as brasas habitassem um único ser. Mas se fosse possível? — Ele deu uma
risada breve, arqueando as sobrancelhas escuras. — O tipo de poder que
elas exerceriam seria absoluto. As brasas seriam capazes de destruir planos
com o mesmo fôlego que os criavam.

— Não haveria como deter um ser tão poderoso — acrescentou
Holland. — Seria impossível manter o equilíbrio. Portanto, muito tempo
atrás, os Destinos garantiram que tamanho poder deveria ser dividido e
que a ausência de qualquer uma das brasas causaria o colapso de todos
os planos. Não seria uma morte lenta, como a Devastação. Seria súbito
e absoluto para todos. Kolis não pode Ascender outro Primordial para
tomar o lugar de um Primordial morto. Ao matar Nyktos, ele condenaria
a si mesmo. Ao menos isso ele sabe.

Sim, só que foi mais ou menos o que fiz com Bele, abrindo caminho
para que ela substituísse Hanan se ele morresse. Mas saber que Kolis não
mataria Nyktos já era um alívio. Ainda assim, como ele podia ter tanta
certeza do que Kolis faria ou deixaria de fazer? Não era possível saber.
Kolis não parecia ser lá muito racional.

A frustração me invadiu.

— O que Kolis quer, afinal? Qual é o objetivo dele com essas criações?

Holland bufou.

— Essa é uma boa pergunta.

— Mais uma que você sabe a resposta e não pode nos contar? — disparei.

— Na verdade, eu não sei — respondeu ele. — Os Destinos não sabem como a mente das pessoas funciona.

Os Destinos também não eram muito úteis.

— Ele quer governar tudo, tanto o Iliseu quanto o plano mortal — respondeu Nyktos. — As Cortes do Iliseu substituiriam os reinos do plano mortal. Só haveria Kolis e seus simpatizantes, e os mortais seriam colocados em seu devido lugar, que, de acordo com Kolis, é abaixo dos mais poderosos. E imagino que essa imitação barata de vida que ele vem criando seja mais uma tentativa de fortalecer a própria causa.

Então Kolis estava criando um exército de mortais controlados pela fome? Nervosa, apertei os joelhos até sentir os ossos sob meus dedos.

— Não é possível.

Holland abriu a boca.

— Se você me disser que até mesmo o impossível é possível, vou começar a gritar — avisei. Ele fechou a boca. — Os mortais revidariam, mesmo os mais leais aos deuses. Kolis teria que lutar contra um plano inteiro, e então o que lhe restaria para governar?

— Não seria fácil, e terminaria com o tipo de morte que até eu teria dificuldade de imaginar — ponderou Nyktos. — Kolis acabaria governando um reino de ossos.

— Mas será que saber isso o impedirá? — perguntou Penellaphe, baixinho. — Por acaso já o impediu antes?

Não ao que parecia. Mas Kolis também não ia conseguir o que tanto queria. Não depois que eu morresse. Ele governaria um reino de ossos.

Incapaz de continuar sentada, eu me levantei e estendi a mão em busca da adaga de pedra das sombras que Nyktos tinha devolvido a mim, então percebi que a deixei no escritório dele. Olhei para Holland.

— Quanto tempo restará ao plano mortal? — Engoli em seco. — Depois que eu morrer.

— Você não vai morrer — afirmou Nyktos, como se tivesse essa autoridade.

Mas ele não tinha.

— Ela vai morrer — murmurou Holland. — Sem o amor do Primordial que a Ascendeu, um amor que não pode ser ignorado, que deve ser reconhecido... Ela vai morrer — Ele olhou para o Primordial. — E você...

— Já ouvimos isso antes — interrompi enquanto Nyktos passava a mão pelos cabelos.

— Você acha que ouviu — retrucou Holland —, mas não chegou a ouvir *por que* Nyktos não pode salvá-la como ele é agora. — O Arae se virou para o Primordial. — Ou será que ela sabe, Vossa Alteza?

A tensão pairava no ar conforme o Primordial sustentava o olhar do Arae.

— Não, ela não sabe.

Não consegui desvendar nada pela expressão de Nyktos e uma inquietação crescia dentro de mim.

— Do que vocês estão falando?

Nyktos engoliu em seco.

— Não sou capaz de amar — balbuciou ele entre dentes, falando com Holland. — Fiz questão de garantir que o amor jamais fosse uma fraqueza que alguém pudesse explorar.

Algo me dizia que aquilo era mais do que uma simples afirmação.

— E como você pode garantir isso?

— Maia — respondeu ele, referindo-se à Primordial do Amor, da Beleza e da Fertilidade. — Pedi que removesse minha *kardia*.

Penellaphe arfou, com os olhos arregalados de choque.

— Bons Destinos! — sussurrou ela. — Não conheço ninguém que tenha feito isso.

Era evidente que havia algo que eu não sabia, e eu já estava cansada de fazer perguntas.

— O que diabos é uma *kardia*?

— É uma parte da alma, uma centelha com a qual todos os seres vivos nascem e que lhes permite amar, de forma incondicional e abnegada, alguém que não seja do seu próprio sangue. — Penellaphe engoliu em seco. — Deve ter sido absurdamente doloroso ter sua *kardia* removida de você. E ser verdadeiramente incapaz de amar.

2

— Não foi nada de mais — murmurou Nyktos, nitidamente irritado com o assunto, e eu...

Eu estava atônita.

Achei que Nyktos jamais se *permitiria* amar, não quando via o amor como uma fraqueza e uma arma a ser usada contra ele — exatamente como eu pretendia fazer. Mas não sabia que ele era, de fato, incapaz de experimentar o sentimento.

Fiquei chocada por ele ter feito aquilo consigo mesmo, embora seus motivos sejam compreensíveis depois de tudo pelo que passou. Ao mesmo tempo, não conseguia entender como ele era...

— Você se importa com os outros — observei, sacudindo a cabeça, confusa. — Sei que se importa. Como...?

— Gostar e amar são coisas muito diferentes — declarou Nyktos. — Não sou incapaz de gostar e de me importar com as pessoas. A *kardia* simplesmente não consegue me influenciar, o que seria de imaginar que todos os Primordiais devessem fazer.

— É. Kolis, por exemplo — murmurei, passando a mão no peito, onde as brasas permaneciam imperturbadas. Mas meu coração estava apertado por causa de Nyktos. Olhei para Holland, que havia ficado em silêncio, e a irritação tomou conta de mim. — Você não podia ter me dado nenhuma pista de que não havia necessidade de todo aquele treinamento?

— Há muita coisa que não posso fazer ou dizer — respondeu Holland calmamente. — Ou não *podia*.

Eu sabia disso. As regras... Ainda assim era muito irritante. Pigarreei.

— Então, como perguntei antes, quanto tempo restará ao plano mortal?

— É difícil saber ao certo — admitiu Holland. — O que você conhece como a Devastação no plano mortal transformou as Terras Sombrias no que são agora. Mas não aconteceria da mesma forma com o restante do Iliseu. Somente agora ela começou a se espalhar para além dessas terras. Levaria mais tempo para o Iliseu sofrer os efeitos verdadeiramente desastrosos, mas o plano mortal teria... um ano? Talvez dois ou três, com sorte. No entanto, não seria fácil sobreviver a uma catástrofe dessas.

Se é que alguém ia querer sobreviver a uma catástrofe dessas.

A imagem dos Couper voltou à minha mente, a família deitada naquela cama como deviam ter feito tantas vezes antes. Eles já estavam morrendo de fome lentamente, e milhares de pessoas teriam o mesmo fim quando toda a vegetação secasse e todo o gado morresse. A fome e a doença seriam horríveis, levando a guerras e mais violência.

O pânico brotou no meu peito quando pensei no povo de Lasania — na minha meia-irmã Ezra, em Marisol e nas Damas da Misericórdia, que faziam tudo ao seu alcance para evitar que as crianças fossem vítimas do pior tipo de gente. Então pensei na família Massey e em todos os homens e mulheres que trabalhavam nos arredores de Lasania. Inúmeras pessoas que não teriam a menor chance. Nenhuma.

— Não podemos avisá-los? — perguntei a Holland, com o coração apertado. — Se fizermos isso, talvez Ezra possa trabalhar para...

— A Rainha Ezmeria já começou a implementar mudanças muito necessárias em Lasania — interrompeu Holland.

Arfei.

— Rainha?

Um sorriso afetuoso surgiu em seus lábios quando ele confirmou com a cabeça.

— Ela se casou? — sussurrei, esperançosa. — Com Marisol?

— Sim. Ela assumiu o trono pouco depois de você ter sido trazida para as Terras Sombrias.

Fechei os olhos para conter as lágrimas de alívio. Ezra fez o que lhe pedi. Destronou minha mãe. Deuses, eu daria todo o dinheiro do mundo para ver a cara dela. Com uma risada abafada, abri os olhos e me deparei com Nyktos me observando daquele seu jeito atento e intenso.

— Como ela fez isso? Será que minha...? — Parei de falar. Nada disso importava no momento. — Preciso avisá-la.

— Não acho que seja uma boa ideia — protestou Nyktos.

— E eu não perguntei nada a você — disparei antes de conseguir me conter.

Ele continuou me encarando, parecendo não se incomodar nem um pouco com a minha resposta.

— Às vezes, é melhor não saber *se* ou *o quanto* o fim está próximo — aconselhou Penellaphe.

— Você não me disse que conhecimento é poder? — questionei.

— *Às vezes*, sim — reiterou ela. — Mas quando não é o caso, tudo o que faz é causar dor e sofrimento.

— E medo. — Holland abaixou o tom de voz como quando me confortou depois que voltei da primeira sessão com as Amantes de Jade. De pé ali, eu estremeci. — A verdade não vai ajudar em nada. Só vai provocar pânico.

Se eu tinha aprendido alguma coisa era que a verdade levava a uma escolha. E agora que sabia a verdade sobre tantas coisas, eu tinha várias *escolhas* a fazer. Me esconder e ser protegida? Não dar atenção ao que iria acontecer com o plano mortal e com o Iliseu? Viver sem objetivo até morrer? Ou lutar.

Então eu me virei para Holland. Ele estava olhando para mim como se estivesse prestes a me dar uma adaga para treinar.

— Tem mais uma coisa — acrescentou Penellaphe. — Uma maneira de ajudá-la. Ao menos... temporariamente. — Ela engoliu em seco, me encarando. — Se descobrirem o que você carrega dentro de si, alguém pode tentar sequestrá-la. Não só Kolis. Mas posso ajudar a evitar que isso aconteça.

— Pode?

— Com um feitiço? — presumiu Nyktos, inclinando a cabeça. — Não conheço nada que possa ser colocado em alguém para evitar algo do tipo.

— Você não teria como saber, não é mesmo? Não como Primordial da Morte. — Penellaphe abriu um sorriso. — Só que eu não sou apenas a deusa da Lealdade e do Dever, mas também da Sabedoria.

— Ou seja — disse Nyktos, com um sorriso surgindo nos lábios —, você sabe mais do que eu, que deveria ficar de boca fechada?

Os olhos de Penellaphe brilharam sob a luz das estrelas.

— Exatamente.

Alguns minutos depois, estava sentada no estrado com um homem — aquele que vi no corredor com Penellaphe quando ela chegou — *rabiscando* minha pele.

Ele se sentou ao meu lado, de cabeça baixa, enquanto escrevia uma série de letras irreconhecíveis no meu braço com tinta preta, e os cabelos escondiam seu rosto. Ele começou do lado direito, desenhando as letras ao redor do meu pulso. Já tinha completado umas três linhas.

Quando inclinei o corpo para trás e semicerrei os olhos, as letras se pareceram com desenhos.

E o desenho me fez lembrar de algemas.

— Eles vão desaparecer? — perguntei.

— Assim que eu terminar — respondeu o homem enquanto o leve toque do pincel fazia cócegas na minha pele. A única coisa que eu sabia a seu respeito era que ele era um *viktor*, um ser não exatamente mortal nascido para proteger alguém importante ou precursor de uma grande mudança. — Mas os Primordiais e alguns deuses poderosos serão capazes de sentir o feitiço.

Falando em Primordiais, Nyktos estava postado perto dele — perto até demais. Ele estava praticamente fungando no pescoço do homem.

— Como isso vai funcionar? — Nyktos quis saber.

— Impedindo que ela seja levada à força do lugar em que o feitiço for colocado — explicou ele, inclinando a cabeça ao concluir mais uma linha. As rugas profundas do rosto queimado de sol acrescentavam uma beleza rude às suas feições. — Se alguém tentar, o feitiço vai agir em resposta.

Arqueei as sobrancelhas.

— Como? — perguntei.

— Com um raio de energia tão doloroso quanto um golpe de éter direto no peito — respondeu o homem. — Capaz de nocautear até mesmo um Primordial e continuar derrubando-o caso ele se levante e tente outra vez.

— Ótimo.

Seus olhos azuis encontraram os meus quando ele sorriu.

— E como você ficou sabendo desse feitiço? — prosseguiu Nyktos.

— Vi um deus das Planícies de Thyia aplicando-o um vez — confidenciou ele, referindo-se à Corte da Primordial Keella. — Só não sabia o que as letras fariam pelo mortal. Penellaphe conhecia o significado das letras e como elas funcionavam: cada letra formava um símbolo de proteção alimentado por essência.

Fiquei imaginando se eram como os feitiços de proteção que Nyktos havia feito para proteger minha família. De repente me ocorreu que pode ter sido alguém como aquele homem, outro *viktor*, que tinha dado a eles o conhecimento sobre como matar um Primordial, algo que nenhum mortal deveria saber. Fazia sentido que um membro da minha família tivesse sido guiado por alguém ciente de seu propósito.

— O feitiço apenas a impede de ser levada. — Ele colocou meu braço direito no meu colo e pegou o esquerdo. — E a única maneira de anular o feitiço é concordar em ir.

Assenti, olhando de Nyktos para Holland. Ele estava parado de costas para nós a alguns metros de distância, fingindo não saber o que estava acontecendo, embora deva ter sido esse o motivo de ele e Penellaphe terem trazido aquele homem.

— Obrigada por fazer isso, Ward — falei, me lembrando de ter ouvido Penellaphe chamá-lo assim quando eles chegaram.

— Na verdade, Ward é meu sobrenome — respondeu ele. — Meu nome é Vikter.

Dei uma risada rápida e aguda.

— Você é um *viktor* chamado Vikter?

— Ele é *o viktor* — corrigiu Penellaphe, sentada ao meu lado no estrado. — O primeiro.

— Ah. — Mordi o lábio. — Quer dizer que eles foram nomeados em homenagem a você?

— Acho que sim.

— Ele não gosta muito disso — apontou Penellaphe.

Vikter abriu um sorriso.

— Dificulta um pouco a comunicação no Monte Lotho quando há muitos *viktors* presentes e alguém chama meu nome — explicou. Atrás dele, Nyktos deu um sorriso divertido. — Pode levar algum tempo para que os outros se esqueçam de quem se tornaram e se lembrem de quem eram antes de renascerem.

— Outros? — Observei Vikter mergulhar o pincel no frasco de tinta que apoiava no joelho. Não sei como o objeto se mantinha equilibrado ali. — Você se lembra das vidas que viveu?

— Eu me lembro de tudo.

— Porque ele foi o primeiro — acrescentou Penellaphe. — Antes que os Destinos percebessem que seria mais fácil para eles não lembrar dos detalhes de suas vidas passadas.

Olhei para Vikter, perplexa. Não conseguia imaginar como seria viver centenas de vidas e me lembrar de todas elas, de todas as experiências e pessoas que conheci, amei e perdi. E, ao que tudo indicava, eu tinha vivido. Meu peito subiu bruscamente numa tentativa de respirar fundo. Não funcionou muito bem.

Nyktos se aproximou de Vikter, olhando para mim, e tive certeza de que havia projetado meus sentimentos.

Pigarreei.

— Como foi que você acabou se tornando o primeiro *viktor*?

Vikter deu uma risada áspera.

— É uma história longa, complicada e menos interessante do que parece.

— Vikter é humilde demais. — Penellaphe entrou na conversa. — Ele salvou a vida de alguém muito importante e pagou um preço alto por isso. Os Destinos decidiram recompensá-lo e, mais tarde, perceberam que podiam oferecer ajuda sem comprometer o equilíbrio.

O *viktor* não admitiu nada, e fiquei imaginando se ele, de fato, considerava aquilo uma recompensa. Tudo bem que ele era meio imortal, mas viver e morrer repetidamente também significava vivenciar inúmeras perdas.

— Pronto — anunciou Vikter, abaixando minha mão ao lado da outra. A caligrafia dele era linda, mas tremi ao ver como os desenhos se pareciam com algemas. — Terminei.

Assim que ele falou, eu senti um latejar pungente na pele e um clarão explodiu. Perdi o fôlego assim que uma luz prateada fluiu pelos meus pulsos, iluminando cada letra até que ambas as faixas começassem a brilhar. O brilho pulsou duas vezes e então se apagou. Não havia mais tinta nos meus pulsos. Voltei a atenção para Vikter e Nyktos. Os olhos dele encontraram os meus.

— Não consigo ver o feitiço, mas consigo... senti-lo — anunciou ele.

— Perfeito — disse Vikter, levantando-se.

— Obrigada — agradeci, tocando na pele marcada sem sentir nada. Nyktos veio até onde Vikter estava sentado antes.

— Obrigado por sua ajuda.

— O prazer foi meu. — Vikter fez uma reverência para Nyktos e outra para mim. — Tome cuidado.

— Você também — respondi.

A pele ao redor dos seus olhos deu uma leve enrugada quando Vikter sorriu. Em seguida, ele se virou e guardou o pincel e a tinta numa bolsinha.

— Vou esperar por vocês no corredor.

Penellaphe assentiu, levantando-se enquanto eu observava Vikter sair da sala.

— Não podemos nos demorar aqui. — Ela olhou para o céu cinzento. — Isso poderia...

— Ser visto como uma interferência — concluiu Nyktos, empertigando-se. — Obrigado por responder a minha convocação mesmo com tantos riscos envolvidos.

Penellaphe abaixou o queixo enquanto eu me levantava.

— Gostaria de poder ajudar mais. — Ela olhou para mim, com a simpatia estampada nas belas e delicadas feições do seu rosto. — De verdade.

— O que você fez é mais do que suficiente. — Cruzei os braços. — Obrigada.

Penellaphe deu um passo na direção de Nyktos e o pegou pela mão para afastá-lo dali. Seus olhos cor de safira cintilaram sob a luz das estrelas conforme o encarava. Senti uma pontada de inveja. Poder tocar em Nyktos de um jeito tão simples e casual...

— Sera.

Percebendo que Nyktos me observava atentamente enquanto Penellaphe falava com ele, me virei para Holland, que finalmente voltava a se aproximar. Senti um aperto na garganta. Guarda Real ou Destino, ele era uma das poucas pessoas na minha vida que... me conheciam de verdade.

Holland deu um sorriso rápido. Pesaroso.

— Espero que não esteja com raiva de mim ou sinta que a enganei. Eu não podia te contar a verdade.

— Eu entendo.

Uma expressão de dúvida surgiu naquele rosto que jamais exibira qualquer sinal de envelhecimento.

— É mesmo? Você não está com raiva?

Eu ri. Holland me conhecia tão bem...

— Se estou aborrecida por não saber a verdade? Com certeza estou. Mas raiva? — Dei de ombros. — Há coisas muito piores para ficar com raiva no momento.

— Isso é verdade. — Um bom tempo se passou. — Não desista, Sera.

— Não vou. — E não ia mesmo. Ainda mais porque, a essa altura, eu não sabia muito bem o que havia sobrado para desistir.

— Ótimo. — Holland então abaixou a voz. Não sei se Nyktos ouviu o que ele disse em seguida, pois Penellaphe tinha conseguido levá-lo para perto da porta. — Sabe aquele fio que se desprendeu de todos os outros fios possíveis que traçam o curso da sua vida? Foi inesperado. Imprevisível. O destino não está escrito em carne e sangue. Pode ser tão inconstante quanto seus pensamentos. Seu coração. — Ele fez uma pausa e olhou para Nyktos. — E o dele.

Comecei a rir de novo, mas não durou muito.

— É claro. O destino pode ser tão errático quanto a mente e o coração. — As palavras arranharam minha garganta. — Mas não nesse caso. Não com o coração dele. Você sabe disso.

— O amor é poderoso, Seraphena. — Holland levou a mão até meu rosto, e o toque era carregado de uma energia que não existia antes. — Mais do que até mesmo os Arae poderiam imaginar.

Franzi o cenho. Eu podia apostar que o amor era tudo isso o que diziam, mas Nyktos havia removido *fisicamente* a parte de si que era capaz de amar. Então eu não fazia ideia do que Vikter estava falando.

O que não era nenhuma novidade.

Dei um suspiro trêmulo.

— Vou ver você outra vez? — quis saber.

— Não posso responder a sua pergunta — disse ele. Quando ameacei retrucar, ele acrescentou rapidamente: — Mas o que posso dizer é algo que já sabe. O que você passou a vida inteira se preparando para se tornar? Para o que eu a treinei? Não foi uma perda de tempo. — Os olhos escuros e brilhantes dele encararam os meus. — Você é a fraqueza dele.

Faça-o se apaixonar.

Torne-se sua fraqueza.

Acabe com *ele*.

Não Nyktos. Kolis.

Eu era uma arma destinada a ser usada contra Kolis. Esse era meu verdadeiro destino. O que eu não sabia era se isso significava que Kolis me reconheceria como Sotoria, o que já me tornaria sua fraqueza, ou se possuir a alma dela tornaria mais fácil seduzi-lo. Senti o estômago revirar. A ideia de seduzir Kolis me dava vontade de vomitar. Eu... eu não queria ter que passar por isso.

— Em que está pensando?

Eu me sobressaltei ao ouvir a voz de Nyktos. Estava tão perdida em pensamentos que nem percebi que ele me levava até seu escritório. Eu realmente precisava prestar mais atenção aos meus arredores. Afastei algumas mechas de cabelo do rosto e senti meu estômago revirar por um motivo bem diferente quando olhei para ele.

Nyktos estava parado diante das portas fechadas, vestindo uma camisa branca larga e calça preta, me fazendo lembrar de... Ash. Rústico e celestial ao mesmo tempo. Uma certa selvageria sob a aparente calma. Mas agora ele era Nyktos. Não Ash. Ele jamais seria Ash para mim outra vez.

— Estou pensando em um monte de coisas — admiti.

E havia muito em que pensar: Kolis, suas criações e o que ele queria; Nyktos e o que fizera a si mesmo; Ezra, seu casamento com Marisol e a tomada da Coroa; Eu, a descoberta de que causara a morte do meu padrasto acidentalmente e o que estava por vir; Holland e o que ele me contou antes de partir.

Nyktos continuou me observando enquanto passava pelas estantes vazias ao longo da parede. Fiquei imaginando se já tinha havido algum objeto naquelas prateleiras. Decoração. Suvenires. Ele se sentou na beira do sofá sem deixar de olhar para mim nem um segundo. Era estranho estar numa posição em que eu ficava mais alta que ele.

— Não consigo nem imaginar o que deve estar se passando pela sua cabeça — disse ele enfim. — Mas você passou da raiva para... tristeza. Uma dor pungente e amarga.

Retesei os ombros e olhei de cara feia para ele.

— Não leia as minhas emoções.

— É difícil não ler. Você projeta bastante — lembrou-me ele. — Toda hora. Estava projetando demais na sala do trono.

— Bem, então parece que você vai ter que descobrir como bloqueá-las.

Uma Luz na Chama / 41

O vislumbre de um sorriso surgiu em seus lábios, mas desapareceu rapidamente, e senti um aperto no peito ao me lembrar do que ele havia feito.

— Quando foi que você removeu essa tal de *kardia*? — perguntei.

— Há algum tempo.

Olhei fixamente para ele.

— O que você considera "algum tempo"?

— Algum tempo — repetiu ele.

— Que resposta mais evasiva.

— É que não importa quando o fiz, apenas que fiz.

Encarei Nyktos sem saber por que ele estava sendo tão reservado.

— Ninguém mais sabe? Além de Maia?

Ele concordou com a cabeça.

— Só ela e Nektas. Nenhum dos dois vai abrir a boca a respeito.

Eu não conhecia a Primordial, mas levando em conta como Nektas e Nyktos eram amigos, não duvidava nem um pouco de que o dragontino guardasse o segredo.

— Doeu? E não me diga que não foi nada de mais. Sei que não é verdade.

Nyktos ficou em silêncio por um bom tempo.

— A *kardia* é uma pequena parte da alma. Intangível. Seria de imaginar que algo invisível não pudesse causar tanta dor, mas foi como se o meu peito inteiro tivesse sido aberto e meu coração arrancado pelas garras e dentes de um dakkai — relatou ele entediado. — Quase perdi a consciência e, se estivesse fraco, provavelmente teria entrado em hibernação.

Hibernação. O sono profundo dos deuses e Primordiais.

Apertei o punho contra o peito, horrorizada.

— Por que você fez isso? — perguntei, apesar de já saber.

— Eu vi o que a perda do amor fez ao meu pai e no que transformou meu tio — respondeu ele. — E me recusei a repetir esses erros ou colocar outras pessoas em perigo graças ao meu sentimento por elas.

Senti um nó na garganta e demorei um momento para recuperar a voz.

— Sinto muito.

Ele alongou o pescoço de um lado para o outro.

— Pois não devia. Eu me importo mais por não poder amar, e acredito que me importar com as pessoas é muito mais importante do que amar apenas uma delas.

— Você... Você tem razão — sussurrei.

De certa forma, o cuidado e a gentileza eram mais genuínos sem amor. Mas continuei triste mesmo assim. Não deveríamos todos ter a chance de sentir amor por outra pessoa, seja lá como for? Menos Kolis. E Tavius. Nenhum dos dois merecia isso.

— Sobre o que Holland estava falando com você? — perguntou Nyktos.

— Nada importante. — De jeito nenhum eu revelaria aquilo a ele. Olhei para a escrivaninha conforme esfregava os pulsos, sem sentir o feitiço. Uma luminária estreita lançava uma luz tênue sobre a superfície vazia. Alguns minutos se passaram e pude sentir o olhar dele em mim, me observando e provavelmente vendo demais. — O que vamos fazer?

— É uma boa pergunta — observou ele, respirando fundo. — Vamos seguir com nossos planos. Enquanto isso, tenho certeza de que receberei convidados.

— Visitantes indesejados?

Ele assentiu.

— Deuses. Talvez até Primordiais. Todos devem estar curiosos sobre o que sentiram quando você Ascendeu Bele.

Apertei os lábios e comecei a andar diante das prateleiras vazias.

— E aposto que devo continuar escondida, certo?

— Sei que não gosta de se esconder.

Bufei.

— Como foi que você adivinhou?

— Eu também não gosto — admitiu Nyktos, e o encarei, incrédula. Ele franziu o cenho. — Mas eles vão acabar vendo você e, mesmo com o feitiço, é melhor realizar a coroação antes que isso aconteça.

— E se não conseguirmos fazer isso?

— Ninguém vai acreditar que a sua chegada às Terras Sombrias como minha Consorte e a reverberação de poder que sentiram foi mera coincidência. Até porque esse poder desconhecido foi sentido primeiro no plano mortal — explicou ele, referindo-se a quando eu trouxe Marisol de volta à vida. — E menos ainda no momento em que a conhecerem. Eles vão sentir a aura do éter em você. Se não fosse pela Ascensão de Bele, eles poderiam até achar que você é uma semideusa. Agora, o que vão se perguntar é o que, exatamente, você é.

3

O que você é.

Não *quem*.

— E me tornar sua Consorte os impedirá de levantar esse questionamento? — perguntei, esfregando as têmporas.

— Não, mas os impedirá de agir sem temer as consequências — respondeu Nyktos. — Está com dor de cabeça? Posso pedir para alguém fazer aquele chá.

— Não é isso. — Pelo menos, eu esperava que aquela dorzinha chata não tivesse a ver com a Seleção. A mistura de ervas que ajudava a aliviar os sintomas da Seleção não costumava perder o efeito tão rápido assim. — Não seria mais fácil cancelar a coroação? Não faz sentido realizar essa cerimônia.

— Se não estava prestando atenção a nada que ouviu na sala do trono nem ao que eu disse antes, você terá certa proteção como minha Consorte...

— Eu estava prestando atenção e me lembro muito bem de *tudo* que você me disse — vociferei. Raios de éter se derramaram nas íris dele quando nossos olhos se encontraram. — Ainda assim, não faz o menor sentido. Você sabe o que vai acontecer daqui a cinco meses ou até antes. Ser sua Consorte não vai impedir que isso aconteça. Não vou sobreviver à Seleção. As coisas são como são. Então para que correr tantos riscos realizando uma coroação inútil?

Nyktos começou a tamborilar os dedos no joelho.

— A ideia de morrer não a incomoda nem um pouco?

— Por que você não lê minhas emoções e descobre? — desafiei.

Um sorriso tenso surgiu nos lábios dele.

— Você me pediu para não fazer isso. E ao contrário do que possa pensar, eu respeito seu pedido o máximo possível.

— Tanto faz — murmurei.

— Nada de tanto faz. — Ele continuou tamborilando os dedos. — Você não respondeu a minha pergunta. Será que não se incomoda nem um pouco com a possibilidade de morrer?

Cruzei os braços sem saber por que estávamos tendo aquela discussão.

— Morrer por causa da Seleção não parece ser algo divertido. Então me incomoda, sim.

Nyktos nem pestanejou.

— Mas?

— Mas as coisas *são* como *são* — repeti, voltando a andar de um lado para o outro. — É a realidade e tenho que lidar com isso, então é o que estou fazendo. Assim como estou lidando com o fato de que passei a vida inteira planejando matar um Primordial inocente. E que vivi só os deuses sabem quantas vidas porque me assustei com um deles e caí de um penhasco idiota. — Fiquei toda arrepiada. — Tipo, como foi que eu caí de um *penhasco*? Ele não apareceu do nada. Eu devia saber que a beira estava perto, mas continuei correndo mesmo assim? Mas que diabos foi isso?

Ele arqueou a sobrancelha.

— Não acho que seja possível lidar com isso tão facilmente quanto você quer que eu acredite — comentou ele. — E você não viveu tantas vidas porque caiu de um penhasco, quer soubesse que a beira estava perto ou não. Você as viveu por causa da obsessão de Kolis por Sotoria e do método problemático de intervenção do meu pai.

— Bem, pois aqui está o resultado do método problemático de intervenção do seu pai... lidando com tudo isso — afirmei. — E lidar com isso não tem nada a ver com o que eu sinto a respeito.

— Discordo — respondeu ele. — O que eles fizeram com você naquela época, e mesmo agora, não foi e não é justo, nem mesmo certo. Especialmente o que lhe foi imposto.

— Não é justo para mim? — Quase tropecei ao parar de repente e ficar olhando para a pedra das sombras entre uma prateleira e outra. — E quanto a você? A última coisa de que você precisa é saber que... — Eu não conseguia nem terminar a frase. — Não é justo colocar minha sobrevivência nas suas costas.

— Não estamos falando de mim.

— Ora, e nem de mim então.

— Discordo — repetiu ele.

Perdi o pouco controle que tinha ao me virar na direção dele.

— Por que você se importa com o que sinto em relação a isso? Você não confia em mim. Você nem *gosta* de mim. A única razão pela qual ainda estou viva são as brasas da vida que carrego.

Fios prateados e luminosos começaram a rodopiar nos olhos de Nyktos. Ele não disse nada, mas finalmente parou de tamborilar seus malditos dedos no joelho. Senti uma dor tão aguda no peito que quase olhei para baixo para ver se uma lâmina havia sido cravada ali. Desviei o olhar e respirei fundo.

— Olha, eu entendo. De verdade. Essa história toda é uma confusão só. Você tem todo o direito de ficar furioso comigo. De me odiar pelo que eu pretendia fazer. Eu também me odiaria se fosse você, então... Espera. Você é capaz de odiar alguém, apesar de não conseguir amar?

— Ódio e amor não são dois lados da mesma moeda. Um vem da alma e o outro, da mente — respondeu ele. — O ódio é o resultado das atrocidades cometidas contra alguém ou nascido do que essa pessoa fez consigo mesma e da sua sensação errônea de merecimento. São duas emoções completamente diferentes.

— Ah. Então tudo bem — murmurei, imaginando como ele sabia disso se não podia amar, mas... tanto faz. Afinal de contas, o que eu sabia sobre isso?

— Você acha que é por isso que estou com raiva? — O olhar prateado e rodopiante dele se fixou no meu. — Por causa do seu plano para me matar?

— É sério que está mesmo me perguntando isso?

— Sim, estou. Não me entenda mal. Descobrir que você pretendia me seduzir e me matar foi irritante.

— Irritante? — repeti, arqueando as sobrancelhas. — Eu escolheria uma palavra bem mais descritiva do que essa, mas tudo bem.

Nyktos pareceu respirar fundo. Ainda bem que paciência não vinha da *kardia*.

— O que você pretendia fazer não é algo que se esquece de uma hora para a outra. Mas o que me deixa furioso é que você já devia saber o que aconteceria mesmo que houvesse uma *pequena* chance de sucesso. Se um dos meus guardas não a capturasse, então seria Nektas. Isso causaria sua morte. Sua morte derradeira.

Passei o peso do corpo de um pé para o outro.

— Eu... eu sei disso. Sempre soube. Mesmo antes de descobrir que os dragontinos estavam vinculados a você.

Nyktos inclinou a cabeça e uma mecha de cabelo castanho-avermelhado caiu em seu rosto.

— É *isso* que me deixa furioso. Desde a primeira vez que a vi, você age como se sua vida não tivesse nenhum valor.

Senti a nuca afogueada.

— Aqueles deuses malditos que agora estão mortos mataram um *bebê*. Se atacá-los tivesse resultado na minha morte, então valeria a pena.

— Não é disso que estou falando — vociferou ele, me deixando confusa. A única vez que ele tinha me visto antes disso foi quando se recusou a me aceitar como Consorte. E eu tinha me comportado muito bem na ocasião. — Você deveria valorizar sua vida tanto quanto valoriza a dos outros, Sera.

O rubor passou para a frente do meu pescoço.

— Eu valorizo minha vida!

Nyktos riu e deu as costas para mim.

— Você está mentindo e sabe muito bem disso.

A raiva me dominou.

— Essas suas habilidades especiais são uma espécie de detector de mentiras, por acaso?

— A vida seria muito mais fácil se fosse assim. Mas não, as emoções podem ser fingidas, especialmente se alguém estiver determinado a esconder seus motivos e como realmente se sente.

Estava prestes a dizer a ele que nada do que senti havia sido fingimento. Prestes a revelar o quanto as palavras e o toque dele me... agradaram, e que o que senti foi genuíno. Que eu finalmente me senti como uma pessoa *de verdade*. Mas ele não acreditaria em mim, e não é como se eu esperasse por isso. Nyktos sabia que eu havia sido preparada desde jovem para cumprir meu dever. E estava determinada a fazê-lo... Até não estar mais. Mas se estivesse no lugar dele, também não acreditaria em uma palavra que eu dissesse. Olhei para os bicos arranhados das minhas botas.

— Então você não tem como saber o que está dizendo.

— Exceto que suas ações me dizem tudo o que preciso saber — rebateu ele. Alguns minutos se passaram. — Não quis ofendê-la quando disse que você não valoriza a própria vida. Não foi um insulto.

Fiz um muxoxo.

— Pois foi o que pareceu.

— Peço desculpas por isso.

Levantei a cabeça.

— É sério que você está pedindo desculpas para mim? Não responda. Não importa. Metade dessa conversa não importa. O que eu estava tentando dizer é que não há nenhum motivo para prosseguir com essa coroação. Não vale a pena correr tantos riscos pela proteção que eu receberei ao ser coroada como sua Consorte.

Ele se inclinou para a frente bem devagar.

— Sua segurança vale *todos* os riscos.

— Até mesmo o risco de perder as Terras Sombrias?

Os olhos rodopiantes de Nyktos não se desviaram dos meus, mas ele tinha se movido sem que eu percebesse, diminuindo a distância entre nós dois.

— *Sim.*

O ar que inspirei percorreu meu corpo, repleto do cheiro de frutas cítricas dele.

— Você não pode dizer uma coisa dessas.

— Digo isso com todo o meu ser, Sera.

Sera. Não *liessa*. Ele não me chamava assim desde que fui para sua cama depois de lhe dar meu sangue. E tinha sido um deslize na ocasião, algo dito num momento de prazer.

Nyktos pairou sobre mim, um ou dois palmos mais alto do que eu.

— Você é... — Ele cerrou o maxilar e inflou as narinas. — O que você carrega dentro de si é importante demais. Deve ser parte da solução para acabar com o que Kolis fez. Você pode dar tão pouco valor a essas brasas quanto dá à própria vida, mas eu não.

O que eu carregava dentro de mim. As brasas eram importantes. Não eu. Jamais. Recuei alguns passos. Eu realmente esperava que ele dissesse outra coisa? Que eu era importante? Para ele? E que se importava comigo, mesmo que fosse incapaz de amar? Depois de tudo que eu planejara fazer? Não. Eu só *queria* que as coisas fossem diferentes.

O peito de Nyktos subiu bruscamente.

— Sera... — Uma batida na porta interrompeu nossa conversa. Ele virou a cabeça na direção do som. — O que foi? — bradou ele.

Eu me virei para a entrada de cara feia. Não ficaria nada surpresa se quem quer que estivesse lá simplesmente se afastasse. A porta se abriu e Rhahar surgiu ali, com a pele marrom-escura brilhando sob a luz suave do abajur. Só que não havia nada de caloroso na expressão em seu rosto quando ele olhou para mim.

— Há um problema nos Pilares.

A maioria das almas passava pelo julgamento nos Pilares de Asphodel, onde eram recompensadas com o Vale ou condenadas ao Abismo. Os Pilares não eram capazes de julgar certas pessoas pois suas vidas eram complicadas demais, o que exigia a presença de Nyktos.

— É muito urgente? — disparou enquanto o primo de Rhahar aparecia atrás dele.

— O bastante para nos arriscarmos a interrompê-lo — respondeu Saion sem rodeios, com a mão apoiada no punho da espada presa ao quadril.

Nyktos praguejou, levando a mão até a cabeça conforme seguia na direção da cômoda.

— Está tudo bem? — perguntei quando Nyktos chegou ao móvel. Rhahar nem olhou para mim enquanto acenava que sim com a cabeça, sem entrar em detalhes.

Senti um aperto no peito, embora sua reação não tenha sido nenhuma surpresa. Minha traição a Nyktos foi uma traição a todos eles. Respirei fundo e me virei para o Primordial no momento em que ele segurava a gola da camisa e a puxava sobre a cabeça. Meus olhos quase saltaram das órbitas quando os músculos esguios que percorriam sua coluna apareceram, exibindo as gotas de sangue tatuadas em espiral. As gotas representavam todas as vidas perdidas pelas quais Nyktos acreditava ser responsável, provando que ele se importa profundamente com mais de uma pessoa.

Os músculos se agruparam ao longo dos seus ombros largos e dos bíceps quando ele jogou a camisa de lado e tirou uma túnica cinza de uma gaveta baixa da cômoda. O corpo dele era uma obra-prima, testemunho de anos lutando com espadas pesadas em vez de usar o éter que possuía.

Sabia que não devia ficar olhando enquanto ele vestia a túnica. Não tinha mais o direito de fazer isso e também não me parecia algo que devesse fazer naquele momento. Mas ele era... Bem, muito agradável de se ver. E eu gostava muito de observá-lo.

— Lembro-me distintamente de ouvir alguém me dizer que não era apropriado encarar os outros — disse Nyktos em voz baixa. — Ainda mais quando é nitidamente *intencional*.

Meu olhar disparou para o dele enquanto um calor brotava no meu peito. Os fios de éter se agitavam mais uma vez em seus olhos.

— Não foi intencional.

Ele deu um sorriso malicioso.

— Você mente tão bem.

E eu tinha mentido mesmo. As maçãs do meu rosto coraram enquanto ele vestia a túnica, que tinha um brocado da cor do ferro ao redor do colarinho erguido e do peito numa linha diagonal. Mas o calor arrefeceu rapidamente. Eu podia apostar que havia algum código ali, mas só conseguia pensar em quando ele havia me dito aquilo antes. Ele estava me provocando na ocasião.

Rhahar pigarreou, me lembrando de que não estávamos a sós.

— Saion, acompanhe Sera até seus aposentos — ordenou Nyktos, e o deus não me pareceu nada satisfeito com a ordem conforme os olhos

52 / Jennifer L. Armentrout

acinzentados de Nyktos encontravam os meus. — Terminaremos essa conversa assim que eu voltar.

— Mal posso esperar — murmurei.

— Tenho certeza que sim. — Nyktos começou a seguir na direção da porta, mas então se deteve. Um segundo se passou. — Tente descansar um pouco. — Depois ele saiu, desaparecendo no corredor com Rhahar.

Saion apontou para a porta.

— Vamos.

Resisti à vontade de sentar a bunda no chão simplesmente porque detestava que me dissessem o que fazer, fui até o sofá e peguei minha adaga.

— Devo me preocupar? — perguntou Saion, caminhando ao meu lado enquanto saíamos do escritório e descíamos o corredor. Ele olhou para a adaga firme na minha mão.

— Não, a menos que me dê um bom motivo para usá-la.

Um sorriso suavizou os belos traços do rosto dele, trazendo calor à pele negra.

— Não tenho a menor intenção de fazer algo do tipo.

— Sério? — Abri a porta. — Não quer se vingar pelo que eu pretendia fazer com Nyktos?

— O que eu quero não importa. — Os olhos escuros de Saion encontraram os meus quando ele segurou a porta. — O que importa é que, se eu achasse que você era uma verdadeira ameaça para Nyktos, eu mesmo quebraria o seu pescoço. Como qualquer um que é leal a ele faria.

Senti a pele enregelada conforme subia os degraus escuros e mal iluminados. Não duvidava nem um pouco daquilo.

— E, sim, eu sei que ele me mataria por causa disso. Mas isso não me impediria. Não impediria nenhum de nós. — Saion permaneceu um passo atrás de mim. — Só que você não é realmente uma ameaça para ele, é? Nyktos pode até estar atraído por você, mas isso é o máximo que pode acontecer.

Hesitei, grata por ele não poder ver como a verdade doía. Porque mesmo que Nyktos pudesse amar, ele jamais me amaria. *Inspire.* Contornei o patamar do terceiro andar. *Prenda.* Desliguei o fluxo de culpa, arrependimento e, mais importante, o desejo profundo, um desespero agudo de que algo *mais* acontecesse. Procurei o véu do vazio, e demorou mais tempo do que deveria para me envolver. Mas quando enfim aconteceu, acolhi o vazio de bom grado. Tornei-me nada, e só soltei o ar quando cheguei ao último patamar.

— Pena que você está errado.

— Sobre o quê?

Comecei a abrir a porta.

— Sobre eu não ser uma ameaça para ele.

Saion bateu a porta, fechando-a.

— É mesmo?

Recuei, aumentando a distância entre nós e segurando firme o punho da adaga. Saion tinha ficado imóvel daquele jeito que os deuses e Primordiais faziam logo antes de uma demonstração explosiva de violência. Teria sido sensato da minha parte demonstrar certo medo.

Infelizmente ser sensata não era da minha natureza.

— Os dakkais atacaram a Baía das Trevas por causa do que fiz. Kolis não me parece ser do tipo que desiste fácil. Ele não vai parar de buscar a origem do poder. Eu sou um perigo para todos aqui, incluindo Nyktos, quer isso seja o máximo que possa acontecer ou não.

O brilho do éter pulsou nas pupilas de Saion.

— Então devo ir em frente e quebrar logo o seu pescoço?

— Se quiser tentar, só peço que não seja tão covarde a ponto de me atacar pelas costas. — Me empertiguei para o caso de ele realmente me atacar. — Mas saiba que não vou facilitar as coisas.

— Não esperava isso de você.

Dei-lhe um sorriso de lábios fechados.

— Então como vai ser? Quer fazer isso ou não?

Algo parecido com respeito cintilou nas feições de Saion.

— Como disse antes, *Consorte*, eu não tenho a menor intenção de assinar minha sentença de morte.

— Eu não sou a Consorte.

— Mas será em alguns dias.

— Mas serei a *sua* Consorte? — perguntei.

Saion não respondeu. Não precisava. Nós dois sabíamos a resposta. Ele abriu a porta.

— Depois de você.

Ao passar por ele, saí no corredor e então parei de repente. Havia uma mulher alta, de cabelos compridos e escuros, parada do lado de fora da porta do meu quarto, com a cabeça baixa enquanto lia um livro. Nunca tinha visto aquela mulher de pele clara antes.

— Quem é aquela?

Saion fechou a porta atrás de mim.

— Orphine.

Tentei associar a mulher de aparência mortal com o imenso dragontino de escamas da cor da meia-noite que tinha visto lutar no céu sobre a Baía das Trevas. Ela havia sido ferida na batalha, mas parecia estar bem agora.

Então percebi por que ela estava ali.

— Ela está aqui para garantir que eu fique no quarto?

Saion repuxou os cantos dos lábios para baixo.

— Ela está aqui para garantir que você *fique em segurança* no quarto.

— Não acho que uma coisa anule a outra — resmunguei, imaginando como Nyktos tinha conseguido mandá-la até meu quarto em tão pouco tempo.

— Você tem razão. — Saion deu de ombros. — Mas esperava mesmo que fosse diferente?

— Não — admiti.

— Entretanto, não acredito que as duas coisas tenham o mesmo peso — continuou Saion depois de um instante. — É mais proteção do que castigo.

— É mesmo?

— Sim — repetiu Orphine do fundo do corredor. Eu me virei para ela, que virou uma página do livro. — Deu para ouvir toda a conversa.

— Ah — murmurei conforme começávamos a descer o corredor.

Orphine sabia o que eu fizera com as brasas da vida, mas não sei se estava ciente do que eu pretendia fazer antes. Ela ergueu o olhar. Agora que estava mais perto, pude ver seus olhos vermelhos e as fendas verticais das pupilas atrás dos cílios volumosos. A dragontina se parecia com uma mortal em sua segunda década de vida.

— Se estivesse mais preocupado em garantir que você ficasse quieta e longe de problemas, Nyktos não teria me dado permissão para atear fogo em qualquer pessoa que venha até a sua porta.

— Qualquer pessoa?

— Qualquer pessoa que represente uma ameaça. — Orphine sorriu forçadamente e não havia nada de caloroso naquele sorriso. — A você. Não a ele, o que é lamentável.

Saion deu um sorriso sarcástico. Bom, acho que não precisava mais ficar imaginando se Orphine sabia o que eu pretendia fazer.

— Você preferia atear fogo em mim?

— Por ousar pensar em matar Nyktos? Sim. — Orphine fechou o livro com uma das mãos e desencostou da parede. Ela deu um passo na minha direção, e Saion ficou tenso, levando a mão até a espada no quadril. Lutei contra o instinto que me dizia para recuar. A dragontina era mais ou menos da minha altura, e a túnica sem mangas que vestia se ajustava aos quadris arredondados. Ela parecia *fofa*. Mas eu também parecia. — Nyktos é... especial para nós.

Senti um calafrio enquanto a encarava.

— Mas você também é. — Uma mecha de cabelos caiu sobre o rosto curvado dela. — Você é a *vida*. — Ela abaixou o tom de voz, e eu podia jurar que vi espirais tênues de fumaça saindo das suas narinas. — E é só por isso que continua viva.

Fui para o quarto sem mais nenhuma palavra, afinal, como poderia responder ao que Orphine havia me dito? *Obrigada por reconhecer o valor das brasas e não atear fogo em mim?* Mas não fiquei sozinha por muito tempo. Baines, o mortal ou semideus que conheci na minha primeira noite ali, trouxe um pouco de água quente. Como todos que trabalhavam na Casa de Haides, ele fazia isso por conta própria, porque queria ser útil a Nyktos. Era esse o tipo de lealdade que Nyktos inspirava.

Sentei-me na espreguiçadeira, desconfortável com a presença de Baines mesmo depois de ele ter saído — não por causa dele, mas pelo significado da sua chegada. Foi Nyktos quem o mandou ali. O gesto podia ser considerado banal pela maioria das pessoas e facilmente esquecido, mas não por mim. Foi... incrivelmente atencioso da parte dele. E eu não queria que ele fosse atencioso. Nem gentil. E reconhecia como esses pensamentos eram estranhos.

Você é a fraqueza dele.

Engoli em seco, olhando para a adaga que Nyktos me deu depois de ter destruído a antiga. Na ocasião, deu para entender a reação dele. Afinal, eu havia enterrado a adaga em seu peito, ainda que por acidente. Mas fiquei furiosa mesmo assim. Aquela adaga era *minha*, e não havia muitas coisas que me pertencessem. Mas Nyktos mais do que me recompensara com aquele presente. O *primeiro* presente que pertencia somente a mim.

A adaga era uma verdadeira obra de arte, com o cabo macio e leve e o punho esculpido em formato de lua crescente. A lâmina de pedra das sombras era, ao mesmo tempo, delicada e letal na sua forma de ampulheta estreita e com ambos os gumes mortalmente afiados. O ferreiro havia esculpido um dragão na adaga, com a cauda pontiaguda seguindo a curva da lâmina e o corpo escamoso e a cabeça esculpidos no punho, de onde cuspia fogo.

Nyktos a tirou de mim assim que descobriu minha traição. Mas o que o deus Taric fez comigo — se alimentando e vasculhando minhas lembranças — foi tão doloroso e aterrorizante que não consegui esconder de Nyktos, ou de mim mesma, o medo que experimentei. Ele sentiu meu pavor e agiu em resposta.

Você pode até sentir medo, mas jamais *será medrosa*, dissera Nyktos, pressionando o punho da adaga na palma da mão daquela que havia jurado usar tal arma contra ele. Seria possível que a incapacidade de amar aumentasse a capacidade para a gentileza? Não sei, mas não ficaria surpresa se fosse esse o caso.

Senti um aperto no peito quando me levantei e caminhei até a porta da sala de banho. E então congelei. O aposento era muito mais bonito do que a sala abafada que eu usava em Wayfair. Água limpa raramente era levada para mim, muito menos quente, e eu muitas vezes preferia tomar banho no lago. Senti uma pontada de saudade. Será que veria meu lago outra vez e sentiria sua água fresca escorrendo em minha pele? Acho que não.

Com a cabeça cheia, olhei para a banheira. Levei a mão até o pescoço. Afundar na água fumegante seria divino, mas eu não conseguiria fazer isso nem se tivesse tempo. Não quando quase conseguia sentir a faixa do roupão se cravando na minha pele e interrompendo o fluxo ar. Não sei se algum dia conseguiria relaxar numa banheira outra vez.

Forcei-me a entrar na sala de banho e tirei o suéter e a calça arruinada, colocando a blusa e as roupas íntimas numa cesta. Com o auxílio de uma toalha, tomei banho sem entrar na banheira, limpando o sangue seco da luta com os deuses na sala do trono. Olhei para o espelho, vendo apenas a marca de mordida no meu pescoço. As duas perfurações ainda exibiam um tom vibrante de vermelho.

Taric tinha me mordido no mesmo lugar que Nyktos. Era impossível que duas mordidas fossem tão diferentes. Uma delas provocou prazer e a outra, uma dor imensa. Engoli em seco e olhei para o meu seio. A mordida que Nyktos havia deixado ali, logo acima do mamilo, exibia um tom cor-de-rosa-avermelhado mais suave. Passei os dedos sobre as feridas superficiais e arfei ao sentir um pulso agudo de desejo na boca do estômago. Afastei a mão dali. Pensar na boca de Nyktos na minha pele, na perfuração das suas presas, não me faria nada bem naquele momento.

Vesti uma combinação e um roupão de veludo amassado tingido de preto, fui até a varanda e puxei as cortinas para o lado. O céu tinha um tom de cinza, e as estrelas pareciam desbotadas.

Você é a fraqueza dele.

— O que vou fazer? — sussurrei, olhando ao redor do aposento.

Não ouvi resposta. Ou talvez tivesse ouvido, mas não quisesse admitir pois sabia o que tinha de fazer. Eu apenas não queria. Essa constatação fez pouco para acalmar meu coração angustiado. Comecei a andar de um lado para o outro e não parei até que uma dragontina de cabelos cor de mel chegasse com o jantar.

Davina colocou o prato com o cloche e o vinho em cima da mesa em silêncio. Ela sequer olhou para mim, mas não sei se foi porque havia descoberto minha traição ou não. Davina nunca fora lá muito amigável.

— Nyktos... ele já voltou? — perguntei.

A dragontina arqueou a sobrancelha e saiu do quarto sem dizer nada. E lá estava eu sozinha outra vez. A comida estava deliciosa, mas mal consegui lembrar o que havia comido assim que coloquei o cloche sobre o prato e encarei a porta que conectava o meu quarto ao de Nyktos. Será que ainda estava destrancada?

Fiquei de pé e dei alguns passos na direção dela antes de me deter. Respirei fundo, voltei para a espreguiçadeira e enfiei as pernas debaixo do corpo. Eu estava *exausta* e fiquei preocupada, apesar de todos os motivos que explicavam o meu cansaço. A falta de sono. Ter alimentado Nyktos. A mordida de Taric. Descobrir a verdade sobre as brasas e... Bem, todo o resto. Foi o que disse a mim mesma enquanto fechava os olhos. Era a única maneira de dormir, algo de que eu precisava desesperadamente se quisesse descobrir o que fazer. Porque se eu reconhecesse o outro motivo, a Seleção, aí é que não ia conseguir descansar mesmo. Porque a Seleção só acabaria de um jeito.

Com a minha morte.

Um baque ensurdecedor me despertou, e demorei alguns segundos para me lembrar de onde estava. Sentei-me devagar e olhei ao redor do aposento iluminado por um único candelabro na parede ao lado da porta. Será que fora um trovão? Acho que não. Até onde sei, não chove nas Terras Sombrias.

Comecei a me levantar, mas me detive quando uma manta macia deslizou até a minha cintura. Franzindo a testa, afundei os dedos no tecido de pelúcia e olhei para a cesta, agora vazia, em que a manta estivera enrolada antes. Não me lembrava de tê-la apanhado antes de me sentar ali.

Uma luz súbita e intensa brilhou lá fora, iluminando todo o ambiente. Fiquei de pé num salto, com o coração disparado, e segui na direção das portas da varanda. Era brilhante demais para ser um relâmpago, mas o trovão retumbou no instante em que a porta dos meus aposentos se abriu.

Orphine entrou apressadamente, com os olhos vermelhos tão brilhantes quanto dois rubis polidos.

— Não vá lá fora.

Dei uma olhada na espada desembainhada que ela segurava ao lado do corpo e me virei para abrir as portas.

— Maldição! — rosnou Orphine.

Fiquei sufocada de imediato. O ar estava repleto de uma fumaça espessa que ofuscava a luz das estrelas e fazia meus olhos e garganta arderem. Gritos ecoavam do pátio e da enorme Colina que cercava a Casa de Haides conforme eu corria até o parapeito.

Ao me apoiar na pedra fria, inclinei o corpo para a frente e engasguei. O que vi me deixou desconcertada. Nas profundezas da Floresta Vermelha, chamas prateadas ondulavam e iluminavam o céu noturno, ardendo em meio ao bosque de folhas carmesim. Uma árvore estalou, explodindo numa chuva de faíscas prateadas.

Uma súbita rajada de vento atravessou a varanda, afastando a fumaça de uma só vez. Levantei a cabeça e vi um dragontino cor de bronze quase do tamanho de Nektas sobrevoar o pátio na direção da Floresta Vermelha.

— Puta merda! — xingou Orphine. — Volte para dentro agora mesmo.

O dragontino soltou uma lufada de fogo prateado lá de cima, atingindo a floresta nos arredores da Colina. As chamas subiram alto, erguendo-se acima da própria muralha e iluminando os guardas por alguns instantes. O fogo soprou para trás...

Esbarrei em Orphine quando as brasas se aqueceram e latejaram no meu peito, e gritos de dor ecoaram pelo céu noturno.

— Ah, meus deuses — murmurei, paralisada de horror quando *coisas* começaram a cair.

Meus olhos ardentes acompanharam sua descida flamejante até o chão lá embaixo. A queda levou só alguns segundos, mas me pareceu uma eternidade conforme minhas mãos esquentavam, reagindo à morte. O dragontino cor de bronze voltou a disparar sobre a Floresta Vermelha, atingindo o mesmo local de antes. Uma rajada de energia ardente atingiu o chão, me sacudindo até os ossos. Foi *aquele* som que me despertou.

— Já para dentro — ordenou Orphine, me agarrando pelo braço. — Agora mesmo!

Outro dragontino passou pelo pátio a uma velocidade vertiginosa, voando tão rápido que mal consegui distinguir suas escamas marrom--avermelhadas conforme Orphine me arrastava na direção das portas. Ele se agarrou às costas do dragontino cor de bronze, cravando as garras em escamas e carne. O dragontino cor de bronze urrou, sacudindo o corpo para tentar se livrar do outro, muito menor que ele.

Orphine me empurrou para dentro do quarto, fechando a porta atrás de si. Tropecei, com o coração acelerado e tomada por choque e confusão. Senti o estômago revirado enquanto tentava não inalar o cheiro acre da fumaça que nos seguiu até o quarto. Não conseguia entender o que estava acontecendo, o que tinha acabado de ver lá fora.

Outro trovão de éter ardente atingiu o chão e sacudiu o palácio inteiro, fazendo o lustre de vidro trepidar violentamente acima da minha cabeça. O reino lá fora voltou a ficar prateado, desfazendo meu estupor.

Eu me virei para Orphine.

— Aquele é um dos dragontinos de Kolis?

— Não o reconheço. — Orphine se virou para as portas da varanda, ofegante. — Pode ser dele ou de outro Primordial.

Eu me virei para a porta adjacente, sem a menor dúvida de que Nyktos já estava lá fora, no meio da fumaça e do pesadelo de fogo. Onde eu deveria estar.

— Você sabe se é só o dragontino ou se os dakkais vieram também? — perguntei, pegando a adaga de pedra das sombras no braço da espreguiçadeira.

— Não faço ideia. O ataque começou há menos de dez minutos. — Ela inflou as narinas de raiva quando eu me dirigi até a porta do quarto. — O que acha que vai fazer?

— O que nós duas já deveríamos estar fazendo. — Olhei para o céu momentaneamente escuro atrás das portas da varanda enquanto um lamento sinistro ecoava lá fora. — Vou ajudar.

Orphine abriu e fechou os dedos em torno do punho da espada.

— De jeito nenhum.

— Se houver dakkais lá fora, você sabe que Nyktos não poderá usar éter contra eles.

— Nektas e os demais dragontinos vão...

— Não me interessa o que Nektas e os demais dragontinos vão fazer — disparei.

— Pois deveria. Porque aquele desgraçado lá fora não está queimando a floresta só por diversão. — Outro estrondo nos abalou, e cheguei a pensar que o lustre pudesse despencar do teto. — Você ouviu isso? Não são árvores explodindo, é o *solo* entrando em erupção. E você sabe o que há sob o solo, não sabe?

Congelei.

— Os deuses sepultados.

Orphine assentiu.

— Aquele dragontino está ateando fogo ao solo, às tumbas e às malditas correntes que os prendem. Se não for detido, as Terras Sombrias serão invadidas por centenas de deuses famintos e furiosos.

Não precisei me esforçar muito para me lembrar dos deuses esfomeados saindo do chão. E foram só alguns daquela vez. E se fossem centenas deles?

— Por isso mesmo é que precisamos ajudar.

— Você pode ajudar ficando dentro do palácio, onde ainda é seguro.

— Sei que não nos conhecemos, mas não sou do tipo que fica para trás e se esconde quando pode lutar.

— Não estou nem aí para que tipo de pessoa você é. — Ela começou a caminhar até mim. — Você vai sentar a bunda na cadeira por bem *ou* por mal.

A frustração colidiu com uma fúria alimentada pelas mortes desnecessárias e pela constatação de que aquilo, tudo aquilo, devia ter sido causado por minhas ações. Resolvi enfrentar a dragontina.

— Não.

Orphine parou de repente.

— O que foi que você disse?

As brasas começaram a zumbir no meu peito, mas foi diferente de quando Nyktos estava por perto ou quando eu invocava o éter para trazer um ser de volta à vida. A vibração era mais profunda e forte e bombeava através de mim, inundando as minhas veias até que parecesse que o meu corpo inteiro estava vibrando.

— Eu disse *não*.

— Então foi o que ouvi, mas não sei por que acha que está em posição de me dizer isso.

— Não sei por que *você* acha que está em posição de me dizer o que fazer. — O zumbido pressionou meu peito, e as pupilas de Orphine se dilataram ainda mais. — Por que você acha que estamos sendo atacados? Será que algum Primordial ficou tão entediado a ponto de decidir enfurecer Nyktos? Ou será que foi por causa do que eu fiz? Por que estou aqui?

Orphine soltou um rosnado baixo de descontentamento.

— Eu vou até lá — afirmei. — Se você tem o dever de me proteger, então me proteja *lá*. Ou não. Por mim tanto faz.

Houve um momento de tensão. Eu sabia que a dragontina poderia me impedir, se quisesse.

— Que se dane — murmurou ela. — Vamos nessa.

— Obrigada. — Suspirei, abrindo a porta antes que ela mudasse de ideia. Orphine estava bem atrás de mim conforme eu corria pelo corredor, com o roupão esvoaçando ao redor das pernas.

— Sabe de uma coisa? — disse ela quando alcançamos a escada dos fundos, a que levava à saída mais próxima do pátio diante da Floresta Vermelha. — Você está descalça.

— Essa é a menor das minhas preocupações.

— Sim, ser morta deveria ser sua preocupação principal, mas acho que sequer entrou na sua lista. — Ela me encarou com aqueles olhos vermelhos. — É melhor tomar cuidado para não acabar morta. Se isso acontecer, vou te matar com as minhas próprias mãos.

— Além de contraproducente — retruquei, descendo o último degrau —, vai ser muito difícil cumprir sua ameaça, considerando que eu já estaria morta.

— Você entendeu o que quis dizer. — Orphine passou na minha frente quando chegamos ao patamar do andar principal, com as cristas das escamas bem mais perceptíveis na pele clara. — Fique perto de mim.

— *Você* que fique perto de mim — repliquei, passando por ela.

A série de palavrões que Orphine soltou foi impressionante.

— Nyktos me avisou que você era cabeça-dura.

— É mesmo? — Empurrei a porta externa e saí em meio ao...

Caos.

4

Minhas mãos se aqueceram e as brasas começaram a pulsar com vontade. Havia dor e morte por toda a parte: nas pilhas fumegantes de corpos no chão e naqueles que ainda estavam de pé. Além da Colina, as chamas passavam de uma árvore para outra conforme elas explodiam sob o calor do éter. A fumaça girava pelo ar em espirais grossas, dispersando o fedor quase sufocante de madeira queimada e carne carbonizada. Orphine deu um grito quando um dragontino caiu no pátio, levantando terra e pedras soltas conforme escorregava pelo chão.

Os guardas correram de todos os lados do pátio e da Colina, ajoelhando-se e mirando no dragontino cor de bronze que dava meia-volta, gotejando sangue cintilante em seu rastro. O sangue banhou o lado oeste, e os guardas de lá começaram a gritar, caindo e se contorcendo enquanto tiravam as armaduras e roupas. Sua agonia enregelou minhas entranhas. Jamais tinha ouvido gritos assim. Parecia que eles estavam clamando pela libertação da morte.

— Bons deuses — sussurrei. — O que está acontecendo com eles?

— Nosso sangue — rosnou Orphine — é capaz de queimar a maioria das pessoas.

— Puta merda. — Procurei por Nyktos sem conseguir enxergar ninguém em meio à fumaça. — Os Primordiais também?

— Sim, mas não os mata.

O que era um alívio, mais ou menos. Dei um suspiro curto e cheio de fumaça quando o dragontino cor de bronze lançou outra rajada de chamas. A torrente foi interrompida quando um imenso dragontino preto e cinza desceu do céu e se chocou contra ele.

— Nektas — balbuciei, impressionada com seu tamanho. Já não conseguia sequer ver o outro dragontino.

— Eles estão vindo! — berrou um guarda, chamando nossa atenção para a Colina. — Fechem os portões! Fechem os portões!

Um calafrio de pavor percorreu minha espinha enquanto eu disparava para os portões, ignorando o chão rochoso sob os pés. Passei correndo por *pilhas* de corpos, mas não podia olhar para eles. A vontade de parar e mudar o que tinha acontecido já era forte demais. Se eu olhasse, não sei se conseguiria me conter.

— Não vai dar tempo! — gritou Orphine. — Eles já estão lá!

Não os vi a princípio. Havia fumaça demais além da Colina, mas de repente Nektas e o dragontino cor de bronze apareceram lá fora. Nektas cravou as garras e balançou as asas no ar enquanto contorcia o corpo, jogando o maldito dragontino nas árvores em chamas. Uma chuva de faíscas prateadas iluminou o solo além da Colina.

Parei de repente, reprimindo um grito de surpresa quando *eles* se chocaram contra os portões parcialmente fechados, estilhaçando a madeira. Eles jorraram pela abertura, uma massa de carne emaciada e cinzenta e de bocas famintas e escancaradas. Devia haver dezenas, talvez até *centenas* deles.

Eles engoliram os guardas no portão, derrubando-os num frenesi. Em seguida, entraram no pátio, correndo mais depressa do que eu poderia supor que seus frágeis corpos desnutridos fossem capazes. Mas imagino que eu não era a única guiada pela fome.

— Não morra — advertiu Orphine, jogando para mim a espada que empunhava.

Houve um clarão azul-prateado quando ela assumiu a forma de dragontina. Uma asa cor de ônix passou por mim quando ela pousou sobre as patas dianteiras e esticou o pescoço comprido para lançar fogo sobre um grupo de deuses caídos. Eles começaram a rugir em uníssono, alguns caindo no chão e outros ainda correndo.

Na cabeça ou no coração, lembrei a mim mesma enquanto controlava a respiração. Fiquei a postos, com a espada curta em uma das mãos e a adaga na outra.

O primeiro deus sepultado passou por Orphine com as presas à mostra e a pele acinzentada ao redor dos olhos manchada de preto. Mais dois se juntaram a ele quando Orphine sacudiu a cauda espinhosa, atirando vários deuses queimados para longe. Esperei até que me alcançassem.

Avancei e enterrei a adaga num deles. Um sangue quente e brilhante que cheirava a podridão jorrou do peito do deus quando o chutei para cima de outro. Girei o corpo, brandindo a espada em arco. A lâmina afiada cortou seu pescoço com muita facilidade. Meus lábios se curvaram e me virei, enfiando a adaga no peito de um terceiro enquanto Orphine iluminava o pátio mais uma vez. A luz foi breve, mas durou o suficiente para que eu visse Bele lutando perto dos portões. Os rosnados dos deuses caídos logo ofuscaram o choque de vê-la ali, depois da última vez que a vi, atordoada e cheia de sangue.

Não tinha ideia de quantos guardas próximos a Nyktos estavam ali naquela noite, mas havia deuses caídos por toda a parte, correndo ou se alimentando daqueles que derrubavam ou que já estavam feridos.

De repente, Nektas levantou voo, surgindo nos céus acima da Colina. Ele voou na direção da parte mais profunda e densa da Floresta Verme-lha, onde as chamas haviam começado. A queimada havia parado, mas a fumaça subia pelos ares.

Um urro de dor chamou minha atenção e vi um guarda golpeando com uma adaga a lateral do corpo do deus que o derrubara no chão.

O nojo e a raiva pulsaram dentro de mim conforme eu avançava, em-bainhando a adaga. Como alguém, Primordial ou não, podia soltar uma coisa dessas? Com ambas as mãos, cravei a espada nas costas do deus. Quan-do retirei a lâmina, ele tombou para a frente, caindo em cima do guarda.

Afastei a criatura e dei um passo para trás. Os olhos do guarda estavam abertos e piscando sem parar conforme o sangue espumava da sua boca e... pescoço. Minhas mãos esquentaram e as brasas pulsaram no meu peito.

Eu sabia que não deveria fazer isso, mesmo que os deuses e Primordiais de outras Cortes não conseguissem sentir quando eu curasse alguém. Mas era como um instinto, uma reação que eu não conseguia controlar, tal como Aios havia me dito. Comecei a estender a mão na direção dele...

Orphine pousou ao meu lado e me empurrou para trás com a asa enquanto soltava um jato de fogo sobre um grupo de deuses caídos que avançava na nossa direção. Saí do caminho das asas dela e vi que os olhos do guarda não piscavam mais. O sangue já não fluía livremente. As brasas pressionaram meu peito. Trêmula, eu me virei e encontrei um novo horror.

Os deuses sepultados haviam cercado um dragontino ferido que tinha assumido a forma mortal. Eram tantos os deuses perto do dragontino que não consegui distinguir quem era.

Saí em disparada, saltando o corpo do guarda. O dragontino se encontrava numa posição muito mais vulnerável. Enterrei a adaga na cabeça de um deus e joguei outro no caminho de Orphine. Ela abaixou a cabeça com toda a força, e o som dos ossos esmagados é algo de que não vou me esquecer por um bom tempo. Empurrei outro deus para longe do meu caminho e vi de relance uma pele marrom-avermelhada que estava vermelha *demais* e cabelos da cor do mel...

Ai, deuses.

Comecei a atacar os deuses, perdendo toda a habilidade no desespero de afastá-los da dragontina. Cheguei ao lado de Davina já sem fôlego. Metade do corpo dela estava queimado e irreconhecível. A outra metade havia sido dilacerada por unhas e presas afiadas. Era evidente que...

Senti o estômago revirado de náusea. Davina se foi. De uma hora para outra. Estremeci por saber que poderia consertar as coisas. As brasas queriam isso. *Eu* queria isso. Pois aquela ali costumava ser Davina, e agora ela não existia mais.

— Pare!

Levantei a cabeça e me deparei com os olhos cor de âmbar de Ector. O deus louro se virou e ergueu a mão. Um raio de éter irrompeu da sua palma, atingindo um deus caído e arremessando-o vários metros para trás.

— Não faça isso. — Ector brandiu a espada com a outra mão, cortando o pescoço de um deus caído. Afastei-me de Davina. — Só vai piorar as coisas.

Uma Luz na Chama | 69

Lutei contra o nó que ameaçava fechar minha garganta e me forcei a me afastar de Davina. *Inspire.* Ector tinha razão. Se eu trouxesse algum deles de volta à vida, os outros deuses e Primordiais acabariam sentindo. *Prenda.* Fiquei imaginando se importava, pois eles já sabiam que havia uma brasa da vida aqui, mas também não ajudaria em nada. A pressão no meu peito aumentou.

— Aguenta firme — sussurrei com a voz rouca, me obrigando a ir até onde Bele estava lutando enquanto eu soltava o ar, respirava fundo e prendia a respiração outra vez.

Os cabelos pretos e curtos caíram sobre os ombros dela quando a deusa girou o corpo, cravando a espada na *cara* de um deus caído. Foi então que Bele me viu e franziu a testa, formando uma ruga profunda na pele marrom-clara que já não exibia mais a palidez da morte. Ela puxou a lâmina.

— Nyktos vai ficar furioso quando descobrir que você está aqui fora.

Era bem provável.

— Onde ele está?

— Com Rhahar e Saion. — Os olhos dela, agora prateados, cintilavam com o éter. — Eles estavam na floresta tentando capturar os deuses que se libertaram. — Ela passou as costas da mão pela testa. Uma mancha de sangue continuou ali. — Devem ter sido cercados.

Senti um aperto no peito e me virei, golpeando um deus. Empurrei-o para longe da espada. Era para lá que Nektas tinha voado? A preocupação ameaçou me dominar.

— Eles têm que estar bem.

— Eu sei. — Bele se abaixou, pegou uma lança comprida e fina e a jogou para mim. — São mais leves, de dois gumes e bem mais divertidas de usar — explicou.

A lança era significativamente mais leve e, levando em conta que eu já tinha começado a sentir uma tensão nos músculos, sabia que não seria tão desgastante fisicamente. Larguei a espada e passei a lança para a mão direita.

— Quantos deuses você acha que se libertaram?

— Muitos. — Bele assoviou quando Orphine golpeou um deles com a cauda. — Acho que várias tumbas se abriram.

— Lethe também está em risco?

— Ehthawn e mais alguns dragontinos foram até lá para o caso de algum deles ter saído dessa confusão e ido para a cidade. — Bele ergueu a espada e apontou na direção do portão destruído. Em seguida, estreitou os olhos puxados. — E parece que alguém tocou a maldita campainha do jantar porque há mais deuses vindo aí. Precisamos acabar logo com o bufê no qual eles estão tentando transformar nosso povo.

Nosso povo.

Olhei para cima e vi os guardas da Colina dispararem flechas para o lado externo da muralha. Tossi quando uma nuvem de fumaça passou por cima de nós, me concentrei e comecei a avançar. Eles não eram meu povo. Nunca seriam. Dessa vez achei o véu acolhedor assim que o nada se assentou sobre mim. Senti-me completamente entorpecida. Sem a pressão intensa das brasas. Sem uma culpa incômoda beliscando minha pele a cada grito. Sem a agonia de ver Davina. Sem o temor de que os outros fossem feridos ou coisa pior. Sem medo de que Nyktos fosse ferido nem curiosidade por estar tão preocupada com isso e a apreensão que esse sentimento suscitava. Entreguei-me à confusão controlada da batalha e me tornei o que sempre fui.

Uma assassina.

Um monstro.

Cravei a lança no coração de um deus e então a arranquei. Mechas de cabelo chicotearam em volta do meu rosto conforme eu girava o corpo, derrubando um segundo e depois um terceiro. Eu me virei bruscamente, usando a lateral da lança para derrubar um deus caído enquanto a arremessava para empalar outro às minhas costas. Rosnei e o libertei, apenas para enfiar a ponta da lança na parte de trás de sua cabeça. Orphine me seguiu, apanhando outros deuses entre as mandíbulas poderosas ou queimando-os com um jato de fogo. Ela permaneceu perto de mim enquanto eu abria caminho pelo pátio.

Não parei para contar quantas vidas foram perdidas, ou quantas tirei, conforme o suor pingava da minha testa. Eu havia tirado 17 vidas antes de vir para as Terras Sombrias, 18 se contasse com Tavius. Repuxei os lábios de nojo e continuei a golpear com a lança. Não incluía meu meio-irmão pois ele estava abaixo até de um jarrato, mas não pensava nisso desde que vim para cá, e agora não era hora de começar.

O sangue respingou no meu roupão enquanto eu girava o corpo, enfiando a lança nas costas e depois na cabeça deles. Meus músculos doíam, mas a adrenalina bombeava quente nas minhas veias quando me virei, cravando a lança de pedra das sombras no peito de um deus caído em chamas.

Raios de éter irromperam pela fumaça, vindos de Bele e Ector, bem como de vários guardas. Logo percebi que os deuses que Ector e os demais guardas atingiam com o éter eram apenas feridos, mas aqueles que Bele acertava pereciam na mesma hora. Saion não estava disposto a apostar que Bele tinha ficado mais forte? Era uma aposta que ele ganharia fácil.

Dei meia-volta e bati com a lateral da lança num dos deuses caídos que Ector havia acertado com o éter, derrubando-o no chão. Ergui a arma e...

O mundo ficou prateado quando um raio de éter subiu e crepitou a poucos centímetros do meu rosto. Dei um passo para trás, escorregando no que devia ser uma poça de sangue sob meus pés descalços. Caí no chão, ignorando a umidade que encharcava meu roupão e joelhos enquanto outro raio de essência ardia no local onde eu estava antes.

Orphine gritou, cambaleando para trás quando o éter a atingiu. Dei um berro conforme a energia percorria seu corpo, iluminando as veias e saliências das escamas dela. Eu me levantei de imediato enquanto Orphine se erguia nas patas traseiras, jogando as asas para trás. Uma delas bateu no meu peito, tirando meus pés do chão e me lançando pelos ares.

Desabei no chão com toda a força. O ar escapou dos meus pulmões, mas ainda assim consegui me agarrar à lança.

— Ai — gemi, sabendo que não podia continuar caída.

Rolei o corpo e fiquei de pé, prestes a gritar com quem tinha uma mira tão ruim assim, mas, quando me virei, dei de cara com um deus.

Um deus muito bem alimentado e elegante, de cabelo e pele claros e parecendo bastante saudável, o que indicava que ele não havia passado nem um segundo de sua vida sepultado. Respirei pesadamente, mas não o ataquei. Não sabia se ele era um dos deuses das Terras Sombrias que eu ainda não conhecia.

— Cabelos platinados. — Ele me estudou, estreitando os olhos. — Sardas. Deve ser você. — O deus inclinou a cabeça para o lado e começou a sorrir. — E eu pensando que precisaria entrar para encontrá-la. Mas você está... enfeitiçada.

— Vá se foder — sussurrei. Aquele era um deus poderoso.

— Talvez mais tarde. — Ele pestanejou quando ergui a lança e seu olhar vagou para além de mim. — Ou talvez não.

A mão de alguém segurou minha trança, me puxando para trás. O cheiro de terra e decomposição me envolveu. Meus anos de treinamento vieram à tona quando o deus caído agarrou meu ombro por trás e tentou morder meu pescoço. Virei o corpo para o lado...

Senti uma dor súbita e pungente quando a criatura enfiou as presas no meu ombro. O deus caído se agarrou a mim, rasgando o roupão com as unhas, sem se importar de ter errado minha garganta. Reagi por instinto e me desvencilhei dele. Senti uma dor lancinante quando minha carne foi rasgada, talvez até o músculo. Cerrei os dentes e o encarei.

Era... uma mulher... nova. Sua pele não era tão cinzenta ou emaciada quanto a dos demais. Ela até parecia jovem, mais ou menos da minha idade. Sangue escorria pelo queixo dela, meu sangue. Seus olhos cintilavam com o éter, intensos e perturbadores. Então ela se lançou contra mim.

Uma agonia irradiou do meu ombro e desceu pelo meu braço quando empurrei a lança para cima. Absorvi todo o impacto da lâmina ao perfurar seu peito, caindo de joelhos quando a lança acabou encravada entre ela e o chão. Praguejei e me levantei, desembainhando a adaga enquanto me virava.

O deus continuava ali, imóvel e intocado pelo caos de fumaça e morte.

— Que interessante. Seu sangue tem cheiro de... *vida*. — Ele farejou o ar, e o brilho da essência pulsou atrás das pupilas enquanto seus olhos se arregalavam. — Sangue. Cinzas. Sangue e...

Um jato de fogo o calou, deixando o desgraçado em chamas quando Orphine pousou ao meu lado. Aliviada por ver que ela estava bem a ponto de conseguir permanecer na forma de dragontina e lutar, ignorei aquele papo esquisito e toquei no meu ombro com cuidado e fiz uma careta de dor. A ferida era sangrenta e irregular, mas podia ter sido pior. Vou sobreviver, mas se ela tivesse me acertado na garganta, eu estaria morta.

Respirei fundo para aliviar a dor ardente da mordida e retesei o corpo quando um rosnado baixo retumbou pelo pátio, sacudindo a fumaça. O que estava acontecendo? Fiquei toda arrepiada, e muitos dos deuses sepultados se voltaram para a Colina, inclinando a cabeça para cima...

Eu me virei ao ouvir o som de passos e arfei quando um deus caído correu na minha direção. Com a mão no peito dele, enfiei a adaga em sua têmpora. Uma onda vertiginosa de dor me deixou tonta e demorei a soltar a lâmina, o que me custou caro. Outro deus caído me acertou e desabei no chão, erguendo o braço para bloqueá-lo quando ele caiu em cima de mim. Foi o movimento errado. Eu já sabia. Fiz merda. *Jamais fique deitada de costas.* Sabia muito bem disso.

O deus caído cravou as presas no meu antebraço.

Gritei e levantei a perna, encostando o joelho no abdômen encovado dele. Senti cada gole que o desgraçado tomava. Senti o gemido ronronante em seu corpo. Empurrei-o com toda a força, mas não surtiu nenhum efeito. O som de passos, gritos e berros ecoavam enquanto o chão tremia debaixo de mim. O pânico se instalou no meu peito porque... podia ter chegado a minha hora. Podia ser esse o meu fim. Dilacerada por deuses caídos, tal como Nyktos havia me alertado na primeira vez que me deparei com eles.

Não.

Eu não ia morrer assim.

Joguei a cabeça para trás e urrei enquanto enfiava a adaga na lateral da cabeça do deus caído. Ele tombou para o lado, e eu senti o coração palpitar de agonia.

O reino ficou escuro.

Silencioso.

Imóvel.

Por um segundo pensei que tivesse desmaiado, mas meu ombro e braço continuavam latejando e então senti a súbita vibração das brasas.

De repente, raios de éter irromperam da escuridão agitada acima de mim. Vinham de todos os lados e se espalhavam pelo pátio, acertando os deuses caídos e interrompendo os gritos de pavor conforme a essência se derramava sobre seus corpos. Um atrás do outro eles foram todos destroçados. Então, em meio à massa de sombras espessas e crepitantes, eu o vi. Nyktos. Em sua forma Primordial.

Ele pairava no ar com as asas feitas de éter pulsante e sombras bem abertas, a pele brilhante e rígida num caleidoscópio deslumbrante e espiralado de pedra das sombras e luar. A essência prateada crepitava de seus olhos e mãos totalmente brancos. A camisa que vestia pendia em frangalhos de seus ombros, ondulando em torno do corpo dele. Deuses, ele era... aterrorizante naquela forma. Belo. *Primordial.*

O focinho de escamas ásperas de Orphine cutucou o meu braço.

— Ei — balbuciei.

Ela se agachou sobre mim, mirando num deus sepultado que continuava de pé enquanto Nyktos descia ao chão. Arrepios se espalharam pelo meu corpo. Pude sentir seu olhar sobre mim conforme ele avançava, apanhando o deus antes da dragontina.

Nyktos agarrou o deus caído pela cabeça e o partiu em dois. Bem ao meio. Com as próprias *mãos.* Bons deuses... Ele soltou os membros ainda trêmulos e as partes flácidas do corpo desmembrado e jogou as asas para trás até se desvaneceram em sombras tênues enquanto caminhava na minha direção. A escuridão entremeada de éter desapareceu da sua carne, mas as sombras continuaram sob pele, rodopiando violentamente.

Achei melhor me sentar ou algo parecido, principalmente quando Orphine recuou e curvou a cabeça em forma de diamante. Nyktos ia ficar furioso comigo, e eu tinha acabado de vê-lo partir um deus ao meio com as próprias mãos. Mas tudo que consegui fazer foi me apoiar sobre o cotovelo e... aquilo *doeu*, senti uma pontada de dor por todo o ombro e braço.

Nyktos atravessou a distância entre nós tão rápido que nem consegui ver. Fios sombrios sangraram no ar a sua volta quando ele se ajoelhou diante de mim. Só conseguia enxergar um vislumbre dos olhos dele em meio à essência prateada.

Dei um suspiro que não aliviou em nada o ligeiro tremor que invadia meu corpo.

— Acho que... tem alguma coisa errada comigo.

As sombras pararam de se mover sob a pele de Nyktos, intensificando-se conforme o éter pulsava em seus olhos, obliterando suas íris momentaneamente. Ele ergueu o braço. Perdi o fôlego quando seus dedos quentes tocaram na minha bochecha, provocando um outro tipo de arrepio.

— Porque você acabou de despedaçar um deus com as próprias mãos e eu achei isso muito... excitante.

Alguém deu uma risada grosseira e ouvi Ector murmurar:

— Nem foden...

Nyktos suavizou um pouco o maxilar.

— Você está ferida.

— Não, não estou.

— Mentirosa. — Ele tirou a mão do meu rosto, afastou a gola ensanguentada do roupão e xingou. As sombras se agitaram sob sua pele e vi o ligeiro contorno das asas começando a se formar atrás dele. Mas quando Nyktos se virou para as botas ensanguentadas que se aproximavam de nós e ordenou que os mortos fossem enterrados e o que sobrasse, queimado, elas já não estavam mais lá.

Nyktos se moveu depressa outra vez, passando o braço em volta dos meus ombros. Estremeci ao sentir mais uma pontada de dor. Ele se deteve, com a pele fina e as feições aguçadas.

— Desculpe.

— Tudo bem... — Um calafrio me percorreu quando Nyktos passou o outro braço sob meus joelhos e me pegou nos braços, aninhando meu ombro que não estava machucado contra seu peito. — Não precisa me carregar no colo.

— Preciso, sim — disse ele, começando a andar.

Senti o rosto corando.

— Eu estou bem.

— Não está, não, Seraphena.

— Mas vou ficar.

Nyktos continuou olhando para a frente, sério.

— Minhas pernas ainda funcionam — avisei, começando a me mexer, mas a explosão de dor me deteve e fiquei tonta.

Nyktos me encarou.

— Vá em frente, diga outra vez como está bem.

— Ainda posso andar — murmurei, fechando os olhos, porque até ser carregada fazia com que os músculos dilacerados do meu ombro latejassem a ponto de não ser a tontura que me preocupasse, mas a náusea.

— Posso *sentir* a sua dor. O gosto dela.

— Não é... tão ruim assim — forcei-me a dizer, pressionando a testa contra o peito dele quando os arrepios ficaram mais intensos. Eu estava com muito frio. — Além disso, há coisas mais importantes para você fazer agora.

— Neste momento, estou cuidando do que é mais importante.

Ouvi uma porta se abrir, e então alguém falou em uma voz tão abafada que não pude ouvir. Ou será que fui *eu* que perdi a consciência? Não sei dizer. Mas, por um segundo, tudo parou de doer e senti a mente abençoadamente vazia. Parei de pensar sobre o que tinha visto lá fora. *Quem* eu tinha visto.

— Davina — comecei a dizer. — Ela está...

— Eu sei. — A voz dele tinha se acalmado.

— Sinto muito — sussurrei.

— Eu também.

Respirei fundo para aliviar o ardor da tristeza.

— E... E quanto a Lethe?

— Está tudo bem em Lethe.

Fiquei aliviada.

— Mas e os feridos...?

— Não me importo com nada disso agora — interrompeu ele num tom de voz autoritário. — Você está tremendo.

Abri os olhos e inclinei a cabeça para trás. O olhar dele encontrou o meu. O éter havia diminuído, deixando seus olhos num distinto tom de prata e as sombras sob a pele desbotadas.

— Não é verdade. Você se importa, sim. E eu só estou com frio.

— Com *muito* frio. — Uma porta se fechou atrás de nós quando ele entrou numa sala que pensei ser uma das muitas áreas de visitação não utilizadas do andar principal. — Você pode parar de discutir comigo só desta vez?

— Não estou discutindo. — Cerrei o maxilar para não ranger os dentes.

Uma cadeira raspou no assoalho de pedra quando nos aproximamos da lareira, seguindo-nos como um cão leal. Comecei a imaginar se estava vendo coisas.

— Você sempre discute comigo.

— Eu não... — As chamas irromperam num tom intenso de prata antes de desbotarem para um laranja e vermelho escuros. — Foi você que fez isso?

— Sim. Impressionada?

— Não — menti.

Nyktos sorriu e nos acomodou na cadeira que havia se aproximado da lareira. Minha cabeça caiu para trás, descansando na dobra do braço dele. Demorei um pouco para conseguir distinguir suas feições. Estavam firmes e implacáveis.

— Vou dar uma olhada no seu ferimento.

Ele não esperou que eu respondesse, mas também não o impedi. Absorvendo o calor do seu corpo e do fogo próximo, forcei-me a me concentrar.

— Havia um deus lá fora.

— Havia um monte de deuses lá fora, Sera.

— Eu sei, mas... não era um deus sepultado. Acho que ele não era das Terras Sombrias. Pelo menos espero que não — respondi, e ele se deteve ao estender a mão para a faixa. — Ele estava me procurando. Sabia qual era a minha aparência. Disse que... achou que fosse precisar entrar no palácio para me encontrar. Orphine o incinerou.

— Esse tal deus disse mais alguma coisa?

— Sim. Ele farejou meu sangue e disse que tinha cheiro de vida — respondi, respirando devagar para tentar ignorar a dor. — E de sangue e cinzas.

O éter parou de girar nos olhos de Nyktos.

— É esse o cheiro do meu sangue? — perguntei, farejando o ar. Só senti cheiro de ferro. Ferro e frutas cítricas frescas. Meu sangue e o de Nyktos. — É meio nojento.

— Não, seu sangue tem cheiro de uma tempestade de verão.

Franzi o cenho. Como sangue podia ter um cheiro desses? Como sequer era esse cheiro?

Nyktos desamarrou a faixa do meu roupão e parte da frente se soltou. Ele deu um suspiro quando o abriu.

— Mas que merda! A mordida foi profunda.

— Achei que estivesse xingando por causa dos meus trajes impróprios — murmurei.

Ele deu uma risada curta e áspera.

— Você está...

Fechei os olhos sem querer.

— O que foi?

— Abra os olhos, Sera.

Obedeci, mas só porque ele tinha pedido de uma maneira muito gentil, quase como um apelo. Nyktos ficou com a cabeça abaixada e de perfil para mim enquanto soltava o roupão do meu ombro, tirando-o primeiro do meu braço esquerdo e depois do direito. E então xingou.

— Você foi mordida duas vezes.

Olhei para meu ombro e vi os cortes e as manchas de sangue que encharcavam a parte da frente da minha combinação.

— Os músculos estão rasgados, tanto no ombro quanto no braço. — A pele dele voltou a afinar. — Você lutou para se libertar.

— Sim, é, acho que você precisar ver um Curandeiro. — Não queria nem pensar no que ele estava vendo, no que aquilo significava para o meu futuro, por mais curto que fosse. Os músculos nem sempre se curavam direito, e eu precisava deles. — Espero que o vestido de coroação tenha mangas.

— Você não vai ficar com nenhuma cicatriz. Meu sangue garantirá isso.

Acho que não ouvi direito.

— O quê?

— Você está passando pela Seleção. Não pode se dar ao luxo de perder muito sangue e seu corpo não vai conseguir curar essas feridas enquanto estiver sob tanto estresse.

— As feridas não são tão ruins assim. Eu... eu não vou morrer.

— Não, mas você está com dor, e eu não posso permitir isso. Nem vou.

Senti um nó na garganta causado por uma emoção que não reconheci muito bem. Não podia acreditar que ele estava oferecendo seu *sangue*. Para *mim*. Eu poderia esperar por um Curandeiro. Ele não precisava aliviar minha dor. Não precisava fazer nada disso.

— Você deveria estar lá fora com seu povo...

— Eu estou onde precisam de mim — ele me cortou de novo. — Beba meu sangue.

Olhei do pulso para o braço dele.

— Por que você...? — Parei de falar. Eu sabia o motivo da sua oferta. Talvez ele realmente não quisesse me ver com dor. Nyktos era bondoso. Mas, além disso, as brasas eram importantes. — Eu vou...

Arfei quando ele levou o pulso até a boca. Meu coração deve ter parado de bater por um segundo quando seus lábios se entreabriam e as presas perfuraram a pele. Nyktos sequer vacilou, mas eu sim enquanto o sangue jorrava da sua veia num tom vívido de vermelho.

— Deixe-me ajudar você, Sera. — A voz dele virou um mero sussurro. — Por favor.

Um calafrio percorreu meu corpo. *Por favor*. Ouvi-lo dizer *por favor*... já era uma fraqueza.

— Você vai gostar — disse ele. — Prometo.

Olhei para o sangue cintilante que começava a escorrer em sua pele. Beber sangue não me enojava. Só não era algo que eu tivesse considerado fazer. Mas também não achei que iria *gostar*. Por outro lado, a gota de sangue que roubei dele não tinha gosto de sangue.

— Tudo bem — sussurrei.

Ele fechou os olhos por um instante.

— Obrigado.

O agradecimento me deixou ainda mais chocada do que o *apelo* conforme ele levava o pulso até a minha boca. O cheiro do sangue dele alcançou minhas narinas, sobrepujando o meu próprio. O dele era... era quase doce, mas também defumado.

— Feche a boca sobre a mordida — instruiu suavemente. — E beba.

Seus olhos, agora brilhantes como as estrelas, não se desviaram dos meus nem por um segundo enquanto eu fechava a boca sobre as feridas que ele havia feito. Meu corpo inteiro estremeceu.

O toque do sangue na minha língua foi um choque muito mais forte para os sentidos do que quando eu tinha imprudentemente provado apenas uma gota e selado o meu destino, partindo o fio que Holland indicara. Minha boca começou a formigar. O sangue dele desceu pela minha língua e garganta, denso e quente. Não sei como a morte podia ter gosto de mel — doce e defumado. Exuberante. Sedutor. Engoli tudo. Nyktos estremeceu, pressionando o pulso com firmeza contra a minha boca.

— Continue bebendo.

Bebi, tomando um gole mais profundo e demorado enquanto o olhar dele permanecia fixo no meu. A sensação de formigamento desceu pela minha garganta quando o sangue chegou no meu peito, me aquecendo — aquecendo as brasas ali. Elas começaram a *vibrar*. Meu estômago foi o próximo a se aquecer. O sangue dele... Deuses, eu nunca tinha provado nada assim antes.

— Ótimo — disse ele, com a voz grave e rouca. — Você está indo muito bem. Só mais um pouquinho.

Só mais um pouquinho? Eu poderia nunca mais parar. Meus olhos se fecharam conforme eu bebia do Primordial da Morte, levando sua própria essência para dentro de mim. Começando pelos lábios, o calor invadiu as minhas veias e se espalhou por todo o meu corpo. Não percebi o quanto minhas mãos estavam cerradas até meus dedos relaxarem. O latejar no meu braço e ombro começou a diminuir quando senti o toque dos dedos de Nyktos na bochecha. Ele afastou os cabelos do meu rosto enquanto eu bebia sem parar. O calor continuou me inundando, seguido pela sensação de formigamento. Então eu me senti... como naqueles breves momentos em que mergulhava no meu lago e não pensava em mais nada. Quando podia ser apenas eu. Onde ficava em paz.

O tipo de paz que Nektas dissera que eu oferecia a Nyktos. Uma paz que lhe permitia dormir profundamente quando eu estava por perto. Queria muito que aquilo fosse verdade, talvez ainda mais desesperadamente do que queria continuar onde estava, mas então ele afastou o pulso de mim.

Com os olhos pesados, vi as feridas se fecharem e a pele ficar lisa até que não restasse nenhum sinal da mordida.

— Uau — sussurrei.

— Impressionada agora?

— Não.

Ele arqueou a sobrancelha.

— Um pouco — admiti, ainda sentindo o gosto do sangue nos lábios, na língua e dentro de mim, o que me deixou toda formigando e quente. Estremeci quando ele tirou a mão dos meus cabelos e a deslizou pelo meu rosto, mas não era de frio. Seu toque foi... mais *intenso*. Eu o senti por todo o corpo.

— Muito melhor — murmurou Nyktos.

Segui o olhar de Nyktos até meu ombro, onde havia rasgos feios bem pouco tempo antes. A pele estava rosada e ligeiramente estufada, mas só isso.

— Bons deuses!

O polegar de Nyktos pairou sobre meu queixo, desviando minha atenção do ombro.

— Como está se sentindo?

Eu... Não faço ideia.

— Minha pele está vibrando.

— É por causa do meu... — Nyktos se retesou quando passei a língua pelo lábio inferior, encontrando o gosto remanescente do sangue ali. Fios de éter se espalharam por trás das suas pupilas. — Do meu sangue — concluiu ele, com a voz grossa. Áspera.

— Consigo senti-lo. — Meu olhar se fixou naquela única mecha de cabelo caída no rosto dele. Eu sabia que tínhamos coisas importantes a discutir, mas fiquei absorta pelo calor de Nyktos concentrado nas feridas e... em outros lugares. — Seu sangue é tão... *quente*.

Ele semicerrou os cílios volumosos.

— É mesmo?

— Uhum — murmurei, levantando um braço que já não doía mais. Enrolei os dedos na mecha de cabelo. Meus pensamentos passaram de uma coisa para a outra. — Não está bravo comigo?

— Por qual motivo?

— Eu não fiquei no quarto.

— No momento, estou simplesmente feliz que você não tenha morrido. — Ele inclinou a cabeça de leve. — Pergunte de novo mais tarde.

Dei uma risada.

— Acho melhor não.

Nyktos voltou a ficar imóvel. Por dentro, eu não parava de me mexer. Tudo vibrava: meu sangue, músculos, terminações nervosas.

— Estou me sentindo diferente.

— Correndo o risco de soar repetitivo: é por causa do meu sangue.

— Não me senti assim na última vez — respondi, colocando a mecha de cabelo atrás da orelha dele.

— Você só bebeu uma gota na última vez. — Ele fechou os olhos quando passei a mão pelo seu rosto, sentindo a textura da pele. Era suave como o sangue, dando lugar à ligeira aspereza da barba por fazer. — Não foi o suficiente para sentir nenhum efeito colateral.

— Você está falando da vibração? — Continuei explorando, traçando o contorno do seu maxilar até o canto dos lábios, sabendo que ele jamais permitiria que eu o tocasse daquele jeito em outra ocasião. Nem eu. — Do formigamento?

— E do calor. — Pude ver as pontas das presas através de seus lábios entreabertos e senti um aperto no peito. Não foi a pressão dolorosa da ansiedade, mas um peso pecaminoso que provocou uma pulsação de desejo em todo o meu corpo. — A essência no sangue de um deus tem diversos efeitos, mas são muito mais rápidos e intensos quando se trata do sangue de um Primordial.

— Ah — murmurei, seguindo a curva exuberante do seu lábio inferior.

Nyktos ficou em silêncio por algum tempo.

— Você sente falta do seu lago, não é?

Eu me detive e o encarei.

— Sinto.

— Percebi.

— Como...? — Parei de falar quando ele aninhou o rosto na minha mão. As pontas dos meus dedos deslizaram sobre seu lábio. Os músculos do meu baixo-ventre relaxaram e então se contraíram quando o meu sangue, o sangue *dele*, bombeou nas minhas veias. Senti uma fisgada bem no meu interior, tão súbita e intensa que cheguei a ofegar. — Quais são os outros... efeitos colaterais do seu sangue? — perguntei, surpresa com a rouquidão da minha voz.

— Ele pode causar uma breve sensação de bem-estar. Uma embriaguez. Pode fazer com que se sinta mais forte. Levá-la a acreditar que é invencível. — Nyktos entreabriu os olhos e os fios de éter começaram a rodopiar preguiçosamente. — Também pode provocar *desejo*.

O desejo percorreu meu corpo, deixando para trás uma torrente de excitação.

— Eu sinto desejo, sim — sussurrei. — Demais.

Ele inflou as narinas e roçou os dedos no meu queixo.

— Eu sei.

Respirei fundo, mas não sei se isso ajudou ou piorou as coisas porque meus seios roçaram no braço dele. Levantei a mão e a pressionei contra o coração, sentindo-o bater acelerado. Abri os dedos e toquei no meu mamilo entumecido. A urgência se intensificou quando ele passou a mão pelo meu pescoço e ombro. O toque suave reverberou por todo o meu corpo. Arqueei as costas e mordi o lábio inferior, gemendo ao sentir o gosto do seu sangue.

— Só vai durar alguns minutos. — Os dedos dele se detiveram na alça fina da minha combinação.

— Só alguns minutos? — balbuciei, sentindo a garganta seca ao mesmo tempo que *eu* ficava cada vez mais molhada.

Nyktos alongou o pescoço, destacando os tendões.

— Serão os minutos mais longos da minha vida.

— Da sua? — Ri de nervoso, meio sem fôlego, ou talvez totalmente sem fôlego devido à onda de desejo que me inundava. Pousei a mão na camisa esfarrapada dele e senti seu coração acelerado. Remexi os quadris, roçando no seu membro rígido e excitado.

— Consigo sentir seu desejo, Sera. O *gosto*. Você está se afogando nele. — Nyktos fechou os olhos com força. — *Eu* estou me afogando nele.

Uma explosão intensa de desejo inundou meu corpo.

— Então se afogue comigo.

5

O éter brilhou, espalhando-se pelas veias sob os olhos de Nyktos conforme rugas de tensão contornavam os cantos dos lábios dele.

— Você está se sentindo assim por causa do meu sangue, Sera.

— Acho que não. — Respirei fundo, absorvendo o cheiro dele. — Estou sentindo a mesma coisa que sinto toda vez que você toca em mim. Como se meu sangue estivesse em brasa.

Os dedos de Nyktos se fecharam ao redor da alça da combinação. Ele entreabriu os olhos de leve.

— Sera...

— Quente. Molhada. Excitada. — Fechei as pernas, o que não aliviou em nada o latejar entre elas. — *Desejada*.

A alça da combinação desceu alguns centímetros, levando o decote ensanguentado junto. Nyktos passou os dentes pelos lábios quando agarrei seu pulso. Ele não me impediu quando puxei sua mão e a alça mais para baixo. Arfei ao sentir a renda nos mamilos sensíveis.

— *Por favor*.

Nyktos deu um ronco áspero que retumbou por cada centímetro do meu corpo.

— Eu sei que não devia fazer isso. — Seus olhos agitados se fixaram nos meus e sua mão se moveu por conta própria, puxando a alça sobre o meu pulso. — E ainda assim...

Minha pulsação disparou quando ele levou a mão até meus quadris, junto com a minha. Seu olhar deixou o meu e desceu para os meus seios manchados de sangue. Senti os tendões sob meus dedos conforme sua mão apertava meus quadris e então relaxava para deslizar pela minha coxa e depois sob a bainha.

Ele envolveu minha cintura e se inclinou sobre mim, abaixando a cabeça. Seus lábios roçaram em meu pescoço, e a lembrança da mordida *dele* quase me fez esquecer da dor provocada pelo deus sepultado. Ele levantou a parte superior do meu corpo enquanto sua boca se movia sobre a pele curada. O toque da língua na minha pele provocou uma onda de sensações por todo o meu corpo. Observei sua boca seguir o rastro brilhante de sangue para baixo e sobre meus seios. Ele lambeu todo o sangue.

— Acho... acho que não consigo respirar.

— Consegue, sim.

Arfei quando sua boca se fechou ao redor do meu mamilo, sugando-o junto com meu sangue derramado. Remexi os quadris, me esfregando no membro excitado dele. Ele pegou a carne túrgida entre os lábios enquanto levantava a boca e depois a cabeça.

— Abra as pernas para mim, Sera. — Ele deu a ordem com a voz rouca enquanto levantava a combinação até a minha cintura, me desnudando.

Senti uma onda de expectativa ao abrir as pernas sem hesitar. Ele voltou o olhar intenso dos meus quadris para a fina camada de pelos ali enquanto seus dedos pressionavam a carne da minha coxa.

— Agora me mostre.

Ai, deuses. Uma explosão ardente de desejo desavergonhado se apoderou de mim. Ofegante, agarrei o pulso dele enquanto deslizava os dedos na pele abaixo do meu umbigo. O olhar de Nyktos sequer pestanejava, observando tudo.

— Me mostre. — A voz dele era um sussurro sedoso da meia-noite. — Quero ver os seus dedos úmidos de desejo.

Dei um gemido baixo. Meus dedos roçaram na umidade entre minhas pernas. A sala parecia estar prendendo a respiração em expectativa. Assim como Nyktos. Mas a espera não foi muito longa. Enfiei o dedo naquela umidade ardente, esfregando os quadris contra a mão enquanto arfava. A reviravolta de prazer ali dentro foi escandalosa.

— Isso — incitou ele com a mesma voz persuasiva e sedutora de quando eu estava bebendo o seu sangue. — Foda seus dedos.

A força bruta do desejo me deixou tonta enquanto eu tirava e enfiava o dedo dentro de mim, sentindo seu olhar fixo nos meus movimentos. Ele viu o exato momento em que enfiei um segundo dedo e seus olhos se deleitaram com a cena. Foi tão *pervertido* que eu adorei.

Nyktos me puxou para seu colo, me esfregando contra sua rigidez. Cavalguei a minha própria mão e me remexi contra o pau dele...

— Ash? — chamou Nektas do corredor. — Você está aí?

Congelei. Meu coração deu um salto dentro do peito e voltei os olhos arregalados na direção da porta.

— Estou ocupado. — O olhar de Nyktos continuou fixo no meio das minhas pernas.

— Com Sera?

Perdi o fôlego. Será que os sentidos de um dragontino eram tão bons assim?

— Sim — respondeu Nyktos, fechando a mão sobre a minha. Voltei a atenção para minhas pernas abertas. Ele deslizou meus dedos de volta para dentro de mim. Meus quadris quase saltaram do seu colo. Ah, deuses. Uma onda pecaminosa de prazer percorreu meu corpo inteiro. — Não pare.

— O quê? — soou a resposta abafada de Nektas.

Sulcos profundos se formaram sob as bochechas de Nyktos.

— Não estava falando com você.

— Certo. — Ele fez uma pausa. — Ela está bem?

Nyktos respirava fundo enquanto me observava, sentindo meus dedos se moverem sob os seus.

— Sim, ela... ela vai ficar bem.

— Vocês dois precisam de alguma coisa?

— *Nektas* — rosnou Nyktos, e eu afundei a cabeça no peito dele para abafar um gemido quando senti meus joelhos começarem a tremer.

— Tudo bem, tudo bem — retrucou o dragontino. — Eu volto daqui a pouco.

— Melhor. — Os dedos de Nyktos se moveram sobre os meus, controlando o ritmo enquanto eu me esfregava em seu pau.

Joguei a cabeça para trás e fechei os olhos, ofegante, conforme a tensão aumentava cada vez mais. Senti a respiração dele no meu peito. Dei um grito quando ele fechou a boca ao redor do mamilo entumecido, sugando a pele e o sangue ali. Meus dedos se moveram mais rápido e com mais força. O prazer vibrava dentro de mim. Ele gemeu, me puxando contra si e segurando minha bunda sobre o pau. Os sons que saíram da minha boca... Deuses, eu deveria ter vergonha, mas não tinha. Queria que ele ouvisse. Queria que ele sentisse a umidade que cobria meus dedos. Queria que Nyktos soubesse que a forma como meu corpo reagia não tinha nada a ver com seu sangue e sim com ele. Queria que não houvesse nada entre nós. Queria sentir o membro duro dele contra a minha pele. Eu o queria dentro de mim. Queria que ele me penetrasse, que me possuísse. Eu queria tanto...

O roçar das presas dele no meu mamilo foi demais para mim. Gozei com força, atingindo o êxtase ao mesmo tempo que ele estremeceu. Meu peito abafou o gemido rouco dele. O prazer continuou percorrendo meu corpo até eu me derreter em seus braços.

Ainda estava trêmula quando ele tirou meus dedos de dentro de mim. Abri os olhos e o vi... o vi levar minha mão até os lábios. Ele fechou a boca sobre meus dedos brilhantes e chupou com vontade.

— Deuses — gemi, ofegante.

Não restou sequer uma gota de mim em meus dedos quando ele terminou. Os olhos cor de mercúrio de Nyktos encontraram os meus e seus cílios volumosos se abaixaram enquanto ele mantinha nossas mãos unidas perto dos lábios.

— Como se sente agora? — perguntou ele, com a voz embargada.

Tentei falar, mas fiquei sem saber o que dizer quando me dei conta da umidade embaixo de mim, bem onde estava a ereção dele. Ele... ele também tinha gozado.

— Melhor. Muito melhor.

— Ótimo — comentou ele, e foi tudo o que disse por um bom tempo.

No silêncio que se seguiu, meu coração desacelerou pouco a pouco, mas o calor do toque de Nyktos continuou ali, ao passo que o de seu sangue se dissipou. Olhei para a mão fechada em volta dos meus dedos, para a pele muito mais escura que a minha. Eu... eu gostava quando ele segurava minha mão, mas...

Ainda restava um *desejo*.

Um desejo diferente dos anteriores. Não queria que aquele momento, com Nyktos me segurando contra o peito e nossas mãos unidas, acabasse. Aquele momento de olhos fechados e maxilar relaxado. Não queria que aquele momento de *paz* acabasse.

Mas era necessário. Eu precisava acabar com aquilo. Porque esses momentos não podiam durar. Eu sabia que, quando ele abrisse os olhos e visse a mulher que pretendia seduzi-lo e matá-lo, haveria arrependimento em seus olhos prateados, não importava que ele me dissesse que só tinha ficado *irritado* com a minha traição. E eu não queria ver aquilo.

Queria gravar *esses* momentos na memória, pois o que aconteceu hoje à noite acabou por revelar uma verdade dolorosa que não podia mais ser negada. Não haveria mais nada *disso*. Porque eu sabia o que precisava fazer.

Soltei a mão dele e Nyktos levantou a cabeça. Desviei o olhar enquanto juntava as metades ensanguentadas do meu roupão.

— Nektas vai voltar logo?

— Sim.

— Certo. — Engoli em seco, ainda sentindo o gosto remanescente de mel do sangue dele.

Comecei a me levantar.

— Cuidado — disse Nyktos, fechando o roupão ao redor do meu corpo. — Pode estar se sentindo mais forte, mas talvez ainda fique tonta.

— Estou bem. — Sentei-me devagar. Nyktos passou o braço ao redor da minha cintura. — Preciso me limpar.

Um bom tempo passou e então ele afrouxou o braço.

— Vou pedir que alguém leve água para os seus aposentos.

Assenti e desci do colo dele. Fui até o outro lado da sala, segurando o roupão. Alcancei a maçaneta da porta, sentindo seu olhar em mim. Fechei os olhos por um segundo.

— Obrigada.

Não houve resposta.

Abri a porta e saí, deixando para trás Nyktos e aqueles momentos de paz.

Uma hora depois, sentei-me na sala de guerra, a câmara oculta localizada atrás dos tronos, inspecionando as numerosas adagas e espadas que preenchiam as paredes. A última vez que estive ali havia sido logo depois de descobrir a verdade sobre a Devastação. E Nyktos descobrir a verdade sobre mim. A câmara me causava um mau pressentimento.

Decidi que ela precisava de janelas. De cadeiras mais macias. De uma mesa menos entalhada por só os deuses sabiam quantas armas. De armaduras menos manchadas com o sangue daqueles que se reuniam ali.

Comecei a bater o pé calçado em chinelos no piso de pedra enquanto enrolava uma mecha entre os dedos. Foi difícil limpar todo o sangue da minha pele e cabelos sem usar a banheira. Eu tinha tentado entrar. Até cheguei a ficar de pé nela, mas assim que comecei a me abaixar, senti a faixa apertando meu pescoço. Saí na hora, quase escorregando no azulejo de tanta pressa. Senti-me tola quando tive que mergulhar a cabeça na água para lavar os cabelos. Ainda me sentia tola. Fraca. Mas não sabia como superar isso. E, naquele momento, não importava.

— Havia pelo menos três deuses envolvidos no ataque — disse Theon, chamando minha atenção para ele e sua irmã gêmea. Ambos tinham as armaduras manchadas de sangue, e aqueles rostos de pele marrom-escura pareciam sombrios e cansados. Já devia estar quase amanhecendo. — Contando com o que Orphine matou. Não reconheci os dois que vi como sendo da Corte de Attes.

Os gêmeos vinham de Vathi, onde ficava a Corte de Attes e seu irmão, Kyn. Era a Corte mais próxima das Terras Sombrias, e me parecia apropriado que a Guerra e a Vingança ficassem localizadas perto da Morte.

— Não reconheci o deus que vi falando com Sera — relatou Bele, sentada de pernas cruzadas em *cima* da mesa.

O cabelo bem trançado de Lailah balançou acima dos ombros quando ela se inclinou para trás, olhando para a mesa.

— Suponho que também não tenha reconhecido o dragontino?

Segui o olhar dela até onde Nektas estava sentado. Havia muita pele marrom à mostra, já que ele vestia apenas uma calça preta larga. Tentei não olhar para ele, mas fiquei fascinada pelo padrão de linhas tênues sobre seus ombros e peito.

— Sei que pode ser um choque para vocês, mas não conheço todos os dragontinos — respondeu Nektas.

Ele não havia falado muita coisa desde o início da reunião. Imagino que estivesse pensado em Davina. Será que era amigo dela? Será que ela tinha família? Lailah o encarou, as sobrancelhas arqueadas.

— Só sei que tive a sensação de que o dragontino era jovem — acrescentou Nektas. — Jovem demais para estar envolvido nessa merda.

Quer dizer que era um dragontino *jovem*?

— Eles podem ser de qualquer Corte — ponderou Nyktos por trás dos dois dedos que tamborilava sobre o lábio inferior. Dedos que tinham...

Deixei esses pensamentos inapropriados de lado enquanto olhava para Nyktos. Eu estava sentada à sua direita, pois foi ali que me colocou depois de me retirar dos meus aposentos. Ele tinha prendido os cabelos num coque atrás do pescoço e substituído a camisa esfarrapada por uma nova. A tensão havia voltado ao seu maxilar e ombros. Os momentos de paz realmente haviam acabado.

Estava parada junto à porta do meu quarto e por sorte ouvi o som da porta dele se fechar. Imaginei que estivesse saindo para falar com os guardas sobre o que havia acontecido e quis saber o que ia dizer. Ele pareceu surpreso com meu pedido para acompanhá-lo, mas não me impediu. No entanto, mal falou ou olhou para mim. Sabia que ele estava arrependido, embora tivesse sido um participante ativo e atingido o clímax. Remexi o corpo na cadeira, de repente sentindo o suéter de lã grosso demais.

— Podem, sim — concordou Rhain. Ele estava sentado na minha frente, com os cabelos de um ruivo dourado ainda mais avermelhados na iluminação da sala. O deus olhou para os meus pulsos assim que se acomodou, assim como Bele fez ao entrar. Tive a impressão de que eram os únicos que sentiam o feitiço, porém os demais já haviam sido informados. — Mas quantos Primordiais teriam a ousadia de cometer uma proeza dessas?

— Será que é preciso coragem quando não é você que vai executar a façanha? — argumentou Nyktos.

Rhain assentiu devagar.

— É um bom argumento.

— Deve ter sido Hanan. — Bele cuspiu o nome do Primordial como se fosse um xingamento. — Ele tem motivos para estar irritado, e é um dos Primordiais que não teriam coragem de vir até as Terras Sombrias para ver se realmente Ascendi. — Bele desceu da mesa e começou a andar de um lado para o outro, como eu costumava fazer. — Os deuses sepultados foram libertados para criar uma distração e ganhar tempo para me capturar. Muitas pessoas morreram por causa disso. Eu não devia estar aqui. Preciso ir embora.

— Você está onde é necessária — afirmou Nyktos a Bele.

— Eu já disse isso a ela. — Aios se virou para a deusa, seus cabelos ruivos contrastando com as bochechas pálidas. — Bele não quer ouvir.

— Ele quer que eu fique aqui porque é mais seguro — retrucou a outra, parando ao lado de Nektas.

Aios deu um suspiro e sacudiu a cabeça.

— E como eu também disse, não há nada de errado com segurança.

— Ela tem razão. Além disso, as duas afirmações estão corretas. — Nyktos afastou uma mecha de cabelo do rosto. — Preciso de você aqui, onde, por acaso, é também mais seguro.

Bele ergueu o queixo.

— Não posso ficar escondida para sempre. Não quero isso. Eu me recuso.

— Não é o que estou sugerindo. Mas, por enquanto, você precisa ser discreta. Hanan e outros Primordiais podem acreditar que você Ascendeu, mas até que a vejam é impossível terem certeza disso.

— Não foi você que os atraiu até aqui — afirmei, e os cabelos de Bele se sacudiram em torno do seu queixo quando ela virou a cabeça na minha direção. Vários pares de olhos repletos de éter pousaram em mim. Nyktos havia contado a eles o que eu sabia, mas, como Nektas, não falei muito durante a reunião. Pigarreei. — Foi devido ao que eu fiz. Você não deveria se sentir responsável por nada disso.

Ela franziu o cenho.

— E você deveria?

— Obviamente. Fui eu que causei isso.

— O que você fez salvou a minha vida. Aliás, muito obrigada — disse ela, com duas manchas cor-de-rosa nas bochechas. — Não sei se já lhe agradeci por isso.

Assenti, sentindo o rosto quente também.

— Não entendo como aquele deus poderia estar procurando por você — ponderou Ector do meu lado. — Nem Hanan, nem Kolis sabem como você é. Nenhum Primordial esteve aqui para vê-la.

— Exceto por Veses — observou Rhain.

Eu imediatamente fiz uma careta. Só vi a Primordial dos Ritos e da Prosperidade uma vez, e ela não tirava as mãos de Nyktos. Até pensei que os dois tivessem um relacionamento. Mas não houve... ninguém antes de mim.

— Veses não me viu quando esteve aqui. — Olhei para Nyktos. — Ou viu?

Nyktos fuzilou Rhain com o olhar e negou com a cabeça.

— As pessoas a viram na Corte, quando foi realizada aqui — salientou Theon. — E na Colina, na noite em que os dakkais nos atacaram. Ela é uma recém-chegada. Não é preciso ser muito inteligente para somar dois mais dois e deduzir que é a Consorte. Pode ter sido Hanan que deu ordens para encontrar tanto Bele quanto Sera.

Os olhos de Nyktos faiscaram de raiva.

— Nosso povo jamais entregaria a identidade dela para outra Corte.

— Como pode ter certeza? — Parei de bater o pé no chão. Nem sei o que estava fazendo ali. Nada do que seria discutido ou possivelmente revelado teria a menor importância.

— Simplesmente tenho.

Esperei que ele elaborasse a resposta, mas não aconteceu.

— Preciso lembrá-lo de Hamid?

O semideus que morava em Lethe e havia feito amizade com a jovem Escolhida que continuava num dos quartos do andar de cima. Foi ele quem relatou o desaparecimento de Gemma e, segundo relatos, era conhecido por ser generoso e gentil. Mas também era conhecido por nutrir um ódio profundo por Kolis, que havia matado sua mãe, uma deusa, e destruído a alma dela.

Como muitos outros, Hamid tinha tanto medo do falso Primordial da Vida que quando Gemma lhe disse que eu devia ser a mulher que Kolis estava procurando, ele me viu como o que eu já sabia ser verdade: uma ameaça ao refúgio que as Terras Sombrias ofereciam. Cheguei a culpar Gemma pelo que ele tentou fazer depois. Parte de mim não conseguia sequer culpá-lo. Eu teria feito a mesma coisa. Só que teria tido sucesso no que ele havia falhado.

— Não me esqueci disso. — Nyktos parou de mexer os dedos sobre o lábio. — Mas aquilo foi diferente.

— Longe de mim querer *discutir* com você — comecei, e ele semi-cerrou os olhos —, mas qual é a diferença?

— Bem, Hamid achou que estivesse protegendo as Terras Sombrias — respondeu Rhain, com um olhar muito mais frio do que quando cheguei ali.

Exceto por Aios, nenhum deles havia sido muito amigável comigo antes, mas Rhain havia sido mais caloroso.

Lailah concordou.

— E o que aconteceu hoje à noite foi uma ameaça à segurança das Terras Sombrias. Aqueles que procuram abrigo aqui jamais colocariam isso em risco.

— É possível que um deus de outra Corte estivesse aqui na noite em que os dakkais nos atacaram — acrescentou Nektas. — Talvez a tenha visto na hora certa e dado uma boa descrição para que alguém pudesse capturá-la.

— Ou me deixado morrer — disse. — O deus não recebeu ordens para que eu sobrevivesse ao ataque.

Nyktos se voltou lentamente na minha direção.

— O quê?

— Ele viu um deus sepultado se aproximando de mim e não fez nada para detê-lo. — Franzi o cenho. — Pensei que tivesse contado isso.

Ele colocou a mão em cima da mesa.

— Não, não contou.

— Ah. — Recostei na cadeira, enrolando o cabelo. — Então, acho que eles não queriam que eu continuasse viva. Talvez fora de cena, o que me faz pensar que não vieram a mando de Kolis, se o que Penellaphe nos disse sobre as brasas da vida for verdade. — *E levando em conta que possuo a alma de Sotoria*, mas não mencionei essa última parte. Até onde sei, os presentes só sabiam que eu possuía a brasa da vida.

— Bem, quem quer que esteja por trás disso quase conseguiu o que queria... — Bele parou de falar quando o ar na sala de guerra esfriou.

Uma tensão tangível dominou o recinto. Espadas e adagas tremeram na parede. Olhei para o teto quando as luzes começaram a piscar.

— Ash... — Nektas chamou baixinho.

Eu me virei para Nyktos. Havia sombras sob a pele dele. O ar *crepitou*.

— Quase — reiterei calmamente.

Os olhos prateados e rodopiantes dele encontraram os meus. A essência abrandou, e a tensão foi pouco a pouco desaparecendo da sala. Ele baixou o olhar para os meus dedos, pousados no seu braço. Eu estava *tocando* nele. Diante dos outros. E nem mesmo tinha reparado.

Tirei a mão dele, sentindo as faces corarem. Acho que Nyktos não gostou. Tocá-lo naqueles momentos raros e íntimos depois de ter me dado seu sangue não significava desejar meu toque toda hora. Olhei para a mesa arranhada, respirando fundo para aliviar a dor da... decepção. Mas com quem? Com ele? Ou comigo? Olhei para cima, e o olhar frio de Rhain encontrou o meu. Entrelacei as mãos sobre o colo e pigarreei outra vez.

— Enfim, só acho que não parece possível que tenha sido Hanan. Não faria sentido que ele me quisesse viva? Os Primordiais que acreditam que minha chegada e a Ascensão da Bele estejam relacionadas não iam querer que eu continuasse viva para me entregar a Kolis?

— Deve haver um Primordial por trás disso — ponderou Nektas. — Ninguém mais poderia comandar o ataque de um dragontino.

A pergunta é: qual deles? Quem poderia saber ou suspeitar o bastante a seu respeito a ponto de estar disposto a irritar tanto Nyktos quanto Kolis ao deixá-la morrer?

Ninguém respondeu à pergunta de Nektas, pois ninguém sabia qual Primordial estaria disposto a enfurecer tanto o Primordial da Morte quanto o falso Primordial da Vida. Para ser sincera, minha maior preocupação era ser um risco para os demais caso o misterioso Primordial lançasse outro ataque. Ou se Kolis se cansasse de ficar curioso sobre as brasas e decidisse convocar Nyktos para descobrir o que havia acontecido. Meu estômago embrulhou e senti a pele enregelada.

— Você está ferida? — perguntou Aios enquanto me acompanhava até meus aposentos.

Olhei de relance para a deusa. As sombras que manchavam a pele sob os olhos cor de citrino de Aios me deixaram preocupada. Os sulcos no seu rosto em formato de coração estavam mais profundos do que antes e sua apreensão estava evidente em seus lábios carnudos.

— Só um pouco.

— Não foi a impressão que Bele me deu. — Aios enfiou uma mecha de cabelo atrás da orelha. — Ela me disse que você foi mordida.

— De leve — menti, sem saber por que não queria contar o que Nyktos havia feito por mim. Talvez porque parte de mim mal podia acreditar naquilo. — Você vai ficar aqui esta noite? Ou pelo que ainda resta dela?

Aios confirmou com a cabeça.

— Tenho ficado por perto por causa de Gemma.

Deuses, a Escolhida deveria ter ficado apavorada durante o ataque.

— Posso vê-la?

Aios desviou o olhar.

— Talvez mais tarde.

A tensão se instalou nos meus ombros conforme eu passava os dedos ao longo da pedra fria e lisa do corrimão. Havia centenas de motivos para não poder ver Gemma agora, começando com o fato de que devia estar dormindo, mas pensei logo no pior. E se Aios não quisesse que eu me aproximasse dela?

Aios sabia que eu não pretendia ferir Nyktos, mas saber não era o mesmo que perdoar. Ela havia sido franca comigo quando cheguei, ao contrário dos demais, incluindo Nyktos. A deusa foi gentil e acolhedora, mas eu a desapontei. Percebi isso pelo tom da sua voz e na expressão do seu rosto. Nos breves momentos em que estivemos juntas desde que ela descobriu a verdade, Aios não foi tão amigável quanto antes, e aquilo doeu. Doeu porque eu gostava dela. Reprimi um suspiro quando chegamos ao terceiro andar.

— Como Gemma está?

— Ela está bem. Fisicamente. — Aios passou a mão sobre a barra do vestido cor de creme, franzindo a testa. — Mas acho que vai demorar um pouco até que sua mente se recupere tão bem quanto o corpo.

Queria que meu toque pudesse curar as feridas profundas que não se pode ver. Olhei para Aios, me concentrando nas sombras sob seus olhos. A empatia que demonstrou a Gemma quando falamos com ela vinha de uma experiência em comum. Aios havia compartilhado aquele mesmo olhar assombrado com Penellaphe.

Suspeitei de que, se Nyktos não tivesse me tomado como Consorte naquela noite e eu tivesse ficado à mercê dos caprichos cruéis e depravados do meu meio-irmão, eu também teria aquelas mesmas sombras sob os olhos.

— Fico preocupada que a culpa a assole tanto quanto o medo — acrescentou ela depois de alguns minutos.

— O que Hamid fez não foi culpa dela. — Apertei o corrimão de pedra das sombras. — Bele também não deveria se culpar pelo que aconteceu hoje à noite.

— Nem você. Você salvou a vida de Bele. Não fez nada de errado.

— Eu... — Desviei o olhar de Aios, olhando para o saguão lá embaixo. — Quando trouxe Bele de volta à vida, não sabia que ela iria Ascender.

— Se soubesse que isso iria acontecer, teria feito alguma diferença? — Aios parou no degrau de cima e me encarou. — Saber o desfecho mudaria alguma coisa se tiver que tomar essa decisão outra vez?

Ameacei dizer que sim, mas não consegui porque quis trazer Davina de volta à vida. E teria trazido se Ector não tivesse me impedido. E se acontecer com alguém que eu conheço, alguém de quem Nyktos gosta, e não houver ninguém para me impedir?

Um breve sorriso surgiu em seus lábios e então ela se virou, continuando a subir as escadas.

— De certa forma, não sei se você tem escolha. Você possui uma brasa da vida — disse ela quando chegamos ao quarto andar, sem saber que, na verdade, eu possuía *brasas* da vida. — Era parte de Eythos quando ele estava vivo, mas agora faz parte de você. Criar vida a partir da morte está na sua natureza. É instintivo.

— É... — murmurei com um suspiro quando chegamos ao quarto andar. — Mas às vezes não é o que parece.

Não havia ninguém do lado de fora dos meus aposentos, mas imagino que não permaneceria assim por muito tempo. Aios não se demorou depois que entrei no quarto, onde o cheiro tênue e acre da fumaça permanecia. Foi melhor assim, mas gostaria que ela tivesse passado mais tempo ali comigo. Gostaria de saber como era a casa dela longe do palácio. Ou como ela se tornou tão amiga de Bele. Mas jamais descobriria nada disso.

Olhei para a porta adjacente. Também jamais saberia se Nyktos tinha um livro ou prato preferidos. Se conseguia se lembrar de seus sonhos, se é que sonhava. Quem ou o que ele gostaria de ser se pudesse ser outra pessoa. Havia tantas coisas que gostaria de saber a seu respeito. Será que se lembrava do pai? Ele lia ou permitia que seus pensamentos vagassem quando não estava ocupado? Gostava de visitar o plano mortal? Ele se arrependia de ter removido sua *kardia*?

Mas o que eu havia descoberto já bastava para saber que ele não merecia aquilo: a perda dos pais e de tantos outros, uma Consorte que jamais desejou, mas que ainda assim tentava proteger, viver sob a ameaça constante de Kolis. Nyktos merecia coisa melhor. Assim como todos nas Terras Sombrias. E agora eu representava outro tipo de ameaça para Nyktos e aqueles que buscavam refúgio ali.

Fui até a varanda e olhei para o pátio. A área já havia sido limpa, e restavam apenas algumas marcas escuras no chão. Não queria nem pensar no que eram aquelas manchas. Precisava ter a mente lúcida enquanto observava os guardas patrulharem a Colina.

As brasas eram importantes. Ao contrário do que Nyktos pensava, eu sabia disso muito bem. Quanto mais cedo eu morresse, menos tempo restaria ao plano mortal. Não sei por que Eythos colocou as brasas e a alma de Sotoria na minha linhagem, ainda mais considerando que isso me tornava a arma perfeita contra Kolis.

Não uma futura Consorte, escondida e protegida. Nem um recipiente capaz de manter as brasas a salvo. Eu tinha um propósito, e não havia mais como adiá-lo, não importava como fosse desagradável nem o quanto eu quisesse que as coisas fossem diferentes.

Esperei o máximo possível. Não havia nenhuma atividade no pátio, e imaginei que qualquer um que estivera do lado de fora da Colina já teria deixado a floresta. Não fazia ideia de onde Nyktos estava, mas desconfiei de que ainda não tivesse voltado para os próprios aposentos. Ele mencionara um encontro com as famílias daqueles que haviam morrido hoje à noite. Senti um aperto no peito: ele podia estar em qualquer lugar. E eu não tinha como saber se o caminho que devia seguir estaria livre, mas era um risco que precisava correr.

Eu me virei, voltei para dentro do quarto e fui até a sala de banho, onde tirei a legging, como me disseram que era chamada. Eram mais grossas que meias-calças, mas bem diferentes de calças. Vesti uma delas ignorando as manchas duras de sangue seco e enfiando dentro do cós a combinação que usava por baixo do suéter. Calcei as botas, peguei uma capa e comecei a prendê-la ao redor do pescoço conforme caminhava sob o deslumbrante lustre de vidro até as portas da varanda. Ao segurar a maçaneta, olhei por cima do ombro em direção à porta que dava para o quarto ao lado. Minha mão ficou trêmula.

Hesitei, olhando na direção dos aposentos de Nyktos. Pensei na manta que me cobria quando acordei. Teria sido ele quem fizera isso?

— Sinto muito — sussurrei, respirando fundo para aliviar o nó na garganta e atrás dos olhos.

Gostaria que ele pudesse ouvir minhas palavras e acreditar nelas. Desejei muitas coisas naqueles segundos antes de voltar à varanda, piscando para conter as lágrimas. Empertiguei os ombros, levantei o capuz e saí, fechando a porta silenciosamente atrás de mim, concentrada no que estava por vir.

Olhei para a Floresta Vermelha, onde o portão danificado costumava ficar. As árvores carmesins ainda de pé se destacavam contra o céu da cor do ferro. A última coisa que eu queria fazer era entrar na floresta onde os deuses caídos foram sepultados, mas ao menos sabia que a floresta estaria livre deles. Contanto que não sangrasse sobre aquela terra, eu não teria problemas. De lá, eu teria que pegar um atalho pelos Bosques Moribundos, outro lugar que não tinha a menor vontade de atravessar, mas era a única maneira de chegar aonde precisava ir em Lethe.

Os navios entravam na cidade pela Baía das Trevas, o que significava que vinham de outros lugares dentro do Iliseu. Eu tinha certeza de que conseguiria embarcar num navio e seguir para Dalos, a Cidade dos Deuses, onde ficava a Corte de Kolis. Porque, além de matar, havia mais uma coisa em que eu era muito boa: não ser vista.

Avistei um vulto de armadura preta e cinza patrulhando as ameias da Colina. Encostei o corpo contra o muro e me mantive nas sombras, esperando até que ele estivesse fora de alcance. Em seguida, avancei, ignorando o quanto estava sendo *imprudente*. Não havia tempo a perder. Eu tinha apenas algumas horas até o amanhecer, quando alguém acabaria indo até meus aposentos. Segurei o parapeito frio de pedra das sombras, subi por cima dele e observei a distância entre mim e o chão de terra batida lá embaixo. Era uma distância significativa, daquelas de quebrar os ossos.

Ajoelhada, abaixei a perna direita e depois a esquerda para o espaço vazio. Com os músculos se alongando e ardendo como os poços de fogo do Abismo, respirei fundo e estiquei a perna direita até sentir que meus braços iam se deslocar dos ombros. Meus dedos escorregaram contra a pedra das sombras assim que consegui alcançar uma flecheira próxima.

Não queria nem pensar se essas fendas haviam sido um acréscimo necessário. Assim que tive certeza de que meu pé estava firme na abertura estreita, tirei a mão do parapeito e procurei uma ranhura na qual me segurar. Com o estômago embrulhado, soltei e me balancei até chegar na flecheira. Pressionei a testa contra a pedra, meio tonta.

— Bons deuses — sussurrei. — Que idiotice.

Firmei os pés contra o muro e voltei a descer. Todos os anos de solidão durante os quais eu subia em árvores, muros ou qualquer coisa remotamente vertical por puro tédio haviam finalmente servido para alguma coisa. De olho no corrimão da escada em espiral lá embaixo, desci, me balançando até alcançá-la.

Aterrissei no corrimão e quase caí para trás. Equilibrei-me e pulei para o patamar. Dei um belo sorriso. Orgulhosa de mim mesma e um tanto surpresa por não ter despencado para a morte certa e dolorosa, me virei e desci correndo os degraus... e fui direto para um beco sem saída.

— Ah, pelo amor dos deuses.

É claro que eu tinha escolhido uma escada que, por alguma razão desconhecida, não levava diretamente ao chão. Inclinei-me sobre o corrimão e calculei uns dois metros de queda. Mudei de posição para me pendurar nele, fiz uma oração e soltei.

Houve um instante de ausência de peso, nada além das estrelas brilhantes lá em cima e da corrente de ar na minha pele. Era como se eu estivesse *voando* e, por alguns segundos, me senti livre...

O impacto me sacudiu dos pés à cabeça encapuzada, arrancando um grunhido baixo de mim. Cambaleei para a frente, me apoiando nas palmas das mãos para não beijar o chão. Permaneci ali por alguns segundos, respirando fundo enquanto sentia ligeiras pontadas de dor nos joelhos e quadris. Deveria ter doído mais, mas eu tinha sangue de um Primordial nas veias.

Levantei-me devagar e segui até o portão, sabendo que não havia muito tempo entre uma patrulha e outra. Em poucos minutos, a terra batida deu lugar à grama cinzenta e fiquei sob a copa de folhas da cor de sangue e não mais à vista da Casa de Haides. Eu estava um obstáculo mais perto de cumprir meu dever, meu verdadeiro destino.

6

Matar Kolis não seria fácil. Óbvio que não. Mesmo que Kolis reconhecesse a alma de Sotoria, que a visse em mim, duvido que seria tão simples quanto cravar uma adaga em seu peito. Eu precisaria ter certeza de que ele me amava, mas, enquanto corria sob a copa de folhas vermelhas, não queria nem pensar nas implicações disso. Se começasse a alimentar essas ideias, acabaria vomitando. Então decidi ignorá-las.

Nem mesmo sei o que matar Kolis poderia causar no Iliseu e no plano mortal, mas Holland não teria me dito aquilo se fosse algo catastrófico. Como Nyktos também é um Primordial da Morte, ainda deve haver equilíbrio. Até que eu morra.

O que deve acontecer assim que eu conseguir cravar a adaga de pedra das sombras no peito de Kolis. Imagino que ele também tenha dragontinos prontos para retaliar.

Mas, por enquanto, a sorte estava a meu favor. Entrei nos Bosques Moribundos sem problemas, provavelmente porque corri por todo o caminho. O capuz da minha capa tinha escorregado, mas eu o deixei abaixado, pois duvidava que fosse encontrar alguém numa área ocupada por Sombras. Elas eram aquelas almas que haviam entrado nas Terras Sombrias, mas se recusaram a passar entre os Pilares de Asphodel para enfrentar o julgamento por seus atos. Ainda não tinha visto nenhuma e esperava continuar assim, pois ouvi dizer que elas gostavam de *morder* as pessoas.

Os músculos das minhas pernas e abdômen estavam começando a doer, me obrigando a diminuir o ritmo à medida que eu examinava as fileiras de árvores tortas e alquebradas. A cada segundo eu sentia o cheiro da Devastação: lilases podres. Pelo menos não sentia dor no maxilar e na cabeça nem estava tonta. Não sabia quanto tempo ainda tinha antes que o efeito da mistura de ervas — casta, hortelã-pimenta e mais um monte que eu não conseguia nem lembrar — passasse e os sintomas da Seleção retornassem. Mas quando acontecesse, eu teria que fazer o que sempre fiz: lidar com isso.

Assim como Ezra, se descobrisse que não podia fazer nada em relação à Devastação. Nós podíamos não ter nenhum laço de sangue, mas ela era resiliente. Assim como eu, Ezra jamais desistiria nem fingiria que o fim não estava próximo. Ou esperaria por uma solução mágica como eu podia apostar que minha mãe faria. Ezra faria tudo ao seu alcance para garantir que o maior número de pessoas sobrevivesse o máximo possível.

E, de acordo com Holland, é o que já estava fazendo. Mesmo que eu não pudesse avisá-la, Ezra estava tomando as medidas necessárias.

Um ruído vindo do alto atraiu o meu olhar para os galhos mortos e sem folhas. Parei de repente quando um enorme falcão prateado pairou acima dos galhos retorcidos com as asas enormes bem abertas, retardando a descida. A ave de rapina pousou num galho, enterrando as garras afiadas e escuras no tronco morto.

Parecia o falcão que curei por acaso na Floresta Vermelha. Por outro lado, imaginei que fossem todos parecidos. Ainda me surpreendia ao ver animais nas Terras Sombrias, além de cavalos e fosse lá o que fossem aqueles dakkais.

Embora ficasse aliviada por não ser uma Sombra empoleirada lá em cima, sabia que os falcões prateados eram predadores notoriamente ferozes. Eu não tinha acreditado na minha velha ama, Odetta, quando ela me disse que aquelas aves conseguiam apanhar pequenos animais e até crianças. Mas agora, depois de ver duas delas de perto, eu acreditava, sim, que os falcões eram capazes disso — talvez até mesmo de agarrar um adulto magricela. Nunca fiquei tão grata pelo meu amor a pão e doces quanto naquele momento.

O falcão prateado abaixou lentamente as asas enquanto eu dava um passo à frente, esperando que ele continuasse onde estava e não tentasse me transformar em refeição. A última coisa que eu queria era machucar algum animal — bem, tirando jarratos e serpentes. Esses eu poderia passar o dia inteiro matando, com prazer.

Eu não tinha dado nem três passos quando o falcão virou a cabeça na minha direção, inclinando o bico afiado para baixo. Olhos cheios de inteligência encararam os meus — olhos que não eram pretos como os do pássaro que curei, mas de um tom vibrante, sobrenatural e intenso de azul ainda mais vívido que os olhos da deusa Penellaphe. Nunca tinha visto aquela cor nos olhos de um pássaro antes.

O falcão emitiu um chilreado suave, semelhante a uma versão menos poderosa do chamado impressionante dos dragontinos, e então se lançou do galho. Abrindo as asas, a ave disparou na minha direção. Com o coração disparado, agachei-me rapidamente para pegar a adaga na bota. Tirei a arma no instante em que o falcão deu uma guinada, voando acima da minha cabeça. Um grito estridente de dor me deixou toda arrepiada. Levantei-me e girei o corpo, sufocando um grito quando o medo explodiu no meu peito.

Uma pesada massa cinzenta se agitou a poucos metros de mim, debatendo-se enquanto o falcão prateado cravava as garras afiadas em algo parecido com uma cabeça. A criatura se tornou mais *sólida* à medida que as pesadas asas do falcão batiam em seus ombros e peito. Os braços se tornaram visíveis, e mãos e dedos feitos de sombra tentaram agarrar o falcão, mas o pássaro dilacerou os dedos finos, arrancando cordões de cinza que desceram na direção do solo marrom-acinzentado.

Senti o ar gelado na nuca enviar uma descarga de adrenalina por todo o meu corpo. Reagi por instinto, ignorando o medo. Eu me virei e golpeei com a adaga. Arregalei os olhos quando a lâmina encontrou *resistência* em meio à sombra agitada e pulsante. A criatura gritou e se afastou de mim. Pedaços de sombra se romperam, pulverizando o ar como se fosse sangue quando a coisa se elevou do chão, *voando* na direção dos galhos, enquanto outra saía do meio das árvores, com os tentáculos feitos de sombra ondulando alguns metros acima do solo. Acho que sabia bem com o que estava lidando. Sombras. E, de algum modo, ninguém se lembrou de me avisar que elas podiam *voar*.

Saltei para o lado quando um braço esfumaçado surgiu diante de mim e me virei para ver que a Sombra que o falcão atacara havia desaparecido enquanto o pássaro voava para baixo, arrastando as garras pela nova Sombra. Será que o falcão estava me ajudando? Ou apenas reagindo à ameaça maior?

Um gemido baixo ecoou nos Bosques Moribundos. Olhei ao redor e avistei sombras cinzentas que entravam e saíam de foco entre os galhos retorcidos, como se viessem do solo e das árvores mortas.

— Deuses — murmurei. — Não tenho tempo para lidar com isso.

Eu me virei para a mais próxima, imaginando como elas podiam morder se pareciam ser feitas de fumaça e sombras. Xinguei quando a Sombra se esquivou para a esquerda. Outra voou pelo chão, deslizando como uma enorme serpente de sombras. Uma serpente! Avancei, cravando a adaga no que presumi serem suas costas quando ela começou a se levantar. A lâmina afundou em alguma coisa, fazendo com que a Sombra guinchasse e caísse no chão. Arregalei os olhos quando a criatura se despedaçou em milhares de pequenos filamentos. Certo. Eu definitivamente havia atingido algo vital. Ao levantar a adaga, notei respingos pretos de alguma substância oleosa pela curva da minha mão. Um cheiro rançoso alcançou minhas narinas, embrulhando meu estômago.

Uma pequena parte de mim se sentiu mal enquanto eu me virava e enfiava a adaga na parte mais larga da Sombra. Aquelas criaturas já tinham sido mortais. Elas podem ter cometido pecados terríveis ou ser apenas indivíduos cujo medo das consequências era maior do que suas indiscrições. Desconfiei de que, quando elas se desfaziam até virar nada, como aquela que estava diante de mim acabara de fazer, sua alma era destruída. Era o fim derradeiro.

Enterrei a adaga no peito da criatura seguinte sem hesitar porque a culpa era passageira. Não queria virar o lanchinho noturno de uma alma rebelde.

Uma Sombra desceu sobre mim como o falcão havia feito antes. Saltei para o lado, e algo agarrou minha capa, rasgando-a.

Garras. Tudo bem. Pelo visto, as Sombras tinham garras ocultas. Girei o corpo, erguendo o braço para bloquear a Sombra a minha frente. Meu cotovelo colidiu com algo sólido e de uma frieza glacial dentro daquela massa acinzentada, algo parecido com uma garganta quando o som de estalar de dentes ecoou do vazio.

— Nada de mordidas — grunhi, empurrando a criatura para trás enquanto a golpeava com a adaga.

De repente, alguma coisa puxou minha cabeça para trás com tanta força que a dor irradiou pelo meu pescoço e pelas minhas costas. Perdi o equilíbrio enquanto o falcão soltava mais uma série de gorjeios impressionantes. Desabei no chão com tanta força que o ar escapou dos meus pulmões.

A criatura se lançou sobre mim, com os tentáculos feitos de sombras fluindo ao seu redor e enevoando o reino inteiro. Dedos gélidos — também de sombras — envolveram meu pulso, prendendo no chão a mão que empunhava a adaga. O aperto era de um frio entorpecente. Levantei o joelho e empurrei a mão esquerda na direção em que achava que seu ombro poderia estar. Meus dedos afundaram no ar frio dentro da massa de sombras e espalmei algo duro e liso que não parecia pele. Era mais como... *osso*. Empurrei com toda a força. E então várias coisas aconteceram ao mesmo tempo.

O falcão desceu sobre nós, arrastando as garras pelas costas da Sombra. A criatura guinchou, contorcendo-se enquanto o pássaro voava na direção das árvores. Meu peito começou a latejar, aquecendo-se e *vibrando*. A estática irrompeu na minha pele: nos meus braços e mãos. Não houve vontade ou exigência, apenas senti o éter se acumulando no sangue. Tentei detê-lo, mas um brilho prateado escapou da minha mão, repelindo as sombras da criatura, desfazendo as camadas de cinza opaco e arrancando a fina mortalha até que eu conseguisse ver o branco dos seus ossos. Uma caixa torácica, uma coluna vertebral e órgãos ressequidos e murchos — um coração enrugado de um tom opaco de cinza. Um coração que começou a *bater*.

A cor assumiu um tom vibrante de vermelho quando tendões e músculos rosados se formaram ao redor das costelas e ossos. Veias apareceram por toda parte onde antes não havia nada além daquele tom de cinza. Um crânio se formou, com os tendões envolvendo o maxilar e endireitando uma boca cheia de dentes tortos e quebrados.

Ai, deuses. Ai, deuses. Aquela imagem *jamais* sairia da minha cabeça. Aquilo iria me assombrar pelo resto da vida. Os lábios começaram a tomar forma, assumindo um tom rosado enquanto se moviam, e uma garganta mal encaixada começou a emitir um som:

— *Meyaah* — balbuciou a criatura. — *Liessa*...

— Mas que *porra* é essa? — arfei quando uma substância branca e leitosa encheu suas órbitas oculares. Como...

Meu peito se aqueceu e voltou a zumbir com o éter dentro de mim, as brasas da vida, vibrando em resposta à explosão de poder absoluto e ilimitado. Uma luz prateada e crepitante tomou conta da floresta, tão brilhante e iridescente que, por um instante, vi as Sombras girando e circulando acima de mim. E então elas simplesmente... *desapareceram*.

Aquele tipo de poder era inimaginável. A energia crepitante se derramou pela Sombra acima de mim, enchendo as veias recém-formadas com uma luz branca e ardente enquanto lançava a criatura pelos ares e ela se despedaçava até sumir. Fiquei deitada ali, com a mão erguida conforme a luz intensa e prateada recuava e desvanecia, e o mundo voltava a ser cinza e *quase* sem vida.

No meio dos galhos retorcidos, o falcão prateado chilreou suavemente e alçou voo. Com o coração disparado, eu o vi abrir as asas e sumir de vista. Nem mesmo o feroz predador se atreveu a continuar ali.

— *Seraphena*.

Senti um aperto no peito ao ouvir a voz fria e severa que devia ter saído das profundezas da noite. Esqueci imediatamente o que havia feito com a Sombra e me dei conta de que já devia saber que aquilo aconteceria. Ele tinha meu sangue nas veias, e bastante! Deve ter sentido meu pavor, mesmo que brevemente, como sentiu no pátio mais cedo. Talvez não fosse nem por causa do sangue, mas da brasa Primordial dentro de mim, aquela que já pertencera a ele. Vai saber... Mas nada disso importava agora. O que importava era que eu não podia ficar deitada ali, desejando afundar no chão. Com o coração ainda martelando no peito, levantei-me devagar. Senti uma pressão no peito quando me deparei com *ele*.

Nyktos estava parado a alguns metros de mim, com toda a aparência do governante Primordial das Terras Sombrias que ele era. Estava deslumbrante de túnica cinza-escura e com os cabelos penteados para trás. Os traços do seu rosto estavam mais severos e frios do que nunca. E a pele dele... havia *afinado*.

Quanto mais olhava, mais eu via as sombras se reunindo sob a carne. Os olhos dele pareciam duas esferas rodopiantes de prata. Não precisei do seu talento em ler emoções para saber que estava mais do que furioso.

A realidade me atingiu com a velocidade de uma carroça desgovernada. Eu não iria a lugar nenhum. Jamais cumpriria meu destino. Nyktos nunca mais me perderia de vista. Eu ficaria presa ali, junto com as pessoas que iam acabar morrendo por minha causa. A pressão no meu peito e garganta aumentou mais ainda. O aperto se tornou insuportável e fiz algo que nunca havia feito antes.

Eu me virei e *corri*. Corri o mais rápido que pude, disparando entre as árvores tortas e curvadas, ignorando a dor quando os galhos baixos me acertavam como dedos ossudos, puxando minha capa e meus cabelos e cortando minha pele.

A pressão no meu peito era fria e profunda, roubando todo o meu autocontrole e raciocínio. Foi como quando Tavius me imobilizou e eu não conseguia respirar. Eu reagi como um animal selvagem na ocasião e tinha voltado a ser aquele animal.

Ele atearia fogo nas Terras Sombrias.

Um suor úmido e pegajoso brotou na minha testa quando a ferida deixada pela Sombra começou a latejar. Os galhos cinzentos das árvores eram como um labirinto indistinto de ramos retorcidos, estropiados e semelhantes a ossos. Minhas botas ecoavam nas rochas e no terreno irregular enquanto eu corria sem saber para onde. Mas sabia o porquê: desespero. Aquele desespero tolo e idiota me incitava a seguir em frente, cada passo aumentando a distância entre mim e os pesadelos que certamente se tornariam uma realidade horrível. Jamais teria a oportunidade de alcançar Kolis. Não passaria de um alvo, guiando-o até todos, incluindo Nyktos.

Kolis fez todo tipo de coisa com ele.

Eu não poderia deter a Devastação. Não conseguiria deter Kolis. Não tinha nenhum dever, nenhum propósito. Eu ia morrer. E, pior ainda, seria a causa de um horror incalculável. Eu não passava de uma...

O cheiro de frutas cítricas e ar fresco foi o único aviso que recebi. De repente, o corpo de Nyktos colidiu contra o meu, firme e sólido. O chão veio na minha direção enquanto ele me pegava pela cintura. Ele mudou de posição e tudo o que vi foi o brilho das estrelas entre uma teia de galhos nus.

Nyktos atingiu o chão primeiro e... Deuses, como deve ter *doído*. Ele absorveu o impacto do meu peso contra a superfície rochosa com um grunhido. A parte de trás da minha cabeça bateu contra o peito dele, me deixando atordoada. Por um instante, ficamos em silêncio, ofegantes. Em seguida, ele perguntou:

— Você realmente tentou fugir? — O hálito de Nyktos agitou o cabelo no topo da minha cabeça. — *De mim?* Por quê? Por que você faria algo assim?

— Por que eu *não* faria? — retruquei, estremecendo ao me dar conta de como aquilo soava infantil.

— Isso é uma maldita piada pra você? — rosnou ele. Um tremor percorreu meu corpo quando tentei me desvencilhar de Nyktos. — Você deixou a segurança do palácio e foi para o segundo lugar que a avisei para nunca entrar. Será que a minha pequena lista de regras era tão confusa assim? Ou você é incapaz de seguir regras feitas para salvar a sua vida?

— Que se danem as suas regras — vociferei, trêmula.

— E a minha sanidade também — disparou ele. — Você ao menos entende como estava perto da morte, Sera? Mesmo que matasse a Sombra perto de você, havia pelo menos mais uma dúzia à espera. Se eu não tivesse sentido seu medo e vindo ajudá-la, *de novo*, se é que posso acrescentar...

— Não, não pode.

— Você já estaria morta — bradou ele. — Elas teriam dilacerado você e nem todo o meu sangue seria capaz de salvá-la. Não sobraria nada de você para sequer *enterrar*. Para que eu pudesse... — Ele se interrompeu, e a fúria em suas palavras crepitou no ar a nossa volta numa explosão de energia flamejante. Arregalei os olhos quando a ondulação atingiu as árvores, reduzindo-as a *cinzas*.

Puta merda. Senti a garganta seca quando vi o que restava das árvores cair no chão como se fosse neve.

— No que estava pensando, Sera? — perguntou ele, me sacudindo.

No que eu estava pensando? Que conseguiria fugir das Terras Sombrias, fugir *dele*? E chegar até Kolis viva?

— Responda a minha pergunta. — De repente, eu me dei conta de que Nyktos não estava me sacudindo. Era o corpo *dele* que tremia sob o meu. — Por que estava fugindo de mim?

Tentei me sentar mas ele mudou o braço de posição, me segurando contra si. Em meio à toda a confusão, percebi que ele tinha prendido minha mão esquerda contra o abdômen. Não a direita. A mão que empunhava a adaga. Era uma decisão proposital, não um acaso. A adaga não era capaz de matá-lo, mas já o havia ferido antes. Um guerreiro habilidoso como Nyktos removeria a ameaça de tal arma antes de mais nada. Era o que eu faria. Mas ele decidiu o contrário.

— Eu não estava fugindo de você.

— Então o que estava fazendo? Se esforçando para ser a pessoa mais difícil que já conheci?

— É, isso mesmo. E não que eu estivesse tentando salvá-lo, seu babaca!

Nyktos ficou imóvel e calado, e me dei conta do meu erro no mesmo instante. O peito dele subiu bruscamente contra as minhas costas.

— Você não pode ter... Não, Sera. *Não!*

Senti o momento em que o choque o atingiu. Ele afrouxou o braço em volta da minha cintura, e eu sabia que aquela era a minha chance, minha última chance.

Cravei os pés no chão e me lancei para cima, me desvencilhando dele. Fiquei livre por um segundo antes que Nyktos me pegasse pelo braço esquerdo. Praguejei e girei o corpo para trás enquanto ele se sentava, prendendo meus joelhos entre as coxas. Ele pegou a trança grossa que pendia dos meus ombros quando brandi a adaga.

Os olhos de Nyktos se arregalaram quando encostei a ponta da lâmina sob o queixo dele. Minha mão estava firme. Eu não tremia por fora, mas por dentro... por dentro eu estava completamente trêmula.

— Me solta — ordenei.

Aqueles olhos brilhantes como o luar se fixaram nos meus.

— Não.

— Você precisa me deixar ir, Nyktos.

— E se eu não deixar? — Ele repuxou um canto dos lábios. — Vai cortar minha garganta?

A frustração e a impotência se chocaram com uma maré amarga de desespero e raiva.

— Se for preciso.

— Então vá em frente. Corte. — Ele enrolou a trança em volta da mão, colocando pressão suficiente no meu pescoço para me forçar a abaixar a cabeça na sua direção. — Mas faça um corte profundo. Até a coluna vertebral. Caso contrário, só vai conseguir deixar nós dois encharcados de sangue.

Meu coração disparou. Ele não podia estar falando sério.

— Vamos. Faça — rosnou ele, repuxando os lábios sobre as presas. — Sua única chance de tentar fugir daqui é se partir minha coluna.

Um tremor percorreu meu braço e reprimi um suspiro quando ele levantou a cabeça. Uma gota de sangue azul-avermelhado brotou na sua garganta.

— Mas é melhor correr bem depressa. Não vou ficar caído por muito tempo — advertiu ele, com os olhos descontroladamente agitados fixos nos meus. — Você terá cerca de um minuto. No máximo. Mas, só pra saber, você não vai conseguir sair das Terras Sombrias, *liessa*.

Liessa.

A palavra não significava apenas Rainha na antiga língua dos Primordiais. Também significava algo belo. *Poderoso*. Ouvi-lo me chamar assim me abalou. E então Nyktos aproveitou para revidar.

Ele agarrou minha mão que brandia a adaga e me virou com tanta facilidade que ficou evidente que poderia ter feito isso a qualquer momento.

— Isso não é justo — reclamei.

Ele se lançou sobre mim num piscar de olhos, me prendendo ali.

— O que exatamente a faz pensar que sou justo?

— *Tudo*.

O pânico era uma coisa estranha: sugava suas forças num momento e lhe concedia um poder quase sobrenatural no outro. Ergui os quadris e firmei as pernas na cintura dele. Rolei o corpo de Nyktos no chão e fiquei de pé com um urro. Em seguida, pulei para trás e me virei.

Um ronco baixo vindo dos céus sacudiu os galhos nus das árvores que restaram, sacudindo-os como ossos secos. Olhei para cima, captando um vislumbre de asas preto-acinzentadas através das cinzas à deriva. *Nektas.* Meu coração disparou outra vez.

Nyktos ficou de joelhos e virou o corpo, estendendo a perna para me dar uma rasteira. Perdi o equilíbrio e caí sentada. Nyktos era ágil, irritantemente ágil. Ele se deitou em cima de mim de novo, mas dessa vez foi mais esperto. Enfiou a coxa entre as minhas e segurou meus pulsos, prendendo-os contra a grama seca e morta enquanto a sombra de um dragontino pairava acima de nós, circundando a clareira que Nyktos criara em meio à fúria.

— Solte. — O éter se derramou dos olhos de Nyktos e se infiltrou *sob* a pele, iluminando suas veias enquanto um fio de sangue escorria por sua garganta. — Solte a adaga, Sera. Não quero obrigá-la a fazer isso, mas farei se for preciso. Solte-a já!

E ele podia mesmo fazer isso, usando de persuasão. Ofegante, forcei-me a afrouxar o aperto. O cabo da adaga escorregou da minha mão. Já era. Mesmo que eu conseguisse me soltar e nocautear Nyktos, não iria muito longe. Não com Nektas lá em cima.

— Satisfeito?

Os dele olhos assumiram um tom de prata pura, sem nada da pupila à vista, apenas duas esferas brilhantes. As veias iluminadas pela essência continuaram se espalhando por sua bochecha e pescoço. Em questão de segundos, o pequeno ferimento desapareceu, deixando apenas os vestígios do sangue ali.

— Diga que estou errado, Sera.

Senti os músculos fracos e o pescoço, flácido.

A essência crepitou a sua volta em fios pretos entremeados de prata. As sombras se agitavam sob a pele de Nyktos.

— Diga que estou errado. Diga! — gritou ele, com as sombras se espalhando até que sua carne ficasse da cor da meia-noite banhada pela luz das estrelas e os dedos em torno dos meus pulsos tão rígidos quanto a pedra das sombras. — Me diga que você não estava indo atrás de Kolis!

— Eu precisava fazer isso.

— *Resposta errada* — rosnou ele, com as presas brancas contrastando com a pele.

Fiquei boquiaberta quando Nyktos assumiu sua verdadeira forma. Duas enormes asas se expandiram atrás dele, com a largura equivalente a sua altura. Massas sólidas e condensadas de poder que bloqueavam tudo atrás dele. Eu não estava muito perto no pátio quando ele assumiu aquela forma, mas pude distinguir as linhas marcantes do seu rosto sob a carne rígida e agitada: o contorno das maçãs do rosto, os lábios carnudos e exuberantes e as mechas de cabelo castanho-avermelhado que caíam contra a curva do seu maxilar.

— Seja lá o que ache que precisa fazer — disse ele, com a voz tão suave quanto um suspiro, o que fez o meu coração palpitar outra vez — ou o que acredite que pode realizar, você está enganada.

— Como pode dizer isso? Eu posso detê-lo. — Estremeci, as palavras escapando de mim. — Você sabe disso.

— Entregar-se a Kolis não é a solução.

— É sim e você sabe! — gritei. — Por que outro motivo seu pai colocou a alma dela em mim? Por que outro motivo fui treinada para matar um Primordial?

A cabeça de Nyktos estava a poucos centímetros da minha, e o brilho dos seus olhos fez os meus lacrimejarem.

Meu instinto implorava para que eu ficasse quieta, pois ele estava prestes a perder o pouco controle que ainda tinha. Mas não consegui. Nyktos precisava entender que era a única chance de deter Kolis.

— Eu sei o que vou enfrentar — afirmei com o mesmo tom de voz firme de quando falei com aquele lobo kiyou que trouxera de volta à vida nos Olmos Sombrios. — Mas o que quer que aconteça comigo vai valer a pena se...

As asas gêmeas desceram, batendo no chão e fazendo com que a floresta inteira tremesse. O éter faiscou nas pontas das asas, atingindo a grama morta e transformando-a em cinzas.

— Você t-tem que entender. — Estremeci quando um ar gelado soprou de Nyktos. — Eu sou a fraqueza *dele*. Sabe o que passei a vida inteira me preparando para fazer? Foi para ele. Não para você. — Meu hálito se condensou no ar. — Ainda posso tentar. Só me ajude a chegar lá ou... ou me deixe ir. Qualquer opção serve. Vou cumprir o meu *verdadeiro* destino.

Nyktos ficou em silêncio.

Engoli em seco, esperando estar chegando a algum lugar com ele, rezando para qualquer Destino que pudesse estar ouvindo para que ele entendesse.

— Você não devia ter que se preocupar em esconder quem sou. Você se livraria de mim, assim como todos que buscam refúgio sob seus cuidados. Todo mundo que vive nas Terras Sombrias vai ficar mais seguro desse jeito. *Você* vai ficar mais seguro. Ninguém precisa se ferir ou morrer.

— Mas você estaria morta — declarou Nyktos com uma voz que mal reconheci, num tom mais grave e gutural. — Kolis vai destruir você.

— Não importa... — Arfei quando ele ergueu as asas, soprando nossos cabelos no rosto conforme se abriam atrás dele.

— E você ainda diz que dá valor à própria vida. — Um grunhido profundo retumbou do peito dele. — Sua falta de apreço nunca foi tão evidente quanto agora.

— Vou morrer de qualquer jeito. O plano mortal será extinto. Você não tem como impedir isso. Ninguém tem. Mas pelo menos posso fazer alguma coisa em relação a Kolis. Para que ele não possa machucar mais ninguém. Para que não possa machucar você.

Ele abaixou a cabeça ainda mais, e sua boca ficou a um fôlego da minha.

— Sofrerei de bom grado qualquer coisa que Kolis lance contra mim contanto que meu sangue seja derramado em vez do seu.

Encostei o corpo contra o chão, atônita.

— Por quê? Por que você faria isso por mim?

— As brasas da vida e você...

— Que se danem as brasas da vida!

Tentei, em vão, me desvencilhar dele, mas alguma coisa dentro de mim, algo que estava crescendo ali por *anos* a fio, começou a rachar.

Um emaranhado de emoções se desfez, repleto de medo, carência, vergonha, solidão, tristeza e milhares de coisas que nunca fui autorizada a sentir. Pedaços arrancados de mim por todas as vezes que fui excluída pela minha família, tratada como uma hóspede indesejada e vista como uma maldição. Feridas provocadas pela decepção da minha mãe, que infeccionavam toda vez que ela olhava para mim como se desejasse não mais precisar fazê-lo.

Eu não era nada além de um recipiente de cicatrizes profundas causadas pelas vidas que tirei e que deixaram o tipo errado de marca em mim. Não passava de um hematoma roxo numa tela em branco, pois não sentia nada, não lamentava aquelas perdas. Eu não me importava porque ninguém se importava comigo, só com o que eu podia fazer por eles.

Minha pele se retesou e começou a pinicar. Meu peito latejou e aquele nó se transformou em raiva, algo que não podia mais ser escondido ou contido. Joguei a cabeça para trás, com um grito de frustração e fúria queimando na garganta. De dentro da vasta caverna que se abriu, o fogo irrompeu em meio ao vazio. *Poder.*

Era como se estivesse ali o tempo todo, vibrante e quente, ancestral e inesgotável. O poder corria nas minhas veias. Uma luz prateada embotou minha visão.

Bati nos ombros dele quando a energia, a Essência Primordial pura, irrompeu das minhas mãos e fluiu na direção de...

Nyktos.

7

O puro éter prateado se lançou contra Nyktos, espalhando-se sobre seu corpo conforme ele se erguia e era jogado para trás. Suas asas se abriram, e ele pairou no ar.

— Nyktos! — gritei.

O pavor explodiu dentro de mim e caí de joelhos. O éter começou a crepitar, correndo por suas asas e corpo e inundando suas veias. Meus deuses, o que foi que eu fiz?

A escuridão se espalhou ao redor de Nyktos, densa e agitada. Ele abriu a boca, e o som que emitiu... foi do mais absoluto *poder*. Um rugido atingiu os galhos secos atrás dele, partindo-os. A temperatura caiu tão drasticamente que pareceu congelar todo o ar que consegui colocar para dentro dos pulmões. Eu estava gelada até os ossos quando ele começou a avançar na minha direção...

Uma sombra imensa recaiu sobre mim, bloqueando as árvores e o brilho fraco das estrelas. Fiquei tensa. O vento soprou na clareira quando Nektas desceu, estendendo as asas sobre a minha cabeça e cravando as garras dianteiras no solo diante de mim. O chão e as árvores que não haviam sido derrubadas tremiam como se fossem palitos de fósforo.

Fechei os olhos, mas não ousei me mexer. Sabia que a morte estava próxima, uma morte dolorosa e flamejante. Não tinha como ser diferente.

Eu ataquei Nyktos. Feri Nyktos. Tinha certeza disso porque o poder que saiu de mim era puro e absoluto. Não foi de propósito, mas não importava. Além de estar vinculado a Nyktos, Nektas via o Primordial como um membro da *família*. O dragontino ia me matar. Mas o clarão intenso do fogo prateado que eu sabia que veria, mesmo de olhos fechados, não veio. Nem a dor.

Abri os olhos, trêmula. Estava a centímetros das grossas escamas preto-acinzentadas do corpo de Nektas. Sabia que ele era grande, mas não fiquei tão perto dele na forma de dragontino nem quando o vi pela primeira vez a caminho das Terras Sombrias. Só o corpo dele devia ter uns seis metros de extensão. Uma de suas asas coriáceas pairava acima de mim e ele estava... agachado. Ao meu redor.

Nektas abaixou a cabeça, fazendo com que a fileira de chifres pontiagudos vibrasse enquanto repuxava os lábios sobre os dentes enormes e esmagadores. Seu rosnado baixo de advertência me deixou toda arrepiada.

— Está tudo bem — balbuciou Nyktos.

Meu olhar disparou em sua direção. Tonta de alívio ao ouvi-lo falar, me desequilibrei sobre os joelhos e percebi que o ar já não parecia congelado.

— Nektas não é... uma ameaça — disse Nyktos entre os dentes cerrados. A luz prateada e crepitante continuava reverberando pelo seu corpo. — Ele está... protegendo você.

— Do quê?

— De mim.

Aquilo não fazia sentido, mas o dragontino imenso estava de olho no *Primordial*.

Não em mim.

— E-eu machuquei *você*.

— Ele está preocupado... que eu acabe... revidando por instinto. — Nyktos balançou a cabeça de um lado para o outro. — Que acabe fazendo mais do que... só machucá-la.

— Mas você não vai fazer isso. — Eu me virei para Nektas. — Ele não vai me machucar.

— Eu cheguei bem perto.

Eu duvidava muito. Talvez estivesse sendo ingênua, mas Nyktos já teve milhares de oportunidades para me machucar. Ainda assim Nektas não cedeu. Ele estava concentrado no Primordial, soltando um rosnado um pouco mais baixo de advertência.

De repente, Nyktos se abaixou e ficou de joelhos diante de mim. As sombras recuaram quando ele se inclinou para a frente, espalmando a mão no chão. Ele curvou a cabeça, com os ombros largos estremecendo conforme as ondas de éter diminuíam até desaparecer. Suas asas viraram fumaça e se espalharam pelo ar. O tom de pedra da meia-noite sumiu da pele dele. Mechas de cabelo caíram em torno do seu queixo.

Nyktos não disse nada. Passaram-se alguns minutos durante os quais só seus ombros se moviam, para cima e para baixo, acompanhando a respiração ofegante.

Talvez ele não estivesse muito bem. A preocupação tomou o lugar do alívio. Ainda de joelhos, comecei a me aproximar dele.

— Nyktos?

Silêncio.

Nektas finalmente parou de rosnar. O dragontino esticou o focinho para a frente, cutucando de leve o ombro de Nyktos.

— Estou bem — disse Nyktos com a voz rouca, pousando a mão na lateral da mandíbula larga de Nektas. — Só preciso de um minuto.

O dragontino recuou, sem tirar os olhos dele. Aquele minuto pareceu levar uma hora.

Nyktos levantou a cabeça bem devagar. Seus olhos cheios de essência encontraram os meus.

— Foi uma... — Ele pigarreou e, quando voltou a falar, sua voz soou mais firme e forte. — Foi uma surpresa e tanto.

— Eu... — As lágrimas brotaram nos meus olhos conforme eu sacudia a cabeça e olhava minhas mãos. — Foi sem querer. Eu juro que foi sem querer. Nem sei como fiz isso.

— Deve ser a Seleção. Não imaginei que isso aconteceria. Achei que seria mais parecido com o que acontece com os semideuses. Mas as brasas dentro de você... são poderosas. E estão deixando *você* mais poderosa... — Ele parou de falar, e a maldita admiração no seu tom de voz pairou em meio ao silêncio. — Quando um deus entra na Seleção, sua essência aumenta e se fortalece. À medida que se aproxima de completar o processo, ele pode ter... explosões de temperamento ligadas à emoções. A maioria não consegue sequer controlar a essência desse jeito, mesmo que Ascendam. Eles não possuem éter suficiente para isso.

Fechei as mãos contra o peito e olhei para ele. Nyktos havia se aproximado. Nem o ouvi se mexer. Ele continuava ajoelhado ali. Nektas não tinha dado um rosnado sequer, mas agora Nyktos também estava sob o abrigo de suas asas.

— Você estava com as emoções à flor da pele quando isso aconteceu.

Dei uma risada sem graça e senti as lágrimas emergirem. Desviei o olhar depressa, fechando os olhos.

— Sinto muito. Não foi de propósito. Eu juro.

— Eu sei — sussurrou Nyktos, e eu me afastei ao sentir o toque dos dedos dele no rosto. Seus dedos...

— Sua pele está fria de novo.

— Não tem problema.

— Como não? — Tentei me inclinar para trás, mas a mão dele me seguiu, fechando-se ao redor da minha bochecha. Sua pele estava fria como antes. — Eu fiz aquilo sem querer, mas acabei machucando você.

— Não, não machucou.

— Acho que machuquei, sim. — Estendi o braço, tocando a mão dele na minha bochecha. Será que o éter desfez o que meu sangue havia feito por ele antes? Tirei a mão dali. — Você precisa se alimentar...?

— Você não tem que se preocupar com isso.

Não sei como ele podia sugerir uma coisa dessas. Ou por que não estava mais perturbado com o que eu havia feito.

— E se eu fizer isso de novo? E acabar machucando alguém que não se recupere?

Nyktos fechou os olhos por um segundo, suavizando a expressão.

— Vamos garantir que isso não aconteça, Sera.

Falar era fácil.

— Como...? — Recuei, caindo sentada enquanto me lembrava do que havia feito antes de Nyktos me encontrar. — Eu toquei numa Sombra.

— Você não devia sequer ter chegado perto delas.

— Esse não é o ponto.

Sua gentileza desapareceu no instante em que ele cerrou o maxilar.

— Esse é exatamente o ponto.

— Você não está prestando atenção. Eu toquei na Sombra, e ela começou a ganhar vida.

— O quê? — perguntou ele, abaixando a mão enquanto Nektas virava a cabeça na nossa direção.

— Não foi de propósito. Eu não estava tentando fazer isso. Mas vi... suas veias e músculos se formarem. Seu coração. O coração dela voltou a *bater* — expliquei. — Pouco antes de você a matar, o coração da Sombra estava batendo, e ela falou comigo.

Nyktos se afastou de mim, com os olhos arregalados.

— Não é possível. — Ele se virou para Nektas. — Ou é? Eu não senti nada.

O dragontino...

Nektas *mudou* de forma, bem ali ao nosso lado. Uma explosão deslumbrante de milhares de pequenas estrelas prateadas irrompeu por todo o seu corpo e acima de nós, onde estava sua asa. Fiquei boquiaberta quando o espetáculo cintilante se desvaneceu e dedos tomaram o lugar de garras, as asas se retraíram e carne substituiu escamas. Cabelos preto-avermelhados recaíram sobre a pele firme, levemente estriada e marrom-acobreada.

— Você está pelado — sussurrei.

— Isso a incomoda? — indagou Nektas.

— Talvez.

Nyktos se virou para mim.

— Então não devia continuar olhando para ele.

— E como não olhar? — murmurei.

Nektas deu um sorriso malicioso e fez um gesto com a mão. Houve um breve clarão de luz e, em seguida, só a parte de cima do seu corpo permaneceu exposta. Uma calça larga de linho cobria o resto.

— Melhor agora?

—Acho que sim... — Pestanejei. Será que eu estava tendo alucinações?

— Eu não estava perguntando a você — respondeu Nektas, lançando um olhar penetrante para Nyktos.

O Primordial estreitou os olhos e repuxou os cantos dos lábios para baixo.

— Como você fez isso? — perguntei.

— Magia — respondeu Nektas. Franzi a testa enquanto ele se sentava ao lado de Nyktos. — Tem certeza de que a Sombra falou com você?

Confirmei com a cabeça, deixando a história da calça mágica de lado por enquanto.

— Ela disse *meyaah Liessa*.

— Minha Rainha — repetiu Nyktos.

— Cacete. — Um sorriso lento surgiu no rosto de Nektas. — São as brasas.

Eu já estava de saco cheio de ouvir falar dessas brasas, mas aquilo me confirmou que Nektas sabia que havia duas brasas em mim e não somente uma. Nyktos confiava nele, mas será que tinha contado ao dragontino a outra parte, aquela a respeito de Sotoria?

— Eythos podia fazer isso — continuou Nektas. — Ele podia recriar os ossos dos mortos. Era raro. Só me lembro de ele ter feito isso uma vez. Não é o mesmo que restaurar a vida de alguém que acabou de falecer. Foi por isso que ninguém sentiu nada. — Ele inclinou a cabeça e me avaliou. — As brasas dentro de você são muito poderosas.

— Foi o que me disseram — murmurei.

Nyktos franziu o cenho.

— Não sabia que meu pai podia fazer isso.

— Acho que nem Kolis sabia. — Nektas passou uma mecha de cabelo para trás do ombro. — É melhor não tocar em nada que esteja morto até que consiga controlar melhor as brasas.

Pousei as mãos no colo.

— Vou tentar, mas vai ser difícil porque adoro tocar em coisas mortas.

O sorriso de Nektas se alargou e então o dragontino olhou por cima do ombro.

— Está melhor?

Nyktos assentiu, sem tirar os olhos de mim.

— É melhor vocês voltarem logo para o palácio. As Sombras não vão continuar assustadas por muito tempo.

Nektas se levantou, apertando o ombro de Nyktos antes de entrar no labirinto de árvores mortas. Alguns segundos depois os galhos se sacudiram violentamente e Nektas subiu aos céus na forma de dragontino.

— Então quer dizer que dragontinos conseguem criar roupas do nada? — perguntei. — Primordiais também conseguem fazer isso?

— Só as roupas que já usamos. Elas se tornam uma extensão de nós.

— É, até que faz sentido. — Olhei para ele e de repente me dei conta da exaustão profunda que sentia. Estava com muita coisa na cabeça. — Você não vai me deixar ir embora, vai?

— *Nunca* — jurou ele.

A incredulidade e a frustração se chocaram dentro de mim.

— Vai me manter presa aqui então? Contra a minha vontade?

O éter voltou a faiscar nos olhos dele.

— Se você vai ficar aqui como minha Consorte ou prisioneira, é uma decisão *sua*.

— Não há uma escolha de verdade quando as duas opções são a mesma coisa.

— Se quer ver as coisas dessa maneira, o problema é seu. — Nyktos se levantou com fluidez, sem demonstrar qualquer sinal de que eu o tivesse machucado. — Seu destino não é morrer nas mãos de Kolis.

Arfei bruscamente quando a certeza da minha tentativa fracassada e do que aquilo significava recaiu sobre mim. Aquela havia sido minha única chance. Eu não teria outra oportunidade, agora que ele já esperaria isso de mim.

— Então qual é meu destino?

— Ser minha Consorte — respondeu ele. — Goste ou não.

Minha raiva aumentou enquanto eu encarava o Primordial da Morte. Escolhi me agarrar a ela, pois raiva era melhor do que desespero e impotência.

— Quer dizer que meu destino é morrer como sua Consorte?

Um músculo se contraiu em sua têmpora enquanto ele olhava de cara feia para mim.

— Pode haver outra maneira de evitar sua morte.

— É mesmo? — Dei uma risada. — Tipo o quê?

— Se eu conseguisse ter cinco segundos de paz e não tivesse que me preocupar com você correndo em direção à morte, talvez conseguisse pensar em alguma coisa.

Revirei os olhos.

— Aham. Tudo bem.

Nyktos pareceu reprimir um grito de frustração e dei um sorrisinho, olhando para a adaga. Então a peguei.

— Espero sinceramente que, seja lá o que você pretenda fazer com essa adaga, não tenha nada a ver comigo — advertiu Nyktos enquanto eu a enfiava dentro da bota.

— Não... não a tire de mim — pedi, o que soou como um apelo e deixou minhas bochechas coradas.

— Se quisesse tirá-la de você, eu já o teria feito.

Olhei para ele, desconfiada.

— Você não tem medo que eu corte sua garganta até a coluna vertebral como me disse para fazer?

— Não.

Estreitei os olhos.

— Pois deveria.

Ele sorriu, passando os dedos sobre o bracelete ao redor do bíceps e puxando um fio de sombras dali.

Retesei o corpo quando a fumaça se espalhou diante de Nyktos, assumindo a forma do seu cavalo de guerra. Odin sacudiu a crista preta enquanto batia as patas no chão coberto de cinzas. Eu havia esquecido que o cavalo *morava* no bracelete dele.

— Como é que...? — Parei de falar quando Nyktos me encarou.

— O quê?

— Nada — murmurei, tentando reprimir a vontade de saber como ele conseguia tirar Odin de um bracelete de prata. Fracassei cinco segundos depois. — É magia também?

— É, Magia Primordial.

Lembrei-me da cadeira que ele mudara de posição e da lareira que acendeu mais cedo sem tocar em nada.

— Quer dizer que ele não é... de verdade?

— Odin é de carne e sangue. — Ele ficou em silêncio por um instante. — Espero que não esteja planejando passar o que resta da noite mais longa de todos os tempos nos Bosques Moribundos.

— E se estiver?

— Eu pegaria você e a colocaria em cima de Odin.

— Gostaria de vê-lo tentar.

Nyktos me encarou e sua expressão me dizia que ele estava mais do que disposto a fazer isso.

— Que seja. — Eu me levantei e desviei dele, marchando até Odin. Parei de andar quando o cavalo virou a cabeça na minha direção e bateu as patas no chão outra vez.

— Ele não está muito feliz com você.

— E o que fiz a ele?

Nyktos veio por trás de mim, abaixando a cabeça enquanto dizia:

— Você encostou uma adaga no meu pescoço e me acertou com o éter.

— É, mas não fiz essas coisas com... — Desisti de argumentar. Magia Primordial. — Ele é uma extensão de você. Entendi. — Dei um suspiro, olhando para o cavalo. — Sinto muito.

Odin bufou, virando a cabeça para o outro lado.

— Ele vai superar. — Nyktos me segurou pelos quadris e me ergueu no ar antes que eu tivesse chance de reagir. Agarrei a sela, me firmando ali antes de dar de cara no chão do outro lado. Nyktos montou atrás de mim. — Eventualmente.

Odin sacudiu a crista.

Eu tinha lá minhas dúvidas.

Nyktos estendeu a mão ao meu redor e pegou as rédeas.

— Na próxima vez que encostar a adaga no pescoço de alguém — disse ele, soprando o hálito na minha bochecha conforme guiava Odin na direção do palácio —, é melhor ir até o fim.

Retesei o corpo.

— Mesmo que seja no seu?

Nyktos passou o braço em volta da minha cintura e me puxou contra o peito.

— Principalmente se for no meu.

Orphine nos aguardava junto às portas voltadas para o estábulo, na entrada estreita que levava ao corredor em frente ao escritório de Nyktos. Ela não estava sozinha ali. Ector se recostou na parede enquanto Orphine avançava, ajoelhando-se no chão.

— Era meu dever vigiá-la — disparou. — Falhei com você. Sinto muito.

O arrependimento me invadiu.

— Não foi culpa sua.

— Pela primeira vez, Sera tem razão — respondeu Nyktos, e olhei para ele de cara feia. — Não precisa se desculpar pela imprudência dela...

— *Imprudência*? — sibilei. Parecia até que eu havia saído para dar um passeio pelos Bosques Moribundos.

— Ou coragem — continuou ele, retribuindo meu olhar. Calei a boca, surpresa por ele ter sequer pensado nisso, quanto mais dito. — Uma coragem estúpida — acrescentou ele.

Já estava começando a me arrepender de me sentir mal por tê-lo machucado.

Ector se afastou da parede enquanto Orphine se levantava, com os cabelos encaracolados ainda mais claros sob a luz do lampião.

— Coragem?

— Ela estava tentando ir até Dalos. — Nyktos segurou meu braço. — Para matar Kolis.

— Caramba — murmurou Orphine, afastando-se de nós.

O sangue sumiu do rosto de Ector.

— Você só pode estar de brincadeira.

— Quem me dera.

Nyktos me fez dar a volta por eles, seguindo na direção da escada dos fundos.

Ector nos seguiu.

— Por que você faria uma coisa dessas? Ou sequer pensaria nisso?

Parei de andar.

— Porque...

Nyktos não queria ouvir mais nada. Ele soltou meu braço e apontou para as escadas.

— Suba...

— Não me dê ordens como se eu fosse uma criança.

— Eu não precisaria fazer isso se você não se comportasse como uma.

Fiquei furiosa.

— Não foi isso que você pensou quando me levou para a cama e cravou as presas no meu pescoço!

— Uau — murmurou Ector.

Os olhos ardentes e prateados de Nyktos se fixaram nos meus.

— *Sera*.

Engolindo as palavras que era melhor não verbalizar, subi as escadas *correndo* como uma mulher adulta. Cheguei ao patamar do quarto andar antes que Nyktos me alcançasse.

— O que quer que estivesse pensando em dizer lá embaixo — começou ele, estendendo a mão ao meu redor e abrindo a porta —, pode esquecer.

— Por quê? — Entrei no corredor. Ele estava certo. Eu estava prestes a contar a Ector por que fui atrás de Kolis. — Você não confia nos seus guardas a ponto de contar a verdade sobre o que há em mim? Ou teme que, se eles souberem, possam concordar comigo?

— Nenhum deles concordaria com o que você estava tentando fazer nem a ajudariam em tal empreitada.

Dei uma gargalhada. E, nossa, como soou assustadora!

— Você não os conhece muito bem se pensa assim.

— E você conhece?

— O suficiente para perceber o óbvio. Nenhum deles gosta de mim e todos ficariam felizes em me ver partir, seja com as próprias pernas ou morta.

— Por que você acha isso?

— Sério? Eles ainda não me perdoaram pelo que eu pretendia fazer... — arfei, cambaleando para trás quando Nyktos surgiu na minha frente. — Pare de fazer isso!

— O que eles te disseram? — perguntou Nyktos com a voz baixa, mas carregada com a promessa de violência.

— Nada.

Ele se aproximou ainda mais.

— Diga quem e o que te disseram — ordenou.

— Eles não precisam dizer nada! — Cerrei as mãos em punhos. — Olha, a última coisa de que preciso é deixá-los ainda mais descontentes comigo. E não quero fazer isso. Eles já têm muitos motivos para não gostarem de mim. São leais a você, enquanto eu sou apenas a Consorte que você nunca quis e que pretendia matá-lo. Por eles, eu nem estaria aqui. — Passei por ele e continuei descendo o corredor, sentindo a mesma exaustão de antes. — As coisas são como são.

Graças aos deuses, Nyktos não me impediu. Cheguei ao quarto aliviada por encontrá-lo destrancado. Entrei, fechando a porta sem dizer mais nada. Passei pela cama e desabotoei a capa, que caiu no chão. Eu precisava de silêncio. De tempo para pensar e tramar...

A porta se abriu atrás de mim e eu me virei. Nyktos irrompeu em meus aposentos.

— Não.

Dei um passo para trás.

— Não o quê?

— *Isso*. Eu gostaria de ter algumas horas de descanso hoje à noite — anunciou ele.

— É você que está no meu quarto! — Joguei as mãos para cima. — Ninguém o impede de dormir.

— Você já provou que não pode ficar aqui sozinha, e eu preciso descansar. Então, se eu vou dormir, você também vai.

— Você só pode estar de brincadeira comigo! — exclamei.

— Eu pareço estar brincando?

Ele parecia querer aniquilar um reino.

— Não vou tentar fazer nada logo depois de você ter me flagrado.

— Gostaria de acreditar nisso, mas não sou idiota. Não posso colocar guardas na sua porta e no pátio, dedicados exclusivamente a garantir que você não faça algo imprudente. Pelo menos, não antes de colocar uma fechadura nas portas da varanda... — Ele virou a cabeça na direção delas e, em seguida, voltou a atenção para mim, com as sobrancelhas arqueadas. — Aliás, *como* foi que você desceu da varanda?

Suspeitei de que ele não fosse gostar da resposta.

— Magia? Você sabe como as brasas são poderosas.

O rosnado de Nyktos me deixou toda arrepiada.

— Você *desceu* pelo muro do palácio?

— Talvez? — arrisquei.

Ele me encarou.

— Parte de mim está impressionada por você ter conseguido fazer isso.

— Podemos parar nessa parte? — pedi.

— Você podia ter quebrado o pescoço.

— Mas não quebrei.

— Pelo amor dos deuses, Sera. Há um limite para a valentia. Para a *coragem*.

— Você não está cansado? Vamos esquecer essa história. — Cruzei os braços. — Ainda mais quando já falamos disso umas quinhentas vezes.

Ele xingou outra vez.

— Você tem razão. Posso gritar com você de manhã.

— Tem certeza? Ou vai ficar convenientemente ausente o dia todo? — bradei.

— Sentiu minha falta, foi?

— Não — bufei. — Pode ir para a cama.

— É o que estou tentando fazer, mas como disse antes: se eu vou dormir, então você também vai. E bem perto de mim.

Meu queixo caiu.

— No seu quarto?

Nyktos respirou fundo, visivelmente se esforçando para manter a paciência.

— Onde mais?

— Não.

Ele arqueou as sobrancelhas.

— Não?

— Foi o que eu disse. É uma palavra fácil de entender. Você já pode ir. — Apontei para a porta pela qual ele tinha entrado. — Boa noite.

Nyktos ficou me encarando.

— Não tenho tempo para isso.

— Ora, nem... — Arregalei os olhos quando ele veio na minha direção. — O que você vai fazer?

— Eu não vou ficar aqui discutindo com você.

A expressão de antes voltou ao seu rosto, a mesma de quando ele avisou que ia me colocar em cima de Odin. Recuei alguns passos.

— Não faça isso.

Ele continuou avançando.

Ergui as mãos, de olhos arregalados.

— Estou me sentindo muito emotiva agora. Posso perder o controle e acabar machucando você de novo.

— Eu adoraria vê-la usar o éter daquele jeito outra vez. Foi impressionante. — Ele repuxou um canto dos lábios. — Mas agora que sei que pode acontecer, vou estar preparado.

Esbarrei na coluna da cama e me virei...

Nyktos me pegou pelo braço e girou meu corpo. Ele passou o braço pela minha cintura e se abaixou, empurrando o ombro contra meu abdômen. Dei um gritinho quando ele me levantou do chão. De repente, fiquei pendurada no ombro dele — *no maldito ombro dele* —, encarando suas costas.

O choque me roubou as palavras por um instante. Então Nyktos se virou.

— Me ponha no chão! — gritei, com a trança escorregando para a frente e batendo no meu rosto.

— Não.

— Me ponha no chão! — Tentei chutá-lo, mas ele passou o outro braço sobre a parte de trás dos meus joelhos, prendendo minhas pernas. — Nyktos, eu juro pelos deuses...

— Você não deveria jurar pelos deuses. É blasfêmia.

Gritei, balançando o punho para trás enquanto ele abria a porta que conectava nossos aposentos. Fiquei paralisada, olhando para o corredor escuro da passagem. A porta já estava *destrancada*? Ou será que ele usou magia para abri-la?

— Tenho a sensação de que você está prestes a me dar um soco no rim — disse Nyktos enquanto me carregava pelo corredor até o quarto.

Desfiz o punho quando o cheiro de frutas cítricas, o cheiro dele, chegou às minhas narinas.

— Não estou, não.

— Acho que nunca conheci alguém que minta tanto quanto você. — Nyktos se virou bruscamente e me jogou na cama.

— Babaca! — Saltei na cama, vendo os móveis escassos dos seus aposentos iluminados pela luz das arandelas de parede. Um armário. Alguns baús e um sofá comprido ao lado de uma mesa e uma cadeira solitária. Fiquei meio surpresa por estar no quarto dele outra vez.

Nyktos pegou minhas pernas antes que eu conseguisse reagir, enfiando uma entre o braço e peito enquanto agarrava a bota da outra. Ele tirou a adaga dali e a cravou no pé de madeira da cama. Em seguida, puxou a bota.

— Que porra é essa?

— As botas estão tão sujas quanto a sua boca. — Ele puxou a outra bota, que caiu no chão com um baque. — E embora eu goste da sua boca na minha cama, não vou gostar das botas. — Ele olhou para minha calça suja e ensanguentada. — Elas também precisam sair.

— Uau. Acho que nunca ouvi um homem me pedir para tirar a roupa de um jeito tão romântico.

Os olhos dele se voltaram para os meus e estavam escuros como o céu lá fora. Afundei os dedos no cobertor grosso enquanto ele me encarava, sabendo que minha aparência estava tão bagunçada quanto minha cabeça. Mechas de cabelo soltas da trança. Pele cortada pelos galhos. Nyktos estava furioso comigo, e eu não estava muito feliz com ele e suas ordens, mas... alguma coisa mudou entre nós. Havia um tipo diferente de tensão no ar, que deixou a minha pulsação acelerada e o meu corpo desperto. De repente, fiquei imaginando se ele estava pensando na última vez que estive no seu quarto, na sua cama. Ou em nós dois na sala de visitas. Eu estava. O calor invadiu o meu sangue, seguido por uma dor pulsante.

Nyktos inflou as narinas, ofegante.

— Tire a calça, Sera.

Aquelas palavras me atingiram como um golpe feroz, alimentando meu lado impulsivo.

— Quer que eu tire a calça? — Recostei-me nos cotovelos e arqueei as sobrancelhas. — Então tire-a você mesmo.

Nyktos ficou completamente imóvel. Seu peito mal se movia, mas os fios de éter se derramaram em seus olhos. Ele não a tiraria. Eu já sabia disso quando sugeri.

Dei um sorriso de lábios fechados.

— Então acho que vou dormir de calça.

Nyktos se aproximou, apoiando o joelho em cima da cama. Prendi a respiração. Retesei o corpo inteiro quando suas mãos passaram sob a bainha do meu suéter, mas relaxei assim que seus dedos se fecharam no cós da calça. Ele não tirou os olhos de mim nem por um segundo.

— Você vai levantar a bunda da cama ou eu tenho que fazer isso também?

Mordi o lábio e levantei a bunda da cama. Os fios de éter faiscaram em seus olhos enquanto ele puxava a calça sobre meus quadris e coxas, sem abrir os botões. Os músculos do meu baixo-ventre se contraíram quando ele a puxou pelas minhas pernas e seus dedos roçaram na minha pele como um beijo frio. Nem ouvi a calça cair no chão. Seu olhar permaneceu fixo no meu enquanto ele tirava as meias de lã. Também caíram em algum lugar longe da cama. Lentamente, ele semicerrou aqueles olhos de cílios volumosos.

— *Merda*.

O suéter e a combinação tinham se amontoado na parte de cima das minhas coxas. De onde Nyktos estava e por causa daquela única palavra, percebi que ele viu que eu havia deixado de vestir a roupa de baixo na pressa de sair do palácio.

Meu coração martelava quando ele voltou a olhar para mim. A essência se agitou preguiçosamente em seus olhos.

— O suéter também está sujo — falei.

Nyktos engoliu em seco, e as pontas das presas ficaram à mostra.

— Levante os braços.

Fiquei de joelhos na cama e perdi o fôlego quando nossos corpos estavam a poucos centímetros de se tocar. Levantei os braços. Ele afundou as mãos no tecido grosso. Fechei os olhos quando ele puxou o suéter sobre a minha cabeça. A pele agora nua dos braços ficou toda arrepiada. A combinação era quase transparente, justa nos seios e mais solta na cintura e quadris. Não cobria quase nada. Eu estava tão nua como na ocasião em que ele me deu seu sangue. Senti o olhar dele, tão pesado quanto uma carícia, nos ombros — sem sequer um indício de ferimento — e no volume dos meus seios. E então mais para baixo.

As pontas dos dedos dele roçaram no meu braço, me fazendo abrir os olhos. Ele ficou em silêncio conforme estendia a mão atrás de mim para recolher a minha trança. Observei seus dedos deslizarem por todo o comprimento, parando ao alcançar a faixa que mal conseguia conter o volume de cabelos. Ele a puxou e colocou em volta do pulso. Começou a desfazer a trança com cuidado. Meu olhar disparou na direção dele.

— Não deve ser muito confortável dormir de trança — murmurou ele com a voz mais grave e aveludada.

Permaneci calada e parada ali enquanto ele separava os cachos com cuidado. Fiquei inexplicavelmente comovida com seu gesto.

Quando terminou, ele passou os cabelos por cima dos meus ombros, mas seus dedos permaneceram nas mechas, movendo-se na direção das pontas que chegavam na minha cintura.

— Já cansou de lutar comigo?

— Por enquanto.

O sorriso voltou aos seus lábios quando ele ergueu o olhar até o meu.

— E, no entanto, parece que ainda estamos no meio de uma batalha. — Ele tirou os dedos do meu cabelo e levou o polegar até a minha bochecha, tocando na pele sob o arranhão e depois no meu pescoço, logo abaixo da mordida curada.

Nyktos continuou ali por alguns momentos e depois se afastou. Ficou de olho em mim enquanto tirava as botas, como se esperasse que eu fosse fugir. Mas não menti quando disse que já estava cansada de lutar. A exaustão tinha voltado, mas dessa vez era quente em vez de frágil.

Fiquei onde Nyktos me deixou, observando-o quando ele se afastou e se virou para o lado. Baixei os olhos e distingui a rigidez da sua excitação evidente contra a calça. Senti um latejar agradável no peito quando ele tirou a túnica. Os redemoinhos de tinta ao longo das suas costas pareciam um borrão sob a luz fraca enquanto ele dava a volta na cama e ia até o armário. Ele abriu uma porta e, em seguida, estendeu a mão para a calça. Entreabri os lábios quando ele a tirou, revelando a curva firme do seu traseiro. Não desviei o olhar como no lago. Aproveitei a visão daquela pele marrom reluzente e dos pelos escuros das pernas dele. O corpo dele era... era indecente.

Nyktos vestiu uma calça preta e larga como aquela que Nektas criara do nada. Virou-se para a cama e soltou os cabelos do coque atrás do pescoço. Quando as mechas caíram sobre seus ombros, não pude deixar de pensar em como aquilo era íntimo.

As luzes na parede se apagaram quando ele se aproximou da cama, mergulhando o quarto na escuridão.

— Fui eu — explicou ao me ouvir soltar um suspiro de surpresa.

Meus olhos demoraram um pouco para se acostumar com a escuridão. Ele estava de pé ao lado da cama.

— Mais magia?

— Sim.

A cama afundou sob o peso de Nyktos, e eu... continuei onde ele tinha me deixado. No escuro, ele veio até mim. Passou o braço em volta da minha cintura, e eu não resisti, principalmente por causa do choque, quando me puxou para trás sobre a cama, colocando um cobertor em cima das minhas pernas. Encostei a cabeça no travesseiro, e então a cama se mexeu outra vez quando ele se acomodou atrás de mim.

O braço dele permaneceu na minha cintura, mas nenhuma outra parte dos nossos corpos se tocava, mesmo que não houvesse mais de alguns centímetros de distância entre nós. Fiquei de olhos arregalados e fixos na escuridão. Alguns minutos se passaram.

— Não pensei que você tivesse falado *bem perto de mim* no sentido literal.

— Pois falei. — O hálito fresco dele soprou no meu ombro, provocando um calafrio por todo o meu corpo.

O peso do braço dele era... muito reconfortante. Muito *tudo*.

— Acho que não vou conseguir dormir desse jeito.

— Se eu consigo, então você também consegue.

— Não sei, não.

— Feche os olhos e tente, Sera.

Deuses, dizer meu nome daquele jeito, como se fosse uma promessa, sempre me deixava abalada e desarmada. Fechei os olhos, ouvindo apenas o som do meu coração e da respiração profunda e constante dele. Concentrei-me na respiração de Nyktos até que... fiz o impensável e caí no sono. Não sei quanto tempo se passou antes de acordar de repente. Havia... havia acontecido alguma coisa.

Olhei para a escuridão, percebendo como Nyktos me segurava com força. Seu braço estava apertado sobre minha cintura, e a combinação mal servia de barreira contra a pressão fria de sua pele nas minhas costas. O peito dele subiu e desceu bruscamente, e eu senti sua respiração ofegante contra a curva do pescoço e ombro. Será que ele estava sonhando?

Tentei virar a cabeça para olhar para ele, mas seu braço me apertou ainda mais, me puxando contra si.

— Nyktos? — sussurrei.

Não houve resposta. Fiquei preocupada. Estendi a mão para tocar no músculo contraído do braço dele. Um tremor percorreu seu corpo inteiro.

— Prometa — murmurou ele. — Prometa que nunca mais irá atrás de Kolis.

Meu coração palpitou, e eu respirei fundo.

— Prometa para mim, Sera. Nunca mais.

Fechei os olhos para conter as lágrimas e disse duas palavras que não devia dizer.

— Eu prometo.

8

Nyktos já tinha ido embora quando acordei, mas as últimas palavras que disse a ele permaneciam na minha cabeça.

Eu prometo.

Não deveria ter feito aquela promessa. Eu me deitei de costas e virei a cabeça para o lado. Voltei o olhar da caixa de madeira em cima da mesinha de cabeceira para minha adaga, repousada no travesseiro ao lado do meu. Respirei fundo, soltei o ar bem devagar e a peguei, reparando no meu roupão ao pé da cama. Nyktos deve tê-lo pegado no meu quarto. Uma nova rachadura latejou no meu coração quando me levantei.

O piso de pedra estava frio sob meus pés quando atravessei a passagem mal iluminada e entrei nos meus aposentos. Fiquei parada debaixo do lustre de vidro por alguns minutos, tentando colocar os pensamentos em ordem. Eu havia falhado na noite passada. Então o que faria agora?

Não houve resposta, somente a chegada de Baines com água fresca, seguido de perto por Orphine. Seu pedido de desculpas a Nyktos na noite anterior ainda me deixava vermelha de vergonha.

— Quando estiver pronta, vou levá-la até Nyktos — anunciou Orphine enquanto fechava a porta. — Vou ficar esperando no corredor. — Ela fez uma pausa. — Por favor, não tente fugir de novo.

— Não vou.

Esperei ouvir algum sarcasmo de Orphine, mas ela apenas assentiu antes de sair para o corredor enquanto eu seguia até a sala de banho. Pelo menos não menti para ela. Eu não ia tentar fugir *agora*. Mas teria que tentar novamente em algum momento. E essa constatação fez com que a nova rachadura no meu coração parecesse ainda mais instável, como se estivesse em risco de se aprofundar e se espalhar por todo o peito.

Esfreguei o peito, detendo meus pensamentos antes que revisitassem a confusão de emoções que tinha causado aquela fissura. Nyktos estava me esperando, e eu podia muito bem ouvir de uma vez o que muito provavelmente seria um sermão épico.

Afastei os cabelos do rosto, fazendo uma careta ao sentir a textura áspera. Retirei os dedos e olhei para baixo. Uma fina camada de cinzas cobria as mãos cujo poder até então apenas curava e concedia a vida. Só que agora eu havia machucado Nyktos. Aquele poder era capaz de matar.

Será que as brasas eram tão poderosas assim? Será que estavam me conferindo habilidades divinas mesmo agora? Parando para pensar, não seria impossível. Afinal de contas, as brasas sempre me conferiram poderes. Eu só não queria... machucar ninguém. Não de propósito.

Engoli em seco, me forçando a seguir em frente. Entrei na sala de banho e peguei uma toalha limpa. Coloquei a toalha ao lado da banheira e me ajoelhei. Tirei a combinação, já sentindo falta do leve cheiro de frutas cítricas que havia se impregnado no tecido. De olho na porta, eu me lavei rapidamente e mergulhei a cabeça na banheira, esfregando vigorosamente os cabelos. Demorei um tempo absurdo para desfazer os nós depois, mas as mechas já estavam quase secas quando fui até o armário.

Não havia muitas opções: alguns suéteres, uma legging preta grossa e três vestidos. Escolhi um suéter e a legging e então me juntei a Orphine no corredor.

A dragontina permaneceu em silêncio enquanto me conduzia ao primeiro andar do palácio, com um livro debaixo do braço. O único som vinha do estalar das nossas botas contra o chão de pedra.

— Sinto muito pelo que aconteceu com a Davina — falei, sem saber se ela era amiga da dragontina ou não. Como não obtive resposta, olhei para ela. — E... também sinto muito por fazê-la sentir que falhou na sua tarefa. Não foi culpa sua, você não esperava que eu fosse descer da varanda.

Orphine arqueou a sobrancelha, mas não disse nada. Franzi os lábios e desviei o olhar, sentindo a culpa se instalar no meu peito. Imaginei que sua antipatia por mim houvesse se transformado num ódio desenfreado e nem podia culpá-la...

— Você está certa — disse ela. — Eu não esperava que você fosse descer pelo muro do palácio. Duvido que alguém esperasse, mas agradeço pelo pedido de desculpas... e pelo que você pretendia fazer.

Virei para ela quando chegamos às escadas.

— Sério?

— O que você fez terminaria em desastre — respondeu ela. — Mas sua disposição para assumir tamanho risco demonstra sua integridade. Você deve ser respeitada por isso. Honrada.

Respeitada? Honrada? Enquanto passávamos sob a abóbada, tentei me lembrar de alguma ocasião em que recebi elogios como esses. Antes da noite do meu décimo sétimo aniversário, eu recebia honrarias, mas não por algo que tivesse feito e sim pelo que a minha família acreditava que eu poderia fazer pelo reino. Eles respeitavam isso. Mas não a *mim*.

Chegamos ao saguão vazio, mas bem iluminado, e passamos sob as velas de vidro em cascata alimentadas pela Energia Primordial. Achei que haveria uma frota inteira de guardas armados esperando por nós. Dei um suspiro breve, olhando para o pedestal branco, simples e vazio e imaginando pela enésima vez o que havia ali antes, se é que havia alguma coisa. Senti um certo nervosismo quando passamos pela entrada dos corredores, um dos quais levava ao escritório de Nyktos. O palácio estava estranhamente silencioso quando cruzamos o corredor. Minha ansiedade aumentou ainda mais.

— Para onde estamos indo?

— Até Nyktos — respondeu ela. Aquilo era óbvio, mas ela não entrou em detalhes.

Cruzei os braços sobre a barriga quando olhei para a sala do trono. Meus passos desaceleraram. Não me lembrava de ter visto as portas fechadas antes. Se tinha, então eu era ainda mais distraída do que pensava, pois havia um belo desenho pintado nelas. As mesmas trepadeiras bordadas nas túnicas que Nyktos e seus guardas usavam estavam entalhadas em prata.

Folhas de álamo branco brotavam das videiras. No centro de cada porta havia duas luas crescentes de frente uma para a outra e, no espaço entre elas, abarcando as duas portas fechadas e pintada atrás das trepadeiras em espiral, havia a forma de um lobo.

Um lobo branco.

Pestanejei, franzindo a testa enquanto estudava o desenho.

A brasa pertencente a Nyktos zumbiu no meu peito quando as portas se abriram silenciosamente ao nos aproximarmos, revelando dois guardas desconhecidos. Minha pulsação disparou. Por que eu ia me encontrar com ele ali? Com os sentidos alerta, entrei na sala do trono e então parei.

Sob a luz do céu estrelado acima do teto aberto e dos milhares de velas acesas que revestiam as paredes, havia... Bons deuses, devia haver *centenas* de homens e mulheres de pé na sala do trono, vestidos com o uniforme cinza-escuro dos guardas do Primordial e fortemente armados.

Não deviam estar todos ali, pois sei que a Colina e Lethe jamais ficariam desprotegidos, mas a vasta câmara circular estava quase cheia. Com os olhos arregalados vasculhei a multidão. Avistei Rhahar de pé com Saion em frente a Rhain e Ector. Junto com eles havia um homem de cabelos escuros e ondulados e a mesma pele clara de Orphine. Rhain desviou o olhar, cerrando o maxilar quando olhei para ele.

Minha confusão só aumentou quando vi Lailah e Theon acompanhados por um dragontino de escamas preto-arroxeadas que mal alcançava seus joelhos. Foi estranho ver Reaver em sua forma de dragontino quando, na última vez que o vi, ele parecia um garotinho de dez anos com cabelos louros desgrenhados, rosto de elfo e olhar sério. Em seguida, olhei para o estrado.

Nyktos estava diante dos tronos vazios, vestindo uma camisa folgada e calça escura. Seus olhos encontraram os meus e se fixaram neles, mesmo à distância, e meu coração disparou.

— Vamos. — Orphine gesticulou para que eu a seguisse.

Como se por feitiço, meus pés começaram a se mover. Os guardas e os deuses abriram caminho conforme avançávamos, a sala tão silenciosa que temi que pudessem ouvir as batidas do meu coração ao alcançar os degraus arredondados. Não fazia ideia do que estava acontecendo, mas duvidava muito de que ele tivesse me trazido diante de todas aquelas pessoas para gritar comigo. Nyktos já devia saber que aquilo não acabaria muito bem para ele, mesmo sendo um Primordial. Parei de andar quando Orphine se deteve e...

Porque o olhar intenso de Nyktos continuava fixo em mim e nos meus cabelos, que deixei soltos. Não que tivesse alguma coisa a ver com o fascínio dele ou porque certa vez me dissera que meus cabelos o lembravam do luar. De jeito nenhum. Minha nuca começou a formigar conforme eu subia o curto lance de degraus.

— Está tudo bem — assegurou Nyktos com uma voz que mal passava de um sussurro. A luz das velas incidiu sobre o bracelete quando ele estendeu o braço para mim. — Segure minha mão.

Confusa demais para negar, fiz o que ele pediu. Nyktos acenou com a cabeça quando me virei para encarar as pessoas lá embaixo. Os guardas fecharam as portas, e Reaver saiu do meio da multidão. Suas garras tilintaram baixinho conforme ele atravessava o piso de pedra das sombras e subia os degraus. Não vi Nektas, mas Aios estava de pé ao lado de Paxton, o mortal que Nyktos trouxera para as Terras Sombrias depois que o jovem tentou roubá-lo. A expressão confusa no rosto de Aios espelhava o que eu sentia.

Nyktos pousou a outra mão no meu ombro, e senti seus dedos frios através do tecido do suéter, mais um lembrete do que eu havia feito com ele.

— Aqueles reunidos aqui são meus aliados de maior confiança — continuou calmamente. Reparei que ele nunca se referia aos guardas e deuses sob seu comando como criados, mas como *iguais*. — Eles juraram proteger as Terras Sombrias e lutar contra Kolis e os seguidores do falso Primordial da Vida.

Levei um susto quando Reaver se agachou perto das minhas pernas.

— Todos o fizeram sabendo que seu juramento provavelmente terminará em morte. No entanto, trabalham com vigor para restaurar o Iliseu ao que era antes: um reino de paz e justiça para todos. São extremamente corajosos, até demais — disse ele, com a voz erguida. — Assim como você.

O ar escapou dos meus pulmões.

Nyktos apertou minha mão enquanto erguia o olhar para a multidão.

— Qualquer um deles teria feito o que você fez na outra noite — prosseguiu ele, permitindo que sua voz ecoasse pela sala do trono. — Qualquer um deles se sacrificaria se acreditasse que isso protegeria as Terras Sombrias e as pessoas que buscam refúgio aqui. — O Primordial levantou a cabeça quando Reaver se recostou nas minhas pernas, detendo o ligeiro tremor ali. — Seraphena não fez nenhum juramento, não prometeu lealdade a mim e nem usa a coroa da Consorte. Ela não está aqui há muito tempo, mas já estava disposta a arriscar a própria vida para proteger todos vocês, os que vivem dentro ou fora das Terras Sombrias. Acreditando ser a causa dos recentes ataques, ela pretendia se entregar a Kolis. Muito embora não seja a causa — afirmou ele, contando uma mentira com desenvoltura —, a coragem dela é incomparável, mesmo entre vocês.

Não ouvi nenhuma risada de desdém conforme o choque estampava rostos familiares e desconhecidos. E eu... eu estava tão surpresa quanto eles. Não sei se deveria estrangular Nyktos ou abraçá-lo. Porque ninguém, *ninguém* mesmo, jamais reconheceu de forma tão pública nada que eu tivesse feito. Ouvi um burburinho enquanto meu olhar percorria a multidão, se detendo em Aios. O sangue havia desaparecido do rosto dela.

O polegar de Nyktos roçou na parte interna da minha mão, me fazendo estremecer.

— Seraphena será uma Consorte digna das espadas e escudos que cada um de vocês usará para protegê-la. Uma Consorte a quem as Terras Sombrias terão a honra de servir.

Fiquei tonta ao olhar para Aios. De repete, um movimento atraiu minha atenção. Ector saiu do meio da multidão, desembainhado a espada. Ele a cruzou sobre o peito e se ajoelhou.

— Sendo assim, nos esforçaremos para merecer tamanha honra.

Estremeci outra vez, esbarrando em Nyktos quando Reaver ergueu as asas e esticou o pescoço, soltando um rugido estridente. Nyktos me firmou enquanto Saion imitava o gesto de Ector, seguido por Rhahar e os gêmeos. Em seguida, gritos ecoaram o juramento de Ector conforme os deuses e guardas brandiam as espadas e se ajoelhavam diante de mim.

— Nenhum deles vai pensar mal de você agora. Eles a verão como você é: corajosa e valente. — Nyktos abaixou a cabeça, falando de modo que só eu conseguisse ouvi-lo. Seu hálito frio soprou na minha orelha e me deixou toda arrepiada. — E se ainda tiverem pensamentos ruins, serão seus últimos. Por mais leais que sejam às Terras Sombrias, vou acabar com eles.

Eu me retesei. Não tinha nenhuma dúvida sobre a sinceridade de sua ameaça. A verdade jazia na rouquidão de sua voz, e eu... Bem, eu ainda estava dividida entre querer estrangulá-lo ou beijá-lo.

Era evidente que ele se lembrava do que eu havia dito sobre seus guardas. O discurso conseguiu duas coisas: ganhou o favor daqueles que estavam descontentes comigo e, ao mesmo tempo, me deu um xeque-mate dos mais impressionantes. Pois Nyktos tinha acabado de garantir que ninguém ali fosse querer me ajudar em qualquer tentativa futura de ir atrás de Kolis. Algo que talvez Nyktos jamais pensasse se eu não tivesse aberto minha boca grande e dito a ele que seus guardas ficariam contentes em me ver partir. Além disso, eles me vigiariam com ainda mais atenção agora que sabiam do que eu era capaz de fazer.

Olhei por cima do ombro para ele, estreitando os olhos.

— Seu cretino inteligente — sussurrei.

Ele repuxou um canto dos lábios.

— Eu sei. — A essência brilhou em seus olhos quando ele inclinou a cabeça para a minha, aproximando tanto as nossas bocas que pensei que fosse me beijar. — Mas eu estava sendo sincero. Você é corajosa e forte. Será uma Consorte digna das espadas e escudos deles.

Meus olhos marejaram e desviei o olhar. Foi necessário. Uma emoção intensa me invadiu. O que ele disse significava tudo para mim, porque cada palavra dizia respeito a *mim* e as *minhas* ações, não ao que era dito sobre mim. Nem ao que eu ou as brasas poderíamos fazer por ele, mas ao que *eu* havia decidido fazer. Pela primeira vez na vida, senti que era mais do que um destino com o qual jamais concordei. Mais do que as brasas que carregava.

Senti-me como... algo *mais*.

9

Orphine me tirou do estrado e me conduziu pelo salão de guerra e pelo corredor estreito que levava à ala leste e ao escritório de Nyktos. Então me deixou parada no meio da alcova sombria, ainda atordoada pelas ações do Primordial. Duvidando estar ali sozinha, abri a porta e congelei, com o pé ainda no ar. O que vi não era nada do que eu esperava.

Nektas estava sentado no sofá diante de uma mesinha com um prato coberto por um cloche e uma jarra de suco, as pernas compridas esticadas e cruzadas na altura dos tornozelos. Seus braços estavam cruzados sobre o peito, esticando o tecido da camisa preta. Os olhos estavam fechados e a cabeça, inclinada para trás, expondo a pele marrom do pescoço. Os longos cabelos pretos com mechas ruivas recaíam sobre seus ombros, onde…

Na forma de dragontina, sua filha estava deitada de costas ao lado dele, com as patas traseiras pressionadas na almofada do sofá enquanto sacudia as mechas do cabelo de Nektas com as garras da frente. Jadis virou a cabeça oval marrom-esverdeada na minha direção. Seus olhos vermelhos se arregalaram quando ela soltou o que supus ser um gritinho de surpresa. Uma boa surpresa?

— Bom dia — retumbou a voz grave de Nektas.

Jadis deu outro gritinho enquanto tirava as garras dos cabelos do pai, sacudindo a cabeça dele várias vezes antes de se libertar. Ele não esboçou reação, mas continuou de olhos fechados. A pequena dragontina rolou de barriga para baixo. Asas finas e quase transparentes se abriram quando ela saltou do sofá, pousando com um baque suave no chão.

Correndo nas duas patas e depois nas quatro, Jadis disparou até mim. Ela puxou minha legging e começou a pular e dar mais gritinhos, puxando o tecido.

— Jadis quer que você a pegue no colo — comentou Nektas. — Caso contrário, ela vai fazer birra. — Ele abriu um olho vermelho como vinho. — Você não vai querer que isso aconteça. Confie em mim.

Levando em conta que ela estava começando a cuspir fumaça e chamas, não ia querer mesmo. Mas hesitei, olhando para minhas mãos. Engoli em seco.

— Tem certeza de que quer que eu a pegue no colo?

— Qual o problema com isso?

— Você viu o que fiz com Nyktos — respondi, lançando um olhar penetrante para ele.

— O que você fez com Ash foi um acidente. Não temo que o repita com a minha filha.

Eu realmente esperava ser digna de sua confiança conforme me abaixava, estendendo os braços como Nyktos me ensinara. Jadis não hesitou. Senti o toque frio das escamas na pele quando ela se agarrou aos meus braços sem usar as garras. Eu a levantei, e ela logo grudou o corpo no meu peito, passando os braços em volta do meu pescoço.

— Cuidado com as...

Uma asa bateu no meu rosto.

— Asas — concluiu Nektas com um suspiro. — Desculpe por isso.

— Tudo bem. — Inclinei a cabeça para trás conforme Jadis se aconchegava, afundando as garras nos meus cabelos. Seu hálito fez cócegas no meu pescoço quando ela emitiu um som baixinho. — Só não cuspa fogo em mim.

Seus grandes olhos vermelhos encontraram os meus. Ela chilreou.

— Espero que isso tenha sido uma concordância — falei.

— Ela gosta de você — observou Nektas. — Se por acaso arrotar ou cuspir um pouco de fogo, será por acidente.

— Bom saber — murmurei, dando tapinhas nas costas dela. Lancei um olhar rápido pelo escritório. — Você não estava na sala do trono.

— Eu não precisava ouvir o que já sabia.

Porque ele já me achava corajosa e ousada? Senti as faces coradas. Ou porque já estava preparado para que eu tentasse fugir de novo? Provavelmente a última opção.

— Ash já deve estar chegando. — Nektas apontou para a mesa. — Ele mandou trazerem comida para você.

Ash.

Nektas era a única pessoa além de mim que o chamava assim. No momento, eu estava completamente sem fome, mas segui até a cadeira solitária ao lado da mesa e me sentei enquanto Jadis continuava sua tagarelice. Olhei de esguelha para Nektas. Ele me observava do mesmo jeito curioso de quando fui ferida na Floresta Vermelha. Tentei não pensar que o tinha visto nu e que ele testemunhara o total fracasso da minha fuga. Sacudi a cabeça e mudei Jadis de posição para pegar a jarra de suco, me servindo um copo.

— Está encarregado de me vigiar até que Nyktos ou outra pessoa esteja disponível?

— Estou aqui por escolha própria.

Arqueei a sobrancelha.

— Não precisa mentir.

Nektas inclinou a cabeça. Ele parecia relaxado, mas uma certa energia irradiava de sua pele.

— Por que eu mentiria sobre isso?

Dei de ombros, querendo acreditar que Nektas estava ali porque queria passar um tempo comigo e não com os outros.

— Orphine poderia ficar aqui se eu precisasse ir a outro lugar, mas queria lhe fazer companhia até Ash chegar. — Nektas endireitou a cabeça. — Enfim, imaginei que seria melhor companhia do que ela.

Bufei e peguei o copo, evitando por pouco que a asa de Jadis o derrubasse da minha mão.

— Um tapete seria uma companhia melhor do que Orphine.

Ele deu uma risada grave e rouca enquanto eu removia o cloche do prato. Jadis virou a cabeça imediatamente, tagarelando mais alto ao ver o bacon, a montanha de ovos coberta por pimentões fatiados e o pão amanteigado. Havia também um pedaço de chocolate.

Olhei para o pai dela e pensei em Davina.

— Davina... Davina tinha família?

— Ela tinha uma irmã mais velha, que morreu anos atrás — respondeu Nektas depois de um momento. — Além dela, mais ninguém que eu saiba.

— Vai haver um velório? Ou já aconteceu?

— Não realizamos cerimônias para os falecidos. Acreditamos que forçar as pessoas que os amavam a vê-los na morte não os honra em nada — explicou. — Sabemos que sua alma já deixou o corpo para entrar em Arcadia. Quando possível, alguém que não era íntimo dos falecidos queima seus corpos poucas horas após a morte, e cada um pranteia como achar melhor, seja acompanhado ou sozinho.

Tomei um gole do suco, sem saber que os dragontinos iam para Arcadia e não para o Vale.

— Sabe, acho que prefiro isso. Não gostaria que as pessoas próximas a mim vissem meu corpo em chamas. — Lembrei-me da minha velha ama, Odetta, envolta em linho em cima da pira funerária. — Os velórios são mais para os vivos do que para os mortos. E, tudo bem, imagino que traga uma certa sensação de desfecho, mas acredito que também provoque mais dor em outras pessoas.

Nektas concordou.

Segurei Jadis com força quando ela tentou pegar uma fatia crocante de bacon.

— Acho que você não pode comer nada disso.

Ela inclinou a cabeça sem chifres na minha direção, com os olhos tristonhos e maiores do que antes.

— Desculpe. Me disseram que você não pode comer bacon.

Nektas bufou.

— Foi Ash quem te disse isso?

Confirmei com a cabeça enquanto pegava um garfo.

— Ash realmente acha que não sei que ele deixa Jadis comer o que ela quiser?

Como era verdade, não disse nada e peguei uma garfada de ovos. Jadis bufou alto quando dei uma mordida.

— Ela pode comer ovos?

— Se você conseguir fazer com que ela coma qualquer coisa com o garfo e não com esses dedinhos sujos, sim.

Sorrindo, peguei um pedacinho de ovos na ponta do garfo e levei até a boca da dragontina.

— Abra a boca — pedi enquanto ela olhava para o garfo como se fosse uma serpente. — Só pegue os ovos. Não morda o garfo.

Jadis inclinou a cabeça e bateu a cauda nos meus quadris. Em seguida, esticou o pescoço fino, farejando os ovos. Ela se afastou rapidamente do garfo, sibilando entre os dentes surpreendentemente afiados.

Meus deuses!

— Olha só. — Levei o garfo até a boca, dando uma mordida bem devagar na comida. — Viu? Uma delícia. — Coloquei mais ovos no garfo. — Agora é a sua vez.

Foram necessárias várias demonstrações sobre como comer de garfo antes que Jadis encarasse o talher com seriedade e esticasse a cabeça para a frente. Ela fechou a boca sobre os ovos e deu apenas um leve puxão no garfo quando recuou.

— Puta merda — murmurou Nektas, surpreso. — Sabe quantas pessoas já tentaram fazer com que ela comesse de talher? Até Reaver tentou.

— Muito bem, Jadis. — Olhei para o pai dela enquanto pegava mais ovos com o garfo. — Acho que tenho um toquezinho mágico.

Jadis puxou o meu braço e me segurou quando levei o garfo até sua boca outra vez. Ainda demorou um pouco antes de dar uma mordida.

— Pode ser. — Nektas pigarreou, desviando o olhar. — Mas acho que você a faz se lembrar da mãe.

Tudo o que eu sabia era que a mãe de Jadis tinha morrido havia dois anos.

— Qual... qual era o nome dela?

— Halayna. — O dragontino se endireitou, com uma expressão tensa no rosto. — Ela tinha os cabelos parecidos com os seus. Não tão claros, mas quase. Acho que Jadis não se lembra muito de Halayna. Ela ainda é muito nova, mas como podemos saber de que uma criança se lembra?

Comi o chocolate todo, depois dei uma mordidinha no bacon, ciente dos olhinhos gananciosos de Jadis na fatia crocante.

— Vocês eram casados?

— Nós éramos *acasalados* — corrigiu ele. — É a mesma coisa que o casamento em muitos aspectos. Não é algo que os dragontinos fazem de modo leviano. Os laços que forjamos no acasalamento só podem ser quebrados com a morte.

Divórcio era raro em Lasania, mas bem mais comum entre os nobres do que eu suspeitava que fossem os casamentos por amor.

— Você a amava?

— Com todo o meu coração.

Fechei os olhos por um segundo. Ele *ainda* a amava. Não precisava ler suas emoções para saber disso.

— Sinto muito — sussurrei, sorrindo de leve quando Jadis olhou para mim enquanto mastigava os ovos. Queria saber como Halayna havia morrido, mas não perguntaria na frente dela. Como Nektas dissera, não havia como saber do que uma criança se lembra. — Minha mãe amava meu pai, meu pai biológico. Ele morreu na noite em que nasci. — Dei mais uma mordida no bacon, decidindo deixar de fora as circunstâncias de sua morte. — Às vezes me pergunto se eles eram corações gêmeos. Talvez as lendas sejam verdadeiras, pois acho que uma parte da minha mãe também morreu naquela noite.

— Duas metades que formam um todo. Corações gêmeos — explicou Nektas, atraindo meu olhar. Ele me observou atentamente. — É como os Arae chamam. É raro, porém real. Mas nunca ouvi falar sobre casos entre os mortais, o que não significa que seja impossível. A perda da outra metade pode ser... catastrófica. Se os seus pais eram corações gêmeos, tenho pena da sua mãe.

Eu não iria *tão* longe assim. Afinal de contas, ela não fez nada para deter Tavius ou tentar melhorar a vida de seus súditos, nada além de botar toda a responsabilidade nas minhas costas. Mas não mais. Ela teve sorte por eu não ter pedido a Nyktos para enviá-la ao Abismo.

— Mas faria sentido que fossem — continuou ele, recostando no sofá.

— Por quê? — Acariciei o queixo de Jadis, que começou a cantarolar, fechando os olhos. Meu sorriso se alargou.

— Os corações gêmeos costumam ser duas pessoas cuja união está vinculada a um propósito maior.

— Como quando um *viktor* é designado para cuidar de alguém? — perguntei, me referindo a quem vive inúmeras vidas mortais para servir de protetor ou guia daqueles que os Destinos determinavam como precursores de grandes mudanças e propósitos.

Ele assentiu.

— Talvez o destino tenha unido seus pais para garantir que as brasas da vida nascessem como Eythos queria.

— Pode ser. — Tomei um gole de suco e ofereci o restante a Jadis. Ela torceu o nariz para a bebida. — O que você sabe sobre o que Eythos fez?

— Tudo.

— Então sabe que não foi tolice o que fiz na noite passada. Se eu chegar até Kolis, talvez consiga matá-lo.

— Talvez. Mas a que custo?

— E isso importa quando se trata de deter Kolis?

— O custo sempre importa quando se trata da perda de uma vida — respondeu ele.

Aquela rachadura que se formara no meu coração estremeceu.

— Mas é um preço que vou pagar de qualquer maneira.

— Você não tem como saber disso. — Nektas olhou para a porta no mesmo instante em que senti uma agitação se aquecer no meu peito. — Ele está chegando.

Ocupei-me enfiando meia fatia de pão amanteigado na boca quando Nyktos entrou no escritório. Não ergui o olhar, mas pude senti-lo me observar. Jadis teve uma reação contrária, virando o corpo nos meus braços e se esticando para olhar por cima do meu ombro. Ela soltou um gorjeio alto e excitado bem no meu ouvido, toda alvoroçada.

O Primordial praticamente a arrancou dos meus braços quando passou por mim.

— Traidora — murmurei, espiando para ver Jadis se enrolar em volta dele como um macaquinho, fechando os olhos e cravando as garras minúsculas nos cabelos presos num coque na nuca. A cena era tão doce que fiquei surpresa por não ficar com dor de dente.

— Sera conseguiu fazer com que ela comesse de garfo — anunciou Nektas.

— Sério? E eu achando que Jadis estava comendo com as... — Nyktos se virou para nós, acariciando as costas da dragontina. Ele fez uma careta quando olhou para a mesa. Para mim. — Você só comeu isso?

— Só — respondi, pegando um guardanapo.

— Não é possível que você já tenha acabado de comer — murmurou Nyktos, colocando Jadis na cadeira perto da escrivaninha. Ela esticou a cabeça, e um olho vermelho surgiu acima do encosto da cadeira.

— Não é possível que você esteja monitorando a minha ingestão de alimentos — retruquei.

— Vocês me divertem — murmurou Nektas.

A filha dele pulou da cadeira e correu pelo chão. Nektas se abaixou, pegou Jadis e a colocou em cima do sofá. Ela se encolheu toda ao lado da coxa dele.

— Se você acha isso divertido — disse enquanto Jadis soltava um bocejo alto —, então deve estar entediado.

Nyktos deu um muxoxo.

— Ele está.

O dragontino abriu um sorriso irônico.

— Só comentei sobre a comida por causa da Seleção. É melhor não correr o risco de enfraquecer e entrar em estase. — Os olhos dele encontraram os meus quando Nyktos se aproximou e pegou uma fatia de bacon. — Se quiser comer outra coisa, posso pedir que preparem para você.

— Não precisa. — Brinquei com a bainha da toalha de mesa. — Além do mais, acho que não há comida nem sono suficiente nos dois planos capaz de impedir o que está por vir.

— E o que seria isso? — perguntou Nyktos.

— A morte. — Ergui o queixo na direção do Primordial. — E não estou me referindo a você.

Nektas abriu um sorrisinho ao ouvir meu gracejo.

— A morte não é uma conclusão inevitável.

— Ah, não? — perguntei, começando a bater o pé no chão.

— Não — respondeu ele.

Sacudi a cabeça, franzindo os lábios. Não sei o que Nektas estava pensando. Se ele era tão esperto assim, então saberia que só o amor do homem que eu pretendia matar, que por acaso era incapaz de amar, poderia me salvar. Ele estava ciente disso.

— Não adianta negar o que está por vir. — Retribuí o olhar de Nyktos quando ele voltou a se recostar na escrivaninha. — Por mais que as brasas da vida sejam poderosas.

Um músculo se contraiu no maxilar de Nyktos.

— Vamos ter que discordar.

— Você gosta mesmo de dizer isso, não é?

— E você gosta mesmo de discutir, não é?

Revirei os olhos.

— Bom, discutir isso é inútil. — Bati o pé num ritmo mais rápido. — Então faça o que quiser.

— Eu não queria nada disso — retrucou Nyktos, e eu não podia culpá-lo. — De qualquer forma, o que Holland disse pode não estar totalmente correto. Pode haver outra opção.

Sorri ao lembrar que ele me disse nos Bosques Moribundos que precisava de cinco segundos de paz para descobrir outra maneira de salvar minha vida.

— E qual seria?

— Podemos fazer o que Kolis fez com meu pai. Retirar as brasas de você.

Meu queixo quase caiu em cima da mesa.

— Isso é possível?

— Não sei por que não seria. — Nyktos me observou com olhos atentos. — As brasas são o próprio éter, Sera. A essência de um Primordial. Kolis descobriu uma maneira de tirá-las do meu pai sem o ferir.

A esperança faiscou dentro de mim, mas a apaguei antes que pegasse fogo e se espalhasse. Havia dúvidas e incertezas demais.

— Mas ele não conseguiu tirar tudo.

— Porque Eythos era um Primordial — interveio Nektas. — Mas você é uma Primordial nascida da carne mortal. As brasas não são inteiramente suas, a menos que você Ascenda como Primordial.

— Não entendi nada do que você falou — admiti. — Explique para mim como se eu fosse Jadis aprendendo a usar o garfo.

Nektas sorriu ao ouvir o meu comentário.

— O que ele está dizendo é que as brasas mudaram você. — Nyktos se segurou na borda da mesa enquanto esticava as pernas, cruzando-as frouxamente na altura dos tornozelos. — Você está passando pela Seleção. Não há como impedir isso. Mas se conseguirmos retirar as brasas, é provável que você seja como qualquer semideusa que esteja passando pela Seleção.

Provável?

— Corrija-me se eu estiver errada, mas nem todos os semideuses sobrevivem à Seleção, certo?

— Certo, mas meu sangue vai garantir que você sobreviva — respondeu ele. — Vai assegurar que não fracasse na Ascensão.

Fiquei perplexa. Me dar seu sangue para curar minhas feridas era muito diferente de me ajudar na Ascensão.

— Quanto... quanto sangue vou precisar para a Ascensão?

— Todo o seu sangue precisará ser drenado, exceto pela última gota — explicou Nyktos. — Em seguida, você teria que repor seu sangue com o meu.

— Tudo menos a última gota? — sussurrei. — É muita coisa.

— É, sim. — Nyktos sustentou meu olhar. — Por isso a Ascensão pode ser tão perigosa. Ou se bebe de mais, ou não se bebe o suficiente. Porém, a alternativa é inaceitável.

Recostei na cadeira e soltei um suspiro, imaginando por que ele estaria disposto a fazer isso depois que as brasas fossem retiradas de mim. Eu não teria mais nenhuma utilidade para ele. Respirei fundo.

— O que vou me tornar se isso der certo?

— Você será como qualquer semideusa que sobrevive à Seleção — respondeu ele. — Talvez mais do que isso. As brasas são poderosas. Você pode até se tornar uma deusa.

Os semideuses que Ascendiam deixavam de ser mortais. Eles envelheciam mais devagar — cada três décadas de vida mortal equivalia a um ano da vida de um semideus. Também eram suscetíveis a poucas doenças e, embora não fossem tão imunes a ferimentos quanto um deus ou um Primordial, podiam viver por milhares de anos, pelo menos de acordo com Aios. Mas uma deusa? Eu mal conseguia cogitar qualquer uma dessas opções, mas a esperança agora era uma pequena chama dentro de mim.

— É mesmo possível?

— Nunca aconteceu antes — respondeu Nektas. — Quando Eythos era o verdadeiro Primordial da Vida e Ascendia os Escolhidos, eles se tornavam semideuses porque o éter é mais forte nos terceiros filhos e filhas. Ninguém jamais se tornou um deus durante as centenas de anos em que os Escolhidos eram Ascendidos. Mas nenhum deles possuía brasas Primordiais. Tudo é possível com você.

Era um pensamento assustador.

— Você me disse que só Kolis e Eythos sabiam como era feito.

— Alguém deve ter contado a Kolis — ponderou Nektas. — Ele deve ter aprendido em algum lugar.

— Antes de Penellaphe partir, ela me disse algo que me pareceu estranho — revelou Nyktos, e eu me lembrei de vê-los juntos na sala do trono, falando baixo demais para que eu pudesse ouvir. — E que ficou na minha cabeça. Ela me disse que Delfai acolheria de bom grado a sua presença.

— Quem ou o que é um Delfai? — perguntei.

A sombra de um sorriso surgiu nos lábios de Nyktos.

— Um Deus da Divinação muito antigo e poderoso.

Franzi o cenho.

— Não me lembro de já ter ouvido falar de um Deus de Divinação específico.

— Ele conseguia ver o que os outros não viam, a verdade sobre alguém, tanto do passado quanto do futuro — explicou Nyktos, e não me pareceu ser um deus com quem eu quisesse ter algum contato. — Como Penellaphe disse antes, os Deuses da Divinação habitavam o Monte Lotho e serviam na Corte de Embris. A maioria foi destruída quando Kolis tomou as brasas do meu pai. Presumi que Delfai também tivesse perecido, mas verifiquei os velhos registros. Ele nunca entrou em Arcadia. Delfai ainda está vivo.

Eu me inclinei na direção dele.

— Podemos encontrá-lo? Com seus superpoderes Primordiais?

Nyktos apertou os lábios.

— Que tipo de poderes acha que tenho?

— Com sorte, do tipo capaz de encontrar deuses desaparecidos — arrisquei.

— Infelizmente, não. — Ele deslizou os dedos pela borda da escrivaninha, parecendo seguir o ritmo das batidas do meu pé. — Mas sei de algo que pode.

— Os Poços de Divanash — compartilhou Nektas, e pisquei, confusa. — Poços divinatórios que costumavam ser supervisionados pelos Deuses da Divinação. Os poços conseguem exibir qualquer objeto ou pessoa que você esteja procurando. Eles foram transferidos para o Vale.

— Aonde não posso ir — acrescentou Nyktos. — Mas Kolis também não pode mais entrar.

E então percebi por que foram transferidos. Se os poços eram capazes de exibir a localização de alguém, então poderiam revelar onde estava a alma de Sotoria.

— Foi seu pai que os moveu para lá?

— Meu pai protegia os poços, mas eu os levei até lá assim que tive poder suficiente para isso.

Um *Obrigada* quase me escapou, mas me pareceu... tolice agradecer a ele. Porque eu não era Sotoria. Eu me virei para o dragontino.

— Mas você pode entrar no Vale.

— Posso. Mas os poços são... temperamentais. — Nektas deu um breve sorriso. — Só dão a resposta àquele que a procura depois de receberem a informação que ninguém mais sabe. Não pode haver intermediário...

— Então eu teria que ir.

Nyktos confirmou com a cabeça.

— Posso ir agora — afirmei, começando a me levantar.

— Agora não — disse Nyktos. — Não antes da coroação.

— Mas...

— Você não estará segura em lugar nenhum antes disso — interrompeu ele.

— E será que realmente estarei segura depois? — indaguei.

Ele parou de mexer os dedos.

— A proteção que terá é melhor do que nada, Sera. Talvez não haja nenhum problema a caminho do Vale, mas até eu tenho dificuldade em controlar algumas coisas nas Terras Sombrias. Há criaturas que devorariam qualquer pessoa que não seja um Primordial ou pertença a um deles.

Imaginei que Nyktos estivesse falando das Sombras e sustentei seu olhar enquanto a mera noção de que *pertencer* a ele pudesse me oferecer proteção me deixou surpresa. E irritada. Era ridículo.

— Não tenho medo do que possa encontrar.

— Que surpresa. Mas não vou pôr você ou Nektas em risco sem antes tomar todas as medidas de segurança possíveis. Ele vai protegê-la, mas não pode enfrentar outro Primordial antes que se torne minha Consorte. Isso não é negociável.

— E se eu quiser negociar mesmo assim?

Ele me lançou um olhar neutro.

— Se isso a faz se sentir melhor, então vá em frente. Aposto que Nektas vai se divertir.

— Vou mesmo — confirmou o dragontino.

Bufei alto.

— Acho que vou só ficar sentada aqui e... — Um pensamento me ocorreu. — Se encontrarmos Delfai e ele puder nos explicar como remover as brasas, será que o processo vai provocar a mesma coisa que aconteceu quando Kolis as roubou? A morte de deuses e Primordiais?

Os olhos de Nyktos encontraram os meus.

— E se provocar?

Senti um nó no estômago.

— Seria como trocar a minha vida pela dos outros. — Lembrei-me dos guardas caindo da Colina, cercados pelas chamas. Pensei em Davina. — Não posso fazer isso.

Nyktos inclinou a cabeça.

— Não, imaginei que não.

— Ainda bem que nenhum de nós acredita que isso vai acontecer — disse Nektas, e olhei de um para o outro. — Aquilo aconteceu porque Eythos era o verdadeiro Primordial da Vida. Você ainda não é uma Primordial. Remover as brasas de você não causará as mesmas consequências catastróficas.

— Por que não me disse isso logo? — indaguei.

— Queria saber se eu estava certo sobre que decisão você tomaria — respondeu Nyktos.

Resisti à vontade de jogar o copo na cara dele.

— Enfim, o que vai acontecer com as brasas? Entrar em outra pessoa? — Arregalei os olhos, com a esperança se tornando um incêndio descontrolado dentro de mim. — Você pode recebê-las? As brasas pertencem a você, não é? Ser o Primordial da Vida era o *seu* destino.

— Era meu destino, sim. — Os olhos de Nyktos cintilaram de leve. — E se isso funcionar, voltará a ser.

10

Vi Nektas levar Jadis, adormecida, para fora do escritório. A dragontina estava esparramada sobre seu ombro largo com os membros e as asas frouxos, mas emaranhados nos cabelos do pai. Ele a levaria para um dos quartos no segundo andar que havia sido convertido numa espécie de berçário.

Enquanto dormia, Jadis tinha o hábito de assumir a forma mortal sem querer e, como Nektas dissera, ninguém precisava vê-la nua como um passarinho. Não entendi muito bem o que ele quis dizer com aquilo. Até onde sei, passarinhos não usam roupas.

— Você realmente conseguiu fazer com que ela comesse de garfo? — perguntou Nyktos.

Virei o corpo na cadeira em sua direção. Ele continuava encostado na escrivaninha.

— Consegui, sim.

Nyktos sorriu. Foi um sorriso rápido, de lábios fechados, mas ainda assim teve um efeito transformador, aquecendo a beleza fria do rosto dele.

— Já tentei convencê-la a fazer isso várias vezes. Geralmente acabo com Jadis derrubando o garfo das minhas mãos ou se jogando no chão. Ou as duas coisas ao mesmo tempo.

Sorri ao ouvir o comentário dele.

— Nektas me disse que eu talvez a faça se lembrar da mãe, por causa da cor do meu cabelo ou algo do tipo, e acha que isso pode ter ajudado.

— É bem possível. — Ele olhou de relance para mim, mas logo desviou o olhar. — Os cabelos de Halayna eram louros. Mas não tão claros quanto os seus.

Não como o luar? Graças aos deuses e aos Destinos, não perguntei isso.

— Como foi que... como foi que ela morreu?

Nyktos não respondeu por um bom tempo.

— Halayna foi assassinada. — Ele passou a mão sobre o peito. — Foi convocada para Dalos e Kolis a matou.

Dei um suspiro entrecortado.

— Por quê?

— Kolis odeia Nektas. Quis fazê-lo pagar por sua lealdade ao meu pai e a mim, pois acha que ele deveria ter se sentido honrado em servi-lo depois que se tornou o Primordial da Vida.

Sacudi a cabeça, com uma dor no coração.

— Então ele matou Halayna para punir Nektas?

— Kolis teria preferido matar Nektas, mas sabia que era melhor não fazer uma coisa dessas sem um bom motivo. — Nyktos abaixou a mão. — A menos que matasse Nektas em legítima defesa, os outros dragontinos do Iliseu levariam isso para o lado pessoal. Eles caçariam Kolis e qualquer um que o defendesse.

Arqueei as sobrancelhas.

— Mas não levaram a morte de Halayna para o lado pessoal? E por que os dragontinos não podem enfrentar Kolis por conta própria?

— Um dragontino pode ferir um Primordial, mas não o matar — lembrou-me ele. — E muitos deles levaram o que o Kolis fez para o lado pessoal, sim. Mas com Nektas é... diferente. Ele é velho.

— Quantos anos ele tem?

Ele voltou seu olhar para mim.

— Nektas foi o primeiro dragão a receber a forma mortal.

Quase me engasguei.

— Você está querendo me dizer que...?

O sorriso voltou ao rosto dele, um pouquinho mais largo e caloroso, e ainda mais surpreendente em seu impacto.

— Meu pai fez amizade com Nektas quando ele ainda era um dragão. Nektas foi o primeiro a se tornar um dragontino. Foi ele quem deu seu fogo à carne que meu pai usou para criar o primeiro mortal.

— Bons deuses, ele deve ter uns... — Não consegui fazer a conta de cabeça, pois não parava de pensar que estivera na presença do dragontino que tinha ajudado a criar a raça humana. — Quanto tempo um dragontino pode viver?

— Tanto quanto um Primordial, se não forem mortos.

Respirei fundo.

— Então eles são imortais?

— Nem mesmo um Primordial é imortal, Sera. Nada que possa ser morto o é, não importa quanto tempo vivamos.

— Alguma coisa é imortal?

— Os Arae. E antes que você me pergunte, não sei quantos anos Holland tem — disparou ele. E eu estava *mesmo* prestes a fazer essa pergunta. — Os *viktors* também são imortais, mas de outra maneira.

Fazia sentido, já que eles morriam, mas não permaneciam mortos, retornando ao Monte Lotho para aguardar o renascimento. Mais ou menos como Sotoria... Parei de pensar *nela* e me concentrei.

— Além de Nektas, alguém mais sabe sobre nosso plano?

— Só algumas pessoas com quem falei hoje de manhã — respondeu ele.

— Quem são essas pessoas? — perguntei. Nyktos recitou os nomes daqueles que me vigiavam ou eram vistos com ele com frequência. A trupe de sempre. — E quanto eles sabem sobre o que há em mim?

— Eles sabem que você tem mais de uma brasa e que está passando pela Seleção, algo de que não precisaram ser informados, pois sabem o que as brasas significam e já a viram ter os sintomas. E sabem o que as brasas vão fazer se continuarem em você. Eles apoiam o plano.

Eu duvidava muito de que o desejo de me ver viva fosse a razão para apoiarem o plano.

— Todo o plano? Até a parte de me Ascender?

— Eles não podem opinar a respeito disso. — Ele me avaliou. — Mas ninguém manifestou qualquer preocupação.

Também duvidei disso, mesmo depois do discurso dele.

— E quanto à alma de Sotoria?

— Só Nektas sabe — respondeu ele. — Esse conhecimento poderia colocá-los em perigo caso sejam capturados e interrogados. E você também.

Meu sorriso de alívio era quase uma careta. Não achei que seus guardas de confiança fossem trai-lo, mas Nyktos estava relutante em compartilhar aquela informação — provavelmente porque os guardas poderiam pensar que a situação deveria ser tratada de outra forma. Decidi deixar isso de lado e passei para outras perguntas.

— Se o plano der certo e você se tornar o Primordial da Vida, vai ser capaz de Ascender os Escolhidos?

Nyktos confirmou com a cabeça.

— E vai continuar realizando o Ritual? — perguntei, curiosa.

— Sabe de uma coisa? Não tenho certeza. — Ele franziu a testa. — Acho que preferiria que fosse uma escolha, não uma exigência.

Gostei da ideia.

— Mas você não poderia simplesmente acabar com o Ritual?

— Poderia, mas o Ritual foi iniciado por um motivo. Os Escolhidos tinham um propósito real. Eram necessários para a renovação do Iliseu, trazendo deuses mais jovens e que sabiam o que significava ser mortal. É uma forma de equilíbrio para compensar aqueles que têm vidas tão longas que se esquecem de como a vida mortal é frágil e preciosa. — Nyktos olhou para mim com atenção. — Você parece... ter dúvidas em relação a isso.

E tinha mesmo, razão pela qual não fiquei tão irritada por ele ter lido minhas emoções. Nenhum dos Escolhidos entregues durante o Ritual Ascendeu por *séculos a fio*. A maioria foi morta poucos dias depois de entrar em Dalos. Outros se tornaram algo completamente diferente. Mas a minha antipatia pela tradição havia começado antes de eu descobrir qual era o destino deles.

— Entendo o propósito. Faz sentido. Mas embora possam ter tudo de mão beijada no plano mortal, os Escolhidos não vivem de verdade, sabe? Seus rostos não podem ser vistos. Eles não podem tocar nem falar com ninguém que não seja outro Escolhido ou um Sacerdote.

— Nada disso é necessário. — Nyktos franziu a testa. — Não fomos nós que fizemos essas regras. Foram os mortais.

— Então por que ninguém mudou isso?

— Eu mudaria se estivesse em posição de fazer essa exigência, mas...

— Só o Primordial da Vida pode fazer isso. — Dei um suspiro de compreensão. — Deuses, e se... e se todos os Escolhidos que não foram mortos estão sendo transformados em Vorazes como Andreia?

— É difícil até de imaginar — respondeu ele. — Embora eu tenha a impressão de que os Espectros não sejam iguais aos Vorazes.

Assenti, pensando no que Gemma havia me contado.

— Pelo visto, Kolis estava fazendo experimentos com suas criações. Mudanças. Talvez até *melhorias*. — Sacudi a cabeça com um suspiro. — Se o plano der certo, o que vai acontecer com Kolis? E com a Devastação?

— Se der certo, imagino que irei Ascender outra vez. O impacto pode ser tão... volátil como quando Kolis roubou as brasas. Ou não. Não tenho como saber. Mas os outros Primordiais e deuses vão sentir a mudança. E sentir que Kolis não é mais o Primordial da Vida.

— Quer dizer que ele não vai morrer?

Nyktos riu ao ouvir a decepção na minha voz.

— Kolis é o Primordial mais antigo ainda vivo. Talvez nunca consigamos matá-lo. Podemos apenas enfraquecê-lo o suficiente para o colocar numa tumba.

— Como... como os deuses sepultados sob a Floresta Vermelha?

Ele confirmou com a cabeça.

— Mas você está enganado — afirmei. — A pessoa capaz de enfraquecê-lo *e* matá-lo está bem na sua frente.

O éter se intensificou nos olhos dele.

— Você me prometeu — disse ele baixinho.

Remexi o corpo na cadeira.

— Prometi.

Ele me estudou.

— Estou confiando que você vai manter sua palavra, Sera, e essa confiança é bastante frágil.

— Eu sei. — Ergui o queixo. — Só estou dizendo a verdade.

— Essa não é a verdade. — Ele semicerrou os olhos, desconfiado. — E jamais será.

Desviei o olhar tentando não pensar na tal frágil confiança que ele havia mencionado.

— E quanto à Devastação?

— Assim que eu tiver as brasas em mim, a Devastação deve desaparecer do plano mortal. E do seu reino.

O alívio que senti foi tão intenso que teria me feito desmaiar se eu estivesse de pé. O fim da Devastação não resolveria tudo em Lasania, mas com a liderança de Ezra e Marisol, havia mais do que apenas esperança para meu reino. Havia um futuro para todo o plano mortal. Eu estava prestes a chorar.

— Seu alívio é... — murmurou Nyktos, chamando minha atenção — ...refrescante. Terroso.

Não me surpreendeu perceber que estava projetando as emoções. Assenti, me recompondo, quando algo me ocorreu.

— E as pessoas que vivem aqui? Não há falta de comida?

— Muita coisa é importada de outras regiões do Iljseu, assim como o grão usado para alimentar o gado e os porcos, mas há o suficiente para manter todos alimentados.

— Seria possível exportar os alimentos dessas regiões para Lasania? Para diminuir a fome do povo até que a Devastação seja exterminada?

— Gostaria que isso pudesse ser feito — disse ele suavemente, e eu fiquei desapontada. — Os efeitos que a essência tem sobre os mortais, e até animais, que não a carregam nas veias também impactam outras matérias orgânicas. A comida cultivada no Iliseu começaria a se decompor assim que atravessasse a Névoa Primordial entre os planos.

Soltei o ar lentamente, dizendo a mim mesma que ainda havia uma chance de acabar com o sofrimento das pessoas.

— E quanto às Terras Sombrias? Você me disse que nem sempre foram assim.

— As Terras Sombrias sempre foram diferentes do resto do Iliseu. As estrelas podiam ser vistas mesmo durante o dia e as noites eram mais escuras do que em qualquer outro lugar. Mas, sim, a Devastação também vai desaparecer daqui. — Ele olhou para o teto, passando a ponta das presas sobre o lábio inferior. O gesto prendeu minha atenção e senti um frio na barriga. — A mudança foi lenta no início. Algumas áreas começaram a sofrer com o que você chama de Devastação quando nasci. Mas a maior parte das Terras Sombrias continuava viva. Próspera. Você a acharia linda. Parecia a floresta ao redor do seu lago, selvagem e exuberante.

Ouvi-lo se referir ao lago como *meu* me causou um aperto no peito que era melhor ignorar ou ia acabar projetando minhas emoções de novo. Ele baixou os cílios volumosos.

— Onde agora a terra é estéril e sem vida, havia lagos e campos de flores tão vibrantes quanto a lua.

— Papoulas — sussurrei.

As flores que não eram nada parecidas com as do plano mortal tinham pétalas delicadas cor de sangue por fora e de um tom carmesim por dentro. Só se abriam quando alguém se aproximava delas. Flores lindas e *venenosas*, imprevisíveis e temperamentais, que o faziam se lembrar de mim.

— Papoulas, sim — confirmou ele. Alguns dias depois da minha chegada às Terras Sombrias, uma delas brotou na Floresta Vermelha. Ele imaginou que a minha presença estivesse devolvendo a vida para as Terras Sombrias. — Também havia estações do ano. Verões quentes e úmidos, e invernos cheios de neve e chuva. Quando criança, eu costumava passar os dias mais quentes nos lagos que se estendiam ao longo da estrada que levava aos portões da Colina. Quando cresci um pouco e não conseguia dormir, eu ia nadar. É uma das coisas de que mais sinto falta.

— É por isso que você estava no meu lago naquela noite? — perguntei.

— Já fui àquele lago várias vezes — admitiu ele depois de um momento.

Não pude deixar de imaginar quantas vezes nos desencontramos por pouco.

— Mesmo depois que meu pai morreu, a Devastação não se propagou tão rápido assim — continuou ele depois de uma pausa. — Ela se espalhou lentamente, ano após ano, atingindo pequenas áreas por vez e tornando o mundo cinzento à medida que o sol ficava mais fraco e as noites, mais longas. Então, de um dia para o outro, as árvores dos Bosques Moribundos perderam as folhas e os lagos secaram. Foi a última vez que tivemos estações do ano e que a luz do sol brilhou aqui. Mas fora das Terras Sombrias, a Devastação continua a se espalhar de modo gradual.

Meus ombros enrijeceram. Suspeitei que já sabia a resposta para a pergunta que estava prestes a fazer, mas esperava estar errada.

— Quando foi que isso aconteceu?

Ele me encarou.

— Em cinco meses completará 21 anos.

Deuses. Recostei na cadeira, voltando a atenção para as estantes vazias.

— Aios estava certa, sabe? Quando disse que as brasas da vida estariam protegidas enquanto estivessem em uma linhagem mortal. Mas quando nasci, já não era mais o caso. Elas tinham entrado num recipiente com data de validade. — Engoli em seco, encarando-o. — Sinto muito.

— Por que está se desculpando? Não é culpa sua.

— Eu sei. — Encolhi os ombros. — Mas sinto muito mesmo assim.

Nyktos olhou para mim durante alguns instantes.

— Tenho uma pergunta para você.

— Pode perguntar.

— O que você acha do plano?

— O que eu acho? — Esfreguei os joelhos. — Espero que dê certo. Vai deter a Devastação e, com sorte, enfraquecer Kolis. E se der certo... — Parei de falar, sentindo um nó na garganta.

— O quê? — perguntou Nyktos baixinho.

Não sabia como expressar o que estava pensando, menos ainda o que estava sentindo, porque era algo que nunca havia considerado antes. Um futuro sem uma morte precoce e certa. Um futuro possivelmente muito longo, que poderia durar centenas de anos. Senti... esperança. Para mim mesma.

Parecia meio egoísta já que o plano de Nyktos trazia o risco de mais ataques e a possibilidade de não conseguirmos localizar o deus desaparecido ou de o deus não poder nos ajudar. Havia muitos riscos, mas também havia *esperança*. E a esperança me parecia tão frágil quanto aquela confiança que ele havia mencionado. Pigarreei, ciente de que Nyktos estava olhando para mim.

— Acho que é um bom plano.

Ele assentiu, mas não disse nada por alguns minutos.

— Precisamos conversar sobre a coroação.

Deuses, seria dali a *dois* dias. Senti o estômago embrulhado porque, aparentemente, eu tinha me esquecido disso.

— Acabei de perceber que ainda não discutimos em detalhes o que acontece durante a cerimônia. — Ele abordava cada assunto com bastante cuidado. — Imagino que tenha algumas dúvidas.

— E deveria? Você me disse que serei coroada diante de deuses de alto escalão e Primordiais. — Semicerrei os olhos. — Na verdade, você me disse que a presença de outros Primordiais não passava de uma vaga possibilidade.

— Eu menti — admitiu ele sem a menor vergonha. — Achei que saber que os Primordiais estariam presentes a deixaria nervosa.

— Não deixa, não.

Ele arqueou a sobrancelha.

— Tudo bem. Isso me deixa um pouco nervosa, mas sou capaz de lidar com essa notícia muito bem.

— Quando discutimos a coroação pela primeira vez, você tinha acabado de ser trazida para as Terras Sombrias e descoberto que não fui eu quem fez o acordo que a forçava a se tornar minha Consorte. Sua vida inteira, como quer que tenha sido, havia acabado de virar de cabeça para baixo logo depois de você ter sido *chicoteada* — declarou ele, com os olhos cinza como o aço. — Olhei imediatamente para as prateleiras vazias. — Mesmo alguém tão forte quanto você só é capaz de suportar até certo ponto.

— Você nunca sabe o quanto é capaz de suportar até não suportar mais — repliquei. — Mas eu... eu aprecio a motivação por trás da mentira.

Nyktos riu.

— Claro que sim.

— Então, acontece mais alguma coisa além de ser coroada e dar a noite por encerrada? — perguntei, olhando para ele.

— É assim que reis e rainhas são coroados no plano mortal?

— Pelos deuses, não. Há celebrações que duram dias a fio. Banquetes e festas. Fogos de artifício. — Abri um sorriso. — Eu adoro fogos de artifício.

— Não haverá fogos de artifício.

Fiz beicinho.

— Isso é decepcionante.

Ele escondeu parcialmente o sorriso com os dedos conforme coçava o queixo.

— Nem celebrações de dias a fio.

— Isso sim é um alívio.

— Mas vai haver um banquete depois da coroação.

— Aqui?

— Não. A coroação será em Lethe, no Conselho Municipal — respondeu ele. — E não vamos nos ver amanhã. É uma tradição. Acredita-se que, se não nos vermos antes do início da coroação, evitaremos o azar.

— Você acredita nisso? — perguntei, genuinamente curiosa.

— Sabe, prefiro não arriscar. Por isso vou honrar a tradição da melhor maneira possível. — Ele inclinou a cabeça para trás. — Vou encontrá-la antes da cerimônia. Subiremos juntos no altar, onde eu a coroarei e concederei um título a você.

Percebendo que ainda não o tinha visto de coroa, fiquei imaginando sua aparência e se eu deveria passar a usar uma também. Coroas me pareciam absurdamente pesadas.

— Então, qual é o meu título?

Um sorriso irônico surgiu nos lábios dele.

— Ainda não sei.

Arqueei a sobrancelha.

— Que bom.

— Vou pensar em alguma coisa — prometeu ele. — Se os Destinos nos considerarem dignos e todos agirem com o decoro esperado, então o banquete terá início.

— Caso contrário?

— Você será protegida por guardas durante todo o evento — confidenciou ele. — Não vou deixar que nenhum mal aconteça a você.

— Não preciso que você me mantenha a salvo.

Os cílios volumosos dele se ergueram e os fios de éter que fragmentavam o prateado em seus olhos estavam mais brilhantes do que nunca.

— Precisa, sim.

— Acho que já provei em mais de uma ocasião que não é esse o caso — respondi, tensa.

— Você não demonstrou medo ao enfrentar os dakkais nem vacilou quando os deuses sepultados foram libertados — disse ele enquanto eu encarava as mãos. — Sei que você é forte e que sabe lutar. Que é corajosa. Precisar de mim ou de qualquer pessoa para cuidar de você não significa que seja fraca, que não seja capaz de se defender sozinha ou que esteja com medo. Todos precisamos de alguém que olhe por nós.

Um calor subiu pelo meu pescoço.

— Inclusive você?

— Desesperadamente — sussurrou ele.

Meu olhar voou para ele. Nyktos era o mais jovem dos Primordiais, mas eu o vi em sua verdadeira forma. Ele era um ser alado feito de noite e poder, capaz de destruir deuses com um simples olhar. Já o vi, enfurecido, reduzir árvores a cinzas. Mas havia verdade naquela palavra, uma vulnerabilidade que eu queria proteger.

Nyktos se desencostou da escrivaninha e caminhou até o aparador. Então abriu uma gaveta e pegou um livro grosso e encadernado.

— Também precisamos entender o que aconteceu ontem à noite.

— A parte em que você me jogou na sua cama e tirou minhas roupas? — provoquei.

Ele me lançou um olhar seco enquanto se sentava.

— A parte em que você usou o éter como arma. No momento, pode simplesmente estar relacionado às suas emoções. Não sei se remover as brasas vai impedi-la de fazer isso de novo até que complete a Seleção. Talvez não. O que sei é que as brasas já a mudaram. Há éter no seu sangue. Essa parte não será removida, e você ainda será capaz de invocá-lo depois de passar pela Seleção.

— Mas não de restaurar a vida.

— Sem as brasas, não.

Olhei para minhas mãos. Não sei se ia sentir falta disso. A capacidade de criar vida a partir da morte nem sempre pareceu ser parte de mim, mas era. Só de pensar nisso as brasas se aqueceram no meu peito, mas elas também estavam determinadas a me matar.

— Pode ser algo que se torne mais fácil até lá — continuou ele, desenrolando o barbante ao redor do livro. — Como seria para um deus de nascença destinado a virar um Primordial.

— Como você?

Ele concordou com a cabeça.

— Há maneiras de tentar tirar isso de você sem enfraquecê-la, desde que não esteja usando o éter de outro jeito e cuide bem de si mesma.

— Sério? — Inclinei-me para a frente, bastante interessada. — Podemos tentar agora?

Um breve sorriso surgiu em seu rosto, mas ele ficou parado e olhou por cima do meu ombro. Um segundo depois, ouvi uma batida na porta.

— Pode entrar.

Eu me virei na cadeira quando as portas se abriram e Saion entrou.

— Há um problema nos portões — informou ele, e imediatamente senti um déjà-vu.

— Continue — ordenou Nyktos, fechando o livro.

Saion me lançou um olhar de esguelha.

— Os Cimérios estão aqui.

Fiquei tensa quando Nyktos se acomodou na cadeira. Já tinha lido sobre os Cimérios durante os estudos. Eram deuses menores aparentados com Attes, o Primordial dos Acordos e da Guerra, e Kyn, o Primordial da Paz e da Vingança. Deuses já nascidos como guerreiros. Havia até lendas sobre eles serem trazidos durante as guerras mortais por Reis tão corajosos — ou tolos — a ponto de convocar Attes ou Kyn.

— Por que Attes ou Kyn mandariam guerreiros para cá?

— Nem todos os Cimérios servem a Attes e Kyn. Alguns servem a outras Cortes. Esses vieram da Corte de Hanan — relatou Saion, e senti meu estômago despencar de vez.

Nyktos se virou para Saion enquanto guardava o livro e abria outra gaveta.

— Onde está Bele?

— Com Aios — respondeu Saion. — Nektas vai levar Jadis e Reaver até elas.

— Ótimo. Bele não vai abandonar os filhotes. — Nyktos pegou alças que envolviam sua cintura e peito, projetadas para prender espadas e outras armas afiadas. — Há quantos Cimérios nos portões?

— Cerca de cem — respondeu Saion.

— Puta merda — rosnou Nyktos.

— A maioria dos guardas está na Colina perto de Lethe, como você ordenou, vigiando a Baía das Trevas. — A luz de uma arandela de parede incidiu sobre a pele negra do rosto de Saion quando ele inclinou a cabeça. — Há somente uma dúzia de homens aqui. Então se as coisas ficarem feias...

— E daí? — Levantei-me quando Nyktos abriu uma porta do aparador e puxou uma prateleira comprida e larga cheia de armas. — Já vi do que você é capaz...

— Os Cimérios não são deuses comuns. Usar éter perto deles alimenta suas habilidades — explicou Saion.

— Como acontece com os dakkais? — perguntei.

— Os dakkais desejam devorar as pessoas que possuem éter, mas os Cimérios extraem força disso. A essência amplifica suas habilidades. Torna-os mais fortes. — Nyktos pegou uma espada e a prendeu às costas de modo que o cabo apontasse para baixo, e eu fiquei imaginando qual era a profundidade do aparador. — Além disso, não há ninguém que lute como eles.

O pavor tomou conta de mim.

— E como é que eles lutam?

— Os Cimérios são capazes de invocar um véu noturno para ofuscar a visão de seus oponentes — explicou Saion. — Nem mesmo Nyktos consegue enxergar através dele.

Meu coração martelou contra as costelas. Aquela *informação* não constava em nenhum dos meus livros.

— E eles vão tentar lutar contra você? — Como Nyktos não respondeu, eu me virei para Saion. — Vão?

Saion confirmou com a cabeça.

— Lutar é uma das poucas coisas que parecem trazer alegria a esses desgraçados. Eles estão dispostos a lutar contra qualquer um, incluindo Primordiais.

Nyktos enfiou uma adaga na alça em seu peito e outra dentro da bota.

— Quero que você fique aqui.

— Mas posso ajudar — protestei. — Eu sei lutar...

— Ela sabe mesmo — disse outra voz do corredor. — E com a maioria dos guardas...

— Ector? — cortou Nyktos.

Houve um momento de silêncio, e então o deus de cabelos louros e traços angulosos apareceu na porta.

— Sim?

Nyktos lançou um olhar frio na direção dele.

— Esta é mais uma daquelas ocasiões sobre as quais já discuti com você *várias* vezes.

Franzi a testa.

— Quando é melhor eu... — Ector pigarreou. — Calar minha maldita boca?

— Exatamente. — Nyktos saiu de trás da mesa, prendendo uma espada curta na cintura. — Eu sei que você pode lutar, não se trata disso. Mas podemos estar errados sobre o motivo de eles estarem aqui, ainda mais com o ataque dos dragontinos e a coroação depois de amanhã. Se estiverem tentando sequestrá-la, todos sabem que terei pouco apoio para me vingar enquanto você não for minha Consorte. Os Cimérios podem ter vindo atrás de você, e eu não quero facilitar a vida deles. Fique aqui, Seraphena.

Foi naquele momento, quando ele disse meu nome daquele jeito, que eu decidi que queria dar um soco nele. Bem na garganta. Com força.

Nyktos se deteve junto à porta e olhou para mim por cima do ombro.

— Falo com você mais tarde. Até lá — disse ele, me encarando —, se comporte.

— Sim, *Vossa Alteza*. — Fiz uma reverência para ele. — Não quero ficar de castigo.

Alguém, muito provavelmente Ector, engasgou alto no corredor. O turbilhão nos olhos de Nyktos parou de girar quando ele me encarou.

— Não me contrarie. — Ele se virou para Saion. — Fique aqui e certifique-se de que ela não saia do meu escritório.

Saion olhou de esguelha para mim e suspirou pesaroso.

— Fico honrado em obedecer a tal ordem.

Fechei a boca com força, sem sequer me atrever a respirar até que Nyktos se fosse. Só então joguei a cabeça para trás para poder soltar um grito silencioso, com as mãos fechadas em punhos.

— Isso a fez se sentir melhor? — perguntou Saion. — Seja lá o que for que você acabou de fazer?

— Não — disparei.

— Foi o que imaginei. — Ele arqueou uma sobrancelha e se encostou na porta. — Então, está pronta para a hora do cochilo? Ou quer um lanchinho primeiro? Que tal uma maçã em cubinhos?

Estreitei os olhos na direção do deus. Ele franziu os lábios. Desviei o olhar, furiosa. Sabia bem por que Nyktos não me queria lá fora. Mesmo que os Cimérios não estivessem atrás de mim, a última coisa de que precisávamos era que mais deuses de outras Cortes me reconhecessem. Mas entender não significava gostar.

— Será que Nyktos e os outros ficarão bem enfrentando os Cimérios?

Saion permaneceu calado por um momento.

— Você está mesmo preocupada?

Respirei fundo e me virei para o deus.

— Eu não perguntaria se não estivesse.

— Suponho que não — murmurou ele, olhando para mim com uma expressão perplexa no rosto.

Cruzei os braços.

— O que foi? Você vai falar em quebrar meu pescoço de novo?

— Não. — Ele continuou me encarando como se eu fosse um quebra-cabeça com peças faltando. — Você tentou mesmo fugir para matar Kolis por conta própria? — perguntou ele.

Fiquei tensa.

— Você acha que Nyktos mentiria sobre isso?

— Suponho que não.

— Então já sabe a resposta para sua pergunta.

— Você devia saber que o que tentou fazer te levaria à morte e ainda assim não se deteve — observou ele. — Então agora seria desonroso falar em quebrar seu pescoço.

— E era honroso antes?

— Na verdade, não, considerando que você é tecnicamente a verdadeira Primordial da Vida — respondeu ele. — O que significa que eu deveria me curvar diante de você.

— Por favor, não faça isso.

Saion abriu um sorriso irônico.

— Não vou fazer — garantiu ele. — Mas é inacreditável. As brasas do verdadeiro Primordial da Vida no corpo de uma mortal.

— Inacreditável é pouco. — Comecei a andar de um lado para o outro.

— Ninguém ficou muito surpreso com isso. Não depois do que você fez por Gemma e Bele — prosseguiu. — Ainda assim, desconfiar e ter suas suspeitas confirmadas são coisas completamente diferentes.

Assenti, pensando no que poderia estar acontecendo lá fora. Sabia que Nyktos ficaria bem, mas ele estava enfrentando os Cimérios porque eu havia Ascendido Bele. Ele podia se safar se as coisas ficassem sangrentas, mas e quanto a Ector? Ou Rhain, que devia estar por perto em algum lugar? Theon e Lailah? Rhahar? Os guardas ou qualquer um dos dragontinos que possam se envolver na batalha enquanto eu fico aqui dentro? Quantas pessoas morreriam hoje?

Eu não podia ficar parada sem fazer nada.

— O que está fazendo? — Saion se virou quando comecei a atravessar a sala. — Espero que esteja indo tirar um cochilo, mas desconfio que não.

Puxei a maçaneta e abri a porta.

— Não mesmo.

— Então aonde está indo?

Saí para o corredor.

— Estou indo *contrariar*.

II

Conforme eu subia as escadas da Colina, as estrelas que salpicavam o céu cinzento brilhavam como um mar de pedras preciosas, sinalizando que a noite não estava muito longe.

— É uma péssima ideia — murmurou Saion atrás de mim, pela centésima vez. — Uma ideia horrível mesmo. Se acontecer alguma coisa com você...

— Não vai acontecer nada.

Cheguei ao topo da Colina e atravessei as ameias, passando por inúmeras armas — lanças e flechas com ponta de pedra das sombras ao lado de arcos empilhados contra o muro — enquanto me certificava de permanecer escondida atrás da parede do parapeito.

— E isso só piora toda a parte horrível da ideia — comentou Saion enquanto eu pegava um arco e uma aljava cheia.

— Só por precaução — avisei, recostando na muralha de pedra das sombras.

Espreitei pela abertura, avistando Nyktos sem sequer procurá-lo. Suspeitei de que fosse por causa da sua antiga brasa: ela sabia exatamente onde seu Primordial estava. O que significava que era bem provável que ele também soubesse onde *eu* estava. E que ficaria furioso comigo. Decidi que lidaria com isso mais tarde e tirei uma flecha da aljava.

Nyktos estava lá na frente, de braços cruzados e com toda a imponência de um Primordial — um Primordial entediado, pela expressão em seu rosto. Havia uma dúzia de guardas atrás dele, e eu não sabia se eram mortais, semideuses ou deuses, mas identifiquei Ector ao lado de Rhain.

Os homens postados a alguns metros de Nyktos usavam balaclavas pretas que deixavam somente os olhos à mostra. Placas de armadura cobriam seus corpos do peito até os joelhos.

Semicerrei os olhos para enxergar melhor.

— A armadura deles é feita de... pedra das sombras?

— Sim. — Saion se agachou atrás do outro parapeito.

— Uma reverberação de poder foi sentida em todas as Cortes — disse um dos guerreiros Cimérios. Ele estava na frente, com a mão apoiada no punho da espada.

— Merda — rosnou Saion. — É Dorcan. Ele é bastante velho — acrescentou o deus quando o encarei. — Alguém que você não iria querer encontrar no campo de batalha.

Não sei se devia ficar aliviada ou não por saber que os Cimérios não tinham vindo atrás de mim.

— Hanan sabe que os dakkais seguiram um rastro de poder até as Terras Sombrias — continuou Dorcan.

— É mesmo? — perguntou Nyktos.

— Está sugerindo que não sabia? — perguntou Dorcan.

— Não sugeri nada.

O Cimério deu uma risada curta e diabólica por trás da balaclava.

— A deusa Bele está aqui? — perguntou ele, e percebi a movimentação de um outro Cimério atrás dele. Um dos guerreiros pousou a mão sobre a adaga presa à cintura.

— Maldição. — Saion tinha visto também. Ele desembainhou a espada. — Se começarem a lutar, vou me juntar a eles.

Assenti, de olho nos Cimérios. Havia uma centena de guerreiros sobrepujando nossos combatentes. Nós tínhamos Nyktos, mas já que ele não podia usar o éter...

Nossos combatentes.

Nosso povo.

Senti o estômago revirado, mas meus dedos permaneceram firmes na flecha.

— Por que Nektas não está aqui?

— Nenhum dos dragontinos virá a menos que sinta que é necessário — explicou Saion.

— E não é necessário?

— Não quando a presença deles pode piorar a situação.

— Se você me disser que não, Hanan vai descobrir sua mentira — continuou Dorcan da estrada. — Assim como *o* Rei.

— E você acha que eu me importo com isso? — retrucou Nyktos, e suspirei baixinho.

Espero que Nektas esteja por perto.

— Pois deveria. — Dorcan inclinou a cabeça para trás. — Principalmente com os dias difíceis que teve. Dakkais. Dragontinos. Além disso, você está prestes a assumir uma Consorte.

— Merda — murmurou Saion, apreensivo.

A mudança no ar foi súbita e palpável, carregada de tensão. Ector e Rhain levaram as mãos até as espadas. Duvido que Dorcan não tivesse percebido quando disse:

— Um conselho, meu velho amigo. Acho que não é um bom momento para deixar os outros Primordiais ainda mais irritados. Só queremos levar Bele para a Corte de Hanan.

— Hanan não deveria estar aqui então? — replicou Nyktos. — Por outro lado, ele deve ser covarde demais para fazer esse pedido pessoalmente. É por isso que o usa como mensageiro. Seja como for, vou dar um conselho a *você*: é um bom momento para encontrar uma nova Corte para servir — alertou. — Uma Corte em que os governantes tenham coragem de fazer as próprias exigências por si mesmos.

— Sabe que não posso fazer isso.

— Se você fez um juramento de sangue garantindo lealdade a Hanan, então foi uma decisão bastante insensata — respondeu Nyktos.

— Talvez. — Dorcan apontou a cabeça para os homens atrás de Nyktos. — Mas de uma coisa eu sei: a maior parte dos seus guardas está longe daqui e seu exército está na fronteira ocidental.

— Exército? — Olhei de relance para Saion. — Nyktos tem um exército?

Saion franziu a testa para mim.

— Claro que tem.

Aquilo era novidade.

— Seria *sensato* da *sua* parte nos entregar Bele — insistiu Dorcan. — E então poderemos ir embora sem causar nenhum... tumulto.

— Vocês já causaram tumulto. — A frieza na voz de Nyktos provocou um calafrio na minha espinha. — Seja lá o que pretendam fazer, podem ir em frente. Esse teatrinho já está me entediando.

Dorcan riu outra vez.

— Que assim seja.

— Você sabe usar o arco? — sussurrou Saion quando o Cimério que estava mexendo na adaga presa à cintura se virou, posicionando o corpo na direção de Rhain.

Não hesitei nem por um segundo.

Disparei a flecha, acertando o Cimério no meio dos olhos antes que ele tivesse tempo para soltar a arma.

— Muito bem — murmurei, ignorando o calor latejante das brasas da vida no meu peito reagindo à morte do deus.

Dorcan virou a cabeça na minha direção, mas eu sabia que ele não podia me ver. Inclinei o corpo para trás quando o clangor das espadas ecoou da estrada lá embaixo. Encaixei outra flecha e me aproximei do parapeito para espiar o que estava acontecendo e senti um aperto no peito. Só consegui ver Nyktos, mais alto entre os Cimérios, trocando golpes de espada com Dorcan.

— Continue escondida — ordenou Saion, começando a se levantar. — Se Nyktos acabar derrotado, entre no palácio e vá até Bele e Aios. Enfeitiçada ou não, você ainda pode ser morta.

Nyktos derrotado? Senti a garganta seca. Já o vi lutar contra Germes e dakkais. Ele partiu um deus sepultado ao meio com as próprias mãos. Nyktos não podia ser derrotado.

— Entendeu? — indagou Saion.

— Sim. — Ajoelhei-me atrás do muro menor, ao lado de várias lanças de pedra das sombras.

— Acho bom. Eles não sabem o que você carrega ou quem realmente é. Vão querer levar sua cabeça para Hanan num espeto — advertiu Saion. E, com aquela bela imagem, ele saltou da Colina.

Presumindo que Saion tenha sobrevivido a um salto que quebraria todos os meus ossos, mirei em qualquer um que estivesse de balaclava. Era mais difícil acertar a cabeça do que o peito de um alvo em movimento, então esperei até que um dos guerreiros Cimérios se virasse para um guarda das Terras Sombrias, preparando o golpe.

Disparei, pegando outra flecha logo em seguida enquanto o calor pulsava no meu peito em reação às mortes. Ao preparar a flecha, vi Rhain chutar um Cimério ao mesmo tempo em que enterrava a espada em outro às suas costas. Mas pedra das sombras era indestrutível.

A lâmina de pedra das sombras perfurou a armadura com aquela faísca de pedra contra pedra, cravando-se profundamente no peito do Cimério. Pelo visto, pedra das sombras não era impenetrável contra si mesma. Bom saber.

Rhain puxou a espada e girou o corpo, enterrando a lâmina no pescoço do guerreiro à sua frente, que caiu, mas não morreu de imediato. Ele se deitou de lado e tentou se levantar. Foi então que vi.

Uma névoa escura como a noite saiu do Cimério ferido. Disparei a flecha, atingindo-o na parte de trás da cabeça. Ouvi um grito de dor e senti uma ardência por todo o peito enquanto encaixava outra flecha no arco. Havia várias formas escuras do outro lado da estrada, mais opacas do que as Sombras, saindo do corpo de vários Cimérios.

Procurei por Nyktos na multidão. Perdi o fôlego ao ver a expressão séria em seu rosto conforme ele girava o corpo, cortando a cabeça de um Cimério ao mesmo tempo em que revidava o golpe de Dorcan com a espada larga. Ele virou o dorso e empurrou Dorcan para trás enquanto girava e arremessava um punhal. A arma voou pelos ares, cortando a cabeça de um Cimério que havia derrubado um dos guardas. O sangue esguichou e o punhal circulou de volta pelo ar, direto para a mão de Nyktos. Ele rodopiou, enfrentando o ataque de Dorcan com ambas as armas, o que foi... Bem, foi bastante impressionante.

Aquele véu noturno foi descendo cada vez mais. Assim que alcançasse a cabeça deles, eu não seria mais útil. Percebi que aqueles tufos de névoa densa e parecida com uma camuflagem não saíam de todos os Cimérios, então me concentrei apenas naqueles que a invocavam. Desistindo da cabeça, mirei no peito de um guerreiro e disparei. Prendi a respiração, esperando ver se a flecha perfuraria a pedra das sombras.

Ela atravessou a armadura, e eu dei um suspiro, mas não de alívio. A flecha não penetrou tão fundo quanto a espada de Rhain e só conseguiu deter o que quer que o Cimério estivesse fazendo para invocar aquele véu noturno. O guarda das Terras Sombrias aproveitou a oportunidade enquanto o Cimério arrancava a flecha do peito e se virava para a Colina.

As brasas da vida queimaram dentro de mim quando encontrei outro guerreiro que conjurava o véu noturno e atirei uma flecha, acertando-o em cheio no peito. Elas não paravam de pulsar enquanto eu disparava e encaixava outra flecha no lugar logo em seguida. Apoiei-me no outro joelho e encontrei mais um Cimério...

Caí ofegante contra o muro quando uma adaga sibilou pelos ares, passando a poucos centímetros do meu rosto. Com o coração acelerado, voltei até o parapeito e vi Nyktos cortar a cabeça do Cimério que devia ter arremessado a lâmina.

Quando o guerreiro tombou, os olhos de Nyktos se voltaram para a Colina, com o prateado das íris entremeado de éter brilhando conforme eu apontava o arco em sua direção. Nossos olhares se encontraram por apenas um segundo.

Nyktos inclinou a cabeça quando puxei o arco para trás e disparei. Ele se virou quando a flecha atingiu o Cimério que o atacaria pelas costas.

Abri um sorriso quando ele olhou por cima do ombro, repuxando os lábios de leve. Nyktos se virou para Dorcan, e fiquei imaginando se ele tinha realmente sorrido, mesmo que por um segundo, quando um Cimério brandiu a espada e apontou para a Colina. Ainda abaixada, peguei outra flecha. Encaixei no arco e me levantei. Talvez Nyktos não ficasse tão irritado comigo...

— *Deuses* — arfei. Uma névoa da mais absoluta escuridão havia se erguido acima da Colina, alcançando o topo e se espalhando pelas ameias.

Levantei-me de um salto e apontei o arco para a escuridão. Ouvi alguém praguejar entre a névoa e xinguei ao me virar. Nyktos e Saion tinham esquecido de mencionar que os Cimérios podiam usar fosse lá o que fosse aquilo que invocavam para subir na Colina num piscar de olhos. Peguei uma lança, segurando o metal frio ao toque com força conforme girava o corpo.

Arregalei os olhos quando uma espada desceu sobre mim e fui envolvida pela escuridão. Bloqueei o golpe violento, mantendo a posição enquanto a névoa escura pairava acima de mim. Se eu corresse, acabaria caindo da Colina. Recuei, e uma risada rouca emergiu da escuridão.

De repente, a névoa encobriu as estrelas. Não havia mais luz. Nada além da escuridão, do meu coração disparado e das brasas ardentes. Era como se uma venda tivesse sido colocada sobre os meus olhos. Uma *venda*.

O exercício a ajuda a aprimorar os outros sentidos. Foi o que Holland me disse quando perguntei por que me fazia treinar vendada. Quase soltei uma risada ao constatar que ele realmente beirava a interferência.

Segurei a lança com mais firmeza. Não achava que meus outros sentidos estivessem à altura, pois vasculhei em vão a quietude total do vazio ao meu redor. A única coisa que ouvi foram gritos de dor e o clangor das espadas.

Senti uma rajada de vento no rosto e me abaixei, fazendo a lâmina cortar o ar acima de mim. Empunhei a lança para cima sem acertar em nada. Fiquei imóvel, e uma camada de suor brotou na minha testa. O ar se agitou outra vez, então corri para a esquerda.

Senti uma dor aguda na lateral do corpo, mas nada em comparação com a agonia das presas de um deus caído. Cerrei os dentes e golpeei com a lança. O lado largo da pedra das sombras atingiu as pernas de alguém. O baque pesado do Cimério caindo de costas no chão veio da direita. De joelhos, girei o corpo e golpeei para baixo. O grunhido de dor me informou que eu tinha acertado o desgraçado. Aquele véu noturno começou a ruir, tornando-se mais cinza do que...

O ar se agitou atrás de mim, e eu me virei, golpeando para cima com a lança. A lâmina encontrou a resistência de uma armadura, mas a perfurou. Libertei-a e me levantei quando um braço apertou meu pescoço.

Anos de treinamento e instinto assumiram o controle. Deixei o corpo mole, pegando o Cimério desprevenido. O guerreiro tropeçou, e eu me desvencilhei dele. A névoa já havia se dissipado o suficiente, então pude ver sua cabeça, onde mirei, empurrando a lança com toda a força. O ruído de esmagamento revirou meu estômago. Puxei a lança e me virei.

Senti a mão de alguém me agarrar pelo braço, detendo meu golpe. O homem me virou contra si antes que eu pudesse pensar. Ele passou o braço em volta da minha cintura, e eu senti as costas baterem contra seu peito rígido enquanto a escuridão continuava a se dissipar. Arfei, assustada...

Frutas cítricas. Ar fresco. Aquela brasa idiota se remexeu com mais ferocidade no meu peito.

— Me golpear com uma lança não é o melhor jeito de me recompensar por garantir que você continue viva para ver uma coroa na sua cabeça — murmurou Nyktos no meu ouvido, a voz rouca.

A mão que empunhava a lança relaxou imediatamente.

— E como devo recompensá-lo?

Ele me abraçou com força. Sua presença, a sensação dele tão perto de mim ao ponto de eu sentir sua respiração, agitou mais do que as brasas. Nyktos não me respondeu e, por um momento, ficamos parados ali, sem um centímetro sequer entre nós conforme as estrelas reapareciam no céu.

Nyktos mudou de posição de repente, girando nossos corpos. Ele me imprensou contra o muro do parapeito quando uma rajada de ar soprou do pátio da Colina. Asas imensas e poderosas passaram sobre nossas cabeças. Meu coração disparou quando uma cauda pontiaguda roçou no topo do parapeito contra o qual meu rosto estava pressionado. Um dragontino havia acabado de chegar, mas eu não estava prestando atenção nisso. Minha mente...

Bons deuses! Havia algo de errado comigo porque meus pensamentos se voltaram para algo completamente inapropriado, evocando as lembranças de Nyktos atrás de mim, com o corpo grande e forte prendendo o meu exatamente como fazia agora, sem deixar nenhum espaço entre nós. Eu sequer conseguia virar a cabeça para encará-lo. Estávamos nus na ocasião, quando ele me pegou por trás, marcando minha pele e me tomando para si. A lembrança era vívida e intensa, provocando uma explosão vertiginosa de excitação por todo o meu corpo.

— Merda — rosnou Nyktos, com o hálito quente no meu rosto. — Você ainda vai acabar comigo.

Devo ter projetado as emoções, mas foi um dos poucos momentos em que não me importei.

— Nós dois sabemos que isso não é possível — sussurrei quando o dragontino pousou do outro lado da Colina.

Nyktos deu um gemido e deslizou a mão pelo meu braço. Abri os olhos e vi a fileira de chifres pontiagudos que emolduravam a cabeça de Nektas. Ele passou as asas preto-acinzentadas para trás, empurrando Ector e Rhain para o lado. O mundo ficou prateado quando o éter ardente saiu da boca do dragontino.

— Você foi ferida — sussurrou Nyktos no meu ouvido. — De novo.

— Não foi nada.

— Posso sentir o cheiro do seu sangue. — A mão dele roçou no meu seio. Estremeci. Ele deslizou a mão pelo meu corpo até chegar onde havia uma *pulsação* ardente. — Me faz querer provar seu gosto.

As palavras dele enviaram outra onda de excitação do meu coração acelerado até a fonte do meu desejo.

— Eu não o impediria.

— Imaginei que não. — Seu braço sob meus seios se flexionou. — Você não dá valor à própria vida.

— Não tem nada a ver com isso.

— Tem tudo a ver com isso. — A respiração dele parecia uma carícia no meu pescoço. — Se eu sentir seu gosto outra vez, não sei se vou conseguir me conter.

— Consegue, sim — sussurrei, acreditando nisso mais do que em qualquer coisa na vida.

Nyktos deu outro gemido, parte rosnado e parte xingamento, e abaixou o braço, virando o corpo na direção da estrada. Surpresa ao descobrir que ainda empunhava a lança, me esforcei para desacelerar o coração conforme me afastava do muro e seguia o olhar de Nyktos até a estrada.

Nektas avançou e agarrou um Cimério com as mandíbulas poderosas. Em seguida, balançou a cabeça, partindo o deus ao meio.

— Eca — balbuciei.

— Já o vi fazer coisas piores.

— Só me resta acreditar em você — murmurei.

— Tente me dar ouvidos só dessa vez e fique aqui — pediu Nyktos antes de saltar da Colina.

Disparei para a frente, agarrando a beira da pedra. Nyktos estava na estrada, rodeando os corpos dos seus guardas mortos. Cinco haviam... Cinco se foram. O calor brotou no meu peito conforme olhava para eles. Minhas mãos se aqueceram.

Nektas virou a cabeça na minha direção, com os olhos vermelhos de pupilas estreitas e verticais fixos em mim, e soltou um grunhido de advertência. Engoli em seco e apoiei a lança contra a parede. Foi como se ele tivesse sentido o éter se reunindo dentro de mim. Pressionei ambas as mãos contra a pedra, reprimindo o impulso e o enterrando bem fundo enquanto Nyktos se aproximava do único Cimério ainda de pé.

A balaclava de Dorcan, agora embolada no pescoço, já não ocultava mais seu rosto. O homem parecia estar na terceira década de vida, mas, enquanto deus, poderia muito bem ter centenas de anos.

— Presumo que você tenha uma mensagem que gostaria que eu entregasse a Hanan.

A maneira como Dorcan falou quando Nyktos se aproximou dele me deu a impressão de que aquilo já tinha acontecido antes.

— Nyktos! — gritou Saion, ajoelhado ao lado de um dos guardas. — Ele a viu.

Fiquei tensa.

— Então minha generosidade chegou ao fim — declarou Nyktos.

Dorcan não teve qualquer reação.

— Não sei no que você está pensando ao recusar o pedido de Hanan, mas seja o que for, vai acabar mal para você. Ele vai procurar Kolis, e mais guerreiros virão até aqui.

— Estarei à espera.

Nyktos desembainhou a espada, golpeando tão rápido quanto uma víbora e arrancando a cabeça do Cimério.

12

Rhain me vigiava como se esperasse que eu fosse sair correndo do escritório de Nyktos a qualquer momento e me lançar em meio a um fogo cruzado. Ele não desviava o olhar de mim nem para piscar. Ector, por outro lado, estava esparramado no sofá, de olhos fechados, provavelmente cochilando.

— Eu ficaria mais calmo se você se sentasse — comentou Rhain com um aceno de cabeça. — Em vez de ficar andando de um lado para o outro.

— Andar de um lado para o outro é o que me deixa mais calma. — Passei na frente da escrivaninha de Nyktos de novo. — E pode confiar em mim quando digo que você vai preferir que eu fique calma.

— Você deve ter razão. — Rhain inclinou a cabeça. Seus olhos pareciam mais dourados do que castanhos conforme me seguiam sob a luz das arandelas. — Mas confiar em você...

Praguejei baixinho. Péssima escolha de palavras. Continuei andando, ainda mais rápido agora, sentindo o pescoço rígido. O discurso de Nyktos obviamente não teve tanto impacto em Rhain, o que me deixou meio triste. Ele costumava ser simpático comigo antes. Menos cauteloso, mais amigável.

— Você deveria confiar nela — sugeriu Ector, entrando na conversa. Ele continuava de olhos fechados, mas não estava dormindo, pelo visto. — Além do que Sera tentou fazer ontem à noite por nós, por *todos* nós, aquele Cimério estava mirando em você. Ela salvou sua pele lá fora. Se não o tivesse acertado bem no meio dos olhos, você estaria com alguns buracos a mais no corpo. Isso se ainda estivesse aqui para contar a história. O mínimo que pode fazer é agradecer a ela.

— Não preciso da gratidão dele — disparei antes que Rhain pudesse dizer algo que me irritaria ainda mais.

— Bom, você a tem. — Ector abriu os olhos profundos cor de âmbar.

— E a minha também — resmungou Rhain. — Obrigado.

Dei um muxoxo.

— Parece até que doeu dizer isso. — Ector lançou ao deus um olhar que não consegui decifrar.

— E doeu mesmo. Um pouco. — Ele semicerrou os olhos, retribuindo o olhar de Ector. — O que foi? Por que está me olhando como se eu estivesse sendo um babaca?

Arqueei a sobrancelha, mantendo a boca fechada, para variar.

— Talvez porque você esteja sendo um babaca — respondeu Ector. — Com a pessoa que o protegeu lá fora. Que protegeu a *todos* nós. E que, além disso, possui as brasas...

— Acho que ele já entendeu, Ector — cortei.

Vê-lo me defender foi uma surpresa, mesmo depois do discurso de Nyktos. Eu não fazia ideia do que ele achava de mim. Se bem que antes eu também não sabia. Ector era... intrigante: divertido num segundo e sério no outro. Ele também era bem mais velho do que Nyktos e amigo íntimo de Eythos e Mycella, o que acredito ter sido o motivo pelo qual Nyktos o enviara, junto àquele semideus, Lathan, para ficar de olho em mim no plano mortal.

— É sério que está contra mim? — indagou Rhain, atônito. — E a favor dela? Ela que pretende...

— *Pretendia* — interrompi. — Tenho certeza de que já discutimos isso.

— Só porque você mudou de ideia não quer dizer que não tivesse más intenções — acusou Rhain. — Será que fugir para acabar sendo morta **muda as coisas?**

— Eu não disse **que mudava.**

— E não muda mesmo. Não importa o que pretendesse fazer em relação a Kolis nem quais brasas possua. — Rhain descruzou os braços e deu um passo à frente. Ector se sentou, alerta. — Você não é a verdadeira Primordial da Vida. Você é o receptáculo das brasas, o que não a desculpa por conspirar contra Nyktos, independentemente de suas motivações — vociferou ele, e meu rosto começou a esquentar. — Você não faz ideia do que Nyktos teve que abdicar. Do que ele passou. Do que sacrificou por você e pela sua...

— Rhain — advertiu Ector.

Parei de andar pelo escritório.

— O que ele sacrificou por mim?

— Além da sensação de segurança em sua própria casa? — rebateu Rhain.

— Além disso — exigi.

— Nada — disse Ector, e se levantou. — Rhain só está sendo dramático. Ele tem uma tendência a exagerar.

Estreitei os olhos.

— É mesmo?

— Mas ele tem boa intenção — explicou Ector, seguindo até Rhain. Ele pousou a mão no ombro do deus. — Não é ela a inimiga, no fim das contas. Você já deveria saber. Se não sabe, é só voltar para a Colina e ver todas as vidas perdidas.

Rhain desviou o olhar no mesmo instante em que aquelas brasas idiotas faiscaram, pulando como um cachorrinho cumprimentando o dono. Elas deviam estar felizes com a chegada iminente de Nyktos. Eu, porém, não estava.

As portas se abriram, parando no meio do caminho como se criados invisíveis as tivessem segurado antes de baterem nas paredes. Uma explosão de energia gélida invadiu o escritório, fazendo cócegas na minha pele.

— Papai Nyktos não está lá muito contente — murmurou Ector.

Não estava mesmo.

— Pelo menos não é por nossa causa. — Rhain olhou incisivamente na minha direção, com as sobrancelhas arqueadas.

— Dessa vez — acrescentou Ector.

Fiquei nervosa quando Nyktos irrompeu no escritório com a força de uma tempestade. Seus olhos de prata rodopiante se fixaram em mim conforme ele atravessava a sala, desembainhando as espadas.

— Não falei para você ficar dentro do palácio? — Nyktos parou na minha frente, batendo as espadas na mesa atrás de mim. — E não me contrariar?

— Falou.

Ele abaixou o queixo.

— E, no entanto, você fez a única coisa que lhe pedi para não fazer e foi até a Colina, arriscando não só a sua vida, mas a de Saion também.

— Você não me pediu nada. Você *exigiu*.

— Dá no mesmo.

— Não dá no mesmo coisa nenhuma. E como foi que arrisquei a vida de Saion? Foi ele que decidiu me seguir...

— Saion não teve escolha, pois estava encarregado de mantê-la dentro do palácio — interrompeu Nyktos. Por cima de seu ombro, vi Rhain e Ector se esgueirando na direção da porta. — Ele tem sorte de eu não punir uma pessoa pelos erros de outra.

A frustração me invadiu, juntando-se à ansiedade.

— A única pessoa que está cometendo um erro é você.

Nyktos arqueou as sobrancelhas, surpreso.

— Mal posso esperar para ouvir o seu raciocínio. Aposto que envolve algo como *Faço o que quero porque posso e que se danem as consequências*.

E então alguma coisa se deslocou nas profundezas daquela rachadura dentro de mim, alguma coisa absoluta. Não busquei o véu do vazio conforme uma mistura intensa e volátil de raiva e determinação se apoderava de mim.

— A partir do momento em que descobri que não precisava mais cumprir um dever que não tive escolha em aceitar, eu me tornei independente. Alguém que pode tomar suas próprias decisões. Não vou mais receber ordens sobre o que posso ou não posso fazer como se não tivesse nenhum controle sobre a minha vida, não importa quais riscos possa vir a correr. Estou *farta* de viver desse jeito.

Uma Luz na Chama / 189

Nyktos se afastou de mim, dando vários passos para trás. Os fios de éter desaceleraram em seus olhos, provocando uma ligeira mudança na expressão fria do rosto dele. Um silêncio tenso perdurou até que ele disse:

— Um dos dois pode me trazer um pano e uma bacia de água limpa? O outro pode dar o fora.

— Sabe, acho que vou buscar essas coisas e depois... sumir. — Rhain recuou, pegando Ector pelo braço. — Venha sumir comigo.

— É uma boa ideia. — Ector deu meia-volta. — Ele está com aquela cara assustadora de novo.

E estava mesmo.

Nyktos esperou até que ficássemos a sós.

— Alguém precisa se preocupar com o que lhe acontece, já que você claramente não se preocupa. Nem sequer uma vez. — Nyktos deu um passo à frente, hesitante. — Quer tomar decisões sem se importar com os riscos? O problema é que você nunca pensa nos riscos. Nem nas consequências.

— Não é... — Respirei fundo. De repente, Nyktos surgiu diante de mim. — Pode parar de fazer isso, por favor?

— Por quê? — Ele me encarou, com os fios de éter voltando a brilhar em seus olhos. — Não vai me dizer que eu a assusto.

— Você não me assusta, só me *irrita*.

Ele deu um sorriso de lábios fechados.

— Claro que não. Você não tem o instinto de autopreservação que costuma alertar as pessoas quando estão em perigo.

— Não é verdade. — Comecei a cruzar os braços, mas a ardência na ferida ao longo da minha cintura me deteve. — Meus instintos funcionam perfeitamente bem. Mais cedo, eles me avisaram que você ficaria furioso com minha decisão de ir até a Colina.

Os olhos dele viraram duas fendas estreitas e luminosas.

— Você já tentou... Hum, sei lá? Dar ouvidos aos seus instintos? Valorizar a própria vida?

— Nunca tive a chance de fazer isso antes, não é mesmo? — rebati.

Nyktos ficou completamente imóvel, exceto pelos olhos. Um bom tempo se passou, e eu gostaria de ter sua habilidade de ler emoções para ter alguma noção do que ele estava sentindo ou pensando. Em seguida, ele se virou e foi até o aparador, de onde pegou uma garrafa de cristal cheia de um líquido âmbar.

— Sei que eu já falei isso antes, mas não pretendo ofendê-la quando digo que você não dá valor à própria vida — disse ele, servindo um copo e então outro. — Não é para ser um insulto.

Bufei.

— Mas é o que parece.

— Então peço desculpas. Sinto muito.

Eu me virei para ele.

— Você está realmente se desculpando?

Ele veio até mim e me ofereceu um copo.

— Acha que não merece um pedido de desculpas?

— Eu... — Refleti sobre isso enquanto dava um gole demorado na bebida, sem conseguir decidir se merecia ou não. Por fim eu simplesmente dei de ombros.

Nyktos repuxou os lábios de leve.

— Bem, já está feito. — Ele bebeu o uísque de um gole só. — Estou tentando entender.

— Entender o quê? — Tomei um gole menos impressionante, mas metade da bebida havia sumido quando abaixei o copo.

Nyktos colocou o copo atrás de uma das espadas, passando a ponta das presas sobre o lábio inferior.

— Como você se tornou quem é.

O uísque desceu com um calor agradável.

— Acho que não entendi qual é a sua dúvida.

— A maioria das pessoas não tentaria seduzir e matar o Primordial da Morte, mesmo que fosse um dever imposto a elas desde o nascimento ou para salvar um reino. Elas também não mudariam de ideia e planejariam fazer a mesma coisa com outro Primordial. E não acho que seja por falta de coragem.

— Então é só uma falta de bom senso da minha parte? — repliquei.

Ele arqueou aquela maldita sobrancelha outra vez.

— Foi você quem disse isso.

Tomei outro gole antes que acabasse jogando o copo na cara dele.

— Meu reino está morrendo. Eu acreditava, todos nós acreditávamos, que era por causa do acordo que o Rei Roderick fez. O que eu deveria ter feito?

— Qualquer coisa que não fosse isso.

Segurei o copo com força

— Tipo o quê, ó Todo Poderoso? Pedir para você deter a Devastação? Por que eu cogitaria algo assim quando acreditávamos que a Devastação se devia à expiração do acordo e não a algo que você estivesse fazendo? Nós sequer sabíamos quem Kolis realmente era. — Nem quem ou o que *eu* era. Mas só os deuses sabiam que eu não ia mencionar isso agora. — Então o que eu devia ter feito? Convocar um deus ou Primordial de novo e tentar fazer outro acordo? Deixar o problema para outra pessoa? Seguir com a minha vida? — Dei uma risada amarga. — Ou não fazer nada e deixar que meu reino morresse?

— E que tipo de vida você teve? — perguntou ele, baixinho.

O calor voltou ao meu peito, mas não por causa do uísque. Coloquei o copo na mesa. Rhain voltou com os itens que Nyktos havia solicitado. Ele me lançou um olhar penetrante e colocou a bacia e a toalha em cima da mesa, ao lado das espadas. Depois saiu depressa, fechando a porta atrás de si.

Lembrei-me do que ele havia me dito antes da chegada de Nyktos.

— O que você sacrificou por mim?

Os olhos de Nyktos se voltaram para os meus.

— O que meus guardas disseram a você?

— Nada.

— Não acredito nisso.

— E isso não é uma resposta — falei, com o coração disparado dentro do peito.

— É, sim, porque não sacrifiquei nada — retrucou Nyktos, e não sabia se acreditava ou não nele. — Levante o suéter.

Fiquei confusa com o pedido, imaginando se o uísque tinha me afetado tão rápido assim.

— O quê?

— Você foi ferida. Quero ver se o ferimento está muito feio.

— Não está...

— Levante o suéter e me deixe ver, Sera. — Ele respirou fundo. — Por favor.

Hesitei, mas só porque ele pediu. E porque pediu *por favor*, o que era uma fraqueza minha.

Nyktos fechou os olhos por um segundo.

— Não acho que esteja ferida a ponto de precisar de sangue, então não precisa se preocupar que eu me aproveite de você — afirmou.

O fato de eu ter ficado meio desapontada ao ouvir isso já me dizia que eu precisava de uma boa dose do que ele insinuara que eu não tinha: bom senso.

Ele ergueu os cílios volumosos e seus olhos prateados e brilhantes se fixaram nos meus. Com a minha sorte, devia ser um dos momentos em que ele lia minhas emoções, de propósito ou não. Nyktos sentiria minha decepção, e eu nem queria saber o que acharia disso, se me veria como uma pessoa tão desesperada por afeto que o buscaria em alguém que não queria nem amizade comigo.

O que seria verdade, de certo modo. Toda a minha vida carecia não só de toque, mas também de afeto. Eu ansiava por isso, mas não estava tão desesperada assim para aceitar quaisquer migalhas que me oferecessem.

Eu só queria o afeto *dele* porque achava que o tinha sentido antes que ele descobrisse a verdade. Nyktos me desejava na época a ponto de ser uma distração, mas acho que também gostava de mim. Que se importava comigo.

Agora só havia o desejo físico, que ele negaria até o último suspiro.

Foi então que me dei conta do que ele disse.

— Espera. Você acha que se aproveitou de mim ao me dar seu sangue?

— Eu sabia o efeito que causaria. Devia ter me contido ou deixado você sozinha quando eles começaram a aparecer.

Encarei Nyktos com seriedade.

— Minha reação não teve nada a ver com seu sangue...

— Sera.

— ...e sim com minha atração por você. Eu te falei isso na ocasião. Nada mudou.

Ele cerrou os dentes.

— Ainda assim eu deveria ter me contido em vez de me tornar um homem sem controle sobre o próprio corpo.

Eu ri.

— Você não é só um homem.

— Só porque sou um Primordial não quer dizer que meu corpo reaja de forma diferente.

— Não sabia que os Primordiais, ou os homens em geral, tinham tão pouco controle sobre o próprio pau — rebati, aborrecida por ele afirmar que sua reação, seu *prazer*, era algo sobre o qual não tinha controle.

— Não foi isso que eu... *Esqueça*. — Os olhos dele faiscaram por um instante. — Deixe-me ver a ferida.

— Tudo bem. — Peguei a bainha do suéter e a combinação por baixo, levantando-as até as costelas. — Não está feia. Viu? — Olhei para baixo, estremecendo ao ver o corte estreito no lado esquerdo da cintura. — Foi uma ferida superficial.

— Não existe isso de ferida superficial.

Comecei a abaixar o suéter, mas Nyktos pousou as mãos nos meus quadris. O contato me deixou tão desconcertada que não protestei quando ele me colocou em cima da mesa. Suas mãos não se moveram. O lembrete da sua força era sempre uma surpresa, fazendo eu me sentir incrivelmente delicada, e eu estava longe de ser magra. Eu era toda, como Tavius me disse certa vez, cheio de escárnio, *cheinha*.

Maldito desgraçado nojento.

Deuses, quase desejei que ele ainda estivesse vivo para que eu pudesse enfiar algo mais grosso que um chicote na sua garganta.

Os olhos de Nyktos se fixaram nos meus.

— Você está projetando as emoções de novo.

— Foi mal — murmurei enquanto ele pegava o pano. — Não precisa fazer isso.

— Eu sei. Estou fazendo porque quero.

Nyktos já havia me dito aquilo antes, e meu coração inconsequente disparou, exatamente como da última vez. Ele pressionou os dedos na pele sobre a ferida, com o toque tão suave e eletrizante ao mesmo tempo que me fez estremecer.

— Desculpe. — Ele afastou a mão. — Não queria te machucar.

— Não machucou. É só que... eu gostaria que seu toque estivesse quente de novo — admiti, o que não deixava de ser verdade. — Sua pele se aqueceu porque você se alimentou? — perguntei, sabendo que ele raramente se alimentava. Até onde eu sabia, os Primordiais não precisavam se alimentar com frequência, a menos que estivessem feridos ou enfraquecidos. Eu o enfraqueci apenas levemente quando o acertei com uma rajada de éter.

Ele negou com a cabeça.

— Minha pele nunca se aqueceu após a alimentação. Ela sempre foi fria.

— Então por que...? — E então eu entendi. — Por causa das brasas?

— Eu sou a Morte — Nyktos me lembrou. — E você carrega as brasas da vida dentro de si. Foi o seu *sangue* que aqueceu minha pele.

— Será que meu sangue terá outros efeitos sobre você?

Ele repuxou os lábios para cima.

— Saberemos em breve.

Percebi que estava olhando fixamente para a boca de Nyktos, então desviei o olhar para seu pescoço. O que ele disse não fazia sentido. Ele não era o verdadeiro Primordial da Morte, apenas *um* Primordial da Morte. Então por que sua pele era fria? Talvez porque ainda assim ele era um Primordial da Morte.

Agora eu estava ficando ainda mais confusa.

— Será que Taric sentiu o gosto? Quero dizer, ele sabia que eu possuía pelo menos uma brasa quando vasculhou minhas memórias, mas se não tivesse feito isso, será que ainda saberia?

O éter cintilou nos olhos de Nyktos.

— Ninguém mais vai se alimentar de você, então não precisa se preocupar com isso.

Arqueei as sobrancelhas.

— Mas sim — continuou ele, com a voz fraca. — Ele sentiria o gosto.

— Meu sangue tem um gosto igual ao cheiro?

Ele ficou em silêncio enquanto mergulhava o pano na água.

— Tem gosto de tempestade de verão e sol.

Dei uma risada sem graça, sentindo meu peito se aquecer.

— Qual é o gosto disso?

— Calor. Poder. *Vida* — respondeu ele sem hesitação. — Só que suave. Delicado. Como um pão de ló. Como...

Eu estava encarando a boca dele de novo.

— Como o quê?

Nyktos pigarreou e sacudiu a cabeça.

— Aliás, sabe quando você acha que me movo rápido demais? Na verdade, eu não estou me movendo. Não do jeito que você pensa.

Fiz uma careta. Ele estava nitidamente mudando de assunto.

— Então de que *jeito* você se move?

— Eu uso o éter para me levar aonde quero ir — explicou, pressionando o pano com delicadeza na pele ao redor da ferida. — É chamado de "caminhar nas sombras".

Olhei para ele, de sobrancelhas arqueadas.

— Não é a mesma coisa que uma boa e velha caminhada?

Nyktos deu uma gargalhada.

— É um pouco diferente. Quando me movo desse jeito, eu me torno parte do éter, do ar que nos rodeia. Os olhos mortais não são capazes de enxergar o movimento.

Minha curiosidade aflorou.

— E como é isso?

— Um vislumbre de sombra se movendo muito depressa — respondeu ele. — Quanto mais éter um deus tem dentro de si, mais longe consegue caminhar nas sombras e mais rápido consegue se mover.

— Foi isso que você fez quando me tirou do Salão Principal em Wayfair?

— Foi. Mas invoquei a névoa para nos esconder primeiro. Como você é basicamente mortal, teria sido uma experiência muito dolorosa se estivesse consciente.

Eu acreditava nele, mas então me lembrei do que me disse, que não era capaz de simplesmente desaparecer do meu lago.

— Quer dizer que você pode ir aonde quiser...

Ele deu um sorrisinho malicioso.

— Até onde você consegue... caminhar nas sombras?

Ele me lançou um olhar de esguelha.

— Até onde eu quiser.

Fiquei confusa com essa resposta.

— Então por que usa um cavalo? Ou *anda* por aí? Se eu pudesse fazer isso, não daria mais nenhum passo.

Um ligeiro sorriso surgiu em seus lábios.

— Só porque posso fazer algo não significa que eu precise fazê-lo.

Nyktos já havia me dito algo parecido quando estávamos no meu lago.

— Aposto que há muitas coisas que você pode fazer que eu não posso sequer imaginar.

Ele repuxou um canto dos lábios num sorriso mais largo.

— Vou poder fazer isso se eu Ascender?

— Você vai Ascender — corrigiu ele. — Mas caminhar nas sombras... Isso vai depender da quantidade de éter em você. Levando em conta o que já é capaz de fazer, imagino que será capaz de caminhar nas sombras de alguma forma. Muitos deuses conseguem, embora não sejam capazes de percorrer as mesmas distâncias que um Primordial nem atravessar planos.

Tentei me imaginar saindo de um espaço e caminhando nas sombras até outro e logo decidi que nunca mais voltaria a andar normalmente.

— No que estava pensando? — perguntou Nyktos depois de alguns minutos. — Agora há pouco, quando você parecia... querer matar alguém.

Surpreendida, deixei a verdade escapar.

— Em Tavius.

Nyktos engoliu em seco enquanto continuava limpando o sangue ao redor da ferida.

— Parte de mim acha melhor nem saber o que a fez pensar nele. — Uma mecha de cabelos escapou do coque e caiu em seu rosto. Nyktos ficou calado enquanto mergulhava o pano na bacia. — Ele já havia machucado você antes?

Olhei para o topo de sua cabeça conforme ele se inclinava outra vez, esquecendo completamente sobre caminhar nas sombras.

— Machucou, não foi? O hematoma que vi em você já tinha alguns dias. Estava quase desbotado. Você me disse que esbarrou em alguma coisa, mas conheço poucas pessoas com passos tão firmes quanto os seus. — Nyktos fez uma pausa. — Exceto quando há serpentes por perto.

Reprimi uma careta ao pensar na causa do hematoma que Nyktos mencionara. Tavius havia jogado uma tigela de tâmaras em mim.

— Ele feriu você? — insistiu Nyktos.

Pensei em mentir, mas percebi que estava cansada demais para isso.

— Tavius não era gentil comigo.

— E o que isso quer dizer? — Ele enxugou a ferida com cuidado, mas estremeci ao sentir uma pontada de dor. — Desculpe.

— Tudo bem. — Senti as faces coradas, fosse pela conversa ou pelas desculpas dele. Talvez as duas coisas. — Ele podia ser cruel. Quando crianças, o abuso era principalmente verbal. Enquanto eu usava o véu, ele não se atrevia a fazer nada. Na maioria das vezes — acrescentei, lembrando que ele tentou me tocar na noite em que fui levada ao Templo das Sombras pela primeira vez para honrar o acordo.

— Mas as coisas mudaram? — perguntou Nyktos, avaliando o ferimento.

Dei de ombros.

— Ele tocava em você?

— Às vezes. — Voltei o olhar para as portas pretas adornadas em prata. — Na maior parte do tempo, ele não tinha a menor chance.

— Você deu uma surra nele?

Dei um sorriso malicioso.

— Em mais de uma ocasião. Mas havia pessoas que não conseguiam revidar. — De repente eu me lembrei da Princesa Kayleigh soluçando baixinho na floresta. — Tavius chegou a ser noivo de uma jovem princesa de Irelone. Acho que não era muito... gentil com ela.

— Lamento saber disso. — Nyktos se calou, mas não por muito tempo. — No dia em que ele açoitou você... — continuou, e eu o encarei. Ele passou o pano pela carne acima do cós da minha legging, enxugando os vestígios de sangue. — Por que Tavius fez aquilo?

Nyktos já havia me perguntado isso antes, mas não respondi na ocasião. Ele esperou em silêncio, de cabeça baixa. Não olhou para mim, e talvez tenha sido por isso que me senti à vontade para falar.

— Tavius me odiava. Não sei bem por quê. Para dizer a verdade, acho que não era pessoal. Ele não era simpático com ninguém. Tavius era o tipo de pessoa que obtém força e prazer ao dominar os outros. E quando não consegue, fica ainda mais determinado a fazê-lo.

— Conheço bem esse tipo de gente — concordou Nyktos.

Imaginei que sim.

— O pai dele, Rei Ernald, havia morrido na noite anterior e, de certa forma, ele já havia repreendido Tavius por seu comportamento. Acho que o choque foi maior para mim, mas com o pai morto e ele prestes a se tornar Rei, Tavius não tinha mais motivos para se conter. Ele me culpava pela Devastação — acrescentei depois de alguns instantes. — E achava que eu deveria ser punida por falhar.

— Falhar? — Nyktos contraiu os ombros. — Por eu não a ter reivindicado como minha Consorte?

Desviei o olhar dele, focando na água agora rosada na bacia.

— Entre outras coisas. De qualquer forma, ele queria me punir.

Nyktos levou a mão que segurava o pano até a mesa.

— E quanto à sua mãe? Ela sempre agia daquele jeito? Não fazia nada? Porque também a culpava pela Devastação? Acreditava que você havia falhado?

Nem valia a pena responder.

— O que aconteceria se eu não tivesse sentido você naquele dia? — perguntou Nyktos enquanto eu olhava para a mão que segurava com força o pano ensanguentado. Os nós de seus dedos estavam brancos. — O que Tavius teria feito com você depois de se divertir com o chicote?

Sacudi a cabeça, sentindo um embrulho no estômago ao me lembrar de Tavius me segurando contra aquela cama estreita e desconfortável. Me imprensando no colchão fino até eu achar que fosse sufocar. Eu me remexi na cadeira, segurando a barra do suéter até sentir a bainha se desfazer.

Nyktos pegou meu copo com a outra mão.

— Beba.

Sabendo que devia ter projetado aquelas emoções asfixiantes em cima dele, peguei o copo e finalizei o uísque.

Nyktos pegou o copo vazio, colocou-o de lado e voltou a analisar a ferida.

— O que teria acontecido?

— Não importa.

— Importa sim.

— Para quem? — Dei uma risada grosseira e, já que não conseguiria suportar o silêncio que certamente se seguiria, voltei a falar: — Tavius teria... teria feito algo que acabaria com a parte favorita do corpo dele enfiada goela abaixo. Ou pelo menos é o que teria *tentado* fazer.

Nyktos virou a cabeça para o lado, e foi como se uma súbita descarga de energia atingisse o ar, me causando arrepios. Senti cheiro de queimado e quando olhei para baixo vi apenas as cinzas do pano que ele segurava antes e uma marca carbonizada na mesa.

— As pessoas deviam saber disso. E quanto à sua meia-irmã? — O tom de voz dele era frio, sem emoção. — E Holland?

Engoli a saliva amarga que se acumulou no fundo da minha garganta.

— O que eles podiam fazer? Holland teria sido exilado ou morto por se manifestar, ou pelo menos é o que tentariam fazer. Ele interveio mais de uma vez, da maneira que pôde. E acho que Ezra desconhecia o comportamento de Tavius.

— Você os defende? — perguntou Nyktos, incrédulo.

— Eles merecem ser defendidos. Tavius era um Príncipe, e eu era... — Parei de falar e fechei os olhos sem saber por que havia contado aquilo a ele. Devia ser pelo choque de tudo que aconteceu antes, pela adrenalina se esvaindo e pela exaustão que me dominava. Ou porque não havia motivo para esconder nada, pois ele já sabia de verdades piores. Talvez porque eu sabia como aquilo ia acabar. Ou por causa do maldito uísque.

— Você era uma Princesa.

— Eu nunca fui uma Princesa.

Nyktos não disse nada, e eu não abri os olhos. Um bom tempo se passou antes que ele dissesse:

— Não a reivindicar como Consorte não lhe concedeu liberdade.

Um ligeiro tremor percorreu meu corpo. Não foi uma pergunta. E também não precisava de resposta.

— Sinto muito, Sera.

Abri os olhos, apreensiva, e soltei o suéter. Nyktos ergueu a cabeça e, com os olhos me encarando, me *vendo*, seu pedido de desculpas se tornou insuportável. Senti a pele em chamas e um aperto no peito.

— Não quero suas desculpas — balbuciei. — Não contei nada disso para ouvir um pedido de desculpas. Não quero sua pena ou simpatia.

— Eu sei. — Ele tocou no meu rosto com os dedos úmidos, mas quentes. — Respire, Sera.

Respirei fundo.

— Eu jamais teria pena de alguém tão forte e corajosa quanto você — acrescentou. — Mas você tem minha simpatia e meu pedido de desculpas.

Inclinei-me para trás, mas a mão dele me acompanhou.

— Eu não quero. Não preciso disso e...

— Eu sei — repetiu ele, com o polegar na minha bochecha. — Mas você os tem, caso precise algum dia.

Fui tomada pela emoção e precisei fechar os olhos de novo para que Nyktos não pudesse ver meus olhos marejados.

Nyktos parou de roçar o polegar pela minha bochecha.

— Vou agora mesmo acabar com a vida daquele projeto de mãe que você tem e levar sua alma para o Abismo, junto com a de Tavius, onde é o lugar dela.

Abri os olhos na mesma hora.

— Você não pode estar falando sério!

— Nunca falei tão sério em toda a minha vida — jurou ele. — Você só precisa dizer que sim, e será feito.

Respirei fundo quando uma parte terrível de mim se agitou no meu peito. A parte que existia além daquele véu do vazio, que se escondia sob a tela em branco e era o próprio fogo que forjava o receptáculo que eu era. Aquela que tinha vontade de gritar que sim e se deleitar com a constatação de que fui eu quem decretou seu fim. *Eu.* A pessoa que ela sequer se dava ao trabalho de olhar nos olhos. Seria uma grande ironia já que foi ela quem construiu a tela e manipulou o fogo.

Nyktos esperou pela minha resposta e, naquele momento, percebi que ele realmente faria isso. Não porque gostasse de mim ou se importasse comigo, mas porque se sentia responsável. Culpado. Talvez até com remorso. E solidariedade.

Soltei o ar e me forcei a dizer:

— Não.

— Tem certeza? — insistiu ele.

— Tenho. Não seria... No fim das contas, não valeria a pena. — E eu não queria o sangue dela nas minhas mãos. Já tinha o bastante.

— Se mudar de ideia, conheço um cara que pode fazer isso.

Dei uma gargalhada.

— Isso foi uma piada de Primordial da Morte?

— Talvez. — Um bom tempo se passou e nenhum dos dois se mexeu. A mão de Nyktos continuou pousada na minha bochecha. Ficamos parados ali, nos encarando, e aproveitei o contato, a proximidade. Em seguida, ele se afastou e abaixou a mão, e eu imediatamente senti falta do seu toque. — É melhor descansar — continuou ele antes que eu pudesse dizer alguma coisa. — E não estou dando ordens a você. Se vai descansar ou não, isso é com você. Mas seu corpo precisa de descanso. Quer queira admitir ou não, a Seleção enfraquece a pessoa mais rápido, e você já passou por isso uma vez. As dores de cabeça vão voltar mais rápido, e piores do que antes, então é melhor descansar mais um pouco.

— Não quero que isso aconteça — murmurei.

— Ótimo. Nem eu. — Ele avaliou meu rosto. — As brasas da vida em você são poderosas.

— É, eu percebi. Sabe de uma coisa? — Levantei as mãos e gesticulando com os dedos. — Posso trazer pessoas de volta à vida e convocar as brasas quando fico com raiva.

Um ligeiro calor faiscou nos olhos dele.

— Não era disso que eu estava falando. Você foi ferida com uma lâmina de pedra das sombras. Algo assim mataria um mortal. Ou um semideus. A essa altura sua pele e veias já deveriam ter alguma marca, e o meu sangue que há em você não seria capaz de impedir nada disso.

— Ah. — Arregalei os olhos. Ele tinha razão. Eu havia me esquecido. Olhei para baixo e puxei o suéter. O corte continuava ali, bem feio, mas já não sangrava. — Uau.

— É. Uau — repetiu ele secamente.

Uma risadinha subiu pela minha garganta, provocada pelo uísque. Nyktos deu um sorriso breve.

— Fico imaginando de que outras maneiras as brasas Primordiais podem estar protegendo você.

13

Havia um cadeado nas portas da varanda quando retornei aos meus aposentos.

Certamente não era para impedir que alguém me sequestrasse. Com o feitiço, não seria necessário.

Parte de mim não conseguia sequer ficar zangada por ver aquilo ali. Até sorri ao ver o cadeado. Nyktos realmente achava que eu não sabia arrombar uma fechadura? Mas essa não era a única novidade no quarto. Demorei um tempo para ver o livro em cima da mesa junto às portas e achei que deveria ser o que Orphine estava lendo antes.

Jantei sozinha de novo. A água fresca veio logo depois, e eu me lavei como antes. A ferida na minha cintura não havia reaberto e, ao inspecioná-la, parecia mais um corte de dias do que de apenas algumas horas.

Fico imaginando de que outras maneiras as brasas Primordiais podem estar protegendo você.

Eu também estava começando a pensar nisso.

Mais cansada do que gostaria de admitir, vesti um roupão verde-escuro pesado que ainda não tinha usado, ignorando a camisola. Fui até a espreguiçadeira e peguei o livro. O texto estava desbotado, porém legível, mas ainda assim as palavras me pareceram borradas quando encarei a página. Não consegui focar a vista. Com o passar das horas, o plano de Nyktos começou a ocupar meus pensamentos. *Se* e *quando* Hanan mandaria mais guerreiros para as Terras Sombrias, as perguntas sobre o exército que eu desconhecia e o fato de que não conseguia acreditar que havia falado sobre Tavius e da minha vida em Lasania. Não gostava nem de pensar nessas duas últimas coisas, quanto mais de falar a respeito. Me dava até calafrios.

Levantei, fui até a mesa e peguei a garrafa de vinho trazida com o jantar. Era doce, e dei um bom gole nele enquanto tentava me distrair com o livro. Foi um fiasco, pois o vinho certamente não ajudou na minha concentração. A bebida me fez olhar cada vez mais para a porta de Nyktos, pensando em coisas muito inapropriadas.

Tirei o roupão, deixando-o no lugar em que caiu. Não me dei ao trabalho de vestir mais nada, com calor demais por causa das chamas crepitantes da lareira e do vinho. Depois me deitei na cama antes que o álcool me levasse a fazer algo imprudente, como ir até aquela maldita porta. Abri um sorriso, imaginando a reação de Nyktos se eu entrasse em seu quarto completamente nua. Ele iria...

Iria o quê?

Parei de sorrir assim que virei a cabeça na direção da porta. Meus pensamentos seguiram até lá. Pude ver sua cama enorme em minha mente. Será que ele estava ali? Descansando? Ou também não conseguia dormir? Será que estava pensando nos eventos sombrios que ocorreram nos últimos dias? Ou em nós dois na cama?

Fechei os olhos ao sentir o desejo pulsar. Deitei de costas, procurando outra coisa em que pensar, mas minha mente me traiu: me levou de volta para o quarto de Nyktos e me mostrou nós dois juntos na cama, eu ajoelhada, seu corpo enorme imprensando o meu como fez na Colina. Não havia nada entre nossos corpos suados, e cada estocada dele era profunda. Era um prazer que beirava o castigo.

Foi muito fácil me recordar da ferocidade dos seus movimentos. Nem parecia uma lembrança, pois ainda podia senti-lo entre minhas pernas e dentro de mim. Fechei os olhos, mordendo o lábio quando a necessidade voltou. Chutei o cobertor enrolado nas pernas, frustrada. Deuses, por que eu estava me torturando?

Rolei de lado com cuidado e voltei a encarar a porta. Por um momento de insensatez, cogitei a ideia de ir até ela, encontrá-la destrancada e entrar no quarto dele. Não havia nenhum sorriso no meu rosto enquanto me perguntava se encontraria Nyktos dormindo na cama. Será que ele me receberia? Me desejaria? Sem arrependimentos?

Soltei um suspiro ofegante quando o imaginei curvando o corpo ao redor do meu, me tocando. De olhos fechados, apertei as coxas, pressionando a mão fechada contra o peito. Minha pele estava quente quando forcei meus dedos a se abrirem. Meus dedos roçaram nas ligeiras marcas deixadas pela mordida de Nyktos, provocando um arrepio selvagem pelo meu corpo. A urgência dentro de mim começou a latejar quando deslizei o dedo sobre o mamilo entumecido. Remexi os quadris.

Ouvi um barulho, mas foi baixo e rápido demais para que eu conseguisse distinguir o que era. Abri os olhos, passando da porta de Nyktos para as cortinas fechadas na porta da varanda. Só vi sombras e noite, mas o cômodo parecia diferente.

No escuro, parecia haver uma expectativa pairando no ar. Eu tinha apagado o abajur? Será que estava aceso quando me deitei? Não conseguia me lembrar, graças ao uísque e ao vinho. Mas o quarto estava vazio, exceto por mim e minha necessidade, que parecia ter se tornado uma entidade viva preenchendo o espaço além da cama. Fechei os olhos de novo, disposta a dormir, mas no silêncio eu só conseguia pensar na boca de Nyktos se fechando no meu pescoço, nos meus seios.

Abra as pernas.

Estremeci ao me lembrar daquela ordem excitante, voltando a me deitar de costas. Chutei o cobertor outra vez, acolhendo o ar fresco que soprou na minha pele nua. Não foi o suficiente para abrandar o fogo dentro de mim. Aquela expectativa pareceu inflamá-lo ainda mais. Levei a outra mão até a barriga, pressionando a pele nua. Meus mamilos formigavam sob meus dedos enquanto eu me esfregava contra o colchão. A umidade entre minhas pernas só aumentava.

Minha pulsação disparou quando deslizei a mão mais abaixo como fiz quando obedeci à ordem dele. Hesitei, não por vergonha ou inexperiência — eu já tinha me dado prazer antes, é óbvio. Só não deixei que minha mente se voltasse para como aprendi a fazer isso. Aquelas lembranças não eram bem-vindas agora. Hesitei porque não haveria um semblante sem rosto e sem nome na minha mente como antes. As feições e os traços seriam nítidos, assim como o nome dele. Se eu me tocasse, pensaria nos dedos de Nyktos dentro de mim. Não tinha mais como negar isso.

Mostre para mim...

Abri as pernas para o ar frio e a escuridão do quarto. Deslizei a mão mais para baixo enquanto voltava a me lembrar de nós dois. Eu estava na cama dele, com sua boca no meu seio. Mas não eram meus dedos que cavalgava enquanto deslizava um deles pela umidade ali, era o pau do Nyktos. Soltei um gemido, jogando a cabeça para trás contra o travesseiro quando comecei a mover o dedo para dentro e para fora, pressionando a palma da mão contra a área sensível. A sensação dele, me esticando e preenchendo, estava marcada na minha pele e era tão fácil de lembrar... Enfiei outro dedo.

Abri os olhos, com o coração disparado. Não havia som nenhum. Nada que eu pudesse ouvir além da minha respiração ofegante, mas senti a mudança na atmosfera do quarto. Uma percepção. Uma percepção de que eu não estava mais sozinha.

Meu coração palpitou quando olhei para baixo, passando pelos dedos no meu seio e entre minhas pernas até chegar aos meus joelhos dobrados. Examinei o espaço ao pé da cama, a lareira apagada junto às portas da varanda, a espreguiçadeira escura diante dela...

A lareira *apagada*?

Prendi a respiração e voltei a olhar para a espreguiçadeira e a massa densa de sombras ali. Meu coração continuou disparado. Aquele aglomerado de sombras não parecia normal. Não eram tão opacas como as que os Cimérios haviam conjurado, e eu podia ver o brilho tênue de chamas *atrás* delas parecendo se agitar. Respirei fundo. E o cheiro de frutas cítricas e ar fresco preencheu o ar.

O cheiro de *Nyktos*.

Senti o corpo esfriar e aquecer conforme entreabria os lábios. Só podia ser minha imaginação. Ou o vinho. Ele não podia estar ali. Mas enquanto olhava para as sombras, lembrei-me de quando o vi pela primeira vez no Templo das Sombras. Ele estava envolto pela mais absoluta noite. As sombras pareciam ter se acalmado.

Será que ele... ele estava ali? Me observando?

A pontada aguda de prazer que senti foi completamente pecaminosa, assim como a onda de calor e umidade. Minha mente desejosa estava a mil. Nyktos... Ele era capaz de sentir minhas emoções extremas, e o que eu estava sentindo era bastante extremo. Será que ele sentiu meu desejo e veio até mim? Uma explosão devassa de prazer se intensificou dentro de mim. Se ele estava ali, me observando...

Perdi o fôlego. De olhos semicerrados, mordisquei o lábio inferior enquanto movia os dedos no meu seio e aquele dentro de mim. O turbilhão de prazer ecoou naquelas sombras ao pé da cama. Ergui os quadris, seguindo o ritmo lento. As sombras pareceram se solidificar. Ganhar forma. Pulsar. Meu sangue também. A percepção aumentou e senti uma onda intensa de calafrios se espalhar pelo meu corpo.

Eu podia *sentir* o olhar dele como em todas as vezes que sabia que ele estava olhando para mim. Seu olhar era sempre uma carícia; fixo nos meus seios, barriga e nos dedos entre as minhas pernas. E eu tive certeza, *certeza absoluta*, de que ele estava ali. Ou isso, ou eu tinha bebido vinho demais. As duas opções eram possíveis, mas decidi acreditar na primeira.

Que Nyktos havia entrado sorrateiramente nos meus aposentos, envolto nas sombras, e estava me observando. As sombras pulsaram, parecendo se expandir e escurecer aos pés da cama. Arqueei as costas conforme a tensão aumentava. O ar roçou no meu pé, frio e ardente ao mesmo tempo, e foi *real*. Não... não era só imaginação.

Ai, deuses! Afastei a mão e levei os dedos brilhantes e úmidos até a barriga. Fiquei completamente imóvel enquanto observava um fio nebuloso de noite deslizar sobre a cama. Não fechei as pernas. Não fiz nada senão esperar... e *desejar*. Eu sabia que não deveria desejar uma coisa dessas, mas ah, deuses, como eu desejava!

Engoli em seco quando o fio de ar escuro beijou minha panturrilha e outro lambeu minha coxa. Prendi a respiração, com o coração acelerado, e pousei as mãos sobre a cama. Agarrei o lençol embaixo de mim, ofegante. Segundos se estenderam por uma eternidade, então deslizei os pés e me ofereci ainda mais a ele, respondendo a algum instinto desconhecido. A sombra fria e ardente roçou onde eu mais o desejava.

Arfei, soltando um gemido. Cravei os calcanhares na cama e comecei a tremer. A sensação, uma pressão e plenitude, era intensa. Primitiva. Sobrenatural. Eu mal conseguia ver os fios de noite, mas podia senti-los. Podia sentir aquela frieza ardente. Ergui os quadris da cama, e o ar gelado e quente fluiu sobre a curva da minha bunda. A tensão se desfez com uma intensidade inacreditável. Gritei, chegando ao clímax no instante em que meus olhos arregalados se fixaram na massa densa de sombras latejantes. Trêmula, desabei no colchão macio enquanto os fios de noite deslizavam para longe da cama.

Ainda estava trêmula quando me deitei de lado, depois de bruços, e... esperei. Notei a mudança na atmosfera do aposento e perdi o fôlego ao sentir aquele toque outra vez, um beijo quente e gelado na parte de trás das minhas coxas e na curva da minha bunda. Meu coração martelou contra as costelas. A sensação se esvaiu, mas a presença continuava ali, mais perto do que antes.

— Nyktos? — sussurrei.

Não obtive resposta em meio ao silêncio carregado, mas esperei até que meus olhos ficassem pesados demais para continuarem abertos e, conforme adormecia, senti a cama se mexer ao meu lado.

Senti Nyktos ali.

— Dormiu bem? — perguntou Nektas.

Quase engasguei com o suco que estava bebendo e olhei imediatamente para a cama. O que aconteceu na noite passada mais parecia um sonho pecaminoso e febril, mas eu não tinha a menor dúvida de que Nyktos estivera no meu quarto. Que ele me espiou. *Tocou* em mim. Deitou ao meu lado. Senti o rosto corar e desviei o olhar da cama.

Nektas me observou com curiosidade.

Pigarreei, brincando com a manga solta do vestido. Era de um tom dourado de rosa. Não tinha muitos enfeites, mas as mangas, que se afrouxavam na altura do cotovelo e fluíam até um pouco acima do pulso, conferiam um toque delicado à peça. O corpete seria considerado modesto se coubesse em mim. Eu temia que as costuras fossem arrebentar a qualquer momento, mas gostava que o vestido tivesse duas fendas de cada lado, terminando no meio da coxa. Facilitava o acesso à adaga embainhada ali.

E até que me senti bonita nele. Não era sempre que eu usava um vestido tão macio e que não fosse completamente transparente como aquele maldito vestido de noiva. Se não arranjasse um plano melhor, seria pouco provável impedir a coroação, então esperava que o vestido para o evento fosse decente.

— Dormi bem, sim — consegui dizer.

— Que bom. — Nektas se sentou no sofá. Ele havia trazido o meu café da manhã e, ao contrário dos outros, ficou ali comigo. Embora não tivesse falado muito até o momento, era bom ter companhia. — Lembro-me de quando Ash passou pela Seleção. Ele dormia muito mal. Pior que de costume.

— Isso é comum?

— Para algumas pessoas. Mas acho que para quem já não dorme muito bem, a Seleção piora a situação.

Então será que ele estava acordado, deitado na cama? Mordiscando o resto do pão, olhei para a porta de seus aposentos e senti um nó no estômago. O que Nyktos diria quando me visse? E o que *eu* diria? Porque eu sabia o que a noite passada significava, o que não havia mudado. Nyktos ainda me *desejava*. Não era só uma necessidade física que ele não conseguia controlar.

Eu já sabia disso, mas não sabia o que fazer a respeito. Sabia o que *deveria* fazer: esquecer. Ignorar. Nyktos me desejava no sentido carnal. Sexo não era afeto nem aceitação. Não significava nada além de mais uma complicação para uma situação já complicada. Mas eu o desejava — seu toque, a sensação dele na minha pele e dentro de mim enquanto chegava ao êxtase. *Eu* queria isso. Não porque precisasse querer, mas porque simplesmente queria.

210 / Jennifer L. Armentrout

Porém, tudo o que sexo oferece é temporário, e eu não tinha certeza se queria algo mais. Sequer sabia o que seria esse algo *mais*. Companheirismo? Confiança? Conforto? Tudo isso me parecia algo *mais*, mas sei lá. Eu nem sabia por que queria algo mais quando minha vida poderia ser reduzida a meses em vez de anos se o plano de Nyktos não desse certo. Faria sentido se eu quisesse tudo *agora*. E por que não poderia querer? Ter essas coisas?

— Já acabou de comer? — perguntou Nektas.

A pergunta me tirou do transe. Olhei para o prato quase vazio e confirmei com a cabeça.

— E acabou de ruminar enquanto olha para a porta?

Fiz uma leve careta.

— Acabei.

Nektas se levantou com um sorrisinho no rosto.

— Preciso ver como está minha filha. — Ele parou e olhou para mim por cima do ombro. — Você vem?

Eu me contive, embora quisesse saltar da cadeira porque, bom, eu não queria ser intrometida. Sem saber muito bem o que fazer, dei de ombros.

— Acho que sim.

— Então vamos. — Nektas abriu a porta. — Ela já deve ter acordado e pode estar prestes a escapulir pela janela, como sua nova amiguinha.

Dei um suspiro exagerado.

Nektas não deixava de ter razão. Jadis já estava acordada e tentava alcançar a maçaneta da porta que dava para a varanda. Ela correu até o pai, chilreando e dando gritinhos de alegria, e depois me cumprimentou com o mesmo entusiasmo. Dali, ela pegou a mão do pai e nos levou para fora do quarto. Uma vez no corredor, a dragontina soltou uma série de gorjeios excitados enquanto pulava cada vez mais alto, batendo as asas até conseguir pairar por alguns segundos.

— Ela está feliz por você se juntar a nós na sua aventura — explicou Nektas.

Abri um sorriso, aliviada.

— Eu também.

A aventura dela nos levou para o andar principal e ao corredor em frente ao escritório de Nyktos, até uma sala de visitas equipada com cadeiras formais de espaldar duro e uma mesa estreita. Enquanto Jadis inspecionava cada peça de mobília com uma curiosidade admirável, fiquei imaginando se reuniões ou jogos de cartas eram realizados naquela mesa.

Quando Nektas saiu para buscar uma jarra com água e alguns copos, fiquei com medo de que alguma coisa horrível acontecesse com Jadis enquanto ele estivesse ausente. Por algum motivo desconhecido, ela não parava de tentar subir pelas pernas da mesa e nunca fiquei tão grata por vê-lo de volta.

Nektas não estava sozinho.

Havia um dragontino de escamas preto-arroxeadas e pouco mais de um metro de altura com ele.

Reaver gorjeou uma saudação e se encaminhou em minha direção, mas não conseguiu avançar muito. Jadis praticamente o atacou, passando os braços finos em volta do seu abdômen e prendendo uma das asas dele.

Fiquei observado os dois, maravilhada. Acho que nunca vou me acostumar a ver os dragontinos na forma de filhotes. É surpreendente pensar que eles podem ficar do tamanho do pai de Jadis.

Nektas se juntou a mim na mesa enquanto sua filha se concentrava em brincar com Reaver, o que se resumia basicamente a persegui-lo pela sala como um diabinho.

— Caso esteja se perguntando — observou Nektas, servindo água num copo largo —, eles são sempre assim.

Sorri ao pensar que Reaver não devia estar correndo tão rápido quanto podia.

— Não tive a chance de perguntar o que achou do plano de Ash — continuou Nektas enquanto os dois dragontinos davam outra corrida desenfreada ao redor da mesa. — A parte da remoção das brasas.

— Eu fiquei... hesitantemente esperançosa. — Coloquei uma mecha de cabelo atrás da orelha e o encarei. — Acha que vai dar certo?

— Não tenho como saber.

Fiz uma careta.

— Sua resposta não foi muito tranquilizadora.

— Não era para ser. — Nektas pegou a filha pelo braço enquanto os dragontinos davam mais uma corrida ao redor da mesa. Ele a segurou até que Jadis tomasse alguns goles apressados de água e então a soltou.

Jadis voltou a perseguir Reaver de imediato.

— Delfai terá respostas para nós. — Nektas apoiou o copo em cima da mesa. — Mas o que Ash pretende fazer só foi feito uma vez antes. Não há como saber o que é ou não é possível.

Eu detestava não saber das coisas e ter que esperar para descobrir.

— Gostaria que pudéssemos ir agora. Quero dizer, o Vale é tão perigoso assim?

— Não é o Vale em si que é perigoso, mas o caminho até lá — explicou ele. — Precisaremos cruzar os Pilares de Asphodel para adentrá-lo. Até lá, tudo pode acontecer e, como você já deve saber, os deuses podem entrar nas Terras Sombrias quando bem quiserem, assim como os Primordiais. Não há nenhuma regra que me impeça de transformar um deus em churrasquinho se achar que devo.

Torci o nariz para a escolha de palavras dele.

— Mas a situação é diferente com relação aos Primordiais. Não posso lutar contra eles, e os deuses que servem na Corte de Ash também não podem, a menos que o ataquem. — Nektas fez uma pausa. — Ou à sua Consorte.

— Ah. — Espiei pela única janela da sala. O céu cinzento lá fora tinha uma cor suave e sem vida, interrompida apenas pelo brilho tênue das estrelas. Era uma pena que o feitiço não me impedisse de ser atacada. — Se Nyktos tivesse me dito isso, faria mais sentido.

— Ele não disse?

Lancei um olhar desconfiado em sua direção. A expressão de Nektas era tão branda que o céu deve ter ficado com inveja.

— Não.

O dragontino sorriu suavemente antes de se voltar para a porta.

— Um segundo.

Eu me virei e vi Rhain através da abertura estreita. Nektas se juntou a ele no corredor, e eu fiquei observando os dois, curiosa para saber o que poderiam estar discutindo. Mas eu devia mesmo era ter ficado de olho nos filhotes de dragontino.

Jadis soltou um grito estridente que quase fez o meu coração parar de bater. Virei a cabeça e vi que Reaver tinha voado para o topo de um armário vazio e estava empoleirado ali, fora do alcance de Jadis, o que não a deixou nada contente.

Ela pulou e bateu as asas, conseguindo pairar alguns centímetros no ar por poucos segundos. Seus gritos eram de dar pena.

— Reaver — chamei, me afastando da mesa. — Por que você não desce?

Ele sacudiu a cabeça em forma de diamante. E, para ser sincera, eu não o culpava.

— Ela só quer brincar.

Reaver sacudiu a cabeça de novo. Jadis desistiu de voar e decidiu escalar o armário, fazendo com que o móvel se balançasse todo.

— Ai, meus deuses! — Corri e a peguei quando ela já tinha escalado uns trinta centímetros. — Você não pode fazer isso.

No momento em que a coloquei no chão, ela correu de volta para o armário. Fizemos isso várias vezes antes que Jadis começasse a fazer birra.

De olhos arregalados e boquiaberta, vi Jadis se jogar de bruços e começar a choramingar enquanto batia as patas com garras no chão, arranhando a pedra das sombras. Fiquei imóvel. Não tinha ideia de como acalmar uma criança mortal, muito menos uma dragontina. Olhei desesperadamente para a porta e percebi que Rhain e Nektas haviam saído de vista.

— Só pode ser brincadeira — sussurrei, me virando para Jadis.

Ainda no chão, ela agora estava deitada de costas, tão quieta que pensei que tivesse desmaiado. Comecei a ir até ela quando Reaver emitiu um som áspero e bufante que se parecia muito com uma risada, o que só serviu para piorar as coisas.

Jadis se levantou com um salto, estreitando os olhos vermelhos enquanto balia e gritava para Reaver. Ele não fez qualquer menção de descer, e eu não sabia o que diabos Nektas estava fazendo naquele maldito corredor. Eu me virei para descobrir e um segundo depois, apenas um ínfimo segundo depois, senti o cheiro de fumaça.

Dei meia-volta e perdi o fôlego ao ver as chamas subirem pelas pernas de uma cadeira na frente de Jadis.

— Ai, meus deuses!

Jadis começou a dar saltinhos de entusiasmo, com os olhos iluminados pelas chamas. Peguei a jarra depressa e apaguei o fogo. Dei um passo para trás, com o coração disparado.

Nektas entrou na sala naquele instante e parou de imediato.

— Eu saio da sala por dois minutos...

— Não foram só dois *minutos* — disparei. — Foi dois anos atrás.

Jadis recolheu as asas junto ao corpo e saiu em disparada, correndo para debaixo de outra cadeira. Nektas olhou de cara feia para Reaver, que soltou um gorjeio descontente antes de pairar até o chão, de onde encarou Jadis. Senti pena dela enquanto seu pai a persuadia a sair de debaixo da cadeira.

— Alguém obviamente não aproveitou bem a hora do cochilo — afirmou Nektas. — Vamos, pelo visto já passou da hora.

Corri atrás deles com a sensação de ter escapado por pouco a uma guerra. De repente, as brasas se aqueceram no meu peito ao nos aproximamos do escritório de Nyktos. Meu estômago começou a se revirar, do mesmo jeito que Jadis havia feito no meio do ataque de birra, quando Nektas diminuiu os passos e se deteve em frente à alcova.

— Você precisa de alguma coisa? — perguntou ele enquanto eu ficava para trás. Jadis logo começou a tentar descer do colo dele.

— Não — veio a resposta que não deveria me fazer corar, mas fez mesmo assim. — Pode colocá-la no chão.

— Você a mima demais — resmungou Nektas, mas soltou a filha, que saiu correndo e desapareceu no escritório. Ouvi uma risada lá dentro, e Reaver seguiu num ritmo bem mais moderado. Nektas se deteve na entrada e olhou de esguelha para mim, arqueando as sobrancelhas.

Saí de trás de uma coluna de pedra das sombras e avancei, desejando que meu coração pudesse desacelerar.

Nyktos estava atrás da escrivaninha, com a dragontina grudada à camisa branca e larga. Jadis o estava abraçando — ou talvez estrangulando. Não sei muito bem qual das duas opções.

— O que estavam aprontando? — Nyktos perguntou a Reaver, que já havia se empoleirado no canto da mesa.

Reaver soltou alguns grunhidos, mas Jadis começou a chilrear e tagarelar depressa. Ela se aninhou nos braços de Nyktos, virando a cabeça na direção do outro dragontino, e sibilou para ele. Não pude deixar de sorrir.

— Talvez Reaver brinque com você se não o perseguir tanto — respondeu Nyktos.

Arqueei as sobrancelhas, atônita. Esqueci que Nyktos conseguia compreendê-los.

— A propósito, ela ateou fogo numa cadeira — anunciou Nektas. Sua filha encostou a cabeça no peito de Nyktos. — Por isso está na hora da Jadis tirar um cochilo.

Nyktos arqueou as sobrancelhas quando Jadis deu um gemido lamentoso e abafado.

— Tudo bem. Não estou zangado. — Ele esfregou as costas dela. — Temos muitas cadeiras aqui.

— Não está *nada* bem. — Nektas deu a volta na escrivaninha e arrancou Jadis dos braços de Nyktos. A dragontina quase se jogou por cima do ombro do pai e ficou pendurada ali enquanto Reaver a olhava com cautela. — A quantidade de cadeiras não é a questão.

Nyktos abriu um sorriso, colocando uma mecha de cabelo atrás da orelha enquanto *finalmente* tirava os olhos dos dragontinos e olhava para mim, de pé junto às estantes vazias. Tudo em que consegui pensar foi naquela sensação gelada e ardente na minha pele e dentro de mim, mas não fui capaz de distinguir nada na expressão de Nyktos. Não faço ideia do que ele estava pensando enquanto avaliava meu rosto e depois abaixava os olhos, cerrando o maxilar.

— Lembre-me — disse ele a Nektas — de perguntar a Erlina quando ela vai acabar de costurar as roupas de Sera.

Confusa, olhei para baixo e vi que o corpete havia escorregado um pouco, ou por não estar bem ajustado em mim, ou porque tentei evitar que Jadis se machucasse e botasse fogo no palácio. De qualquer modo, não era como se meus seios estivessem à mostra. Ainda não. Estreitei os olhos.

— O que há de errado com o vestido, *Vossa Alteza*?

— Tudo.

Respirei fundo, não me sentindo mais tão bonita naquele vestido.

Nektas parecia confuso enquanto me olhava de relance.

— Não vejo nada de errado nele.

— Claro que não vê — murmurou Nyktos, recostando-se na cadeira.

— Eu vejo muita coisa — ofereceu Nektas —, mas nada de errado. Posso fazer uma lista para você...

— Não precisa — disparou Nyktos. Ele pousou a mão na escrivaninha e começou a tamborilar os dedos ao lado do livro que vi no dia anterior.

Senti a nuca em chamas.

— Se soubesse que você ia falar mal do vestido que nem me pertence, teria escolhido ir ver o que restou dos deuses sepultados.

Nyktos estreitou os olhos fulminantes para mim.

— Acho que ela está dizendo que prefere a companhia deles à sua — observou Nektas, muito prestativo.

— Obrigado pela explicação desnecessária — debochou Nyktos. O Primordial lançou um olhar de advertência para ele antes de se virar para mim. Parte da tensão deixou seu maxilar. Um segundo se passou. — Não quis insultar seu vestido. Peço... peço desculpas se... — Ele respirou fundo enquanto eu o encarava — ...se fui rude.

— Se foi? — questionei.

— Tudo bem, fui rude — emendou Nyktos. — Não há nada de errado com seu vestido — murmurou ele. — Você fica linda nele.

Arqueei as sobrancelhas ao ver Nektas coçar a boca, tentando ocultar o sorriso. Fiquei ainda mais aborrecida com os dois. Nyktos parecia estar falando de um jarrato de vestido, e Nektas fracassou em esconder seu divertimento.

— Preciso colocar Jadis na cama — anunciou ele, e o Primordial assentiu.

Reaver pulou da mesa de Nyktos quando Nektas se encaminhou até a porta.

Fiz menção de segui-los, mas me detive. Nektas não precisava de mais uma distração enquanto tentava pôr a filha para dormir. Permaneci ali conforme eles saíam do escritório, embora suspeitasse que Nyktos preferia que eu não o tivesse feito.

Quando as portas se fecharam atrás deles, eu me virei lentamente para Nyktos. Ele continuava recostado na cadeira, tamborilando os dedos na mesa e me encarando.

— Como está se sentindo esta manhã?

— Bem. — Senti aquele maldito calor subindo pelo meu rosto outra vez. — E você?

Nyktos tirou a mão do braço da cadeira e a levou até o queixo.

— Ótimo.

O silêncio recaiu sobre nós.

— Dormiu bem ontem à noite?

Ele ficou completamente imóvel. Acho que mal respirava.

— Como um bebê.

Eu o encarei.

— Tem certeza?

— Tenho. — Fios de éter surgiram em seus olhos conforme a incredulidade assomava em mim.

Ele realmente ia agir como se não tivesse ido aos meus aposentos na noite anterior para me espiar? Para me tocar?

— Pelo visto, você teve uma manhã bastante agitada — observou ele.

É, ele realmente ia agir como se a noite passada não tivesse acontecido. Reprimi a frustração.

— Pode-se dizer que sim.

— Espero que, pelo bem dos móveis do palácio, Reaver não se refugie mais em lugares que Jadis ainda não consegue alcançar.

— Acho difícil.

— Eu também. Passamos por isso quando Reaver tinha a idade dela. Acho que perdemos pelo menos duas salas cheias de móveis durante seus ataques de birra.

Não consegui imaginar Reaver fazendo birra, fosse na forma humana ou como dragontino.

— O que... O que aconteceu com os pais de Reaver? — perguntei, percebendo que só sabia que não estavam mais vivos.

— Eles morreram defendendo as Terras Sombrias antes que Reaver tivesse idade suficiente para assumir a forma mortal — respondeu ele, e ficamos em silêncio por algum tempo. — Kolis ficou irritado quando não respondi imediatamente à sua convocação. Ele mandou vários dragontinos até aqui e, depois disso, descobri que não poderia demorar muito a respondê-lo.

Senti um aperto no peito.

— Sabe a minha... minha irmã? Ezra? Ela acredita que você não pode odiar alguém que não conhece, mas ela está enganada. Eu não conheço Kolis e já o odeio.

Nyktos permaneceu calado por um momento.

— Acho que não é preciso conhecer alguém para formar determinada opinião sobre ele. Acho que nem sequer é preciso conhecer alguém para sentir sua falta.

— É mesmo?

— Sinto falta de muitas pessoas que mal conheci. De experiências nunca compartilhadas. Da história não vivida. — Ele parou de tamborilar os dedos na mesa. — De lembranças que não foram criadas.

— Do passado que não foi pranteado. — Pensei na mãe de quem nunca fui íntima. No pai que não conheci. Nos amigos que não fiz. No coração *dele*. Esse pensamento foi como um chute no estômago, tanto a percepção de que eu desejava seu afeto, algo que não poderia admitir de jeito nenhum, como a de que jamais o teria. — E do futuro que não foi esperado.

— Então você compreende.

— Acho... acho que sim. — Pisquei os olhos para conter as lágrimas, pensando nos guardas que haviam morrido no dia anterior. — Sinto muito por aqueles que perderam a vida ontem. Acho que ainda não disse isso.

Nyktos assentiu.

— Eu também.

Fechei os dedos ao redor das mangas do vestido. No silêncio que se seguiu, lembrei-me do que Saion me contou na Colina.

— Sabe o Cimério? O tal de Dorcan? Ele falou que você tem um exército.

— Eu tenho — confirmou ele.

— É algo que todos os Primordiais têm? — quis saber.

Nyktos sacudiu a cabeça.

Minha mente ficou a mil.

— Quantos soldados você tem? — insisti.

— O exército é numeroso. — Ele não tirou os olhos de mim desde que Nektas saiu com os filhotes. — Os soldados estão a postos nas fronteiras das Terras Sombrias.

— Por que eles não nos ajudaram durante o ataque dos dakkais?

— Eles teriam nos ajudado se fosse necessário.

O ataque havia sido massivo. Para mim, justificaria o envolvimento do exército. O único motivo em que conseguia pensar para Nyktos não os ter chamado seria porque preferia não arriscar perder nenhum soldado. Talvez por acreditar que precisasse de todos eles. O que só podia significar que…

Meu coração pesou.

— O que você teria feito em relação a Kolis se as brasas da vida não tivessem sido colocadas na minha linhagem? — perguntei. — Levando em conta o que você me disse na sala do trono, é evidente que não aceitou esse modo de vida. Viver sob o reinado de alguém que mata indiscriminadamente e comete só os deuses sabem quantas atrocidades.

Nyktos ficou em silêncio.

Sustentei o olhar dele.

— Você pretende entrar em guerra contra Kolis?

14

Nyktos continuou tamborilando os dedos, acompanhando o ritmo do meu coração. Tentei controlar a frustração iminente. Se ele não me respondesse, não sei o que faria, mas provavelmente algo ruidoso e meio violento.

— Falar abertamente de tal coisa contra o Rei dos Deuses — disse ele por fim, com uma ligeira curvatura do lábio superior — renderia a alguém, mesmo um Primordial, uma sentença nas partes mais sombrias do Abismo, aonde nem um deus da morte viajaria de bom grado.

E falar sobre um plano contra Kolis não? Como ele fez na sala do trono? Dei um sorriso irônico.

— Duvido que isso o tenha impedido — falei.

— O que você acha que uma guerra entre dois Primordiais implicaria? — questionou ele.

— Algo inimaginável.

— Exatamente. — Ele se levantou e foi até o aparador. — Nenhum Primordial em sã consciência planejaria uma guerra contra o Rei dos Deuses, seja ele falso ou não.

Vi Nyktos pegar aquele mesmo livro que estava lendo quando os Cimérios chegaram. Sabia que eu tinha razão e que ele não estava falando a verdade. Ele só não queria falar sobre os planos que havia feito ou que ainda estava tramando. Nyktos não confiava em mim.

Não que eu esperasse por isso depois de tudo que aconteceu, mas ainda assim me incomodava. Doía, na verdade. E a dor me fez pensar naquela coisa desconhecida de novo, o futuro. Se os planos de Nyktos em relação às brasas dessem certo, eu poderia ser sua Consorte por centenas de anos, se não mais. Isso se sobrevivêssemos a Kolis. Mas será que continuaríamos assim depois que eu fosse coroada dali a um dia? Ainda viveríamos daquele jeito? Dormindo em camas separadas? Vivendo vidas separadas? Uma Consorte apenas no título, sem me envolver na política da Corte e nas possíveis batalhas que certamente virão? Será que vou ser deixada de lado enquanto ele governa como Rei dos Deuses? Senti um nó na garganta. Ou serei exilada, deixando de ser a Consorte?

— Em que está pensando? — Nyktos quis saber.

Ergui o olhar, distraída dos meus pensamentos.

— Sobre seu plano.

— Não acho que seja verdade.

— Por quê?

— Porque você acabou de projetar... tristeza.

Retesei o corpo.

— Não projetei, não.

— Me diz uma coisa, Sera. — Ele inclinou a cabeça. — Há algum momento em que você fala a verdade?

— Quando me sinto confortável o bastante — retruquei.

Ele arqueou a sobrancelha.

— Agora acho que foi verdade. — Ele me estudou por alguns segundos e então abriu o livro. — Há coisas de que preciso tratar...

Em outras palavras, eu estava sendo dispensada. Sem ele sequer mencionar o que havia acontecido entre nós na noite passada. E eu sei que sua recusa em reconhecer o que aconteceu não era um problema em comparação a todo o resto, mas prefiro ficar frustrada com ele por causa disso a remoer um futuro que pode acontecer ou não. Então acolhi de bom grado a frustração crescente.

— Quando cheguei, você me disse que eu poderia ir aonde quisesse dentro do palácio e no pátio. Ainda posso?

— Sim — respondeu ele, folheando uma página em branco.

— E não está preocupado que eu tente fugir?

— Não, pois ordenei que todos os guardas que patrulham a Colina e o palácio fiquem de olho nos portões.

Estreitei os olhos para sua cabeça curvada sobre a mesa.

— Quer dizer que posso ir a qualquer lugar?

Nyktos confirmou com a cabeça.

Caminhei silenciosamente na direção dele.

— Até aqui? No seu escritório?

— Tenho certeza de que há lugares mais interessantes aonde ir.

— Estou começando a duvidar que esta seja realmente sua casa, se é isso que acha.

— Eu moro aqui, Sera.

— Bem, você disse *qualquer lugar*. E eu escolho ficar aqui. — Parei perto da cadeira. — Com você.

O suspiro que ele deu enquanto olhava para mim quase sacudiu as paredes.

Reprimi um sorriso e apontei para o livro com o queixo.

— O que é isso?

— Um dos Livros dos Mortos.

Meu coração disparou quando olhei para o livro como se ele fosse pular da mesa e me estrangular.

— O livro que lista as pessoas que vão morrer no dia em que é aberto? — sussurrei. — Não sabia que existia de verdade.

— Existe, sim.

— Ninguém vai morrer hoje? A página está em branco.

— Por enquanto. Ainda tenho que escrever os nomes.

— Você precisa de algo para escrever? — Olhei para a mesa vazia. — Posso arranjar alguma coisa. Não quero que se atrase em arrancar as pessoas dos seus familiares.

— Eu não mato ninguém ao escrever seus nomes — respondeu ele secamente. — Elas morreriam de um jeito ou de outro.

— Então por que você escreve? — Apanhei alguns cachos e comecei a torcer os fios enquanto contornava a cadeira.

— As almas não podem cruzar os Pilares até que eu escreva seus nomes.

— Você se esqueceu de mencionar essa parte quando me disse que os corpos não precisavam ser queimados para que as almas os deixassem.

— Não imaginei que você precisasse saber disso. — A atenção dele se voltou para os dedos enrolados no meu cabelo.

Eu me aproximei ainda mais.

— Você precisa que eu... — O olhar dele disparou para o meu — ...pegue uma caneta?

— Já tenho tudo o que preciso.

— É invisível?

— Não. Só não invoquei ainda. — Ele levantou a mão. Um redemoinho cintilante de energia prateada surgiu e, um segundo depois, uma caneta-tinteiro apareceu na palma da sua mão antes vazia.

Entreabri os lábios.

— Você... acabou de invocar uma caneta do nada?

— Sim.

De certo modo, aquilo foi mais intrigante do que vê-lo tirar Odin do bracelete.

— E quanto à tinta?

— Os nomes dos mortos não são escritos com tinta, mas com sangue.

— Seu sangue?

Nyktos confirmou com a cabeça.

Repuxei os lábios quando ele encostou a caneta-tinteiro no pergaminho encadernado e uma gota vermelha apareceu assim que começou a escrever.

— Dói?

Nyktos sacudiu a cabeça.

Cheguei ainda mais perto, parando na beira da mesa. Observei-o em silêncio. Ele escreveu nome após nome em linhas vermelhas e fluidas até virar a página e começar a preencher essa também.

— Sua caligrafia é linda.

— Obrigado.

Ele preencheu outra página. E depois, a terceira.

— Como... como você decide quem morre?

— Não decido. — Mais um nome. — Os nomes vêm a mim conforme escrevo.

Encostei o quadril na escrivaninha, dobrando a perna o suficiente para que as camadas do vestido se separassem, exibindo a minha perna da panturrilha até logo acima do joelho.

— E se você cometer um erro?

Ele parou de escrever e ergueu o olhar lentamente pela extensão da minha perna exposta.

— Se estiver inventando nomes sem perceber? — perguntei, desenrolando as mechas do cabelo. — Ou se escrever um nome errado?

— Eu não cometo erros.

— Nunca?

— Não em relação a isso. Já com outras coisas... — murmurou ele, roçando as pontas das presas sobre o lábio inferior enquanto seu olhar permanecia fixo na curva do meu quadril. — Mais do que devia.

— É mesmo?

— Consigo pensar em alguns erros agora mesmo.

— Me dê um exemplo — pedi, sabendo que estava sendo teimosa e me divertindo muito com isso.

— Não ter feito com que Nektas a levasse junto com ele quando saiu daqui. — Ele voltou a escrever. — Ele podia tê-la colocado para dormir. Aposto que Jadis e Reaver iam gostar da companhia.

Apertei os lábios para não rir.

— Que grosseria.

— É mesmo?

— É, sim. — Eu o vi escrever mais alguns nomes. Segundos se transformaram em minutos. Bons deuses, quantas pessoas iriam morrer hoje? — Talvez tivesse sido melhor ir embora com Nektas mesmo. Será que *ele* gostaria de me colocar para dormir? Acho que ele gostou do meu vestido.

Isso chamou a atenção dele.

A caneta ficou parada na mão de Nyktos. Ele levantou a cabeça e me encarou com seus olhos tempestuosos.

Pousei as mãos em cima da mesa de propósito e me inclinei para a frente. A ligeira curva da cintura foi suficiente para testar os limites do vestido.

Nyktos baixou os olhos. A caneta sumiu da sua mão. Espero que signifique que ele já tenha acabado.

— Desculpe — falei. — Estou distraindo você?

— Você não me parece nada arrependida. — Ele flexionou o maxilar enquanto erguia o olhar até o meu. — E sabe muito bem o que está fazendo.

— O quê?

— Você está me distraindo de propósito.

— Eu jamais faria uma coisa dessas.

— E tentando me seduzir.

— Por que você acha isso? — perguntei, piscando de olhos arregalados.

— Seus seios estão a centímetros do meu rosto, Sera. — Ele baixou os olhos e depois voltou a me encarar. — Eu não acho nada, eu *sei*. Mas não vai funcionar.

— Sua incapacidade de impedir que seus olhos se desviem para lugares inapropriados não é um reflexo das minhas ações — afirmei, inclinando a cabeça de modo que meus cabelos caíssem sobre a mão dele. — Mas se eu estivesse tentando seduzi-lo, *Vossa Alteza*, funcionaria muito bem.

— Você acha que sim?

— Eu não acho. — Abri um sorriso largo. — Eu *sei*.

Um músculo se contraiu em seu maxilar.

— Bem, você já devia saber como ter sucesso nessa empreitada, não é?

— Ai, essa doeu. — Meus dedos pressionaram a superfície lisa da mesa. Eu tinha dado margem para aquele comentário.

— Ofendi você? — Os fios de éter começaram a girar nos olhos dele.

— Para ser sincera, não. É verdade — admiti, baixando o olhar. — Conheço todas as maneiras de... — Dei de cara com o livro. Franzi a testa. — Corrija-me se estiver enganada, mas não é estranho que tantas pessoas com o mesmo nome tenham morrido hoje?

Nyktos não disse nada.

Um sorriso surgiu nos meus lábios.

— Você estava fingindo ainda estar escrevendo os nomes, não estava?

— Imaginei que você se daria conta de que eu estava ocupado e decidiria ser menos inconveniente — admitiu ele. — Mas obviamente não deu certo.

Não consegui mais reprimir o sorriso e soltei uma gargalhada.

— Melhor eu ir procurar outra pessoa para distrair — provoquei, desencostando da mesa.

Mas não fui muito longe.

Nyktos estendeu a mão, fechando-a em volta da minha nuca. Perdi o fôlego quando meu olhar se fixou no dele.

— Quero deixar uma coisa bem clara, Seraphena.

A pressão que ele usou foi leve, só para me forçar a colocar as mãos sobre a mesa e inclinar o corpo até ficarmos nos entreolhando e com a boca a poucos centímetros de distância. Minha pulsação acelerou. O toque dele não era doloroso; eu poderia me desvencilhar se quisesse, mas não o fiz. Eu queria a atenção dele e agora a tinha.

— Enquanto for minha Consorte — começou ele, com um tom de voz enganosamente suave —, você deverá ser bastante cuidadosa em relação a como passa seu tempo com os outros.

— Quando menciona o modo como passo o meu tempo com alguém, presumo que esteja falando do que costuma acontecer depois da sedução?

O Livro dos Mortos fechou sozinho e deslizou pela mesa. Ele não tirou as mãos de mim.

— Você sabe muito bem do que estou falando.

— Então estou confusa — sussurrei no pequeno espaço entre nós dois. — Você me disse que eu seria sua Consorte apenas no título.

Ele baixou os olhos de novo, só por um segundo, mas eu sabia para onde estava olhando.

— Sim, eu disse.

O ar que respirei estava repleto do cheiro dele. Meu sangue se aqueceu e a minha pele ficou corada.

— E quanto às minhas necessidades?

— Suas necessidades? — repetiu, com a voz assumindo uma cadência suave da qual acho que ele nem se deu conta.

— Intimidade. Toque. Contato pele a pele. Sexo. Fod...

— Acho que já entendi.

— E então?

Nyktos dobrou o braço, me puxando contra si. Era bem provável que agora meus seios pulassem para fora do vestido. Em seguida, ele inclinou a cabeça. Foi um movimento leve, mas que deixou nossas bocas perfeitamente alinhadas. Se um dos dois se inclinasse um ou dois centímetros para a frente, nossos lábios se encontrariam.

— Tenho certeza de que você consegue resistir a tais desejos ou cuidar deles sozinha.

— Porque você me observou cuidar deles. — Umedeci os lábios. Nyktos não disse nada, mas seu olhar estava fixo na minha boca. — Você me observou ontem à noite. *Tocou* em mim — sussurrei, sentindo um ligeiro tremor na mão que estava na minha nuca. — Eu senti você. Dentro de mim. Foi muito inapropriado da sua parte.

— Mais inapropriado do que se tocar enquanto sabia que eu estava olhando?

O ar que respirei não chegou aos meus pulmões e um calor líquido inundou minhas veias. A maneira como ele disse "se tocar" evocou em mim imagens de lençóis de seda e corpos entrelaçados.

— Mais inapropriado seria se você não tivesse cuidado disso e eu tivesse que fazer tudo sozinha.

Ele inflou as narinas.

— Por que você foi aos meus aposentos ontem à noite?

— Bem perto de mim — murmurou ele. — Lembra?

— Lembro, mas foi mesmo isso? Ou você sentiu a minha necessidade? O meu desejo? *Por você.* — Eu me aproximei, esperando que ele fosse se afastar. Mas Nyktos não se afastou. Quando falei, meus lábios roçaram no canto dos lábios dele, e senti um leve tremor de excitação. — Eu estava pensando em você enquanto me tocava, imaginando que era o seu toque, antes de saber que você estava lá.

— Sera — advertiu ele. Ou implorou. Talvez as duas coisas.

— Só achei que deveria saber. — Recuei, mas me detive quando seus olhos de prata derretida se fixaram nos meus. — Posso cuidar dos meus desejos, mas só até certo ponto.

— É melhor que cuide o máximo que puder — ordenou ele baixinho.

— E se eu não fizer isso?

— O que fiz com os deuses na sala do trono não é nada em comparação ao que vou fazer com quem satisfizer suas necessidades.

Fiquei surpresa, mas senti uma boa dose de prazer perverso ao ouvir a ameaça inflamada pelo ciúme. No entanto, a raiva veio logo em seguida. Eu não tinha a menor intenção de satisfazer minhas necessidades com ninguém, mas o que ele exigia passava dos limites, já que dizia não querer nada comigo.

— Vou deixar uma coisa bem clara para *você*, Nyktos. Se você me quiser como Consorte apenas no título, então não poderá opinar sobre o que *faço* nem com *quem*, a partir deste momento até o meu último suspiro, seja lá quando for.

— Se? Você fala como se tivéssemos outra opção.

Minha pulsação ficou acelerada.

— Porque temos.

— E qual é? — Ele mexeu a cabeça, e seus lábios roçaram no canto dos meus.

— Podemos satisfazer as necessidades um do outro. — Fiquei meio surpresa ao falar aquilo, mas fazia parte do *agora* em que eu estava pensando mais cedo. — Você não precisa de uma *frágil* confiança nem realmente gostar de alguém quando sente atração pela pessoa.

Ele enrolou os dedos nos meus cabelos.

— Eu não odeio você, Sera.

Uma emoção indesejada brotou no meu peito, me deixando nervosa e fora de controle. Tentei aumentar a distância entre nós dois, mas o toque dele não permitiu.

— Não precisa mentir. Eu sei em que pé estamos um com o outro. Não estou me oferecendo em troca de qualquer resquício de afeição que você ou qualquer um possa me oferecer.

Um músculo se contraiu em seu maxilar.

— Em troca de que você está se oferecendo?

— Prazer.

Os fios de éter se agitaram descontroladamente nos olhos dele.

— Só isso?

— Por que teria que ser outra coisa se é isso que *eu* quero? — perguntei, e era verdade. Talvez houvesse algo *mais* por trás disso, mas eu sabia que era melhor não me aprofundar muito nisso. — Seja como for, não vou brincar de eu-não-te-quero-mas-ninguém-mais-pode-ter-você. Nem com você, nem com ninguém.

— Não há mais ninguém, Sera. — Ele levou a mão até o meio das minhas costas, me arrepiando de dentro para fora.

— Só se houver você — afirmei, sabendo muito bem que eu não tinha a menor intenção de aliviar minhas necessidades com mais ninguém no momento *nem* no futuro próximo. Não por alguma coisa que ele tivesse me dito, mas simplesmente porque não me atraía. Só que ele não precisava saber disso.

— Então esse é o acordo. Entre nós dois. Não entre seu pai e algum antepassado meu.

Os olhos dele faiscaram e o éter se infiltrou nas veias da pele ao redor enquanto sua boca se aproximava mais uma vez da minha.

— Prazer por prazer?

— Sim — sussurrei, sentindo um calor estranho no peito.

— Você é inconsequente demais. — A mão dele deslizou das costas para os meus quadris, deixando arrepios por onde passava. — Está com a adaga?

Franzi a testa ao ouvir a pergunta inesperada.

— Sim?

— Certifique-se de que ela permaneça oculta — avisou ele. — Um Primordial acabou de chegar.

O calor no meu sangue se esvaiu imediatamente.

— Você estava esperando uma visita?

— Não mesmo. — De repente, Nyktos me puxou por cima da mesa e me colocou no colo. A força e a sensação do corpo dele contra o meu foram um choque para mim. — Não dá tempo de você sair do escritório, então não há como evitar a situação. Não importa o que eu diga ou faça, fique exatamente onde está. Entendeu?

Assenti.

Nyktos passou meu cabelo por cima dos ombros.

— Estou falando sério, Sera.

— Eu sei. — Eu me virei para ele. — Sei quando devo ser reservada em vez de imprudente.

— Ótimo. Só não esqueça de ser tão primorosamente imprudente mais tarde. — Nyktos desviou o olhar para as portas fechadas. — Peço desculpas antecipadamente pelo meu comportamento a seguir. Presumo que não vai gostar disso considerando o que acabamos de discutir.

Antes que eu pudesse responder, a atmosfera se alterou na câmara, me causando calafrios. Meu fôlego se condensou quando finalmente consegui exalar. Agarrei o braço de Nyktos ao redor da minha cintura e retesei o corpo quando todo o meu ser reagiu ao poder que se derramava no ar.

— Relaxe — murmurou Nyktos no meu ouvido enquanto acomodava a mão no meu quadril, me apertando de leve. — O que você está sentindo sou eu. Estou só me exibindo.

Não sei se deveria me sentir melhor por saber disso, mas respirei aliviada e relaxei as mãos.

A porta do escritório se abriu e uma silhueta alta surgiu na soleira. A espada presa ao seu quadril era afiada e curva, perfeita para decapitação. Seus cabelos castanho-claros emolduravam as maçãs do rosto proeminentes e um maxilar tão distinto quanto a fina camada da armadura de pedra das sombras que vestia sobre o peito e ombros largos. Uma cicatriz superficial corria da linha do cabelo, cruzava a ponte do nariz reto antes de descer pela bochecha esquerda dele, uma ferida cicatrizada num tom rosado. O que diabos seria capaz de deixar uma cicatriz dessas num Primordial?

Agarrei o braço de Nyktos quando o recém-chegado parou de supetão, alinhando as botas blindadas com a largura dos ombros. Sua postura, com toda aquela energia frenética e violenta que transbordava sob a pele e o brilho da essência pulsando atrás das pupilas, me dizia uma coisa: ele era um *guerreiro*.

O olhar prateado do Primordial passou por nós vagarosamente enquanto ele repuxava os cantos dos lábios. Um sulco profundo surgiu em sua bochecha direita, seguido por outro na esquerda.

— Estou interrompendo alguma coisa?

Nyktos roçou o queixo no topo da minha cabeça, me deixando ligeiramente abalada.

— O que acha, Attes?

Todos os músculos do meu corpo se retesaram quando descobri quem estava diante de nós. Eu tinha razão, ele era um guerreiro, mas não um guerreiro qualquer. Ele era *o guerreiro*, o Primordial dos Tratados e da Guerra. Aquele a quem as pessoas rezavam na véspera de uma batalha, não só para conceder ao exército uma habilidade letal, mas também a esperteza de enganar todos que tentassem vencê-los. Um Primordial capaz de incitar um acordo entre os reinos em guerra ou uma violência sangrenta com sua mera presença.

De repente, Nyktos deslizou a mão para longe do meu quadril, interrompendo aquela enxurrada de pensamentos.

— De fato parece que estou. — Attes se voltou para mim.

Seu olhar fixo era quase tão intenso quanto o de Nyktos, me avaliando até que eu tivesse certeza de que ele poderia desvendar todos os meus segredos.

Precisei me controlar para ficar quieta, para não me contorcer, não reagir. O instinto me dizia que demonstrar desconforto ou medo o levaria a fazer o que todo predador fazia ao sentir o cheiro de sangue: atacar.

— Ainda assim, você continua aqui — observou Nyktos. — E sem ser convidado, devo acrescentar.

Um ligeiro sorriso surgiu nos lábios de Attes enquanto seu olhar permanecia fixo em mim. Ele olhou de relance para os meus braços, sentindo o feitiço.

— Então essa é ela? A mortal que fez tantas Cortes fervilharem com fofocas?

— Não sabia que você era do tipo que dava ouvidos a fofocas — replicou Nyktos com um tom de voz indiferente enquanto deslizava a mão pela parte de baixo do meu abdômen. Fiquei tensa. Sua mão seguiu até a minha coxa, deixando um rastro de arrepios. — Mas, sim, essa é a minha Consorte.

O toque de Nyktos me pegou desprevenida. Não fazia ideia do que dera nele nem o que esperava de mim. Será que devia ficar calada e parecer dócil? Ou agir como de costume quando sou apresentada a alguém? Escolhi a segunda opção e consegui dizer:

— Olá, Vossa... — Perdi o fôlego quando Nyktos enfiou a mão por baixo da saia do vestido, espalmando os dedos pela carne *nua* da minha coxa. Era impossível que Attes não tivesse visto o posicionamento possessivo da mão dele. Pigarreei. — Vossa Alteza.

Attes inclinou a cabeça em saudação e continuou me avaliando, com um sorriso nos lábios.

— *Futura* Consorte — ele corrigiu Nyktos calmamente. — Vejo que ela não é uma mera mortal. — Ele baixou os olhos para a curva dos meus seios acima do corpete justo. — Ela possui uma... marca. Uma aura.

Estreitei os olhos de leve. Não sei que tipo de marca ele pensava ter visto perto dos meus seios. Estremeci quando Nyktos começou a mover os dedos ao longo da minha perna numa linha reta e lenta. Não sabia o que pensar daquela súbita carícia, uma carícia *sensual*. Eu não estava acostumada a ser tocada de um jeito tão casual e ostensivo.

— Sera é uma semideusa prestes a completar a Seleção. — Nyktos mentiu com tanta facilidade que fiquei impressionada. Sua mão em minha pele ficou imóvel. — E se você continuar olhando para ela desse jeito, vou arrancar seus olhos das órbitas e dá-los a Setti.

Arregalei os olhos, chocada.

Attes deu uma gargalhada agradável. Não tão agradável quanto a de Nyktos, mas grave e gutural.

— Meu corcel gosta mais de alfafa e cubos de açúcar. — Ele passou os dedos pelo bracelete prateado no bíceps. — Mas ele agradece a oferta.

— Aposto que sim. — O dedo de Nyktos voltou a traçar aquela linha.

Attes ajustou a espada enquanto se sentava na cadeira diante da mesa.

— Ela é uma semideusa que já vivia em Lethe?

Senti a raiva na ponta da língua. Ficar ali sentada ouvindo falarem de mim como se eu não estivesse presente era extremamente irritante.

— Não — respondeu Nyktos.

Attes arqueou a sobrancelha.

— Então onde a encontrou?

Eu havia acabado de dizer a Nyktos que sabia a hora de ser reservada e esta, definitivamente, era a hora certa para isso. Havia um Primordial diante de nós. Já era uma situação difícil por si só. Então fiquei me lembrando disso enquanto procurava aquele véu do vazio dentro de mim, aquele que me permitia não sentir nada, nem mesmo raiva, e apenas *existir*. Eu o usava com tanta frequência que até parecia que eu era aquela pessoa. Mas foi complicado encontrá-lo dessa vez. Desconfiei de que tivesse algo a ver com a mão na minha perna.

— Eu a encontrei num lago — respondeu Nyktos.

Attes franziu o cenho.

— Realmente espero que me dê mais detalhes — retrucou Attes.

— No meu lago — falei, incapaz de me conter. — Ele... — Respirei fundo quando Nyktos mudou as pernas de posição, me puxando para seu colo. Ele voltou a mover o dedo, traçando uma linha curta ao longo da parte *interna* da minha coxa.

— Ele...? — insistiu Attes, baixando os olhos para o lugar onde a mão de Nyktos havia desaparecido.

Então entendi por que Nyktos sentiu a necessidade de se desculpar com antecedência por seu comportamento. Ele estava fazendo tudo aquilo para que Attes visse. Nyktos estava me exibindo como sua. O problema era que eu não me importava muito com nada disso. O que levava a outro problema, já que minha falta de repulsa só podia significar que havia algo de muito errado comigo, algo que eu teria que averiguar depois.

— Ele invadiu o lago enquanto eu estava nadando — consegui dizer.

Attes arqueou a sobrancelha, olhando de mim para Nyktos.

— Acho que preciso visitar mais lagos no plano mortal.

— Seria bom — sugeriu Nyktos. — Mas duvido que encontre um tesouro tão inesperado quanto o meu.

Tesouro? Meu coração saltou em expectativa antes que eu me lembrasse de que, sem as brasas, Nyktos não achava que eu fosse tesouro nenhum.

— Infelizmente acho que você tem razão — acrescentou Attes depois de um momento. — Duvido que eu encontre um tesouro tão... *singular*.

Nyktos parou de mover a mão. Havia alguma coisa no tom de voz de Attes e no sorriso leve e misterioso que agraciava seus lábios. Algo que causava um certo mal-estar no meu estômago.

Uma Luz na Chama / 235

— Como se chama? — perguntou Attes, dirigindo-se a mim enquanto tamborilava o polegar no braço da cadeira.

Nyktos não disse nada, então tomei seu silêncio como permissão para responder.

— Sera.

— Sera — repetiu ele em voz baixa. — Nenhum sobrenome?

Duvido que fosse encontrar muitas pessoas no plano mortal que reconhecessem meu nome, mas o sobrenome já era outra história. Encolhi os ombros, tímida.

— Intrigante — comentou ele. — Acho que os outros vão entender por que você aceitou uma Consorte assim que a virem. — Attes abriu um sorriso, exibindo a covinha na bochecha direita. Em seguida, piscou para mim. — Tenho a impressão de que muitos deles vão querer se enfeitar com um acessório tão atraente assim.

A raiva se acumulou no meu peito por um segundo antes que os braços de Nyktos me dessem um aperto de advertência. Devo ter projetado aquela emoção com muita força para que ele a sentisse. Porque... Um *acessório*? Não havia bom senso suficiente em todo o Iliseu para me manter de boca fechada.

— Duvido que goste de olhos mais do que seu corcel, mas se refira a mim como um acessório outra vez e será você quem se alimentará deles.

No momento em que as palavras saíram da minha boca, eu quase me arrependi. O Primordial dos Tratados e da Guerra ficou imóvel daquele jeito que Nyktos costumava ficar. Os olhos brilhantes e prateados dele se fixaram nos meus. Senti uma energia gélida e sombria roçar na minha pele conforme crescia por *trás* de mim. De repente, fiquei sem saber qual dos Primordiais eu havia enfurecido mais.

Attes abriu um sorriso exibindo dentes retos e presas.

— Essa daí morde.

— Você não faz ideia — murmurou Nyktos, e lancei a ele um olhar fulminante. Seus olhos logo encontraram os meus enquanto aquela maldita mão escorregava entre minhas pernas. Ele esticou o polegar, quase roçando na roupa de baixo fina. — Comporte-se.

Recuei, o controle vacilando outra vez.

236 / *Jennifer L. Armentrout*

— Veses já a viu?

Veses. Voltei a atenção para Attes, e a lembrança da Primordial pendurada em Nyktos.

— Não — respondeu Nyktos, com um tom de voz tão frio a ponto de me causar calafrios.

— Bem, vai ser uma bela confusão, não é mesmo? Uma que jamais invejaria.

Ameacei responder, mas Attes continuou:

— E você teve um monte de confusões ultimamente, pelo visto. Fiquei sabendo que alguns deuses sepultados escaparam daqui.

— Presumo que você não tenha tido nada a ver com isso.

Attes deu um sorriso malicioso.

— Você me conhece bem. Se tivesse algum problema com você, eu não mandaria meus dragontinos para cá nem libertaria os deuses sepultados aqui.

— Não, você não é do tipo de pessoa que ataca alguém pelas costas.

— Nem você.

— Ainda bem que temos isso em comum — respondeu Nyktos, mas ele não parecia nada satisfeito. — O que você quer, Attes?

— Há muitas coisas que eu quero, mas só algumas estão disponíveis para mim. — Attes esticou a perna e baixou os olhos para a mão de Nyktos. — Nunca vi você tão... entretido com alguém antes.

Quase dei uma risada.

— Não, não viu mesmo. — Os lábios de Nyktos roçaram na minha bochecha, fazendo minha pulsação disparar de imediato. — Prefiro tê-la bem perto de mim.

Basicamente porque ele temia que eu fizesse algo imprudente, mas não *intensamente imprudente*.

— Posso ver o porquê.

— E posso ver que você parece planejar desviar do assunto até que eu perca a paciência — advertiu Nyktos. — E estou quase lá, caso esteja se perguntando.

Bons deuses, o modo como ele falou com o outro Primordial foi chocante. Eu sabia que havia uma hierarquia, com o Primordial da Morte e o

Primordial da Vida lá no topo, mas mesmo assim. Attes era o Primordial da *Guerra.*

O olhar de Attes se aguçou, endurecendo as belas feições do seu rosto.

— Você matou meus Cimérios. Aqueles que foram até a sua Colina.

A rápida mudança de assunto me surpreendeu quando Nyktos disse:

— Não eram seus Cimérios. Eles serviam a Hanan. E se você se preocupava tanto com eles, deveria tê-los ensinado a não servir a um covarde.

A tensão dominou o ambiente, embora o dedo de Nyktos continuasse traçando linhas curtas sobre minha coxa.

— Por mais que eu deteste admitir — revelou Attes, depois de algum tempo —, você tem razão. Por outro lado, você matou Dorcan. Achei que gostavam um do outro.

Dorcan. Ele havia chamado Nyktos de velho amigo. Não dei muita atenção na hora, já que Nyktos não considerava ninguém como amigo. O que não quer dizer que não fossem.

— Eu o tolerava. Mas qualquer tolerância que eu possa ter com alguém acaba quando ela vem até minha Corte, faz exigências e ataca meus guardas. Nenhum Primordial agiria de modo diferente.

— Você costuma ser mais indulgente que o restante de nós.

— Talvez você não me conheça tão bem quanto pensa — declarou Nyktos. — Enfim, o que veio fazer aqui, Attes? Me dar um sermão pela minha falta de clemência? Em caso afirmativo, o que foi mesmo que você fez com os guardas do seu irmão quando eles saíram da linha?

— Os guardas de Kyn eram uns idiotas.

— Pelo que soube, eles só estavam bêbados e comemorando naquela noite.

— Não os estripei só porque estavam embriagados.

— Ah, não?

— Não. — Attes apontou para mim com o queixo. — Presumo que sua futura Consorte tenha o bom senso de não repetir o que é discutido aqui. Estou certo?

— A Consorte dele tem muito bom senso — vociferei, sem conseguir controlar a língua novamente.

— Espero que sim — respondeu ele. — Também espero que tome mais cuidado com seu tom de voz. Posso até achar sua ousadia revigorante, atraente, mas os outros não vão achar.

— Quem não gostar não vai viver tempo o bastante para remoer o insulto — respondeu Nyktos antes que eu conseguisse dizer alguma coisa.

— Porque você vai garantir que estejam mortos antes disso?

Nyktos deu uma risada sombria.

— Porque minha Consorte vai cravar uma adaga no coração deles antes mesmo de eu ficar sabendo o que aconteceu.

Suas palavras me chocaram e fizeram meu coração palpitar. Nyktos deixou bem evidente que eu não era uma donzela que precisava ser protegida, e gostei disso. Talvez até demais.

— Quer dizer que devo levar mais a sério a ameaça de me dar meus próprios olhos para comer?

Sorri para o Primordial.

— Vou manter isso em mente. — Attes voltou a se concentrar em Nyktos. — Enfim, pode me contar como foi que uma deusa Ascendeu aqui nas Terras Sombrias?

Meu coração disparou ao ouvir a reprimenda descarada, mas Nyktos não reagiu. Ele sequer se mexeu, exceto pelo dedo que chegou surpreendentemente perto da minha roupa de baixo. Mordi o lábio quando uma onda de calor reagiu ao toque atrevido.

Attes voltou a baixar os olhos e, de onde estava sentado e pelo modo como Nyktos me segurava, percebi que ele podia ver exatamente o que a mão de Nyktos estava fazendo. Com os sentidos apurados de um Primordial, era bem provável que também soubesse o quanto aquilo me afetava. O calor escaldou minha pele, mas não de vergonha, como deveria ter sido. Ou de raiva, embora de fato houvesse um pouco disso, o suficiente para abafar o calor lânguido que invadia meus sentidos. Nyktos estava fazendo uma cena e tanto. Não para mim, mas para Attes.

— Deve ter sido Kolis — insinuou Nyktos.

Attes bufou.

— Fala sério, Nyktos — bradou ele.

— Não sei quem mais poderia ter sido.

— Se foi Kolis, então por que ele teria finalmente decidido Ascender um deus? E logo aqui, nas Terras Sombrias? — insistiu o Primordial.

— Terá que perguntar isso a ele. — Foi a resposta de Nyktos.

— Parece que sim — resmungou Attes.

Não achei que Attes pretendesse fazer isso, pois não parecia acreditar que Kolis fosse capaz de fazer algo do tipo.

— Sei que foi uma deusa da Corte de Hanan — continuou ele depois de um momento. — A única que conheço que vem sempre às Terras Sombrias é Bele.

— De fato ela está sempre aqui mesmo — confirmou Nyktos enquanto eu desejava que meu coração se acalmasse.

— Bem, Hanan está tendo um maldito ataque agora em Dalos, convencido de que você, o Primordial da Morte, conseguiu Ascender um deus. Os demais Primordiais estão preocupados que, se uma deusa pôde Ascender para desafiar sua posição, outros deuses possam vir a fazer o mesmo.

— Você não me parece muito preocupado — salientou Nyktos, e Attes realmente não parecia preocupado.

— Porque não temo que alguém tome meu lugar. — Ele se recostou na cadeira, repousando a mão no joelho. — Ninguém esqueceu quem seu pai era. — O Primordial da Guerra sustentou o olhar de Nyktos, e senti um nó no estômago ao ouvir a insinuação dele. — Nem quem você deveria ser.

— Você acha que possuo brasas da vida? — Nyktos deu uma risada, soprando os pelos da minha nuca. — Que não foi Kolis, mas eu quem fez isso?

Ai, deuses, e se ele acreditasse nisso? E se *Kolis* acreditasse? Senti um aperto no peito e prendi a respiração quando meu coração começou a acelerar. Nyktos apertou minha coxa de leve.

— Se não foi Kolis, então deve haver brasas de vida aqui — respondeu Attes. — E você não negou nada.

— Tampouco confirmei — argumentou Nyktos, e ouvi aquele sorriso esfumaçado por trás de suas palavras. — Estou começando a me perguntar se está aqui por sua própria curiosidade ou se veio em nome de Kolis.

Attes ficou imóvel mais uma vez.

— As duas opções são verdadeiras.

Gelei por dentro quando Nyktos se inclinou contra as minhas costas. Aquela energia sombria retornou.

— É mesmo? — Nyktos quis saber.

— Sim. Estou curioso sobre o que está acontecendo aqui. — A aura nos olhos de Attes se iluminou. — E Kolis me encarregou de entregar uma mensagem a você.

— Não sabia que ele o usava para esse tipo de coisa.

— Acho que ele me escolheu porque nós dois somos próximos. — Attes fez uma pausa. — E um dos poucos Primordiais que você não teria tanta inclinação para jogar no Abismo depois de a ouvir.

— Eu não confiaria muito nisso se fosse você — advertiu Nyktos com a voz baixa. — Qual é a mensagem?

— Kolis está ciente de que você tem uma Consorte. — Ele engoliu em seco. — E Sua Majestade decidiu negar seu direito a uma coroação.

15

O próprio ar pareceu congelar na sala. Kolis podia... Ele podia fazer isso?

— É mesmo? — questionou Nyktos com a voz suave. Suave até demais.

— Sim — confirmou Attes. — Como não há uma coroação há muitos anos, ele quer que seja mais... tradicional.

— O que significa isso? — perguntei, com a boca seca.

Attes baixou o queixo.

— Significa que Nyktos deve obter a permissão do Kolis para coroar uma Consorte — respondeu ele, se voltando para Nyktos.

Entreabri os lábios.

— Aquele maldito.

Os fios de éter giraram nos olhos de Attes, que voltou a sorrir. Ele inclinou a cabeça, baixando a voz.

— Você chamou o Rei dos Deuses de maldito?

— Há...

Attes riu mesmo enquanto sentia o corpo de Nyktos enrijecer contra o meu.

— E quando ele espera que eu faça isso se a coroação será realizada *amanhã*? — indagou Nyktos.

O sorriso de Attes se esvaiu.

242 / *Jennifer L. Armentrout*

— Não haverá coroação amanhã. Em vez disso, Kolis irá convocar você. Vocês dois, na verdade.

Foi como se o escritório ao redor tivesse desaparecido. Meu coração começou a acelerar. Tentei me levantar, mas o braço de Nyktos permaneceu firme ao meu redor.

— Quando? — disparou Nyktos.

— Quando ele estiver pronto. — Attes abriu um sorriso, mas não havia divertimento em seus lábios. Nem covinhas. — Kolis não entrou em detalhes.

— Então pode ser amanhã ou daqui a uma semana ou até um mês — supôs Nyktos.

— Basicamente. — Attes se inclinou para a frente, com os ombros tensos. — Sabe, acho que ele faria isso mesmo que um deus não tivesse Ascendido aqui. Afinal de contas, você é o favorito dele.

O favorito dele? Tive a impressão de que Attes queria dizer o total oposto com isso.

— Entendo. — Nyktos se recostou na cadeira. — Acho que está na hora de você ir, Attes.

— Concordo. — O Primordial dos Tratados e da Guerra se levantou, não sem antes me lançar um olhar inquisitivo.

— Foi um prazer conhecê-la. — Seus olhos se fixaram nos meus. — Se preferir passar seu tempo numa cama e clima mais quentes...

Olhei para ele, perplexa.

— Agradeço a proposta, mas não estou interessada.

— Que pena. — Uma covinha apareceu na bochecha direita dele. — Se mudar de ideia, é só me chamar que eu venho.

— Vá. — A promessa da violência zumbia naquela única palavra. — Antes que precise ser levado para fora daqui.

Attes fez uma reverência e saiu, fechando a porta atrás de si. Nyktos e eu não nos mexemos nem dissemos nada por alguns segundos, mas a temperatura na sala caiu ainda mais. O braço em volta da minha cintura e a mão na minha coxa se contraíram. As sombras vieram até a superfície da pele dele, e meu hálito se condensou no ar. Pensei ter visto rajadas de luz prateada por todo o cômodo.

Tremendo quando o ar gelado penetrou no tecido do vestido, toquei no braço dele como fiz na noite do ataque dos dragontinos.

— Está... está frio — sussurrei, sentindo os lábios começando a formigar.

Nyktos tirou a mão do meio das minhas coxas, mas apertou o braço ao meu redor.

— Discuta comigo.

— O quê? — sussurrei.

— Discuta comigo — repetiu ele, com a voz de fumaça e gelo. — Me distraia. Qualquer coisa para me impedir de ir atrás de Attes e descontar minha raiva nele. Não vai acabar bem para as Terras Sombrias nem para Vathi, e é a última coisa de que precisamos.

Eu me virei para ele. Seus olhos pareciam duas esferas de prata. Sua mandíbula estava tão rígida quanto as paredes de pedra das sombras. A escuridão ardente havia se espalhado por suas bochechas. O éter iluminava as veias sob seus olhos, e a dureza do olhar fixo nas portas atrás de mim me dizia que ele não estava exagerando. Então fiz a primeira coisa que me veio à cabeça.

Aninhei suas bochechas frias entre as mãos e fiz o que ele havia me pedido quando me abraçou nos túneis docemente perfumados da Luxe: o beijei.

Seus lábios, mais frios do que antes, continuavam sendo uma mistura estranhamente sedutora de suavidade e firmeza conforme seu corpo inteiro estremecia. Nyktos não se afastou, mas enrijeceu contra mim. Ele estava tão quieto como no túnel de trepadeiras, e repeti o que fiz na ocasião. Apanhei seu lábio carnudo entre os dentes e o mordi. Não a ponto de tirar sangue ou machucá-lo, mas, como antes, ele não permaneceu imóvel.

Eu beijei Nyktos, mas ele me *devorou*, inclinando a cabeça e abrindo meus lábios com um golpe feroz da língua. O raspar das presas nos meus lábios me fez estremecer conforme ele puxava meus cabelos. Nyktos me prendeu ali, em meio àquele beijo forte e exigente, e eu adorei sua reação quase imediata e intensa enquanto nossas línguas se cruzavam. Um ronco soou do fundo da sua garganta, do seu peito. O gosto de Nyktos era tão decadente quanto seu sangue, defumado e doce, e eu logo me perdi no beijo. E nele.

Afundei os dedos nas mechas macias do cabelo dele e pressionei o corpo contra seu peito, querendo estar ainda mais perto de Nyktos. Precisando disso. Porque ele me beijava exatamente como na primeira vez, como se não fosse deixar um centímetro sequer da minha boca inexplorado. Como se estivesse esperando a vida inteira para fazer isso. A ideia já não parecia mais boba ou extravagante. Era como mergulhar no meu lago. Como uma espécie selvagem de paz. Parecia *certo*. E isso me deixou assustada.

Parei de beijá-lo, mas não consegui me afastar muito. A mão dele continuava na parte de trás da minha cabeça, enterrada nos meus cabelos, e eu estava tão perto a ponto de poder sentir seu hálito frio e ofegante nos meus lábios dormentes.

Foi só então que percebi que a temperatura da sala havia subido.

— Espero que tenha ajudado — sussurrei, engolindo em seco.

Nyktos respirou fundo e tirou a mão dos meus cabelos.

— Estou calmo — confirmou ele.

— Ótimo. — Comecei a aumentar a distância entre nós, mas o braço dele permaneceu tão apertado quanto antes em volta da minha cintura. — Ainda estou no seu colo.

— Eu sei.

— Não é muito confortável — menti. Jamais me senti tão confortável assim, o que me deixou insegura. Vulnerável.

— Para mim também não.

Arqueei as sobrancelhas, ultrajada.

— Mas que...

— Meu pau ficou duro durante todo o tempo em que você esteve no meu colo — disparou ele. — O beijo só piorou as coisas.

— ...grosseria — concluí, agora mais surpresa do que ofendida.

As sombras pararam de se agitar sob a pele dele e já começavam a desaparecer.

— Não era esse seu objetivo antes de Attes chegar?

Fiquei boquiaberta.

— Já não é mais.

Parte do brilho intenso diminuiu do seu olhar.

— Mentirosa — sussurrou ele nos poucos centímetros entre nossas bocas.

Eu era uma baita mentirosa mesmo. Os olhos de Nyktos encontraram os meus.

— Eu precisava agir daquele jeito.

Percebi imediatamente que ele estava falando do modo como agiu diante de Attes. Havia coisas muito mais importantes para discutir, mas o que escolhi perguntar foi:

— É mesmo?

— Attes é movido por três necessidades: paz, guerra e sexo.

— Nessa ordem específica?

O vislumbre de um sorriso surgiu nos lábios dele.

— Em qualquer ordem. Se ele sequer desconfiasse de que não há qualquer atração entre nós, ficaria mais interessado em você do que já estava.

— Mais interessado? Nem imagino por que acha que ele estava interessado em mim.

— Você ameaçou obrigá-lo a comer os próprios olhos.

— Exatamente. Se isso despertasse o interesse dele, seria um tanto bizarro.

— Você me apunhalou no peito. — Nyktos inclinou a cabeça. — E ameaçou arrancar meus olhos. Nada disso desencorajou meu interesse na época. O que isso diz sobre mim?

— Boa pergunta — murmurei, percebendo que ele havia dito "na época". — Mas foi você que começou com essa história de arrancar os olhos dele.

— Não queria que Attes pensasse que iríamos encorajá-lo a agir de acordo com os próprios interesses.

Encarei Nyktos com bastante atenção.

— Acho que não precisa se preocupar que eu vá encorajar esse interesse.

— É mesmo? Você não sugeriu alguns minutos antes da chegada de Attes que estava disposta a procurar outras pessoas para satisfazer suas necessidades?

A declaração de Nyktos me deixou boquiaberta.

— Não foi isso que eu disse!

— Na verdade, tenho certeza de que foi exatamente isso que você disse.

— Não foi... — Eu respirei fundo. — Tudo bem. Agora você me irritou. Espero que controle bem a sua raiva, porque se não me soltar, vou acabar te dando um soco.

— Vou ter que correr esse risco — respondeu ele. — Temos que conversar sobre a merda que Kolis acabou de fazer, e é bem provável que eu não continue calmo.

— E o que eu ficar no seu colo tem isso a ver com isso? — perguntei.

— Porque se ele perder a calma, pode acabar machucando você.

Eu me virei para a porta aberta. Nektas estava na soleira, e não estava sozinho. Ector estava ao seu lado. Não queria nem pensar havia quanto tempo eles estavam parados ali.

— Mas com você tão perto — continuou Nektas —, ele não vai se arriscar.

Queria dar uma resposta, mas não sabia o que dizer. Não fazia ideia. Por isso não disse nada. Ninguém disse nada.

— Acabamos de cruzar com Attes — anunciou Ector, quebrando o silêncio constrangedor. — Suponho que o que ele nos disse seja verdade. Kolis está exigindo que você peça sua permissão?

— Está, sim — confirmou Nyktos, com o braço contraído sob meus dedos.

Lembrei-me da reação dele na sala de guerra e puxei a mão para trás.

— Merda! — exclamou Ector.

Eu compartilhava o sentimento e olhei por cima do ombro para Nyktos.

— Você sabia que Kolis poderia fazer isso?

— Obter a permissão do Rei dos Deuses era uma tradição na época em que meu pai governava. — Ele se recostou na cadeira, aumentando a distância entre nós. — Primordiais e deuses pediam sua aprovação antes da coroação, esperando que Kolis lhes desse uma bênção. Mas ele jamais fez isso. Sequer demonstrou qualquer interesse. — Nyktos respirou fundo antes de prosseguir: — Mas eu já devia esperar que ele faria uma merda dessas.

Afinal de contas, você é o favorito dele.

— Kolis vai aproveitar a oportunidade para descobrir como as brasas da vida foram sentidas aqui — observou Nektas. — Aposto que é o que vai querer em troca da permissão.

O olhar cor de âmbar de Ector passou de mim para Nyktos.

— Você não pode deixar que ele descubra a verdade.

— Não me diga — debochou Nyktos.

— Então o que vai dizer a ele? — Assim que fiz a pergunta, eu me dei conta. — Attes nos disse que nem ele, nem os demais Primordiais esqueceram quem era seu pai ou quem você deveria ser. Kolis pode estar pensando que foi você.

— É bem melhor do que pensar que foi você — argumentou ele.

Fiquei chocada

— Não, não é.

— Kolis sabe que não foi Ash — interrompeu Nektas. — Ele já o testou várias vezes para saber que Ash não possui brasas da vida.

— Testou...? — Parei de falar, pensando na tinta tatuada na pele de Nyktos. Ector desviou o olhar e passou a mão pelos cabelos. E então percebi sem sequer precisar perguntar. Algumas gotas representavam as pessoas que Kolis havia matado para ver se Nyktos era capaz de trazê-las de volta à vida.

Deuses!

Nyktos ficou imóvel atrás de mim, e eu torci não estar projetando nada e para ele não estar lendo minhas emoções. Acho que não ia gostar do pesar que sentia por ele.

Por fim, Nyktos disse:

— Vou mentir. Vou dizer a ele que senti as brasas, procurei sua origem, mas não encontrei.

— E ele vai acreditar nisso? — perguntei, encarando-o.

— Já tive que convencer Kolis de muitas coisas — respondeu. — Vou convencê-lo disso quando ele emitir a convocação, quando quer que esteja disposto e pronto para isso. O que...

— Por si só já apresenta muitos problemas — concluiu Nektas.

Aquele era um belo eufemismo.

— Acredite se quiser, mas a interferência de Kolis não é o único problema que estamos enfrentando no momento — apontou Nyktos. — Não depois que Attes conheceu Sera.

Eu o encarei, desconfiada.

— Duvido que Attes pense que sou algo mais do que um par de peitos.

Ector riu.

Os olhos de Nyktos faiscaram com o éter.

— Ele estava *provocando* você.

Fiz uma careta.

— Ao me chamar de acessório?

— Não, depois disso. Pude sentir que ele estava usando éter. Attes estava alimentando suas emoções, amplificando a calma ou a violência.

Havia um bom motivo para os Primordiais não visitarem o plano mortal com frequência. Sua presença era capaz de mudar o humor e a mente dos mortais e impactar o ambiente ao redor. A Primordial Maia podia evocar amor e fertilidade. Embris podia aumentar a sabedoria de alguém ou orientá-lo a fazer más escolhas. Phanos podia deixar o mar revolto. O irmão de Attes, Kyn, podia suscitar paz ou vingança.

— Acha mesmo que ele estava tentando fazer isso? — perguntei, me lembrando de quando o éter nos olhos de Attes ficou mais brilhante. — Comigo?

— Sem dúvida — confirmou Nyktos.

— Mas não me senti mais calma ou mais violenta — falei —, não mais do que de costume, pelo menos — acrescentei, e ele deu uma risada. — Não senti nada.

— Exatamente — afirmou Nyktos.

— Ai, que merda — murmurou Ector. — Attes deve ter percebido que sua presença não causava impacto em você.

Uma angústia terrível brotou no peito.

— Mas Nyktos disse a ele que eu era uma semideusa...

— Semideuses e deuses não são imunes às habilidades de um Primordial — explicou Ector. — Nós não reagimos à sua presença de modo tão rápido ou imprudente quanto um mortal, mas seríamos afetados se o Primordial quisesse. É por isso que os deuses da Corte de Kyn são um bando de desgraçados e os da Corte de Maia, cheios de tesão.

Franzi os lábios.

— Além dos Arae e dos dragontinos — continuou Ector —, só outro seria imune.

Nyktos me encarou.

— Só um Primordial é imune à presença de outro Primordial.

— Bons deuses! Isso quer dizer que...

Fechei os olhos com força. Quer dizer que Attes pode desconfiar da verdade. Que era *eu* quem possuía as brasas da vida. A futura Consorte, aquela que estava prestes a ser convocada por Kolis. Senti o fôlego preso na garganta.

— Deixem-nos a sós — ordenou Nyktos, e quando abri os olhos, Ector e Nektas haviam partido, e a porta estava fechada outra vez. Alguns segundos se passaram em silêncio antes que Nyktos voltasse a falar: — Vai ficar tudo bem.

Dei uma risada estrangulada.

— Attes já deve ter percebido que sou eu que possuo as brasas da vida. E Kolis vai convocar nós dois. Como vai ficar tudo bem?

— Poderia ser pior — disse Nyktos, simplesmente.

— Como? — exigi saber.

— Kolis podia ter negado a coroação. Proibido que eu tivesse uma Consorte.

— Ele pode fazer isso?

Nyktos confirmou com a cabeça.

— Eu ainda poderia tê-la como minha Consorte, mas você não seria reconhecida como tal pelas outras Cortes.

Ou seja, qualquer proteção que o título pudesse me oferecer não existiria mais. Nem os deuses, nem os dragontinos poderiam me defender contra um Primordial. Se um dos outros Primordiais ou o próprio Kolis me sequestrasse, Nyktos não teria apoio se quisesse retaliar, o que eu tinha certeza de que ele faria.

— Será que Kolis vai fazer isso?

— Se você me perguntasse isso ontem, eu teria dito que não. Mas agora... Tudo é possível.

Tudo...

Meu coração começou a bater tão descontroladamente que ficou até difícil de respirar. Minha cabeça estava a mil e meus músculos, tensos.

— E se eu... E se eu for parecida com Sotoria? — sussurrei.

— Kolis não vai tocar em você. — Nyktos aninhou minha bochecha na palma da mão, e fechei os olhos ao ver o leve traço de energia que saía dos seus dedos para a minha pele. — Não vou permitir.

A segurança da promessa, a proteção que me garantia, quase me dominou. Aquilo já estava começando a acalmar meu coração, e eu não queria lutar contra isso. Queria confiar na promessa. E nele.

Nyktos encostou a testa na minha têmpora e parte da tensão abandonou meus músculos. Comecei a relaxar em seu colo.

— Kolis sequer terá chance de descobrir se você é parecida com ela ou não — garantiu.

Respirei fundo e me afastei dele.

— Nyktos...

— Você não vai chegar nem perto dele.

Senti o estômago embrulhado.

— Você já me contou o que acontece quando alguém demora a responder à convocação de Kolis. Não serei a causa de *mais* mortes.

— Você nunca foi a causa de nada.

— Mentira.

— Kolis foi a causa, não você ou suas ações. Foi ele. Sempre foi ele. — Fios de éter se agitaram em seus olhos. — Você precisa entender, Sera. A culpa não é sua.

Era difícil aceitar isso quando Kolis estava reagindo às *minhas* ações. Sem conseguir continuar parada, tentei me desvencilhar dele. Nyktos afrouxou o braço ao meu redor. Levantei e me afastei dele.

— Não me vou esconder da convocação dele, Nyktos.

Ele pousou a mão no braço da cadeira.

— E eu não vou deixá-la se arriscar.

— Eu já estou em perigo, Nyktos! Estive em perigo a vida inteira. — Aquela rachadura no meu peito ameaçava aumentar e ficar mais profunda conforme eu observava as estantes vazias. — Se minha recusa em responder à convocação fizer outras pessoas serem feridas ou mortas... eu não vou... — Tirei o cabelo do rosto, me afastando de Nyktos. — Não vou conseguir lidar com isso.

— É esse o verdadeiro motivo para estar tão determinada a responder à convocação?

Eu me virei para ele bem devagar.

— Que outro motivo eu poderia ter?

— É o que você queria, não é? — Nyktos segurou o braço da cadeira com força, deixando os nós dos dedos brancos. — Ir até Kolis?

Pensei em responder, mas então me ocorreu que eu deveria estar comemorando. Ainda não tinha me dado conta, desde que Attes entregou a mensagem até aquele momento, de que Nyktos não seria mais forçado a me aceitar como sua Consorte no dia seguinte. Eu poderia ficar cara a cara com Kolis sem correr os riscos de uma fuga. E se fosse parecida com Sotoria, seria ainda mais fácil cumprir meu dever. Eu não salvaria só algumas vidas, mas *planos* inteiros. Eu deveria estar pulando de alegria, mas não estava.

Sentia um monte de coisas, menos alegria. Uma mistura selvagem de emoções transbordava dentro de mim, fazendo a rachadura no meu peito se expandir ainda mais. Eu estava com medo. Horrorizada. Furiosa. Desesperada. Prestes a perder o controle...

Respirei fundo, me afastando de tudo. Silenciando a tempestade como fazia sempre que colocava o véu.

Nyktos não tirou os olhos de mim. Seu olhar era tão penetrante quanto antes.

— Assim você não precisaria mais tentar fugir, não é mesmo?

O ar que inalei não foi o suficiente e senti a nuca em chamas.

— Vá se foder.

Nyktos engoliu em seco. Pensei tê-lo visto se encolher, mas não tive certeza e nem me importava com isso. Eu me virei e saí do escritório antes que a rachadura no meu peito explodisse de novo. E eu perdesse o controle.

Nektas estava esperando no corredor quando saí, furiosa, do escritório de Nyktos. Não vi Ector quando passei pelo dragontino. Reprimi um palavrão quando Nektas começou a andar ao meu lado.

— Que ótimo. Você vai me seguir — resmunguei.

— Você é muito astuta, *meyaah Liessa*.

Bufei.

— Você não gosta de ser chamada de Rainha, não é?

— Você é muito astuto, *meyaah* dragontino.

Nektas deu uma risada rouca enquanto eu abria a porta para a escadaria.

— Não sabia que eu era seu dragontino.

Comecei a subir aqueles degraus estreitos e bem menos grandiosos do que os da escada principal.

— Ora, você é meu dragontino tanto quanto sou sua Rainha.

— Você é nossa Rainha, com ou sem coroação.

— Isso não faz sentido, mas que seja — murmurei, estendendo a mão para a porta do quarto andar.

Nektas esticou o braço sobre a minha cabeça, abrindo-a antes de mim.

— Você possui as verdadeiras brasas da vida, Sera. Você é *a* Rainha.

Olhei por cima do ombro para o dragontino, fazendo uma careta.

Ele passou por mim em silêncio, seguindo o caminho até meus aposentos. Fiquei olhando quando entrou no quarto e foi em direção à sala de banho, empurrando a porta e inspecionado o cômodo antes de seguir para as portas da varanda. Ao chegar ali, Nektas puxou as cortinas para o lado e olhou lá para fora enquanto eu continuava de pé ao lado do sofá.

— Não quer dar uma olhada debaixo da cama também? — sugeri.

Ele se virou para mim, arqueando a sobrancelha escura.

— Aliás, Ash estava errado ao duvidar das suas motivações?

— Deuses — rosnei. — Escutar a conversa dos outros é um talento especial dos dragontinos ou é algo em que *você* é muito bom?

Nektas olhou para mim com uma expressão indecifrável no rosto. Encarei-o de volta.

— Quer saber o que eu acho?

— Não — respondi.

— Mas vou te dizer de qualquer jeito — disparou ele.

— Então por que perguntou?

— Estava tentando ser educado — respondeu Nektas, e resmunguei.

— Ash estava errado.

Eu não disse nada.

— E, ao mesmo tempo, estava certo.

— Bem, seu comentário foi útil como sempre — debochei, sacudindo a cabeça de frustração. — Sabe, a verdade é que não culpo Nyktos por duvidar de mim. Não mesmo. Mas, para ser sincera, aproveitar a oportunidade para chegar até Kolis nem passou pela minha cabeça.

— Então com quem você está mais furiosa? Com Ash ou consigo mesma?

— Com os dois?

Ele deu um ligeiro sorriso.

— Você não pode ficar furiosa com os dois.

Desviei o olhar.

— Sim, mas não importa com quem estou furiosa. Nem o que Nyktos acha ou deixa de achar. Ou o que eu quero. O que importa é que Kolis levou vantagem sobre nós sem ao menos se dar conta disso. Agora nós dois seremos convocados, e como Nyktos vai convencê-lo de que não sabe como um deus Ascendeu e que não sabe que foi Bele?

— Como Ash disse antes, ele já teve que convencer Kolis de um monte de coisas.

— Tipo o quê? — perguntei, incapaz de me conter.

— De que Ash não o odeia com todas as fibras do seu ser e que não quer vê-lo acorrentado debaixo da terra. Kolis não sabe disso. Ele acha que Ash só está testando seus limites quando se rebela contra ele ou rechaça alguma coisa. Kolis acredita que Ash é tão leal a ele quanto qualquer outro Primordial.

Essa revelação foi um choque.

— Como é possível que Kolis não saiba a verdade quando ele matou os pais de Nyktos? Como pode achar que Nyktos seria leal depois disso?

— Porque Ash o convenceu de que não sente nada em relação à mãe. Não foi difícil para Kolis acreditar nisso, já que Ash nunca a conheceu — explicou Nektas. — Ele também convenceu Kolis de que odiava o pai, que considerava Eythos fraco e egoísta. Se Ash não tivesse conseguido esconder o que realmente sentia em relação a ele, Kolis teria feito pior do que fez depois de ter tomado as brasas.

— Tenho até medo de perguntar — murmurei.

— Kolis matou todos os deuses e semideuses que serviam a Eythos, garantindo que ninguém pudesse Ascender para substituir o Primordial da Vida.

— Bons deuses — sussurrei. — Todos eles?

— Aqueles que não estavam na Corte foram caçados por todo o Iliseu e no plano mortal. Até os semideuses afastados da Corte havia várias gerações e que nunca passaram pela Seleção foram massacrados.

Fechei a boca para conter a bile que subia pela garganta. Não sabia o que dizer, mas de repente me lembrei dos mortais assassinados. Os irmãos e o bebê. Será que a morte deles era resultado disso? Será que Nyktos estava errado? Ou foi porque sentia que não podia me contar na época?

— Se soubesse como Ash se sentia em relação a ele, Kolis teria matado todos os deuses daqui — continuou Nektas baixinho. — E todos os mortais e semideuses. Prendido todos os dragontinos no Abismo. Kolis teria dizimado as Terras Sombrias.

Busquei apoio na beira da cama.

— Então convencê-lo disso não será tão diferente assim — declarou ele.

— Como...? — Agarrei a coluna da cama ao meu lado. — Como ele consegue ser tão convincente?

Os olhos vermelhos de Nektas encontraram os meus.

— Pelo mesmo motivo que a leva a ser convincente: é seu dever fazer o que for necessário para proteger o maior número de pessoas possível.

Estremeci.

— Eu não vou fingir...

— Não estou falando de Ash — interrompeu Nektas.

Ele estava falando de Kolis, do dever que eu sabia ser meu. Um dever que me permitiria fazer tudo que fosse necessário. Apertei os lábios.

— Mas é diferente. Kolis não fez nenhum ataque pessoal contra mim. Não há nenhuma história entre nós como há entre ele e Nyktos.

— Ah, não? — perguntou Nektas baixinho.

Fiquei imóvel.

— Eu não sou *ela*.

— Não, mas ela é uma parte de você, Sera.

Inclinei a cabeça para trás e olhei para a superfície brilhante do teto.

— É... Se eu for parecida com Sotoria, e Kolis nos convocar antes que Nyktos tire as brasas de mim, nós estamos ferrados. Todo mundo está ferrado.

— Então é melhor nos certificarmos de que as brasas não fiquem vulneráveis por muito tempo.

Baixei o olhar para Nektas, que estava me estudando.

— Por que não o chama mais de Ash? — perguntou ele.

Isso sim foi uma surpresa.

— Não sei — respondi.

— Você está mentindo.

— Como você sabe? — retruquei, cruzando os braços.

Nektas se aproximou com passos surpreendentemente silenciosos para alguém tão grande.

— Era assim que o pai dele o chamava — revelou Nektas.

Não sabia disso e também não achava que quisesse saber agora.

— Se apresentar assim para você diz muita coisa — acrescentou Nektas.

— Talvez antes. — Dei um suspiro, me encostando na coluna. — Mas ele não é mais Ash para mim.

Ele inclinou a cabeça, e as fendas verticais das suas pupilas se expandiram até um formato quase normal.

— Ele é o que você desejar que ele seja — afirmou. — Assim como você é o que desejar ser para o povo das Terras Sombrias e além. Só depende de você, de mais ninguém.

16

Havia muitos "e se" na minha cabeça depois que Nektas saiu — estava inquieta e ansiosa demais para continuar parada ali. Precisava gastar toda aquela energia. E silenciar aquelas dúvidas, pelo menos por algum tempo.

Trancei os cabelos e passei o resto da tarde treinando todos os golpes de que conseguia me lembrar e podia fazer sozinha. Visualizei um parceiro imaginário, o que não foi muito difícil. Enquanto treinava socos e chutes, meu oponente alternava entre Nyktos e eu mesma, já que estava irritada com ele e comigo por motivos diferentes. Abaixei-me e dei um salto, golpeando só com as mãos e depois com a adaga. Não era a mesma coisa que treinar com outra pessoa, mas era melhor do que nada. A luta fica gravada em nossa memória muscular, mas longos períodos de inatividade podem significar a diferença entre a vida e a morte.

Além disso, me ajudava a manter a mente vazia. Não pensei na convocação, no plano de Nyktos, no que ele deve ter sacrificado além de tudo que já tinha de fazer, nem na alma que vivia dentro de mim. Eu era uma tela em branco totalmente nova enquanto apunhalava e chutava o ar, mas a exaustão chegou mais rápido que de costume, o que atribuí às sessões de treinamento perdidas. Ao menos foi nisso que decidi acreditar, já que a alternativa era a Seleção.

Limpei-me com a água fria da manhã. Como estava ficando tarde, coloquei uma camisola minúscula e vesti o roupão. Alguns minutos mais tarde, que pareceram horas a fio, Orphine chegou com o jantar. Depois de comer, voltei para a espreguiçadeira e abri um livro, mas, assim como na noite anterior, não consegui me concentrar. As dúvidas voltaram com força total.

Quando será que Kolis vai nos convocar? Será que Nyktos vai tentar ocultar a convocação de mim? Mesmo que ele não faça isso, e se eu for parecida com Sotoria?

Por que eu estava com tanto receio quando deveria aproveitar a oportunidade?

A oportunidade de fazer aquilo de que Nyktos me acusara hoje à tarde.

Porque ele tinha razão. Agora seria mais fácil fazer o que eu precisava fazer.

Só que nada me parecia fácil.

Afinal de contas, o que Nyktos faria se chegássemos à Corte de Kolis e o falso Rei me reconhecesse como Sotoria? Será que realmente deixaria que Kolis me levasse? Ou interviria? Eu já sabia a resposta, o que me deixava apavorada. Se tivesse conseguido fugir, eu poderia ir até Kolis sem Nyktos. Além de ficar em perigo, ele será colocado numa situação em que terá que escolher entre as Terras Sombrias...

E eu.

Como ele vai continuar convencendo Kolis de sua lealdade se tentar impedir o falso Rei de me levar? Meus deuses, como foi que Nyktos conseguiu fazer isso esse tempo todo? Sei que Nektas me disse que era seu dever, mas meus deuses... nem eu conseguiria ter feito uma coisa dessas.

Olhei para a porta adornada de prata que conectava os nossos aposentos e pensei naquele *beijo*.

Ele é o que você desejar que ele seja.

— Eu mal o conheço... — sussurrei conforme as brasas começavam a se aquecer no meu peito.

Dei um gritinho e fiquei de pé quando a porta se abriu de repente. O livro caiu no chão com um baque quando Nyktos entrou como se tivesse todo o direito de fazê-lo.

— Você ao menos pensou em bater na porta primeiro? — falei, irritada.

— Não.

— Pois deveria. — Pousei a mão sobre o meu coração acelerado. — Eu podia estar ocupada.

— Fazendo o quê?

— Um monte de coisas — murmurei. — Use a imaginação.

Nyktos se deteve, cerrando o maxilar.

— Não sei se seria sensato usar minha imaginação neste momento.

— Suponho que não. — Abaixei-me e peguei o livro. Quando ergui o olhar, vi que ele tinha se aproximado silenciosamente e estava analisando meu prato. — Comi todo o jantar como uma boa menina, para sua informação.

Ele voltou o olhar frio e prateado da mesa de jantar para mim.

— Está precisando de alguma coisa? — perguntei.

— Só preciso de uma coisa no momento: dormir.

— Tudo bem. — Abri o livro e fingi ler. — Obrigada por compartilhar a informação.

— Bem perto de mim, Sera.

Ergui o olhar pare ele lentamente.

— Sério?

— Pareço estar brincando?

— Mesmo com a fechadura na porta da varanda? Funcionou muito bem ontem à noite.

— Aposto que, daqui a algum tempo, você vai descobrir como arrombá-la.

— E *eu* aposto que, se quisesse fazer isso, já teria feito — vociferei. — Não vou tentar fugir, Nyktos. De que adiantaria agora?

A expressão no rosto dele não demonstrava nada, já suas palavras... Elas diziam tudo.

— Você me prometeu que não vai mais atrás de Kolis. Quero acreditar nisso, mas o que eu quero não pode ser mais importante do que o que já sei. Se tiver uma oportunidade, você vai aproveitá-la. Mesmo agora. Não vou deixar que a minha confiança em você, que já é frágil, seja quebrada tão depressa.

Meu coração palpitou enquanto eu olhava para ele. Um emaranhado de emoções escapou daquela rachadura dentro de mim, assim como as palavras que disse a seguir.

— Não quero que isso aconteça.

— Eu sei. — Seus olhos acinzentados ficaram mais brandos à medida que ele controlava a respiração. — Venha para a cama, Sera.

Eu nem mesmo sabia por que estava brigando com Nyktos. *Gostava* de dormir em sua cama, de dormir *com ele*. Mesmo quando ele me irritava, o que deveria ser motivo de preocupação — e de fato era. Mas só me restava acrescentar mais esse item à minha longa lista de preocupações.

Levantei-me e fui para a sala de banho para me preparar para dormir. Quando terminei de escovar os dentes e cuspi a pasta na pia, vi alguns vestígios cor-de-rosa na espuma. Minhas gengivas tinham sangrado um pouco. Senti o estômago embrulhado enquanto enxugava a boca e saía da sala de banho, seguindo Nyktos pela passagem estreita e escura. Parei perto da cama, lembrando-me do acordo que oferecera a ele antes da chegada de Attes. Deuses, eu tinha me esquecido disso.

Nyktos passou por mim.

— Pelo menos você não precisa tirar a calça e as botas hoje à noite — disse ele.

— Acho que você ia preferir essa opção depois de ver o que há debaixo do meu roupão. — Estendi a mão para a faixa, inexplicavelmente nervosa.

Ele se virou para mim, com a luz das arandelas refletindo nas maçãs do rosto.

— Por favor, me diga que você não está nua aí embaixo.

Bem, suponho que aquilo indicava que ele não tinha a menor intenção de fazer o acordo comigo.

— Preocupado em não conseguir controlar a reação do seu corpo outra vez?

— Estou sempre preocupado com isso — murmurou ele, com o olhar fixo em mim.

Parte de mim acreditava mesmo nisso.

— Eu não estou nua. Não exatamente.

— Não exatamente?

Desfiz o nó do roupão, deixando-o escorregar pelos meus braços. Nyktos ficou paralisado ao ver a camisola fina e quase transparente.

Ele entreabriu os lábios, exibindo um vislumbre das presas.

— É isso que você costuma usar para dormir? — perguntou ele com a voz rouca.

— Acredite se quiser, mas essa é a camisola mais recatada que Aios trouxe para mim. — Senti as faces coradas enquanto ele me observava colocar o roupão no pé da cama.

— Bons Destinos — murmurou ele, tenso, antes de vir na minha direção com passos lentos e hesitantes. Uma agradável expectativa percorreu o meu corpo quando inclinei a cabeça para encará-lo.

Apenas uma fração das íris prateadas estava visível atrás dos cílios volumosos quando Nyktos deslizou os dedos sob a alça de cetim. Seus dedos frios roçaram na minha pele enquanto ele puxava a alça do meu braço. Nyktos ficou ali por um bom tempo, mal tocando em mim, mas seu toque leve reverberava por todo o meu corpo. Ele tirou os dedos da alça.

— Posso?

A princípio, não entendi o que Nyktos estava pedindo, mas então me dei conta de que ele estava olhando para a trança por cima do meu ombro.

— Pode... pode, sim.

Nyktos mudou a mão de lugar. Ele não pegou na trança nem a puxou. Logo abaixo do meu ombro, ele enrolou o dedo indicador e o polegar ao redor dos meus cabelos. Fiquei parada enquanto ele passava a ponta do dedo por todo o comprimento, roçando na curva do meu seio. Estremeci.

— Eu já te disse — continuou ele, passando o polegar pela trança — que o seu cabelo se parece com o luar?

— Já, sim.

— É lindo — disse ele, aproximando-se da fita que prendia as mechas. Ele tirou o elástico com cuidado, colocou-o ao redor do pulso e desenrolou a trança delicadamente, deixando que meu cabelo volumoso e ondulado caísse sobre os meus ombros. — Volto já.

Fiquei ali com o coração batendo acelerado enquanto ele entrava na sala de banho, fechando a porta atrás de si. Não saí do lugar nem ao ouvir o som da água, minha pele ainda latejando pelo toque dele. Por fim, consegui me mexer. Subi no lado da cama em que dormi na outra noite e puxei o cobertor macio por cima das pernas, me deitando de frente para o quarto. Um cheiro de frutas cítricas e ar fresco me envolveu imediatamente.

Ouvi a porta se abrir, mas não me virei conforme o ouvia ir até o armário. Eu bem que queria, porque sabia que ele estava tirando a roupa, mas percebi que não fazia sentido me torturar ainda mais.

A cama se moveu quando ele se juntou a mim e, em seguida, a escuridão tomou conta do aposento.

— Sabe — comecei —, você podia ter esperado que eu dormisse e então se enfiado na minha cama, como da outra vez.

— É, eu podia — concordou ele. — Mas o que será que eu ia encontrar ao entrar no seu quarto depois que você já estivesse na cama?

Revirei os olhos.

— Eu não faço *aquilo* todas as noites.

— Hum, confesso que acho essa notícia um tanto decepcionante.

Arqueei as sobrancelhas. Fiz menção de me deitar de costas, mas então Nyktos abriu a boca e me deteve com duas palavras:

— Me desculpe.

Fiquei quieta.

— Pelo quê?

— Por hoje cedo — disse ele depois de um momento. — Quando sugeri que o seu motivo para responder à convocação era se aproximar de Kolis. Eu já devia saber que não era por isso. Pelo menos não o motivo principal. Você me disse que não seguiria com o plano se remover as brasas pudesse machucar alguém.

Não sei se ele precisava se desculpar por isso. Se fosse ele, eu teria pensado a mesma coisa. Mas ele estava errado. O principal motivo não era me aproximar de Kolis, embora devesse ser.

— Obrigada — murmurei, voltando a olhar para a parede escura.

— Quer dizer que você não vai tentar me deixar para trás quando ele nos convocar?

— Não, não vou. Não porque seja o que eu quero, mas porque é o que você quer.

Suspirei pesadamente, querendo agradecer a Nyktos, mas sabia que ele não ia gostar nem um pouco disso.

O silêncio recaiu sobre nós e durou tanto tempo que pensei que Nyktos tivesse adormecido, mas então ele perguntou:

— Por que você prende a respiração toda hora?

Abri os olhos, espantada.

— O quê?

— Você prende a respiração, conta até dez e depois solta o ar.

— Deuses, é tão evidente assim? — perguntei, lembrando-me de quando ele me viu fazer isso na sala do trono, junto de Holland e Penellaphe.

— Na verdade, não.

Fiz uma careta que ele não viu na escuridão.

— Mas você notou.

— Notei, mas não significa que mais alguém tenha notado. — Passaram-se alguns instantes de silêncio. — Por que você faz isso?

Fechei os olhos.

— É só uma coisa que Holland me ensinou a fazer.

Ele ficou calado por um momento.

— Mas por que você precisa fazer isso, Sera?

— Não sei.

Nyktos não falou mais depois disso. Por muito tempo não houve nada além de silêncio, e então foi a minha vez de fazer uma pergunta:

— Você está preocupado com a convocação? Com o que vai acontecer?

— Não — respondeu ele, mentindo. A cama se mexeu de novo. Ele passou o braço por cima da minha cintura, e seu peso frio era... agradável. — Bem perto de mim.

Fechei os olhos, tentando ignorar o quanto gostava de sentir o braço dele ali. Foi só então que me dei conta de que havia feito algo pela primeira vez em toda a minha vida.

Eu tinha deixado a adaga dentro do quarto.

Eu estava de... *mau humor.*

Um humor taciturno, como Holland diria. Era para ser o dia da minha coroação, mas, pela segunda vez, os planos mudaram bem no dia em que eu deveria me casar.

Era cedo, o céu ainda tinha um tom de cinza-escuro, mas Nyktos já havia saído, e eu não me demorei muito em seu quarto. Lavei-me com a água fresca que alguém havia trazido e coloquei o último vestido que eu tinha, de um modelo bastante parecido com o que usara no dia anterior, mas todo preto. Foi só depois de praticamente espremer os seios no corpete e fechar o último colchete que percebi que minhas roupas tinham finalmente sido lavadas e devolvidas, colocadas numa pilha organizada em cima da cama. Suspirei, derrotada, porque eu não tinha a menor intenção de voltar a me despir.

Sentei na espreguiçadeira e fiquei ali, a mente inquieta, embora o corpo estivesse parado. Parado até demais.

Meu humor parecia acompanhar as mudanças no vento quando eu estava no plano mortal, muitas vezes me atingindo durante a noite quando eu não conseguia dormir e não tinha nada com que ocupar a mente. Em noites assim, nem mesmo a ideia de ocupar o meu corpo em um dos antros hedonistas espalhados pela Luxe me parecia atraente.

Em noites assim, eu ficava imaginando se meu pai também era atormentado pelas mudanças de humor e se isso havia desempenhado algum papel em sua *queda* da torre na noite em que nasci. Se sim, será que esse tormento foi a única coisa que me deixou de herança, se é que algo assim podia ser transmitido? Não sei dizer. Mas se fosse, eu teria preferido algo menos *sombrio.*

Será que Sotoria também se sentia assim? Passava por essas mudanças de humor? Será que ela...?

Parei com o questionamento quando meu coração acelerou e senti que eu estava perdendo o controle. Eu não queria mais pensar nisso, então simplesmente fiquei sentada ali, vendo o dia amanhecer, vazio e irrelevante. Será que amanhã também seria igual? E no dia seguinte? Não havia treinamento nem comida para oferecer às famílias afetadas pela Devastação. Nenhuma visita inesperada de Ezra ou pedido para ajudar as Damas da

Misericórdia. Só mais espera. Era impossível evitar que meus pensamentos vagassem para aquele lugar que vicejava ao reviver todos os meus piores momentos. As decepções e fracassos. Os constrangimentos e desesperos.

Só que agora havia novos momentos nesse inventário. Um destino que nunca tinha sido verdade. Minha traição a Nyktos e o fato de que ninguém havia questionado o que acreditávamos que acabaria com a Devastação. Era difícil pensar nisso sem sentir que eu já deveria saber que Nyktos não era a causa. Era difícil ficar sentada ali, aquecida e bem-alimentada, enquanto o povo no meu reino passava fome e logo enfrentaria dificuldades e mortes inimagináveis se o plano de Nyktos não desse certo.

E era difícil estar sozinha temendo a convocação quando deveria ansiar por ela.

Cutuquei a costura do braço da espreguiçadeira, olhando para a pilha de roupas em cima da cama. Eu não estava acostumada com tanto tédio, tanta falta de *propósito*. Aquilo me deixava tensa. Senti um nó na garganta e meus pensamentos ficaram tão pesados quanto o meu corpo. Acomodei-me na espreguiçadeira, pensando que podia afundar no estofado macio e me fundir com ele até sumir. Não seria maravilhoso?

— *Não.*

Meu coração começou a martelar dentro do peito quando me endireitei no assento, sentindo os músculos tensos. *Inspire.* Era uma... uma *má* ideia. Incômoda. Sufocante. Passei as mãos subitamente úmidas pelos joelhos. *Prenda.* O quarto parecia pequeno demais.

Eu parecia pequena, encolhendo a cada segundo que se passava. *Expire.* Continuei a respiração lenta e uniforme e fechei os olhos até ver tudo branco e a pressão se afrouxar no meu peito.

Por que você prende a respiração?

Abri os olhos e me levantei. Não podia passar nem mais um segundo naquele quarto. Calcei um par de sapatos de sola fina e saí, surpresa ao encontrar Saion no corredor em vez de Orphine. Ele não criou caso quando eu disse que queria tomar o café da manhã em outro lugar, e quanto mais me afastava dos meus aposentos, mais o nó no meu peito e garganta se afrouxava.

266 / Jennifer L. Armentrout

Paramos na cozinha e depois tomei o café da manhã numa das várias salas de visita do primeiro andar junto com Reaver, que acabou nos seguindo e agora cochilava em um sofá estreito da cor dos Olmos Sombrios nos arredores de Wayfair. Tomar café fora do quarto já era uma melhoria e tanto, mas o silêncio estava começando a me incomodar.

Assim como Saion postado em silêncio junto às portas, a mão apoiada no punho da espada curta e me encarando como fez no dia do ataque dos Cimérios.

Deixei a colher de lado e olhei ao redor. Como todos os aposentos que vi quando Jadis nos levou para conhecer o palácio, aquela sala era bem conservada; parecia que ninguém havia pisado ali por décadas, talvez séculos. Não havia sequer um grão de poeira nos adornos de madeira dos braços e pernas do sofá em que Reaver dormia. Examinei as paredes nuas de pedra das sombras, lembrando-me dos aposentos particulares de Nyktos — completamente vazios. Estranho. Além dos retratos dos pais de Nyktos na biblioteca, eu não tinha visto mais nenhum.

— Essas salas costumam ser usadas? — perguntei, passando o dedo pelo copo de suco.

Saion inclinou a cabeça, olhando para as paredes.

— De vez em quando Jadis e Reaver entram nelas, mas, fora isso, não que eu tenha visto.

— Quem as mantém tão limpas?

— Normalmente, Ector.

— Ele fica tão entediado assim?

Saion deu uma risada.

— É o que me pergunto, mas acho que ele faz isso por Eythos.

— Em sua homenagem ou algo do tipo?

— Acho que sim. — Ele deixou o olhar vagar pela sala. — Quando era vivo, o pai de Nyktos mantinha todas as salas abertas e limpas. Costumava haver convidados. Não tantos quanto imagino que recebia quando era o Primordial da Vida, mas havia... — Ele parou de falar e pareceu procurar a palavra mais adequada.

— Havia *vida* aqui antes? — presumi.

Saion assentiu.

— É — disse ele, pigarreando. — Havia, sim.

Era muito atencioso da parte de Ector, e só fiquei surpresa porque eu não o conhecia muito bem — nem aos outros. Recostei-me na cadeira.

— De onde você é?

Saion arqueou uma sobrancelha escura.

— Que pergunta aleatória.

E era mesmo.

— Só por curiosidade.

Ele não disse nada, e eu percebi que sua opinião sobre mim ainda não havia mudado.

— Não importa — falei. — Acho que podemos voltar à situação constrangedora de ter você me vigiando em silêncio.

— Eu nasci no Arquipélago de Tritão.

Eu me virei para Saion, meio surpresa por ele ter respondido.

— Você pertencia à Corte de Phanos?

— Fiquei lá até ter passado umas cinco décadas da minha Seleção, e então Rhahar e eu partimos.

— E partiu por quê? — Não pude deixar de perguntar. Até onde eu sabia, os deuses nascidos na Corte de Phanos extraíam seu poder dos lagos, rios e mares, mas não havia nada disso nas Terras Sombrias.

— Quer mesmo saber?

— Eu não teria perguntado se não quisesse.

Ele inclinou a cabeça para o lado, pousando-a no batente da porta.

— Você já ouviu falar do Reino de Phythe? Ele existiu há séculos, cerca de cem anos antes de Eythos fazer o acordo com seu antepassado. Era um belo reino, cheio de pessoas que viviam da terra e do mar. Um povo pacífico — explicou ele, e não me passou despercebido que agora eu sabia que Saion era mais velho do que Nyktos. — No plano mortal, estendia-se ao longo do sopé ao sul das Montanhas Skotos até o mar.

— O nome me é vagamente familiar. — Franzi a testa, revirando a memória. — Não era um antigo reino favorecido por Phanos até que um dos filhos do Rei fez alguma coisa com uma das filhas do Primordial ou algo do tipo?

— É o que a história conta, mas a única verdade nisso é que Phythe já foi um dos reinos favoritos de Phanos. Até que eles caíram em desgraça.

Segurei o copo com força.

— Tenho um mau pressentimento de que sei onde isso vai dar.

— É bem provável. — Ele estreitou os olhos, pensativo. — Houve um derramamento de óleo na costa de Lasania, não? Há cerca de uma década?

— Sim, eu estava presente. Phanos saiu da água e destruiu todos os navios no porto. Centenas de pessoas morreram — respondi. — Mas o que foi que realmente aconteceu?

Saion sacudiu a cabeça.

— Todos os anos, eles costumavam realizar jogos em homenagem a Phanos, mas esses jogos eram perigosos e muitas vezes as pessoas morriam durante as partidas, incluindo o *único* filho do Rei. Depois disso, ele acabou com os jogos, acreditando que Phanos fosse um Primordial benevolente que não gostaria de ver seus súditos mais leais se machucando.

— O Rei estava errado?

— Mortalmente errado — confirmou Saion. — Phanos se sentiu insultado. Encarou o fim dos jogos como falta de fé. Ele ficou furioso e inundou o reino inteiro.

— Meus deuses — sussurrei, horrorizada.

— É — suspirou pesadamente. — Nós sempre visitávamos Phythe. As pessoas de lá eram boas. Nem todas eram perfeitas, sabe? Mas nenhuma delas merecia o que aconteceu. Phanos dizimou um reino inteiro do nada. Não houve sequer um aviso. Ninguém teve a mínima chance de escapar das ondas mais altas que a Colina que vieram do mar e viajaram por quilômetros. Tudo e todos dentro de Phythe foram engolidos pela água. — Ele coçou o queixo, sacudindo a cabeça. — Quando descobrimos o que ele havia feito, Rhahar e eu ficamos chocados. Mal podíamos acreditar. Tudo aquilo só por causa de jogos nos quais ele nem prestava atenção. Mesmo que o filho do Rei tivesse feito alguma coisa com uma das filhas dele, não justificava tirar a vida de um reino inteiro. Não podíamos mais servir a Phanos depois disso. Não fomos os únicos a partir, mas foi... — ele deu um suspiro de pesar — por isso que fomos embora.

— Deuses, eu nem sei o que dizer. Que coisa horrível. — Estremeci, imaginando o medo que o povo de Phythe deve ter sentido ao ver as ondas vindo em sua direção e sabendo que não havia como escapar.

— Pois é.

Engoli em seco, olhando para Reaver, que dormia em paz sem saber de nada daquilo.

— Os Primordiais já foram verdadeiramente benevolentes?

— Acho que ninguém é verdadeiramente benevolente ao longo da vida. Nem os mortais — respondeu Saion, e eu olhei para ele. — Mas não esperávamos isso de Phanos, o que significa que ele nem sempre foi assim.

— Você acha que Phanos fez isso porque viveu tempo demais?

— Não acho que seja isso. Não o único motivo, pelo menos. Os Primordiais são velhos. Logo se juntarão aos Antigos. Mas Eythos, junto com Kolis, era o mais velho de todos. E ele nunca chegou a esse tipo de crueldade. Alguns dos outros Primordiais também não — disse ele, e pensei em Attes. — Se você perguntar a Ector ou aos deuses que já estavam vivos quando Eythos era o Primordial da Vida, eles lhe dirão que houve uma mudança distinta em vários Primordiais depois que Kolis roubou a essência do irmão.

Deixei o copo de lado.

— Você acha que isso impactou o comportamento deles, tornando-os menos benevolentes?

— É o que Ector acha. — Saion deu de ombros. — Não temos como saber ao certo, mas acho que ele pode ter razão.

Se fosse esse o caso, será que conseguiríamos fazer com que alguns Primordiais mudassem de ideia?

— Então você veio parar aqui, onde não há lagos nem rios além da Baía das Trevas e do Rio Vermelho?

Um sorriso irônico surgiu nos lábios dele.

— Não a princípio. Demoramos um bom tempo antes de virmos para as Terras Sombrias e ficarmos cara a cara com Nyktos.

— Como isso aconteceu?

Ele permaneceu calado por alguns minutos.

— Os deuses não podem deixar a Corte em que nasceram sem a permissão do Primordial daquela Corte. Mas não é sempre que tal permissão é concedida. E se ainda assim o deus abandonar a Corte, isso seria considerado um ato de rebelião punível com a morte. A morte derradeira.

Enrijeci com a revelação.

— Pelo visto, você e Rhahar não tiveram permissão.

— Não. — Aquele sorrisinho de lado voltou ao rosto dele. — Phanos mandou outros deuses atrás daqueles que deixaram a Corte após o incidente em Phythe. Pouco depois de Eythos ser morto, eles finalmente nos encontraram e nos levaram para a Corte de Dalos, onde os deuses são sentenciados e punidos. Enquanto estávamos presos lá, à espera da chegada de Phanos, Nyktos foi nos visitar. Perguntou por que tínhamos ido embora. Ele foi embora quando contamos a verdade.

Arqueei as sobrancelhas até o meio da testa.

— Ele foi embora?

— Foi. Na época, achamos que Nyktos tinha sido um babaca. — Saion deu uma risada. — Não sabíamos nada a seu respeito, só que ele era muito jovem para ser um Primordial, embora já tivesse se tornado conhecido como um dos últimos Primordiais que alguém iria querer provocar. Enfim... — Ele continuou antes que eu pudesse perguntar como Nyktos havia ganhado aquela reputação. — Nyktos voltou à Corte no dia seguinte e interveio pouco antes de sermos sentenciados. Disse que Phanos não tinha o direito de nos sentenciar, pois já não servíamos a ele, e sim ao Primordial da Morte. Duvido que alguém tenha ficado mais chocado do que Rhahar e eu com o anúncio, mas Nyktos pode ser um filho da mãe traiçoeiro quando quer. Sabe, quando nos visitou no dia anterior, ele tocou em nós dois antes de ir embora. Estendeu a mão através das grades e nos deu um tapinha no ombro. Não demos a menor atenção a isso. Só achamos que a cela estava mais fria, que nós dois estávamos mais frios. Só isso. Mas, ao nos tocar, ele levou as nossas almas.

17

Fiquei boquiaberta.

— O quê?

— Pois é. — Saion deu outra risada. — Foi um caos. Todo mundo sabia o que isso significava, principalmente Kolis, que costumava fazer essa merda o tempo todo quando era o Primordial da Morte. Só que ele fazia isso quando alguém o irritava. Mas, de qualquer modo, Nyktos tinha as nossas almas. Nenhum dos outros Primordiais podia tocar em nós dois. Nós pertencíamos a ele.

Balancei o corpo para trás, atônita. Sabia que Nyktos era capaz de tomar a alma de alguém só com um toque, mas havia me esquecido de como ele podia ser letal e perigoso.

— Kolis ainda consegue fazer isso?

— Acho que não. Se conseguisse, imagino que o faria sem o menor critério.

Graças aos deuses que não.

— O que aconteceu depois disso?

— Bem, Phanos ficou revoltado e, por mais estranho que pareça, isso divertiu Kolis. Ele considerou que Nyktos havia levado a melhor sobre Phanos ou algo parecido — respondeu ele, e eu pensei no que Nektas tinha me dito sobre como Kolis acreditava que Nyktos era leal a ele. —

De qualquer forma, não havia nada a ser feito. Phanos voltou para a sua Corte aborrecido, e nós fomos trazidos para as Terras Sombrias.

— Ele devolveu as almas de vocês, certo?

— Se Nyktos fizesse isso e Phanos descobrisse, ele poderia nos reivindicar de volta.

Não foi uma resposta direta, mas aposto que Nyktos devolveu. Aqueles que serviam às Terras Sombrias não faziam isso por necessidade ou porque Nyktos tivesse algo tão valioso quanto a sua alma. Ele devia ter devolvido, e Saion e Rhahar eram espertos o bastante para manter isso em segredo.

— Ele salvou a vida de vocês dois — afirmei, olhando para Saion.

— Não fomos os únicos que Nyktos salvou.

Eu sabia disso, mas ainda assim... As ações de Nyktos eram difíceis de compreender. Só de pensar no que aconteceria se eu tivesse conseguido matá-lo meu coração disparou e senti um aperto no peito. Peguei o copo e tomei o restante de suco, mas não ajudou a desfazer o nó na minha garganta nem a conter aquela rachadura no meu peito.

— Eu... eu realmente acreditava que matar Nyktos era a única maneira de salvar meu reino. — Pigarreei, mas minha voz mal passava de um sussurro. — Ninguém, digo e repito, *ninguém*, é capaz de me odiar mais por isso do que eu mesma.

— Sabe de uma coisa? — perguntou Saion — Eu acredito em você.

Senti as orelhas arderem e me levantei da cadeira, precisando do silêncio do qual tinha fugido não fazia muito tempo.

— Acho que vou voltar para o meu quarto. — Olhei para o jovem dragontino, que continuava dormindo. — Não é melhor acordarmos Reaver?

— Ele vai ficar bem.

— Tem certeza? — Parecia errado deixá-lo sozinho enquanto dormia. Saion assentiu e saiu para o corredor, esperando por mim.

— Se você o acordar, ele vai ficar meio... irritado. Com os dentes, não com as palavras.

Arqueei a sobrancelha.

— Então acho que vou deixá-lo em paz.

— É uma sábia decisão.

Caminhei até as escadas dos fundos — semelhantes àquelas no final da ala onde ficava o escritório de Nyktos — e empurrei a porta. O som de metal contra metal ecoou pela escadaria. Saion não esboçou nenhuma reação, mas a curiosidade venceu e fui até a porta externa.

— Aonde você vai?

— Lugar nenhum.

— Bem, parece que você está indo para algum lugar, e não é para o seu quarto — resmungou Saion.

Empurrei a porta pesada e espiei lá fora. Avistei Nyktos imediatamente sob a sombra da Colina, brandindo uma espada larga. Disse a mim mesma que foi porque ele era mais alto do que a dezena de homens reunidos ali. Ou por causa do aquecimento no meu peito, do leve zumbido da brasa que lhe pertencia. Convenci-me de que não tinha nada a ver com a expectativa, com a *ânsia* que senti ao vê-lo.

Saion se moveu atrás de mim, olhando por cima da minha cabeça para os guardas lutando em duplas.

— Eles estão treinando.

— Foi o que imaginei — murmurei, fascinada com os movimentos de Nyktos. Havia uma graciosidade predatória no modo como ele usava o corpo grande, saltando para a frente e para trás como se fosse leve feito uma pluma.

Fiquei assistindo ao treinamento, pensando em como ele salvara Saion e Rhahar por pura esperteza. Mas que preço teria pagado depois que Kolis deixou de achar aquilo divertido? Pois, embora Kolis acreditasse que Nyktos era leal, ele ainda tinha empalado os deuses na Colina.

Nyktos golpeou a espada do adversário com força suficiente para desarmá-lo. Ele pegou a espada caída e, em seguida, apontou as duas lâminas para o pescoço do guarda.

Uma inquietação tomou conta de mim quando Nyktos apertou o ombro do homem. Desviei o olhar e vi Rhain e Ector emparelhados com guardas desconhecidos. Em Lasania, havia dias em que eu precisava me arrastar até a torre leste para treinar. Dias que eu só queria passar fazendo o que bem quisesse. Mas o treinamento me mantinha ocupada e talvez até me ajudasse a controlar as mudanças de humor.

Eu não estava acostumada a viver assim, com dormir, ler ou vagar por aí incomodando os outros com a minha presença sendo as únicas opções para passar o tempo. Não estava acostumada a não ter um *objetivo*.

— Pensei que fosse voltar para o seu quarto — lembrou-me Saion.

— E ia mesmo. — Mordi o lábio inferior quando Nyktos acenou para que outro guarda, um homem musculoso de cabelos louros, avançasse.

— *Ia.* — Saion deu um suspiro. — No passado. Que maravilha.

Ignorei o comentário dele.

— Com que frequência eles treinam?

— Todos os dias, normalmente durante algumas horas pela manhã.

— Eu também costumava treinar todos os dias.

— Parabéns — respondeu ele secamente.

O treinamento já era *alguma coisa*. E eu devia treinar para manter os reflexos ágeis. Mas não podia fazer muita coisa sozinha. Olhei por cima do ombro para Saion, com os pensamentos a mil por hora.

— Você prefere ficar postado na porta dos meus aposentos olhando para a parede ou treinar?

Ele olhou de relance para mim.

— É uma pegadinha? É claro que prefiro treinar.

A determinação tomou conta de mim.

— Então vamos, ora.

Ele arqueou as sobrancelhas, perplexo.

— Treinar? Com você?

— Exatamente.

Saion emitiu um som estrangulado.

— Desculpe. Não vai dar.

Olhei para ele, desconfiada.

— Por que não?

— Porque prefiro não ser estripado por Nyktos, que é o que aconteceria se eu levantasse uma espada contra você, fosse em treinamento ou não.

— Isso é ridículo.

— Não deixa de ser verdade.

Fiquei boquiaberta.

— Você não está falando sério, está?

— Estou, sim.

— Nyktos deu essa ordem?

— Não com tantas palavras, mas não é algo que precise ser dito em voz alta para alguém entender e aceitar. — Saion suspirou quando me virei para Nyktos e os guardas. — Por que tenho a impressão de que você está prestes a fazer algo imprudente?

Talvez eu estivesse mesmo, mas não me importava. Não ia passar nem mais um dia definhando nos meus aposentos. Eu estava *farta*. Não ia mais simplesmente existir como um fantasma que vagava pelos corredores em vez de pela floresta. Já estava exausta de viver como se não pudesse tomar minhas próprias decisões. E eu já não havia me decidido? Dito isso em voz alta? Era hora de agir, pois as coisas precisavam mudar. Escancarei as portas e saí do palácio.

— Eu sabia — murmurou Saion.

As saias do vestido esvoaçaram ao redor das minhas pernas à medida que eu atravessava o pátio. Vários guardas notaram a minha presença e se detiveram assim que me aproximei.

Nyktos bloqueou um golpe com a lateral da espada e virou a cabeça na minha direção. Ele estava com uma expressão fria no rosto.

— Aguardem — ordenou, e por todo o campo o treinamento foi interrompido. Os guardas começaram a fazer uma reverência para mim.

— Vossa Alteza — cumprimentei-o com mais educação do que jamais fizera por alguém em toda a minha vida.

Um lampejo de éter surgiu nos olhos cinzentos e frios de Nyktos, juntando-se ao brilho cauteloso do olhar atento que me observava. Ele lançou uma olhadela para Saion e então voltou a atenção para mim.

— Dando um passeio?

Passeio? Como as belas damas de Lasania passeavam pelos jardins de Wayfair? Quase comecei a rir.

— Gostaria de saber se Saion pode treinar comigo.

— Opa, espere aí. — Saion se virou para mim. — Eu disse a ela que não.

— Saion tem medo de que você arranque suas tripas se ele treinar comigo — continuei, ciente da lenta aproximação de Ector e Rhain. — O que espero que ele esteja exagerando para esconder sua preocupação de que eu seja muito melhor com a espada do que ele.

— Não é por isso — retrucou Saion. — O que você disse antes é verdade. Eu estou *preocupado* que as minhas entranhas acabem mesmo do lado de fora.

— Mas por que está preocupado? — provoquei, entrelaçando as mãos. — Duvido que vá me machucar, então Nyktos não terá nenhum motivo para puni-lo. — Olhei para o Primordial. — Certo?

Nyktos não disse nada, mas o tom dos seus olhos ficou mais escuro.

— Jamais a machucaria de propósito — começou Saion —, mas eu sou um deus.

— *Parabéns* — interrompi, imitando-o.

Saion me encarou, sério.

— Portanto, sou muito mais forte que você.

— Força não tem nada a ver com habilidade quando se trata de espadas — repliquei.

— Sera tem razão — concordou Ector, entrando na conversa.

— Ector. — Saion se virou. — Por que você não cala a...?

Avancei, agarrando o punho de uma das espadas de Saion e tirando-a da bainha. Saion girou o corpo na minha direção, de olhos arregalados, enquanto Ector abafava uma risada.

— Já tenho uma espada — anunciei, encarando Nyktos com um sorriso. — Há uma infinidade de motivos para que eu continue treinando. Mas como seus guardas estão preocupados demais para treinar comigo, então que tal você?

— Merda — murmurou Rhain.

Empunhei a espada, apontando-a para o pescoço de Nyktos.

— Ou também está... *preocupado*?

O silêncio recaiu no pátio enquanto Nyktos me encarava. Os fios de éter começaram a se agitar em seus olhos, que haviam assumido um tom de mercúrio.

— Preocupação é a última coisa que tenho em mente neste momento.

Ector pigarreou, parecendo interessado no chão de terra batida.

— Ótimo. — Não deixei que a minha mente remoesse o que ele havia me dito. — Então é melhor levantar a espada.

Ele ergueu foi o canto dos lábios.

— E se eu não fizer isso?

— Vai acabar precisando se alimentar. E muito.

Os olhos dele se tornaram um fogo de Essência Primordial, inflamados pela raiva ou por algo que achei melhor não pensar no momento.

— Sabe, muitos homens ficariam ofendidos se sua futura Consorte apontasse uma espada para seu pescoço diante dos próprios guardas.

— Essa é uma das razões pelas quais acho que a maioria dos homens se ofende muito fácil. — Era bom sentir o punho da espada na mão. O peso era muito bem-vindo. — Mas você não é como a maioria dos homens, é?

— Suponho que não, já que a maioria mandaria as esposas voltarem para seus aposentos por algo assim.

— Futura esposa — corrigi suavemente. — E se você me mandar voltar para os meus aposentos, a espada pode escorregar um pouco da minha mão.

— Por acidente, é claro.

Ciente de que tínhamos conquistado uma bela plateia, abri um sorriso.

— *De propósito.*

Nyktos deu uma risadinha rouca, gutural e... *calorosa.*

— Se quer mesmo treinar comigo, o que está esperando?

— Você ainda não empunhou a espada.

— Isso não é necessário.

Inclinei a cabeça para o lado, olhando para a arma dele. Nyktos a segurava com a ponta apontada para o chão em vez de a postos, o que só podia significar uma coisa: ele acreditava que não precisava se defender. Controlei a raiva diante do insulto — intencional ou não — e abaixei a espada que empunhava. Nossos olhares se cruzaram quando comecei a circundá-lo lentamente. Se Nyktos achava que não precisava de defesa, ele estava muito enganado. Esperei até que ele repuxasse o outro canto do lábio.

E então ataquei.

Nyktos foi rápido, se desviando do golpe sem sequer olhar para mim.

— Você me atacou pelas costas. — Ele me encarou por cima do ombro, dando um sorriso malicioso. — Já devia saber que você joga baixo.

— E eu já devia saber que é melhor não superestimar a sua habilidade. Ele arqueou as sobrancelhas.

— É mesmo?

— Até um novato sabe que nunca deve virar as costas para alguém com uma espada. — Dei um golpe rápido e certeiro com a lâmina ao longo da nuca dele, cortando uma mecha de cabelo que havia se soltado do coque.

Ele se virou para mim, estreitando os olhos. Alguém deu um assobio quando a mecha de cabelo caiu no chão duro e cinza.

— Uau. — Fingi espanto. — Essas espadas de pedra das sombras são mesmo afiadas.

— *Touché.* — Ele atacou, não tão rápido quanto eu sabia que era capaz, mas o golpe da espada contra a minha sacudiu o meu braço inteiro, provando que ele não estava se contendo.

— Se quiser, pode dar uma aparada nos meus cabelos. — Apontei a espada no peito dele.

Ele cortou o golpe com um golpe da sua lâmina.

— Eu jamais me atreveria a sequer pensar em cortar um fio de cabelo da sua cabeça.

— Que pena. — Secretamente satisfeita, acompanhei seus movimentos enquanto ele me rodeava, mantendo a espada parcialmente abaixada. Era bem mais leve do que a que ele empunhava, mas eu sabia que meus músculos se cansariam mesmo assim. E também sabia que não tinha a menor possibilidade de me defender contra Nyktos se ele decidisse parar de se conter.

Mas não se tratava de vencer.

— Agora que tenho a sua atenção — comecei a dizer, observando-o com cuidado.

— Você tem toda a minha atenção. — Ele praticamente ronronou as palavras, com o queixo abaixado e os olhos brilhando por trás dos cílios.

Os músculos do meu baixo-ventre se contraíram.

— Entendo que preciso ser vigiada.

— Fico feliz em ouvir isso, pois já discutimos isso a ponto de se tornar repetitivo — disse ele, golpeando.

Eu me defendi, levantando a espada com ambas as mãos e bloqueando o ataque.

— Eu não tinha terminado.

— Peço desculpas. — Ele começou a se curvar...

Disparei para a frente, girei o corpo e golpeei com o punho da espada, acertando o abdômen dele. Nyktos xingou.

Assobios e risos abafados ecoaram pelo pátio quando me afastei de Nyktos e ele começou a se endireitar.

— Ai, essa *doeu* — disse ele com uma risada.

Eu o encarei, abrindo um sorriso mais largo.

— Como eu estava dizendo, entendo que você ache isso necessário, embora possa apostar que Saion preferiria tomar conta de Jadis enquanto Reaver foge dela do que ficar me seguindo para todo lado.

— Sabe de uma coisa? — disse Saion da rocha em que estava sentado. — Eu teria que pensar muito bem sobre qual das opções seria preferível.

— Eu posso vigiá-la — ofereceu um guarda, e olhei de soslaio em sua direção. Só tive tempo de ver que era o guarda louro com quem vi Nyktos lutar. — Parece ser uma tarefa divertida.

— Não será necessário, Kars — precisei me esforçar ao máximo para não sorrir.

— Também não serei forçada a permanecer no meu quarto para ler ou tricotar ou o que quer que seja.

— Ninguém disse que você precisava ficar no quarto o tempo todo. — Nyktos avançou na minha direção, brandindo a espada, mas então se deteve. — Espera aí. Você sabe tricotar?

— O que você acha?

— Não sei. — Ele passou as presas pelo lábio. — Mas tenho a impressão de que você faria coisas horríveis com uma agulha de tricô.

— Se me der um par de agulhas, você vai descobrir — retruquei, atacando-o.

Nyktos disparou para a frente, bloqueando o meu golpe enquanto segurava o meu braço com a outra mão. Ele me puxou contra si e perdi o fôlego ao sentir o peito dele contra o meu.

— Por mais que eu goste de ouvir as suas ameaças, você deveria gastar menos tempo com isso e ir direto ao motivo pelo qual me interrompeu.

— Mas é que eu gosto tanto de ameaçar você... — falei, levantando o joelho.

Vários guardas xingaram.

Nyktos soltou o meu pulso, usando a coxa para evitar um golpe direto num lugar bastante sensível.

— O vestido que você usou ontem foi uma bela distração — sussurrou ele, olhando para os meus seios espremidos contra a renda preta do corpete. — Mas esse é bastante indecente.

— Como eu disse antes, se você não consegue evitar olhar para lugares inapropriados, a culpa não é minha.

— Bem, eu teria que ser feito de pedra para não olhar. — Uma mecha de cabelos castanho-avermelhados caiu na sua bochecha quando ele abaixou o rosto. — Mas sou de carne e osso, e você é...

— O que eu sou?

— Você é de carne e fogo.

— Então é melhor tomar cuidado — provoquei. — Antes que você vire brasas e cinzas. — Girei o corpo bruscamente, me desvencilhei e dei um passo para trás, piscando para ele. — Preciso de algo para fazer.

— Além de ser uma distração?

— Além disso.

Nyktos deu uma risada e atacou. Ele golpeou com força suficiente para me desarmar se tivesse acertado a minha espada. Corri para a esquerda e girei o corpo, golpeando com a lâmina para baixo. O impacto ecoou pelo pátio.

— Muito bom! — gritou alguém, talvez aquele tal de Kars ou Ector. Não tinha certeza.

Não deu para conter o sorriso que se alargava pelo meu rosto.

— Preciso treinar.

Nyktos afastou do rosto a mecha de cabelo agora mais curta enquanto se endireitava.

— Bem, se você queria treinar, era só pedir.

Eu o encarei, desconfiada.

— Sério?

— Sério. — Ele deu outro golpe de espada.

Passei debaixo do braço dele e girei o corpo, dando um chute. Meu pé acertou a sua cintura enquanto eu brandia a espada para cima. Os guardas deram um berro quando Nyktos se inclinou para trás. Minha espada cortou o ar onde o seu peito estava poucos segundos atrás. Ele recuou, com os olhos brilhando como os de Holland quando eu o surpreendia durante o treinamento e ele aprovava o que eu havia feito.

Eu estava praticamente flutuando enquanto o rodeava.

— Estou pedindo agora.

— Aposto que não é só isso. — A espada dele estava a postos. — A menos que pretenda passar o dia todo treinando. Diga logo o que você quer.

— Quero comparecer à Corte — respondi depois de um momento. — Imediatamente. Não quero mais esperar.

— Devo anotar? — perguntou Rhain, encostado na rocha em que Saion estava sentado.

— Não há necessidade. — Os olhos prateados de Nyktos estavam fixos nos meus. — Não vou me esquecer de nada. — Ele apontou a espada na minha direção. — O que mais, *Sera*?

Ele pronunciou o meu nome como se fosse um beijo. Foi quase impossível reprimir um arrepio.

— Quero estar envolvida em todos os planos relacionados a Kolis em vez de ser informada só depois de as coisas acontecerem — continuei. — Isso *quando* sou informada. Quero saber a verdade sobre os seus planos em relação a ele.

— Mais alguma coisa?

Sim, e foi só então que pensei nisso — algo que devia ter sido óbvio no momento em que Attes partiu depois de entregar a mensagem de Kolis. Baixei a voz de modo que só Saion e aqueles junto à rocha pudessem me ouvir.

— Não quero esperar para ir até o Vale. Temos que agir logo, antes que seja tarde, não importam os riscos.

Nyktos flexionou um músculo no maxilar.

— Mais alguma coisa?

— Quero ver Ezra.

— Sera...

282 / *Jennifer L. Armentrout*

Minha espada colidiu contra a de Nyktos.

— Sei que o feitiço só funciona nas Terras Sombrias e que entrar no plano mortal é arriscado, mas é um risco que estou disposta a correr. Eu tenho esse direito.

Ele flexionou o músculo no maxilar outra vez.

— E sei que você está tentando manter as brasas a salvo...

— Não só as brasas. — Ele se desviou do meu golpe. — Você também.

Tropecei, mas recuperei o equilíbrio bem depressa.

— Eu... eu agradeço, mas a escolha é minha, e concordei com tudo o que você queria... — Vi Nyktos arquear as sobrancelhas, incrédulo — ...ou com a maior parte, pelo menos. Preciso que Ezra saiba que estamos fazendo o possível para deter a Devastação, mas que ela deve se preparar caso alguma coisa dê errado.

— Algo mais? — rosnou Nyktos.

Ainda mais?

— O jantar — deixei escapar.

— O que tem o jantar?

Ergui a espada, bloqueando o golpe dele.

— Não quero mais jantar sozinha — respondi, ainda em voz baixa.

Ele abaixou a espada de leve.

— Só o jantar?

Golpeei, empurrando a espada para o lado.

— Só o jantar. E eu... eu quero ajudar.

— De que maneira?

Uma camada de suor brotou na minha testa à medida que continuávamos a lutar.

— Da maneira que for preciso.

Os olhos de Nyktos se iluminaram.

— E quem determina isso?

— Eu — respondi, começando a ofegar enquanto Nyktos não demonstrava nenhum sinal de cansaço. — E você.

Nyktos hesitou, e então eu ataquei. Minha lâmina cortou o ar, acertando seu braço. Girando o corpo, mirei um chute bem no peito dele.

Ele me pegou pelo tornozelo e a fenda das minhas saias se abriu. Minha pele, do meio da coxa até a mão em torno do meu tornozelo, ficou exposta à carícia do olhar dele. Senti a palma calejada e áspera contra a pele nua, e meu sangue circular vertiginosamente pelas veias.

— Você está olhando para as minhas partes inomináveis de novo — falei sem fôlego, e não por causa da luta.

Nyktos me encarou por um instante.

— Eu sei.

— Pervertido.

Nyktos sorriu e soltou o meu tornozelo, batendo a ponta da espada no chão. Eu me virei, mas ele me pegou pelo braço e girou o meu corpo. Tentei me desvencilhar, mas ele foi mais rápido, me puxando de encontro ao peito. Nyktos abaixou a cabeça e passou a mão pelo meu braço. O calor do corpo dele nas minhas costas e do seu hálito no meu pescoço me deixou toda arrepiada.

— Você parou para pensar que agora vou ter que arrancar os olhos dos meus guardas?

— Por quê?

— Porque eles também viram as suas partes inomináveis.

— Valeu a pena — gritou alguém.

Nyktos rosnou, e senti a ameaça reverberar ao longo do traseiro e das costas, onde... onde senti o membro duro dele. Senti também o peso dolorido em meus seios à medida que arfava.

— Não é necessário — falei, com a respiração entrecortada repleta do frescor do seu cheiro.

— Ah, não? — Os dedos dele pressionaram os tendões com pressão suficiente para que a minha mão se abrisse. Não havia como lutar. A espada curta escorregou da minha mão e caiu no chão.

— Além do mais, isso o faz parecer muito... *possessivo*. — Virei a cabeça para o lado e senti um nó no estômago quando minha bochecha roçou nos lábios dele. Baixei a voz até um sussurro e pousei a mão direita na coxa. — Com algo que você se recusa a reivindicar.

Nyktos enrijeceu atrás de mim.

Empurrei o corpo para o lado e dei uma cotovelada em seu abdômen com tanta força que o peguei desprevenido. Ele me soltou e estendeu a mão na direção da espada que havia cravado no chão. Eu girei o corpo, mas não tentei pegar a arma.

Não precisava dela.

Nyktos ficou imóvel enquanto o silêncio recaía sobre o pátio. Ele voltou o olhar para a adaga de pedra das sombras que eu empunhava contra seu pescoço e então para mim.

Abri um sorriso vitorioso.

— Bravo — murmurou ele.

Uma salva de palmas e assobios irrompeu pelo pátio, e sorri ainda mais.

— Quem vai treinar comigo?

— Aposto que agora há uma lista bem longa de voluntários — comentou Ector, e suas palavras foram recebidas por várias afirmativas estridentes.

— Eu vou — respondeu Nyktos, sua voz me fazendo lembrar de pernas e braços entrelaçados e noites agradáveis. — Não vai abaixar a lâmina?

Rindo baixinho, afastei a adaga e a embainhei.

— Melhor assim?

— Não sei, não. — Ele se endireitou, sem tirar os olhos de mim.

O calor subiu pelo meu pescoço conforme eu voltava a entrelaçar as mãos, ciente dos olhares curiosos. Pigarreei, desviando o olhar dele e me voltando para Saion.

— Acho que vou voltar para o meu quarto agora.

Saion olhou para mim e então jogou a cabeça para trás, dando uma gargalhada.

— Destinos — murmurou ele, descendo da rocha.

— Até mais tarde — eu disse a Nyktos.

Nyktos me observou em silêncio enquanto eu pegava a espada descartada de Saion e devolvia a ele, com o punho primeiro. Dei alguns passos na direção da porta e então parei, me virei para Nyktos e os guardas, fazendo a mesura mais elaborada de que era capaz.

Houve risos, até do sempre sério Rhain, mas foi a risada grave e rouca de Nyktos que ficou na minha memória.

18

Uma batida soou na porta cerca de uma hora depois que voltei para os meus aposentos. Sem saber quem poderia ser, entreabri apenas alguns centímetros antes de ver o jovem mortal.

— Olá, Paxton.

Dei um passo para o lado e Paxton entrou no quarto, se apoiando mais na perna direita do que na esquerda. Uma cortina de cabelos louros caiu sobre seu rosto quando ele fez uma reverência.

— Sua Alteza me pediu para ver se você precisava de água fresca para o banho.

— Ainda tenho a que foi trazida pela manhã — eu disse a ele.

Ele examinou a sala de banho, avistando a banheira cheia e sem uso.

— Mas essa água já deve estar gelada.

Era bem provável, mas eu não pretendia mergulhar o corpo ali mesmo.

— Não tem problema.

— Não é incômodo algum. — Ele já tinha se virado e seguido para o corredor.

Paxton era mais rápido do que eu esperava. Precisei correr para alcançá-lo.

— Realmente não é...

— Vou buscar Sua Alteza. — Paxton foi direto para a porta ao lado da minha. — Ele vai ajeitar tudo para você.

— Não precisa... — tentei dizer.

— Não é incômodo algum — insistiu Paxton.

— Eu compreendo, mas...

— Ele vai cuidar disso. Você vai ver.

A porta de Nyktos se abriu antes que Paxton pudesse bater nela. O Primordial saiu para o corredor, e todo o pensamento racional praticamente me abandonou.

Seus cabelos estavam molhados e soltos, caídos sobre os ombros, e a mecha que eu tinha cortado com a espada beijava a curva da bochecha direita. Ele estava sem camisa. Havia gotas de água nas curvas firmes e delineadas do seu peito e abdômen. A calça de couro macio delineava indecentemente seus quadris, como se ele mal tivesse se enxugado antes de vesti-las. Ele nem havia fechado a braguilha.

— O que está acontecendo aqui? — perguntou.

— Eu estava fazendo o que me pediu, Vossa Alteza, vendo se ela gostaria de água para o banho, mas ela me disse que usaria a que foi trazida pela manhã.

Nyktos disse alguma coisa, mas não sei muito bem o quê, pois estava absorta no redemoinho de gotas tatuadas que percorriam a lateral da sua cintura e da parte interna dos quadris, desaparecendo...

— *Sera*.

Saí do transe e ergui o olhar para ele.

— Perdão. Você disse alguma coisa?

Havia um calor em seus olhos que os deixava como prata derretida.

— Se parasse de me comer com os olhos por cinco segundos, você me ouviria.

— Eu não estou *comendo* você com os olhos — murmurei, tentando me concentrar.

Paxton pareceu confuso.

— O que essa expressão significa?

— Olhar para alguém com lascívia — respondeu Nyktos. — E de um jeito bastante impertinente. — Ele fez uma pausa e me encarou. — Como se não tivesse controle sobre os próprios olhos.

O rapaz sorriu antes de abaixar a cabeça.

— Sim, era isso mesmo que você estava fazendo.

Eu me virei para Paxton.

— Você não sabe o que significa comer com os olhos, mas sabe o que é lascívia e impertinência?

— Pax está bem familiarizado com todos os sinônimos da palavra "impertinente" — disse Nyktos, e pequenas rugas se formaram ao redor dos olhos do rapaz conforme seu sorriso se alargava. — Você não usou a água que foi trazida pela manhã?

— Na verdade, não. Mas...

— Já deve estar gelada.

Paxton deu de ombros.

— Foi o que eu disse a ela.

Nyktos se aproximou e colocou a mão no topo da cabeça de Paxton, bagunçando os cabelos volumosos do rapaz. O gesto foi... fofo, até.

— Vou esquentar a água.

— Não precisa — repeti em vão enquanto Nyktos passava por mim e entrava no quarto. Espera aí... — Como você pretende fazer isso?

— Magia — afirmou ele num tom de voz casual que eu não escutava havia um bom tempo.

— Sério? — perguntei secamente, ignorando a tolice em que o meu coração e mente estavam envolvidos. — Você pode usar o éter para esquentar a água?

— Ele é um Primordial — disse Paxton, parecendo incrivelmente exasperado para alguém da sua idade. — Não há nada que ele *não* possa fazer.

— Não é verdade. — Nyktos olhou para a cama, franzindo os lábios de leve. — Há muitas coisas que eu não posso fazer.

— Dê um exemplo — desafiou Paxton.

— Fazer com que a minha futura Consorte siga instruções é uma delas.

Paxton deu uma risadinha, e eu olhei de cara feia para o meio do desenho em espiral tatuado nas costas dele. Cruzei os braços sobre o peito.

— E vai ficar ainda mais difícil a partir de agora.

— Como se fosse fácil antes. — Nyktos se deteve na entrada da sala de banho.

Avancei, seguida de perto por Paxton. Eu é que não ia admitir, mas estava curiosa para saber como Nyktos esquentaria a água.

No entanto, assim como eu fazia toda vez que entrava no aposento, Nyktos ficou parado ali. Ele contraiu os ombros e olhou para trás, primeiro para a cama arrumada e depois para mim.

— Você está realmente esquentando a água com o poder da mente?

— Para fazer isso ele tem que tocar na água. — Paxton sacudiu a cabeça como se eu tivesse sugerido algo ridículo. — Não sei o que ele está fazendo.

— Bem, então somos dois — falei.

Nyktos fechou a porta e nos encarou, puxando o lábio entre os dentes e exibindo um vislumbre das presas.

— Pax, por que você não vai ver se Nektas já voltou?

— Será que Jadis está com ele? — perguntou o rapaz, erguendo o rosto com os olhos reluzindo de entusiasmo.

— Deve estar, sim. E aposto que ele precisa da sua ajuda para mantê-la entretida.

— Maravilha! — Pax deu meia-volta e seguiu na direção da porta, mas se deteve de repente, fazendo uma mesura apressada. — Tenham um bom dia, Vossas Altezas.

— Tchau — murmurei, completamente confusa com... Bem, quase tudo.

— Ele não vai ajudar Nektas coisa nenhuma — disse Nyktos depois que Pax desapareceu no corredor. — Vai é se juntar a Jadis, fazer dupla com ela na encrenca da vez e tocar o terror em Reaver.

Eu me virei para Nyktos e vi que ele tinha se aproximado de mim daquele jeito silencioso. Ficamos um bom tempo assim, com ele me analisando. O silêncio e a intensidade do seu olhar me deixaram nervosa. Pigarreei.

— Você... já acabou de treinar com os guardas? — Era uma pergunta idiota, já que ele estava parado na minha frente.

— Já. — Ele finalmente desviou os olhos de mim. — Espere aqui. Vai demorar alguns minutos, mas vou voltar.

Assenti, e foi só depois que ele saiu pela porta da frente que me perguntei por que não tinha usado aquela que conectava os nossos aposentos.

Então me lembrei de que ela ficava trancada do lado de Nyktos e só era destrancada quando ele achava adequado. Por outro lado, se ele era capaz de esquentar a água com os dedos e tinha um cavalo de guerra vivendo dentro do bracelete, então podia muito bem destrancar a porta com o poder da mente.

Suspirando, voltei para a espreguiçadeira e me sentei. Fechei os olhos, meio dolorida por ter manuseado a espada. Não sei quanto tempo se passou, mas demorou mais do que alguns minutos antes que a porta adjacente se abrisse, me assustando.

Nyktos estava parado ali, e toda a suavidade tinha sumido das suas feições. Havia uma dureza familiar em seu queixo e seus olhos estavam gélidos. Ele nunca me parecera tão frio e distante, nem quando cortei seu braço e apontei a adaga para seu pescoço uma hora atrás.

— Venha. — Ele segurou a porta aberta. — Quero te mostrar uma coisa.

— Há... — Levantei-me lentamente, olhando para a escuridão dos seus aposentos particulares. — Tem certeza disso?

— Eu não perguntaria se não tivesse. — Ele esperou por mim. — Você vem ou não?

A curiosidade venceu a cautela e segui Nyktos até seus aposentos, passando pela cama desfeita. Ele foi até onde eu sabia que a sala de banho estava localizada e abriu a porta para o aposento pouco iluminado.

— Você quer me mostrar a sua sala de banho? — Diminuí o passo.

— Não exatamente — respondeu ele, olhando para mim. — Vem cá.

O piso de pedra estava frio sob meus pés descalços e me senti deslocada ao parar ao lado dele. Eu só tinha visto aquele aposento uma vez, de relance, quando Nyktos estava diante da penteadeira, limpando o sangue do ataque dos dakkais. Havia uma segunda porta do outro lado, mas eu não fazia ideia de aonde levava. O espaço era como todos os outros que Nyktos usava: praticamente vazio, exceto por alguns frascos alinhados ordenadamente numa prateleira acima da penteadeira e da...

Fiquei boquiaberta. Só tinha visto um pouco da banheira antes, mas agora percebi que era pelo menos três vezes maior do que a minha, com uma borda larga o suficiente para me sentar. Era tão grande que cabiam várias pessoas ali. Talvez até um dragontino pequeno. Fazia sentido. Nyktos era um homem grande, mas a banheira estava...

Cheia de água fumegante e bolhas de espuma, e eu senti um aperto no peito que não tinha nada a ver com a minha respiração. Era por isso que ele havia demorado tanto.

— Baines me disse que achava que você não estava usando a banheira nos seus aposentos — explicou ele, e eu senti as faces quentes. — Eu devia ter imaginado que tomar banho na sala onde foi atacada não seria lá uma ideia muito atraente.

— Eu não... — Qualquer que fosse a mentira que eu estava prestes a contar ficou presa no nó que se formou na minha garganta. Olhei para o vapor que subia da banheira, com os olhos embaçados.

— Você está segura aqui — afirmou Nyktos, com um tom de voz mais suave, e um ligeiro tremor percorreu meu corpo. — Eu garanto.

Não consegui falar. Ainda não. Minha boca estava fechada com tanta força que a mandíbula começou a doer. Aquilo era... era muito atencioso da parte dele. Enxuguei as mãos úmidas nos quadris. Atencioso até demais.

— Sera?

Respirei fundo pelo nariz.

— Você não precisava fazer isso.

— Precisava, sim.

— Não. — Sacudi a cabeça. — Eu... eu não mereço isso.

— Todo mundo merece ter água fresca para se banhar. E em paz.

— Eu não mereço isso de *você* — corrigi.

Nyktos se retesou ao meu lado. Não olhei para ele. Não podia fazer isso. Mas senti a tensão que percorria o seu corpo.

— O que você não merecia era ser estrangulada na sua sala de banho.

— Concordo, mas...

— Você deve estar cheia de poeira do pátio. Tenho certeza de que quer tomar banho. É simplesmente uma banheira, Sera — disse ele, só que não era nada simples. — E você pode usá-la sempre que quiser.

Virei a cabeça na direção dele.

— Isso não estava na minha lista de exigências.

— Eu sei. — Ele não olhou para mim quando disse: — Há sabonetes novos no banco, e ali estão as toalhas. — Ele apontou para o gancho na parede. — A outra porta está trancada. Ninguém pode entrar por ali. Leve o tempo que quiser. Vou esperar no quarto.

Nyktos não se demorou. Ele saiu da sala de banho, fechou a porta atrás de si e me deixou ali, com as mãos trêmulas. Eu me virei para a banheira, sem saber o que pensar daquilo, de tudo aquilo.

Foi uma gentileza. Eu não devia ficar surpresa, pois apesar de quaisquer desavenças que pudéssemos ter, Nyktos era um homem gentil. Atencioso. Eu sabia disso, mas aquele gesto inesperado acabou comigo e fez com que a rachadura no meu peito parecesse ainda mais frágil. Eu estava a ponto de perder o controle, e essa era a última coisa de que eu precisava.

Mas, para ser sincera, eu realmente queria tomar um banho. Devia estar cheia de poeira, e me limpar às pressas sempre fazia eu me sentir meio porca.

Desembainhei a adaga, coloquei-a na borda da banheira e então tirei o vestido. A sensação de liberdade foi prazerosa, tanto que estremeci ao tirar as roupas íntimas, vendo marcas rosadas na pele dos meus seios onde as costuras do corpete estiveram apertadas demais. Deixei as roupas emboladas no chão e toquei na água com sabão. Quente. Perfeita. Entrei na banheira e me permiti relaxar. Senti uma leve ardência no corte na cintura à medida que o calor penetrava minha musculatura tensa e os nós ao longo das costas. As mechas do meu cabelo se espalharam sobre a água quando meus ombros desceram até ficarem submersos. Estiquei as pernas e não cheguei nem perto de alcançar o outro lado.

A banheira era deliciosamente obscena.

Afundei na água e fiquei simplesmente existindo ali, sem estar nem aqui, nem lá. Prendi a respiração até que meus pulmões ardessem e pontinhos de luz surgissem por trás das pálpebras fechadas. Em seguida, voltei à tona, respirando fundo e piscando os olhos para afastar a água dos cílios.

Olhei para a porta fechada e deslizei o corpo pelo fundo da banheira, agitando as bolhas e despertando o cheiro de hortelã-pimenta. Recusei-me a pensar que Nyktos havia decidido acrescentar aquilo à água, já que ele não me parecia do tipo que gostava de banhos de espuma.

Peguei um dos frascos e esfreguei o xampu nos cabelos, ignorando o fato de que ele tinha pensado em deixar dois jarros de água limpa e morna perto da banheira. Não pensei em como ele lavou o meu cabelo quando cheguei às Terras Sombrias. Nem em como ele me *ajudou* a me secar depois.

Depois de enxaguar os cabelos, eu não tinha mais motivos para ficar ali, mas a água continuava maravilhosamente quente e o tamanho da banheira fazia eu me lembrar do meu lago. Senti um aperto no peito ao ir até o canto da banheira e pousar a cabeça na borda, olhando pela janela para o céu cinza lá fora.

O que me permitiu relaxar não foi uma banheira ou uma sala de banho diferentes, foi quem me esperava do outro lado da porta. Eu sabia que estava segura ali.

Não pretendia fechar os olhos nem cair no sono. Para ser sincera, nem achava que seria possível, mas foi o que aconteceu.

O som do meu nome e um leve toque na minha testa me acordaram, assim como na noite anterior, então eu abri os olhos.

Nyktos estava sentado na borda da banheira, com a mecha de cabelo que cortei roçando na bochecha e sobre a curva do maxilar. Ele vestia uma camisa preta larga, mas a deixou desabotoada e para fora da calça.

A adaga continuava onde a deixei, agora ao lado da coxa dele.

— Acho... — Pigarreei. — Acho que caí no sono.

Nyktos não disse nada por um bom tempo, e eu olhei para baixo para confirmar o que já suspeitava. A maior parte das bolhas tinha evaporado, deixando só alguns vestígios de espuma espalhados pela banheira. Eu estava bem ciente de que quase todo o meu corpo estava à mostra.

— A água já deve estar fria.

— Um pouco. — Engoli em seco. — Você consegue mesmo esquentar água só com um toque?

Ele assentiu com a cabeça.

— Não é realmente magia. É só o éter respondendo à minha vontade.

Parecia magia para mim.

— Aposto que é bastante útil.

— Pode ser. — Um segundo depois, ele mergulhou a mão na água.

Minha pulsação disparou quando um brilho tênue surgiu ao redor de seus dedos, abafado pela espuma. A água rodopiou suavemente, formando redemoinhos. Fui tomada por uma sensação estranha, um formigamento no abdômen, ao longo das pernas e entre elas. Perdi o fôlego à medida que a água esquentava — e *eu* também.

— Melhor? — perguntou Nyktos.

— Sim — sussurrei enquanto a sensação de formigamento diminuía. — Foi... uma experiência singular.

— Bastante — murmurou ele.

Seus olhos brilhantes percorreram meu rosto com tanta intensidade que pareceu até um toque físico. Ele baixou o olhar para a curva do meu pescoço, demorando-se no leve hematoma ali, e então até onde os meus ombros rompiam a superfície da água antes de se moverem ainda mais para baixo. Meus mamilos se intumesceram e os músculos do meu baixo-ventre se contraíram. Seu olhar foi mais longe, seguindo para a mão pousada no meu umbigo e então para o espaço entre minhas pernas levemente afastadas uma da outra. O calor inundou as minhas veias quando uma pulsação aguda disparou pelo meu corpo.

Nyktos ergueu o olhar. A aura por trás dos seus olhos estava iluminada pelos fios de éter que escorriam dali.

Meu coração martelou contra as costelas.

— Acho que agora é *você* que está me comendo com os olhos.

Nyktos baixou os cílios volumosos, escondendo os olhos, mas pude sentir seu olhar. Ele voltou para os meus mamilos, logo abaixo da superfície da água.

— Você sabe que não precisa deixar que eu veja partes tão *inomináveis* assim.

— Eu sei.

Ele repuxou um canto dos lábios.

— E ainda assim você continua a permitir.

A faísca da irritação incendiou ainda mais aquele fogo no meu sangue.

— De fato. Mas o que você acha que isso significa? Que eu estou tentando seduzir você, *Nyktos*?

Os olhos dele se voltaram para os meus, os fios da essência se agitando lentamente.

— Você está realmente perguntando isso? Tudo o que você faz é sedutor.

— Foi você que disse que ia me esperar e depois resolveu entrar no cômodo onde eu estou tomando banho — lembrei a ele. — E ainda assim acha que sou *eu* que estou tentando seduzi-lo?

As juntas da mão na borda da banheira ficaram brancas.

— Quanto tempo você ficou sentado aí me observando enquanto eu estava dormindo? — Afastei-me do canto da banheira e me sentei ereta. A água desceu sob a curva dos meus seios. — Melhor ainda, como é que eu estava tentando seduzi-lo quando você entrou no meu quarto sem ser convidado e assistiu enquanto eu dava prazer a mim mesma? E depois me tocou?

Nyktos ficou completamente imóvel. O peito. As feições. O éter em seus olhos.

Dei um sorriso malicioso.

— Ah, me desculpe. Eu não devia mencionar isso de novo? Devia esquecer que você ficou me espiando e desejando que fossem os seus dedos dentro de mim? Ou será que estava desejando que fosse o seu pau?

O ar de repente se eletrificou, enchendo-se de poder à medida que os olhos dele se fixavam nos meus. Era um alerta, mas eu estava com raiva — dele por se comportar como se sua reação a mim fosse culpa minha, e comigo mesma porque o desejo pairava no ar, pulsando entre nós.

— A questão, Nyktos... — Levantei-me, agitando o que restava da espuma. A água desceu pelo meu abdômen, passando pelos quadris e por entre as minhas pernas — ...é que o meu desejo por você não é incontrolável, sabe? Ele é uma *escolha*. E, diferentemente de você, eu tenho coragem de admitir isso. Agora, se me der licença...

— Não. — Nyktos pousou as mãos nos meus quadris, me detendo. Ele olhou para mim com os olhos parecendo duas esferas rodopiantes e ardentes. — Eu não te dou licença.

19

Senti um nó na garganta e mais uma pontada íntima ao ouvir seu tom ríspido. O calor inconfundível no seu olhar. A sensação de posse das mãos frias na minha pele.

— Eu não pedi sua permissão — retruquei.

— Pediu, sim. — As mãos dele apertaram meus quadris. — Você pediu, e eu estou dizendo não.

Meu cabelo molhado caiu sobre os ombros e seios quando inclinei o queixo para baixo e agarrei os pulsos dele.

— Você quer que eu fique parada aqui? — A raiva e o desejo por ele eram uma mistura perigosa e inebriante. — Então devia me passar uma toalha. Não quero que a minha nudez e a sua incapacidade de desviar o olhar sejam vistas como mais uma tentativa forçada de sedução.

A risada de Nyktos era fumaça e fogo roçando no meu estômago, e a minha provocação anterior voltou para me assombrar, pois senti que não restaria nada de mim além de brasas e cinzas. Pressionei os dedos na pele dele.

— Me solta...

— Você tem razão. Fiquei observando você dormindo na banheira por mais tempo do que deveria, pensando na maldita oferta que me fez e olhando para os seus seios quando tinha coisas muito mais importantes

em que pensar. Esses seus malditos mamilos! — Ele semicerrou os olhos.
—Fiquei sentado aqui pensando no seu gosto, na sensação de ter você ao
redor do meu pau e como um único toque a deixa ainda mais molhada
do que qualquer coisa que eu poderia imaginar.

O ar ficou preso em meus pulmões e um calor vertiginoso inundou
meus sentidos.

— Mas penso nisso mesmo quando não estou olhando entre as suas
pernas — continuou ele, olhando para lá agora. Ele entreabriu os lábios,
exibindo as pontas afiadas das presas. — Penso tanto nisso que chego a
sonhar com você em cima de mim, montada no meu pau.

Estremeci quando os lábios dele roçaram na pele acima do meu
umbigo e suas mãos deslizaram para trás para apertar a minha bunda.

— Fiquei repetindo para mim mesmo que você não sabia que eu estava
lá enquanto se tocava. Foi a única coisa que me impediu de me meter no
meio das suas pernas e foder você até que nenhum de nós conseguisse
mais andar.

Minhas pernas ficaram bambas e eu teria caído se ele não estivesse
me segurando.

— Agora fiquei sentado aqui, olhando para você e toda a sua beleza.
Desejando tanto você... — Sua voz era como o sussurro suave da meia-noite
conforme ele levantava a cabeça e levava a boca até a pele abaixo do meu
umbigo. — E tentando me lembrar de todos os motivos, que são incontáveis, pelos quais não posso reconhecer o que você faz comigo. Porque
não posso permitir que você seja mais do que uma distração para mim.

Meu coração palpitou, e eu comecei a me afastar.

Nyktos espalmou os dedos pela minha bunda, me detendo.

— Mas, em vez disso, tudo em que consigo pensar é que espero que
você faça justamente o contrário do que pedi. Ou em quanto gosto das suas
provocações e da sua ousadia. Penso no quanto essa sua boca grande me
diverte. — Ele deslizou a ponta da presa sobre a minha pele, provocando
um arrepio em mim. — Fiquei *obcecado* com a sensação do seu corpo sob
o meu. Macio. Quente. Como me senti dentro de você quando gozou.

Uma série de formigamentos, semelhantes aos de quando Nyktos
esquentou a água, percorreu o meu corpo inteiro. Ele me botou ajoelhada no

chão da banheira. Então soltou minha bunda e enfiou uma das mãos no meu cabelo, puxando a minha cabeça para trás à medida que se levantava e pressionava as minhas coxas contra a lateral da banheira. A súbita mudança de posição fez o meu pulso disparar quando ele se elevou acima de mim. O modo como ele puxava meu cabelo fez com que eu arqueasse as costas e os meus seios se projetassem, roçando em suas coxas.

Baixei o olhar só por um segundo, mas foi o suficiente para ver o membro duro e grosso que senti contra as minhas costas no pátio.

Meu coração pareceu capotar com a percepção de que Nyktos já devia estar no limite e que eu o instiguei a ultrapassá-lo. E cada parte imprudente do meu ser ficou em êxtase com isso. Queria isso. Precisava disso. Olhei para ele, e a luxúria estampada em seu rosto, a exibição das presas, era poderosa e avassaladora. Pousei as mãos na borda fria da banheira para me equilibrar.

— Fui corajoso o suficiente para você agora? — indagou Nyktos. — Sincero o bastante?

Havia muitas coisas que eu poderia dizer ou até mesmo fazer, mas a parte impulsiva da minha natureza tinha se unido à imprudência. Essa parte de mim estava no controle.

— É nisso que está pensando neste momento? — perguntei, com a voz baixa e rouca. Minha pele corou de excitação. — Ou na sensação do seu pau na minha boca? É isso que você quer agora?

— *Cacete* — gemeu ele, fechando os olhos. — O que você acha, *liessa*? *Liessa*.

Deuses, aquela palavra tinha muito poder e, naquele momento, foi um afrodisíaco impressionante.

— Então me mostre.

Nyktos abriu os olhos de súbito. Eles tinham um tom de prata pura e brilhante.

Fechei os dedos na porcelana da banheira.

— Mostra para mim que é isso o que você quer. Ou está de conversa fiada outra vez?

Nyktos não se mexeu. Por alguns segundos, seu peito não subia nem descia com a respiração.

Em seguida, ele entrou em ação. Levou a mão até a braguilha da calça de couro. O rasgo do tecido e o estalo dos botões provocaram um calafrio pervertido em mim. Ele abriu a calça e colocou a mão ao redor da base do pau duro. Já havia uma gotinha de líquido na ponta.

Entreabri os lábios, ofegante, e ergui o olhar para ele.

— Prove — desafiei.

O som que veio dele era gutural, primitivo e nada mortal. Ele segurou meu cabelo com força, provando que era exatamente isso que queria.

Nyktos me puxou contra si, mas fui eu que o levei até a boca. Ele continuou me puxando para perto, e eu continuei abocanhando-o até onde conseguia — até que meus lábios chegassem à sua mão. Ele se afastou devagar, mas não o deixei ir muito longe, apertando seus quadris como ele havia feito com os meus. Ele jogou a cabeça para trás e gemeu.

Não foi uma sedução. Não houve lambidas ou provadinhas provocantes. Não foi uma provocação. Chupei-o com força, movendo a cabeça e a boca no ritmo da mão dele. A respiração irregular e os gemidos dele tomaram conta da sala. O gosto terroso da sua pele e a forma como ele enfiava o pau na minha boca só aumentavam a minha excitação.

Seus quadris começaram a perder o ritmo. Quando o senti se retesar, ele não se afastou como havia tentado fazer antes. Nyktos me segurou contra si, balbuciando o meu nome entre dentes à medida que se esvaziava.

Fiquei com ele enquanto os espasmos diminuíam. Seus músculos demoraram a relaxar, assim como a mão nos meus cabelos. Então me afastei e fiz o que havia feito da primeira vez. Inclinei-me para beijar uma das gotas tatuadas no quadril dele.

Ele tirou as mãos de mim e afundei um pouco na banheira, sem fôlego. Depois de alguns segundos, comecei a levantar a cabeça, me preparando para... Bem, o que quer que viesse a seguir.

Nyktos entrou pela lateral da banheira, me fazendo recuar, e água espirrou na sua calça de couro. Fiquei chocada.

— O que você...? — Minha pergunta foi interrompida por uma respiração profunda quando ele segurou os meus braços e me levantou.

O ar frio soprou em minha pele quando Nyktos mudou de posição comigo, me colocando sentada na borda da banheira. Ele tirou as mãos de mim outra vez e então se ajoelhou, fazendo com que a água subisse até as suas coxas.

— O que você está fazendo? — arfei.

Uma mecha de cabelo caiu sobre o seu rosto quando ele pousou as mãos nos meus joelhos.

— Presumo que a sua oferta não foi um acordo unilateral, foi?

— Não, mas você está deixando as suas roupas encharcadas...

— Não poderia me importar menos. — Ele deslizou as palmas para cima, abrindo bem as minhas pernas na sua direção. — Você me disse para provar. Eu não estava pensando só no meu pau na sua boca.

— Nyktos. — Engasguei quando os ombros dele substituíram suas mãos.

— Também estava pensando em sentir o *seu* gosto — disse ele.

E também provou isso.

Ele colocou a boca em mim, mergulhando a língua lá no fundo, e seus lábios se fecharam. Meus quadris se ergueram da banheira, mas Nyktos passou o braço ao meu redor, me forçando a voltar.

Ele... ele me devorou. Lambeu. Provou. Chupou. Se banqueteou de mim. Para alguém com pouca ou nenhuma experiência, ele sabia mesmo o que fazer.

Ou talvez fosse porque ele não tinha como fazer nada errado. Ou porque eu estava muito excitada por *ele*, porque era a *sua* boca, a *sua* língua dentro de mim.

De qualquer modo, ele foi magnífico. Nós dois fomos. Joguei a cabeça para trás, me entregando. De repente, ele substituiu a língua por um dedo, depois mais outro, indo bem fundo enquanto ele lambia onde eu latejava. Joguei a cabeça para a frente, de olhos arregalados e fixos na sua cabeça baixa, nas mechas de cabelo espalhadas pelas minhas coxas. O tesão se intensificou cada vez mais à medida que eu me desfazia nos dedos e na boca de Nyktos.

Dei um grito quando ele ergueu a cabeça. Ele estava com os lábios úmidos entreabertos e os dedos ainda enterrados dentro de mim, movendo-se lentamente.

— Quando falei em sentir o seu gosto — avisou ele —, esse não era o único de que eu estava falando.

Estremeci.

— O-o quê?

Ele abaixou a cabeça. O roçar das presas foi um fogo gélido pouco antes de ele me atacar, cravando as presas exatamente onde meu tesão se acumulava. O choque da mordida me arrancou um grito. Ondas de prazer entremeadas de dor se apoderaram de mim. Minhas pernas ficaram rígidas. Tentei levantar os quadris, mas ele me segurou ali, mergulhando os dedos dentro e fora de mim e movendo a boca sobre o meu clitóris, sugando a protuberância de carne e chupando o sangue que escorria das perfurações. A sensação…

— É demais para mim — arfei, com as mãos escorregando da borda. Contorci o corpo desesperadamente, pressionando os joelhos nos ombros dele, querendo me afastar, mas precisando me aproximar ainda mais. — Eu... eu não vou aguentar. Por favor, *Ash*...

O rosnado dele retumbou através de mim, dentro de mim. Ele chupou com mais força, mais fundo, e os meus músculos começaram a se retesar. Um terremoto me atingiu. Agarrei um punhado de cabelos. Eu estava me despedaçando.

O prazer me invadiu, e me entreguei a ele sem hesitação ou vergonha. Eu me desfiz, estilhaçando em cacos de êxtase envoltos em seda. Meu corpo inteiro estremeceu, o clímax me relaxando por completo, e soltei a mão dos cabelos dele. Se Nyktos não estivesse me segurando, eu teria caído.

Dei um gemido quando ele sugou a minha pele uma última vez — um último chupão do meu sangue enquanto tirava os dedos de mim. O deslizar quente e úmido da sua língua precisamente no lugar exato e então sobre a mordida foi extasiante. Estremeci, relaxando por completo.

Ele levantou a cabeça e baixou as minhas pernas na água com delicadeza. Fios deslumbrantes de essência rodopiavam em seus olhos. Nenhum dos dois disse nada por um bom tempo, e fechei os olhos antes que pudesse ver algum indício do arrependimento que certamente estamparia o rosto de Nyktos. Eu podia até estar sendo covarde, mas o que tinha acabado de vivenciar fora maravilhoso. E em nenhum momento pensei em nada além de como me sentia e como fazia Nyktos se sentir. Eu havia sido eu mesma. Não a Consorte. Nem uma assassina ou uma arma. Nem um monstro.

E não queria que nada estragasse isso.

Não quando ele ainda estava com as mãos em mim, a sensação da sua pele menos fria e bem-vinda nos meus quadris.

— Fique aqui — pediu Nyktos com a voz rouca, espirrando a água conforme se levantava. — Por favor.

Assenti, com as palmas das mãos apoiadas na borda. Ele saiu da banheira. Ouvi-o se despir, jogando as roupas molhadas e pesadas no chão. Eu não conseguia acreditar que ele tinha entrado na banheira completamente vestido. Um sorriso cansado surgiu nos meus lábios.

— Linda — murmurou Nyktos.

— O quê? — Levantei a cabeça, abrindo os olhos. Ele estava ao lado da banheira, com uma toalha amarrada na cintura.

— Você. O seu sorriso — respondeu ele. — Você é linda, Sera.

Com as faces coradas, tentei falar, mas não consegui encontrar as palavras certas para dizer enquanto ele se virava para pegar outra toalha. Foi então que percebi que eu o chamara de *Ash*.

Ai, deuses!

Ele voltou para perto da banheira, com os cílios abaixados, mas eu podia sentir seu olhar em mim, no meu rosto. Será que ele estava contando as minhas sardas para ver se tinham mudado? Em seguida, ele baixou o olhar para o volume dos meus seios, a curva dos meus quadris.

— Que tal se levantar?

Torcendo para que minhas pernas não falhassem, fiz o que ele pediu e me levantei de frente para a janela do outro lado da banheira. Por trás, ele me envolveu na toalha fofa e macia, com os braços e tudo. Antes que eu pudesse agradecer, ele me tirou da banheira, me puxando de encontro ao peito.

O choque me atingiu em ondas, quase tão poderoso quanto o clímax. A demonstração de força se perdeu no gesto em si. Fiquei em silêncio enquanto ele me levava da sala de banho para a cama. Nyktos me deitou no meio da cama, com os cabelos não mais encharcados, mas ainda molhados. Depois tirou a toalha da cintura, e eu vi a tatuagem ao longo dos quadris esguios e a ligeira excitação antes que Nyktos se juntasse a mim na cama.

Fiquei ali deitada no meu casulo de toalha, coberta dos ombros até as coxas, sem entender nada. Ainda não havia anoitecido quando ele me puxou para perto de si. Aquilo era novidade. Sim, nós tínhamos nos divertido. E é claro que a frustração e talvez um pouco de raiva tivessem dado início a tudo, mas não houve nenhum fingimento. O que compartilhamos não foi uma consequência da alimentação gerada pelo desejo, mas eu não era tão ingênua a ponto de pensar que o passado ou o futuro tivessem mudado de repente. Nyktos me desejava aqui e agora, isso estava evidente.

Mas *isso* não estava.

Assim como quando fizemos sexo antes e ele quis que eu dormisse em sua cama. Será que ele achava que era assim que costumava ser depois? Nyktos... aprendia rápido, seguindo instintivamente o que seu corpo gostava e prestando atenção a como eu reagia ao que fazia, mas ele era virgem. Sua experiência era limitada. Ora, a *minha* experiência se limitava a gozar e seguir em frente, mas eu já sabia que quando ele me levava para a cama à noite era diferente disso.

— Você está quieta — observou Nyktos. Dei uma olhada rápida em sua direção. Ele estava deitado de costas, completamente nu, com um braço dobrado atrás da cabeça e o outro sobre o peito, olhando para o teto. — Você nunca fica quieta.

Dei uma risada fraca e voltei a encarar o teto.

— Conheço um reino inteiro que discordaria disso.

— É mesmo?

Confirmei com a cabeça.

— Por quê?

Eu não sabia muito bem como responder à pergunta, por isso demorei um pouco.

— Como sua futura Consorte, eu não deveria ser conhecida pela maioria das pessoas.

Houve um segundo de silêncio.

— O que você quer dizer com isso?

— É como com os Escolhidos, só que pior. Eu... eu não sei como explicar a não ser dizendo que eu... eu não existia.

— Você existia, sim.

— Na verdade, não — corrigi, sem poder botar a culpa do meu arroubo de sinceridade no uísque como fiz quando contei a ele sobre Tavius. Talvez agora fosse por causa do orgasmo. — Eu usava um véu como os Escolhidos, e isso era o que a maioria das pessoas presumia que eu fosse, mas aposto que algumas delas questionavam por que eu não estava nos Templos como os demais. Seja como for, as mesmas regras se aplicavam a mim nessa época. Mas mesmo depois que você não me aceitou como Consorte e eu parei de usar o véu, as coisas continuaram iguais. O povo de Lasania sequer sabia que eu era a herdeira legítima do trono. Eles nem sabiam que a *Princesa* Seraphena existia. E os poucos que sabiam, como os criados mais antigos de Wayfair que deveriam suspeitar de quem eu era, nunca admitiram isso. Nem a mim. Eu era um fantasma.

Nyktos não disse nada, mas senti seu olhar em mim.

Como antes, não olhei para ele. Mas também não consegui lidar com o silêncio que recaiu entre nós, o que foi bastante irônico, dado o assunto da conversa. Pigarreei.

— Enfim, estou acostumada a ficar quieta.

— Não comigo.

— Porque você me tira do sério — disse secamente, e a risada dele aqueceu a minha pele. Senti uma emoção estranha e agradável no peito de novo, o que era... Bem, podia ser preocupante. — Além disso, para seduzi-lo, eu precisava falar com você, a menos que você não gostasse de falar. Nesse caso, eu teria ficado em silêncio. — No segundo em que as palavras saíram da minha boca, eu me encolhi. — Acho que eu não devia ter dito isso.

Passaram-se alguns minutos.

— Você se tornaria o que achava que eu queria?

Fechei os olhos e dei um tapa imaginário no rosto. Com força. Várias vezes. Não sei nem por que tinha mencionado aquilo quando tudo o que eu queria era esquecer.

— Sera?

Engoli em seco.

— Sim.

Ele mudou de posição, puxando a perna para cima.

— Você falava comigo antes de saber que eu era o Primordial da Morte. E nunca ficava quieta.

— Como disse, você me irrita — disse, em vez do que me veio à cabeça. Que era porque eu me sentia ouvida e vista quando estava com ele. Respeitada. Apreciada. Abri os olhos e finalmente me voltei para Nyktos. Havia certa tranquilidade em sua postura e semblante. Nossos olhos se encontraram. As palavras ficaram na ponta da minha língua. Mas era melhor não dizer mais nada. — É melhor eu ir embora. Aposto que você tem...

— Não — interrompeu ele suavemente, e eu congelei. — Tenho algumas horas de folga. Estou cansado. Você deve estar também. E aqui estamos nós.

— Bem perto de você? — sussurrei.

— Sim — disse Nyktos depois de um momento.

Assenti, mas tanto ele quanto eu sabíamos que não era necessário me manter em sua cama durante o dia quando o palácio e o pátio estavam cheios de deuses. Para falar a verdade, não era necessário nem durante a noite.

De repente me ocorreu que talvez ele... ele devia ser tão solitário quanto eu, mas por muito mais tempo. E, no momento, não precisávamos ser. Fechei os olhos e fiquei ali, aproveitando o presente sem pensar em nada.

— Sera. — Pensei ter ouvido Nyktos sussurrar o meu nome quando caí no sono. — Você nunca foi um fantasma para mim.

Acordei algum tempo depois, meio esparramada de bruços, quentinha e coberta por algo muito mais grosso e macio que uma toalha. Um cobertor de pele.

Nyktos.

Ele não estava mais ali. O calor se foi do meu peito e, deitada na cama, pensei que talvez adormecer juntos fosse bem diferente de acordar juntos.

Era uma intimidade que eu sabia que nenhum de nós tinha experimentado antes. Algo que parecia mais profundo do que o que partilhamos na banheira e as palavras trocadas depois.

Você nunca foi um fantasma para mim.

Senti um aperto no peito. Ele tinha dito aquilo mesmo? As palavras soavam como algo que alguém evocaria num sonho, mas se foram reais, tinham sido... gentis e mais bonitas do que ele provavelmente imaginava, e eu as apreciaria pelo que eram.

Apenas palavras.

Comecei a me deitar de lado, mas logo notei alguém deitado sobre os meus pés. Despertei de imediato.

Jadis estava deitada de bruços como eu, com os braços e as pernas esparramadas. Ela roncou baixinho quando suas asas marrom-esverdeadas quase translúcidas se contraíram antes de se aquietar. Não fazia ideia de quanto tempo fiquei observando-a antes de me dar conta de que ela não era a única no quarto.

Ergui o olhar e tomei um susto ao ver Nektas sentado com os pés apoiados no pé da cama. Tive um enorme *déjà-vu*, só que dessa vez havia um sorrisinho estranho em seu belo rosto.

— Estava me observando dormir? — perguntei, com a voz meio rouca. — Outra vez?

Nektas mudou de posição, apoiando os cotovelos nos braços da cadeira e juntando as mãos frouxamente sobre o colo.

— Talvez.

Buscando as palavras certas, eu o encarei enquanto me aconchegava no cobertor.

— Isso é muito... muito esquisito.

— É mesmo?

— Sim.

Ele deu de ombros, chamando a minha atenção para a trança preta e vermelha ali.

— Jadis queria ver você.

Olhei para a dragontina, que roncava baixinho.

— Você está querendo dizer que ela queria cochilar nos meus pés?

— Bem, ela quis acordar você, mas Ash disse que você precisava descansar — revelou ele, e o meu coração deu um salto dentro do peito. — Logo ficou evidente que ele estava certo, porque você continuou dormindo enquanto ela pulava em cima da cama.

Eu o encarei, desconfiada.

— De qualquer modo, Jadis gosta de dormir assim — prosseguiu, lançando um olhar carinhoso à filha adormecida. — Acho que é o jeito dela de garantir que você não se levante e a deixe sozinha.

— Faz sentido — murmurei.

— E como ela decidiu dormir, pensei em esperar até que uma das duas acordasse. — Nektas descruzou os tornozelos e dobrou uma das pernas.

— Ah. — Reparei que ele estava sorrindo, parecendo satisfeito. E então me dei conta de que Nektas devia suspeitar do motivo de eu estar na cama de Nyktos no meio do dia. Nua. — Não é o que parece.

— Parece o quê?

— Que eu estou na cama dele porq...

— Porque ele queria que você estivesse aí — interrompeu ele. — E porque você também quis? — Calei a boca. — A não ser que não fosse o que você queria, e ele a prendeu aqui. — Ele fez uma pausa. — Completamente nua.

Olhei para ele de cara feia.

— Nyktos não me prendeu aqui — murmurei. — Ele me deixou usar a sala de banho, e eu fiquei cansada depois.

— Você não precisa me explicar nada disso.

— Eu não estava me explicando.

Nektas me encarou, impassível.

— Tanto faz. — Puxei o cobertor até os olhos, sentindo as faces coradas. — Acho que vou dormir mais um pouco.

Ele deu uma risada áspera e baixa.

— Antes disso, imagino que gostaria de saber que Erlina esteve aqui mais cedo, enquanto você dormia.

Levantei a cabeça.

— E por que ninguém me... Porque Nyktos achava que eu precisava descansar.

Uma Luz na Chama / 307

— Exatamente.

Encostei a cabeça de volta no travesseiro, suspirando profundamente.

— Ele só estava tentando ser cuidadoso — disse Nektas.

— Eu sei — respondi, olhando para o teto de pedra das sombras.

— Isso a incomoda?

— Talvez — murmurei. — Não sei.

— Emoções irracionais podem ser um sintoma da Seleção.

Levantei a cabeça de novo, fazendo uma careta para o dragontino.

— Não estou sendo irracional.

— Só achei que você deveria saber. — Ele abriu um sorriso. — Erlina deixou as roupas que já estavam prontas. Ela vai voltar antes da coroação para fazer os últimos ajustes.

Isso *quando* a coroação fosse realizada. Senti um nó no estômago e decidi não pensar nisso agora. Só ia me deixar ansiosa demais para continuar parada e, considerando que eu estava nua e tinha uma filhote de dragontino esparramada nos meus pés, andar de um lado para o outro estava fora de cogitação.

— Onde... onde está Nyktos?

— Na Corte.

O suspiro que soltei poderia ter causado um incêndio, e eu precisei me esforçar muito para não levantar da cama e atear fogo em alguma coisa.

Nektas arqueou a sobrancelha.

— Sua cara parece a que Jadis faz segundos antes de se jogar no chão e começar a berrar.

— É provável que eu faça algo muito pior. Eu disse a ele... — Parei de falar assim que me dei conta de que Nyktos não havia concordado com nenhuma das exigências que fiz no pátio, nem mesmo com a parte sobre o Vale ou ver Ezra. Merda. Me joguei de volta na cama, resmungando baixinho e fechando os olhos.

— Você disse a ele que queria comparecer à Corte — concluiu Nektas por mim.

Franzi a testa.

— Como você sabe? Você não estava lá.

— Ector e Rhain me contaram tudo que aconteceu nos mínimos detalhes.

— Que ótimo. — Olhei de relance para ele. — Eu disse a Nyktos que não queria mais esperar para ir até o Vale.

— Ainda não discutimos isso, mas tenho certeza de que ele vai tocar no assunto em breve — disse ele. Eu não tinha tanta certeza. — Ash devia ter ido à Corte hoje à tarde, mas estava *ocupado* com outras coisas. Precisou remarcar para a noite.

Nyktos me disse que tinha algumas horas de folga. Será que ele faltou à Corte para ficar comigo? Ou apenas dormiu mais do que pretendia? E por que eu estava pensando nisso? Ele não tinha feito o que pedi, não importava se acreditasse que eu precisava descansar.

— Presumo que ele ainda esteja na Corte?

— Sim, mas a reunião não está sendo realizada aqui. Com você e a recém-Ascendida Bele se esgueirando pelos corredores, ele decidiu fazer a Corte na Câmara Municipal de Lethe. Nyktos imaginou que será mais seguro assim antes da coroação e até que alguém descubra o que fazer com Bele.

— Eu nem sabia que ele realizava a Corte em outro lugar que não fosse aqui — murmurei.

Ora, eu nem tinha visto o edifício onde a coroação seria feita. Só vi a cidade à noite e de longe. A Câmara Municipal não devia ser visível dos lugares onde estive, se for parecida com as velhas construções em Lasania. Elas costumavam ser ao ar livre, consistindo de assentos de anfiteatro em torno de um estrado.

— Ele geralmente prefere que seja lá — explicou Nektas. — Ash gosta de ser visto em Lethe. Sua presença é bem-vinda, além de ser um lembrete para quem entra e sai de Lethe de que seu governante não é ausente.

E eu obviamente não sabia nada disso.

— Deuses, há tanta coisa que não sei sobre Lethe e as Terras Sombrias.

— Já perguntou a ele sobre Lethe? — perguntou Nektas. — Demonstrou algum interesse em aprender essas coisas?

Estava prestes a responder, mas a verdade é que eu não havia perguntado.

Nektas me olhou nos olhos.

— Quando decidiu honrar o acordo que o pai fez, Ash não queria impor a você nenhuma das responsabilidades de uma Consorte, algo com o qual você não concordou. Se soubesse que você estava interessada, tenho certeza de que teria fornecido qualquer informação que desejasse saber. Em vez disso, ele descobriu que você também não tinha a menor intenção de cumprir o acordo porque tinha *outros* planos.

Fechei a boca com força.

— Mesmo que entenda o que a motivou e aceite seus motivos, por que ele deduziria que você quer saber dessas coisas quando foi só há pouco tempo que disse a ele que queria ser útil?

— Tudo bem, você me deu um monte de argumentos válidos — admiti, sentindo as bochechas coradas pela verdade contida naquelas palavras. — Mas é impossível que ele tenha me perdoado.

— Eu não disse isso. O que eu disse é que ele entende, e vou te dizer a mesma coisa que disse a Ash quando ele era bem mais novo. O perdão beneficia quem perdoa, e é fácil de dar. Já a compreensão significa que aceitamos as coisas como são, o que é muito mais difícil. — Ele me encarou enquanto Jadis se remexia de leve. — Se Ash não entendesse e aceitasse as suas ações, você não estaria onde está agora nem teria o cheiro dele no seu corpo. E eu não teria sentido o que senti quando o encontrei com você.

— E o que foi que você sentiu? — sussurrei, com o coração acelerado.

— A mesma coisa de antes. — Aquele sorrisinho estranho voltou aos lábios dele. — Paz.

20

Enrolada no cobertor de pele com o qual deixei os aposentos de Nyktos, toquei nas blusas e suéteres macios pendurados no armário, nas leggings grossas, nas calças de couro como as que Nyktos e os demais costumavam usar, nos coletes, túnicas e vestidos tão sedosos quanto a variedade de roupas íntimas que encontrei em uma das gavetas. Havia tantas cores, tanto tons pastel quanto vivos, e eram todas minhas. Se as roupas que Erlina tinha acabado de costurar fossem um atestado do seu talento e bom gosto, o vestido da coroação seria impressionante.

Paz.

Meu coração voltou a bater num ritmo descontrolado quando larguei o cobertor e peguei uma roupa de baixo que parecia ter sido feita para cobrir o mínimo possível das minhas partes íntimas. Comecei a puxar o tecido de renda, mas me detive assim que pus os olhos nas tais partes íntimas.

Atrás da camada de pelos claros e finos, vi que a pele na qual Nyktos cravara as presas estava vermelha, mas não havia perfurações. Pressionei os dedos, sentindo as duas reentrâncias superficiais. Desconfiada, levei a mão até o pescoço, onde a mordida já havia sumido. Da outra vez, demorou alguns dias para que as marcas no meu pescoço e seio desaparecessem, mas só umas duas horas agora? Não fazia sentido. Será que ele fizera alguma coisa diferente?

312 / *Jennifer L. Armentrout*

Fiz uma nota mental para perguntar a ele mais tarde, tirando o novo roupão do cabide e vestindo o tecido de pelúcia tingido de azul-acinzentado. Fechei os botões ao longo da cintura e fui até às portas da varanda. O céu acima da Floresta Vermelha tinha um tom escuro de ferro, e as estrelas pareciam mais brilhantes e numerosas, mas não tão nítidas como quando a noite caía. No entanto, não demoraria muito até que anoitecesse — algumas horas, se tanto.

Mais cansada do que deveria estar depois de um cochilo, fui até a espreguiçadeira e me aconcheguei no tecido macio do roupão, mas não antes de domar os cabelos numa trança. O que Nektas me disse voltou à minha mente. Não a parte da paz, mas aquela outra, sobre a qual eu sabia que ele tinha razão.

Eu não tinha demonstrado a Nyktos nenhum interesse em nada além do que ele pretendia fazer com Kolis e... bem, comigo. Antes do pátio, sequer mencionei comparecer à Corte ou ser útil. Eu tinha perguntado sobre o exército e os planos dele, mas foi só isso.

Deuses... Agora eu estava me sentindo uma grandessíssima tola porque, antes de descobrir a verdade, ele me dera um tempo para que eu não me sentisse sobrecarregada. E era bem provável que estivesse fazendo isso agora, esperando que eu desse algum sinal de que gostaria de ser uma Consorte de verdade... fora do quarto.

Em minha defesa, eu não tinha nenhum motivo para pensar no futuro até bem pouco tempo atrás. Mas ainda assim... Fechei os olhos, tentando descobrir como deixar bem nítido para Nyktos que estava interessada em aprender mais sobre Lethe e as Terras Sombrias. Perguntar parecia ser bastante simples, mas eu tinha passado mais tempo aprendendo a matar alguém do que entendendo os fundamentos de uma comunicação franca e honesta. Ou como superar essa... essa sensação de vulnerabilidade que acompanha a franqueza. Eu nem sabia se era *normal* ter receio de perguntar algo ou de dizer a coisa errada como eu costumava ficar. Ou de não conseguir fazer com que os pensamentos que soavam tão bem na minha cabeça saíssem da minha boca da mesma forma. Será que ia parecer tolice? Será que o que eu dissesse voltaria para me assombrar? Para me magoar?

Discutir abertamente sobre o assunto parecia simples, mas a ansiedade que a mera ideia despertava também parecia intransponível.

Mas será que eu queria ser... mais? Não somente a Consorte de Nyktos, mas a verdadeira Consorte das Terras Sombrias?

Fiquei deitada ali refletindo sobre isso, mas devo ter caído no sono e, quando dei por mim, senti um calorzinho se agitando no meu peito. Abri os olhos e me assustei ao encontrar Nyktos agachado junto à espreguiçadeira.

— Estava começando a achar que você nunca mais acordaria — disse ele. — Bati algumas vezes na porta e chamei seu nome assim que entrei.

— Desculpe — falei, me endireitando no assento, olhando para a mão dele entre os joelhos. Minha bochecha ainda formigava por causa do seu toque. — Não acredito que cochilei de novo.

Ele me observou, preocupado.

— Como está se sentindo? — perguntou.

— Bem. — Esfreguei a nuca, massageando o músculo tenso.

— Nenhum sinal de dor de cabeça ou no maxilar?

Neguei com a cabeça, pousando a mão na espreguiçadeira.

— Acho que só estou cansada.

A apreensão ficou evidente nos olhos dele.

— Eu não devia ter...

— O quê? — perguntei quando ele não terminou a frase.

— Eu não devia ter bebido o seu sangue — respondeu ele, me encarando. — Devia ter ponderado sobre as consequências...

— Não me importo com isso — interrompi.

— Sei que não. — O éter pulsou atrás das pupilas dele conforme sua voz embargava, me deixando toda arrepiada. — Mas isso não vem ao caso. Não tirei muito, mas a Seleção já tem bastante impacto sobre seu corpo. Se começar a ter dor de cabeça, me avise. Podemos impedir que fique tão forte quanto antes.

— Tudo bem. — Eu realmente não queria sentir tanta dor outra vez. — Quer dizer que eu não imaginei a parte em que você me mordeu?

Ele inclinou a cabeça.

— Não.

— Tenho uma dúvida quanto a isso.

Surgiram duas manchas cor-de-rosa no meio das bochechas dele conforme Nyktos contraía os ombros.

— É mesmo?

Assenti enquanto observava o rubor se espalhar pelo rosto dele e achando adorável.

— Não fiquei com a marca da mordida...

Nyktos relaxou.

— Porque eu a curei.

Por essa eu não esperava.

— Você fez o quê?

— Eu curei a ferida — explicou ele. — Com a língua.

Recordei vividamente o deslizar quente e escorregadio da sua língua quando ele tirou os dedos de mim. Agora foi a minha vez de ficar corada.

— Como você fez isso?

— Cortei o lábio e usei meu sangue — explicou ele, com os olhos escurecendo. — Havia uma gota na minha língua quando a passei sobre as feridas, então foi o meu sangue que as curou.

— Ah — sussurrei, achando o roupão grosso e pesado demais. — Por que você não fez isso antes?

— Meu sangue só é capaz de curar a mordida que eu mesmo causei. Eu não podia apagar os vestígios da mordida de Taric sem que você bebesse de mim, o que exigiria mais de uma gota. — Ele ficou mais sério. — Mas você está falando de antes? Depois que eu a mordi? — Ele franziu a testa. — Não sei por que não fiz isso.

— Interessante — murmurei, e ele me olhou desconfiado. — Seja como for, eu estou bem. Gostei muito do banho. Foi uma surpresa. Das boas. Assim como outras coisas...

— Outras coisas?

O que veio depois. A conversa. O que ele disse quando eu estava adormecendo. Mas não consegui dizer nada disso, por mais que tentasse ou quisesse superar a sensação de vulnerabilidade.

— Você foi muito bom com a língua.

Nyktos olhou para mim. Não havia o menor sinal de presunção e vaidade masculinos em seu semblante. Apenas um ligeiro rubor e um olhar surpreso como se ele duvidasse que eu realmente achava isso. Ele engoliu em seco.

— Receio que a comida vá esfriar se demorarmos a comer — disse ele.

Na mesa junto às portas da varanda, onde costumava haver apenas um prato coberto, havia dois.

As batidas aceleradas do meu coração me roubaram o fôlego. Dois pratos cobertos. Duas taças. Uma garrafa de vinho.

— Você disse que não queria jantar sozinha — começou Nyktos enquanto eu olhava para os dois pratos e sentia um nó na garganta. — Como já está tarde, imaginei que não fosse querer ir para a sala de jantar — continuou ele em meio ao silêncio. — Mas se você tiver mudado de ideia ou preferir outra companhia, eu posso...

— Não. Não vá embora. — Levantei tão rápido que o meu rosto deve ter ficado da cor da Floresta Vermelha. — Quero dizer, eu não mudei de ideia.

— Fico feliz por saber. — Um ligeiro sorriso surgiu nos lábios dele. — Já estava começando a me sentir meio constrangido.

Não achei possível que se sentisse tão constrangido quanto eu naquele momento. Corri até a mesa como se estivesse com medo de que ele mudasse de ideia. E estava mesmo. Tratei logo de me sentar.

— Como foi a Corte? — perguntei, rezando aos Destinos para que não estivesse projetando emoções por toda a parte.

Nyktos me seguiu com muito mais calma, ocupando o assento à minha frente.

— Nada muito agitado. — Ele se inclinou, levantando o cloche do meu prato e depois do dele. — Só algumas queixas entre vizinhos.

— Fico surpresa que essas coisas sejam apresentadas a um Primordial. — Desdobrei o guardanapo e o coloquei no colo.

Ele alargou o sorriso enquanto pegava a garrafa, exibindo um pouco das presas. Meu estômago se revirou de um jeito desconcertante quando ele puxou a rolha e um cheiro aromático e doce alcançou minhas narinas.

— Na verdade, fico feliz que eles tragam essas questões para mim.

— É mesmo?

Nyktos serviu o vinho tinto em nossas taças.

— Sim. — Ele pegou uma faca e se acomodou na cadeira. — Pois significa que eles se sentem confortáveis para fazer isso. Que não têm medo de mim e se sentem seguros para me procurar.

— Eu não teria pensado nisso.

— O povo de Lasania não se sente confortável para levar essas questões ao Rei e à Rainha?

— Antigamente, sim. Havia reuniões na Câmara Municipal durante as quais o povo fazia seus relatos e solicitações. — Olhei para os tendões delicados de suas mãos e dedos conforme ele terminava de cortar o peito de frango, colocando as fatias numa pilha organizada ao lado do monte reluzente de vegetais. — Mas à medida que a Devastação piorava, as reclamações aumentaram e mais coisas eram solicitadas. Os protestos começaram logo depois que pararam de fazer as reuniões.

— E como foram administrados?

— Não muito bem — admiti. — A Coroa tratou os manifestantes com bastante severidade. E em vez de estocar comida ou transferir as fazendas para as terras não atingidas pela Devastação, eles não fizeram nada. — Voltei a ficar com raiva. — Esperavam que eu fosse...

— Deter a Devastação? — perguntou ele, deixando a faca de lado.

Confirmei com a cabeça.

— Então não fizeram nada para se preparar caso eu fracassasse.

— Você não fracassou, Sera — afirmou ele, atraindo o meu olhar para si. — Você não teria impedido a Devastação ao se tornar a minha Consorte.

O que ele me disse não era nenhuma novidade. Eu soube disso no momento em que descobri que a Devastação não tinha nada a ver com o acordo. Mas ainda não tinha digerido o significado do que Eythos fizera até agora. Respirei fundo.

— Eu não fracassei.

Ele arqueou as sobrancelhas.

— Foi o que eu disse.

— Não. Quero dizer, sabe o que Holland falou sobre os inúmeros fios? Sobre o meu dever?

Nyktos me encarou com desconfiança.

— Se você está falando em ir atrás de Kolis...

— Não é isso. — Pelo menos, não agora. — Ainda posso salvar Lasania se continuar viva a tempo de transferir as brasas para você. Isso vai deter a Devastação.

— Acho que já discutimos isso, Sera.

— Eu sei. É só que... Sei lá. Não tinha me dado conta disso até agora — admiti. — Acho que estou acostumada a...

— Se culpar? — concluiu ele, e eu dei de ombros. — Porque era isso que sua família fazia com você?

— Ezra nunca fez isso — sussurrei.

— E essa tal de Ezra vai ser uma governante melhor do que aqueles que a precederam?

— Vai, sim. Ela já é. Ezra é a Rainha que o povo merece.

Sorri quando ele levantou o prato e estendeu a mão sobre a mesa.

— Aliás, espero que você viva mais do que o tempo necessário para transferir as brasas para mim — disse ele. — E suponho que vou descobrir se essa sua meia-irmã é tão merecedora assim.

— Posso visitá-la?

— É isso que você quer, não é?

— Sim, mas...

Ele voltou o olhar para o meu.

— Iremos amanhã, mas não podemos demorar muito. Tive sorte antes, mas os outros podem sentir a minha presença no plano mortal. É arriscado.

Lembrei-me dos Germes assustadores que foram até o meu lago, mas eles estavam procurando por mim, não por ele.

— Eu sei.

— É melhor ter cautela com as coisas que compartilha com Ezra — continuou ele. — Sei que pode querer contar a verdade sobre Kolis, mas esse tipo de conhecimento será uma sentença de morte para ela, caso seja descoberto. Fale com ela sobre a Devastação, mas não sobre a causa.

— Certo — concordei. — De fato, não quero colocá-la em perigo.

— Ótimo. — Ele trocou os nossos pratos. — Coma.

Olhei para o meu prato e depois para o que ele pegou, confusa.

— Não precisava fazer isso.

— Eu sei. — Ele começou a cortar o pedaço de frango intocado. — E antes que me diga, também sei que você é mais do que capaz de cortar a própria comida, mas há mais carne naquele peito do que nesse aqui, e você vai precisar de toda proteína possível.

Franzi a testa, olhando da minha pilha de frango para a que ele estava cortando. Eram praticamente idênticas em tamanho e qualidade, mas a intenção por trás do gesto era... de gentileza, não de infantilização. Então me contive para não dar uma resposta sarcástica.

— Talvez você não sinta, mas o seu corpo está gastando muita energia à medida que se prepara para a Ascensão.

Lembrei-me de como caí no sono pouco depois de acordar e peguei o garfo, espetando vários pedaços de frango. Eu estava sentindo, sim.

— Obrigada — murmurei.

— Não precisa me agradecer.

— Agora é tarde. — Comi a garfada de frango, estudando Nyktos. Ele estava de cabeça baixa, com a mecha de cabelo que cortei no pátio roçando no queixo. O sorriso estava ali outra vez. *Paz.* Eu me remexi na cadeira. — E quanto aos Poços de Divanash? Você já pensou sobre isso?

— Já. — Ele mastigava a comida tão meticulosamente quanto a cortava.

Tentando não criar expectativas, tomei um gole do vinho de sobremesa.

— E?

— E também é arriscado — disse ele. — Isso não mudou.

— Só porque é arriscado não quer dizer que vai acontecer alguma coisa.

Ele arqueou a sobrancelha enquanto olhava para mim.

— É verdade, mas aprendi a ser cuidadoso. Até demais.

Eu apostava que sim.

— Por outro lado — continuou ele, respirando fundo —, não temos ideia de quando Kolis vai nos convocar. Pode ser amanhã, daqui a uma semana ou até mais. Não temos tempo a perder.

Assenti.

— Mas talvez o adiamento da coroação seja uma bênção. Teremos mais tempo para remover as brasas antes que ele nos convoque.

— Já pensei nisso, mesmo antes de hoje à tarde.

Espetei uma cenoura com o garfo.

— Deixa eu adivinhar: você estava sendo *cuidadoso até demais*?

Ele escondeu o sorriso por trás da taça.

— Falei com Nektas depois de voltar da Corte — prosseguiu, e eu esperava que o dragontino não tivesse mencionado o que havia me dito. — Ele está de acordo.

Fiquei entusiasmada, mas continuava cautelosa.

— E você? Também está de acordo?

— Não gosto da ideia de você sair por aí sem a proteção do título, seja aqui ou no plano mortal. — Nyktos abaixou a taça enquanto eu tentava não atribuir nenhum significado mais profundo ao que ele dizia. — E não é que eu esteja tentando controlar você...

— Eu sei — interrompi, e sabia mesmo.

— Fico aliviado ao ouvir isso. Temi que...

— O quê? — perguntei quando ele não terminou a frase.

— Temi que a situação em que nos encontramos pudesse fazê-la se sentir assim. — Nyktos baixou os olhos para a taça. — Que eu a fiz se sentir assim ao usar a minha autoridade para impedi-la de fazer o que você queria e... — Ele franziu a testa e balançou a cabeça. — Não gosto disso.

Sem saber o que dizer, olhei para ele pelo que me pareceu uma eternidade. Ele usou sua autoridade para me impedir de fazer várias coisas que fariam com que eu terminasse morta ou ferida.

— Há uma diferença entre alguém que tenta te controlar e alguém que tenta te proteger. Posso não me comportar como se soubesse a diferença, mas sei, sim.

Os olhos brilhantes de Nyktos se fixaram nos meus.

— Só precisa haver equilíbrio, sabe? — continuei. — A necessidade de proteger o que é valioso não pode atrapalhar o que precisa ser feito.

Ele assentiu lentamente.

— Estou começando a descobrir que encontrar o equilíbrio não é algo fácil, mas eu estou de acordo, sim. Parece que temos planos para amanhã, e Nektas não estará disponível no dia seguinte, mas daqui a dois dias você irá até os Poços de Divanash com ele.

Tentei não sorrir, mas não consegui impedir que um sorriso tomasse conta do meu rosto. Nem escondê-lo de Nyktos. Seus olhos se iluminaram ainda mais, e fiquei imaginando se ele estava ciente de como haviam mudado.

Nyktos desviou o olhar e tomou um bom gole do vinho.

— Enfim, fiquei sabendo que Erlina trouxe as roupas que costurou. Você ficou satisfeita?

— São todas lindas.

— Espero que sejam menos desconcertantes.

— São, sim.

— Graças aos Destinos.

Recostei na cadeira e fiquei olhando para Nyktos sobre a borda da taça. Com a camisa preta larga para fora da calça e os cabelos soltos, ele tinha a mesma aparência de quando ficou sentado comigo na beira do meu lago. De um ser poderoso e sobrenatural, mas que estava ao meu alcance.

Ele é o que você desejar que ele seja.

Era difícil não o ver como Ash nesses momentos de tranquilidade.

— Tenho uma pergunta — falei.

— Pode perguntar.

— Não sei se devo. Creio que as boas maneiras não permitam.

— Você nunca me pareceu ser o tipo de pessoa que se importa com boas maneiras.

— Já me importei, uma ou duas vezes.

Seus olhos se aqueceram quando ele se voltou para mim.

— Qual é a pergunta?

Tomei mais um gole do que esperava servir como um pouquinho de coragem líquida.

— Estou surpresa por você estar aqui.

— Isso não foi uma pergunta, Sera.

O modo como ele disse o meu nome fez os músculos do meu baixo-ventre se contraírem mais ainda.

Uma Luz na Chama / 321

— Você tem razão. Na verdade, não é uma pergunta, é apenas uma afirmação. Só não pensei que você jantaria comigo.

— Tenho a impressão de que você não acreditou que eu atenderia a nenhuma das exigências que fez hoje — comentou ele.

— Sou tão transparente assim?

— Normalmente, não. Mas em relação a isso, é tão transparente quanto uma janela — observou ele.

Revirei os olhos.

— Jantar com você é algo simples — acrescentou ele. — E fácil de fazer.

— Parece que essa é a primeira coisa que você acha fácil de fazer comigo.

Os olhos dele encontraram os meus.

— A primeira, não.

O silêncio se alongou entre nós e o tempo pareceu desacelerar conforme eu analisava seu olhar suave e suas feições delineadas. Ele começou a se inclinar para a frente, mas então se deteve. Em seguida, pigarreou e desviou o olhar, quebrando o estranho feitiço que parecia ter recaído sobre nós.

Procurei algo para quebrar o silêncio e por sorte me lembrei de algo que Attes havia me dito ontem.

— Você era amigo daquele Cimério? O tal de Dorcan?

Nyktos voltou a atenção para mim.

— Eu já te disse que não tenho amigos.

Ele disse, mas pensei nos guardas e em Nektas, que o consideravam parte da família.

— Ele o considerava um amigo?

— Não posso responder a essa pergunta.

— Mas você o conhecia — insisti.

Nyktos se remexeu na cadeira, baixando os olhos para a taça.

— Eu o conheço há algum tempo. Ele nem sempre fez parte da Corte de Hanan.

Foi uma resposta mais completa do que eu esperava.

— Você disse que Dorcan podia ter escolhido outra Corte para servir, mas ele negou. Por que ele estava servindo a Hanan se fazia parte da linhagem de Attes?

— Attes não é só o Primordial da Guerra, mas também dos Tratados. Ele prefere o acordo à discórdia, então Vathi é relativamente pacífica. Ao menos, a metade dele é — explicou Nyktos. — Os Cimérios tendem a ficar meio... impacientes quando não há sangue para derramar, por isso muitos deles saem de Vathi para servir em outras Cortes. A de Hanan tem vários Cimérios.

— Porque Hanan é um covarde que precisa que os outros lutem por ele?

Nyktos deu uma risada áspera.

— Hanan adora a caçada, contanto que não seja uma disputa justa. Então, sim, sua observação é bastante certeira.

Abri um sorriso, levando a ponta do guardanapo até o queixo.

— É estranho pensar que um Primordial possa ser um covarde.

— A força e o poder só vão até certo ponto e raramente mudam uma pessoa para melhor. — Nyktos levou a mão até o peito, e suas palavras me deixaram toda arrepiada. — Seja como for, Dorcan deve ter feito um juramento de sangue a Hanan, um que só pode ser quebrado com a morte. É a única razão para que não possa deixar a Corte. Foi uma burrice e tanto. Pensei que ele fosse mais esperto.

— É uma coisa estranha de esperar de alguém que você não considera um amigo — murmurei.

Nyktos bufou.

Mordisquei o lábio, dizendo a mim mesma para ficar quieta, mas eu precisava saber.

— Você tem amigos.

— Sera...

— Negar isso não muda o fato de que as pessoas se importam com você ou que você se importa com elas. É bom ter amigos. — Eu podia sentir o olhar penetrante dele sobre mim. — Sinto muito por você ter tido que matar um deles.

Nyktos permaneceu calado.

— Não teria sido necessário se ele não tivesse me visto — admiti.

— Teria acontecido de um jeito ou de outro.

Será que aquela era a conclusão verdadeira e inevitável? Que haveria mais mortes? Se houvesse uma guerra entre os Primordiais, sim.

— E você está errada — continuou ele. — Amizade não é uma coisa boa quando faz com que pessoas sejam torturadas ou mortas.

Fechei os dedos ao redor da haste da taça, lembrando-me do que ele me dissera na sala de banho hoje à tarde. Todos os *inúmeros motivos* pelos quais ele não podia permitir que eu fosse mais do que uma distração.

— Kolis?

Nyktos não respondeu. Não era necessário.

— Sinto muito — sussurrei.

Ele olhou para mim e, depois de um momento, assentiu novamente.

— Nektas me disse... Ele me disse que você conseguiu convencer Kolis de que é leal a ele.

— É verdade.

— Então por que ele trata você assim? — perguntei, sem conseguir acreditar que Kolis punia Nyktos por ações que pensava não passarem de testes para ele. — É por causa do seu pai?

— É provável. Mas não é muito diferente de como Kolis trata os Primordiais que são realmente leais a ele. De um jeito ou de outro, eles saem das graças dele tão rápido quanto você troca de roupa.

Dei uma risada, mas gostaria que ele tivesse me dito a verdade. O instinto me dizia que, embora Kolis fosse cruel com os outros, a situação era diferente com Nyktos. Que embora o modo como ele o tratava se devesse ao seu pai, era mais do que isso. E estava relacionado ao modo como Attes afirmou que Nyktos era o favorito de Kolis.

Ele permaneceu calado por um bom tempo.

— Sabe a outra noite? Quando entrei no seu quarto?

— Sim? — De alguma forma, resisti à vontade de provocá-lo pelo que ele havia feito e fiquei bastante orgulhosa de mim mesma pelo meu autocontrole.

— Eu... eu teria vindo mais cedo — disse ele. — Mas houve um problema nos Pilares.

— Foi por isso que você saiu com Rhahar? — perguntei, deixando de lado o que Nyktos havia me dito antes disso. Ele concordou com a cabeça. — Porque havia almas precisando do seu julgamento?

— Dessa vez, não. Eram almas que se recusavam a atravessar.

— Isso acontece com frequência?

— Bem mais do que você imagina. — Nyktos suspirou. — Tem aumentado o número de almas que se recusam a atravessar e entram nos Bosques Moribundos em vez disso. E aquelas que já estão lá ficam muito agitadas.

— Não deve ser nada divertido lidar com as Sombras.

— Você sabe muito bem que não. — Ele tamborilou os dedos na lateral da taça. — No momento em que as almas se recusam a atravessar os Pilares e entram no bosque, elas se tornam Sombras. Nektas acredita que a partir daí essas almas estão perdidas e devem ser eliminadas. Imediatamente. E eu sei que devia fazer isso, afinal, nenhuma delas voltou depois disso. Mas fico pensando... E se alguma voltar? E aí? Elas deviam ter a chance de enfrentar a justiça e serem punidas ou redimidas. Mas depois que forem eliminadas, será o fim. Não haverá segunda chance.

Senti as lágrimas brotarem nos meus olhos e dei um suspiro entrecortado. Saber que ele não gostava de matar as Sombras deixou meu coração apertado, porque fui eu que o levei a fazer isso. Querer dar uma chance a elas era mais uma prova de como Nyktos era *bom*. E, deuses, ele merecia coisa melhor do que aquele tipo de vida. Uma vida que não permitia que ele fosse íntimo ou afetuoso com as pessoas por temer que essas emoções pudessem prejudicá-las. Na verdade, nem chegava a ser uma vida. Eu sabia disso melhor do que ninguém. Ele só existia, e isso não era justo.

— Espero que o seu plano dê certo.

Ele arqueou uma sobrancelha escura.

— Por quê? Você finalmente está pensando num futuro que não envolva sua morte?

— Não.

— Que ingenuidade pensar que sua morte a incomodaria — murmurou ele.

— É evidente para mim que você tem de ser o Primordial da Vida — expliquei. — Não porque era o seu destino, mas porque você é bom.

Um ligeiro sorriso surgiu nos lábios dele, mas não aqueceu suas feições como os anteriores.

— É aí que você se engana. Eu já te disse isso antes. Tenho um único osso decente e gentil em todo o corpo, Sera. Mas não sou bom, e é melhor se lembrar disso.

21

Senti um aperto no peito, mas eu acreditava no que havia me dito.
— O que o faz pensar isso?
— Eu... fiz certas coisas, Sera.
— Como matar por necessidade ou por motivo de força maior?
Nyktos não disse nada, mas manteve o olhar fixo em mim.
— Ou porque começou a gostar de matar aqueles que o convocavam com intenção de prejudicar os outros? — continuei. — Nada disso muda o fato de que você é genuinamente bom, Nyktos.
Ele cerrou o maxilar.
— Como você sabe? Que experiência de vida poderia fornecer esse tipo de percepção para alguém que é basicamente mortal e sequer completou 21 anos de vida?
Arqueei a sobrancelha.
— Eu sei disso porque continuo viva quando a maioria das pessoas, desde os seus guardas até deuses e mortais, teriam me matado assim que descobrissem o que eu pretendia fazer.
Ele me encarou com um olhar penetrante.
— E, sim, as brasas dentro de mim são importantes a ponto de me manter viva, mas não exigem que você seja gentil comigo. Você podia ter me jogado numa masmorra.

— Ainda é uma opção — observou ele, servindo vinho na sua taça e depois na minha.

— Se você quisesse fazer isso, já teria feito, em vez de se preocupar com estar tentando me controlar ou não. Tudo o que você fez foi provar o que estou dizendo. — Peguei a taça reabastecida e brindei a ele.

Ele deixou a garrafa de lado.

— Tudo o que você fez foi provar o que eu já disse antes. Que o único osso decente e gentil que tenho em mim pertence a você.

Uma satisfação preocupante me invadiu, assim como o desejo de exigir que ele provasse que aquele osso decente e gentil realmente pertencia a mim e somente a mim.

— Mas não confunda a minha maneira de tratar você como um reflexo de quem e do que sou — acrescentou ele, tomando um gole.

— A sua... *maneira de me tratar* não é a única razão pela qual sei que você é bom — repliquei. — Você não queria desfrutar daquelas mortes e se interrompeu antes que isso pudesse mudá-lo. Sei disso porque você sente as marcas dessas mortes e as carrega na pele. E porque, apesar de não ter a capacidade de amar, você ainda é gentil e se importa profundamente. Mais do que a maioria das pessoas.

Ele deu um sorriso irônico, desviando o olhar.

— Você não sabe do que está falando.

— Sei, sim, porque *eu* não sou uma boa pessoa.

O olhar de Nyktos disparou para o meu.

— Você acha que não é uma boa pessoa por conta do que pretendia fazer?

Dei uma risada seca.

— Bem, essa é só mais uma gota num oceano muito fundo e cheio de outras gotas.

O éter cintilou nos olhos dele.

— E o que seriam essas outras gotas?

— Você vai descobrir se o seu plano não der certo. Assim que vir a minha alma depois da morte. Não é preta, é vermelha, e está banhada no sangue daqueles que matei. Vidas que tirei, mas que não deixaram em mim as marcas de que você fala. — As brasas vibraram no meu peito.

— Eu não sinto nada. Não como você. Eu até posso sentir remorso, mas não por muito tempo. Foi como me senti depois de enfiar o chicote na garganta de Tavius...

— Mas você não deveria sentir remorso por disso — disse Nyktos entre dentes, exibindo as presas.

— E também me senti assim depois de arrancar o coração dos Lordes do Arquipélago de Vodina, cujo único crime foi contrariar minha mãe. — Arqueei as sobrancelhas para ele. — E não senti nada quando matei o homem que estava prostituindo os próprios filhos na Travessa dos Chalés. Não que alguém devesse se sentir mal por matar aquele desgraçado, mas não fiz isso de forma limpa e rápida. Os outros, uns... dezoito pelas minhas contas — prossegui, pensando nos guardas que Tavius deve ter mandado atrás de mim. Eram 14 antes disso. — Tudo o que senti por eles foi pena e aborrecimento. E quanto ao meu padrasto? A vida dele pode não ter sido tirada pelas minhas mãos, mas minhas ações causaram isso, e eu mal pensei no ocorrido. Para ser sincera, acho que só senti alguma coisa por causa das brasas da vida. Se não as possuísse, provavelmente não teria sentido nada. — A vergonha queimou minha garganta quando levantei a taça e acabei com o vinho. — Enfim, eu sei o que é bom porque conheço o seu oposto de um jeito muito verdadeiro e próximo.

Nyktos me analisou em silêncio, e eu me dei conta de que podia ter guardado tudo aquilo para mim. Mas será que importava? Eu não tinha nenhum motivo para fingir ser outra coisa além do que era. Ainda assim, quase desejei ter mantido a boca fechada porque ele era a única pessoa que não me fazia sentir como o monstro que eu tinha acabado de revelar que eu era.

— E, no entanto — disse ele enfim, com aquele seu jeito suave e noturno —, você estava disposta a se arriscar para proteger pessoas que sequer conhece. Mais de uma vez. Você estava disposta a se sacrificar pelas Terras Sombrias.

Respirei fundo.

— Não é a mesma coisa.

— Ah, não?

— Não — disse, e me levantei, incapaz de continuar sentada ali. — Estou cansada. Acho que estou pronta para ir para a cama...

— Nenhum Primordial é bom.

— O quê?

— A essência que corre nas nossas veias foi o que fez os planos, criando o ar que se respira, a terra que se semeia e a chuva que cai dos céus para encher os oceanos. É poderosa e ancestral. Imparcial. Absoluta. No início, quando havia apenas os Antigos, os Destinos e os dragões, os Primordiais não eram nem bons, nem maus. Eles simplesmente existiam. Eram completamente neutros. Havia um equilíbrio perfeito porque eles não sentiam nada: nem amor, nem ódio.

Nyktos me encarou.

— Eras se passaram até o nascimento de novos Primordiais, incluindo meu pai. Naquela época, os Primordiais não morriam. Eles apenas entravam em Arcadia quando estavam prontos. A ideia de lutar uns contra os outros sequer ocorrera a eles, quanto mais de se matarem. A procriação se deu em prol da criação, e assim nasceram os deuses e, depois, os mortais. E, durante algum tempo, não houve guerras nem mortes desnecessárias em nenhum dos planos. Havia desentendimentos no plano mortal, conflitos e coisas do tipo, mas os Primordiais sempre intervinham, acalmando os ânimos exaltados e aliviando a dor das perdas que tivessem ocorrido. Mas tudo mudou quando o primeiro Primordial...

— O quê?

— Se apaixonou — disse ele, abrindo um sorriso irônico. — Veja bem, quanto mais os Primordiais e deuses interagiam com os mortais, mais curiosos se tornavam, até que ficaram encantados com as diversas emoções que os mortais vivenciavam, algo que nem meu pai, nem Nektas haviam criado. Os mortais foram os primeiros a *sentir*, do momento em que respiravam pela primeira vez até o último suspiro. Isso foi algo que ocorreu neles naturalmente. Mas os Primordiais deveriam ser imunes a esses... desejos e necessidades mortais.

Voltei a me sentar lentamente.

— Por quê?

— Porque as emoções podem influenciar suas decisões, por mais que você acredite que seja imparcial. Se uma pessoa é capaz de sentir, então ela pode ser coagida pela emoção — respondeu Nyktos, me olhando nos olhos. — Enfim, um Primordial acabou se apaixonando, o que preocupou os Destinos. Eles temiam que, experimentado por um Primordial, esse sentimento pudesse se tornar uma arma. Desse modo, decidiram intervir na esperança de dissuadir os demais Primordiais de seguirem o exemplo e tornaram o que amavam a arma definitiva a ser usada contra eles.

— Tornando-se a fraqueza deles — sussurrei. — Nunca entendi por que o amor podia enfraquecer os Primordiais. — Sacudi a cabeça. — Como os Arae podem ser tão poderosos a ponto de criar algo assim?

— Porque eles são a própria essência, eles são o éter que criou os primeiros Primordiais — explicou. — Uma vez meu pai me contou que eles sequer tinham uma forma mortal antes. Eles existiam em tudo, por todo lado.

Tentei processar aquela informação, mas não conseguia entender como Holland, que era de carne e osso, podia ser algo que existia no vento e na chuva.

— Pelo visto, o que os Arae fizeram não foi nem um pouco eficaz.

Nyktos deu uma risada.

— Não foi. A paixão de um Primordial agiu como um efeito dominó. Outros Primordiais se apaixonaram e até mesmo alguns Arae começaram a sentir emoções — acrescentou, e eu pensei em Holland e na deusa Penellaphe. — Mas depois os Primordiais foram sentindo outras emoções. Prazer. Desagrado. Desejo. Ciúmes. Inveja. Ódio. E o que os Arae temiam se tornou realidade, pois o que antes pertencia apenas aos mortais não podia coexistir com o poder de um Primordial. As emoções começaram a guiar as ações deles e o equilíbrio de poder outrora imparcial tornou-se tão imprevisível quanto absoluto, afetando o plano mortal. A própria natureza dos Primordiais mudou. Mas a bondade não existe nos Primordiais, não a do tipo que se importe com a vida de um mortal.

Ele deixou a taça de lado.

— A partir do momento em que um Primordial nasce ou é Ascendido, a nova natureza da Essência Primordial começa a nos transformar. Quanto mais velhos ficamos e mais poderosa a essência se torna, mais difícil fica nos lembrarmos de qual é a fonte dessas emoções e sermos outra coisa senão a própria carne mortal que contém o poder — continuou ele. — E essa essência, a Essência Primordial que nos permite influenciar os mortais a prosperar ou ruir, amar ou odiar, criar a vida ou causar a morte, nunca é apenas boa ou má. É simplesmente absoluta. Imprevisível. Intensa. — Ele ergueu os olhos da taça para mim. — Você possui as brasas desde seu nascimento, Sera. Elas são uma parte de você. Por causa delas, você não é nem boa, nem má. Não pelos padrões mortais que compreende.

Dei um suspiro entrecortado.

— Você está dizendo que eu... que eu me sinto assim por causa das brasas?

— Exatamente — confirmou ele. — Mas você ainda é mortal, Sera, e essa parte de você *é* boa.

— Não é...

— É, sim — interrompeu Nyktos. — Você não sentiria a acidez da vergonha se não fosse. Nem a amargura da agonia quando falou em matar. Você nem se importaria se a pessoa merecia morrer ou não. Você só tiraria a vida dela e pronto. Você não seria corajosa. Só seria forte.

— Eu... — Engasguei com as palavras. Será que havia verdade no que ele dizia? Pisquei os olhos para conter as lágrimas, olhando para o prato vazio na minha frente. A frieza das minhas ações realmente me deixava envergonhada, agoniada e até mesmo confusa. Fechei os olhos e demorei um bom tempo para voltar a falar. — Mas você é bom pelos padrões mortais.

— Só porque tento ser.

— É o que os mortais fazem... Bem, a maioria, ao menos — falei, erguendo o olhar em direção a Nyktos. — Tentam ser bons, e você tenta mais do que a maioria deles.

— Pode ser — murmurou ele.

Fiquei sentada ali, digerindo o que ele havia me dito, e me dei conta de uma coisa.

— Por que os Arae não obrigaram os Primordiais a fazer o que você fez? Removerem sua *kardia*?

— Os Arae acreditam no livre-arbítrio. E, sim, eu percebo a ironia disso, já que eles são os próprios Destinos — disse Nyktos. — Mas eles deviam ter feito isso, sim.

Nesse caso, eles teriam salvado inúmeras vidas e evitado muita dor de cabeça, mas...

Você acredita mesmo nisso?

— Minha opinião sobre isso depende do dia. No momento, não. — Ele se inclinou para a frente. — Você já acabou de jantar?

Confirmei com a cabeça.

— Quer se juntar a mim nos meus aposentos?

Meu coração disparou dentro do peito ao pensar no que me aguardava nos próximos minutos. *Alguma coisa* ia acontecer. Eu sabia disso porque algo havia mudado entre nós. Só pode ter mudado, porque não discuti com ele nem comigo mesma. Levantei-me e entrei na sala de banho para cuidar das minhas necessidades pessoais e escovar os dentes. Fiquei inexplicavelmente nervosa quando saí e o vi esperando junto à porta adjacente, segurando a garrafa de vinho do jantar.

Meu coração começou a palpitar por algum motivo bobo quando ele fechou a porta atrás de mim e me seguiu até o quarto. Foi só então que me lembrei de que não estava usando nada além de uma roupa de baixo minúscula sob o roupão.

Ai, céus.

Nyktos me ofereceu a garrafa de vinho ao passar por mim. Neguei com a cabeça, decidindo que já tinha bebido demais. Sentei-me na beira da cama, brincando com os botões do roupão enquanto ele pedia licença e entrava na sala de banho. Tudo o que consegui fazer enquanto ele estava fora foi recuar um pouco e enfiar as pernas sob a bainha do roupão. Então Nyktos voltou.

Sem camisa. Com a braguilha da calça de couro aberta.

Isso só piorou o nervosismo que senti ao vê-lo caminhar na minha direção, com os cabelos ao redor do rosto e a pele do pescoço e do peito úmida.

Ele se sentou diante de mim.

— Posso?

Assenti, as cambalhotas no estômago se juntando às batidas descompassadas do meu coração.

Como na noite anterior, ele enfiou a trança entre o polegar e o dedo indicador e passou os dedos por ela metodicamente. Mordi o lábio quando as costas de sua mão roçaram no meu seio. Mal conseguia sentir seu toque através do tecido grosso do roupão, mas fiquei toda arrepiada mesmo assim.

Nyktos desenrolou a faixa de cabelo e a colocou no pulso. Em seguida, começou a desfazer a trança e não disse nada até terminar.

— Estive pensando — começou ele, baixando os cílios volumosos enquanto passava o comprimento do meu cabelo por cima do ombro — sobre as exigências que você fez.

— Eu não as chamaria de exigências — disse, vendo-o passar os dedos pelos meus cabelos.

— E do que você as chamaria?

— De pedidos educados.

Nyktos deu uma gargalhada.

— Que parte foi educada, Sera? A parte em que você me deu um chute ou quando apontou a adaga para o meu pescoço?

— A parte em que não machuquei você.

Ele repuxou um canto dos lábios.

— Houve uma exigência que você deixou de fora.

— Qual foi?

Ele enrolou um dos meus cachos em volta do dedo.

— A oferta que me fez no meu escritório.

Meu coração disparou.

— Não estava na sua lista de exigências — concluiu ele.

— Estava, sim — disse, respirando fundo.

— É mesmo? — Ele desenrolou o cacho, deixando-o cair sobre meu peito. — Tenho certeza de que não teria me esquecido se você mencionasse isso.

Passei os dentes pelo lábio enquanto ele pegava outra mecha de cabelo.

— A oferta fazia parte do meu pedido para ajudar.

Ele ergueu os cílios e fixou seus olhos de mercúrio nos meus.

— Da maneira que for *preciso* — lembrei a ele, sentindo o sangue esquentar.

Nyktos entreabriu os lábios, revelando a ponta das presas.

Uma Luz na Chama / 333

— Bom saber. — A voz dele estava mais áspera e firme. — Então a oferta de prazer pelo prazer ainda está de pé?

Fui tomada por um misto de emoções e pousei as mãos em cima da cama. Uma expectativa prazerosa e um desejo intenso se chocaram com outro tipo de expectativa, um tipo selvagem, que tinha também uma pontada de algo que eu não sabia muito bem o que era. Então eu disse:

— Sim.

Os fios de éter escoaram por trás das pupilas dele, açoitando as íris.

— Tem certeza?

— Tenho. — E tinha mesmo.

Nyktos deu um suspiro e levantou a mão, pousando as pontas dos dedos suavemente no meu rosto. Mal senti o ligeiro choque de energia enquanto ele permanecia ali, imóvel. Ele deslizou os dedos pela minha bochecha. Sua pele estava mais quente. Não como antes de eu acertá-lo com o éter, mas o pouco sangue que bebeu de mim naquela tarde o tinha afetado.

— Trinta e seis — murmurou ele, passando os dedos pelo meu queixo. Ele roçou o polegar no meu lábio. — Ainda são trinta e seis sardas.

Um sorriso me escapou antes que pudesse contê-lo.

— Eu queria ter certeza de que tinha contado direito. — Seus dedos se espalharam pelo outro lado do meu rosto e então desceram pelo meu pescoço até a gola do roupão dobrada sobre o meu peito. — Você tem mais duas. Nyktos deslizou a mão sobre o meu seio direito e aninhou o volume na palma através do roupão, arrancando um suspiro ofegante de mim. — Bem aqui. — Ele passou o polegar pela área acima do meu mamilo. — Duas pequenas sardas exatamente aqui. E acho que tem mais uma do lado.

Enterrei os dedos trêmulos no cobertor debaixo de mim.

— Quer conferir?

— Quero.

Inclinei o corpo para trás para lhe dar acesso aos botões, permitindo que Nyktos desse o primeiro passo. Querendo que ele fizesse isso. *Precisando* que fizesse.

E ele fez.

Seus dedos dançaram sobre os botões, abrindo-os rapidamente. O tecido se soltou ao redor dos meus ombros. Ele não disse nada enquanto deslizava a mão sob o roupão. O éter se iluminou nos olhos dele quando a sua pele entrou em contato com a minha.

— Sera... — Nyktos disse o meu nome com um grunhido, puxando a gola para o lado. Os calos em seus dedos e nas palmas das mãos dele provocaram um prazer intenso em mim, e pude sentir a intensidade com que me admirava conforme ele desnudava o meu corpo cada vez mais. O roupão desceu pelas minhas costas, se amontoando nos meus pulsos. Meus mamilos começaram a formigar e ficaram entumecidos sob o olhar dele.

— Cacete — arfou Nyktos, engolindo em seco. Ele inclinou a cabeça. As pontas dos seus dedos roçaram na lateral do meu seio. — Eu estava certo. Tem outra aqui.

Minha pele parecia estar pegando fogo.

— Você acha que tem mais?

— Eu sei que tem.

— Onde?

Nyktos passou a mão pela minha cintura e então seguiu para os meus joelhos dobrados. Ele os empurrou para baixo com delicadeza, endireitando e separando-os. Seus lábios se abriram ainda mais quando ele viu a peça de renda preta.

— Gostei.

Senti as bochechas arderem.

— Agradeça a Erlina por isso.

— Pode ter certeza. — Ele passou a mão pela parte interna da minha coxa, parando no meio do caminho. — Três pequenas sardas reunidas bem aqui. — Ele subiu ambas as mãos pelas minhas coxas até a fina faixa de renda macia. — Suas sardas parecem uma constelação.

Ergui os quadris enquanto ele puxava a renda pelas minhas pernas e então tirava a minha roupa de baixo. Suas mãos voltaram para os meus quadris, e me sobressaltei levemente quando ele me puxou para a beira da cama e então se ajoelhou no chão. Uma onda de prazer percorreu o meu corpo enquanto ele fixava o olhar no ponto latejante entre as minhas pernas.

— É mais um nome que vou ter que criar. Como posso chamar essa constelação... — continuou ele, passando o braço sob os meus quadris e posicionando uma das minhas pernas por cima do ombro. A posição me forçou a ficar apoiada sobre os cotovelos. — Bem, minha criatividade sempre aflora quando tenho algo doce na boca.

Prendi a respiração quando Nyktos abaixou a cabeça. O hálito dele na carne sensível ali fez meus quadris saltarem. Cravei os dedos no cobertor enquanto ele virava a cabeça, deslizando os lábios pelo interior da minha coxa. E então Nyktos foi direto ao ponto.

Joguei a cabeça para trás à medida que sua língua deslizava sobre a região entumecida, encontrando infalivelmente o caminho até o ponto ultrassensível. Quando ele fechou a boca sobre mim, um gritinho trêmulo escapou de mim. Nyktos me chupou de modo suave, depois com mais força, e o som que fez com a onda de excitação úmida vibrou por todo o meu corpo. Ele inclinou a cabeça para enfiar a língua dentro de mim e deu outro grunhido gutural. Comecei a me remexer, balançando os quadris contra a sua língua perversa. Ele provou o meu gosto. Lambeu. Bebeu de mim sem tirar o meu sangue, e o latejar profundo dentro de mim se intensificou. Ele virou a cabeça outra vez, e a ponta da presa roçou na carne túrgida. Eu me desfiz. Rápido. Intensamente.

E ainda estava gozando quando a sua boca deixou a minha e Nyktos se levantou, com os lábios reluzentes e inchados, e tirou a calça. Estremecendo de prazer, retesei o corpo inteiro ao ver o seu membro grosso e duro saltando para fora. E ainda tremia quando ele me levantou, puxando-me mais para trás na cama. Mal podia respirar quando seus olhos se fixaram nos meus e ele veio na minha direção, com as mechas do cabelo caindo sobre o rosto. A falta de ar não era ruim. Não foi provocada pelo pânico quando ele me deitou de costas. Fiquei ali, com a pele formigando por toda a parte enquanto ele apoiava seu peso nos braços fortes. O nó na minha garganta e o aperto no peito pareciam diferentes.

Tudo parecia diferente.

Era por causa daquela alteração. Da mudança intangível entre nós dois. O que estava acontecendo era fundamentalmente diferente das outras vezes. O desejo não era alimentado pela necessidade de sangue e alimentação ou por raiva. Era o prazer pelo prazer. E era...

Era a primeira vez para nós dois.

E parecia a primeira vez para mim. Não sei como explicar, mas era como se eu tivesse me esquecido de todas as experiências que tivera. Nada do que eu conhecia antes daquele momento parecia contar.

Nenhum de nós se mexeu, embora eu estivesse tremendo de novo. Acho que Nyktos sequer respirava enquanto me encarava com os olhos parecendo uma tempestade de éter rodopiante. Então entrei em ação, apertando suas bochechas e trazendo a sua boca até a minha. Eu o beijei porque aquilo *era* diferente.

Ele retribuiu o meu beijo, e eu senti o meu gosto nos lábios e na língua dele. Eu estava sedenta. *Nós* estávamos sedentos, beijando sem parar até que ele se movesse, estendendo a mão para pegar o membro. A provocação que o pau dele me causava era uma promessa tentadora do que estava por vir, e não precisei esperar muito. Ele deslizou para dentro de mim e a sensação de tê-lo em mim tão completamente me arrancou um grito ofegante. Nyktos se deteve.

— Está tudo bem — disse contra os lábios dele. — Não para. Por favor.

— Você jamais precisa implorar para mim — prometeu ele. — Jamais.

Então ele me penetrou até o fim, e o meu grito se perdeu em meio ao seu gemido. Ele parou de novo, de encontro ao meu peito e com a testa encostada na minha. Senti cada respiração que ele dava e cada batida do seu coração durante aqueles momentos. Em seguida, ele voltou a se mover, lento e constante e então mais profundo e indecente. Envolvendo seu pescoço com os braços e seus quadris com as pernas, eu o abracei por inteiro e Nyktos estremeceu, balançando o corpo suavemente. Encontrei a sua boca quando as sensações voltaram a se aflorar.

Nós nos movemos em uníssono. Nossos lábios. Nossas línguas. Mãos. Quadris. As estocadas lentas, provocantes, curtas e rasas deram lugar a outras mais longas e profundas. Apertei as pernas e braços em torno dele. Nyktos se moveu mais rápido. Com mais força. A fricção do seu peito contra o meu inflamou o fogo que se espalhava pelo meu corpo, e as brasas começaram a zumbir dentro de mim quando a pele de Nyktos começou a se retesar contra a minha. As sombras se reuniram sob a sua carne e, quando ele enfim ergueu a cabeça, faixas de éter encheram as veias sob seus olhos. Suas feições ficaram nítidas à medida que me penetrava, movendo-nos mais para cima da cama enquanto a tensão aumentava cada vez mais.

— Ai, deuses — sussurrei, agarrando a nuca dele. Gritei seu nome quando a tensão explodiu novamente, dessa vez muito mais intensa e avassaladora, porque ouvi a palavra que ele sussurrou nos meus lábios com aquela voz rouca e intensa enquanto remexia os quadris contra os meus. A palavra que fez com que o meu prazer se prolongasse indefinidamente.

— *Liessa.*

22

Nyktos não estava na cama quando acordei, mas voltou antes que eu me levantasse, quase como se tivesse percebido que eu tinha despertado. Ele preparou o banho para mim e mandou trazer o café da manhã assim que terminei. Permaneceu em silêncio durante toda a refeição. Não distante ou frio, apenas quieto, e não fiquei me torturando sobre os motivos pelos quais ele tinha pouco a dizer. Em vez disso, enquanto me arrumava, decidi desfrutar da noite anterior, concentrando-me no que ele havia me contado sobre a moralidade dos Primordiais e no prazer que viera depois. Eu tinha muito mais opções de roupas nesta manhã e escolhi um par de leggings rendadas, uma blusa branca e um colete preto que haviam sido feitos sob medida para mim. E me permiti aproveitar isso também. Com exceção do vestido de noiva que eu detestava, todas as minhas roupas eram de segunda mão. Mas essas, não. As roupas que enchiam o armário agora pertenciam somente a mim, o que estranhamente fez eu me sentir empoderada quando Nyktos e eu deixamos o palácio para entrar no plano mortal.

Apesar do que Nyktos afirmara de manhã, quando convocou Odin do bracelete de prata, o corcel ainda *não* tinha esquecido que apontei a adaga para o pescoço de Nyktos.

Odin olhou para mim como se estivesse pensando em me morder assim que me aproximasse dele. Sua disposição não mudou conforme percorríamos a estrada pela qual cheguei às Terras Sombrias, mas também não diminuiu a minha excitação quando a Névoa Primordial nos envolveu.

Eu ia visitar Ezra.

E estava prestes a rever o meu lago.

Duas coisas que eu temia nunca mais serem possíveis.

A névoa branca ocultou o reino inteiro, e eu fiquei tensa. Sabia que era apenas temporário, mas a incapacidade de enxergar me deixou inquieta.

Nyktos apertou o braço em torno de mim.

— Só mais alguns segundos — avisou ele, com a voz suave na minha têmpora.

Assenti, segurando o pomo da sela de Odin. *Segundos*, lembrei a mim mesma, e bastaram alguns segundos para que a névoa se dispersasse e um feixe de luz tênue penetrasse no vazio da escuridão que veio depois.

Luz do sol.

Entreabri os lábios quando a névoa se dissipou, revelando o chão de pedra das sombras do lago e as águas paradas em ambos os lados. Ver o lago dividido em dois, como se estivesse contido por paredes invisíveis, foi perturbador. E impressionante.

Inclinei a cabeça para trás enquanto Odin nos levava através do lago. Um raio de sol fraco atravessava as nuvens lá em cima. O forte cheiro de chuva pairava no ar, e eu torcia para que um pouco da chuva muito necessária já tivesse caído — ou estivesse prestes a cair — em vez de uma garoa que só servia para aumentar a umidade. Eu já podia senti-la sob a mais fina das duas capas novas que Erlina tinha feito para mim. O tecido macio logo se tornaria quase insuportável, mas era prudente mantermos os rostos ocultos.

Nyktos levantou a mão assim que chegamos à margem. A água imediatamente voltou para o lugar, e ele olhou de relance para mim.

— Impressionada?

— Não.

Ele deu uma gargalhada, incitando Odin a seguir na direção dos Olmos Sombrios. Abri um sorriso conforme observava as ondulações da cachoeira que descia dos Picos Elísios e se espalhava pelo meu lago, me sentindo mais leve do que várias semanas antes Mantive os olhos nela até que não pude mais ver nada da água, então olhei para a frente, reprimindo o desejo agudo de senti-la na minha pele e mergulhar sob a superfície.

— Gostaria que pudéssemos ficar um pouco aqui — disse Nyktos depois de alguns minutos em silêncio, deslocando a mão nos meus quadris. — Para que você pudesse aproveitar seu lago. — Ele começou a mover o polegar em círculos preguiçosos logo acima do cós da minha calça. — Assim que for seguro, prometo que voltaremos. Você poderá vir aqui quantas vezes quiser.

Contraí os lábios quando a minha garganta começou a arder de emoção. Devo ter projetado alguma coisa naquele momento, o que não era nenhuma surpresa. O lago parecia ser parte de mim, e eu não sabia se o fato de ser um portal para as Terras Sombrias tinha algo a ver com isso, mas foi a reação de Nyktos que trouxe uma leve ardência aos meus olhos.

A promessa.

— Eu adoraria — sussurrei.

Não dissemos mais nada à medida que Odin circundava o agrupamento de árvores. Os Olmos Sombrios estavam quietos, não se ouviam nem mesmo os gemidos e lamentos de um espírito perdido ali. A brisa sequer penetrava na mata. Quando nos aproximamos da fronteira e os muros do Castelo Wayfair surgiram à nossa frente, um estranho nervosismo tomou conta de mim.

— É melhor seguirmos o restante do caminho a pé — sugeri. — Os guardas que nos virem já vão desconfiar de duas pessoas saindo dos Olmos Sombrios. Odin vai chamar ainda mais atenção.

Odin bufou.

— Porque você é bem grande — eu disse para o topo da cabeça de Odin. — E muito bonito.

Ele bufou outra vez e suspirei.

Nyktos fez o cavalo parar.

— Ele agradece os elogios.

— Duvido.

— Agradece, sim. — Nyktos desceu do cavalo com facilidade. — É que ele gosta de fazer drama.

Odin virou a cabeça para Nyktos enquanto bufava ainda mais, irritado. Segurei os braços de Nyktos, aceitando a sua ajuda enquanto ele me levantava pela cintura. Ele estava perto e, quando me colocou no chão, fui presenteada com um roçar de corpo inteiro que provocou uma onda de prazer em mim.

Suas mãos permaneceram nos meus quadris, e o peso e a sensação delas causaram um zumbido agradável no meu sangue e peito, onde as brasas começaram se agitar. Ergui o olhar para ele. O éter em seus olhos tinha desvanecido para uma leve pulsação atrás das pupilas.

— Pronta? — perguntou ele.

Fiz que sim com a cabeça.

Nyktos não se mexeu. Nem eu, e seus olhos assumiram um tom de mercúrio. Achei que ele fosse me beijar só por me beijar, embora não tivéssemos tempo para isso. No plano mortal ele parecia mais imprudente e impulsivo. Mais como...

Ash.

Ele cerrou o maxilar quando suas mãos saíram dos meus quadris e encontraram o capuz da minha capa. Não entendi a súbita decepção. Beijar simplesmente por beijar parecia algo... mais.

E embora as coisas estivessem diferentes entre nós, e nada como os lances apressados de prazer que vivenciei na Luxe, nós não éramos *algo mais*.

Nyktos levantou o capuz da minha capa e depois da dele. Deixando de lado a direção um tanto preocupante que a minha mente tinha tomado, me virei para o castelo e comecei a andar.

— Os guardas que costumam patrulhar esta seção da muralha não são os mais... espertos — eu disse a ele, apreciando a sensação e o som do estalo dos galhos sob as botas. — Devem presumir que somos funcionários, já que os Olmos Sombrios...

— São propriedade privada? — Nyktos abriu um sorriso quando olhei para ele de cara feia por baixo do capuz.

— Que bom que você reconhece isso agora.

Nyktos deu uma risada.

— Como eu ia dizendo, já que todo mundo evita os Olmos Sombrios e os bosques não podem ser acessados de fora do terreno de Wayfair — continuei —, eles vão pensar que não entramos lá... — Parei de falar assim que saímos de trás do último olmo cheio de galhos.

Fiquei boquiaberta com o que vi e Nyktos se deteve.

— Tem alguma coisa errada?

— Os portões de Wayfair estão abertos. — Fiquei olhando, perplexa. — E tem... gente.

Havia gente por todo lado. Não os nobres, mas o *povo* de Lasania. Eles se aglomeravam ao redor da muralha, com os rostos brilhando de suor e os braços cheios de cestas e sacolas.

— E isso não é normal, suponho?

— Não. — Sacudi a cabeça, confusa. — Não é nada normal.

Comecei a andar, com medo de que tivesse acontecido alguma revolta. Nesse caso, eu não poderia culpar o povo por revidar, mas aquilo não teria acabado bem para ninguém que estivesse no poder.

Uma garoa fina começou a cair, e as pessoas que estavam no pátio levantaram os capuzes costurados nas camisas e coletes. Apertei o passo enquanto caminhávamos pelo pavimento de rochas irregulares, passando pelos portões. Havia guardas a postos na parte leste do pátio, mas nenhum deles usava os coletes bufantes e pantalonas ridículas da Guarda Real. Apertei os olhos, procurando por eles nas inúmeras entradas da ala leste de Wayfair.

As portas ali estavam abertas e sem guardas.

Quase tropecei quando vi uma jovem mãe e seus dois filhos ruivos sentados sob um dos jacarandás rosa-arroxeados. Suas camisas e vestidos de linho simples deixavam evidente que não eram nobres.

Chocada com o que estava vendo, foi só quando nos aproximamos da entrada da cozinha que me dei conta de que as pessoas ao nosso redor haviam notado a nossa presença.

Seus passos diminuíram. Alguns pararam por completo. Um guarda esfregou a nuca, franzindo a testa enquanto olhava ao redor. Um pai que segurava a mão de uma menininha a puxou para perto, carregando um saco no outro braço. Outros olharam para o céu como se estivessem à procura de uma explicação para a queda repentina da temperatura.

O ar havia *esfriado*.

Não muito, mas o suficiente para que as pessoas notassem e lançassem olhares nervosos na nossa direção.

— Eles sentem a minha presença — explicou Nyktos baixinho. — Não sabem muito bem o que estão sentindo, mas sabem que há *algo* entre eles.

Franzi a testa.

— Isso acontece toda vez que você visita o plano mortal?

— Não, mas costumo evitar grandes multidões por causa disso — respondeu ele. — Um punhado de mortais não tem muito impacto. Mas tantos assim? A essência é intensificada e torna-se quase uma entidade tangível. Invisível, mas sentida. E o que eles sentem os deixa perturbados.

Sim, pois o que sentiam era a morte.

Olhei para Nyktos quando entramos no saguão, mas suas feições estavam escondidas sob o capuz.

— Isso o incomoda? — perguntei baixinho. — A reação deles?

— O que eles sentem é natural — respondeu ele. — E não me incomoda.

Dei um passo para o lado para dar lugar a uma empregada que corria em direção à cozinha com os braços cheios de pratos. Seu rosto empalideceu quando passou por nós, mas não olhou nem para mim, nem para Nyktos e sumiu pelo castelo.

— De verdade?

— De verdade. — Os dedos de Nyktos roçaram nos meus, me causando um arrepio. — É uma reação instintiva, e o instinto lhes diz para não ficarem perto de mim. E não deveriam mesmo...

Afinal de contas, todos os Primordiais afetavam os mortais simplesmente por estarem na sua companhia. O tempo que um mortal levava antes de sentir o efeito de um Primordial variava. Alguns eram mais suscetíveis à violência ou à luxúria, e alguns Primordiais provavelmente *garantiam* que sua presença fosse sentida, mas Nyktos era o Primordial da Morte. Sua presença poderia matar se ele não tomasse cuidado.

— Como posso me incomodar com seu senso de autopreservação? — concluiu Nyktos.

Mas Kolis se incomodava.

Foi parte do que incitara seu ciúme em relação ao irmão, o medo que mesmo eu podia sentir naqueles que passavam enquanto caminhávamos pelo corredor usado principalmente pelos criados.

Mordi o lábio e diminuí o ritmo. O mal-estar foi crescendo dentro de mim porque ninguém havia parado para nos questionar, o que aumentou o meu medo de que uma revolta tivesse acontecido. Além disso, a última vez que andei por aquele corredor foi no último dia que passei no plano mortal.

Meu instinto me guiou para o único lugar que eu não queria revisitar. O Salão Principal.

A mão de Nyktos roçou na minha mais uma vez.

— Tudo bem?

Assenti, com o estômago agitado como os ventiladores no teto.

— Sim, tudo. — Pigarreei. — Só estou preocupada com Ezra.

Pude sentir o olhar de Nyktos sobre mim enquanto me forçava a cruzar as colunas de mármore entalhadas por arabescos dourados. *Inspire*, lembrei a mim mesma quando senti um aperto no peito.

O Salão Principal estava exatamente como eu me lembrava. A maior parte, pelo menos.

Flâmulas cor de malva pendiam do teto de vidro em forma de cúpula, ostentando o Brasão Real dourado — uma coroa de folhas com uma espada no meio. A mim continuava lembrando alguém apunhalado na cabeça. *Prenda*. Havia poucas pessoas circulando pelo Salão. Meu olhar percorreu o piso de mármore, calcário e veios dourados. A rachadura no chão era nova, causada pela chegada de Nyktos quando ele viu o que Tavius estava fazendo comigo. *Expire*. Fiz menção de olhar para a estátua de Kolis.

Levei um susto ao sentir a mão de Nyktos se fechando ao redor da minha e o encarei de imediato.

A cabeça dele estava inclinada para a frente.

— Acho que encontrei sua meia-irmã. — Ele apertou a minha mão com delicadeza antes de soltá-la.

Engoli em seco e me obriguei a olhar além da estátua diante da qual eu tinha sido forçada a me ajoelhar enquanto meu meio-irmão me açoitava com o chicote.

Havia dois tronos de diamantes e citrinos no estrado elevado nos fundos do Salão. Nenhum dos dois estava envolto em branco ou coberto com rosas negras para lamentar a morte do Rei.

O Rei que acabei matando.

Estremeci, lembrando a mim mesma de que minha sensação a respeito disso tinha mais a ver com as brasas do que comigo.

Os tronos estavam vazios, mas logo avistei Ezra. De repente, ficou mais fácil respirar.

Ela estava sentada numa cadeira bem menos elaborada ao pé do estrado, com os cabelos castanho-claros presos num coque elegante. Não havia nenhuma coroa na sua cabeça enquanto ela ouvia um homem do outro lado da mesa, debruçado sobre uma pilha de pergaminhos. As roupas e a postura dele indicavam que era da nobreza e o rubor de raiva em sua pele marrom-clara indicava que não estava nada contente. Havia guardas a postos atrás de Ezra, dois à esquerda e dois à direita, vestidos como aqueles na muralha: túnica, calça e armadura.

Sorri ao ver que Ezra, apesar da umidade, usava um colete bem-cortado sem qualquer babado. E sorri ainda mais ao ver a inclinação daquele queixo teimoso ao responder ao que quer que o homem estivesse dizendo. Eu tinha certeza de que era algo perspicaz, inteligente e deliciosamente mordaz.

— Acho que ela está fazendo a reunião da Câmara Municipal aqui — comentou Nyktos.

Assenti, com o coração desacelerando. Era isso mesmo que Ezra estava fazendo e, como eu havia imaginado, ela não realizava a reunião do trono nem da sacada, longe das pessoas: Ezra se sentava com elas.

Além disso, ela tinha aberto os portões de Wayfair para o povo.

Nyktos virou a cabeça bruscamente. Um guarda se aproximou lentamente de nós, com a mão no punho da espada.

Ele parou a alguns metros de nós, com a garganta trêmula.

— A Rainha está atendendo a última pessoa que desejava falar com ela hoje — anunciou, e me agradou ouvir Ezra ser chamada de Rainha. — Você pode agendar uma reunião para amanhã com o responsável pelo registo na portaria.

Também me agradou saber que Ezra não estava fazendo reuniões semanais ou quinzenais.

— Não podemos voltar amanhã — disse Nyktos, e eu podia jurar que o ar tinha esfriado um pouco. — Precisamos falar com a Rainha hoje, o mais rápido possível.

O guarda ficou visivelmente pálido enquanto olhava para os recessos sombrios do capuz de Nyktos.

Lancei um olhar penetrante para ele e dei um passo à frente.

— Precisamos mesmo falar com ela hoje — falei, suavizando o tom de voz. — E acredito que a Rainha vai arranjar um tempinho para nós se você lhe disser que Sera está aqui para vê-la.

O guarda não se mexeu, mas voltou o olhar espantado de Nyktos para mim. Senti que ele ia se manter firme.

— Vá — insistiu Nyktos, se aproximando dele daquele seu jeito silencioso e sobrenatural. Ele inclinou a cabeça para trás, deixando que o capuz escorregasse um pouco. — E fale com a sua Rainha. *Agora.*

O que quer que o guarda tenha ouvido ou visto o fez se mexer. Ele deu meia-volta e saiu correndo.

Eu me virei para Nyktos.

— Você usou de persuasão?

— Não. — Ele riu baixinho. — Acho que só o assustei.

— Que grosseria — murmurei, enquanto caminhava pela segunda fileira de colunas que circundavam o piso principal e entrava na alcova privada mobiliada com sofás e cadeiras.

Ele riu de novo.

— Pode ser.

Bufei, examinando as pessoas no salão, dizendo a mim mesma que não estava à procura de ninguém em particular, mas não a vi mesmo assim. Chegamos perto do estrado bem a tempo de ver o guarda criar coragem para interromper a Rainha. Vi o instante em que ele mencionou meu nome.

Ezra enrijeceu por um segundo e então se levantou, colocando a mão na cintura fina. O nobre diante dela a seguiu com o olhar conforme ela vasculhava o salão. Esperei, sabendo que Ezra ia lembrar que eu preferia ficar na alcova nas poucas vezes que estive no Salão Principal.

Ela deu um passo à frente antes de se virar para o lado e, assim que nos viu, se deteve mais uma vez, provavelmente incrédula. Mas Ezra não era dada a entrar em pânico. Ela era lógica e calma em todas as situações, inclusive nesta.

Ezra se voltou para o homem e pediu licença. O nobre não ficou nada contente, mas ela virou as costas para ele assim mesmo e depois falou com os guardas, que se dispersaram e esvaziaram rapidamente o Salão Principal, levando o nobre junto.

Nyktos ficou quieto enquanto Ezra se aproximava. As portas do salão se fecharam e apenas dois guardas permaneceram ali, parados diante delas.

Ezra se deteve no topo do pequeno lance de degraus.

— Seraphena? — Sua voz saiu num sussurro quando ela olhou para quem estava ao meu lado e pude vê-la engolir em seco.

Dei um passo à frente e abaixei o capuz da capa.

— Ezra.

Ela estremeceu, arregalando os olhos.

— Ou devo chamá-la de Rainha Ezmeria? — acrescentei, fazendo uma reverência.

— Não ouse. — Ela avançou, estendendo a mão para mim, mas então se deteve. — Sou a Ezra. Só Ezra para você.

Fiquei desapontada ao ver que ela ainda não se sentia à vontade para tocar em mim, mas quando endireitei o corpo e vi que Nyktos havia se aproximado, percebi que sua reação devia ter mais a ver com isso.

— Meus deuses, pensei que o guarda tivesse ouvido mal — admitiu ela, olhando para Nyktos com os olhos castanhos arregalados. — Achei que nunca mais...

— Fosse me ver — concluí, e Ezra assentiu. — Porque eu devia matar esse aqui? — acrescentei, apontando o polegar para Nyktos.

— Que gentileza — comentou Nyktos, secamente e em voz baixa.

O sangue sumiu do rosto de Ezra, e não sei se foi devido ao que eu disse ou porque Nyktos abaixou o capuz.

Era evidente que Ezra não tinha esquecido a aparência de Nyktos depois da última vez que o viu.

— Acho melhor me sentar... — Mas ela se conteve e começou a se ajoelhar. — Sinto muito, Vossa Alteza. Eu...

— Isso não é necessário — interrompeu ele. — Por favor, sente-se. Não temos muito tempo, e receio que possa desmaiar se continuar de pé.

Ezra piscou os olhos lentamente.

— Eu jamais desmaiei.

O Primordial abriu um sorriso, exibindo a ponta das presas.

— Sempre há uma primeira vez.

— Por favor, sente-se — falei, entrando na conversa. — Ele tem razão. Não temos muito tempo, e há algo que preciso falar com você.

Ezra se sentou na cadeira.

— É sobre a parte em que você devia matá-lo?

Engasguei com uma risada enquanto me sentava no sofá ao lado da cadeira dela. Nyktos cruzou os braços, permanecendo de pé.

— Mais ou menos — respondi, olhando ao redor do Salão Principal agora vazio. Meu olhar se deteve preso na estátua de Kolis por um segundo. Engoli em seco. — Aposto que você tem muitas dúvidas.

— Um monte — murmurou ela.

— Eu também — continuei. — Mas, como falei, não podemos nos demorar, por isso tenho que ir direto ao ponto. — Respirei fundo, lembrando-me do que Nyktos havia aconselhado a contar ou não contar. — Nós estávamos errados sobre o que poderia acabar com a Devastação. Não foi o acordo que meu antepassado fez que deu início a ela quando eu nasci.

Ezra segurou com força no braço da cadeira, olhando para nós dois.

— Não entendo muito de acordos, então perdoe a minha ignorância, mas o acordo não expiraria depois que fosse cumprido?

— Ou acreditava-se que terminaria em favor do convocador se o Primordial fosse morto — salientou Nyktos, com a voz enganosamente calma.

— Ou isso — disse Ezra. — Isso também.

Eu me virei para Nyktos, estreitando os olhos. Ele arqueou as sobrancelhas.

— O que foi?

— Só para você saber, eu nunca fui fã do acordo — acrescentou Ezra.

— Porque não seria prudente tentar matar um Primordial? — presumiu Nyktos.

— Sim, mas principalmente porque era injusto com Sera.

Não era nenhuma novidade para mim, mas ainda assim foi bom ouvir aquilo.

Nyktos não disse nada, mas seu olhar para Ezra suavizou levemente.

Respirei fundo e me voltei para Ezra. Ela estava com a testa franzida enquanto olhava para nós dois.

— Haveria mudanças depois que o acordo fosse cumprido. O clima voltaria a ser como era antes, menos temperado, como acredito que já esteja. — Aquilo explicava os verões mais quentes e longos, cheios de seca e de tempestades violentas. — O solo não seria tão fértil quanto já foi, graças ao acordo, mas Lasania voltaria a ser como antes, sem a Devastação.

Ezra se recostou na cadeira, e eu quase podia vê-la revirando as informações na cabeça.

— Então o que é a Devastação? — perguntou ela.

— Você acredita nela? Com essa facilidade? — indagou Nyktos antes que eu pudesse responder. — Você e a sua família, seus antepassados, não acreditavam todos que o acordo fosse a causa da Devastação?

— Eu acredito nela — afirmou Ezra, erguendo o queixo.

— Porque eu estou aqui?

— Bem, a sua presença pode ter um pouco a ver com isso.

Ele inclinou a cabeça.

— Um pouco.

— Só um pouquinho — admitiu ela. — Mas eu sei o quanto salvar Lasania era importante para Sera. Ela não mentiria sobre isso sabendo o que significa para o seu reino.

O seu reino.

Fechei os olhos por um instante.

— Lasania nunca foi minha.

— Não é verdade. É você quem deveria ser a Rainha, Sera, não eu. Se eu posso reconhecer isso, então você também deveria.

Fechei as mãos sobre os joelhos e disse:

— Mas você é a Rainha, e é isso que importa. Você vai conseguir lidar com o que estou prestes a dizer, ao contrário do meu... — Parei de falar, fiz uma pausa e depois continuei: — A Devastação foi causada por algo completamente diferente e bem mais complicado que um acordo.

Ezra ficou calada por um momento.

— E seja lá o que for, você não pode me contar?

— Não — respondi baixinho.

— Então... — Ela contraiu os ombros. — Então não há como deter a Devastação?

— Vamos fazer tudo o que estiver ao nosso alcance. Isso eu prometo. Mas não há garantias. Há uma chance...

— Mínima — rosnou Nyktos.

— Uma pequena chance — emendei — de fracassarmos. Foi por isso que vim hoje. Eu queria alertá-la para que pudesse se preparar. — Pensei no que Holland havia me dito e nas pessoas lá fora com suas cestas e alqueires. — Mas acho que você já começou a fazer isso.

— Já, sim — disse ela, soltando o braço da cadeira. — Você sabe o que eu pensava sobre o modo como a Devastação era tratada pela Coroa. Eu achava que devíamos fazer todo o possível para encher a despensa do povo, não só a nossa.

— Aqueles que vimos no caminho para cá? — indagou Nyktos, fazendo a primeira pergunta sincera.

— Nós iniciamos uma espécie de banco de alimentos para onde as pessoas podem vir em determinados dias e horários, se tiverem necessidade — explicou ela. — Também estive conversando com o Rei e a Rainha de Terra, na esperança de fortalecer sua fé em Lasania. Acredito que estou sendo bem-sucedida nas negociações. — Um sorrisinho surgiu nos lábios dela. — Acho que só precisávamos provar que uma aliança conosco é mutualmente benéfica. Algo que o meu pai, que os deuses o tenham, nunca conseguiu transmitir muito bem.

Consegui reprimir um calafrio. Ezra amava o pai, e eu... Desviei o olhar para o que costumava ser o trono dele.

— E como está conseguindo fazer isso? — perguntou Nyktos.

Eu o encarei, surpresa. Não achei que Nyktos estivesse tão curioso assim sobre o que Ezra estava fazendo. Ele devia estar tentando me impedir de contar o que eu tinha provocado.

Algo que eu provavelmente faria.

E Ezra não precisava saber disso.

— Eles têm muitos campos férteis prontos para a colheita, ao contrário de nós — respondeu. — Mas temos uma coisa em abundância que eles não têm: mão de obra. Mão de obra remunerada, incluindo pessoas que desejam se mudar para lá, ao menos durante parte do ano. As negociações estão indo muito bem.

Era uma ideia bastante inteligente.

— Mas se a Devastação continuar se espalhando — Ezra se interrompeu.

Assenti.

— Tem se espalhado?

— Um pouco. Perdemos mais algumas fazendas, mas ela não acelerou nem nada do tipo — confirmou Ezra. Pensei nos Massey, sabendo que sua fazenda devia estar entre as que foram perdidas. — Foi bom saber disso. Você me deu... Bem, não sei como dizer isso, mas me deu esperança.

Arqueei as sobrancelhas.

— Você achava que eu não ia conseguir matá-lo?

— Eu não sabia se você ia conseguir fazer com que ele se apaixonasse, isso sim — corrigiu ela.

— Nossa — murmurei

— Você é meio... temperamental. E as pessoas ao seu redor têm uma certa tendência a serem apunhaladas — começou ela com um sorriso tímido. — Imaginei que você acabaria morta se ficasse impaciente e o apunhalasse do nada.

Nyktos deu uma gargalhada.

— Ora, isso foi incrivelmente astuto da sua parte.

Olhei para ele de cara feia.

Ezra abriu e fechou a boca. Em seguida, pareceu tentar de novo.

— Eu estou muito... confusa com você — admitiu, encarando Nyktos

Ele olhou fixamente para ela.

— É mesmo?

Ela confirmou com a cabeça.

— Você é a Morte.

— Sou.

— Você não se parece muito com a Morte.

Ele inclinou a cabeça.

— E como é que alguém... se parece com a Morte?

— Não podemos demorar — cortei a conversa, com medo do que Ezra pudesse dizer.

— Você já tem que ir embora? — perguntou Ezra. — Mari está com o pai, mas deve chegar em breve.

— Eu adoraria vê-la, Ezra, mas não posso. — Olhei de relance para a porta. — Onde está...? — Interrompi a pergunta no meio. Não precisava saber onde a minha mãe estava. Pouco me importava. — Como está sua Consorte?

— Perfeita. — Ela deu um sorriso radiante, iluminando todo o rosto. Aquilo era *algo mais*. — Ela é absolutamente perfeita.

— Que bom. Fico feliz por saber disso.

Ezra me analisou com atenção e percebi que tinha muito a me perguntar. E a me dizer.

— Eu... Depois de tudo que aconteceu aqui, mandei uma carta para o Arquipélago de Vodina para saber se Sir Holland está bem, mas não tive retorno.

— Ah. — Abri um sorriso. — Acho que ele está, sim.

— Sério? — Ezra me lançou um olhar curioso.

— Está na hora — interrompeu Nyktos, cortando a sequência de perguntas que Ezra estava prestes a fazer.

Era difícil, mas eu tinha que concordar.

— Vou ver você de novo? — perguntou Ezra, repetindo a pergunta que eu tinha feito a Holland.

Dei a ela uma resposta bem mais esperançosa:

— Acredito que sim.

— Assim espero. De verdade. — A voz dela ficou embargada. — Sinto sua falta.

Engoli o nó que se formou na minha garganta.

— Eu também. — Corri para me juntar a Nyktos nos degraus, sentindo uma ardência nos olhos.

— Sera? — Ezra se levantou, e me virei. — Você se lembra do que me disse sobre as terras contaminadas pela Devastação? E por que não eram usadas para construir casas para os moradores da Travessa dos Chalés que vivem em condições precárias?

Encarei Ezra com expectativa.

— Lembro.

— É lá que Mari e o pai estão. Nas terras arruinadas. Eles vão construir casas. Nada extravagante, mas encontrei alguns estoques de madeira, o bastante para começar, pelo menos — informou ela. — Como isso foi ideia sua, achei que deveria saber.

Saí do Salão Principal me sentindo bem melhor do que quando cheguei. Meu peito estava mais leve, embora a tristeza persistisse.

Eu esperava poder ver Ezra outra vez. E Marisol.

Olhei para a figura silenciosa ao meu lado. Nyktos permaneceu calado conforme descíamos o corredor. Ele já tinha levantado o capuz, e eu faria isso assim que saíssemos do palácio.

— Ainda bem que... — Fizemos uma curva.

E ficamos cara a cara com... ela.

Minha mãe.

Parei de supetão. Ela se deteve na minha frente.

Nenhuma das duas disse nada enquanto olhávamos uma para a outra. O rosnado baixo de desgosto que emanava de Nyktos me fez perceber que eu havia recuado um passo.

— Você parece bem — falei, saindo do estupor. E estava mesmo. Os cabelos dela, um ou dois tons mais escuros que os meus, estavam perfeitamente penteados num coque elaborado. Uma pedra âmbar brilhava no cordão em seu pescoço e o vestido lilás envolvendo sua forma elegante era perfeito para ela. Mas estava com olheiras, e talvez com mais rugas do que eu me lembrava.

Ela entrelaçou as mãos, agora sem nenhum anel nos dedos.

— Você também. — O choque estava estampado em cada uma das feições que compartilhávamos, embora tudo nela fosse mais refinado.

Engoli a resposta cáustica que me veio à mente.

— Um guarda me disse que alguém com o seu nome tinha chegado — continuou ela, lançando um olhar rápido e incerto para a figura ao meu lado. Com o rosto oculto, ela não tinha como saber quem estava ali. — Não achei que fosse verdade.

— Mas era. — Coloquei um sorriso tenso nos lábios. Ela também devia ter dúvidas, mas se as de Ezra eram movidas pela curiosidade, as dela seriam por achar que eu havia falhado.

Eu não queria ver a expressão dela quando a surpresa desaparecesse. Não queria ouvir a decepção em sua voz; já a ouvi o bastante. E não precisava mesmo vê-la. Ouvir a sua voz. Olhar para ela outra vez. Então percebi que era um alívio e tanto.

— Eu vim falar com Ezra, e já falei. Agora, preciso ir. Com licença. — Dei um passo para o lado, me afastando dela.

— Seraphena.

Parei e olhei para Nyktos. Não vi nada do seu rosto, mas seu desagrado estava se tornando o que ele mencionara lá fora: uma entidade tangível; invisível, mas sentida. Eu me virei para ela devagar.

— Eu... — Ela lançou um olhar nervoso na direção de Nyktos. — Eu não sabia que Tavius estava planejando fazer aquilo...

— Não importa — disse Nyktos, abaixando o capuz.

Minha mãe perdeu o ar e levou a mão ao peito, então foi cambaleando para trás até cair de joelhos. O vestido lilás formava uma poça no chão à medida que colocava a mão trêmula no piso de mármore.

— Vossa Alteza.

Ele repuxou os lábios, enojado.

— Você sabia que o seu enteado era capaz de fazer mal à sua filha e mesmo assim não fez nada para impedir. — O éter crepitou nos olhos dele. — A morte dele não era a única merecida naquele dia. O fato de continuar respirando se deve a uma indulgência da qual você não é digna.

O rosto dela ficou tão pálido quanto o meu cabelo.

356 / Jennifer L. Armentrout

— O-obrigada — disse ela, trêmula.

— Não me agradeça. Não fui eu que salvei a sua vida. Eu queria levar a sua alma e colocá-la onde é o seu lugar, ao lado daquele mortal desgraçado que você teria coroado Rei — vociferou Nyktos, com a essência ondulando sobre a pele. — Foi a sua *filha* que a salvou. Por razões desconhecidas, ela me disse para não fazer isso. É a ela que você deve agradecer pelo resto da sua vida indigna.

23

Horas depois de voltar do plano mortal e passar a maior parte da tarde treinando com Bele, que adorou me dar surra atrás de surra, eu estava completa e gloriosamente exausta.

As pontas do cabelo de Nyktos fizeram cócegas na minha bochecha quando ele roçou os lábios pela minha testa, seu coração batendo tão rápido quanto o meu. Mordi o lábio, deslizando as unhas sobre os músculos retesados da coluna dele e arqueando as costas quando ele estremeceu em cima e dentro de mim.

O gemido gutural e acalorado que ele deu quando se juntou a mim para encontrar o êxtase provocou uma explosão de deleite por todo o meu corpo, quase tão potente quanto as ondas de prazer que experimentei alguns momentos antes.

Foi uma... uma descoberta para mim. O êxtase que vinha de saber que ele estava tão satisfeito quanto eu. Não é que eu não me importasse se os meus parceiros anteriores tinham prazer ou não. É só que, bem, nunca pensei nisso.

Quer dizer que eu *não* me importava?

Com Nyktos eu me importava.

Ele afastou os meus cabelos molhados de suor com os dedos frios e deu um beijo de leve em minha testa. Meu coração deu um pulinho bobo. Depois, saiu de cima de mim e se deitou de lado, me deixando imediatamente com saudade da sensação do corpo dele.

Nyktos permaneceu calado enquanto deslizava a mão sobre a curva do meu ombro, ao longo da minha clavícula e depois mais para baixo, sobre meu mamilo. Também fiquei calada e imóvel, permitindo que ele explorasse, apreciando o momento.

As pontas ásperas dos dedos dele dançaram sobre o mamilo entumecido, arrancando um suspiro ofegante de mim antes de seguirem em frente, traçando as curvas e depressões do meu corpo. É curioso como um mero toque dele aguça os meus sentidos, levando-me ao limite ao mesmo tempo que proporcionava uma calma reconfortante. Fechei os olhos e meus pensamentos começaram a vagar em meio ao silêncio.

A viagem para Lasania não saía da minha cabeça. Saber que Ezra tinha tudo sob controle era um alívio imenso. Eu me virei para Nyktos.

— Sei que você deve achar que a viagem de hoje foi desnecessária.

— Não acho, não.

— É mesmo? — Abri os olhos. A luz suave e amarelada do abajur lançava um brilho quente sobre metade do rosto dele. — Porque acho que já imaginava... Não, eu *sabia* que Ezra estaria se preparando de qualquer jeito, mesmo que Holland não tivesse dito nada. Mas precisava ter certeza.

— Eu entendo. — Os cílios volumosos esconderam os olhos dele quando seu olhar seguiu os dedos com avidez. — E também entendo que talvez você só precisasse vê-la.

Senti um calorzinho no peito. Deve ter sido *isso* que motivou as minhas ações. Porque parte de mim temia que eu nunca mais a visse outra vez.

O plano de Nyktos vai dar certo. Repeti isso várias vezes até que o pavor passasse. Pigarreei, percebendo que ele não estava irritado com a viagem arriscada, mesmo que tivesse todo direito. Mesmo que pudesse, no mínimo, deixar claro que tinha sido desnecessária.

Algo que eu certamente faria.

O que me fez pensar que havia puxado mais à minha mãe do que gostaria de reconhecer. Estremeci.

— No que você está pensando? — perguntou Nyktos, detendo-se no meu quadril.

Uma Luz na Chama / 359

Voltei o olhar para o teto.

— Eu projetei as emoções?

— Sim. — Ele fez uma pausa. — Senti um gosto ácido e... algo azedo.

Fiz uma careta.

— Não sei muito bem o que isso significa.

— Confusão — respondeu ele. — E vergonha.

— Legal — murmurei, sentindo o rosto corar. — Você deve ficar com um gosto ruim na boca com bastante frequência.

— Às vezes. — Ele fechou a mão em volta do meu quadril. — Vai me contar no que estava pensando?

— Preciso?

Ele deu uma risada.

— Não.

Franzi os lábios.

— Mas você quer que eu conte?

— Não teria perguntado se não quisesse, mas você já sabe disso.

Sabia, sim.

— Eu estava... pensando na minha mãe.

Nyktos se aproximou mais de modo que o peito tocasse no meu braço e uma das pernas roçasse na minha.

— Adoraria que você não tivesse mais que pensar nela.

— Eu também — admiti, com um suspiro.

Ele afastou a mão do meu quadril e seguiu até as mechas emaranhadas de cabelo sobre o meu braço. Em seguida, começou a desenrolar os cachos.

— Está pensando no que eu disse a ela?

— Bons deuses, não. — Meu olhar disparou para o dele. — Adoraria poder reviver aquele momento várias vezes: ela olhando boquiaberta para você enquanto íamos embora.

Um ligeiro sorriso surgiu nos lábios dele.

— É, mas acho que falei demais. Ela é a sua mãe. Isso é problema seu.

— Mas eu... eu não quero lidar com ela. Percebi isso hoje. Foi por isso que, você sabe, não discuti com ela. Principalmente porque sabia que ela ia me irritar. Mas também porque... — Franzi a testa. — Porque não me importo mais. A confusão, vergonha ou o que quer que você tenha sentido em mim foi porque estava pensando que sou parecida com ela. E eu... não gosto disso.

— Acho que todos somos parecidos com os nossos pais, o que não quer dizer que *sejamos* eles.

— Verdade — murmurei, imaginando pela milionésima vez como o meu pai seria.

— E sobre não se importar? Não é necessariamente algo ruim. — Ele enrolou o dedo numa mecha de cabelo. — Só porque alguém é seu parente de sangue não significa que essa pessoa seja digna do seu tempo e pensamentos.

— Tem razão. — Estudei as feições dele. — Você, mais do que ninguém, entende isso.

Os dedos de Nyktos se detiveram ao redor do cacho.

— Entendo, sim — disse ele, com um tom de voz impassível que me deixou alarmada. — E é por isso que não vamos mais perder nem um minuto pensando naqueles com quem infelizmente temos parentesco.

Ele deitou o corpo em cima do meu e, numa questão de segundos, só consegui pensar nele e no modo como me beijava. Como usava a boca e a língua, os dedos e o pau. Nyktos afugentou todos os outros pensamentos.

Até mesmo o pavor que pairava sobre mim como uma sombra e me assombrava como um fantasma.

Com o cabelo ainda úmido, prendi as mechas numa trança enquanto caminhava com Ector até o escritório de Nyktos na manhã seguinte. De acordo com o que Orphine me dissera durante o café da manhã, eu devia me encontrar com ele ali assim que estivesse pronta. Já que a viagem para o Vale só estava marcada para o dia seguinte, eu esperava que Nyktos fosse cumprir mais uma das minhas exigências.

Treinar comigo.

Mas eu não tinha certeza, pois não tive chance de perguntar a Nyktos pela manhã. Ele já tinha ido embora quando acordei.

Usei uma das últimas faixas de cabelo que consegui encontrar na sala de banho e me lembrei de perguntar a Nyktos sobre as que sempre pegava depois de desfazer as minhas tranças. Ele as colocava no pulso, mas eu não as via mais em lugar nenhum depois disso. O que será que fazia com elas? Usava para prender o próprio cabelo? Concentrei-me nisso em vez de pensar no sangue que vi ao escovar os dentes. Eu me recusava a ficar remoendo isso.

— Você está sorrindo — comentou Ector, olhando para mim. — Acho que devo me preocupar quando você sorri.

Bufei.

— Não, não há nada com que se preocupar.

— Sei....

Meu sorriso foi ficando maior à medida que descíamos as escadas e eu rememorava a noite passada. Parecia um sonho selvagem. Nyktos havia jantado comigo de novo e depois nós partilhamos um ao outro. Conforme o seu corpo tremia de prazer, ele sussurrou aquela palavra nos meus lábios mais uma vez.

Liessa.

Algo belo. Algo poderoso. Rainha.

Avistei Lailah descendo o corredor à direita, com Reaver voando junto ao ombro, quando atravessamos o saguão e nos viramos na direção do escritório de Nyktos. As brasas se aqueceram e se agitaram no meu peito, fazendo eu me sentir meio boba e ousada quando entramos no cômodo e vi Nyktos atrás da mesa, escrevendo no Livro dos Mortos. Ele estava com os cabelos penteados para trás daquele rosto deslumbrante e anguloso.

Levei um susto quando ele levantou a cabeça. Seus olhos luminosos e prateados se fixaram nos meus, e a minha pele ficou mais quente do que devia. Será que as ondas de calor eram um sintoma da Seleção? Fiz uma anotação mental para perguntar a Aios na próxima vez que a visse. E não para Nektas, isso é certo.

— Bem na hora. — Nyktos fechou o Livro dos Mortos e se levantou, enrolando o barbante em torno do livro. Ele estava vestido como se estivesse nos seus aposentos: sem túnica ornamentada, mas com uma camisa preta larga com as mangas arregaçadas até os cotovelos e calça de couro. Ele se virou para o aparador. — Acabei de terminar — anunciou.

— Precisa de mais alguma coisa? — perguntou Ector.

— Não, mas não estarei disponível a manhã toda. — Nyktos guardou o livro enquanto minha expectativa aumentava. — A menos que haja uma emergência.

— Certo. — Ector lançou um olhar malicioso para mim.

— Obrigado — agradeceu Nyktos, contornando a mesa.

Ector fez uma reverência e, com uma olhadela na minha direção, saiu do escritório, deixando-me a sós com o Primordial.

As coisas ainda pareciam inexplicavelmente *diferentes*.

E eu precisava acalmar meu coração frenético.

— Quantas almas tinham o mesmo nome hoje?

Ele abriu um leve sorriso ao atravessar o escritório, o que pouco ajudou a acalmar o meu coração.

— Nenhuma.

— Suponho que você não estava muito distraído — falei, entrelaçando as mãos.

— Levando em conta o silêncio — disse ele, parando diante de mim e abaixando o olhar para o volume do meu peito empurrado para cima pelo colete —, e o fato de que não havia um par de seios a centímetros do meu rosto, eu estava bastante concentrado.

Reprimi um sorriso.

— Bem, você deve estar satisfeito por saber que os meus seios não serão uma distração hoje.

— Eles são sempre uma distração — murmurou Nyktos, pegando a minha trança.

— O que é mais uma falha da sua parte do que culpa deles, não acha?

Ele passou o polegar pelo comprimento dos meus cabelos.

— É o que dizem.

— Então você já deveria saber— falei, gostando da conversa despreocupada. Foi como antes de a minha traição ser descoberta.

O sorriso rápido voltou quando ele passou a trança por cima do meu ombro, deixando-a cair pelas minhas costas.

Uma Luz na Chama | 363

— Venha — disse ele, recuando e se encaminhando para as portas do escritório.

Curiosa, segui-o até o corredor e depois desci em direção à escada dos fundos. Ele abriu uma porta pesada à direita, a última no final do corredor. Espiei atrás dele. Não havia nada além de um abismo escuro.

— O que é isso?

Ele olhou por cima do ombro. As tochas ao longo da parede se iluminaram numa chuva de faíscas. Uma após a outra se acendeu, lançando um brilho alaranjado sobre os degraus estreitos, íngremes e sinuosos.

— Uma escada.

Olhei para ele, inexpressiva.

— Você é realmente prestativo.

— Acho que isso não foi um elogio. — Ele começou a descer os degraus. — Mas vou encarar como se fosse.

— Como quiser — murmurei, passando as mãos pelas paredes úmidas conforme descia atrás dele. O cheiro de mofo acumulado no espaço apertado me lembrou do labirinto de câmaras sob o Castelo Wayfair que levava a túneis espalhados por toda a cidade.

— Aposto que vai gostar de saber que, depois da Ascensão, você vai conseguir usar a essência da mesma forma que acabei de fazer — disse ele, apontando com a cabeça para as tochas bruxuleantes.

Olhei para os ombros largos dele, com as mãos ainda nas paredes. Gostei da confiança que ele tinha em relação ao resultado do plano. Era tranquilizador.

— Quer dizer que vou conseguir acender a lareira e a luz do abajur com o poder da mente e me mover super-rápido e sem esforço?

— Você não vai conseguir alimentar a eletricidade. Só um Primordial é capaz de fazer isso, mas acender a lareira e se mover rápido? Certamente. Só que não é o poder da mente, mas da *vontade*. — Ele acompanhou as curvas fechadas da escadaria com a facilidade de quem percorria bastante aquele trajeto.

— Para mim, dá no mesmo. Mas tanto faz.

— Não dá no mesmo. O poder da mente requer pensamento. Tempo. A vontade simplesmente existe. É imediata.

Fiz uma careta para as costas dele.

— Seja como for, eu vou ficar muito preguiçosa.

Nyktos deu uma risada.

— Cuidado — alertou ele enquanto se virava, tirando uma das minhas mãos da parede. — O último degrau é bem íngreme. Uns trinta centímetros.

As brasas se agitaram alegremente em reação ao toque dele. Ou talvez tenha sido o meu coração. Eu não tinha mais certeza. Segurando a mão de Nyktos, desci o último degrau e entrei num amplo corredor iluminado por tochas.

Senti um aperto no peito ao ver as paredes úmidas de pedra das sombras e as grades. *Fileiras* de grades da cor de ossos em ambos os lados do corredor. Celas.

— Devo me preocupar?

Foi a vez de Nyktos me lançar um olhar inexpressivo.

— Espero que não seja uma dúvida genuína.

Não falei nada enquanto examinava as grades que revestiam as celas. Não eram totalmente lisas ou retas. Algumas estavam retorcidas e, no interior, vi correntes que se assemelhavam às grades. Ao me aproximar, percebi que havia algo gravado ali. Símbolos.

— Colocá-la numa cela depois de tudo que aconteceu — disse ele, apertando minha mão para impedir meu avanço — não faria muito sentido, faria? Principalmente depois de fazer um acordo insensato, mas muito agradável.

Olhei por cima do ombro para Nyktos.

— Insensato?

Os olhos dele cintilaram sob a luz do fogo.

— Mas muito agradável.

Comecei a salientar que uma coisa não anulava a outra, mas então me lembrei do que ele havia me dito antes. Que sua atração por mim, e nosso subsequente acordo de prazer pelo prazer, era algo que ele considerava uma distração. Por outro lado, eu estava começando a achar que *distração* era um código para se *importar*. E eu sabia o que Nyktos acreditava que aconteceria com as pessoas com quem se importava. Parte de mim começava a acreditar que fora por isso que ele removera sua *kardia*. Não para se proteger, mas para proteger os outros. Eu me virei na direção das celas para deter a onda de pesar que me invadiu antes que Nyktos pudesse senti-la.

— E essas grades? É impressão minha ou elas se parecem com ossos de verdade? As correntes também.

— São ossos, sim. — Nyktos começou a andar, levando-me consigo. — Ossos que pertenciam a deuses ou filhos de deuses.

Fiz careta.

— Como os ossos que prendem os deuses sepultados na Floresta Vermelha?

Ele confirmou com a cabeça.

— O que está gravado neles?

— Feitiços Primordiais que os tornam extremamente difíceis de quebrar — disse ele enquanto caminhávamos pelo longo e interminável corredor de celas. Devia haver dezenas delas. — Os ossos são capazes de prender até mesmo um Primordial enfraquecido. A única coisa que não afetam é um ser de dois mundos.

— Vida dupla. Os dragontinos — murmurei, lembrando-me de ele ter dito isso antes. — Você me disse que o seu pai criou outros seres parecidos com os dragontinos, certo?

— Certo — disse Nyktos quando chegamos ao final do corredor, que se dividiu em dois. Ele me levou para a esquerda, onde havia uma porta aberta por uma espada de pedra das sombras atravessada na madeira e cravada na pedra logo atrás. Olhei curiosa para a lâmina, sacudindo a cabeça. — Mas os dragontinos são como os Arae. Os dragões que os antecederam eram ancestrais. Os seres que o meu pai criou depois dos dragontinos são deuses e, se outros recebessem a vida dupla, também seriam assim.

— A que seres ele concedeu a vida dupla?

— A apenas dois. Os felídeos, que são seres capazes de se transformar em grandes felinos e podem ser encontrados em Sirta. São lutadores ferozes em ambas as formas, e a maioria dos deuses sabe que é melhor não ser encurralado por um felídeo furioso.

Não foi nenhuma surpresa descobrir que os deuses capazes de assumir a forma de predadores tão letais fossem encontrados na Corte de Hanan.

— E também há as sirenas — continuou ele, e não pude deixar de me perguntar se Nyktos sabia que ainda estava segurando a minha mão. — Geralmente são encontradas no Arquipélago de Tritão.

Respirei fundo, atônita.

— Elas vivem na água?

— Podem viver. — Ele arqueou a sobrancelha. — Já ouviu falar delas?

— Ouvi histórias a respeito, antigas lendas de marinheiros atraídos dos seus navios por belas criaturas do mar que são metade mortais e metade... peixes. — Franzi o nariz. — Não sei como alguém pode ser metade peixe.

Ele abriu um sorriso enquanto passávamos por diversas câmaras inacabadas que imaginei estarem destinadas a mais celas. Só algumas tinham portas, e eu tentei não pensar a que distância devíamos estar debaixo da terra.

— É, elas são uma visão e tanto quando assumem essa forma. Você acabará vendo uma mais cedo ou mais tarde.

Eu adoraria ver uma sirena.

— Eles são os únicos seres capazes de mudar de forma? Os felídeos e as sirenas?

Um ligeiro sorriso surgiu nos lábios dele.

— Alguns Primordiais e uns poucos deuses também podem. — Nyktos parou no final do corredor e então abriu uma porta. Soltou a minha mão e entrou. — Chegamos.

As chamas de dezenas de arandelas lançavam um brilho suave sobre a câmara ampla, que parecia ter sido esculpida em pedra das sombras, mas suas paredes não eram tão polidas quanto nos andares superiores. Uma espécie de mesa de pedra havia sido construída a partir da parede e chegava na altura da minha cintura. Mas o que chamou mesmo minha atenção enquanto avançava bem lentamente foi algo que vi no centro da câmara. Era uma... uma grande poça d'água. Como um lago, mas não exatamente.

A porta se fechou lá atrás quando Nyktos se juntou a mim.

— É uma piscina — explicou ele.

— Uma piscina? — repeti, juntando as mãos sob o queixo.

Uma Luz na Chama / 367

— Sim, uma espécie de banheira enorme. A margem — disse ele, apontando para onde a água ondulava sobre alguns degraus — é bem rasa, mas vai ficando gradualmente mais funda. As ventoinhas que ficam lá no fundo, onde a piscina chega a cobrir minha cabeça, mantêm a água em movimento, e os minerais que escorrem da pedra das sombras ajudam a mantê-la limpa e fresca. — Ele inclinou a cabeça para trás para encarar o teto baixo. — A cozinha fica logo acima, e o fogo de lá ajuda a manter esta câmara aquecida. É o mais perto que consegui chegar de um lago.

Voltei o olhar para ele.

— Você criou isso? Com éter?

— Usar esse tipo de energia para criar algo assim poderia desestabilizar o palácio inteiro. Essa piscina foi feita à mão — respondeu ele, e eu arregalei os olhos. — Mas não a construí sozinho. Rhain e Ector me ajudaram a escavar a pedra. Até Saion e Rhahar contribuíram ao longo dos anos. Nektas também. — Outro sorriso surgiu nos lábios dele. — Bele, na maior parte do tempo, ficou só supervisionando.

Esse comentário me fez rir.

— Quanto tempo levou para ficar pronta?

— Muito tempo, mas valeu a pena — respondeu ele, cheio de orgulho. — Principalmente quando você não consegue dormir ou sua mente precisa de um lugar tranquilo.

Olhei para Nyktos enquanto ele voltava o olhar para as águas escuras e reluzentes que me lembravam tanto do meu lago. Fiquei imaginando quantas vezes ele se refugiava ali — um lugar que eu sabia que era especial só pelo seu jeito de falar e o modo como olhava para a piscina. Podia até ser um lugar sagrado para ele. Também fiquei imaginando por que ele decidiu mostrá-lo a mim.

Você sente falta do seu lago, não é?

Aquele movimento arrebatador e vibrante voltou ao meu peito quando olhei de novo para a piscina.

— Por que você ia até o meu lago se tinha isto aqui?

Nyktos ficou quieto por tanto tempo que me virei para encará-lo. Ele continuava olhando para a piscina.

— Porque era o *seu* lago.

24

De todas as respostas que eu poderia pensar, essa sequer entrava na lista.

— O que você quer dizer com isso? — Posicionei o corpo na direção dele. — Porque quando o flagrei no meu lago, você pareceu surpreso por me ver lá.

— E fiquei surpreso *mesmo*. — Ele olhou para mim. — Porque nas inúmeras vezes que estive lá, você nunca apareceu.

— Mas você sabia que era o meu lago antes daquela noite?
— Sabia.

Olhei para ele com expectativa.

— Desembucha. Preciso de mais explicações.

Nyktos ficou quieto por um momento.

— Antes de morrer, meu pai me contou sobre o acordo que fez com o seu antepassado. Ele não me disse por quê, mas acho que saberia mesmo se ele não tivesse me contado.

— Pelo jeito como as Terras Sombrias mudaram?

Nyktos sacudiu a cabeça.

— Era o que eu pensava até saber a respeito das brasas. Eu sentia você; ou ao menos a brasa em você que pertencia a mim. — Ele inclinou a cabeça, passando as presas sobre o lábio. — Mandei Lathan e Ector ficarem de olho em você desde o seu aniversário de 17 anos, mas eu... já tinha ido ver como você estava antes disso. Eu estava curioso a seu respeito. — Os olhos dele encontraram os meus. — Vi você passear pela floresta, sentada à beira do lago. Eu não costumava ficar por muito tempo, por isso só a vi pôr os pés na água, mas sabia que você ia lá.

— Eu não fazia ideia... — murmurei, surpresa. — Preciso mesmo ficar mais atenta.

Nyktos me lançou um sorriso irônico.

— Por que você não falou comigo? — perguntei.

— Por quê? — Ele deu uma risada rouca, passando a mão na cabeça. — Porque embora eu seja o Primordial mais jovem, mais jovem até mesmo do que a maioria dos deuses, você era uma criança e eu era um homem adulto pelos padrões mortais. Você sabe que ficaria nervosa ao ver um homem aleatório se aproximando no meio da floresta.

— É verdade. Teria sido muito esquisito.

— Exatamente.

— Mas me espiar enquanto passeio pela floresta *não* é esquisito? — perguntei, cruzando os braços.

Ele voltou a atenção para a piscina.

— Acho que estava apenas *beirando* o esquisito.

Ri baixinho.

— Só estou implicando. Se estivesse no seu lugar, também ficaria curiosa. Só que eu provavelmente teria falado com você.

Nyktos sorriu ao ouvir o meu comentário.

— Mas nada disso responde por que o meu lago importava quando você tinha isto aqui. — Acenei com a cabeça para a piscina. — Vir aqui deve ser muito mais fácil do que entrar no plano mortal, mesmo que você consiga caminhar nas sombras.

— Não sei. O lago é diferente, e eu... — Ele franziu a testa, coçando o queixo. — Eu era atraído por ele. Atraído por você.

— Por causa da brasa?

— Talvez. — Ele pigarreou. — Enfim, eu quis te mostrar a piscina porque sei que você gosta de água, mas se tivesse feito isso antes, então teria que...

Nyktos teria que explicar por que criou uma coisa dessas. As visitas ao meu lago. As vezes que me viu. Mas ele ainda não estava pronto. Olhei de volta para a piscina. Além disso, eu tinha a impressão de que aquele lugar era um santuário para ele, mesmo que outros o usassem. Assim como o meu lago era para mim. Compartilhar isso era mais uma coisa que ele não estava pronto para fazer.

Até esse momento.

Respirei fundo, impressionada e... *comovida*.

Nyktos me encarou.

— Mas não trouxe você aqui só para mostrar a piscina. Lembra quando eu disse que havia maneiras de tirar o éter de você de novo?

Concentrei-me nisso e arquivei essas novas informações para remoer mais tarde.

— Lembro — respondi.— Pensei que poderíamos tentar fazer isso hoje. E este é um lugar em que poucas pessoas vem. Portanto, não correremos o risco de alguém ver do que você é capaz nem de ser pego no fogo cruzado.

A excitação tomou conta de mim, assim como um pouco de apreensão.

— Tem certeza de que não vou machucar você?

Ele confirmou com a cabeça.

— É preciso um pouco mais do que uma rajada de éter para ferir um Primordial.

— Mas eu o feri.

— Foi uma picadinha de nada.

— Deixou a sua pele fria de novo — insisti.

— Foi uma picadinha de gelo — emendou ele. — Você não vai me machucar, Sera. Nós nem sabemos se causará uma explosão tão intensa outra vez. — Os olhos dele cintilaram. — Mas se você se comportar, talvez possa dar um mergulho.

— Se eu me comportar? — Arqueei as sobrancelhas, ignorando o entusiasmo que senti com a ideia. — Como se eu fosse uma criança que você espionou enquanto passeava pela floresta?

— Exato. Isso a fez se sentir capaz de invocar a essência?

— Não, mas me deu vontade de te dar um soco. — Olhei desconfiada para ele. — Você estava tentando me incitar a usar o éter?

— Estava.

Dei uma gargalhada.

— Bem, você vai ter que se esforçar mais. É preciso mais do que isso para me deixar irritada.

— Quero que você repita o que acabou de dizer e se pergunte se isso é verdade — respondeu ele.

Franzi os lábios.

— Vou reformular a frase. É preciso muito mais do que isso para me deixar *tão* irritada assim. Tenho bem mais autocontrole do que você imagina.

Eu esperava ouvir uma réplica compreensivamente sarcástica, mas não houve nada. Nyktos me observou por alguns minutos.

— Deixe-me ver a adaga.

— Como sabe que estou com ela?

— Você sempre está com ela, Sera. Deixe-me vê-la. — Ele fez uma pausa, estendendo a mão. — Por favor.

— Detesto quando você pede "por favor" — resmunguei, me abaixando e enfiando a mão no cano da bota. Tirei a adaga e endireitei o corpo.

— Que coisa mais estranha de se detestar.

Pus a adaga, com o cabo primeiro, na palma da mão dele.

— Se você diz...

— Obrigado. — Nyktos se virou bruscamente e atirou a adaga.

Fiquei boquiaberta quando ela voou pelos ares e atingiu a parede acima da mesa com tanta força que o cabo começou a vibrar.

— O que foi isso!? — exclamei e virei a cabeça na direção dele. — Agora você só está querendo me irritar.

Nyktos deu um sorriso, o que também era irritante.

— No momento, a essência está ligada a emoções extremas. Será diferente depois que você Ascender, mas antes disso ela pode se manifestar quando você estiver muito irritada ou frustrada. Sofrendo demais. Sentindo dor. — Ele começou a me rodear como havia feito no pátio. — Tenho o pressentimento de que, se eu a vencer numa luta, você vai ficar bastante frustrada.

— E foi por isso que atirou minha adaga contra a parede?

Uma Luz na Chama / 373

— Eu atirei a adaga na parede porque não quero ser apunhalado de novo nem que você corte mais um pedaço do meu cabelo.

Abri a boca para responder, mas Nyktos me cortou:

— E não se atreva a dizer que não me apunhalaria — disse ele. — Eu sei que o faria.

— Nossa, como você é esperto — murmurei, rastreando seus movimentos.

Nyktos deu um sorriso malicioso.

— Se conseguirmos arrancar o éter de você outra vez, poderemos passar para usos mais controlados.

— Então o que faremos? — Aproximei-me dele. — Lutar corpo a corpo até eu ficar frustrada e usar as brasas?

— Tenho a impressão de que você vai ficar cansada antes disso, mas o plano é esse.

Levantei a mão direita e estendi o dedo do meio enquanto a adrenalina corria pelas minhas veias. Ele tinha razão, mas eu sentia falta do treinamento. E de lutar.

— Caso não saiba o que isso significa, vai se foder.

Nyktos deu uma risada.

— Se você se comportar, talvez eu foda *você*.

Uma onda de calor totalmente inapropriada percorreu o meu corpo quando vi tudo vermelho. Avancei sobre ele, tentando lhe dar um soco.

Mas não acertei nada.

Tropecei no espaço vazio onde ele estava antes, tentando me equilibrar. Olhei para cima e o vi a vários metros de distância.

— Vai ter que ser bem mais rápida.

Dei um suspiro já aborrecido e disparei até ele, aos chutes, mas só acertei o ar. Comecei a me virar quando senti um leve roçar no meio das minhas costas. Girei o corpo, empurrando o cotovelo para trás. Ele caminhou nas sombras para bem longe de mim outra vez.

— Um dia desses vou caminhar nas sombras com um punho bem no meio da sua cara — avisei.

Nyktos deu uma risada.

— Quer dizer que você não pretende mais jogar a sua vida fora?

Trincando os dentes, eu avancei. Sabia que ele estava me provocando de propósito, que queria me deixar furiosa, e estava começando a funcionar.

— Sabe o que eu acho?

— O quê? — Nyktos olhou para a camisa, tirando um fiapo dela.

— Acho que você fica caminhando nas sombras porque sabe que vou acertar um golpe se não fizer isso.

— Eu sei. — Ele deu uma piscadela para mim. — Mas isso é bem mais divertido.

Nyktos desapareceu no instante em que girei o corpo, reaparecendo atrás de mim. Ele continuou com isso por um bom tempo, e eu comecei a suar. Nem me mexi quando o senti atrás de mim, sabendo que ele ia caminhar nas sombras antes que eu conseguisse reagir.

— Começando a ficar cansada? — perguntou Nyktos.

— Um pouco — sussurrei.

Houve um segundo de silêncio.

— Pode ser a Seleção...

Girei o corpo e dei um chute, acertando o abdômen dele. Nyktos grunhiu, cambaleando para trás. Seus olhos brilhantes encontraram os meus.

— Trapaça pura.

Sorri e parti para cima dele e, quando ele desapareceu, eu já sabia para onde ia. Dei meia-volta, levantando o joelho. Ele me bloqueou.

Nyktos estalou a língua de reprovação.

— Você nunca vai ser tão rápida quanto eu. — Ele se posicionou atrás de mim, passou o braço em volta da minha cintura e girou o meu corpo. — Por mais que tente.

Busquei me equilibrar e passei a trança por cima do ombro, sentindo o coração acelerar. Então, como eu esperava, Nyktos surgiu pela frente, ao invés de por trás, e me pegou pelo queixo. O toque não era nada doloroso.

— Eu sou um Primordial.

— Parabéns — vociferei, evocando uma lembrança que fez as brasas zumbirem no meu peito no momento em que estendi a mão para Nyktos, que estava junto à beira da piscina. De repente, me dei conta de que foi aquilo que Taric fez quando lutei contra ele na sala do trono. Ser lembrada disso me deixou *furiosa*. Eu estava completamente indefesa naquela ocasião, lutar contra ele tinha sido inútil. Eu não era rápida o bastante para competir com ele, e continuava não sendo. A rachadura vibrou no meu peito, e a sensação se tornou cada vez mais forte à medida que continuávamos, com Nyktos me provocando e eu sendo lenta demais. Aconteceu várias vezes até que o meu peito e a minha pele ficaram em brasa.

Nyktos caminhou nas sombras mais uma vez. Em seguida, surgiu atrás de mim, prendendo os meus braços antes que eu pudesse pensar.

— Maldição — rosnei.

Ele deu uma risada áspera e me puxou de encontro ao peito.

— E agora? Como vai se livrar de mim? Não pode alcançar a adaga ou qualquer outra arma, caso tenha. O que vai fazer?

Tentei me desvencilhar, mas só consegui fazer com que ele me puxasse para mais perto.

— Gritar bem alto?

— Não.

— Implorar? — sugeri, tensa ao sentir a respiração dele em meu pescoço.

— Eu até gostaria de ouvir você implorar por certas coisas, mas não pela sua vida — disse ele. — Sinto a essência crescendo dentro de você. Está bem aqui, deixando o ar carregado. Você pode convocar o éter. Usar a sua vontade para manifestar uma energia capaz de libertá-la de mim. Não vai me machucar.

Eu também senti isso. Com ênfase no *passado*.

— Não estou preocupada se vou machucar você.

O hálito frio dele soprou na minha orelha.

— Então o que a impede?

— Todas as coisas que você gostaria de me ouvir implorar.

Nyktos ficou imóvel atrás de mim.

Abri um sorriso malicioso, pressionando a cabeça no peito dele. Sabia que devia me concentrar, mas não conseguiria recorrer às brasas nem se sentisse o poder delas. Além disso, eu estava me sentindo impulsiva. E bastante imprudente.

— Aposto que consigo adivinhar ao menos uma delas — continuei.

Houve um segundo de silêncio.

— E o que seria?

— Não sei se devo falar. — Virei a cabeça para ele. — Pode ser ousado demais.

— Não acredito nem por um segundo que você esteja preocupada em ser ousada demais.

— Mas você pode achar que estou falando isso só para ser... uma distração.

Nyktos me mudou de posição. Ele me puxou alguns centímetros para cima e fiquei na ponta dos pés, sentindo sua rigidez contra a lombar.

— Já estou distraído.

Mordi o lábio quando o calor invadiu o meu sangue.

— Mas pode ficar ainda *mais* distraído.

— Diz logo o que acha que eu gostaria de ouvir você implorar — ordenou ele, com a voz cheia de seda e sombras. — Ou é você que não passa de conversa fiada?

Dei uma risadinha grave e gutural enquanto me esticava o máximo que podia, aproximando a minha boca da sua.

— Seu pau — sussurrei, pisando no pé dele. Com força.

Nyktos grunhiu, mais de surpresa do que de dor, mas afrouxou o braço ao meu redor. Libertei-me, escorregando para longe do seu abraço. De frente para ele, recuei pelo chão de terra batida e pedra.

— E é assim que eu me liberto de você.

O éter se infiltrou em seus olhos conforme ele repuxava os cantos daquela boca exuberante e carnuda.

— Esse é o seu grande plano de batalha quando não tiver acesso a armas? Falar sobre o pau dos outros?

— Se der certo, por que não? — Olhei para o volume evidente na calça de couro dele. — E, pelo que vejo, deu *muito* certo.

— Talvez até demais.

— Ah, é?

Nyktos não disse nada enquanto caminhava em minha direção. Expectativa e adrenalina aqueceram meu corpo. Esperei até que ele estivesse a menos de trinta centímetros de mim e então me esquivei para a esquerda, passando debaixo do seu braço. Ele se virou e me agarrou, sem caminhar nas sombras desta vez.

Nyktos me puxou contra si mais uma vez, de costas para ele, e cruzou o braço sobre o meu peito.

— Foi fácil demais, Sera. — Ele pousou a outra mão na minha barriga, me sobressaltando. — Não me parece que você esteja tentando fugir de mim.

Perdi o fôlego quando ele levou a mão até os cadarços na frente da minha legging.

— O que você acha?

Eu não conseguia nem pensar.

— Eu diria que é óbvio. — A mão dele seguiu seu caminho descendente, escorregando até o meio das minhas pernas. Um forte pulso de desejo percorreu o meu corpo. — Você queria ser pega.

Dei um suspiro trêmulo quando seus dedos alcançaram a região sensível.

— Não gosto de ser pega. — Meus quadris se contraíram quando seus dedos começaram a se mover em círculos apertados. — Em hipótese nenhuma.

Ele deu uma risada.

— Mentira.

Eu estava mentindo mesmo. E começando a ofegar, mas não por causa do treinamento. Trêmula, segurei o braço no meu peito enquanto ele continuava me esfregando através do tecido da legging.

— Se bem que ser pega desse jeito não é tão ruim assim. — Reprimi um gemido quando seus dedos pressionaram o feixe sensível de nervos. — Todos os Primordiais lutam dessa maneira?

O som que Nyktos emitiu atrás de mim não devia ter me excitado, mas me excitou, e abri um sorriso. Puxei seu braço e joguei a perna para trás, enrolando-a ao redor da dele. Girei o corpo com força, tentando fazer com que ele perdesse o equilíbrio.

— Golpe errado — rosnou ele, levantando-me do chão. Ele nos virou na direção da velha mesa de pedra. — Mas acho que você também não se esforçou muito.

Engoli em seco quando ele me empurrou para baixo até que eu encostasse a barriga na mesa. Meus pés mal tocavam no chão quando comecei a virar, mas de repente ele estava ali, pressionando o peito contra as minhas costas e entrelaçando as pernas nas minhas. Ele colocou o braço direito entre o meu rosto e a pedra, e só consegui ver os nós dos seus dedos brancos e a minha adaga, que ainda estava cravada na parede.

Eu estava presa.

Meus dedos seguraram a borda áspera da mesa enquanto eu esperava o pânico me atingir com um aperto no peito. Mas quando respirei fundo, senti apenas um cheiro de frutas cítricas e a presença de Nyktos atrás de mim, com o peito ofegante, o hálito na minha bochecha e os quadris contra o meu traseiro. Aquilo era o oposto de pânico: era uma enxurrada quente e chocante de desejo.

O peito de Nyktos subiu bruscamente contra as minhas costas.

— Você gosta — disse ele, parecendo um tanto admirado, talvez chocado até, mas ao mesmo tempo bastante *interessado* porque levou a mão até o meu quadril. — Você gosta *desse jeito*.

Eu estava presa. Dominada. Vulnerável aos caprichos dele. E... não apenas *gostei* disso como senti um desejo úmido percorrer o meu corpo inteiro, porque era aos caprichos *dele* que eu estava *aberta*. Era *ele* quem assumia o controle.

— Consigo sentir o *gosto* do seu desejo. — Os lábios de Nyktos roçaram na minha bochecha. — Picante. Defumado — rosnou ele, esfregando os quadris em mim. Estremeci ao sentir o corpo dele. — Nem preciso tentar ler as suas emoções.

Apertei os dedos contra a pedra quando a maldita mão dele encontrou o caminho até o meio das minhas pernas outra vez. Fechei os olhos, me esfregando nos dedos dele.

— Eu... eu gosto.

— Por quê? — Havia uma curiosidade em sua voz que suavizava o tom firme da luxúria. — Me diga.

Estava difícil respirar devido à maneira como ele tocava em mim.

— Eu... — Dei um gemido enquanto ele provocava. — Não sei.

— Acho que você sabe, sim. — Ele levou a mão até os cadarços da minha legging, encontrando o nó ali. Então deu alguns puxões e a calça se afrouxou, assim como eu e todos os meus músculos. — Mas pode ser que eu esteja enganado e você não saiba. — Ele deslizou a mão entre as pernas da legging e por baixo da roupa íntima. Em seguida, pressionou os dedos contra a umidade ali. — Porém, não estou enganado quanto ao fato de você gostar disso.

E não estava mesmo.

Dei um gemido quando ele enfiou o dedo. Depois, mais outro. As pernas dele estavam aninhadas entre as minhas de modo que eu ficasse aberta para ele, e não havia muito que eu pudesse fazer contra seu peso. Outra onda de desejo percorreu o meu corpo.

— Eu gosto... — Gemi quando ele acomodou o corpo contra as minhas costas. Minhas pernas apertaram as dele enquanto eu segurava a sua mão apoiada na mesa.

— Gosta de quê? — A voz dele era um sussurro acalorado no meu ouvido. — De ser dominada?

Tremi de corpo inteiro quando a tensão se acumulou perversamente na boca do meu estômago.

— Eu gosto... de me *submeter* a *você*.

— *Cacete*. — Ele sacudiu o corpo, ofegante. — Você nunca se submete a mim.

Virei o rosto, abrindo os olhos, e o olhar dele captou o meu de imediato.

— Estou me submetendo agora.

O éter escoou para as veias do seu rosto e ele parou de mexer os dedos dentro de mim.

— É isso que você quer? Agora? Desse jeito?

Meu rosto ardia.

— Acho que você pode sentir que sim.

Ele curvou os dedos ligeiramente dentro de mim, me arrancando um grito agudo de prazer.

— Posso.

Engoli em seco.

— Sei que posso deixar que isso aconteça — sussurrei, sem saber se ele entendia o que eu estava dizendo, o que aquilo significava.

380 / *Jennifer L. Armentrout*

Nyktos se deteve, deu duas estocadas com os dedos e então os tirou de dentro de mim.

— Acho que entendo.

Entendia mesmo? Será que ele entendia que eu queria... Não, que eu *precisava* estar no controle? Nas decisões que tomava, por menores que fossem? Que eu não seria dissuadida com conversas e que não me submeteria a nenhuma autoridade ou batalha? Mas que com *ele*, com *isso*, era diferente. Eu podia relaxar e me deixar levar se quisesse, porque sabia que estava segura com ele. Porque eu... eu confiava nele.

Nyktos retribuiu meu olhar e puxou a legging e as roupas íntimas até os meus joelhos. Ele não desviou o olhar enquanto abria a calça de couro, empurrando-a para baixo o suficiente para segurar o pau contra a minha bunda. Não tive nem tempo de piscar e ele já estava dentro de mim.

Foi então que eu soube, sem a menor dúvida, que ele entendia.

Nyktos se inclinou sobre mim, com o peito beijando as minhas costas enquanto seu pau me abria e preenchia por completo.

E não foi nada como da última vez. Ou como das outras.

Nyktos me pegou por trás, me imprensando com o corpo conforme me penetrava cada vez mais, quase me castigando de prazer. Presa entre ele e a pedra, eu não conseguia me mexer. E gostei do controle total que ele tinha, do domínio bruto do seu toque e das estocadas, que tornavam o prazer intenso e pulsante. Eu sentia a respiração dele em grunhidos contra a minha bochecha enquanto eu cravava as unhas na sua mão.

Pode ter sido o prazer crescente que soltou a minha língua. Ou o isolamento da câmara subterrânea com a corrente suave de água da piscina. Ou ainda a liberdade de não precisar de controle. Fosse o que fosse, me fez sussurrar exigências escandalosas entre nossas respirações partilhadas. Palavras que eu nunca tinha falado para ninguém antes.

Mais forte.

Me toma.

Me fode.

E foi o que ele fez. Nyktos me tomou com força e mais rápido, e me fodeu. Abriu a mão sob a minha e enroscou os dedos nos meus, me segurando enquanto remexia os quadris contra os meus. De repente senti seu hálito se afastar da minha bochecha. O único aviso que recebi foi o roçar do seu nariz pouco antes de sentir um arranhão na lateral do pescoço. Ele não perfurou a pele nem tirou o meu sangue, mas a sensação das presas afiadas e prontas bem em cima da minha veia me levou ao limite. O êxtase foi quase intenso demais. Eu me desfiz de uma maneira que beirava a dor, e ele me acompanhou, pressionando o corpo contra o meu com tanta força que não restou nenhum espaço entre nós. Nada.

O corpo de Nyktos continuou a estremecer à medida que ele desacelerava o ritmo atrás de mim e diminuía a pressão das presas contra a minha pele intacta. E então ele sussurrou:

— Você está sempre segura comigo, *liessa*.

25

Devo ter me comportado muito bem porque, algum tempo depois, fomos para a piscina.

A água escura era mais quente que a do meu lago, mas ainda assim refrescante conforme eu atravessava a piscina escorregadia sob o olhar atento de Nyktos. Ele ficou por perto como se receasse que eu fosse fundo demais e acabasse me afogando. Fiquei imaginando se os minerais de que ele havia falado eram capazes de aliviar a tensão dos meus músculos doloridos quando afundei sob a superfície, adorando a sensação da água escorrendo pelo meu rosto e sobre a minha cabeça. Ou talvez tenha sido o orgasmo. Sorri debaixo d'água. Talvez fossem as duas opções. Fiquei submersa, de olhos fechados e braços estendidos, flutuando.

Um peito frio tocou no meu, me assustando. Nyktos passou os braços em volta da minha cintura e me levantou. Abri os olhos assim que a minha cabeça veio à tona. Segurei-me em seus ombros e respirei fundo, olhando para ele.

Ele afastou o cabelo molhado grudado nas minhas bochechas.

— Você estava começando a me deixar preocupado.

— Desculpe. — Senti o rosto corar. Nunca pensei em como me manter debaixo d'água devia parecer para outra pessoa. — Não achei que tivesse demorado.

Ele me olhou com atenção.

— Foram quase dois minutos.

Arqueei as sobrancelhas, curiosa.

— Você estava contando?

Ele confirmou com a cabeça, tirando o braço da minha cintura e passando a mão pelo meu queixo.

— Por que você faz isso?

— Não... não sei, na verdade. — Mordi o lábio enquanto me afastava. A água ia até o meu peito ali, mas mal chegava ao umbigo de Nyktos, e era muito desconcertante como escorria seus cabelos para trás e descia pelo peito dele. — É só uma coisa que faço desde criança — respondi, apoiando os braços na saliência da parede de pedra fria. — Talvez porque, em vez de sentir que não consigo respirar, eu sinto que sou eu no comando da minha respiração. Só sei que isso me fez sentir no controle em vez de fraca ou algo do tipo. — Dei de ombros enquanto Nyktos permanecia em silêncio. — Mas nem sei se isso faz sentido. É só um hábito esquisito. — Pigarreei. — Enfim, acho que hoje foi um fracasso.

— Não exatamente. — A água se agitou quando ele se aproximou de mim. — Como disse antes, eu senti a essência em você. Para ser sincero, devo tê-la sentido na floresta também, mas eu estava...

Olhei para trás e o vi mergulhar na água e ressurgir alguns segundos depois, erguendo-se como o Primordial que era. Fiquei hipnotizada observando os músculos em seu peitoral e bíceps fazendo todo tipo de movimentos interessantes à medida que ele levantava os braços para passar as mãos pelo rosto e afastar os cabelos para trás.

— Acho que podemos invocar a essência, sim — disse, juntando-se a mim na parede. Ele olhou para o lado. — Lembre-se de que não é sempre que os deuses conseguem usar o éter dessa maneira durante a Seleção. Você já está com vantagem no jogo.

Assenti, apoiando o queixo no braço.

— Mas eu *nem* deveria estar no jogo.

— É verdade. — Nyktos ficou calado por alguns instantes. — Já te contei sobre quando Lathan era mais novo?

Neguei com a cabeça.

— Lathan tinha umas... sensações estranhas. Acontecia sempre durante a noite, quando ele estava prestes a dormir — explicou, apoiando o queixo no braço como eu. — Do nada, ele sentia uma pressão no peito, um aperto na garganta. Como se não conseguisse respirar.

A surpresa me paralisou.

— Era sempre muito rápido e súbito, e o deixava sem ar. Ele dizia que esses episódios aconteciam por várias noites seguidas e de repente paravam por semanas a fio. Lathan temia que um *sekya* o estivesse visitando.

— Um o quê?

Ele olhou de relance para mim.

— É uma criatura que vive no Abismo e pratica uma forma singular de tortura. Eles se sentam no seu peito e roubam o éter através da sua respiração.

— Meus deuses, como assim? — murmurei, estremecendo.

Nyktos deu uma risada.

— Meu pai jamais permitiria que os *sekya* saíssem do Abismo. Lathan sabia disso, mas era a única coisa que fazia sentido. Aconteceu durante anos, mas só reparei na noite em que vi o corpo dele estremecer todo como se estivesse acordando de repente, com falta de ar. Nektas estava conosco e também viu. Ele ensinou a Lathan alguns exercícios de respiração parecidos com os que vi você fazer.

— Ele... ele sabia o que causava esses episódios?

— Lathan nunca soube ao certo, mas Nektas desconfiava de que fosse ansiedade. Que, mesmo que Lathan não estivesse pensando em nada ao adormecer, as coisas em que pensava durante as horas de vigília o alcançavam quando sua mente estava...

— Tranquila? — sussurrei.

O olhar dele se voltou para mim de novo.

— Sim.

A confusão começou a se formar em minha mente enquanto eu olhava para as paredes da câmara.

— Você está tentando me dizer que um semideus tinha problemas de ansiedade? Ou só tentando fazer com que eu me sinta melhor sobre me descontrolar sem um bom motivo?

— Em primeiro lugar, não acho que você se descontrole. Segundo, o que faz com que você sinta que não consegue respirar não é um bom nem um mau motivo. É apenas um fato — disse ele, e eu arqueei a sobrancelha. — E você fala como se fosse impossível que Lathan sofresse de ansiedade.

— Bem, semideuses são poderosos. Fortes. Sei lá mais o quê.

— Você possui as brasas da vida. Brasas Primordiais. — A perna dele roçou na minha debaixo d'água quando ele virou o corpo na minha direção. — Você é forte. Lathan era tão imprudentemente corajoso quanto você. Não tem nada a ver com a mente.

Corajoso.

Forte.

Fiquei em silêncio por alguns minutos.

— Isso... isso parou de acontecer antes que ele... antes que ele morresse?

— Lathan passou anos sem sentir mais nada, mas, em algum momento, os episódios voltaram. — Nyktos pegou as mechas de cabelo que estavam grudadas no meu braço e as colocou nas minhas costas. — E então ele conseguiu lidar com isso depois de aceitar que não era um *sekya* o perseguindo.

Afundei o queixo entre os braços.

— Quando era mais nova, eu prendia a respiração toda vez que me sentia assim, não só quando estava debaixo d'água. — Senti o rosto corar outra vez. — Isso foi antes de Holland perceber. Seria de esperar que isso piorasse a sensação de não conseguir respirar, mas eu tinha a reação oposta. Não sei por quê.

— Nem eu sei por que o corpo e a mente fazem o que fazem na maior parte do tempo — admitiu ele. E, por alguma razão, aquilo me fez sorrir um pouco. — Acho que nenhum Primordial sabe. Mas se isso a ajuda e não a faz se sentir mal, então faça o que precisa fazer. — Ele inclinou a cabeça na minha direção. — Seja como for, você não é fraca, Sera. Nem física e nem mentalmente, que é o mais importante. Você é uma das pessoas mais fortes que já conheci, mortal ou não. — As pontas dos dedos dele roçaram na curva do meu braço. — Com ou sem as brasas.

A rachadura latejou no meu peito. Um nó se formou tão rapidamente na minha garganta que, mesmo que eu soubesse como responder, não

Uma Luz na Chama / 387

teria conseguido. Senti uma ardência nos olhos e pisquei rapidamente para conter lágrimas que eu sabia não terem nada a ver com estar na água. Também sabia que devia estar projetando todos os sentimentos confusos que surgiam na minha cabeça, mas ele disse que *eu* era forte. Não as brasas. Eu. E isso importava.

Porque me lembrava de que *eu* era importante.

Desencostei da parede, me afastei de Nyktos e mergulhei na água antes que aquele nó decidisse se transformar em lágrimas. Não sei quanto tempo fiquei submersa, mas dessa vez Nyktos não veio atrás de mim. Ele estava me esperando quando voltei à tona, atento. Nossos olhos se encontraram.

— Estou começando a achar que tem um pouco de sangue de sirena na sua linhagem — provocou ele com um leve sorriso.

— Cala a boca. — Enfiei a mão na piscina, espirrando água no peito dele.

Ele arqueou as sobrancelhas.

— Você... espirrou água em mim?

Dei de ombros.

— Talvez.

Nyktos me encarou por alguns instantes e depois colocou a palma da mão sobre a água. Ele não passou a mão por ela como eu. O ar ficou carregado, e então a água começou a subir sob a mão dele, girando como um ciclone. Fiquei boquiaberta ao ver a água girar e a espiral ficar cada vez mais larga e alta até que eu não conseguisse mais ver Nyktos.

— Sei que você ficou tão impressionada que até perdeu a voz — disse ele por trás da espiral —, mas eu fecharia a boca se fosse você.

Fechei a boca. Foi só o que consegui fazer antes que o ciclone de água formasse um arco e começasse a tombar. Um som que era meio guincho, meio risada escapou da minha garganta quando a espiral desceu, me atingindo como se eu tivesse sido pega no meio de uma tempestade. Cambaleei para trás, afastando o cabelo do rosto.

— Ei, isso não é justo! — reclamei.

— Eu sei.

Sorri e me aproximei dele.

— Faz de novo.

Nyktos deu uma gargalhada.

— Que exigente.

Mas ele fez. E de novo e então outra vez. Atraiu a água para várias espirais pequenas e outras maiores que assumiam a forma de uma criatura alada ou de um grande lobo que agitava a água da piscina num frenesi de espuma. Fiquei impressionada e completamente encantada com Nyktos, que acabou se juntando a mim no centro da piscina, passando o braço em volta da minha cintura enquanto a água ondulava ao nosso redor. Mas não porque ele podia criar aquelas coisas a partir da água, mas porque ele, o Primordial da Morte, estava *brincando*.

À medida que o nosso tempo a sós se aproximava do fim, senti aquela mudança perceptível outra vez, uma mudança intangível entre nós, enquanto ele pegava as toalhas de uma prateleira nos fundos da câmara. Eu a sentia em mim, enquanto me vestia achando difícil desviar os olhos dele e tirar o sorriso do rosto. E também a sentia nele, nas linhas relaxadas daquelas feições que o faziam parecer tão jovem enquanto se dava ao trabalho de enxugar meu cabelo. E não pude deixar de pensar que aquilo parecia... algo *mais*.

Que *nós* parecíamos ser algo mais.

Passei o restante do dia com Aios e os filhotes de dragontinos, e mesmo que eu não tivesse passado a manhã treinando e depois brincando na piscina, as horas que passei procurando impedir Jadis de tentar voar ou botar fogo em alguma coisa a cada dois minutos teriam me deixado exausta.

Um momento para respirar sem medo de que algo desse absurdamente errado só veio quando Jadis correu até onde eu estava sentada no sofá, levantando os braços finos e escamosos para mim. Inclinei-me para pegá-la no colo, mas, com um brilho prateado cintilante, ela assumiu a forma mortal, ali mesmo, nua como no dia em que nasceu, o que fez

Reaver grasnar e sair da sala mais depressa do que eu já o tinha visto voar. Tive vontade de segui-lo quando Ector enfiou a cabeça na sala, viu o que tinha acontecido e voltou imediatamente para o corredor, sem querer ter nada a ver com aquilo.

Por sorte, Aios estava preparada para a nudez espontânea, pegando uma pequena camisola azul-clara e puxando-a sobre a cabeça morena de Jadis enquanto ela rastejava para os meus braços e enterrava o rosto nos meus cabelos. Ela caiu no sono em questão de segundos.

— Queria conseguir dormir tão facilmente assim. — Aios agachou no chão ao lado dos pratos de sobras de comida. Consegui fazer com que Jadis comesse de garfo de novo, mas se tirasse os olhos dela por mais de um segundo, provavelmente teria perdido um dedo. — E não se preocupe em acordá-la. O palácio pode desabar sobre as nossas cabeças que ela vai continuar dormindo.

— Deve ser muito bom. — Recostei-me no braço do sofá enquanto olhava para as ondas escuras do cabelo dela. — Por que será que ela se transformou? Já a vi a dormir em sua forma dragontina.

— Nenhum dragontino dorme em sua forma mortal a menos que se sinta seguro. — Aios afastou do rosto uma mecha de cabelo cor de vinho enquanto cruzava as pernas. Notei que as sombras tinham desaparecido um pouco dos olhos dela. — Ainda mais quando são filhotes. Quer dizer que ela se sente à vontade com você.

— Ah — murmurei, olhando outra vez para Jadis. Ela virou a cabeça de leve, expondo uma bochecha rosada enquanto mantinha as mãos fechadas em volta do meu cabelo. Seus cílios eram incrivelmente volumosos. — Acho que é por causa do meu cabelo. Nektas acha que a cor faz Jadis se lembrar da mãe.

— Faz sentido. — Aios sorriu ao olhar para a dragontina adormecida. — É meio triste, mas também fofo, se for isso mesmo. — Ela se virou para mim. — Ainda não tive a chance de perguntar como você está lidando com o atraso da coroação e as notícias da convocação.

Inclinei a cabeça para trás, com os braços em volta de Jadis.

— Para falar a verdade, tenho evitado pensar nisso — admiti com um sorriso irônico. — Não é o melhor método, mas não podemos mudar nada.

— Não, não podemos.

Assenti, embora pudéssemos mudar as coisas se conseguíssemos encontrar Delfai antes que Kolis nos convocasse. Mas se não o encontrássemos e eu fosse parecida com Sotoria... Não verbalizei nada disso. Aios não estava ciente dessa parte e, se ela soubesse que eu era a *graeca* de Kolis, estou certa de que as sombras retornariam aos seus olhos. Mas eu me recusava a ficar remoendo isso. Ou qualquer outra coisa. Caso contrário, eu ficaria arrasada.

O som de passos chamou a nossa atenção para a porta. Consegui evitar uma expressão surpresa. Reaver tinha voltado, agora na forma mortal. Ele usava uma calça preta larga e uma camiseta lisa e carregava um rolo de algo branco nas mãos.

O cabelo louro escondeu a maior parte dos seus traços angulosos quando ele veio até onde estávamos, ajoelhadas ao lado do sofá.

— Ela vai querer o cobertor — informou ele com aquela voz estranhamente séria. Um tom maduro demais para uma criança que parecia não ter mais de dez anos de idade.

— Muito atencioso da sua parte, Reaver — disse Aios.

Ele deu de ombros enquanto colocava o cobertor macio sobre os ombros de Jadis com a minha ajuda. Assim que teve certeza de que ela estava coberta, ele se sentou no chão perto de nós.

Olhei de relance para Aios. Ela sorriu.

Os olhos cor de rubi de Reaver me encaravam com expectativa, como se ele estivesse esperando alguma coisa. Só não sei o que e logo me lembrei de como eu era péssima com crianças.

— Quer comer alguma coisa? — perguntou Aios, pegando uma tigela de frutas sortidas. — Tenho certeza de que Jadis não botou as mãos nisto aqui.

Dei um muxoxo quando Reaver hesitou e depois assentiu. A fruta devia ser o único alimento em que Jadis não tinha colocado os dedos — dedos pegajosos que agora estavam bem enrolados no meu cabelo.

— Você sabe quando Nektas vai voltar?

— Mais tarde — respondeu Reaver, mordiscando um pedaço de morango. — Acho que ele foi visitar a Aurelia em Vathi.

— Aurelia? — murmurei, reprimindo um bocejo.

— É uma dragontina da Corte de Attes — respondeu Aios, olhando para mim. — Eu a encontrei algumas vezes. Ela é muito simpática. — Ela serviu um copo de água para Reaver, algo que ele não tinha conseguido beber com Jadis perseguindo-o por todo lado. Seus olhos encontraram os meus por um instante. — Será que foi até lá perguntar se ela ouviu alguma coisa sobre o dragontino que veio aqui?

Faria sentido.

— Não sei. — Reaver pegou o guardanapo que Aios lhe entregou e o colocou em cima do joelho dobrado. — Mas acho que Nek gosta dela.

Arqueei as sobrancelhas ao ouvir o apelido e com a possibilidade de que Nektas gostasse de alguém quando era evidente que ele ainda estava apaixonado pela esposa.

Aios sorriu para o menino.

— Por que acha isso?

Reaver encolheu os ombros enquanto acabava de comer uma fatia de melão.

— Ele sorri toda vez que alguém fala dela.

— Bem, isso não quer dizer nada — disse Aios.

Ele lançou um olhar muito sério para ela.

— Então por que Bele sorri quando alguém diz o seu nome?

Dei um sorriso quando o rosto de Aios ficou com uma dezena de tons de rosa, pensando no modo como as duas interagiam. Imaginei que pudesse mesmo haver alguma coisa entre elas.

— Porque Bele é uma boba. — Aios pigarreou. — Nyktos foi com ele?

Meu coração disparou e, dessa vez, o *meu* rosto parecia ter uma dezena de tons de vermelho. Concentrei-me em acariciar as costas de Jadis. Enquanto Reaver dizia a Aios que o tinha visto lá fora, trabalhando com os guardas, e depois começou a perguntar por que alguns melões eram doces e outros não, fiquei olhando para o teto preto e reluzente.

Nyktos.

Repeti o nome dele várias vezes na minha cabeça, mas não importava quantas vezes eu o dissesse, ainda não me parecia certo. Eu sabia muito bem por quê, e era tudo culpa de *Nek*. Porque, em algum momento, comecei a ver Nyktos do jeito que eu queria. O que era um problema, já que pensar nele como Nyktos me parecia sensato. Menos, em vez de *mais*.

Nyktos representava o *presente*, o prazer pelo prazer, e essa era a maneira mais segura de encarar a minha união com ele. Não havia nenhuma garantia de que fosse lá o que esse tal de Delfai soubesse sobre a remoção das brasas fosse dar certo. Mesmo que desse, não haveria futuro antes que enfrentássemos Kolis e restaurássemos a ordem ao Iliseu. E pensar nele como Ash me apresentava inúmeras possibilidades. Ash me parecia ser algo *mais*, só que eu jamais poderia ter algo mais com ele.

Jadis se remexeu no meu colo quando senti um aperto no peito. Perguntei-me pela centésima vez o que eu estava fazendo, seguindo um plano questionável quando tinha um dever, um destino a cumprir, enquanto as pessoas estavam morrendo por eu estar ali. E se Kolis descobrisse a história da alma? Ele faria tudo aquilo sobre o qual Penellaphe nos alertara.

A pressão aumentou porque eu... eu sabia por que não tinha feito outra tentativa de fuga. Não porque temesse ser flagrada de novo nem por causa do plano, mas pelo motivo por trás de querer que o plano desse certo. Havia todas as razões óbvias — deter Kolis, acabar com a Devastação e restaurar Nyktos ao seu destino legítimo como Rei dos Deuses. Mas eu tinha outros motivos, puramente egoístas.

Não queria fazer o que era preciso para enfraquecer Kolis.

Em vez disso, eu queria um futuro só meu, no qual pudesse tentar manter uma parte ainda boa de mim, assim como Nyktos fez. Um futuro que tinha mais momentos como os que passei com ele hoje cedo. Momentos de *paz*. Eu queria anos como os do seu amigo Lathan, durante os quais ele não teve que pelejar para recuperar o fôlego quando as coisas se tornavam opressivas. Talvez até em momentos como aquele, em que eu tinha uma criança adormecida nos braços, uma que fosse minha. Eu queria um futuro no qual eu fosse...

Tentei me impedir de concluir o pensamento, mas já era tarde demais. O *motivo* por trás do que eu queria já estava completo, e uma coisa muito estranha e aterrorizante me ocorreu conforme eu segurava Jadis de encontro ao peito.

Nyktos... Eu já sabia tudo que ele era: um Primordial da Morte que queria oferecer às Sombras a oportunidade de enfrentar a justiça ou obter a redenção final em vez da morte derradeira. Ele se importava e pensava nos outros, mesmo que isso o fizesse correr grandes riscos. O que ele fez por Saion, Rhahar e inúmeras pessoas era uma prova disso e de que estava conseguindo ser bom. *Inspire.*

Nyktos era um protetor com muito mais do que um *único osso decente* no corpo, mas parte disso pertencia a mim e somente a mim.

Ele não precisava mais me provar isso porque já havia provado, três anos antes, quando se recusou a me aceitar como sua Consorte. Eu só não havia me dado conta na ocasião, e só os deuses sabiam que as coisas não tinham saído como ele esperava, mas ele queria me dar a liberdade. *Prenda.* E ele provou isso várias vezes desde então, quando me impediu de ser morta na Luxe e não tocou num único fio de cabelo meu quando o apunhalei no peito. Ele deteve Tavius quando ninguém mais queria ou seria capaz de fazer isso. E salvou a minha vida outra vez ao me dar um antídoto raro para uma toxina letal, e isso antes mesmo de saber sobre as brasas. Ele botou minha mãe no lugar dela e havia ainda o que Rhain afirmara depois da chegada dos Cimérios aos portões da Colina. O sacrifício desconhecido que Nyktos negou. *Expire.*

Mesmo depois de descobrir o que eu pretendia fazer, ele havia me provado isso. Ninguém, nem mesmo eu, teria culpado Nyktos se ele me trancasse numa daquelas celas que eu tinha visto pela manhã. Mas ele não fez isso. Ele ficou com raiva, e com toda a razão, mas não por muito tempo.

Eu sabia disso. Afinal de contas, ele me deu o seu sangue porque não queria que eu sentisse dor.

Nektas tinha razão.

Nyktos *entendia* as minhas ações e as *aceitava.* Duas coisas que até eu sabia que eram muito mais importantes que o perdão. Nyktos me conhecia. Me escutava. E ele se certificou de que eu entendesse que uma parte de mim *era* boa. Que ele não me via como um fantasma. Ou um monstro. Ele me via como uma pessoa forte e corajosa, com ou sem brasas, e agora eu sabia que ele estava dizendo a verdade quando afirmou estar mais irritado com o que acreditava ser a minha falta de consideração pela minha

própria vida. Que ele se importava comigo apesar da sua determinação em não me ver como algo mais do que uma Consorte só no título. Apesar da sua genuína incapacidade de amar. E por causa disso, de tudo isso...
Eu queria mais.
Queria ser a esposa dele.
Sua companheira.
Sua Rainha.
Eu queria ser a Consorte de Nyktos.

Com medo de que Jadis estivesse caindo, envolvi-a com força nos braços por puro instinto quando notei seu corpo se afastando do meu peito.
— Está tudo bem. Eu fico com ela.
Abri os olhos, confusa, assim que ouvi a voz de Nektas. Ele estava sentado ao meu lado, desenroscando os dedos da filha do meu cabelo com cuidado. Era óbvio que ela ainda estava dormindo, com as pernas moles embora segurasse o meu cabelo com firmeza.
— Ela não quer soltar — comentou Nektas com um ligeiro sorriso.
Olhei para o chão, me dando conta de que devia ter adormecido. Aios e os pratos tinham sumido. Eu me virei para Reaver, que estava encolhido na cadeira ao lado do sofá, de olhos abertos, mas sonolentos.
— Nunca a vi dormir tanto. — Reaver esfregou as bochechas com o punho. — Nunquinha.
Havia quanto tempo que estávamos cochilando? Não sei, mas também não me importava porque percebi que o meu peito estava zumbindo de leve, o que só podia significar uma coisa. Voltei a olhar para as mãos de Nektas. Nyktos estava ali. Naquela sala.
Tudo em que eu estava pensando antes de adormecer voltou à minha mente de uma vez só. O que eu sabia. O que eu queria. Ai, deuses... Meu coração começou a martelar e eu estava prestes a arrancar os cabelos e sair

correndo da sala como se tivesse acordado e encontrado um *sekya* sentado em cima de mim. Podia até ser uma reação exagerada, mas eu não sabia mais o que pensar. Nem o que fazer ou como agir.

O desejo por algo que eu podia ter era estranho para mim. Pois, assim como Nyktos, passei a vida inteira apenas existindo, e desejar alguma coisa me parecia muito com viver.

E isso me assustou mais ainda, já que havia uma boa chance de que eu estragasse um possível futuro com Nyktos, se é que haveria um. Um futuro real. Eu não era só uma pessoa confusa, eu era a própria *confusão*. Uma pessoa temperamental. Violenta. Teimosa. Dada a mudanças de humor, ansiosa num segundo e excessivamente confiante no outro. Eu mal conseguia me suportar na maioria dos dias, mas queria que Nyktos conseguisse lidar comigo. Suspirei enquanto Nektas desfazia todos os emaranhados de cabelo dos dedos de Jadis.

— É tudo culpa sua — murmurei.

Nektas se deteve por um instante.

— O quê?

— Tudo — resmunguei. — Exceto a situação atual com Jadis e o meu cabelo.

— Faz muito tempo que alguém não me culpa por quase tudo enquanto não tenho a mínima ideia do que fiz. — Um sorriso zombeteiro surgiu nos lábios dele. — Estranhamente, acho que senti falta disso — disse Nektas, erguendo o olhar para mim.

Retesei o corpo.

Os olhos dele cintilaram num tom de azul tão brilhante e intenso que pareciam duas safiras polidas antes de voltarem ao tom de vermelho--escuro que eu conhecia.

— Seus olhos — sussurrei quando ele finalmente soltou a mão de Jadis do meu cabelo, aconchegando-a junto com o cobertor contra o peito largo. — Não sei se você sabe, mas eles mudaram de cor por alguns segundos.

Nektas se transformou por completo. O sorriso se foi. Suas feições se aguçaram à medida que as tênues cristas das escamas se tornavam mais proeminentes.

— De que cor ficaram?

— Azuis. — Olhei de relance para Reaver, que ainda parecia meio adormecido. — Um azul muito brilhante e intenso. — Ele me pareceu ter ficado um pouco pálido, mas não tinha certeza. — É normal?

— Às vezes — murmurou ele antes de se inclinar para a frente. Ele deu um beijo rápido na minha testa, me deixando atordoada e sem saber o que dizer. — Obrigado por cuidar dos filhotes.

Vi Nektas se levantar sem saber muito bem como tinha cuidado deles, a menos que cochilar fizesse parte disso. Reaver gritou da cadeira quando Nektas deu um passo para o lado, e então finalmente o vi.

Nyktos estava encostado na parede, com os braços cruzados sobre uma túnica cinza-escura. Estava com a cabeça inclinada para o lado, e logo me esqueci de olhos que mudavam de cor, pois a expressão no seu rosto era *suave* e calorosa.

Nektas parou ao lado dele e disse alguma coisa tão baixinho que não consegui ouvir. O que quer que tenha sido fez Nyktos se desencostar da parede. Ele descruzou os braços e olhou para mim.

Resisti à vontade de me enfiar no meio das almofadas.

Nektas assentiu para algo que Nyktos disse e se virou para Reaver. O menino me deu um tchauzinho e então o trio desapareceu no corredor. Ficamos a sós, e Nyktos começou a caminhar na minha direção. Eu estava uma bagunça e mal consegui me sentar direito antes que ele viesse até mim, tomando o assento que Nektas ocupara enquanto eu endireitava a bainha do colete.

— Vejo que mais alguém gosta do seu cabelo tanto quanto eu.

— É — sussurrei, e foi tudo o que disse.

Houve um momento de silêncio.

— Você está bem?

— Eu... acho que o meu cabelo está pegajoso.

Fechei os olhos, dizendo a mim mesma para me recompor. Não havia motivo para me comportar de um jeito tão estranho. Minha grande e desnecessária epifania não mudava quem Nyktos era, e eu precisava lidar com isso da mesma forma como lidei com a convocação iminente ou com a questão sobre a quem pertencia a alma dentro de mim: deixando para lá.

Parecia uma boa ideia.

Olhei de esguelha para ele. A tensão havia se acumulado nas linhas da sua boca e testa. Fiquei preocupada.

Ele analisou o meu rosto com tanta atenção que fiquei imaginando se estava contando as minhas sardas de novo. Ou se eu havia projetado a mistura selvagem de emoções de antes e ele estivesse tentando descobrir o que as tinha causado. Espero que seja a primeira opção.

Não era nem uma coisa nem outra.

— Você tem dormido muito mais nos últimos dias — disse ele.

Senti um certo alívio, mas durou pouco.

— Eu sei, mas me sinto bem — acrescentei rapidamente. — Sem dor de cabeça nem nada, mas antes não dormia tanto assim. Acho que é por causa da Seleção — finalmente admiti em voz alta, e para mim mesma.

Nyktos assentiu.

— Pode ter sido por causa do treinamento da manhã...

— Não quero parar de treinar.

Ele se afastou quando tirei as pernas de cima do sofá e deslizei até a beirada.

— Não estou sugerindo isso.

— *Mas?*

Nyktos continuou me observando com atenção. Até demais.

— Você viu os olhos de Nektas mudarem de cor.

Franzi a testa.

— Sim, eles ficaram azuis. Há algo de errado com eles?

— Não — respondeu Nyktos, afastando alguns cachos emaranhados do meu ombro. — Nunca os vi dessa cor, mas todos os dragontinos costumavam ter olhos azuis.

— Sério? — perguntei, surpresa. — E por que são vermelhos agora?

— Eles ficaram assim depois que Kolis tirou as brasas da vida do meu pai — respondeu ele. — É o Estigma Primordial, um vínculo entre os dragontinos e o verdadeiro Primordial da Vida. Ele foi cortado quando as brasas foram removidas e a cor dos olhos deles permaneceu assim, já que não houve mais nenhum verdadeiro Primordial da Vida. Não um que tenha Ascendido.

— Então por que eles...? — Perdi o ar e levantei com um salto. — Eles mudaram por minha causa? Mas eu ainda não Ascendi. Obviamente.

— As brasas devem estar ficando mais fortes dentro de você e o vínculo Primordial inato entre os dragontinos e o verdadeiro Primordial da Vida está reagindo a elas.

Cruzei os braços.

— Tudo bem. Quero dizer, não é grande coisa, né?

— Em geral as brasas Primordiais ficarem mais fortes não é nada de mais — concordou ele, mais ou menos, porque a preocupação estava evidente em seus olhos prateados.

— Qual é o *problema* então?

Nyktos não respondeu por um bom tempo.

— Pode significar que você está mais perto da Ascensão do que imaginávamos.

26

Estar mais perto da Ascensão era grande coisa, sim.

Afinal de contas, estar mais perto disso com as brasas ainda dentro de mim também significava estar mais perto da morte. Nem mesmo Nyktos poderia me salvar, pois era preciso mais do que o seu sangue para isso.

Era preciso o seu amor.

Algo que Nyktos se impediu de sentir ao remover sua *kardia*.

Portanto, precisávamos tirar as brasas de mim, e hoje demos o primeiro passo nessa direção.

O céu começava a clarear quando Nyktos e eu saímos do palácio e seguimos para o estábulo enquanto a minha capa nova em tons de ferro e ornamentada em prata esvoaçava ao meu redor. O tecido era macio e quente, e eu esperava que as coisas não ficassem tão complicadas a ponto de acabar estragando a minha roupa nova.

Olhei de relance para Nyktos, mordiscando o lábio. No dia anterior, decidi que ele não precisava saber como eu me sentia. Que eu... que eu me *importava* com ele. Não me pareceu justo colocar esse peso em cima dele, mesmo sabendo que ele também se importava comigo — e embora achasse que o que eu sentia era mais forte.

Nyktos estava com os cabelos presos num coque atrás da nuca, exceto por aquela mecha mais curta que cortei e que descansava na altura da sua bochecha. Ele continuou honrando o acordo — *ambos* os acordos — que havia feito comigo, juntando-se a mim para jantar e, mais tarde, provando que tinha aprendido muito rápido a usar a língua. Fiquei com as faces quentes ao me lembrar da cabeça dele no meio das minhas pernas e da sua boca em mim, fazendo todo tipo de coisas pervertidas e maravilhosas pelo que me pareceu uma eternidade.

Nyktos se virou para mim quando nos aproximamos do estábulo.

— No que você está pensando?

Arregalei os olhos ligeiramente antes de olhar para ele de cara feia.

— Pare de ler as minhas emoções!

— Não estou lendo.

— Não é o que parece...

Arfei quando Nyktos caminhou nas sombras do nada e me segurou pelos braços. Num piscar de olhos, ele me colocou contra a parede do estábulo, pressionando o corpo contra o meu. Perdi o fôlego quando olhei para ele. Havia fios iridescentes de éter em seus olhos. Em seguida, ele levou a boca até a minha.

Nyktos me beijou, e — *deuses* — o fez como se sua vida dependesse disso, e foi um daqueles momentos em que a paixão não foi controlada nem reprimida. Foi um beijo completo. Lábios. Língua. Presas roçando e me provocando. Quando ele afastou os lábios da minha boca, minhas pernas estavam bambas.

— Você estava projetando — sussurrou ele contra os meus lábios latejantes. — Desejo. — Ele passou a língua pelo meu lábio inferior, arrancando um suspiro de mim. — Fumegante e intenso. Se continuar pensando no que quer que esteja em sua mente agora, nós nunca chegaremos ao Vale.

Agarrei a frente da capa dele, lutando contra a vontade de puxar sua boca de volta para a minha.

— Não seria muito... responsável da nossa parte.

— Certamente não — concordou ele, descendo as mãos pelos meus braços cobertos. — Então se comporte.

— É você quem está me agarrando e me beijando — ressaltei.

— Posso muito bem dizer que foi você quem me deu motivo. — Os lábios dele roçaram nos meus. — Mas estou procurando um motivo para te beijar desde que você lambeu uma gota de suco do lábio no café da manhã.

— Você não precisa de motivo. Só precisa querer.

— Vou me lembrar disso.

Ele encostou a testa na minha. Nenhum dos dois se mexeu por alguns segundos, e eu quase desejei que pudéssemos ficar assim. Mas era tolice. Por fim, ele deu um passo para trás.

Afastei-me da parede e me dei conta de que havia um punhado de guardas agrupado não muito longe dali. Nyktos deve ter notado a presença deles muito antes de mim, mas isso não o deteve, o que me confundiu um pouco quando voltamos a ser responsáveis e começamos a andar. Seu gesto, aquele beijo, tinha sido público. E, bem, eu não estava acostumada com ninguém sequer reconhecendo a minha existência em público.

O cheiro de palha e feno chegou às minhas narinas assim que entramos no estábulo. Logo vi que não tinha ninguém ali, exceto pelos cavalos.

— Onde está Nektas?

Nyktos me levou até a última fileira de baias, com a mão firme e reconfortante nas minhas costas.

— Ele vai encontrar com a gente na estrada.

— Como dragontino?

— Não, ele vai estar a cavalo. Será mais rápido e fácil viajar dessa maneira depois que entrarmos no Vale.

Ou seja, viajar dessa maneira seria mais rápido e fácil para *mim*, não para Nektas, que podia voar. Mas aposto que Nyktos queria que o dragontino ficasse na forma mortal ao meu lado.

Ele se deteve e a luz fraca do estábulo brilhou em seu punho quando abriu a porta da baia.

— Essa é a Gala.

Olhei por cima do ombro dele e fiquei boquiaberta ao ver uma égua linda no meio da baia, já selada e comendo feno. Ela era quase do tamanho de Odin e um pouco maior que a maioria dos cavalos no plano mortal. Sua pelagem tinha o padrão característico de um alazão, com pelos brancos em cima de uma base preta emprestando-lhe uma coloração azulada.

A palha estalou sob as minhas botas quando caminhei em sua direção. Gala levantou a cabeça, contraindo as orelhas ao me ouvir me aproximar.

— Ela é linda — disse, levando a mão até a égua. Ela se aquietou, me deixando passar a mão pelo focinho liso e largo.

— Que bom que gostou. — Nyktos tinha entrado silenciosamente atrás de mim. — Afinal de contas, ela é sua.

Eu me virei para ele.

— O quê?

— Deveria ser um presente para sua coroação. — Nyktos passou por mim para verificar as correias da sela. — Mas não vi por que esperar.

Gala cutucou a minha mão quando o choque me fez parar de acariciá-la.

— Você está surpresa. — Ele olhou de relance para mim, com os fios de éter desbotados no olhar prateado. — E não estou lendo as suas emoções, juro. Está na sua cara.

Pisquei várias vezes para tentar me situar.

— É que... eu não estava esperando ganhar um presente. — Pigarreei. — Obrigada.

— Presentes não são comuns em casamentos no plano mortal?

Nyktos se virou para a parede atrás da égua, onde havia várias espadas curtas embainhadas e afixadas na pedra. Achei que era um lugar estranho para guardar armas, mas parecia haver esconderijos em todas as câmaras.

— São. — Concentrei-me nos belos olhos de corça de Gala enquanto os meus ardiam. — Mas não tenho nenhum presente para você.

— Acho que não é costume a noiva presentear o noivo, é? — Nyktos caminhou até Gala, com os cílios volumosos ocultando os olhos, mas ainda assim pude sentir seu olhar. — E, além disso, você vai me dar um presente, sim. As brasas.

— É o seu pai que está lhe dando esse presente. — Cocei atrás da orelha de Gala. — Eu nunca tive um cavalo.

Nyktos se aproximou de mim.

— Imagino que não foi por falta de cavalos disponíveis. O estábulo de uma Coroa costuma ser cheio.

Dei de ombros.

— Não vai me dizer que a sua mãe achava que a Consorte prometida de um Primordial não merecia o próprio cavalo?

Senti um aperto no peito.

— Acho que a minha mãe não acreditava que eu precisasse de um. Não tive permissão para sair de Wayfair até os 17 anos. Só precisava saber como montar, e Holland me ensinou. — Dei um tapinha na lateral do corpo de Gala, soltando o ar devagar e com calma. — Você vai cavalgar Odin?

— Farei isso quando voltar. — Nyktos levantou as rédeas. — Você vai ter que compartilhar Gala comigo por enquanto.

— Não tem problema. — Agarrei o pomo e subi na sela.

Os fios de éter cintilaram em seus olhos quando ele abriu um ligeiro sorriso.

— Tenho a impressão de que em breve vou precisar lembrá-la de que disse isso.

— É bem provável.

Nyktos deu uma risada, montando atrás de mim. Meus sentidos logo perceberam a proximidade do corpo dele, a pressão das suas coxas nas minhas, o braço em volta da minha cintura e a sensação do seu peito nas minhas costas. Eu tinha adormecido nos braços dele na noite passada, e foi bem diferente de antes. Nossos membros se entrelaçaram. Ele passou ambos os braços ao meu redor e enfiou o joelho entre os meus. Nyktos não estava na cama quando acordei, mas nos aposentos além da sala de banho. Fiquei deitada, ouvindo-o falar baixinho com quem desconfiei ser Rhain.

— Você me disse que não teve permissão para sair de Wayfair até que eu a recusasse como Consorte — disse ele, e eu imaginei que tentar ser educada sobre o prazo tinha sido desnecessário. — Mas você saía para ir até os Olmos Sombrios.

Franzi a testa enquanto ele estendia a mão ao meu redor para pegar as rédeas. Eu sabia que Nyktos tinha mandado que seus guardas, Lathan e Ector, ficassem de olho em mim, mas isso depois de ter me rejeitado.

— Os Olmos Sombrios são praticamente parte de Wayfair — falei. — Você me viu ir até lá numa das vezes que estava me espiando?

Ele conduziu Gala para fora da baia.

— Do jeito que você fala, parece até que eu estava te perseguindo.

— E não estava?

— Não — murmurou ele.

Franzi os lábios, mas então pensei em outra coisa.

— Lathan e Ector viam todas as minhas... andanças pelo plano mortal?

— Quase todas.

Arregalei os olhos conforme saíamos do estábulo, imaginando que ele devia saber sobre as minhas incursões a Luxe, talvez até mesmo o que eu fazia lá. Mas não senti vergonha. Não havia motivo para isso. Ele tinha me rejeitado. Ou libertado. Tanto faz.

Um movimento na Colina chamou a minha atenção. Os guardas fizeram uma reverência assim que passamos ali. Não reconheci nenhum, mas senti as faces coradas ao me lembrar do que eles tinham visto. Mesmo que estivessem se curvando apenas para Nyktos, eu não estava acostumada com tamanha demonstração de respeito.

Nyktos tirou a mão do meu quadril e levantou o capuz da minha capa enquanto eu vasculhava o terreno. A estrada para o palácio se dividia em duas, uma seguindo para o noroeste e a outra para o nordeste, na direção de Lethe. Gala pegou a estrada estreita à esquerda. Abotoei o fecho da capa que prendia o capuz no lugar e olhei os muros da Colina, contente por vê-los vazios.

— Para onde os guardas acham que vamos? — perguntei.

— Provavelmente acham que estou levando você para ver os Pilares. — A mão de Nyktos voltou ao meu quadril. — Mas aposto que alguns deles vão ficar curiosos. Kars tinha algumas dúvidas.

Lembrei-me do guarda no pátio e perguntei:

— E o que você disse?

— Que não era da conta dele.

Dei um muxoxo.

— Mas imagino que todos saibam quais eram os seus planos em relação a Kolis, não é?

O queixo dele roçou no topo da minha cabeça.

— Acho que você sabe a resposta, Sera.

Sim. Os guardas sabiam. Quase comentei que eu era a única que não sabia de nada, mas consegui me conter. Olhei para os galhos de folhas carmesim da floresta ali perto, lembrando o que Nektas havia me dito sobre a minha aparente falta de interesse pelo mundo dali. E pela vida de Nyktos.

Olhei para o céu cinzento e salpicado de estrelas. Não havia mais ninguém na estrada. Nem vento. Nenhum aroma além do cheiro de frutas cítricas e ar fresco de Nyktos. O único som que ouvi foi o estalar dos cascos de Gala contra o chão de terra batida enquanto criava coragem para fazer outra pergunta. Não sei por que isso me deixava tão nervosa. A pior coisa que poderia acontecer era ele ser evasivo ou se recusar a responder.

Respirei fundo.

— Eu... eu gostaria de saber quais eram os seus planos.

Nyktos permaneceu em silêncio.

Tentando ignorar a decepção que senti, cerrei os dentes de tal forma que temi quebrá-los.

— Você estava certa, sabe? — disse ele, quebrando o silêncio. Eu não fazia ideia do que ele estava falando. — No dia em que me perguntou se eu tinha aceitado essa maneira de viver. Não aceitei. Desde o momento em que Ascendi, procurei uma forma de destruir Kolis. De enfraquecê-lo o suficiente para que pudesse ser sepultado. Mas como você bem sabe, não encontrei nada.

Deve ter sido a surpresa que me impediu de cometer o mesmo erro de antes e afirmar que ele tinha encontrado algo, sim.

— É por isso que você tem um exército?

— Foi por isso que comecei a reunir um. — Ele se calou novamente por alguns minutos. — Sera, o que você sabe sobre guerra?

— Lasania já esteve à beira da guerra várias vezes, geralmente contra o Arquipélago de Vodina, mas outros reinos também cogitaram nos explorar quando a Devastação começou a piorar — respondi. — Embora eu não fizesse parte das conversas entre a minha mãe e o Rei, eu sempre sabia quando estávamos à beira do precipício. O exército intensificava o treinamento, havia recrutamento da população maior de idade, e tudo era feito para garantir que os soldados fossem tão bem alimentados quanto os nobres.

— Mas o seu reino nunca entrou em guerra — apontou Nyktos.

— Durante a minha vida, não. Ainda bem. — Um barulho de galhos secos chamou a minha atenção para a mata. Retesei o corpo ao ver um enorme dragão ônix pairando sobre as árvores mortas.

— Ehthawn — observou Nyktos. — Ele devia estar por perto e viu quando saímos. Só está de olho em nós dois.

Assenti, relaxando.

— Houve épocas em que os Primordiais brigavam devido a uma ofensa ou outra — continuou Nyktos. — Só que, no fim das contas, eles continuavam de pé enquanto milhares de pessoas pereciam. E tudo isso só porque alguém se sentiu insultado. Mas não eram guerras propriamente ditas. Se eu entrasse em guerra contra Kolis, seria uma guerra entre dois Primordiais, e afetaria o plano mortal. *Centenas* de milhares de pessoas morreriam, se não mais.

Senti um calafrio.

— Mas então eu encontrei você.

Inclinei a cabeça por cima do ombro para encará-lo.

— Você não me encontrou. Seu pai praticamente... me deu para você.

— É uma maneira de encarar as coisas. — Ele se remexeu, apertando o braço em volta da minha cintura e me puxando de encontro ao peito. Olhei para a frente, sem saber se ele estava prestando atenção ao que fazia. — Até o momento em que descobri que você possuía as brasas, eu não tinha a menor esperança de evitar a guerra. Parecia inevitável. Não só pelo que Kolis tem feito com as Terras Sombrias, mas porque vai acabar se voltando para o plano mortal. Ele já começou a fazer isso.

Senti um formigamento na nuca quando finalmente passamos pela extensão da Colina e um mar de árvores vermelhas e intocadas surgiu ao longo da estrada.

— Kolis acredita que todos os mortais devem estar a serviço dos Primordiais e deuses. Que suas vidas devem ser dedicadas a apaziguar os caprichos dos seres mais evoluídos — continuou ele, e eu senti um nó no estômago. — Que as pessoas que não veneram os Primordiais com dedicação e respeito devem ser punidas. Ele já ordenou aos Primordiais e deuses que punissem os mortais com mais severidade pelas indiscrições mais banais. Você pode não ter visto isso no seu reino ou apenas não sabia, mas deixar de se curvar diante da estátua de um Primordial pode levar à morte em alguns lugares.

Estremeci, chocada.

— Embora não goste da mera ideia de destruição que uma guerra entre Primordiais provocaria, a guerra parecia ser, como disse antes, inevitável — concluiu ele.

— Até me encontrar? — Senti um peso no peito e me forcei a respirar fundo. — Você acha que pode evitar a guerra se o seu plano der certo?

— O meu plano *vai* dar certo — corrigiu ele. — Assim que eu tiver as brasas, Kolis será despojado da glória de ser o Rei dos Deuses. Mas embora isso por si só vá deixá-lo enfraquecido, talvez não seja suficiente para sepultá-lo. Kolis não vai ser derrotado tão fácil assim. Ele vai resistir.

— E os outros Primordiais? — Agora consegui ver os danos que os dragontinos tinham deixado na Floresta Vermelha. Havia inúmeras áreas vazias onde antes as árvores se erguiam lá no alto. — O que eles vão fazer?

— Alguns podem preferir permanecer neutros.

Repuxei os lábios, enojada.

— Isso é ridículo!

Nyktos riu da minha impaciência.

— É, mas Kolis tem partidários. Não só deuses, mas também Cortes que governam com pouca ou nenhuma ordem e fazem o que bem entendem, preocupando-se apenas em evitar a ira de Kolis. Primordiais que gostam do jeito que as coisas estão e não gostariam de voltar ao que era quando o meu pai reinava.

— Como o seu pai reinava?

— Isso foi antes do meu tempo. Mas, pelo que sei, era com justiça. Ele tinha falhas, mas não permitiria o que acontece em Dalos.

Para falar a verdade, será que importava como o pai dele reinava, desde que não fosse como Kolis?

— Mas há Primordiais que lutariam contra ele? Que nos ajudariam?

— Eu tenho apoiadores. Nenhum que possua um exército como o meu ou o de Kolis, mas despojar Kolis do título de Rei dos Deuses e Ascender como o verdadeiro Primordial da Vida pode ser o suficiente para convencer os demais a abandoná-lo — respondeu ele. — O tamanho da destruição vai depender da quantidade de Primordiais influenciados.

Segurei na sela com força.

— São muitas possibilidades e nenhuma garantia de que o plano vá enfraquecer Kolis ou fazer com que os outros Primordiais o abandonem.

— Nunca há garantias — disse ele baixinho.

Ele tinha razão, o que me fez pensar naquela profecia estranha.

— Você se lembra da visão de Penellaphe? Ela dava a entender que Kolis tinha ido hibernar.

— Ou tinha sido sepultado.

Assenti.

— Mas também soava como se ele fosse despertar outra vez.

— As profecias não passam de possibilidades — respondeu Nyktos. — Parte delas pode ou não vir a acontecer. Também não são nenhuma garantia.

Mas eu precisava de uma garantia quando havia milhares de vidas em jogo, e só consegui pensar em uma: em mim mesma.

Eu poderia evitar a guerra entre os Primordiais, mas o plano de Nyktos poderia dar errado. Talvez houvesse uma boa quantidade de Primordiais influenciados a ponto de Kolis poder ser derrotado sem guerra e eu ser capaz de cumprir o meu destino, embora não da maneira que Holland pensava.

Notei que Gala havia diminuído a velocidade à medida que nos aproximávamos da interseção entre a Floresta Vermelha e os Bosques Moribundos. Pouco depois, saímos da estrada.

— Os Pilares ficam dentro da Floresta Vermelha? — perguntei.

— Não. — Nyktos guiou a égua por entre as árvores. — Quero mostrar uma coisa a você.

Curiosa, permaneci em silêncio conforme seguíamos a imensa sombra de Ehthawn. Não pude deixar de imaginar como a floresta devia ser sob a luz do sol. Será que as folhas seriam vívidas? Deslumbrantes? Quando a Devastação fosse extinta, o sol voltaria para as Terras Sombrias. Foi então que decidi, sem hesitar, que estaria ali para ver isso.

Fiquei entusiasmada, mas não era só isso. Respirei fundo, me sentindo livre, plena e absoluta. Não temia que a minha respiração fosse frágil ou insuficiente. Senti também um arrepio na nuca e uma agitação no estômago e no peito. Foi como tirar um corpete apertado: um prazer ainda mais tentador do que aquele que sentia nos braços de Nyktos acompanhou a emoção de decidir algo tão simples quanto querer ver as folhas de uma árvore sob a luz do sol. Mas era uma decisão minha. Uma escolha minha. E de mais ninguém. Não da minha mãe ou de um antepassado. Nem de Nyktos. Nem mesmo dos Destinos. Absolutamente minha.

— Aqui — disse Nyktos baixinho, me arrancando dos meus devaneios.

Fiz menção de virar para ele, mas Nyktos me segurou pelo queixo. A onda de energia fez com que as brasas se aquecessem no meu peito. Ele guiou meu olhar para baixo, passando do tronco cinza para a grama seca.

Engasguei, atônita.

Uma muda frágil e verde-escura havia brotado do solo morto, na raiz de uma árvore de sangue, e subia pelo tronco. Pequenos botões pontilhavam toda a videira, mas um deles tinha florescido.

Era metade do tamanho da minha mão e suas pétalas eram da cor do luar, dobradas para cima e fechadas, revelando uma pequena faixa carmesim. Era isso que Nyktos tinha ido ver na Floresta Vermelha antes.

— Papoulas — sussurrei. — As papoulas venenosas e temperamentais que fazem você se lembrar de mim.

— As papoulas poderosas e belas que também me fazem lembrar da esperança — respondeu Nyktos, acariciando o meu lábio com o polegar antes de levar a mão de volta para o meu quadril. — As papoulas são a esperança de uma vida nova. Do poder das brasas. A prova de que a vida não pode ser derrotada, nem mesmo na morte.

Nektas estava à nossa espera na estrada do lado de fora da Colina, encapuzado e montado num corcel marrom. Ele nos cumprimentou com um aceno de cabeça e então seguimos em frente. Não sei se devia ficar aliviada porque a viagem tinha sido tranquila ou preocupada com tanta calmaria.

Seguimos cavalgando sob a sombra de Ehthawn e, em dado momento, a floresta em ambos os lados da estrada deu lugar a uma terra plana e estéril.

— O que havia aqui antes? — perguntei.

— Lagos — respondeu Nyktos. — Assim como na estrada para as Terras Sombrias. Havia lagos em ambos os lados.

— Só que bem mais profundos — acrescentou Nektas. — E da cor de safiras polidas.

— Deviam ser lindos — murmurei enquanto Nyktos voltava a mover o polegar pelo meu quadril. Por baixo da capa e da calça, pude senti-lo traçando as mesmas linhas lentas e retas que havia desenhado na minha coxa no escritório enquanto falava com Attes. Era desconcertante de um jeito muito agradável e também me parecia muito... íntimo. Eu gostava.

— Eles vão voltar depois que detivermos a Devastação? — perguntei.

— Sendo bem sincero, não sei — respondeu Nyktos, passando as rédeas para a outra mão. — Os rios que costumavam alimentar os lagos e riachos daqui pararam de fluir para as Terras Sombrias. É possível que, uma vez que a Devastação desapareça, eles voltem a alimentar essas áreas.

Fiz menção de perguntar como os rios tinham parado de fluir para as Terras Sombrias, mas notei que o céu havia começado a mudar de cor, uma mudança gradual para um cinza-ferro entremeado por ligeiros traços cor-de-rosa.

— Estamos perto dos Pilares — explicou Nyktos, notando para onde eu tinha voltado a atenção. — E do Abismo. O que você está vendo é a fumaça do fogo que escurece o céu e o faz mudar de cor.

Retesei o corpo, me dando conta do que o fogo deveria ser.

— O fosso?

Nektas olhou para nós com um sorriso irônico nos lábios.

— Que jamais deixa de arder.

O Fosso das Chamas Eternas era o lugar a que as almas que haviam cometido os crimes mais atrozes eram condenadas. Algumas por toda a eternidade. E era lá que Tavius estava. Talvez eu devesse ficar incomodada com o sorriso de prazer que surgiu nos meus lábios, mas não fiquei.

Avançamos sem mais nenhum sinal de vida. Então o terreno fez uma inclinação suave e as estrelas escureceram lentamente até que não pudessem mais ser vistas, ocultas atrás de... *nuvens*. Ainda não tinha visto nuvens nas Terras Sombrias, mas elas estavam muito baixas em relação ao solo, lembrando-me de quando as tempestades se avolumavam sobre o Mar de Stroud. Eu me empertiguei na sela, apertando os olhos enquanto Gala relinchava baixinho. As brasas começaram a vibrar no meu peito e senti a pele formigar.

O que eu estava vendo não eram nuvens.

Era uma névoa densa e pesada, que obscurecia a terra e o céu, deixando apenas a estrada visível. Olhei para baixo e vi fios de névoa se infiltrando no caminho, mas sabia que aquilo não era normal. Era a essência dos Primordiais e quanto mais eu olhava para ela, mais conseguia distinguir formas escuras ali dentro. Silhuetas. Havia silhuetas dentro da névoa — *corpos* —, flutuando bem devagar. Virei a cabeça e olhei por cima do ombro de Nektas para o outro lado da estrada. Havia silhuetas ali também.

Encostei-me no peito de Nyktos.

— O que é isso no meio da névoa?

— As almas daqueles que faleceram recentemente. — Ele me segurou com força. — Estão esperando para entrar nos Pilares.

Olhei para a névoa e levei a mão ao peito, onde as brasas continuavam zumbindo e espalhando calor por todo o meu corpo. Devia haver centenas de almas dentro da névoa.

— Você está bem? — perguntou Nyktos baixinho, inclinando a cabeça sobre a minha.

Confirmei com a cabeça, cerrando as mãos em punhos. Minhas palmas estavam começando a esquentar.

— As brasas estão vibrando como fazem antes de eu usá-las.

— As brasas da vida estão reagindo às almas — corrigiu Nektas. Ele aproximou o cavalo do nosso conforme a névoa avançava cada vez mais, afunilando a estrada. — Quando Eythos era o Primordial da Vida, ele sempre achava difícil ficar perto dos Pilares, perto de tanta morte. Isso... o consumia.

Percebi que Nyktos estava prestando tanta atenção quanto eu e repousei as mãos sobre o colo.

— Certa vez, ele me disse que era difícil ignorar o impulso, o instinto de intervir. — Nektas voltou o olhar para o céu. — Eythos sabia que a morte era uma forma de vida, uma parte do ciclo que deve continuar sem interrupções. Mas isso o entristecia, principalmente aqui. Ele não podia ver suas almas como Kolis ou Nyktos veem, mas sabia cada nome, conhecia suas vidas, por mais curtas ou longas que fossem. Aqueles que viveram pouco o deixavam ainda mais desolado.

Voltei o olhar para as almas envoltas pela névoa. Deduzi que a capacidade de Eythos conhecer as vidas daqueles que morreram devia ser parecida com o modo como os nomes vinham à mente do filho para serem escritos no Livro dos Mortos. Ele simplesmente sabia, e eu fiquei grata por não saber nada sobre elas e por as brasas em mim não serem tão poderosas. Ignorar a vontade de usá-las já era difícil o suficiente.

— Elas conseguem nos ver? — perguntei.

— Não. Elas não podem nem nos ver, nem nos ouvir. Também não conseguem ver uma à outra — respondeu Nyktos.

Senti um aperto no peito.

— Deve ser... solitário.

— Elas permanecem assim por pouco tempo, nem vão se lembrar disso depois que passarem pelos Pilares. — Nyktos colocou a mão em cima da minha. Seu toque me sobressaltou, e ergui o olhar para ele. — Isso a incomoda? — perguntou em voz baixa. — A necessidade de usar as brasas?

— Não. — Olhei para a frente.

— Mentirosa — sussurrou ele, e eu podia jurar que seu braço me segurou com mais força.

— Eythos não conseguia ficar perto dos Pilares por mais de alguns minutos, se tanto — acrescentou Nektas depois de um minuto. — Ele tinha que ir embora, sabendo que era a única maneira de não usar as brasas. E, no entanto, você é capaz de permanecer na presença delas.

— Eu só tenho duas brasas. Eythos era o Primordial da Vida. Não deve me afetar tanto quanto a ele.

Nektas me encarou com aqueles olhos carmesim.

— Você possui duas brasas Primordiais. É mais do que suficiente para sentir o mesmo impacto que ele.

— É verdade — confirmou Nyktos.

— Como isso pode ser possível se eu não sei nada sobre as almas na névoa?

— Você já tentou descobrir?

Franzi a testa. Não, mas também não tinha tentado usar as brasas. Elas meio que entravam em ação toda vez que havia alguém morrendo ou ferido.

— Você é mais forte do que imagina, *meyaah Liessa*. — Nektas abriu um sorriso quando olhei para ele de cara feia.

— As brasas são, você quer dizer — eu o corrigi.

— Nektas não se enganou. — O polegar de Nyktos se moveu para a frente e para trás. — Ele está falando de você. Não das brasas.

Fiquei quieta durante o restante da subida, um pouco aliviada por saber que o impulso que sentia de usar as brasas não se devia à minha incapacidade de me controlar. E também um pouco desorientada por pensar que eu talvez tivesse mais controle sobre elas do que Eythos. Tanto Nyktos quanto Nektas deviam estar enganados, mas a pergunta do dragontino ecoou na minha mente e me vi olhando para a névoa e me concentrando numa das silhuetas. Depois de alguns segundos, achei... achei que a silhueta estava mais distinta. A cabeça e os ombros se tornaram visíveis. A mortalha pareceu desvanecer ao redor da alma conforme as brasas pulsavam no meu peito.

Desviei o olhar, ofegante. Com o coração descompassado, decidi que não precisava saber se era capaz de descobrir os nomes dos mortos ou conhecer suas vidas. Não fazia sentido, já que as brasas logo estariam dentro de Nyktos.

Mas elas continuaram a latejar.

A névoa se afastou da estrada e do céu, ampliando e se espalhando por todo o terreno. Havia ainda mais almas ali, mas não me atrevi a inspecionar a névoa.

Nektas levantou a cabeça, e eu segui seu olhar e vi Ehthawn desviar para a esquerda, cortando os tênues fios de névoa com aquelas asas enormes.

Fiquei observando até não conseguir mais vê-lo.

— Para onde ele foi?

— Deve ter ido conferir alguma coisa — respondeu Nyktos enquanto Nektas lhe lançava um rápido olhar. Chegamos ao topo da colina naquele momento, as estrelas voltaram e os Pilares surgiram diante de nós.

Assim como tudo por ali, eles eram feitos de pedra das sombras. Duas colunas pretas se ergueram em meio à névoa, posicionadas a vários metros de distância uma da outra, e se estendiam tão alto no céu cor de ferro entremeado de violeta que eu não conseguia ver onde terminavam ou se é que terminavam. Parecia haver marcas nelas, semelhantes às que eu tinha visto no Templo das Sombras. Um círculo com uma linha vertical no meio. Quando começamos a descer a colina, minha atenção se voltou lá para baixo.

A estrada se dividia logo adiante, tornando-se uma encruzilhada. Mas a encruzilhada não estava vazia. Havia três pessoas montadas a cavalo paradas ali. Todas usavam capas e capuzes, todas vestidas de branco. Os cavalos também estavam envoltos na mesma cor pálida. As capas e mortalhas tremulavam suavemente à volta deles, embora não houvesse brisa. E os cavalos também não eram exatamente normais.

O que pude ver deles sob as mortalhas me fez lembrar das Sombras; apenas esqueleto e tendões.

— Isso é muito perturbador — sussurrei.

Nyktos deu uma risada áspera.

— Com certeza.

— O que eles são?

— São Polemus, Peinea e Loimus — respondeu Nektas.

Franzi a testa.

— Esses são os nomes deles?

— Bem, é mais uma personificação de quem eles são do que nomes de verdade — revelou Nyktos. — É na língua Primordial.

— E eles são... — começou Nektas, encolhendo os ombros enquanto olhava para Nyktos. — Bem, suponho que você possa chamá-los de cavaleiros.

Arqueei as sobrancelhas quando Nyktos bufou.

— Do quê? — perguntei, definitivamente assustada. Além das mortalhas, nenhum deles tinha se mexido. Nem sequer um centímetro.

— Do *fim* — respondeu Nyktos, e fiquei tensa. — Seus nomes significam guerra, pestilência e fome. Quando cavalgam, eles levam o fim para onde quer que vão porque a morte sempre os segue.

— Puta merda — sussurrei, arregalando os olhos ao nos aproximarmos dos três cavaleiros.

Nyktos deu mais uma risada que retumbou nas minhas costas, e eu fiquei muito grata por ele achar aquilo tão divertido.

— Felizmente, eles só podem ser convocados pelo verdadeiro Primordial da Vida.

— É. — Pigarreei. — Felizmente.

Os três cavaleiros ergueram a cabeça assim que reduzimos a velocidade e paramos diante deles. Não consegui ver nada sob suas capas com capuz e nem queria. Não precisava ser assombrada pelo pesadelo que certamente existia ali dentro.

Em seguida, os cavalos abaixaram as cabeças cobertas e dobraram uma das patas dianteiras. Eles e os cavaleiros fizeram uma *reverência*.

— Hmm — murmurou Nektas, com a cabeça inclinada. — Faz tempo que não vejo isso acontecer.

Olhei de relance para Nyktos. Ele encarava os cavaleiros com os olhos ligeiramente arregalados e luminosos. Rugas de tensão contornavam a sua boca.

— Nunca os vi fazer isso antes. — Ele piscou várias vezes, e um pouco do brilho desapareceu quando olhou para mim, limpando a garganta. — A entrada para o Vale fica a poucos metros à direita.

Não vi nada além de uma névoa prateada e rodopiante.

— Não posso seguir a partir daqui — informou, tirando a mão do meu quadril e afrouxando o braço ao meu redor.

Eu me virei para trás enquanto Nektas cavalgava na frente dos cavaleiros, que haviam retornado à sua estranha imobilidade. Nyktos se virou no lombo de Gala, desembainhou as duas espadas curtas que trouxera consigo e as prendeu na lateral da égua.

— Por via das dúvidas.

Ele me passou as rédeas, mas sua mão continuou fechada sobre a minha. Seus olhos prateados se fixaram nos meus, e eu senti aquele movimento arrebatador no peito quando ele disse:

— Ela é muito importante para mim, Nektas.

— Eu sei — respondeu o dragontino.

Achei aquilo muito estranho, mas Nyktos disse que *eu* era muito importante. Para ele. Não as brasas. Eu. E talvez tenha sido por isso que deixei escapar o que disse.

— Quero ser sua Consorte, Nyktos.

No momento em que as palavras saíram da minha boca, quase mergulhei de cabeça sob as mortalhas dos cavaleiros. Entreabri os lábios, mas o ar não entrava nos meus pulmões. Meu coração parou de bater. O *plano* inteiro parou de se mover conforme eu olhava para Nyktos.

Qual era o meu problema? Eu não tinha decidido ficar de boca fechada?

Nyktos permaneceu imóvel, me encarando. Alguns segundos se passaram e, nesse tempo, senti o sangue sumir do meu rosto antes de voltar com tudo. Meu peito começou a apertar e doer.

Ele levou a mão até o meu rosto.

— Respire — sussurrou ele.

Respirei fundo, trêmula.

Seu polegar traçou uma linha sobre o meu queixo, logo abaixo do lábio, e o meu coração começou a bater rápido demais para alguém que estava sentada. Pois o modo como ele olhava para mim, com os fios de éter começando a se espalhar por trás das pupilas, me pareceu... algo *mais*. O que eu sabia que era impossível, mas...

Ele levou a minha mão até a boca e deu um beijo nos nós dos meus dedos. Em seguida, virou-a e deu outro beijo na palma da minha mão. Isso tudo sem tirar aqueles calorosos olhos de mercúrio de mim.

— Vou estar à sua espera, *liessa*.

27

Luz do sol.

Foi a primeira coisa que notei quando a névoa densa e rodopiante se dissipou conforme seguíamos pelo que parecia ser uma estrada de pedra. Fazia tanto tempo que eu não via o sol ou sentia seu calor em minha pele. Levantei a cabeça e meus olhos começaram a arder pela claridade quando abaixei o capuz. O céu tinha tons de azul vibrante e branco suave, mas não havia sol, e à medida que a Névoa Primordial se desvanecia, colinas verdejantes cheias de árvores com flores roxas e cor-de-rosa que desciam até o chão surgiam ao longe. A paisagem parecia uma pintura. Não havia ninguém, nenhuma casa nem qualquer sinal de vida. Olhei para baixo, segurando firme nas rédeas de Gala. Fiquei espantada ao ver a estrada cintilante.

— São... diamantes? — perguntei.

— Diamantes triturados. O Vale foi formado pelas lágrimas de alegria dos mais antigos deuses e Primordiais — respondeu Nektas. — Você vai encontrá-los por toda a parte aqui.

Olhei de esguelha para Nektas. Ele estava sorrindo para mim, acho que desde que deixamos Nyktos na encruzilhada, quando pensei que ele quisesse me dar um beijo de despedida e senti que a intenção era quase tão boa quanto o ato em si.

Nektas continuou sorrindo.

— Cala a boca — murmurei.

— Eu não disse nada.

— E nem precisava.

A névoa se dissipou ainda mais. A estrada de diamantes parecia interminável, serpenteando através das colinas cobertas de grama e árvores choronas repletas de flores, com os galhos pendurados quase alcançando o chão.

— Não sabia que podia ler pensamentos.

Lancei um olhar enviesado na direção dele.

Nektas continuou sorrindo conforme guiava seu corcel para perto de mim. Ele só ficou calado por alguns segundos.

— É verdade? O que disse a ele na encruzilhada?

Senti o rosto corado, mas não por causa do sol. Ainda não conseguia acreditar que tinha dito aquilo. Mas eu disse e não é como se eu estivesse arrependida também. Talvez eu estivesse enganada ao pensar que seria melhor se Nyktos não soubesse.

— É, sim — respondi por fim. — Eu estava falando sério.

Cavalgamos por mais alguns trotes.

— Você se importa com ele.

Não era uma pergunta, mas a afirmação de um fato, da verdade. Voltei a atenção para Nektas, sentindo o estômago revirado como se tivesse caído de Gala, a égua que Nyktos tinha me dado de presente.

— Sim — sussurrei.

O sorriso permaneceu nos seus lábios enquanto ele arqueava a sobrancelha.

— Eu sei.

— Bem, que bom que estabelecemos isso. — Pigarreei, olhando para a estrada.

— Eu já sabia disso antes de você admitir para si mesma.

— Parabéns — murmurei.

— Por que acha que eu disse a você que o procurasse quando Nyktos precisava se alimentar? — continuou ele como se eu não tivesse dito nada.

— Eu sabia que você precisava ajudá-lo. Não por querer ou por sentir que tinha que fazer isso, mas porque de fato *precisava*.

— Você sentiu o cheiro disso em mim também? — perguntei com um suspiro.

Nektas bufou.

— Eu percebi isso quando você não conseguiu responder se teria mantido seu plano se soubesse que não poderia salvar o seu povo.

Fiquei ofegante. Aquela pergunta me deixou tão desconfortável na ocasião quanto agora.

—Ainda não sei como responder — admiti com a voz rouca. — Parte de mim diz que sim, porque eu faria qualquer coisa para salvar Lasania. Qualquer coisa *mesmo*. Mas outra parte diz que não. Nesse caso, você não precisaria me matar. Acho que... que eu já faria o trabalho por você.

Pude sentir seu olhar sobre mim.

— Se isso for verdade, então estou mais certo do que imaginava.

Lancei um olhar rápido para Nektas, mas agora ele estava olhando para a frente, com as sobrancelhas escuras arqueadas.

—Sabe — disse ele depois de alguns segundos de silêncio —, também a levei até Nyktos naquela noite porque sabia que ele não faria mal a você.

Meu estômago deu outra reviravolta.

— Mas você achou que ele fosse me machucar naquela noite nos Bosques Moribundos.

—Aquilo foi diferente. Quando um Primordial assume sua verdadeira forma durante um acesso de fúria, ele fica fora de si. Torna-se poder e raiva, o que pode levá-lo a atacar os outros. E embora soubesse que Nyktos jamais faria mal a você num acesso de raiva do jeito que costuma ser, eu não sabia o que ele faria naquela forma. — Seu olhar encontrou o meu.

— Mas agora sei. Nyktos se conteve. Não porque eu estava lá, porque ele poderia facilmente ter acabado comigo. Ele se conteve e agora eu sei.

— Sabe o quê?

— Que o que Nyktos sente por você vai além do carinho. Ele se importa com você.

— Eu... eu também sei disso.

Ele ficou quieto por um tempo.

— Sabe o que ele fez consigo mesmo? E por quê?

Assenti, engolindo em seco.

— Ele removeu sua *kardia* porque não queria que o amor se tornasse uma fraqueza ou fosse usado como arma.

— Seria de esperar que Ash não quisesse se tornar igual ao pai — disse ele depois de um momento. — Eythos mudou depois de perder Mycella. Continuou bom, mas perdeu a alegria de viver quando ela morreu. Se não fosse por Ash, acho que ele teria definhado até cair em estase.

Fiquei imaginando se aquilo também valia para Nektas. Se não fosse por Jadis, será que ele também teria definhado?

— Ash cresceu vendo perda e tristeza toda vez que olhava para o pai. E ele também sentiu isso, pois não conheceu o toque da mãe nem ouviu a sua voz — continuou Nektas. — Mas Ash não teme se tornar igual ao pai, ele teme se tornar igual ao tio.

Estremeci.

— Nyktos jamais se tornaria igual a Kolis!

— Também acho que não, mas nem eu esperava que Kolis chegasse a tais extremos. — Houve uma pausa. — Ele nunca foi como Eythos. Era mais reservado, mais frio. Preferia a solidão. Parte disso se devia à Essência Primordial que corria em suas veias. Ele *é* a Morte, e a Morte não quer companhia. À medida que Ash envelhece, vejo um pouco disso nele — revelou, e meu coração se apertou. — A vida e a morte não são muito diferentes. Ambas são naturais, um ciclo necessário, pois não pode haver vida sem morte. Mas enquanto Eythos era celebrado e acolhido, Kolis era temido e isolado. Algo assim fomentaria a inveja na melhor das pessoas, e ele tinha ciúmes do irmão. Ainda tem, mesmo agora.

Nektas deu uma risada sem alegria, sacudindo a cabeça.

— Mas foi só depois de vivenciar o amor e a perda que Kolis mudou, que começou a se tornar o que é hoje. O amor pode levar vida e inspiração a alguém, e sua perda pode apodrecer e deturpar a mente. É isso que Ash mais teme. — O olhar dele voltou a encontrar o meu. — Amar alguém. Perder essa pessoa. E então se tornar algo pior do que Kolis.

Engoli em seco, achando esses motivos ainda mais tristes.

— Mas estamos falando de se importar com alguém, não de amar. São coisas diferentes. E sei que é impossível para ele sentir amor.

— Mas será que são mesmo tão diferentes assim? — questionou Nektas. — Afinal de contas, nós estamos falando do tipo de afeto que a faz se colocar em perigo por aquele com quem se importa. Isso não a impede de sentir, mesmo que acredite que essas emoções não serão retribuídas, mesmo sabendo dos riscos. Ainda assim, é possível encontrar paz.

— Ele *não é* capaz de me amar.

— Não estou falando dele.

Estremeci outra vez.

— E-eu não o amo — neguei, mas as palavras soaram vazias. — Nem sei como é isso.

— Então como sabe que não é amor?

Eu não tinha uma resposta para essa pergunta. Uma estranha e inebriante mistura de emoções tomou conta de mim, e me senti como se estivesse caindo e voando ao mesmo tempo.

— Não quero pensar nisso.

— Por quê? Porque você tem medo de amá-lo e ele não poder retribuir?

— Não. Eu não quero pensar nisso porque fico apavorada — admiti sem a menor vergonha.

— E deveria mesmo.

Lancei um olhar fulminante na direção dele.

— Que reconfortante.

Nektas riu, e tive vontade de dar um soco nele enquanto desviava o olhar. Não queria nem imaginar essa possibilidade. Amor. Era mais fácil reconhecer que eu me importava com Nyktos. Profundamente. Mas isso não era amor. E eu não queria continuar com aquela conversa.

Olhei para as colinas e os galhos pendentes cheios de flores dançando a poucos centímetros do chão.

— O Vale inteiro é assim?

— Algumas das áreas comuns, sim — respondeu ele. — Mas, na maior parte, o Vale fica em mudança constante, acomodando o paraíso ideal de cada alma e tornando-se o que ela deseja ver.

— Uau — murmurei.

— Todas as necessidades e desejos de uma alma são atendidos no Vale, até mesmo o que ela vê. Arcadia também é assim. — Ele se virou em cima da sela. — Olhe para a direita e para cima, em direção ao céu. Consegue ver?

Segui as instruções dele, apertando os olhos até ver uma névoa cintilante se formando ao longo das colinas.

— A névoa?

— É chamado de Sudário — disse ele. — É feito de Névoa Primordial e esconde o Vale de quem não entra aqui pelos meios tradicionais. Ou seja, depois de morrer.

Quanto mais avançávamos pela estrada de diamantes, mais eu notava a névoa se acumulando para ocultar o que havia adiante. Assim como no caminho para os Pilares, o Sudário se aproximava cada vez mais da estrada e, naquele silêncio, não pude deixar de me perguntar se eu entraria no Vale após a minha morte caso o plano de Nyktos não desse certo. Ou se encontraria a paz eterna em Arcadia se desse? Será que as brasas Primordiais compensariam minha moralidade não exatamente mortal? Ou tudo se resumiria a Nyktos intervir e garantir que eu encontrasse a paz em vez da punição?

Estremeci diante do que agora me pareciam pensamentos mórbidos, o que era estranho. Eu costumava pensar muito na morte, aceitando que era uma consequência inevitável que viria mais cedo do que gostaria. Mas pensar na morte era diferente agora. Era um final prematuro que eu já não aceitava mais porque havia esperança, um futuro possível que oferecia uma...

Um zumbido suave me arrancou dos meus devaneios. Olhei para a direita, apreensiva. Não era um zumbido, era uma voz. *Vozes.* Cantando. Minhas mãos afrouxaram e depois se firmaram nas rédeas de Gala enquanto eu me esforçava para distinguir as palavras. Era uma língua diferente, que parecia antiga, e as brasas zumbiram em resposta a ela. Mas o som, as vozes e a melodia... Eram uma prece. Uma celebração. Verdadeiramente assombrosa à medida que as vozes subiam e desciam, evocativas. Meus olhos se encheram de lágrimas. Era o som mais bonito que ouvira em toda a minha vida.

De repente, Nektas pegou as rédeas de mim, detendo Gala.

— Pare.

— O que foi? — sussurrei com a voz rouca.

— Você está chegando perto demais — alertou ele, com o rosto severo. — Não pode ir até lá.

— Ir aonde...? — Arfei, assustada, quando me dei conta de que estava a poucos metros do Sudário, muito perto daquela harmonia suave. Pisquei os olhos para conter as lágrimas e me voltei para Nektas. — Foi sem querer.

— Eu sei. — Ele puxou as rédeas delicadamente, conduzindo Gala para o meio da estrada. — Você está ouvindo a canção?

Assenti, com o coração martelando dentro do peito.

— É linda.

— É o canto das sereias.

— Sereias?

— São as protetoras do Vale. Elas sentiram a nossa presença.

Voltei lentamente a atenção para a névoa.

— Por que elas estão cantando?

— Só os dragontinos e aqueles que Ascenderam podem entram no Vale — explicou. — Toda vez que as sereias sentem algo que não deveria estar tão perto, elas cantam para atrair os invasores para o Sudário. Nem mesmo você, com as brasas Primordiais dentro de si, sobreviveria.

Com a pele enregelada, baixei os olhos para os meus dedos pálidos e firmes nas rédeas, e então para a mão de Nektas, enquanto as sereias continuavam cantando. Os dedos dele permaneciam fechados em torno das rédeas e ali ficaram.

Horas mais tarde, as sereias finalmente pararam de cantar. Nektas soltou as minhas rédeas, e a tensão se dissipou dos meus músculos. Eu estava toda dolorida por me conter tanto. Estive prestes a pular da sela e entrar no Sudário várias vezes. Nem mesmo comer a carne-seca que Nektas trouxe me ajudou, e comida costumava ser uma ótima distração para mim.

E eu teria que passar por aquilo de novo na saída.

Eu não estava nem um pouco ansiosa por isso enquanto subíamos uma colina, mas me esqueci completamente das sereias e do seu canto quando um horizonte rochoso surgiu adiante. Era uma montanha com penhascos íngremes feitos de pedra das sombras e algo mais, algo que tinha um brilho vermelho sob a luz do sol e me lembrava os cabelos de Nektas.

— Bons deuses, espero não ter que escalar essa coisa! — exclamei. — Se sim, acho melhor me arriscar com as sereias.

Nektas deu uma gargalhada.

— Por sorte, os Poços de Divanash ficam ali por baixo.

— Por baixo de tudo isso? — A montanha era uma fortaleza de pedra, uma vista imponente em meio a toda a beleza.

Ele olhou para mim.

— Você é claustrofóbica?

— Acho que não.

— Bem, acho que estamos prestes a descobrir, não é?

Vai ser divertido, pensei assim que entramos no sopé. Antes de pararmos, Nektas viu uma entrada estreita que eu não sabia muito bem como conseguiria passar, muito menos ele. Deixamos os cavalos presos debaixo de um salgueiro-chorão, onde poderiam pastar e descansar. Acariciei as orelhas de Gala e segui Nektas. Mal conseguimos deslizar pela abertura de lado e então adentramos a escuridão total.

Engoli em seco, sem conseguir enxergar nada, e então parei. Estendi a mão a esmo, sentindo uma parede fria e lisa atrás de mim, mas nada à esquerda. Vasculhei a escuridão, mas não consegui achar o dragontino. *Inspire.* Senti um nó na garganta quando balbuciei:

— Nektas?

— Estou aqui. — Ele fechou a mão sobre a minha, quente e firme. *Expire.*

— Você consegue enxergar?

— Consigo, sim. — Ele começou a me guiar pelo caminho.

— Os dragontinos devem ter uma visão muito boa — falei, com a voz ecoando no ambiente docemente perfumado. *Inspire.*

— Temos sentidos incríveis.

Segurei firme sua mão, tentando desesperadamente não pensar em como não conseguia enxergar nada e que qualquer coisa podia estar a poucos centímetros de mim. *Prenda*. Dakkais. Jarratos. Aranhas gigantes. Deuses, aquilo não estava me ajudando nem um pouco. *Expire*.

— Você já me disse que sentia o cheiro da morte em mim.

— Sim. Ainda sinto — respondeu ele, com a voz parecendo incorpórea, embora eu segurasse a sua mão como uma criança assustada. — Sinto o cheiro de Ash em você.

Fiz uma careta.

— E também sinto o cheiro da morte — acrescentou ele. — O seu corpo está morrendo.

— Mas que porra é essa? — arfei, puxando a mão.

Nektas me segurou.

— Mas você está morrendo, Sera. A Seleção está te matando. Você sabe disso.

— Sim, eu sei. — Respirei bem fundo. — Mas me dizer isso quando estou debaixo de uma montanha e não consigo enxergar merda nenhuma coloca tudo numa perspectiva completamente diferente.

— Não vejo como.

— Talvez porque você consiga enxergar e não está morrendo.

— É um bom argumento. — Ele fez uma pausa. — Peço desculpas.

— Deuses — murmurei. Um momento passou apenas com o som dos nossos passos. — Eu cheiro mal para você?

Nektas deu uma risada E olhei para ele irritada.

— Não há nada de engraçado na minha pergunta.

— Ah, sim — disse ele. — A morte não cheira mal. Ela tem o mesmo cheiro que a vida, só que mais fraco. De lilases.

— Lilases.

Eu já tinha sentido esse cheiro antes. Lilases podres. Fiquei imaginando se Nyktos também sentia esse cheiro em mim. Precisei me conter para não fazer essa pergunta. Preferia que ele pensasse que eu tinha o cheiro de uma tempestade de verão — fosse lá qual fosse esse cheiro.

Seguimos pelo túnel durante algum tempo, e não achei que estivéssemos andando em linha reta. Eu estava prestes a perguntar se Nektas havia se perdido quando ouvi o barulho de água e então vi um pontinho de luz crescendo cada vez mais. A luz do sol, graças aos deuses. Logo depois pude ver Nektas na minha frente.

Ele diminuiu o ritmo.

— Fique aqui.

— Não sei para onde você espera que eu vá — respondi enquanto ele soltava a minha mão.

— E quem é que sabe? — Ele pulou para baixo. — É só alguém lhe dar as costas por alguns segundos que você foge.

— Não fujo, não.

Ele se virou lá de baixo e me ofereceu as mãos. Peguei-as em vez de dar um chute nele. Nektas me ajudou a descer a queda de vários metros. O ar era bem mais quente e úmido ali. Mais doce também. Avancei um passo e logo vi por quê. Galhos grossos cobertos de lilases serpenteavam pelo chão, subiam pelas paredes da caverna e se espalhavam pelo teto, quase sufocando a luz que entrava pela abertura acima.

— São muitos lilases. — Olhei em volta. — É por isso que a morte tem esse cheiro?

— Não sei por que a morte tem esse cheiro, mas os lilases são especiais. Eles representam a renovação, e tanto a vida quanto a morte são uma renovação. — Nektas seguiu adiante. — Se alguma vez você vir lilases perto da água no plano mortal, pode ter certeza de que está perto de um portal para o Iliseu. Para Dalos, em particular.

Pensei no meu lago.

— E se não houver lilases?

— Então o portal deve levar às Terras Sombrias — respondeu ele. — Aí está.

Ao contornar Nektas, vi uma formação rochosa que se elevava até a minha cintura e formava um círculo irregular que era quase do tamanho de Nektas na forma de dragontino. As águas dos Poços de Divanash estavam calmas e límpidas quando nos aproximamos delas.

— O que eu faço agora? — Pressionei as mãos na borda. — Basta perguntar onde ele está?

— Mais ou menos. Será preciso uma gota do seu sangue.

— Só uma gota? — Estendi a mão por entre a capa e desembainhei a adaga da minha coxa.

— Isso, apenas uma — confirmou ele. — Mas você também precisa contar algo que mais ninguém saiba.

Deuses. Eu tinha me esquecido dessa parte. Franzi a testa, olhando para os Poços.

— Depois disso, os Poços devem avisá-la de que você pode prosseguir. Pergunte sobre quem ou o que está procurando e os Poços vão responder. — Ele inclinou a cabeça. — Bom, tomara que sim.

Hesitei, com a mão e a adaga suspensas acima da água.

— Tomara que sim?

Nektas deu de ombros.

— Nunca os vi em funcionamento.

— Que ótimo — resmunguei, sacudindo a cabeça, reflexiva. Algo que ninguém mais saiba. — Quer dizer que eu tenho que contar um segredo ou algo do tipo?

— Basicamente. É uma espécie de troca. Uma resposta em troca de uma verdade que ninguém mais sabe, talvez nem você mesma.

— Que nem *eu* sei? — repeti baixinho, franzindo ainda mais a testa. Fiz menção de perguntar o que ele queria dizer com aquilo, mas pensei ter entendido que tipo de verdade os Poços queriam: uma que me fosse desconfortável de admitir.

Deuses, havia tantas verdades desconfortáveis que um dia não seria suficiente para enumerá-las, começando com o que eu sentia em relação à minha mãe e terminando com o que talvez sentisse por Nyktos. Também havia um monte de verdades sufocantes e irritantes entre essas duas.

Mas uma delas me deixava ainda mais desconfortável. Uma que me deixava exposta e em carne viva. Vulnerável.

Senti a pele formigar e espetei o dedo com uma leve pressão. A lâmina afiada me cortou e o sangue começou a gotejar. Estiquei o braço sobre os Poços, observando o sangue escorrer do meu dedo enquanto sussurrava as palavras que ardiam na minha garganta:

— O dia em que tomei vários remédios para dormir não foi por acidente, foi por impulso. — Minha mão tremeu. — Eu não queria mais acordar.

A caverna estava silenciosa, exceto pelo zumbido nos meus ouvidos quando a gota de sangue deslizou da ponta do meu dedo e espirrou na água.

Um silvo ecoou pela caverna quando puxei a mão para trás. A água ganhou vida, borbulhando e se agitando. O vapor subiu pelo ar acima dos Poços. Ofegante, dei um passo para trás à medida que a névoa girava descontroladamente antes de cair de volta nos Poços.

— Acho que os Poços aceitaram a sua resposta, *meyaah Liessa* — disse Nektas baixinho.

Não o encarei. Fingi que ele não tinha ouvido o que eu acabara de revelar.

— Mostre-me Delfai, um Deus da Divinação — pedi. — Por favor.

As águas ondularam e rodopiaram, engolindo a gota de sangue. Nektas se aproximou quando surgiram nuvens lá no fundo, primeiro brancas e depois mais escuras. Lembrei-me das almas em meio à névoa enquanto as nuvens tomavam forma, mas a imagem ali não estava desbotada. A cor se infiltrou na água e um azul-claro veio à tona. O céu. Pinheiros verde-escuros com as folhas reluzentes se ergueram atrás de uma enorme mansão de marfim. Arfei quando outra ondulação dispersou o céu e os pinheiros, apagando a mansão.

— Espero que não tenha sido só isso, porque essa imagem não me disse nada.

Nektas espiou por cima da minha cabeça.

— Acho que não — comentou ele. — Veja só.

A água voltou a mudar de cor à medida que outras silhuetas surgiam. Fiquei tensa. Uma cabeça e ombros. Um corpo. Depois outro. Um deles era alto, com uma pele que se parecia com joias de âmbar e cabelos pretos como as rosas que florescem à noite. Era um homem com o rosto oval inclinado para o lado. Parecia ter a idade que eu acreditava que Holland tinha, na terceira ou quarta década da vida, e havia algo em suas mãos. Ele estava triturando alguma coisa numa tigela de cerâmica enquanto movia os lábios sem emitir som. Parecia estar falando com alguém.

— É o Delfai — afirmou Nektas, inclinando-se ao meu redor para colocar a mão na borda de pedra do poço. — Parece vivo e bem de saúde.

Uma Luz na Chama / 429

A pessoa com quem ele estava falando começou a ganhar vida nas águas. Cabelos compridos, volumosos e castanho-claros, e ombros retos. Uma pele rosada e queimada de sol. Um rosto em formato de coração. A surpresa me tirou o ar. Embora o rosto estivesse bem mais cheio e com os olhos verdes mais brilhantes e vivos do que eu me lembrava, pude reconhecê-la de imediato.

— Eu sei quem ela é — sussurrei, atônita, enquanto a observava sorrir em resposta ao que quer que Delfai estivesse lhe mostrando na tigela. — É Kayleigh Balfour. A Princesa de Irelone. Delfai está em Irelone. Está na Mansão Cauldra.

28

—Só pode ser destino que, nesse exato momento, Delfai esteja com alguém que você conhece— disse Nektas enquanto viajávamos de volta pelo Vale.

— Pode ser. — Com os membros já tensos em preparação para as sereias, mantive os olhos fixos adiante. — Ou será que esse tal Delfai sabe de alguma coisa? Os Deuses da Divinação podem ver o passado, o presente e o futuro, não é? E se ele já soubesse que devia fazer amizade com Kayleigh?

Nektas sacudiu a cabeça.

— Eles não sabem de tudo de forma inata. Deve ter sido algo que Delfai decidiu investigar ou foi solicitado a fazer. Nesse caso, ele deve estar à sua espera.

Refleti um pouco sobre isso.

— Foi Penellaphe quem disse a Nyktos para procurar Delfai. Não sei quantos anos ela tem, mas será que foi ela quem disse algo a Delfai?

— Penellaphe era nova quando Kolis roubou as brasas de Eythos, mas já tinha idade suficiente para se lembrar dos Deuses da Divinação — respondeu ele. — Faria sentido que procurasse um deles para descobrir mais sobre a visão que teve.

E Holland também podia ter quase interferido de novo. Seja como for, aquilo não era coincidência.

— Sabe, a Princesa Kayleigh estava noiva do meu meio-irmão — falei, sem ter contado a Nektas sobre como a conhecia. — Ela foi até Lasania com os pais, o Rei Saegar e a Rainha Geneva, para conhecer Tavius. Meu meio-irmão era um... babaca inveterado.

— Desconfiei. — Nektas se inclinou para endireitar meu capuz, que deve ter escorregado. — Levando em conta o prazer que Ash sente ao *visitá-lo* no Abismo.

— Ele faz isso com frequência?

— Mais do que visita qualquer alma há um bom tempo.

Contraí os lábios para não sorrir, pois até eu reconhecia que era perverso sentir prazer com aquilo. Pigarreei.

— Enfim, ele se comportava bem com ela no início, mas isso não durou muito tempo. Certa noite, eu a vi chorando depois de um passeio a sós com ele no jardim. Não sei o que aconteceu, mas deve ter sido algo terrível porque quando a alertei sobre ele, Kayleigh não ficou nada surpresa ao ouvir o que eu tinha a dizer.

— Ela não se casou com ele, então? — perguntou Nektas e, quando neguei com a cabeça, ele me olhou intrigado. — Ela podia desistir do noivado? Tive a impressão de que isso não era muito comum entre os nobres do plano mortal.

— E não é. — Repuxei os lábios num sorriso. — Por isso, arquitetamos um plano para deixá-la... indisponível para o noivado.

Ele arqueou as sobrancelhas sob o capuz.

— Como vocês conseguiram fazer isso?

— Consegui com um Curandeiro uma poção que podia fazer com que ela parecesse estar doente o suficiente para que o noivado tivesse que ser adiado. — Ri do sorriso dele. — Deu certo. Kayleigh convenceu os pais de que devia ser por causa do clima quente e úmido de Lasania, e eles a levaram para casa. Não sei se acreditaram que fosse alguma questão relacionada ao clima, já que Irelone é uma cidade bem mais fria, mas eles... eles a amam. Isso ficou evidente quando eles não a forçaram a permanecer em Lasania nem a obrigaram voltar.

— Vocês foram muito espertas — disse ele. — Embora seja uma pena que alguém tenha que recorrer a tais táticas.

— Concordo — murmurei. — Tavius, a minha mãe e o Rei Ernald nunca souberam ao certo que interferi, mas acho que suspeitaram de mim. — Dei de ombros. — Mas e se eu não tivesse feito isso? Será que Delfai teria mudado de ideia e não conseguiríamos localizá-lo no plano mortal? Quero dizer, tudo está conectado. — Ri de novo. — Acho que todos os aspectos da vida de alguém estão conectados. Cada decisão cria uma reação em cadeia. É impossível não imaginar o quanto da vida é predeterminado.

— Pensar nisso não vai ajudar em nada — respondeu Nektas. — Mas nenhuma das suas decisões é predeterminada. O destino não é absoluto, é apenas uma série de possibilidades.

— Como você pode ter certeza disso? — perguntei.

— Porque eu estava presente quando os mortais foram criados. Emprestei meu fogo para dar vida à sua carne — lembrou-me ele. — Os mortais foram criados à imagem dos Primordiais, mas receberam algo mais.

— A capacidade de sentir emoções.

— E o livre-arbítrio — acrescentou. — O destino não usurpa isso, por mais que, em certas situações, os Arae desejassem que sim. O destino apenas vê todos os resultados possíveis do livre-arbítrio.

Senti um certo alívio por saber que as decisões, boas ou más, eram escolhas de alguém e não o resultado acidental de uma série de acontecimentos já determinados. Olhei para Nektas conforme o Sudário que protegia o Vale se aproximava cada vez mais da estrada e eu começava a ouvir o canto das sereias outra vez.

— Os Primordiais têm livre-arbítrio?

— No início, não.

Lembrei-me do que Nyktos havia me dito.

— Foi a capacidade de sentir emoções que mudou isso?

Ele confirmou com a cabeça.

— Nada é mais poderoso ou capaz de transformar a vida e os planos do que a capacidade de sentir, de vivenciar as emoções. Amor. Ódio. Desejo. Afeição por si mesmo. Afeição por outra pessoa.

Nyktos não estava esperando por nós na encruzilhada da saída do Vale como eu esperava. Já aqueles cavaleiros assustadores, sim, e fizeram mais uma reverência quando passamos por ali. Imaginei que Nyktos estivesse ocupado com alguma coisa, nos próprios Pilares ou em Lethe. Nektas não me pareceu preocupado, por isso não presumi que tivesse acontecido algo sério.

Não olhei para aquelas almas esperando para atravessar os Pilares, embora as brasas latejassem no meu peito e meus músculos já estivessem tensos e doloridos de tanto resistir ao canto das sereias. Logo a Névoa Primordial se dissipou e pude ver as árvores vermelhas ao longe, brilhando sob a luz das estrelas. Belisquei um pedaço de queijo que Nektas tinha me dado enquanto meus pensamentos pulavam de um tópico a outro, tentando ignorar a ligeira dor nas têmporas. Não faria isso depois que voltasse para o palácio. Talvez não fosse a Seleção, mas eu é que não ia me arriscar.

— Sera?

Eu me virei para Nektas, terminando o pedaço de queijo

— Sim?

— Você está bem? — perguntou ele, olhando para mim antes de se voltar para a estrada adiante.

Demorei um pouco para entender o que ele estava me perguntando e, quando entendi, senti o rosto corar. Segurei as rédeas de Gala com força. Minha língua inchou, ficando pesada e inútil, e o meu coração começou a martelar dentro do peito.

Você está bem?

Era uma pergunta tão simples. E uma resposta fácil para muitas pessoas, imagino. Algo que eu responderia de manhã sem sequer hesitar ou pensar a respeito. *Você está bem?* Mas agora a pergunta estava repleta de significado porque os Poços de Divanash conheciam um segredo que ninguém mais sabia. Assim como Nektas.

— Acho... acho que sim — respondi por fim, rechaçando a onda de calor desconfortável. — Ou vou ficar — acrescentei com um encolher de ombros. — Sempre fico.

— Ninguém consegue estar sempre bem — disse ele baixinho. — E se por acaso perceber que não está, pode falar comigo. Vamos dar um jeito para que você fique bem. Combinado?

Com uma ardência na garganta e nos olhos, eu me virei para encará-lo e seu olhar permanecia fixo na estrada. Não sabia se Nektas fazia isso de propósito ou não. Talvez ele soubesse que era mais fácil assim.

— Combinado — sussurrei.

— Ótimo — respondeu ele e, por um tempo, foi tudo o que disse. O silêncio recaiu entre nós, e senti um aperto no peito, bem onde aquela rachadura havia se formado.

Fiquei comovida com a preocupação dele, meio abalada e pega de surpresa. Era uma... gentileza inesperada, o que me fez querer cair de cara na estrada ao mesmo tempo que tinha vontade de abraçar o dragontino.

— Pare — ordenou Nektas bruscamente.

Deixando meus pensamentos de lado, fiz Gala parar, apreensiva.

— O que foi?

Ele inclinou a cabeça para trás, farejando o ar.

— Temos companhia. — Nektas abaixou o queixo, vasculhando a terra estéril exceto pelas rochas e árvores mortas que devem ter crescido dos lagos que costumavam fluir ali. — E não das boas.

— Que ótimo. — Estendi a mão para a lateral do corpo de Gala e soltei uma das espadas curtas que Nyktos havia colocado ali. — Essa viagem estava tranquila demais para ser verdade. — Segui o olhar dele, mas não vi nada a princípio. De repente, uma movimentação junto a uma daquelas árvores frágeis e ocas perto da estrada chamou a minha atenção. Estreitei os olhos, firmando as mãos em torno do punho da espada.

— Não ataque — advertiu Nektas baixinho. Dedos finos e compridos, de um tom de marrom-acinzentado, se fecharam ao redor do tronco. Os dedos se curvaram, cravando-se na casca. Garras. Enrijeci. Avistei um braço fino ali, e a pele parecia dura e áspera como a... casca de uma árvore. — Elas podem nos deixar passar sem causar problemas. Cavalgue devagar. Fique alerta.

Fiquei de olho naquela mão na árvore conforme fazia Gala avançar.

— O que é isso?

Nektas aproximou o cavalo do meu.

— São ninfas, seres ancestrais. Elas costumavam ser criaturas gentis e benevolentes que viviam nas florestas e lagos do Iliseu, cuidando da terra que as alimentava. Amigas dos dragões e depois dos Primordiais e deuses — explicou, e me concentrei na palavra *costumavam* da afirmação e no pretérito do resto da frase. — Mas agora são mais uma repercussão das ações de Kolis. Quando ele roubou as brasas de Eythos, as ninfas foram corrompidas e se transformaram em criaturas pavorosas que se alimentam de dor e tortura.

— Ah — sussurrei. — Que adoráveis.

— Elas costumavam ser uma das criaturas mais adoráveis já vistas no Iliseu — retrucou ele.

Não me permiti sentir uma pontada de tristeza ao saber que Kolis havia maculado as ninfas. Não me ajudaria em nada se elas decidissem não nos deixar passar.

— Elas estavam aqui quando fomos até os Pilares?

— As ninfas estão sempre aqui.

Lembrei-me de como Nyktos e ele tinham ficado de olho nos arredores.

— Será que foram elas que atraíram Ehthawn?

— É bem provável. — Nektas pousou a mão na espada presa ao cavalo. — Elas não costumam atacar um Primordial ou sua Consorte, mas só. Nem o fogo dos dragontinos, nem o éter fazem mal a elas. A única maneira de detê-las é cortando suas cabeças.

— Que maravilha — murmurei, quando passamos pela árvore atrás da qual a ninfa se escondia. Avistei uma segunda atrás de uma rocha. — Há quantas ninfas aqui?

— Pode haver centenas delas — respondeu ele, e o meu coração deu um salto dentro do peito. — Mas só vi umas dez perto da estrada.

— Deve ser graças à ótima visão dos dragontinos, pois eu só vi duas.

— Por isso e porque também sei o que procurar.

Viajamos alguns minutos sob um silêncio tenso. Vi outra ninfa. Um pouco mais dela dessa vez. Uma perna fina. Um pé cravado no tronco.

A Colina surgiu ao longe, e eu já estava começando a ter esperanças de que elas nos deixariam passar quando Nektas murmurou:

— Merda.

E então eu vi. Havia uma ninfa agachada no meio do caminho, com os ombros curvados e tão pequena que se misturava à própria estrada. Ela se levantou lentamente, e juro pelos deuses que adoraria ver uma ninfa como elas costumavam ser porque aquela criatura era realmente pavorosa. Sua pele parecia a casca de uma árvore, retorcida e nodosa. Havia garras no lugar dos dedos. O rosto era sulcado e distorcido, e o crânio calvo tinha uma coroa de osso irregular e exposto.

— Quero ouvir você gritar — sibilou ela com uma voz gutural e úmida. — Quero vê-la sangrar como um riacho. — Em seguida, disparou em nossa direção.

Nektas tirou uma lâmina da manga da capa e a atirou, acertando a criatura no meio dos olhos. Jogada para trás, a ninfa uivou e se debateu, tentando pegar a lâmina cravada na cabeça.

O ar se encheu de assobios de ambos os lados da estrada. Praguejei e me abaixei na sela, vendo Nektas fazer a mesma coisa. As ninfas eram um borrão que parecia sangrar da planície, das árvores e das rochas.

— Vou pegar esse lado — avisou Nektas, avançando e deslizando a adaga de pedra das sombras no pescoço da ninfa da estrada e arrancando sua cabeça. A criatura virou um pó prateado e cintilante. — Você pega o outro?

Eu me preparei.

— Eu estava pensando em deixá-las em paz, sabe? Mas tudo bem.

Ele abriu um sorriso sob as sombras do capuz e se virou para o lado direito da estrada.

As ninfas se voltaram para nós. Havia uma à frente das demais.

— Necessidade. Cobiça. Sangue. — Ela saltou na minha direção.

Dei um passo à frente e brandi a espada enquanto ela pousava, passando a lâmina por seu pescoço. Quando a criatura se desfez, girei o corpo e acertei outra delas, que também explodiu.

Mais duas cruzaram a estrada ao mesmo tempo.

— Ódio — murmurou uma delas.

— Destino — gorgolejou a outra.

Eu me virei e dei um chute no joelho da primeira ninfa. A perna da criatura quebrou, partindo-se ao meio.

— Eca — resmunguei, passando a espada no pescoço da segunda e então no daquela que agora mancava em minha direção.

Olhei para o outro lado da estrada e vi Nektas decapitando metodicamente as ninfas. Girei o corpo e me esquivei para o lado, evitando por pouco as garras de uma das criaturas.

— Morte. Sangue. Vermelho — balbuciou ela, dando meia-volta.

— Elas sempre falam desse jeito? — gritei, passando a lâmina por seu pescoço. Parecia restarem só mais algumas.

Nektas jogou uma ninfa para trás enquanto cravava a espada em outra.

— Se você considera sibilar palavras soltas como falar, então sim.

O zumbido das brasas sussurrava em meu sangue. Uma mão ressecada agarrou o ar a poucos centímetros do meu rosto assim que girei o corpo. Soltei um palavrão, recuando e empurrando a espada para trás. A lâmina acertou o peito da ninfa. O pó saiu de dentro dela, cintilante e denso. Puxei a espada para cima até alcançar seu pescoço.

Um cavalo relinchou nervosamente, fazendo meu coração disparar. Uma das ninfas correu na direção dele.

— O medo é a minha lança — sibilou ela. — A dor é a sua vitória.

— Isso nem faz sentido — falei, correndo atrás da ninfa. — Ah, não. Não se atreva a tocar neles!

Apertei o ombro da ninfa, sentindo sua pele áspera e ressecada sob a minha, no instante em que ela tentou agarrar Gala. Sabia que não conseguiria alcançá-la com a espada. A ninfa ia cravar as garras na égua. A fúria se apoderou de mim, atiçando as brasas. E então várias coisas aconteceram ao mesmo tempo.

As brasas vibraram descontroladamente no meu peito, o calor invadiu as minhas veias e uma luz prateada tomou os cantos da minha visão à medida que o poder crescia dentro de mim, carregando o ar de energia. Engoli em seco quando o éter faiscou na minha mão. Recuei, mas já era tarde demais. A essência fluiu sobre a ninfa e se infiltrou pela casca que era sua carne. A luz preencheu as centenas de rachaduras em seu corpo, iluminando-o por dentro e depois por fora. O éter se derramou de sua boca e olhos abertos.

A ninfa explodiu.

Uma reverberação de poder ricocheteou de modo tão intenso que a rajada de éter me derrubou no chão ao voltar para mim.

— Puta merda — sussurrei, levantando a espada quando uma sombra pairou sobre mim. Nektas me encarou. — Você não disse que o éter não fazia mal a elas?

— Não deveria fazer — disse ele. — Só o Primordial da Vida é capaz de usar o tipo de éter capaz de matar uma ninfa. — Nektas puxou o capuz para trás. — É o mesmo tipo de poder capaz de matar outro Primordial.

Nektas falou muito pouco durante o restante da viagem de volta ao palácio, o que me deixou inquieta. Eu não era uma Primordial, então não conseguia entender como era possível que eu tivesse o tipo de éter capaz de matar outro Primordial. Nem como as brasas podiam ser tão fortes assim. E eu tinha golpeado Nyktos com o éter. Eu podia ter...

Deuses, nem consegui concluir essa linha de pensamento, uma prova do quanto eu havia mudado. Eu precisava aprender a controlar as brasas até que Nyktos as removesse de mim.

Depois de dar uma escovada rápida em Gala e um pouco de alfafa, me separei de Nektas e entrei no palácio prometendo ir imediatamente até Nyktos. O dragontino partiu para encontrar Jadis nas montanhas que eu ainda não tinha visto.

Imaginei que Nyktos estivesse no escritório, por isso fui até lá e entrei no corredor. Dentro de poucos segundos, abri um sorriso ao sentir as brasas se agitarem no meu peito. Entrei na alcova, notando que a porta estava entreaberta quando empurrei...

Parei de supetão, o nome dele definhando e morrendo nos meus lábios antes mesmo de se tornar um sussurro. Não consegui entender o que estava vendo. Era como se a minha mente não pudesse processar o que os meus olhos me mostravam.

Nyktos estava sentado no sofá, com uma das mãos relaxada na almofada ao seu lado e a outra apertando o braço com força. Ele estava com o corpo rígido, a cabeça jogada para trás e os olhos fechados, as linhas marcantes do rosto tensas e a pele mais pálida do que deveria.

E não estava sozinho. Nem de longe.

Havia alguém no *colo* dele. Uma mulher. Uma mulher magra e esguia com um vestido violeta cintilante estava sentada no *colo* dele. Montando nele. Cachos louros caíam sobre o peito de Nyktos e escondiam seu rosto conforme ela agarrava os ombros *dele*, afundando os dedos pálidos na camisa escura enquanto se movia contra *ele*. Não precisei ver seu rosto para saber quem ela era.

Veses.

A Primordial dos Rituais e da Prosperidade estava no colo de Nyktos. Tocando nele. Montando nele. *Alimentando-se* da sua garganta.

29

Meu coração bateu descompassado conforme o meu corpo ardia e então gelava. Não senti absolutamente nada parada ali, olhando para Nyktos. Para Veses. Para os *dois*. Tentei entender o que estava vendo. Por que ele estava com alguém, ainda por cima com *ela*, que havia me dito ser da pior espécie. Não fazia sentido. Não era possível.

Talvez eu tivesse batido a cabeça lutando contra as ninfas e estivesse alucinando. Era mais plausível do que isso. Do que ela se alimentando de Nyktos. Do que eles dois *juntos*. Afinal de contas, eu tinha dito a ele que queria ser sua Consorte. E ele havia me chamado de *liessa*, alguém que achava bela. E poderosa. Alguém que se tornaria a sua Rainha.

Nesse instante, ela deu um gemido rouco e sensual. O braço do sofá rangeu sob o aperto de Nyktos e o barulho — ambos os *sons* — me tiraram do estupor provocado pelo choque.

Minha mente. Meu corpo. Cada parte de mim digeriu o que eu estava vendo. As emoções vieram numa onda crescente, desabando sobre mim de modo intenso e súbito quando Nyktos virou a cabeça preguiçosamente. Estremeci sob um peso quente e sufocante. *Dor*. Uma agonia crua e corrosiva encharcou todos os meus poros. Uma dor sufocante e esmagadora invadiu meus músculos e ossos. A rachadura tremeu no meu peito e a minha pele começou a formigar de calor.

E de outra coisa.

Veses levantou a cabeça loura ao ouvir o som sibilante que saía dos meus lábios entreabertos. Havia duas feridas profundas e vermelhas no pescoço de Nyktos. Os cabelos volumosos e sedosos dela caíram sobre o ombro esguio enquanto a Primordial olhava para mim. A boca carnuda e vermelho-sangue fazia um contraste grotesco com aquela beleza delicada. A surpresa estampou o rosto dela, que arregalou os olhos prateados e luminosos e me encarou, passando a língua cor-de-rosa pelo lábio. Ela lambeu o sangue ali. O sangue de *Nyktos*.

Senti o gosto amargo da bile na garganta e engasguei, incapaz de me mover enquanto Veses me observava. De cima a baixo. O repuxar do seu lábio me informou que ela não achava que eu fosse grande coisa e, deuses, *senti* isso até os ossos enquanto olhava para ela. Para eles. Dois Primordiais belos e poderosos. Juntos.

Veses arqueou a sobrancelha. O repuxar mordaz se transformou num sorriso dolorosamente belo.

— Quer dizer que é essa aí? — perguntou Veses, falando com aquela voz rouca de que eu me lembrava antes de dar uma risadinha.

Nyktos virou a cabeça bem devagar. Ele abriu os olhos e... Não deu mais para suportar.

Não houve pensamento lógico por trás das minhas ações. Foi puro instinto. Cambaleei para trás, esbarrando na porta. Em seguida, dei meia-volta, com o coração martelando dentro do peito.

Veses gargalhou. E a risada aguda me seguiu conforme eu saía do escritório, agarrando-se à minha pele. Nunca me senti tão ingênua, tão tola. A risada me acompanhou enquanto a rachadura tremia violentamente no meu peito. Mas foram as palavras de Nyktos que me assombraram quando comecei a correr.

Ela é muito importante para mim.

Corri a esmo, sentindo um nó na garganta.

Você é uma das pessoas mais fortes que já conheci.

Abri a porta enquanto as brasas pulsavam no meu peito, juntando-se àquela agonia latejante.

Você nunca foi um fantasma para mim.

Alguma necessidade desconhecida me fez descer a escadaria estreita e coberta de limo.

Liessa.

Meus pés escorregaram e caí de bunda no chão, mas a pontada de dor que senti não era nada em comparação com a tristeza que me esmagava por dentro. Me levantei e segui andando. Aquela dor era algo que eu nunca havia sentido, nem quando a minha família ia para a fazenda e eu era muito nova para entender por que eles me deixavam para trás. Nem o tapa que a minha mãe me deu na noite do meu aniversário de 17 anos doeu tanto. Não foi tão profundo assim. Não roubou todo o meu ar. Acertei o vão entre o último degrau e o chão com um grunhido, mas não diminuí a velocidade. Passei correndo pelas celas, tentando fugir do que tinha visto. Ultrapassar as palavras de Nyktos.

Você é corajosa e forte.

As grades que revestiam as celas pareciam um borrão conforme eu passava por elas e chegava ao final do primeiro corredor. Fui para a esquerda, sentindo um aperto no peito.

Será uma Consorte digna das espadas e escudos deles.

As paredes de pedra das sombras me cercaram enquanto eu tentava escapar de mim mesma. Do meu coração idiota. Das minhas ideias tolas a respeito de Nyktos. Do que eu poderia significar para ele. Do que ele significava para mim. Não havia como fugir de nada disso quando desabei contra a porta no final do corredor. Cada respiração doía enquanto eu pressionava a testa na madeira, fechando os olhos com força para conter as lágrimas. Mas já era tarde demais. Minhas bochechas estavam úmidas, embora eu não estivesse chorando. Recusei-me a fazer isso.

Cerrei o maxilar enquanto batia com a palma da mão contra a porta em busca de raiva. De fúria. Mas só encontrei tristeza. Mágoa. Decepção. Com ele. Comigo.

Eu não devia ter feito aquele acordo com ele. Nunca foi só prazer pelo prazer. Eu estava mentindo para mim mesma e enxergava isso agora. Eu não teria ficado tão arrasada com o que a minha traição fez com ele se fosse só isso. Não teria desejado somente ele e mais ninguém.

E Nyktos exigir que eu não buscasse prazer com outra pessoa? Como ele se *atreve*?

Com as mãos trêmulas e o peito doendo, encontrei a maçaneta e a girei. Rastejei para a caverna mal iluminada, fechando a porta ao passar. Recuei, levando as mãos até o rosto enquanto a piscina fluía suavemente atrás de mim. Meus dedos ficaram molhados, e eu... não devia ter deixado que isso acontecesse.

— Ai, deuses — sussurrei com a voz rouca e entrecortada.

Eu não devia sentir nada. Mas já devia saber. Eu havia sido treinada para ser melhor do que isso. Eu era esperta. Violenta. Vazia. Ardilosa.

A imagem de Veses no colo de Nyktos voltou à minha cabeça, e eu a vi se movendo contra ele. Alimentando-se dele. E me lembrei do que a mordida dele fazia comigo. Impossível esquecer como aquele prazer tinha sido avassalador. Será que ela fez sua mordida doer como a de Taric? Ou deu a ele o mesmo prazer que Nyktos deu a mim? Nyktos apertava com força o braço da cadeira. E ela tinha o sangue dele dentro de si. Será que havia mais alguma coisa? Não consegui ver nada debaixo daquele vestido...

Ofegante, eu me abaixei e segurei os joelhos conforme a rachadura tremia sem parar no meu peito. Endireitei o corpo e olhei para a frente, mas não vi nada da beleza escura da piscina. A piscina dele.

Ele me disse que não tivera ninguém antes de mim. E sua suposta falta de experiência? Como pude acreditar que ele havia aprendido rápido? Fechei os olhos, mas continuei enxergando Veses, tão à vontade tocando em Nyktos. Voltei a vê-la no colo dele e vacilei.

Que ódio! Eu já devia saber!

Nyktos era incapaz de amar. Talvez até conseguisse se importar com outra pessoa, mas o que quer que impedisse alguém de fazer aquilo devia vir do mesmo lugar que o amor. Do mesmo lugar onde os compromissos eram firmados e os vínculos eram mais profundos do que laços de sangue. Eu não devia ter esperado tanta lealdade.

Dei uma risada engasgada e estranha e abri os olhos ao sentir o corpo quente. Alcancei o fecho da capa e a soltei, deixando-a flutuar até o chão. Eu não daria a mínima se Nyktos tivesse dormido com metade do plano mortal e do Iliseu antes de mim. Mas ele mentiu para mim, e nenhuma das minhas mentiras fazia a dele doer menos. Pois o que vi aconteceu *hoje*, não *antes*. Ele estava com Veses no escritório, em seu colo, e ela estava se alimentando dele, fazendo só os deuses sabiam mais o quê.

Depois de mim.

Depois de me dizer como eu era corajosa e forte. Como eu era digna. Depois de me dizer que eu nunca havia sido um fantasma para ele. Depois de ter feito com que eu me sentisse segura com ele. Lentamente, eu me virei para a mesa de pedra e... pude nos *ver* ali.

A raiva finalmente chegou, derramando-se em mim, enchendo minhas veias e penetrando em meus ossos. A fúria inundou a rachadura no meu peito, engolindo as brasas vibrantes, e o que saiu dali parecia tão podre e acabado quanto as ninfas. O fogo percorreu meu corpo, invadindo meus pulmões enquanto eu encarava a mesa de pedra. Segura. Eu me senti segura com ele ali. Tão *segura* a ponto de querer *mais*. De querer sentir. Viver. Ter esperança. A pressão aumentou dentro de mim, o ar ficou carregado à minha volta e então... nada. A água parou de sussurrar. Estremeci ao dar um passo à frente, abrindo a boca. O som que saiu de mim feriu meus ouvidos, e com ele veio uma onda de dor, fúria e poder — um poder ancestral e infinito. Finalmente *liberto*.

A mesa de pedra se estilhaçou até virar pó.

Luzes e sombras bruxuleantes dançaram contra a parede agora vazia. Olhei para minhas mãos e vi meus dedos abertos e iluminados por dentro. A luz prateada pressionava as mangas da blusa enquanto eu tremia e a poeira descia, caindo no meu rosto molhado de lágrimas. Meu sangue e pulmões ardiam sem parar. Continuei tremendo e... Não, não era eu quem tremia. Eram as paredes e o teto alto e amplo.

Eu me virei para a piscina, com o coração disparado. A água se agitava violentamente, mas não fazia barulho. A poeira caía em camadas grossas como a neve. Entrei em pânico quando a capa pareceu vibrar no chão. A dor irradiou no meu peito. Dor de verdade. Eu não estava respirando, estava prendendo o fôlego.

Abri a boca para puxar o ar, mas minha garganta parecia áspera e cheia de nós. Poucas lufadas de ar passaram enquanto eu tentava desesperadamente me controlar usando a técnica de Holland.

Uma fissura se abriu ao longo da parede, me sobressaltando. Outra se formou no chão, retumbando como um trovão.

Ai, deuses. Era eu que estava fazendo aquilo.

Eu precisava respirar, mas tinha que me acalmar primeiro. Procurei freneticamente aquele véu em minha mente, caindo de quatro no chão. Numa parte distante do meu cérebro, eu sabia que estava respirando rápido demais. Esse era o problema, mas não consegui encontrar o vazio, a tela em branco que tanto detestava. Não consegui me encontrar em meio à tranquilidade porque não sabia ao certo se me reconheceria, se ao menos saberia quem ou o que eu era.

Senti calafrios no pescoço e na nuca. Fechei os dedos contra o chão de pedra das sombras enquanto as fissuras se espalhavam sob mim como uma teia de aranha. As brasas vibraram no meu peito à medida que as fendas se aprofundavam no chão. Pelo canto dos olhos eu só enxergava um branco infinito. Estrelas pareceram explodir em minha visão.

Havia alguma... alguma coisa dentro daquelas fissuras no chão, que crescia e se espalhava ao redor.

Raízes saíram da pedra e do solo rachados, desenrolando-se sobre minhas mãos como videiras e envolvendo meus pulsos e braços. Senti um nó no estômago. O que estava acontecendo?

Eu podia ver as raízes cinzentas, mas não conseguia sentir seu peso sobre a minha pele. Não conseguia sentir as pernas nem o rosto. Ai, deuses, será que era isso? Eu estava morrendo, e o chão se erguia para reivindicar meu cadáver? Era o que parecia. Que o plano estava desaparecendo debaixo de mim e eu não conseguia mais sentir o meu corpo. Eu estava distante. Flutuando. Caindo...

Senti os braços de alguém envolverem os meus, me puxando de encontro ao peito e partindo as raízes ao redor dos meus braços. Elas viraram pó assim que caíram no chão. *Sera*. Ouvi o meu nome várias vezes antes de conseguir reconhecê-lo de fato.

— Sera! — gritou Nyktos, puxando-nos para trás enquanto as raízes saíam das fissuras sob mim e subiam por nossas pernas. Ele praguejou e me soltou por um segundo para arrancar uma delas. — Você precisa respirar mais devagar. Preste atenção — ordenou ele, com a voz mais suave. — Coloque a língua atrás dos dentes da frente.

Uma Luz na Chama / 447

A ordem me pegou tão de surpresa que fiz o que ele mandou.

— Fique com a língua aí e mantenha a boca fechada. — Ele se inclinou para trás, mantendo-me perto de si e endireitando a minha postura enquanto as raízes subiam pelos nossos corpos e passavam por cima do meu peito. Eu me afastei com um gemido quando as videiras rodearam a nossa cintura. Ele pegou as raízes e as arrancou de novo. — Não dê atenção a elas. Feche os olhos e me escute. Concentre-se apenas em mim. Quero que você solte o ar enquanto eu conto até quatro. Não inspire. Só expire. Um. Dois. Três. Quatro. Agora inspire pelo mesmo tempo. — Nyktos levou a mão até o meu pescoço e colocou o polegar sobre a minha veia para manter a contagem. — Agora expire de novo. Isso, continue.

Segui as instruções dele, bem parecidas com os exercícios que Holland havia me ensinado. Inspirei por quatro contagens e depois exalei pelo mesmo tempo. Nyktos repetiu as instruções baixinho, o peito subindo e descendo contra as minhas costas ao ritmo do meu. Inspirar. Expirar. Subir. Descer. Repeti o exercício sem parar enquanto as raízes se enrolavam ao nosso redor, alcançando a mão no meu pescoço e chegando aos nossos ombros.

— Não está dando certo — balbuciou uma voz das sombras, soando muito distante. Abri os olhos e vi Rhain agachado diante de mim. Ele estava com os olhos arregalados enquanto partia pedaços de raízes. — Você precisa detê-la, Nyktos. — Uma poeira preta caiu no rosto e nos cabelos louro-avermelhados dele. — Antes que seja tarde demais.

Nyktos praguejou atrás de mim. A mão na minha garganta me fez virar a cabeça. Ele olhou para mim com a pele muito pálida e fina, mas não havia sombras sob a carne nem éter nas veias dele, e sim duas marcas vermelhas no pescoço. Perfurações.

Eu me debati tentando me desvencilhar dele.

— Anda logo com isso. — Rhain arrancou outra raiz. — Agora, antes que ela acabe se matando e derrubando o maldito palácio em cima das nossas cabeças.

— Merda — rosnou o Primordial, apertando a parte de trás da minha cabeça. — Desculpa. Sinto muito. — Ele encostou a testa na minha e então se afastou. — Preste atenção, Seraphena. — O éter começou a

448 / *Jennifer L. Armentrout*

rodopiar nos olhos dele e sua voz estava mais... grave e lenta. — *Pare de lutar comigo e preste atenção.*

Parei de lutar. Prestei atenção.

Aguardei.

Eu era novamente um recipiente vazio, uma tela em branco.

Em seguida, Nyktos disse apenas uma palavra, num estranho misto de sussurro e grito, mas que me atingiu profundamente e me dominou, assumindo totalmente o controle sobre mim.

Durma.

30

Sonhei com o meu lago.

Eu estava nadando e foi por isso que soube que estava sonhando: eu não sabia nadar, mas flutuava tranquilamente pela água fria e escura como a meia-noite. E não estava sozinha. Havia uma silhueta solitária sentada na margem, me observando.

Um lobo branco.

O lobo esperava por mim sob a sombra dos olmos, com o pelo espesso de um tom de prata exuberante sob o luar.

Não sei por quanto tempo sonhei, mas fiquei nadando e nadando, sem pressa e cheia de *paz*. Cercada por ela.

O lobo esperava por mim.

Meus braços e pernas não se cansavam. Minha pele não ficou enrugada e ressecada. Nem a fome, nem a sede me encontraram. Nadei na superfície e mergulhei.

E a fera continuava esperando por mim.

450 / *Jennifer L. Armentrout*

— Sera.

Pisquei lentamente para abrir os olhos, que pareciam ter sido costurados. Demorou um pouco para que a minha visão desanuviasse e eu conseguisse distinguir as bochechas e o queixo arredondados, os cabelos da cor de ônix e os olhos puxados nos cantos e com íris de um tom luminoso de prata.

— Bele? — balbuciei, estremecendo ao sentir a garganta áspera.

— Meu nome é Nell.

Respirei fundo, cercada pelo cheiro de frutas cítricas e ar fresco.

— O-o quê?

Um sorriso fugaz surgiu nos lábios carnudos dela.

— Estou brincando. — A deusa olhou por cima do ombro e gritou:
— Ela finalmente acordou.

Estremeci, sentindo os ouvidos estranhamente sensíveis. *Finalmente acordou?* Bele sumiu de vista, e pude ver paredes lisas e pretas e um sofá comprido e profundo. Virei a cabeça e meu coração acelerou quando reparei na caixinha de madeira na mesa de cabeceira ao lado da cama.

Eu estava no quarto do Primordial.

As lembranças voltaram. Imagens *dele* e *dela* no escritório, as marcas de mordida no pescoço de Nyktos e a agonia esmagadora da minha fuga desvairada para a piscina sob o palácio. A decepção. A mágoa...

Não.

Eu me recusava. Não ia sentir isso de novo, nada disso. Tentei me sentar.

— Não se levante ainda. — Rhain entrou no aposento, com as alças projetadas para prender armas penduradas frouxamente sobre o peito.

Parei, lembrando-me dele sob o palácio, partindo as... raízes que saíam das fissuras criadas por mim na fundação e testemunhando minha absoluta perda de controle. Senti as faces coradas.

Rhain se aproximou da cama e eu não fazia ideia de como tinha chegado ali.

— Como está se sentindo? — perguntou ele com a testa franzida, sentando-se na beirada da cama. Ele parecia preocupado, mas também... aliviado, e eu não entendi a motivação para nenhuma das duas coisas.

Nem por que ele estava ali no quarto.

— Bem — sussurrei com a voz rouca, olhando ao redor e vendo apenas Bele parada ao lado do sofá, vestida com o uniforme cinza da guarda. — Com sede.

— Bele — chamou Rhain. — Você pode me fazer um favor e nos trazer um pouco de água e suco?

— Tenho cara de quem quer fazer um favor a você? — rebateu Bele. A resposta seria não.

Rhain lançou um olhar penetrante para ela por cima do ombro. Bele suspirou pesadamente, revirando os olhos.

— Que seja — murmurou. — Com todo o *prazer*.

O deus franziu os lábios enquanto a observava caminhar até a porta.

— Muito obrigado.

Bele dispensou o agradecimento com um aceno de mão.

A risada suave de Rhain desapareceu quando ele voltou a atenção para mim.

— Está com dor de cabeça? Ou no maxilar?

— Não. — Fiquei apreensiva e confusa. — Deveria?

— Não sei ao certo. — Ele deu de ombros, o que não foi muito tranquilizador. — Quer tentar se sentar para ver o que acontece?

— Não sei. — Olhei para ele, ainda mais confusa. — Quero?

Um sorriso que eu não via desde que ele descobriu minha traição surgiu em seu rosto, mas logo se desvaneceu.

— Vamos tentar.

Eu tinha várias perguntas, começando com o que havia acontecido comigo sob o palácio e terminando com algo que não queria perguntar. Onde Nyktos estava? Mas, para falar a verdade, não queria saber. Firmei as mãos no colchão macio e empurrei o corpo para cima.

— Devagar. — Rhain se aproximou para me ajudar, tocando no meu braço, no meu braço nu. Uma carga de energia zumbiu da minha pele para a dele, e Rhain deu um assobio e se afastou.

— Desculpe — arfei. — Machuquei você?

— Não. — Ele piscou os olhos, atônito. — Só não esperava que a carga de energia fosse tão forte.

Era como eu me sentia quando a minha pele entrava em contato com a... de Nyktos, mas não me pareceu *tão* forte assim. O cobertor escorregou quando me sentei, descendo até a minha cintura e revelando a minha nudez. Puxei o tecido macio até o queixo, me virando para Rhain.

— Por que estou nua? E, por favor, me diga que não foi você quem me despiu.

Rhain deu um sorriso malicioso.

— Não se preocupe. Não poderia estar mais desinteressado no que acabou de me mostrar. Agora, se você fosse Saion ou Ector, eu teria gostado bastante do espetáculo.

— Eu não mostrei nada a você — resmunguei, agarrando o cobertor.
— Não de propósito.

Ele me observou recostar na cabeceira estofada.

— Aliás, deve ter sido Aios ou Bele que tiraram sua roupa. Você estava coberta de terra e poeira, e Nyktos não queria que acordasse toda suja.

Meu coração disparou.

— Que atencioso da parte dele.

Rhain inclinou a cabeça e me olhou desconfiado.

Olhei para a porta do quarto e para aquela que levava à sala de banho. As duas estavam fechadas. Eu me virei para Rhain.

— O que diabos aconteceu?

— Eu estava esperando que *você* pudesse me dizer.

— Acabei de acordar, como é que eu vou saber?

— Eu me refiro ao que aconteceu antes de você perder a cabeça e quase derrubar o palácio inteiro — respondeu ele, e eu fiquei tensa. — Nunca vi nada assim antes, nem mesmo de um Primordial passando pela Seleção. — Ele ergueu o queixo de leve. — Você é poderosa, Sera.

— Obrigada — murmurei.

— Não sei muito bem se foi um elogio — replicou ele. — Qual é a última coisa de que se lembra?

Demorei um pouco para colocar as lembranças desconexas e apavoradas em ordem.

— Eu... quebrei uma mesa, e o palácio inteiro começou a tremer. Havia raízes saindo do chão. — Sacudi a cabeça. — De repente... Nyktos apareceu. E você também. Eu estava...

— Perdendo a cabeça?

Arqueei uma sobrancelha.

— Pode-se dizer que sim — murmurei. — Não tive intenção de perder o controle e fazer aquilo. Simplesmente aconteceu, e eu... — Meu rosto corou ainda mais. — Eu entrei em pânico. — Havia uma ligeira lembrança de Rhain dizendo algo a Nyktos. — É a última coisa de que me lembro.

Nesse instante, Bele voltou para o quarto, trazendo um copo numa das mãos e uma jarra na outra. As adagas presas aos quadris e coxas reluziram sob a luz das arandelas quando ela se aproximou da cama.

— Parece que perdi alguma coisa — falei, olhando para o copo que Bele segurava, querendo pegá-lo das mãos dela.

Bele deu um muxoxo.

Rhain lançou a Bele outro olhar descontente que não sei se ela sequer notou ou se teria se importado caso tivesse visto. Ele pegou o copo e me entregou, tomando cuidado para não encostar nas minhas mãos, o que me preocupou. Mas era o comportamento de Rhain que me deixava ainda mais inquieta.

— Por que está sendo gentil comigo? — disparei.

Bele deu uma gargalhada enquanto Rhain se afastava de mim.

— Não sei o que quer dizer com isso — respondeu.

— Você não gosta de mim. Nós dois sabemos disso — salientei, observando as bochechas de Rhain ficarem rosadas. — Mas você está aqui, todo gentil. Eu quase morri ou algo do tipo?

— Bem... — começou Bele, prolongando a palavra.

Minha inquietação aumentou e levei o copo até os lábios ressecados. O primeiro gole foi uma verdadeira bênção. Bebi avidamente, fechando os olhos enquanto tomava o líquido fresco.

— Vá devagar — aconselhou Rhain baixinho. — Faz tempo que você não come, e não quero que passe mal por beber rápido demais.

Fazia tempo que eu não comia? Ora, eu havia tomado um farto café da manhã, e não podia ter tanto tempo assim. Olhei de um para o outro. A menos que tivesse passado mais tempo do que eu imaginava. Bebi um *golinho* de água.

— Por quanto tempo dormi?

— Três dias — respondeu Bele.

Engasguei, cuspindo a água no queixo e nos braços de Rhain.

— Você não podia ter esperado até que ela acabasse de engolir? — perguntou ele à deusa.

Bele deu de ombros.

— Do jeito que ela está bebendo a água, seria só daqui a uma hora.

— Desculpa. — Passei o braço pelo queixo. — Espera, eu passei *três dias* dormindo? Como?

— Foi a Seleção. — Rhain pegou o copo da minha mão e o colocou em cima da mesinha de cabeceira. — E não foi exatamente um sono, foi a estase. Isso acontece quando o corpo fica sobrecarregado. Em resumo, o seu organismo se desliga para ter tempo de repor a energia necessária para passar pela Seleção. Não é sempre que acontece — disse ele, e eu me lembrei de Nyktos ter mencionado isso antes. — Tudo depende de quanta energia você tem usado e do que tem feito para restabelecê-la.

— Uma vez eu dormi por quatro dias. — Bele cruzou os braços. — Foi como hibernar. Para ser sincera, ainda gostaria de conseguir dormir desse jeito.

Rhain deu um suspiro quando tirei os olhos dela e tentei pegar o copo de água. Ele pegou o copo e o passou para mim. Bebi o resto do líquido, desejando que fosse uísque.

— Enfim, você ficou esgotada e seu corpo entrou em estase para ter tempo de se recuperar.

— Você tem sorte de terem sido apenas três dias. — Bele voltou à mesa para pegar a jarra do que eu esperava que fosse suco. — Podia ter ficado inconsciente por semanas a fio.

— Semanas? Isso pode acontecer? — murmurei.

Rhain confirmou com a cabeça.

— Já aconteceu com deuses que não estavam se alimentando bem, mas a maioria não sobrevive a um esgotamento de energia dessa magnitude.

Estremeci.

— E aquelas raízes que saíram do chão? Isso é comum?

Rhain deu uma risada de desdém.

— Não mesmo. Isso só acontece quando um Primordial entra em estase. As raízes servem para proteger o descanso deles. Elas estavam protegendo você.

— Elas estavam me *sufocando*.

— Elas estavam tentando cobrir você para mantê-la em segurança. Tudo bem, vou explicar melhor — disse Rhain ao ver meu olhar de incredulidade. — Os Primordiais fazem parte da própria estrutura dos planos, e as raízes os mantêm conectados aos planos durante o descanso. Entendeu?

— Aham — sussurrei.

Rhain me encarou, desconfiado.

— Você não entendeu foi nada.

— Não. — Eu me virei para Bele. — De toda forma, eu não sou uma Primordial.

— Mas você possui brasas *Primordiais*. Então, sim, você é basicamente uma Primordial passando pela Seleção. — Bele tornou a encher o copo. — Você é toda especial.

Rhain não me pareceu muito impressionado com isso.

— Você só precisa tomar cuidado para não entrar em estase novamente — aconselhou Rhain enquanto eu pegava o copo de Bele. — Porque da próxima vez que for dormir, você pode não acordar mais.

— Tipo... nunca mais — acrescentou Bele enquanto eu tomava um gole do adocicado suco de fruta, que aliviou bastante a aspereza na minha garganta. — É tão comum que você até se prepara para morrer durante a Seleção.

— Bele — censurou Rhain.

— O que foi? É verdade. Eu disse à minha mãe que queria um velório caso eu morresse — continuou ela. — Um velório bem desagradável cheio de preces intermináveis aos Primordiais e um fluxo incontável de enlutados falando como eu era uma pessoa maravilhosa. Queria soluços altos e sinceros, nada de lágrimas contidas. Eu quero todo mundo aos prantos, com ranho escorrendo pelo rosto e tudo. — Ela franziu a testa e apertou os lábios. — E pelo menos uma boa briga enquanto o meu corpo queima, daquele tipo que até derruba a pira.

Olhei para Bele, fascinada.

— Uau!

— Isso resume tudo — comentou Rhain.

Eu o encarei e então me lembrei do que ele estava dizendo a Nyktos. *Você precisa detê-la. Vá logo com isso.* Também me lembrei de me sentir vazia como uma tela em branco. Apertei ainda mais o copo que segurava.

— Eu não fui dormir.

— Não, não por conta própria — confirmou Rhain.

— Nyktos... ele usou de *persuasão* em mim.

— Não foi por querer — explicou Rhain, e eu me lembrei disso também, de Nyktos tentando fazer com que eu respirasse mais devagar. Da sua relutância quase palpável. — Mas se não fizesse, você não estaria aqui agora. Se não fizesse o palácio desabar sobre as nossas cabeças, você acabaria Ascendendo, o que a teria matado. Entende? Porque era isso que estava acontecendo. Você estava se forçando a Ascender.

Eu não estava me forçando a fazer coisa nenhuma, mas entendi o que ele estava me dizendo.

— Eu... entendo — falei com dificuldade. — Entendo por que ele teve que fazer isso, mas não quer dizer que eu precise gostar.

Rhain respirou fundo.

— Mais uma vez, acho que você não entendeu.

Fui tomada pela raiva enquanto sustentava o olhar dele.

— Passei a vida inteira sem livre-arbítrio, mas eu sabia que não tinha controle. Com a persuasão, não estou ciente de nada. Você pode achar que isso não faz diferença ou que não seja algo com que eu devesse me importar, mas eu me importo. Mas como falei, entendo por que ele fez isso. A única alternativa era a morte.

Alguma emoção cruzou seu semblante, mas se foi antes que eu conseguisse entender o que era.

— Só não use isso contra Nyktos. — Rhain desviou o olhar. — Ele mesmo já vai fazer isso por você.

Outra coisa que Rhain havia me dito voltou à minha mente: que eu não fazia ideia do que Nyktos havia sacrificado por mim.

O suco espirrou quando Bele se sentou ao meu lado na cama, com armas e tudo. Rhain lançou um olhar exasperado a ela.

Deixei aquilo de lado e tomei um gole da bebida com cuidado, me concentrando no que era mais importante no momento.

— Como posso evitar que isso aconteça de novo? — perguntei. — Entrar em estase, quero dizer.

— E quase morrer? — acrescentou Bele por mim.

— É — murmurei. — Isso.

— Comendo. Muita proteína. — Bele se apoiou na cabeceira da cama. — E chocolate, se bem me lembro.

Chocolate. Agora eu entendia por que sempre havia chocolate junto com a comida trazida para mim e por que Nyktos prestava tanta atenção às minhas refeições.

— Atividade física também ajuda — complementou Rhain.

— É, sei que parece contraproducente — observou Bele. — Mas há toda uma ciência por trás disso que nunca me dei ao trabalho de aprender. Dormir também. Não um sono dos mortos de três dias, mas as boas e velhas oito horas por noite.

— Acho que nunca dormi oito horas por noite — falei. — Mas posso encarar o chocolate sem problemas.

— Sangue também ajuda. — Bele arqueou a sobrancelha quando a encarei. — Sangue de um deus, quero dizer. Ou de um Primordial. — Ela deu uma piscadinha para mim. — É só beber como se fosse suco — explicou, e olhei para o meu copo. — Mas ele pode ficar meio estranho se não o mantiver quente. Fica meio espesso e coagulado, sabe?

— Destinos — murmurou Rhain, passando a mão pelo rosto.

Senti o estômago revirado e me recostei na cabeceira da cama. Eu devia ter prestado mais atenção a Nyktos quando ele me alertou sobre a Seleção. Teria sido mais útil do que ficar irritada com seus comentários sobre me certificar de comer bem e descansar bastante. Abaixei o copo, olhando de Bele para a porta do quarto.

— Alguém mais veio aqui enquanto eu descansava?

— Não que eu saiba — respondeu Bele.

Olhei de relance para Rhain, que encarava a jarra. Será que nenhum dos dois sabia da visita de Veses? Rhain devia estar por perto se me encontrou na piscina com Nyktos, mas não significa que sabia que ela estava no palácio. Até onde sei, os deuses não conseguem sentir a chegada de um Primordial.

— Onde ele está? — Não consegui evitar a pergunta.

— Nos Pilares, lidando com algumas almas nervosas. — Bele esticou as pernas compridas, pousando os tornozelos cruzados no colo de Rhain. — Ele vai ficar desapontado quando descobrir que você decidiu acordar justamente quando ele não estava aqui.

Duvido muito.

— Sabe, ele ficou aqui quase o tempo todo — continuou Bele enquanto Rhain tirava os pés dela do colo. — Dormindo ao seu lado. Só saía daqui para ir ao escritório, a menos que fosse necessário. Chocando você como se fosse a mamãe galinha da morte.

Segurei o copo com força quando aquela informação dilacerou o meu peito.

— Ele estava preocupado com as brasas. Se eu morrer, elas morrem junto comigo.

— Não, não acho que fosse isso. — Bele colocou os pés de volta no colo de Rhain. — Ele estava preocupado, não estava, Rhain?

— Estava, sim — resmungou Rhain, sem se dar ao trabalho de tirar os pés dela dessa vez. — Para ser sincero, pensei que ele fosse matar Ector pelo menos umas cinco vezes nos últimos três dias.

Bele abriu um sorriso com a informação.

E eu... Eu fiquei sem saber o que pensar enquanto Rhain e Bele discutiam se Ector havia merecido as ameaças de morte. Eu entendia as emoções de modo geral, a ponto de saber que uma pessoa podia se importar com outra e ainda assim fazer coisas que poderiam... magoá-la, fosse intencionalmente ou não. Já tinha visto isso várias vezes no plano mortal e duvido que os Primordiais sejam diferentes, pois herdaram as emoções dos mortais. E agora, distante do que eu tinha visto no escritório, podia admitir para mim mesma que Nyktos se importava comigo. Ele já havia provado que sim. Mas o que vi era uma prova de que esses sentimentos eram superficiais. Além disso, ele mentiu para mim sobre sua relação com Veses e como se sentia em relação a ela. Quem sabe sobre o que mais não foi sincero. Já eu também...

Eu me importava demais. Do contrário, eu não teria reagido daquele jeito. Ficaria mais zangada do que magoada e não teria ficado com o coração partido. Eu nutria sentimentos por Nyktos, algo que não fazia parte do nosso acordo. Amor não fazia parte do meu destino, mas eu tinha aberto a porta para ele, me sentido segura e desejando mais do que deveria. Isso tudo foi culpa minha. Mas e quanto à culpa dele? O erro que ele cometeu? Afinal de contas, ele cruzou aquela porta aberta.

Um erro imperdoável. De ambas as partes.

Nós podíamos ter o que ofereci no acordo. Prazer pelo prazer. Só sexo e nada mais. Sem longas conversas sobre ansiedade ou o meu receio a respeito do tipo de pessoa que eu era. Nyktos não precisava perguntar sobre a minha vida em Lasania e eu não precisava ficar imaginando como era a vida dele.

Olhei para o suco vermelho-rubi, com os olhos ardentes. Para ser sincera, aquilo jamais seria apenas físico. Comecei a me importar com ele quando estava determinada a matá-lo. Na verdade, comecei a querer algo *mais* já naquela ocasião.

Fechei os olhos, desejando que a dor desaparecesse e me forçando a pensar no que estava por vir. O que vi entre ele e Veses não mudava o fato de que havia questões bem mais importantes a tratar. Procurar Delfai em Irelone. Remover as brasas. Enfrentar Kolis. Coisas que exigiam que Nyktos e eu trabalhássemos juntos. E o mais importante: eu não podia perder o controle outra vez. Era perigoso demais. Para os outros. E para mim.

Ao contrário do que Nyktos acreditava, eu não queria morrer. Não quando havia a possibilidade de um futuro que não seria ditado por um destino com o qual jamais concordei. Uma vida que seria minha e de mais ninguém. Eu tinha que sobreviver para viver isso. Afinal, eu queria essa vida. Eu a merecia.

Por isso, precisava me tornar a Consorte de Nyktos Até enfrentarmos Kolis, eu precisava da proteção que o título me ofereceria. Mas não podia passar disso. Eu era madura o suficiente para reconhecer esse fato, não importava o quanto gostasse de estar nos braços de Nyktos nem o quanto quisesse isso. Porque a parte física me levava a querer algo mais, a ter sentimentos por ele, e isso não era seguro. Nem para mim, nem para os outros. Senti um aperto no peito, um sinal evidente de que eu queria demais.

Mas depois que enfrentássemos Kolis? Então eu poderia querer qualquer coisa, e o que eu mais queria era liberdade.

Eu sabia o que precisava fazer.

Abri os olhos, determinada. Bele e Rhain continuavam discutindo, sei lá sobre o quê. De repente, Rhain olhou para mim. Eu me aproximei de Bele e coloquei o copo na mesinha de cabeceira.

— O que está fazendo? — perguntou ela.

— Saindo da cama. — Puxei o cobertor, mas metade dele estava presa debaixo dela e de Rhain. — Vocês podem se levantar? Se não, vou ter que sair da cama completamente nua.

— Não vejo nenhum problema nisso — comentou Bele. — Mas Nyktos pode achar ruim.

— Isso é problema dele, não meu — retruquei. — E até onde sei, sou mais do que capaz de decidir quanto tempo quero ficar na cama.

— Não se trata de ser capaz nem de controlar você — argumentou Rhain. — Trata-se de garantir que esteja pronta para se levantar e ficar andando por aí. Você não estava cochilando, Sera, estava em *estase*, uma condição à qual você sequer devia ter conseguido sobreviver. Você pode até achar que está bem mentalmente, mas seu corpo pode não estar.

Era um bom argumento, admito. Mas não queria estar na cama de Nyktos quando ele voltasse. Não podia fazer isso.

— Preciso usar a sala de banho.

— Por que não disse antes? — Bele deu um suspiro e rolou para fora da cama.

Rhain hesitou, com uma expressão de quem não acreditava muito em mim, mas também se levantou. Envolvi o corpo com o cobertor e deslizei para o outro lado da cama. Fiquei de pé, grata ao ver que minhas pernas não desabaram sob o meu peso. Mas elas me pareceram meio estranhas quando arrisquei um passo, formigando pela falta de movimento. Segurei firme o cobertor e fui direto para o corredor estreito entre os dois aposentos.

— Aonde você vai? — indagou Bele.

— Para a minha sala de banho. E é lá que vou ficar — anunciei com toda a autoridade que me era possível apesar de estar enrolada em um cobertor.

Nem Rhain, nem Bele me impediram, mas ambos vieram atrás de mim. Meus aposentos estavam do mesmo jeito de antes. As cortinas das portas da varanda estavam puxadas para trás, revelando um céu cinza-escuro. Era noite. Um deles acendeu as luzes na parede enquanto eu entrava na sala de banho, pegando o roupão no caminho. Fechei a porta, me recusando pensar sobre o que tinha acontecido naquele cômodo. Eu precisava superar isso, pois não voltaria a usar a sala de banho de Nyktos.

Ignorei a pontada de decepção que senti ao cuidar das minhas necessidades pessoais e depois perguntei através da porta:

— Vocês podem trazer água quente para mim?

Ouvi uma afirmativa abafada e então esperei, aproveitando o silêncio do cômodo para me acalmar. Procurei o véu e dessa vez consegui encontrar aquele vazio que me permitia ignorar a decepção, a dor e a raiva. Isolei a vontade, a necessidade de saber exatamente o que Nyktos estava fazendo com Veses, até mesmo cada detalhe repugnante. Peguei todas essas emoções confusas e tranquei-as numa caixa imaginária e indestrutível feita de pedra das sombras.

Ouvi uma batida na porta. Expirei devagar, deixando o vazio invadir cada parte do meu ser enquanto a abria. Não era Baines que trazia a água, mas Rhain. Fiquei parada enquanto ele enchia a banheira e agradeci quando terminou.

— Vou pedir para trazerem comida — anunciou ele antes de sair, fechando a porta atrás de si.

Tomei o banho de banheira mais rápido de toda a minha vida. Dessa vez, fiquei olhando para a porta, com o coração acelerado.

Foi uma pequena vitória, mas já era alguma coisa. Desembaracei os cabelos molhados apressadamente e fiz uma trança, já que o meu estômago tinha decidido acordar durante o banho. Eu estava faminta.

Só havia Bele nos meus aposentos quando saí. Não a vi a princípio, pois meus olhos estavam grudados no prato coberto em cima da mesa.

— É sopa — disse ela, e eu me virei para o sofá. Ela estava esparramada ali, com as pernas esticadas e os tornozelos cruzados no braço do móvel. — Mais fácil de digerir.

— Obrigada — murmurei, correndo até a mesa. Havia uma enorme tigela de sopa junto com duas fatias de pão e um pedaço de chocolate. Devorei tudo em silêncio.

— Ainda está com fome? — perguntou a deusa.

Recostei na cadeira, cogitando pedir mais comida, mas meu estômago já estava cheio e eu merecia beber aquela garrafa de vinho que estava ali perto.

— Não, estou bem. — Olhei de relance para o sofá. Só consegui ver a parte de trás da cabeça morena dela e as pontas finas das botas. Peguei a garrafa de vinho e uma taça e me levantei, indo até a cama para poder vê-la. Sentei-me na beirada. — Você vai ficar me vigiando até a volta de Nyktos?

— Não. Orphine está por perto. — Ela balançou os pés para a frente e para trás. — Eu estou aqui porque sou intrometida.

Arqueei as sobrancelhas, confusa.

— Eu estava aqui, sabe, quando o palácio inteiro começou a tremer naquele dia — continuou ela depois de um momento. — No começo, pensei que fosse outro ataque e fiquei até animada. Sim, esse era meu nível de tédio. Mas quando olhei lá para fora e não vi nada, imaginei que Nyktos estivesse de mau-humor. Era a única explicação lógica, já que nem mesmo os deuses mais antigos e poderosos seriam capazes de fazer o palácio inteiro tremer.

Servi meia taça de vinho mas, pensando melhor, resolvi encher tudo logo, imaginando que fosse precisar da bebida caso Nyktos decidisse aparecer.

— Mas era você. — Bele esticou o pescoço para me encarar. — Uma mortal com brasas Primordiais dentro de si e passando pela Seleção.

Tomei um longo gole ao ouvir a recapitulação desnecessária.

— Tipo, mas que porra é essa? Como isso é possível? Sei que você é superespecial e tal, mas... meus bons Destinos! — exclamou Bele, e concordei em silêncio ao ouvir a incredulidade na voz dela. — Enfim, o que a deixou tão furiosa?

Tomei outro gole de vinho.

— E eu sei que alguma coisa a deixou irritada porque é a única forma de o éter funcionar durante a Seleção. — Ela se endireitou no sofá. — Quando estava perto da minha Ascensão, eu quebrava as vidraças das janelas toda vez que ficava irritada com alguma coisa. Um monte delas. Quando completei a Seleção, já não havia mais janelas em casa.

— Alguém já considerou que você talvez tenha dificuldade em controlar a própria raiva? — perguntei.

A deusa bufou.

— Falou a pessoa mais reativa e questionadora que já conheci.

Fiz uma careta.

— Eu não sou questionadora. — Bele arqueou as sobrancelhas. — Sou... assertiva.

— Agressivamente assertiva — rebateu ela. — Como deve ser. Como todas as mulheres precisam ser. Não tenha vergonha disso.

— Tudo bem — murmurei, tomando outro gole. O vinho doce esquentou o meu sangue. — Por que realmente está aqui, Bele?

— Que grosseira.

Eu a encarei, aguardando.

Ela não havia feito nada de errado, mas não era fácil colocar e tirar o véu do vazio de uma hora para outra. Quanto mais eu me permitia sentir alguma coisa, mais difícil era encontrar a tranquilidade. E era por isso que tinha sido tão difícil bloquear as emoções. Eu havia baixado a guarda por tempo demais.

Então era assim que tinha de ser.

Mas Bele respondeu, por fim:

— Sei que Veses estava aqui.

31

Segurei a haste da taça com força enquanto Bele dizia:

— Ector e Saion estavam de saída para Lethe, e eu esperava por Aios. Estava indo para a cozinha, cuidando da minha vida, e vi quando Veses entrou no escritório de Nyktos — continuou ela. — E logo pensei: "Que ótimo, essa vadia está aqui."

Comecei a levar a taça até os lábios, mas percebi que estava vazia. Pensei em enchê-la de novo, mas decidi que havia um ponto entre a primeira e a segunda taças em que a coragem líquida se transformava em constrangimento líquido.

— Pensei que as coisas fossem mudar — disse Bele, e me virei para ela, que se levantou e cruzou os braços. — Que Veses não faria mais... visitas agora que Nyktos tinha uma Consorte.

— Bem, pelo visto não mudaram — falei sarcasticamente, enxugando as mãos no roupão macio.

Bele ameaçou falar, mas hesitou, levando alguns instantes para continuar.

— Não sei o que se passa entre aqueles dois. Veses e Nyktos — disse ela, e senti o vinho avinagrar em meu estômago. — Se bem que também não sei o que se passa entre você e Nyktos. Ninguém sabe.

— Por favor, me diga que os guardas dele não ficam sentados discutindo a nossa relação — pedi.

— Não ficamos sentados falando de vocês dois. Costumamos fazer isso de pé mesmo — respondeu ela, e eu dei um suspiro. — Ninguém entende o que se passa entre vocês. Nyktos não queria uma Consorte, não precisava de uma, e você queria matá-lo. Pelo menos acreditava que precisava fazer isso. Tanto faz. Mas já vi o jeito como você olha para ele — prosseguiu, e senti minhas bochechas corarem. — Vi como você se sente à vontade para tocar nele. Poucas pessoas se atreveriam a sequer pensar em fazer isso.

Veses pensava. E fazia.

Minha fachada de indiferença rachou levemente. De repente senti que precisava andar um pouco, então me levantei e fui até a mesa.

— E nunca vi Nyktos tão envolvido com alguém como ele está com você. Tão irritantemente preocupado.

Irritantemente preocupado? Quase dei uma gargalhada.

— São as brasas, Bele. É muito importante que eu continue viva.

Bele revirou os olhos.

— Se fossem só as brasas, ele não teria nos massacrado verbalmente na manhã em que fez aquele discurso na sala do trono sobre como você era corajosa.

— O quê?

— Pois é. Depois que você saiu com Orphine e a maioria dos guardas voltou aos postos, ele começou a nos atacar. — Ela deu um sorriso irônico. — Vou te falar: Nyktos consegue pensar em certas ameaças impressionantes e criativas e as diz com tanta frieza que ninguém duvida da sua sinceridade.

— Não sabia que ele tinha dito alguma coisa a vocês.

Imaginei que era disso que se tratava aquele discurso. Pode ter sido uma decisão acertada falar diretamente com seus guardas de maior confiança por temer que fossem mais propensos a me ajudar a fugir. Ou ainda para se certificar de que fossem mais receptivos comigo. Balancei a cabeça. Tanto fazia. Nyktos se importava com a maneira como eu era tratada, mas o que ele fez com Veses não mudava as coisas.

— Seja como for, acho que você viu algo — continuou Bele, chamando a minha atenção. — É a única coisa em que consigo pensar que a deixaria com tanta raiva assim.

— E por que você acha isso? — Sentei-me e balancei a cadeira para trás, apoiando os pés na beirada da mesa.

— Porque já vi aqueles dois juntos.

Esqueci de respirar por alguns segundos enquanto a encarava. Em seguida eu respirei fundo e prendi o fôlego ao me dar conta de que o que vi não foi um evento único. Não que eu acreditasse nisso, mas acho que teria preferido que fosse esse o caso.

— O que...? — Engoli em seco, dizendo a mim mesma que não precisava saber de mais nada. Deixei a cadeira se assentar nas quatro pernas e coloquei os pés no chão. O movimento não me impediu de perguntar: — E o que você viu? Os dois trepando?

— Meus bons Destinos, não! Eu ficaria traumatizada. Seria a mesma coisa que ver meu irmão fazendo sexo. — Ela estremeceu antes de se virar e voltar para o sofá. — Eu a vi se alimentando dele. Nem sempre isso leva a sexo.

Imagino que não, mas do jeito que Veses se movia... Mordi o lábio e deixei esses pensamentos de lado. Não precisava reprisar o que tinha visto.

— Quando foi que você viu os dois?

Bele se deitou de costas mais uma vez, apoiando os pés no braço do sofá.

— Há cerca de um ano. Eu estava voltando de uma investigação na Corte em Dalos e tinha informações para Nyktos. Peguei os dois no flagra. Nunca dei o fora de uma sala tão depressa como naquele momento. — Ela desviou o olhar, passando os dentes afiados pelo lábio enquanto eu constatava que a história com Veses já vinha acontecendo havia um ano. Um ano inteiro. — Eu não devia estar falando sobre isso.

Fui até a cama e sentei na beirada outra vez.

— Porque Nyktos ficaria bravo com você?

— Eu não dou a mínima para isso. Não me entenda mal, eu amo Nyktos como se fosse um irmão. Assim como Aios. Mas se ele não quiser que as pessoas falem sobre o que tem feito, então deveria se certificar de que ninguém descubra — disparou. — Eu não devia falar disso porque não sei muito bem o que vi no dia em que os peguei no flagra. Melhor dizendo, eu sei o que vi, mas não entendo.

Nem eu.

— Aios diz que Veses já foi uma pessoa decente, mas depois das merdas que a vi fazer em Dalos, acho difícil de acreditar. — Os olhos de Bele faiscaram com uma explosão intensa de éter e depois se acalmaram. — Nyktos sabe que tipo de Primordial ela é. Além disso, ela apoia Kolis. Nyktos não confia nem gosta dela.

Minhas emoções entraram em conflito, mas esmaguei-as antes de conseguir entendê-las e as mantive trancadas naquela caixa.

— Então por que Nyktos deixa que ela se alimente dele? Por no mínimo um ano inteiro?

— Como eu falei, é isso que não entendo. — Bele olhou para o teto. — Por que ele a deixa fazer isso? Deve haver um bom motivo.

Olhei para as minhas mãos, as unhas quebradas e lascadas por arranhar o chão. Não consegui pensar em nenhum motivo que não só explicasse, mas fizesse sentido para que Nyktos deixasse Veses se alimentar dele. Escondi as unhas. Não queria pensar sobre nesses motivos, sobre nada disso, na verdade.

De repente, as brasas ganharam vida dentro de mim, espreguiçando-se como se tivessem acabado de acordar. Enrijeci e olhei para as portas, com o coração batendo acelerado.

Bele seguiu o meu olhar.

— O que foi?

— Ele está chegando — respondi.

— Malditas brasas Primordiais tão especiais — murmurou ela. — Por que não sinto isso, já que Ascendi? Mais ou menos — prosseguiu ela. — É uma baboseira sem tamanho.

A porta se abriu, mas não a principal. Nyktos entrou pela porta adjacente e se deteve assim que seu olhar pousou em mim.

O tempo pareceu ter parado conforme olhávamos um para o outro, e eu tive uma vontade súbita de me levantar e ir até ele. Até me lancei para a frente como se fosse ficar de pé antes de me conter.

E então Nyktos se aproximou da cama. O cinza-aço da túnica e o brocado prateado ao redor do pescoço e sobre o peito e abdômen dele me lembravam da cor dos seus olhos e dos fios de éter ali. Ele se deteve de novo, parecendo notar a presença de Bele.

A deusa jogou a cabeça para trás e sorriu para ele.

— Olá.

— Pode nos dar um momento a sós? — perguntou ele.

— Justo agora que eu estava começando a ficar confortável... — protestou Bele.

Nyktos a encarou, e o que quer que ela tenha visto fez com que se mexesse.

— Tudo bem. — Ela se levantou num salto. — Posso dar a vocês *vários* momentos a sós — afirmou, e eu quase estendi a mão para detê-la.

Eu sabia o que estava por vir e não estava pronta. Mas também não era covarde. Foi o que disse a mim mesma enquanto a via sair do quarto e fechar a porta atrás de si. Posso ter sido tola e ingênua — até *insensata* demais, de um jeito que nunca fui antes —, mas não ia fugir de novo.

Desviei a atenção da porta ao sentir o olhar de Nyktos e o encarei de volta. Havia ligeiros vestígios de éter nos olhos dele.

— Como está se sentindo? — perguntou ele.

— Ótima para quem ficou em estase por três dias — respondi, orgulhosa da firmeza na minha voz e de como soava despreocupada.

Algo que não reconheci cintilou nos olhos dele. Nyktos olhou de relance para a sala de banho e então se virou para mim, mas não disse nada. O silêncio reinou entre nós. Fui eu que o quebrei:

— Descobri onde Delfai está.

— Eu sei. Nektas me contou. Ele está em Irelone.

— Então preciso ir até lá...

— Não quero falar disso agora — interrompeu ele, respirando fundo. — Quero dizer, não foi por isso que vim aqui.

Naquele momento, o vazio impenetrável pareceu uma mera fachada como nunca antes.

— Sobre o que gostaria de falar, então?

Ele avançou cerca de trinta centímetros antes de parar.

— Sinto muito.

Todos os músculos do meu corpo se retesaram.

— Pela persuasão? — Gesticulei com a mão para que ele não se preocupasse com isso. — Não gostei que a tenha usado em mim, mas entendo por que o fez. Duvido muito que alguém queira reconstruir o palácio.

Ele me olhou com atenção, estudando o meu rosto.

— Sim, eu preciso me desculpar por isso. Não gosto de usar de persuasão, mesmo quando é necessário.

— Eu sei.

O éter parou de rodopiar em seus olhos enquanto ele me encarava.

— Mas estou pedindo desculpas pelo que você acha que viu.

A incredulidade abalou minha fachada de indiferença, ameaçando desfazê-la por completo.

— Eu sei o que vi.

— Não, você não sabe.

Senti a raiva ferver, mas me recusei a alimentá-la. Sabia que não pararia por aí. Havia uma emoção bem mais perigosa por trás, uma emoção que me machucava e que poderia machucar os outros.

— Eu o vi com a Primordial que você disse ser da pior espécie. Ela estava no seu colo. Estava montando em você enquanto se alimentava. Não foi isso que vi?

— Ela não estava... — Surgiram rugas de tensão em torno da boca de Nyktos.

— Não estava o quê? Não vai me dizer que o que vi não é o que parece — explodi. — Ou que foi a primeira vez que aconteceu.

O olhar dele se aguçou.

— O que te disseram?

— E isso importa? — Pensei na confusão de Bele sobre o motivo de Nyktos permitir algo assim. Na minha própria confusão. — Quer dizer que *não* foi a primeira vez?

Nyktos me observou em silêncio por um bom tempo.

— Não.

Eu já sabia disso. Nem sei por que perguntei. Ou por que não consegui manter a boca fechada.

— Por que você estava com ela?

O brilho se dissipou nos olhos dele.

— Porque sim.

— *Porque sim* — eu me ouvi repetir, olhando de volta para ele. Dei uma risada de choque enquanto meu estômago começava a se agitar. — É só isso que você tem a me dizer?

Nyktos virou o rosto. Silêncio.

É claro que ele ia ficar em silêncio agora. Senti outra onda de fúria, mais forte do que a anterior.

— Quando fiz aquele acordo com você, eu devia ter exigido a mesma coisa que exigiu de mim: que essas intimidades ficassem só entre nós dois. Foi um erro. — As brasas começaram a zumbir no meu peito enquanto eu me forçava a respirar profunda e lentamente. Mas a raiva permitiu que um pouco de amargura escapasse daquela caixa imaginária e viesse à tona. — Ou, no mínimo, ter conversado sobre com quem mais você partilharia tais intimidades para que pudesse estar preparada caso o encontrasse com alguém poucas horas depois de dizer que queria ser a sua Consorte.

Ele se encolheu.

O Primordial chegou a se *encolher*. Eu podia até comemorar o golpe certeiro, mas não consegui. Não foi tão agradável assim. Levantei-me e caminhei até a lareira.

— Não precisamos discutir isso.

— Acho que precisamos, sim.

— Não precisamos, não. Porque eu não me importo.

— Isso não é verdade — argumentou ele, e eu me virei, mas não fiquei nada surpresa ao ver que ele tinha me seguido daquele seu jeito irritantemente silencioso de caminhar nas sombras. — O que aconteceu na piscina foi porque você se importa, e eu... — Ele desviou o olhar e respirou fundo. — O que importa é que fiz você perder o controle. Eu a magoei. — Os olhos dele encontraram os meus outra vez, agora cheios de fios rodopiantes de éter. — Não tive a intenção de fazer isso. Em nenhum momento. E detesto ter magoado você. Sinto muito, Sera.

Dei um passo para trás, uma reação física que não consegui conter porque ele me pareceu sincero. Como se *soubesse* que tinha me magoado, como se soubesse que eu tinha um bom motivo para estar magoada. De certa forma, Nyktos ter reconhecido isso foi bem pior do que eu poderia imaginar. Senti aquela fachada se desfazendo ainda mais.

— Não se desculpe — falei, recuperando a voz e cruzando os braços sobre o peito. — Você só feriu o meu ego. Simples assim.

Nyktos sacudiu a cabeça.

— Sera...

— Sou eu que me arrependo.

Ele estremeceu, arregalando os olhos.

— Do quê?

— Do que você acha que sabe — repeti as palavras dele. — Fui tola e ingênua ao acreditar quando você me disse que não houve ninguém antes de mim. Eu devia ter percebido isso na primeira vez que ficamos juntos. Foi assim que você feriu o meu ego.

Ele inflou as narinas.

— Isso não era mentira.

— Acho que já está na hora de *você* parar de mentir.

— Eu nunca desejei ninguém antes de você, Sera.

Dei uma risada gélida, me recusando a ouvir o que ele dizia. Afinal de contas, não podia confiar nele nem no que eu faria com aquelas palavras.

— Sei o que você acha que viu, Sera, mas nós não estávamos fazendo sexo — disse Nyktos, com os olhos brilhando num tom de prateado intenso quando meu olhar se voltou para ele. — Se acha que foi isso que viu, você está enganada. Não tenho nada a ganhar mentindo para você.

Recuei, mas então me detive. Não sei o que ele tinha a ganhar com a mentira, tampouco o que eu tinha a ganhar com a pontada de alívio que senti.

— Então o que foi que eu vi? — perguntei de novo porque, como já havia provado, eu era uma tola.

Ele engoliu em seco, e eu olhei para seu pescoço. Não havia nenhuma marca de mordida, mas ainda conseguia vê-las em minha mente.

— O que você viu é... é complicado de explicar.

Respirei fundo, confusa e rapidamente perdendo o controle da minha raiva.

— Mais uma vez, é só isso que você tem a me dizer? Nem precisa se dar ao trabalho de responder. Não me interessa se você estava com ela. Não é isso... — Parei de falar e dei outra risada. *Pare de mentir.* Retesei o corpo, percebendo que não tinha por que manter o orgulho. Quando perdi o controle sob o palácio, eu me expus completamente. — Quer saber? Ver você com ela realmente me magoou. Não sei por quê. Não devia ter me magoado. Você não fez nenhuma promessa a mim e eu não pedi nada de você. Nós nunca quisemos essa união. Não precisamos mais discutir o que você fez ou deixou de fazer. Eu sei o que vi. Você já me pediu desculpas. É assim que as coisas são.

— O que você quer dizer com isso?

— Quero dizer que o acordo que fizemos acabou. A única coisa que há entre nós são essas malditas brasas. Quero me livrar delas e depois ir para bem longe.

Ele deu um passo hesitante na minha direção.

— *Longe* de quê?

— Longe daqui — respondi. — E de você.

Surgiram sulcos sob as maçãs do rosto dele.

— Você não pode ir para longe de mim.

Retesei o corpo.

— Se está dizendo isso porque devo me tornar sua Consorte, eu entendo seus motivos. Mas serei sua Consorte apenas no título. E depois que você remover as brasas e Kolis for derrotado, eu quero cair fora dessa. Quero a minha liberdade. É esse o acordo que eu devia ter feito com você.

O éter se agitou nos olhos dele.

— É esse acordo que está propondo agora?

Ergui o queixo, segurando os braços de encontro ao corpo para não tremer. Tive que fazer isso, ou o tremor acabaria entrando no meu peito. E tive que dizer aquilo porque não podia sentir aquela dor outra vez. Não podia perder o controle.

— Sim.

Nyktos ficou completamente imóvel.

— Que assim seja — disse ele, e as palavras soaram como um juramento.

Uma promessa.

Inquebrável.

32

— Tem certeza de que está bem? — perguntou Orphine, olhando para mim enquanto caminhávamos na direção da escada na manhã seguinte.

Era a segunda vez que ela me perguntava isso, e eu fiquei surpresa em ambas as vezes.

— Tenho.

Orphine não comentou a minha resposta, mas a dúvida era nítida em seu rosto. Ela não acreditou em mim.

Eu estava cansada e meio de mau-humor. Tinha dormido pouco na noite anterior, não sei se por ter ficado inconsciente por três dias ou por causa da minha conversa com Nyktos.

Ou porque não parava de olhar para a porta adjacente, imaginando por que Nyktos de repente não achava mais que precisava me manter bem perto de si.

E me odiando um pouco por pensar nisso. Mas eu estava bem.

Vazia. Como uma tela em branco.

O que era perfeito. Eu tinha planos. Algo que decidi fazer no meio da minha maratona durante a noite. Precisava discutir a viagem para Irelone com o máximo de maturidade e desprendimento.

Se eu podia lidar com a minha mãe, então também podia lidar com Nyktos.

476 / *Jennifer L. Armentrout*

As brasas vibraram no meu peito quando chegamos ao corredor do primeiro andar, mas hesitei na alcova escura. A porta estava entreaberta. Antes, eu não teria pensado duas vezes antes de entrar. Ciente de que Orphine estava me observando, levantei a mão para bater na porta. Algo que Bele havia me dito voltou à minha mente naquele instante. Se Nyktos não quisesse que as pessoas ficassem comentando, então deveria fazer questão de que ninguém encontrasse nada para falar, certo? Mas eu realmente...

— Pode entrar — disse Nyktos de dentro do escritório.

Congelei, com a mão suspensa no ar.

— Quando estiver pronta — acrescentou ele depois de um momento.

Abaixei a mão, ignorando o modo como Orphine olhava para mim, e fechei os olhos, murmurando baixinho uma série de palavrões. Em seguida, abri a porta.

Rhain estava postado à direita de Nyktos, e *ele* estava sentado atrás da escrivaninha, fechando o Livros dos Mortos. Seus cabelos estavam penteados para trás, e achei que... que ele parecia mais pálido nos cantos dos olhos e ao redor da boca. Também notei olheiras quando ele inspecionou em silêncio a minha trança volumosa, o colete e a legging feita sob medida como meias-calças grossas. Foi só isso que me permiti notar, mas algo que não devia sentir brotou dentro de mim: preocupação.

— Nunca vi você bater na porta. — Nyktos ergueu o olhar para o meu, com o brilho do éter pulsando ligeiramente atrás das pupilas.

— Não queria interromper — expliquei. Rhain ficou me encarando.

— Também nunca a vi se preocupar com isso antes. — Nyktos se recostou na cadeira. Ele usava uma túnica cinza-escura, mas sem o brocado prateado.

— Bem, eu aprendi a bater na porta — respondi.

Ele franziu os cantos da boca.

Entrelacei as mãos, lembrando-me de respirar fundo e devagar para, como Rhain havia me dito tão sucintamente, não perder a cabeça.

— Espero que possa me conceder um momento do seu tempo. — Olhei de relance para Rhain. Ele continuava me encarando como se nunca tivesse me visto antes. — Se não, posso voltar mais tarde.

— Você está doente? — disparou Rhain.

— Estou ótima — respondi. — Não sei por que todo mundo está me perguntando isso hoje.

— Todo mundo? — indagou Nyktos.

— Orphine já me perguntou se eu estava bem umas vinte vezes — falei, exagerando.

— Deve ser porque você está sendo tão... — Rhain franziu a testa — ...educada.

Minha expressão refletiu a dele.

— Não sei por que isso faria alguém pensar que estou doente.

— Você não se conhece? — rebateu Rhain.

Nyktos olhou de esguelha para o deus, que deu um suspiro.

— Vou para a Colina. — Rhain fez uma reverência e, com um último olhar curioso na minha direção, nos deixou.

A sós.

Nyktos me observou enquanto permanecia reclinado na cadeira, com a mão em volta do queixo.

Sentei-me na beira da cadeira diante da mesa dele.

— Não vou tomar muito do seu tempo...

— Você tem todo o tempo que quiser, Seraphena.

Seraphena.

Deuses, como eu gostaria de detestar o jeito como ele enrolava a língua para falar o meu nome, fazendo com que soasse como um sussurro pervertido e uma oração reverente.

Mantive as mãos entrelaçadas.

— Obrigada, mas acho que não vou demorar muito. Tenho certeza de que está ocupado.

Ele passou o polegar pelo lábio, com o olhar ainda preso ao meu. Acho que sequer piscou.

— O que seria isso que você quer e que não vai demorar muito? — Havia algo no tom de voz dele que me deixou um pouco abalada. Uma certa... suavidade.

— Quero falar sobre Irelone. Gostaria de ir para lá o mais rápido possível. Imagino que Nektas possa viajar comigo.

— Eu vou com você — afirmou ele, com o éter brilhando atrás das pupilas. — Preciso ouvir o que Delfai tem a dizer sobre as brasas para conseguir realizar o processo de remoção.

A irritação zumbiu dentro de mim. Viajar com Nyktos para qualquer lugar não era... Bem, não era nada oportuno. E eu tinha certeza de que Nektas seria capaz de transmitir qualquer detalhe pertinente de forma bastante eficaz. Ainda assim, reprimi a irritação.

— Tudo bem.

Ele me lançou um olhar desconfiado.

— Tudo bem?

Confirmei com a cabeça.

Nyktos me encarou com ainda mais atenção, passando o polegar pelo lábio outra vez.

— Presumo que você gostaria de partir imediatamente.

— Correto — falei.

— Eu gostaria de esperar até amanhã — disse ele em resposta.

Cerrei os dentes.

— E por qual motivo?

— Porque um dos dragontinos de Kyn foi visto hoje de manhã sobre a Baía das Trevas — revelou ele, e eu fiquei tensa. — Ele ainda não fez nada contra nós. Só está sobrevoando a fronteira do nosso território.

Nós. Nosso.

Apertei as mãos.

— O que acha que ele está fazendo?

— Investigando. Vendo quantos guardas temos na Colina — respondeu ele, e eu fiquei ainda mais tensa quando ele passou a ponta das presas pelo lábio. — E tentando dar uma boa olhada no exército, algo que não vai conseguir fazer.

— Os outros Primordiais não sabem qual é o tamanho do seu exército?

— Eles só sabem que tenho um exército considerável. Mas nem mesmo Dorcan sabia o tamanho exato — respondeu ele. — Quero estar aqui caso as minhas suspeitas estejam erradas.

— Entendo — afirmei. — Se o dragontino atacar, vou querer ajudar.

— Tudo bem.

Agora foi a minha vez de ficar confusa.

— Tudo bem? Você não vai exigir que eu fique no palácio?

— Já aprendi a não lhe pedir isso — admitiu. — Nem a esperar que se retire quando precisa ajudar. Quando *quer* ajudar.

— Não está preocupado que eu acabe morta, matando as brasas junto comigo?

— Eu me preocupo com isso a cada segundo do dia. Mas também aprendi que é algo com que terei de lidar. — Ele mudou de posição, endireitando-se na cadeira. — Além disso, o outro acordo que fizemos, o do pátio, foi que você queria ajudar. Eu concordei com isso. Nada mudou.

Fiquei surpresa. Achei que todos os acordos tivessem sido anulados.

— Então partimos amanhã de manhã.

Nyktos assentiu. Um momento se passou.

— Nektas me disse que você conhece a mulher que estava com Delfai. Foi sobre ela que você me falou antes?

— Sim, a Princesa Kayleigh, a ex-noiva de Tavius. Ela deve estar na Mansão Cauldra, em Massene, uma aldeia em Irelone, bem perto da capital. Eu me lembro de ela me dizer que era a casa da família Balfour. Espero que haja um portal ali perto.

Ele abriu um sorriso um pouco mais largo e caloroso.

— Tivemos sorte com aquele portal tão perto de Wayfair, mas não há nenhum em que confio dentro de Irelone. Entretanto, não precisamos de um portal. Vamos caminhar nas sombras.

Fiz menção de perguntar como faríamos aquilo, mas então me lembrei de como ele havia me tirado do Salão Principal de Wayfair.

— Então você precisará me deixar inconsciente.

— Farei o possível para que não sinta dor e para que seja bem rápido — prometeu ele. — A única alternativa é entrarmos pelo Pontal de Spessa ou por Pompeia, onde ficam os portais mais próximos de Irelone, o que levaria bastante tempo.

— Tudo bem. Posso lidar com isso.

— Sei que sim. — Ele fez uma pausa. — Você pode lidar com qualquer coisa.

Congelei, novamente desconcertada com seu tom de voz suave enquanto ele me observava com tanta atenção que deixou a minha pele toda formigando. Fiquei grata por não termos mais nada para discutir. Soltei as mãos e comecei a me levantar.

— Nektas me contou que vocês se depararam com as ninfas na volta do Vale.

— É verdade. — Enrijeci na cadeira como um pássaro empoleirado num penhasco prestes a alçar voo. — Eu tinha me esquecido delas.

— Você matou uma ninfa — disse ele. — Com o éter.

Confirmei com a cabeça.

— Mas não devia ser capaz de fazer isso.

— Foi o que Nektas me disse. Acho que as brasas são realmente poderosas. Mas em breve não precisarei mais me preocupar com isso. — Pigarreei. — Não quero te prender por mais tempo...

— Não quero que você faça isso.

A confusão retornou.

— Fazer o quê?

— Isso.

Aguardei pela explicação, mas não ouvi nada.

— Preciso que seja mais específico.

Ele repuxou um canto dos lábios.

— Você não precisa se tornar alguém que não é.

Os músculos se contraíram ao longo da minha coluna.

— Não estou fazendo isso.

— Você está sendo amigável. Compreensiva. Reservada. Até educada. — Ele enumerou o que a maioria das pessoas considera serem traços admiráveis.

— Não é fingimento.

— Não foi o que sugeri.

Franzi a testa.

— Então o que está sugerindo, Vossa Alteza? Porque estou confusa sobre o motivo de você agora exigir que eu seja... O quê? Mais reativa? Irracional?

— Como já disse antes, gosto bastante do lado mais... imprudente da sua natureza.

Por fora eu parecia calma. Mas por dentro eu me tremia toda.

— Mas isso? — Ele pousou a mão sobre a mesa. — Foi assim que você foi ensinada a ser, não foi?

Respirei fundo.

— Flexível. Submissa. Quieta. — Ele fez uma pausa. — Vazia.

Um formigamento agudo percorreu minha nuca quando meus olhos se encontraram com os dele num olhar que continuava a ser intenso e... perscrutador. Segurei os braços da cadeira com força.

— Você está tentando ler as minhas emoções.

— Estou — confirmou ele sem um pingo de vergonha. — Mas não sinto nada.

Senti a boca seca.

— E daí?

— Não houve sequer uma vez que estive na sua presença por mais de alguns minutos e não senti você projetar alguma emoção, fosse alegria, desejo ou raiva — respondeu ele. — Desde a primeira vez que a vi nos Olmos Sombrios até o momento em que tentei acalmar sua respiração no subsolo do palácio.

Estremeci, a calma me escapando.

— Essa não é você. Você nunca foi assim comigo. — Ele espalmou a mão em cima da mesa. — Quer seja porque eu a irritei ou outra coisa qualquer, você sempre foi você mesma. Fez por merecer esse direito. De pensar e sentir o que quiser. E isso não deveria mudar.

— Não? — sussurrei.

— Não. — Ele engoliu em seco. — Apesar do que eu fiz a você.

Do que ele fez...? Eu me recusei a concluir esse pensamento.

— A questão é que meus sentimentos poderiam ter me matado e destruído o palácio.

— Não foram seus sentimentos — corrigiu ele calmamente. — Mas o que eu fiz com eles. O que aconteceu foi culpa minha, Sera. Não sua. — O olhar dele não vacilou nem por um segundo. — Você não precisa mudar. E por mais... egoísta que possa parecer, eu não quero que mude.

— E eu não quero ser assim — sussurrei antes que pudesse me conter.

Nyktos estremeceu — na verdade, se encolheu —, e as sombras se tornaram visíveis sob a sua pele por um breve instante.

Arranhei os braços de madeira da cadeira com as unhas quebradas, focando em respirar até que o abismo de onde aquele sussurro dolorido tinha saído fosse selado outra vez.

— Mas não posso me sentir daquele jeito nunca mais. Então acho que nem sempre conseguimos o que queremos. — Eu fiquei de pé. — Nem mesmo um Primordial.

— Sera. — Ele se levantou, com ambas as mãos apoiadas na escrivaninha. — Eu não... — De repente, Nyktos estremeceu, sibilando enquanto erguia a mão direita da mesa e a encarava. Ele engoliu em seco. — Puta merda.

— O quê? — Procurei respostas em seu rosto quando ele não me respondeu. — O que foi? — insisti.

Nyktos virou a mão de modo que a palma ficasse de frente para mim. Fiquei boquiaberta ao ver uma barra preto-avermelhada através de um círculo que parecia ter sido tatuado no centro da mão dele.

— Kolis — rosnou ele, com os olhos se enchendo de faixas brilhantes de éter. — Ele nos convocou.

Eu nunca tinha visto tantas pessoas no escritório de Nyktos ao mesmo tempo.

Todos os guardas de confiança estavam presentes, incluindo Aios e Nektas, que tinham chegado com os dois filhotes de dragontino. Jadis estava na forma mortal, dormindo profundamente aninhada contra o peito do pai com o que parecia ser metade da mão na boca.

Baixei o olhar para o meu colo. De alguma forma, acabei sentada no sofá com Reaver, que estava acordado, mas descansava a cabeça em forma de diamante no meu joelho. Acho que fez isso para que eu parasse de bater com o pé no chão. Ou talvez ele tivesse sentido o meu nervosismo e estivesse reagindo a isso, o que não me parecia muito normal.

Voltei o olhar para meus pulsos. O feitiço continuava ali, apesar de invisível para mim, mas não funcionaria fora das Terras Sombrias. Eu poderia ser *aprisionada* em Dalos.

— Kolis convocou vocês bem antes do que eu imaginava — anunciou Nektas, ninando Jadis atrás da escrivaninha de Nyktos. — Pensei que ele fosse demorar um bocado.

— Era o que eu esperava — admitiu Nyktos, encostado na frente da mesa com os braços cruzados sobre o peito. Como da última vez que olhei para ele, ele olhava para mim. Só para mim.

— Espera aí, estou confuso — disse Ector.

Theon bufou.

— Que surpresa.

Ector ignorou o comentário.

— Ser convocado para Dalos não é nada divertido, mas ao obter a permissão dele poderemos coroá-la como Consorte de uma vez, dando a ela a proteção que você queria.

— É verdade — concordou Nyktos. — Mas seria melhor remover as brasas de Sera antes.

Aios franziu a testa, trocando olhares com Bele.

— Você está preocupado que Kolis consiga senti-las agora que se tornaram mais fortes?

Virei a cabeça na direção de Nyktos. Essa possibilidade não tinha me ocorrido.

— Isso é possível?

— Ele pode sentir algo que sugira que você não é uma semideusa como as outras. — Um ligeiro brilho de éter pulsou atrás das pupilas dele. — Mas há uma boa explicação para isso.

— Qual?

— Sangue — respondeu Nektas, esfregando as costas de Jadis. Um dos pezinhos dela escapou do cobertor. — O sangue de Nyktos. Se alguém beber bastante sangue de um Primordial, emitirá algumas vibrações Primordiais até que o sangue seja completamente absorvido pelo organismo.

— Ah. — Até gostaria de relaxar ao ouvir isso, mas teríamos um problema muito maior assim que eu ficasse cara a cara com Kolis.

— Então, se você for legal com ele, Kolis dará a permissão — disse Saion. — Legal de verdade, Nyktos.

— É, boa sorte com isso — murmurou Lailah. Olhei para ela, parada ao lado de um Rhain silencioso, com a mão apoiada no punho de uma das espadas presas ao quadril.

— Não é com ele que estou preocupado. — Ector olhou incisivamente na minha direção e Rhahar tossiu baixinho.

Lembrei-me de que Nektas havia me dito que Nyktos conseguira convencer Kolis de que era leal a ele.

— Até que ponto precisamos ser legais com ele?

— Você precisará fazer tudo o que Kolis pedir — afirmou Rhain, falando pela primeira vez. — Por mais desagradável ou repugnante que seja. Há poucas coisas que Nyktos poderá recusar em seu nome.

Senti um aperto no peito. Fiz menção de perguntar que coisas seriam essas, mas fiquei em silêncio ao ver a expressão severa de Nyktos. Reaver cutucou meu braço para chamar minha atenção. Esbarrou o focinho contra a minha palma outra vez. Engoli em seco, passando os dedos pela testa dele e sentindo as pequenas saliências que surgiram no topo de sua cabeça em forma de diamante. Algum dia elas se transformariam em chifres maiores do que a minha mão, se não da metade do meu braço.

— Ou seja, nada de ameaçar fazer Kolis comer os próprios olhos quando ele a deixar irritada — advertiu Rhahar, com a impecável pele negra da bochecha reluzindo sob a luz da arandela.

— Como você ficou sabendo disso? — disparei.

— Todo mundo ficou sabendo de como você ameaçou Attes — disse Nyktos, dando um sorriso malicioso.

— Na verdade, Attes contou a Theon e a mim no mesmo dia — acrescentou Lailah. — Parecia estar gostando bastante disso.

Theon franziu a testa.

— E até meio excitado — completou. Nyktos deu um ronco baixo, e o ar logo ficou carregado. Theon botou as mãos para cima. — Desculpe. Não está mais aqui quem falou.

Olhei para Nyktos, usando toda a minha força de vontade para não dizer nada. Era muita *audácia* da parte dele ficar irritado com a atração de outra pessoa por mim — por mais bizarra que essa atração fosse — quando eu queria botar fogo no sofá em que estava sentada depois do que ele havia feito com Veses nele.

Nyktos me encarou com o éter brilhando um pouco mais em seus olhos. Eu o encarei por apenas um segundo e depois desviei o olhar. Foi então que vi Rhain nos observando com os lábios franzidos numa linha reta.

— Então, quando vocês vão partir? — perguntou Saion, recostando-se na cadeira e colocando os pés na beira da mesa.

Nyktos afastou os pés dele dali.

— Depois de voltarmos de Irelone e removermos as brasas.

Retesei o corpo, parando de acariciar Reaver.

— Entendi. — Saion ergueu o queixo. — Vamos cuidar das coisas por aqui.

— Espera um pouco — entrei na conversa. Reaver virou a cabeça na direção de Nyktos. — Nós não sabemos quanto tempo isso vai levar.

— Mas sabemos onde começar a procurar por Delfai — respondeu Nyktos. — Levaremos o tempo que for necessário.

Olhei de relance para Nektas. O dragontino não fez nenhum comentário enquanto tentava enfiar o pé de Jadis debaixo do cobertor.

— Na última vez que você demorou a responder à convocação de Kolis, quanto tempo levou até ele perder a paciência?

Nyktos não disse nada.

Minha irritação aumentou quando olhei ao redor da sala, passando a mão pelas costas de Reaver.

— Quanto tempo?

Todos olharam para o chão, o teto ou uns aos outros.

Exceto por Rhain.

— Menos de um dia.

— Merda — rosnou Nyktos, empurrando a mesa enquanto se virava para o deus. — Costumo ouvir essas gracinhas desse *aqui* — vociferou ele, apontando para Ector com o queixo.

— Ei — resmungou Ector. — Agora eu fiquei de boca fechada.

Rhain não retirou o que disse, mas deu um passo para trás.

486 / *Jennifer L. Armentrout*

— Ela deveria saber que o atraso vai custar caro.

— Aposto que ele não queria nada disso — murmurou Bele. — Seja como for, vamos cuidar de tudo.

Theon assentiu.

— Vamos, sim.

— Não — afirmei.

Todos se voltaram para mim, até mesmo Nektas e Reaver. Mas foi só Nyktos quem falou.

— Sera...

— Não — repeti, e Reaver ficou de cócoras, olhando para o Primordial. — Não quero ser responsável pela retaliação de Kolis por não respondermos imediatamente à convocação.

O éter se infiltrou na pele do rosto de Nyktos.

— Você é mais importante que...

— Não diga isso — avisei quando ele deu um passo à frente. — O...

Reaver abriu as asas, me sobressaltando. Inclinei o corpo para trás quando ele esticou o pescoço fino e levantou a cabeça.

Nyktos se deteve quando um ronco baixo irrompeu do peito de Reaver e uma nuvem de fumaça saiu das suas narinas.

Olhei atônita para o filhote de dragontino. Em seguida, eu me virei para Nyktos e depois para Nektas, que tinha começado a sorrir.

— Ha! — exclamei, estendendo a mão para acariciar o topo da cabeça de Reaver. — Muito bem, Reaver Bundão.

Reaver zumbia enquanto olhava para Nyktos, emitindo um som baixo e estridente.

— Cara — disse Theon bem devagar, fazendo um beicinho como se não conseguisse mais reprimir uma risada. — Isso é tão errado.

— São as brasas — presumi. — Ele deve estar reagindo a elas.

— Não, é você. — Nyktos olhou para mim. — Ele está protegendo *você*.

Franzi a testa por cima da cabeça de Reaver.

— Mas você não vai fazer nada comigo.

Nyktos deu um suspiro.

— Ele sabe disso, só está me avisando que não gosta que eu aborreça você.

Dei um muxoxo.

— Bem, parece que ele vai ficar muito ocupado com isso.

Alguém, e acho que foi Aios, riu baixinho. Reaver se acomodou ao meu lado, voltando a pousar a cabeça no meu joelho. Dessa vez, ele não precisou cutucar a minha mão. Comecei a acariciá-lo.

— E você já pode parar de sorrir — disse Nyktos sem olhar para Nektas.

— Eu sei — respondeu o dragontino, ainda com um sorriso nos lábios.

— Vamos atender à convocação dele — afirmei, olhando para Nyktos. — Nada de esperar. Trataremos disso primeiro.

Nyktos engoliu em seco.

— Então partiremos daqui a uma hora.

Aios me seguiu até os meus aposentos, tendo se oferecido para me ajudar a escolher um traje apropriado.

— O que estou vestindo não é apropriado?

— É, sim. — Ela estava de costas para mim, inspecionando as roupas no armário.

— Mas?

— Mas Kolis vai achar que você está casual demais — informou ela, o que era a última coisa na minha lista de preocupações no momento. — E encarar isso como desrespeito.

Cruzei os braços sobre o peito.

— Pelo visto, ele encara muitas coisas como desrespeito.

— Verdade. — Aios pegou um vestido vermelho-escuro que Erlina havia feito. Eu tinha passado direto por ele ao inspecionar as roupas. Não porque não fosse bonito, mas porque não sabia onde nem por que usaria algo tão elegante. — Esse vai servir.

Agarrando-me à irritação em vez de me deixar levar pelo pavor que começava a se apoderar de mim, peguei o vestido e o vesti com a ajuda de Aios.

— Ficou lindo em você — murmurou a deusa, brincando com a corrente em volta do pescoço enquanto dava um passo para trás.

— Obrigada. — Passei as mãos pelo tecido de veludo e renda. O vestido fora feito à perfeição, envolvendo os seios, solto na cintura e justo nos quadris. Nada escapava do decote que passava por trás do meu pescoço e descia sobre os ombros. Uma fina camada de renda havia sido costurada sobre o corpete e quadris, e havia fendas em ambos os lados da saia, algo que devia estar na moda no Iliseu — que muito me agradava, pois podia prender a bainha na parte superior da coxa.

— Você é tão parecida com Bele — comentou ela. — Escondendo armas por todo lado.

— Gostaria de ter mais.

— É, eu também. — Ela deu um sorriso tenso, olhando para as portas fechadas do quarto. Nyktos disse que viria me buscar quando fosse a hora. No momento, ele permanecia com os demais, repassando as coisas para quando estivesse ausente. — Espero que você não fique lá por muito tempo para ter que se preocupar com outro traje.

Meu coração disparou. Eu não queria sequer considerar a possibilidade de que não fosse uma viagem de bate e volta. Ou pensar no juramento que Nyktos havia feito. Ou nas coisas terríveis que Rhain havia mencionado.

— Posso... posso fazer uma pergunta? — Aios quis saber.

— Claro que pode. — Alisei a saia do vestido, empertigando o corpo.

— Você vai tentar matar Kolis enquanto estiver lá? — perguntou ela.

A pergunta direta me pegou de surpresa. Neguei com a cabeça.

Ela franziu os lábios e desviou o olhar.

— Espero que esteja sendo sincera. Não entendo por que você tentou fazer uma coisa dessas antes e receio que tente outra vez.

— Era diferente. Naquela época, achei que não tivesse outra opção — falei, sentindo o peso desconfortável das minhas palavras. Da culpa. — Mas agora tenho.

Aios permaneceu em silêncio por um momento.

— Mas por que você achou que seria uma opção viável? — Os olhos dela encontraram os meus. — Você é corajosa e forte, e possui brasas poderosas dentro de si. Mas o que a faz pensar que seria capaz de ferir um Primordial?

— Tenho bons motivos para acreditar nisso.

— Sejam lá quais forem os seus motivos, você está enganada.

Os sapatos de salto alto que usava mal fizeram barulho quando dei um passo na direção dela.

— Tem uma coisa que você não... — Suspirei pesadamente, sem conseguir mais mentir. — Eu sou a *graeca* de Kolis.

Aios levou a mão ao peito.

— Impossível.

— Eu carrego a alma de Sotoria — afirmei, dando a ela uma breve explicação de como sabia disso. — Eythos colocou a alma de Sotoria na minha linhagem, junto com as brasas — falei baixinho, embora não houvesse ninguém por perto para me ouvir. — Eythos sabia o que estava fazendo quando colocou sua alma junto com as brasas. Ele estava criando uma... uma arma. Eu *sou* a fraqueza de Kolis. Se conseguir chegar até ele, posso detê-lo. Foi por isso que fugi.

— Mas... — Ela franziu a testa enquanto sacudia a cabeça. — Então você não *possui* a alma de Sotoria. Você *é* a Sotoria.

Respirei fundo.

— Eu sou Sera, não ela.

— Eu sei. Desculpa. Você é você. — Ela levou os dedos até a corrente fina. — Eu... só não esperava que você me dissesse isso.

Dei uma risada áspera.

— Pois é. Eu também não esperava ouvir isso quando Holland me contou.

Ela suspirou pesadamente.

— Se Kolis descobrir...

— Foi exatamente por isso que fugi — interrompi. — Não sei se sou parecida com ela ou não, mas esperava que sim para não ter que... seduzi-lo — Meu estômago embrulhou. — Enfim, foi por isso que fugi. Não foi pelo que você disse. Esse é o meu destino. *Sempre* foi. Ser a Consorte de Nyktos é que não é. Nunca foi.

— Será que seu destino não poderia ser as duas coisas?

Eu me virei para ela, lembrando-me de como queria ser a Consorte de Nyktos.

— Agora eu entendo — disse Aios, franzindo os lábios. — Era por isso que Nyktos não queria responder à convocação. Ele não correria o risco de que Kolis descontasse sua frustração nas Terras Sombrias por mais nada. — Ela jogou a trança por cima do ombro. — E você não espera mais ser parecida com Sotoria?

Senti a pele enregelar pela relutância em responder à pergunta, em falar a verdade. Mas respondi.

— Não — sussurrei. — E também não deveria, mesmo com o plano de Nyktos. Afinal de contas, ainda posso fazer alguma coisa, ainda posso tentar. É para isso que venho me preparando...

— Não cheguei a contar a você como foi o tempo que passei com Kolis, não é?

Surpreendida, eu neguei com a cabeça.

— Assim como Gemma, eu era uma das favoritas dele. — Aios deu uma risada afiada como cacos de vidro. — Ele me mantinha presa dentro de uma jaula.

O horror me deixou boquiaberta.

— Bom, era uma jaula enorme feita de ossos banhados a ouro.

— Como se isso amenizasse o absurdo — deixei escapar.

Ela deu um sorriso tenso.

— Não, mas... — Aios engoliu em seco. — Por mais doentio que pareça e por mais difícil que seja de entender, a jaula não era tão ruim quanto o que acontecia quando Kolis se cansava das suas favoritas. E ele sempre se cansava delas. Às vezes, em questão de dias ou semanas. Em outras, poderia levar meses ou até mesmo anos.

Anos? Passados dentro de uma jaula? Eu... eu perderia a sanidade em poucos dias! Eu me sentei na beirada do sofá, temendo que fosse cair dura no chão se não o fizesse.

— A Corte dele é sem lei e, ainda assim, está cheia de regras desconhecidas que, se quebradas, resultam em morte. Não há outra maneira de explicar. Só as pessoas mais cruéis e manipuladoras sobrevivem em Dalos. — Os dedos dela torceram a corrente. — Mas as favoritas de Kolis eram sempre protegidas e sim, no plural, porque ele costumava ter mais de uma de cada vez. Todas as nossas necessidades e desejos, exceto pela liberdade, eram atendidos. Banquetes luxuosos. Joias. Casacos de pele. — Aios parou de mexer os dedos. — Ninguém tinha permissão para falar com a gente ou para tocar em nós. Ele costumava matar os próprios guardas quando acreditava que olhavam por muito tempo na nossa direção. Mas ele... ele nunca as obrigava a fazerem sexo com ele. Mal tocava nelas. Nem naquelas que se ofereciam a ele como meio de fuga.

Por essa eu não esperava.

— Ele simplesmente nos queria ali como belos enfeites que podia visitar toda vez que quisesse contemplá-los. Enfeites que não podiam fazer nada além de ouvi-lo tagarelando por horas a fio sobre como Eythos era o verdadeiro vilão e como ele havia sido tratado de forma injusta. — Ela revirou os olhos. — Bons Destinos, havia momentos em que eu teria preferido enfiar uma adaga nos ouvidos a ouvi-lo resmungar. Mas Kolis... ele podia ser dissimuladamente charmoso quando queria. A ponto de você começar a relaxar perto dele, talvez até a baixar a guarda, mesmo sabendo quem ele era. Acho que é uma das piores características dele, a capacidade de fazer alguém duvidar do que já sabe ser verdade. De se surpreender quando o charme desaparece. Você o vê como sempre soube que ele era quando Kolis a atira para cima das serpentes.

— O que... o que você quer dizer com isso? Serpentes? — perguntei, apreensiva com a resposta.

— Outros deuses. Primordiais. Semideuses. Todos que servem a Kolis. Para falar a verdade, nem deveria me referir a eles como serpentes. É um insulto a elas.

— Na verdade, acho que é impossível insultar serpentes. Elas são terríveis.

Aios deu um sorriso fraco.

— Todo mundo na Corte sabe que Kolis acaba se cansando das favoritas. Então simplesmente aguardam enquanto você é banhada de coisas que eles desejam, enquanto seus amigos, ou até mesmo familiares, são mortos pelo crime de olhar na sua direção. Eles sabem que vão ter o que merecem. O segundo em que uma favorita ganhava a liberdade costumava ser o último da sua vida. As coisas que eles faziam com mulheres que não cometeram nenhum erro e cujo único crime foi ser transformadas no objeto involuntário da obsessão de Kolis... — Aios respirou fundo enquanto eu ficava com o estômago revirado. — E Kolis não fazia nada enquanto elas eram espancadas. Estupradas. Mortas. Era com isso que ele sentia prazer: observar as mulheres que escolheu e estimou serem reduzidas a nada. Se você sobrevivesse à soltura, era aí que a diversão começava. Você seria vigiada pelos lacaios de confiança de Kolis, que tinham permissão para fazer o que bem entendessem. Eles poderiam matá-la se quisessem. Você não tinha direitos. Ver quanto tempo elas continuavam vivas era como um jogo. Havia até apostas. Certa vez, uma das ex-favoritas engravidou. Não foi uma escolha dela, tampouco quando vi Kolis arrancar o bebê de seus braços e cravar uma adaga no coração da pobre criança.

Levei a mão até a boca. A bile subiu pela minha garganta.

— Como...? — Pigarreei. — Como você escapou?

— Continuei viva — respondeu ela, e o horror do que a sua sobrevivência deve ter acarretado assombrou aqueles segundos de silêncio. — E quando surgiu uma oportunidade de sair de Dalos, estripei um dos guardas de Kolis e fugi.

Repuxei os lábios num sorriso de prazer vingativo.

— Vejo que tenho sua aprovação.

— Tem mesmo. Espero que tenha doído.

O éter brilhou intensamente nos olhos dela.

— Ah, doeu, sim.

— Eu... sinto muito — sussurrei. — Não consigo sequer entender como alguém é capaz de fazer ou permitir isso. Nada disso.

— A maioria das pessoas não é, ainda bem.

Assenti.

— Você é... Você é muito forte. Espero que saiba disso. Mas preferiria que não precisasse saber.

— Às vezes eu me esqueço disso, mas obrigada mesmo assim. — Ela ergueu o queixo. — Foi há muito tempo. Eu tive tempo para aprender a

Uma Luz na Chama / 493

lidar com o que fizeram comigo. Além disso, eu tenho sorte por conviver com pessoas como Bele e Nyktos.

Mas isso não significava que esses horrores não a encontrariam mais, e ela devia estar revisitando aquilo tudo.

Aios avançou, ajoelhando-se e segurando a minha mão.

— Não contei isso para que sentisse pena de mim.

— Eu sei. — Apertei as mãos dela.

— Contei porque não conheço outra maneira de lhe dizer o que sei, caso decida seguir o destino que acredita ser seu. Não importa a alma que carregue. — Aios levantou nossas mãos dadas. — O que importa é se Kolis é ou não capaz de amar de novo, até mesmo sua *graeca*. E ele não é. Não há nada além de perversão e crueldade no lugar da *kardia* dele. Kolis não tem fraqueza nenhuma.

33

Aios partiu pouco depois, mas as monstruosidades que ela e tantas mulheres tinham vivenciado permaneceram na minha cabeça enquanto eu esperava por Nyktos.

Fechei os olhos, enjoada e horrorizada. Não precisava ouvir detalhes sobre como ela havia sobrevivido para saber que Kolis e todos que participaram de sua *sobrevivência* deveriam ser destruídos até que não restasse mais nada, sequer cinzas.

Eu não era dada a comparar perdas para ver quais eram piores, mas era difícil evitar, nesse caso. Nada do que passei poderia se equiparar ao que Aios, Gemma e tantas outras sofreram.

Meus olhos marejaram quando me forcei a respirar fundo. Peguei o que Aios havia me contado e guardei no mesmo lugar em que escondia minhas emoções. Foi preciso. Era a única maneira de ignorar a voz que sussurrava em minha mente.

Você é a fraqueza dele.

Aios precisava estar errada. Todo mundo tinha uma fraqueza.

As brasas vibraram no meu peito, me alertando para a presença de Nyktos. Uma batida soou na porta adjacente conforme eu enxugava as lágrimas das bochechas às pressas.

— Pode entrar — avisei, engolindo em seco.

A luz incidiu sobre o bracelete de Nyktos no momento em que ele entrou. Ele também tinha trocado de roupa e agora vestia uma calça de couro preta e uma túnica da cor da meia-noite feita sob medida para os ombros largos e a cintura esguia. Um brocado prateado adornava seu colarinho e peito. Vê-lo quase todo de preto me deixou estranhamente desconfortável.

Talvez porque ele me parecesse diferente, mais predatório do que o normal. Intocável. Etéreo. Primordial.

Ainda abalada, eu me levantei e me virei para ele. Nyktos se deteve, olhando para os meus cabelos que chegavam até a curva dos quadris.

— Foi Aios que escolheu este vestido — falei, erguendo os braços ao lado do corpo. — Ela disse que Kolis ficaria ofendido se eu usasse calça ou algo do tipo.

Nyktos engoliu em seco.

— O vestido é lindo. — Seu peito subiu com uma respiração funda e entrecortada. — Você está linda.

Dei um passo para trás, embora o meu coração idiota tenha dado um salto, todo contente.

— Não diga isso.

Aquela mecha de cabelo mais curta caiu sobre sua bochecha quando ele inclinou a cabeça e fixou os olhos nos meus.

— Desculpa, mas é verdade. — Ele endireitou a cabeça. Um momento se passou. — Sei que as coisas estão... diferentes entre nós dois.

Quase dei uma risada, mas consegui me conter.

— Mas nada disso importa agora. Temos que deixar todo o resto de lado — continuou ele. — Lembra como agi quando Attes veio aqui?

— Como eu poderia esquecer? — murmurei.

— Vai ser assim em Dalos — avisou. — Se agirmos como se não suportássemos ficar na presença um do outro em vez de parecer que existe atração entre nós, vamos levantar suspeitas. Preciso saber se você é capaz de lidar com isso.

Senti a coluna enrijecer.

— E eu por acaso tenho escolha?

Uma Luz na Chama / 497

— Você estava disposta a fingir estar apaixonada por mim para me seduzir, por isso *acredito* que estaria disposta a fazer o mesmo para continuar viva — respondeu ele.

Cerrei as mãos em punhos.

— Eu não estava fingindo estar *apaixonada* por você.

Nyktos olhou para mim.

— Em nenhum momento você esteve fingindo.

Minha nuca começou a formigar.

— Não foi isso que eu quis dizer.

— Eu sei, mas é verdade. Não foi fingimento. Nada disso.

Suspirei audivelmente.

— Parabéns por perceber isso quando já é tarde demais — retruquei.

O éter pulsou de leve por trás dos olhos dele.

— Tarde demais para quê?

Cruzei os braços sobre o peito, sem dizer nada.

— Para querer ser a minha Consorte? Não apenas no título? — Nyktos se aproximou de mim daquele jeito silencioso dele. — Para o povo das Terras Sombrias e de todo o Iliseu? Para mim?

As brasas zumbiram no meu peito conforme a minha pele latejava, aquecida.

— Por que você está falando disso agora?

— Não sei. — Uma expressão de consternação estampou o rosto normalmente impassível dele. — Porque o que levaria você a querer isso de mim, algo mais, quando sabe que sou incapaz de dar o que você merece?

— E o que é que eu mereço?

— Alguém que a ame de modo incondicional e irrevogável. Alguém que tenha a coragem de sentir isso — respondeu ele. Meus braços caíram ao lado do corpo conforme eu o encarava. Ele desviou o olhar e endireitou os ombros. — Você estava triste. Senti o gosto da sua tristeza antes mesmo de entrar no quarto. Pungente e intenso. — O olhar dele se voltou para o meu. — E não estava conseguido sentir nada de você antes.

Não fiquei surpresa ao saber que havia projetado as emoções de forma tão potente.

— Aios me contou sobre o tempo que passou em Dalos.

— Contou? — perguntou ele, perplexo.

Confirmei com a cabeça.

— Ela estava preocupada que eu tentasse fazer alguma coisa para deter Kolis.

— E ela tem motivos para isso?

Até que tem, mas... neguei com a cabeça.

— Eu quero ter um futuro... Uma vida que pertença a mim. Não quero morrer. Quero sobreviver a isso.

— Para poder finalmente poder viver? Poder ser livre?

Com um aperto no peito eu assenti novamente e me afastei dele. Um relógio invisível tiquetaqueava sobre as nossas cabeças e eu sabia que não podíamos mais adiar as coisas. Mas também sabia que, se me permitisse sentir mais do que aquilo que se desprendera de mim durante a conversa com Aios, eu descobriria que sentia exatamente o que Nyktos afirmava. Medo.

Esfreguei as mãos nos braços.

— E se... E se ele me reconhecer como Sotoria?

— Então vai haver uma guerra — respondeu ele simplesmente.

Eu me virei para ele, com o coração disparado. Não houve hesitação na sua resposta. Nenhuma.

— Nyktos...

— Você não pertence a ele, Sera. Não pertence a ninguém — disparou ele. — Se Kolis a reconhecer como Sotoria, ele vai tentar ficar com você. E eu não vou permitir que isso aconteça.

Um calafrio percorreu a minha espinha.

Nyktos se aproximou de mim, com o queixo abaixado.

— Ele pode ser eras mais velho do que eu e ter o apoio da Corte e da maioria dos Primordiais, se não de todos, mas se fizer um único movimento em direção a você, vou deixar a Cidade dos Deuses em *ruínas*.

O ar ficou preso na minha garganta. Não havia dúvida de que Nyktos fosse capaz disso.

— Não quero que as coisas cheguem a esse ponto.

— Nem eu — disse ele baixinho. — Mas meus guardas sabem que as coisas podem ir mal. Podem não saber todos os motivos, mas estão preparados para defender as Terras Sombrias, assim como o exército.

Forcei o ar a entrar nos pulmões, respirando profunda e lentamente. Por mais errado que fosse, eu não queria que Kolis me reconhecesse. Não queria ter que usar o que aprendi durante o treinamento para acabar com ele. Mas tampouco queria o derramamento de sangue de que Nyktos falava. Esse nível de destruição não acabaria somente com o Iliseu, mas certamente atingiria o plano mortal. O único modo de os planos sobreviverem era se eu continuasse viva, ao menos até que Nyktos tomasse as brasas para si. Mas se Kolis se desse conta de quem eu era...

Então tudo o que eu poderia fazer era evitar a guerra. Não ajudava muito. O plano mortal seria perdido e, em algum momento no futuro, o mesmo aconteceria com o Iliseu. Mas já era alguma coisa.

— Eu nunca pedi nada a você — comecei, encontrando o olhar dele.

— Você já me pediu sete coisas, para ser exato.

— Tudo bem. Esqueça tudo. O que vou pedir agora... Não, o que vou implorar a você é muito mais importante.

Nyktos se retesou, o éter brilhando intensamente nos olhos como se soubesse o que eu estava prestes a dizer. E talvez soubesse mesmo.

— Se Kolis me reconhecer como Sotoria, não quero que você interfira.

— Sera...

— Não posso ser a responsável por uma guerra que vai destruir cidades e causar incontáveis mortes. Jamais seria livre depois disso. Qualquer vida que eu tivesse não me traria nenhuma alegria — afirmei, com a voz trêmula. — Não posso viver com essa culpa. Seria melhor morrer de uma vez. Sei que as brasas são importantes, mas...

— As malditas brasas não são a única coisa que importa, Sera. *Você é.* — Ele respirou fundo, e eu estremeci. — Você é importante. E o que está me pedindo é que me afaste, entregando-a não somente à morte certa, mas também a Kolis. Se Aios lhe contou tudo, então você sabe o que isso significa. E já deve saber que vai ser muito pior para você, pois não será apenas a favorita dele: você será dele de todas as maneiras a que ele acredita ter direito.

Fiquei enojada.

— Eu sei.

Ele estava bem na minha frente, os olhos cheios de éter rodopiante.

— Então você sabe que está me pedindo exatamente o que diz que não pode fazer, o que tive que fazer a minha vida inteira. Viver sabendo que deixei os outros sofrerem e morrerem de maneiras inimagináveis. Viver quando já estou morto por dentro.

Eu me afastei dele.

— Você não está morto por dentro.

— Você acha mesmo? — Ele deu uma risada fria e sem humor. — Mesmo se não tivesse removido minha *kardia*, eu não seria capaz de amar. Não depois do que tive que fazer. O que permiti. Só isso já teria me tornado indigno de vivenciar tal emoção. E a bondade que você vê em mim? Essa parte de mim que você acredita que se estende a todas as pessoas quase se foi. Deixar Kolis destruir mais um inocente. Destruir *você*, vai acabar com o que resta de bom em mim. Vou me tornar algo muito pior do que Kolis.

Ele teme se tornar igual a Kolis.

Quando Nektas me disse isso, achei que seria impossível de acontecer. E ainda achava, mas sabia que não fazia a menor diferença se era nisso que Nyktos acreditava. Se eu exigia que os outros não me dissessem como me sentir, então não cabia a mim fazer algo que odiava tanto. O que nos deixava numa encruzilhada. Um verdadeiro impasse, com duas opções que nenhum dos dois seria capaz de suportar.

E nenhum dos planos sobreviveria.

— Bom, então acho... — Olhei para ele, exasperada. — Acho que estamos ferrados.

Ele me encarou por um momento e então deu uma risada curta e áspera.

— Creio que seja uma maneira de encarar as coisas.

— Pode ser que vocês tenham sorte e ele não a reconheça. — Nektas entrou pela porta adjacente com Jadis ainda esparramada sobre seu ombro e peito. Reaver o seguiu na forma de dragontino e se dirigiu ao sofá. — Jadis queria vê-la antes que você partisse — explicou Nektas. — E eu resolvi escutar a conversa.

— Que surpresa — murmurei.

Ao ouvir minha voz, Jadis levantou o rosto, as bochechas rosadas. Ela piscou os olhos vermelhos e pesados de sono, esticando os bracinhos na minha direção enquanto Nektas a trazia para mim. Eu não sabia muito bem o que fazer, mas quando estiquei as mãos, ela agarrou os meus cabelos e se inclinou, pressionando os lábios na minha testa.

Foi o beijo mais bagunçado, molhado e *fofo* que já recebi.

— Boa noitinha — murmurou ela, se afastando de mim.

— É o jeito dela se despedir — explicou Nektas.

— Boa noitinha — sussurrei com a voz estranhamente embargada enquanto desenrolava os dedos dela do meu cabelo.

Os lábios rosados dela se alargaram num lindo sorriso. Em seguida, ela se virou para Nyktos e fez a mesma coisa. E algo muito estranho aconteceu quando o Primordial se aproximou da filhote de dragontino. Foi como um movimento dos músculos: eles relaxaram e depois se contraíram enquanto eu o observava curvar a cabeça na direção dela e pegar seus bracinhos com um toque suave. O beijo molhado na testa de Nyktos e seu sorriso em resposta aqueceram meu coração.

Desviei o olhar rapidamente, sentindo um nó na garganta. Não havia nada falso no sorriso de Nyktos. Seu rosto inteiro ficou mais caloroso. E, deuses, aquela expressão e a delicadeza com que ele segurava os braços da criança me diziam que Nyktos ainda estava muito mais vivo do que imaginava.

— Queria ir com vocês — disse Nektas baixinho. — Mas só você e Ash podem responder à convocação.

Assenti, engolindo em seco.

— Acha mesmo que teremos sorte? — perguntei.

— Não vejo motivos para a sorte não estar do nosso lado dessa vez. — Nektas segurou a minha nuca com a mão livre. — Vejo você na volta.

Eu acreditava nele.

Só esperava que não fosse no início de uma guerra.

502 / *Jennifer L. Armentrout*

Nyktos e eu estávamos na sua varanda sob o céu cinza-claro. Não viajaríamos a cavalo. Eu estava prestes a vivenciar mais uma vez a esquisitice de caminhar nas sombras.

— Está pronta? — perguntou Nyktos.

De jeito nenhum, mas não disse isso quando inclinei a cabeça para trás a fim de ver o brilho fraco das estrelas. Toda a *mágoa* que guardei ontem parecia insignificante diante do que estava por vir.

— Sabe — comecei, com o coração batendo forte —, descobri que prefiro não saber quando estou prestes a desmaiar.

— Compreensível. — Ele estava perto, parado bem atrás de mim. — Depois que Ascender, você não vai desmaiar nem sentir dor por causa disso. Vai poder caminhar nas sombras sozinha.

Ao tocar no parapeito, pensei que *Ascender* parecia mais um tiro no escuro do que uma possibilidade.

— Antes de irmos, você pode me dizer o que esperar? Tipo o que Kolis pode pedir de nós? — perguntei.

Houve um momento de silêncio e então ele disse:

— As possibilidades são infinitas. Certa vez, ele exigiu que eu arrancasse o coração de um deus que não se curvou tão rápido quanto os outros quando passei.

As brasas vibraram quando fechei os olhos.

— Quantas marcas na sua pele são por algo que Kolis exigiu?

— Cento e dez — respondeu ele.

A bile obstruiu a minha garganta. Ele já sabia a resposta sem precisar pensar.

— Já perdi a conta das atrocidades que testemunhei — prosseguiu, depois de algum tempo. — Antes, eu tinha que me forçar a assistir caso não houvesse nada que pudesse fazer. Sinto falta dessa época porque agora... agora acho que nem pisco.

Ele podia até não ter nenhuma reação física ao horror, mas eu sabia que ainda o afetava só pela aspereza no seu tom de voz.

— Você já esteve presente quando ele... quando ele se cansou de uma das favoritas?

— Já.

Meu estômago continuou a se agitar.

— E?

— E tive que olhar para o outro lado até que pudesse tentar tirá-las de lá. Às vezes, eu chegava tarde demais para fazer alguma coisa.

— Mas você interferia. — Segurei o parapeito com força, pensando em Saion, Rhahar e em todos os Escolhidos que ele salvara.

— Quando eu tinha certeza de que a minha intervenção não custaria caro para outras pessoas, sim. — Ele fez uma pausa. — Gostaria que você não tivesse que pensar nisso ou estar nessa posição.

Assenti, me forçando a soltar o parapeito.

— Serei capaz de fazer o que for necessário — afirmei.

— Porque você já matou a pedido da sua mãe?

Sem conseguir falar, confirmei com a cabeça e abri os olhos.

— Lembre-se de uma coisa: aconteça o que acontecer, uma parte de você é boa e não pode ser contaminada pelo que está por vir. Você não é um monstro, Sera. Nem será um quando voltarmos.

O maldito nó cresceu outra vez na minha garganta, substituindo o gosto amargo da bile.

— Talvez eu não seja um monstro, mas, assim como você, sou capaz de cometer atos monstruosos. E quando penso a respeito, não sei se faz tanta diferença assim.

— Então todos nós, bons ou maus, somos um pouco monstruosos — disse ele.

Tomei coragem e me virei para Nyktos.

— Estou pronta.

Ele pegou as minhas mãos, e a carga de energia subiu pelos meus braços. Nyktos me aninhou de encontro ao peito, e o contato provocou uma onda de sensações por todo o meu corpo que me forcei a ignorar.

— Segure firme — disse ele, com a voz rouca.

Respirei fundo e segurei a parte da frente da sua túnica, sentindo o cheiro de frutas cítricas.

O hálito frio dele resvalou na minha bochecha.

— Mais firme, Sera.

— Não me lembro de ter sido obrigada a segurar firme antes.

— Você já me segurou como se a sua vida dependesse disso — salientou ele.

— Não me lembro de ter feito isso — murmurei.

Nyktos deu uma gargalhada e passou o braço em volta da minha cintura. Em seguida, abaixou a cabeça, soprando o hálito na curva do meu pescoço e provocando um arrepio indesejado em mim.

O ar ficou carregado e o corpo de Nyktos zumbiu contra o meu, cheio de poder. A névoa branca que vi no Salão Principal em Wayfair não veio do chão dessa vez, mas de Nyktos, pesada, densa. Ela girou à nossa volta, entremeada por sombras escuras. Senti um aperto no peito quando a névoa rodopiante chegou na altura dos meus quadris. Enrijeci.

— Respire comigo — disse ele, deslizando a mão até o meio das minhas costas conforme o peito subia contra o meu e prendia o ar até quatro antes de soltar. Acompanhei o ritmo da respiração dele enquanto a névoa se agitava ao meu redor. — Respire.

Os lábios de Nyktos tocaram no mesmo ponto que Jadis havia beijado quando a névoa finalmente nos engoliu. As Terras Sombrias desapareceram, levando-me consigo.

E eu segurei firme.

Um piscar de olhos.

Foi o que pareceu dessa vez.

Simplesmente pisquei e, quando abri os olhos, estávamos sob uma copa cintilante de folhas douradas. Os galhos acima das nossas cabeças estavam tão cheios delas que a luz incidindo sobre nós não vinha do céu azul, mas do sol refletido nas folhas. Eu nunca tinha visto nada assim antes.

Senti os dedos frios de Nyktos na minha bochecha quando ouvi o trinado suave dos pássaros chamando uns aos outros, um som que não escutava desde que chegara às Terras Sombrias. Ele virou o meu rosto para os seus olhos arregalados e rodopiantes.

— Sera? — sussurrou ele.

— Sim?

Ele ficou quieto enquanto me analisava e comecei a me preocupar.

— Você quase não ficou inconsciente.

Nem percebi que tinha acontecido.

— E isso é ruim?

Ele engoliu em seco.

— É melhor removermos as brasas de você — respondeu ele, ainda sussurrando. — Logo.

Meu coração disparou quando dei um passo para trás, olhando ao redor. Os troncos do bosque em que estávamos reluziam dourados.

— São lindas.

Nyktos tirou a mão do meu rosto.

— São chamadas de árvores de Aios.

Olhei de volta para ele.

— Presumo que o nome não seja uma coincidência?

Um sorriso irônico surgiu nos seus lábios quando ele ergueu o olhar para as árvores.

— Não. Aios as cultivou com o próprio toque.

Fiquei boquiaberta.

— Ela é capaz de fazer isso?

— Aios é capaz de criar muitas coisas belas quando quer — respondeu ele, e eu fiquei imaginando se ela tinha cultivado aquelas árvores depois de fugir de Kolis. — Estamos nos portões de Dalos. Assim que sairmos do meio das árvores, precisaremos tomar cuidado.

Assenti.

— Não se deixe atrair para longe de mim de jeito nenhum — continuou ele. — E não confie em ninguém.

— Não era o que eu tinha em mente.

— Ótimo — disse ele. — Eles já sabem da nossa chegada. Devem ter pressentido.

Meu coração martelou contra as costelas.

— Estou pronta — avisei, sem saber muito bem se era mentira ou não. De qualquer modo, começamos a caminhar por entre as árvores brilhantes, mas nossos passos não fizeram nenhum som.

506 / *Jennifer L. Armentrout*

Aproveitei o tempo para me concentrar em garantir que as minhas emoções estivessem bloqueadas e que o meu coração e mente estivessem tranquilos. Respirei a brisa amena que me lembrava de casa, prendi a respiração contando até quatro e soltei o ar quando chegamos ao final das árvores e a Colina ao redor da cidade de Dalos surgiu diante de nós. A muralha era tão alta quanto a que circundava a Casa de Haides e Lethe, mas construída em mármore polido que brilhava com pedacinhos de pedra reluzente. Diamantes.

Muito chique.

Mas o que chamou a minha atenção foi a névoa densa acima da Colina, uma mortalha parecida com a que eu tinha visto no Vale e que ocultava tudo o que havia adiante.

A luz quente do sol incidiu sobre nós, mas quando olhei para o céu, não havia sol nenhum, assim como no Vale. Nyktos permaneceu em silêncio quando avistei o portão da Colina, que estava aberto. Havia uma dúzia de guardas postados nas laterais do portão, me fazendo lembrar da estátua de Kolis no Salão Principal de Wayfair.

Eles usavam peitorais dourados, com o mesmo símbolo que havia sido tatuado na palma da mão de Nyktos, por cima de túnicas brancas que iam até os joelhos. As panturrilhas envoltas em grevas e espadas com lâminas douradas estavam embainhadas na cintura. Eles tinham a cabeça descoberta, mas uma tinta dourada adornava seus rostos como uma máscara em forma de asas.

Pensei já ter visto aquilo em algum lugar, mas não consegui me lembrar onde. De repente, uma sombra recaiu sobre nós. Dei uma olhada rápida por cima do ombro e perdi o fôlego. Enormes estátuas de homens esculpidas em mármore erguiam-se acima das árvores de Aios, de pé com os braços ao lado do corpo, numa fileira que ia de leste a oeste até onde a vista alcançava. Eram mais altas do que qualquer construção em Lasania, até mesmo os Templos, e lançavam uma sombra imponente sobre nós quando os guardas do portão se ajoelharam.

Passamos por eles em silêncio, entrando na Cidade dos Deuses, e logo vi o que a Colina e a névoa escondiam. Fiquei boquiaberta ao vislumbrar

Dalos, impressionada com o tamanho da cidade. Era muito maior do que Carsodônia, a capital de Lasania.

Árvores semelhantes às do Vale ladeavam uma estrada cintilante de diamantes triturados, com os galhos baixos e extensos caindo num dossel de flores brancas que se agitavam suavemente com a brisa. Meu olhar acompanhou a estrada até pousar em uma imensa estrutura atrás de uma muralha cintilante, menor do que daquela na Colina, e não muito longe da entrada. Suas quatro torres erguiam-se no meio da cúpula, parecendo absorver os raios de sol. Consegui ver as pontas dos dosséis de marfim e ouro logo atrás da Colina interna. Apesar do calor, senti um calafrio. O instinto me dizia que era ali, dentro da fortaleza de diamantes e cristais, que *ele*, o verdadeiro Primordial da Morte, nos aguardava.

Desviei o olhar da fortaleza para a cidade reluzente. Construções grandes e pequenas pontilhavam as colinas e os vales até onde a vista alcançava, algumas planas e quadradas e outras redondas com colunatas revestidas de diamantes. Por toda a cidade, torres cristalinas se erguiam em arcos graciosos que desapareciam em meio às nuvens brancas. As videiras pareciam crescer sobre muitos dos edifícios, subindo até as torres.

— A cidade é linda.

— De longe, sim.

A inquietação subitamente tomou conta de mim. Olhei de relance para Nyktos, que me guiava pelo meio da estrada estreita; o único som vinha da brisa que brincava com os galhos graciosos e arqueados das árvores e do sussurro do vento. Olhei ao redor, mas não vi nem ouvi... ninguém. Estranho. Nem os pássaros que cantavam uns para os outros nas árvores de Aios podiam ser ouvidos ali. Calafrios se espalhavam pelo meu corpo a cada passo que nos aproximava da fortaleza.

— Onde está todo mundo? — perguntei em voz baixa.

— Sabe como as pessoas passaram a chamar Dalos? — disse Nyktos, vasculhando as árvores com um olhar atento. — A Cidade dos Mortos.

Não era um bom presságio.

— Aqueles que continuam vivos devem estar na Corte. — Ele apontou para a fortaleza com o queixo. — Realizada dentro dos recintos do Palácio Cor.

Minha boca ficou seca quando nos aproximamos das colunas da muralha interior. Não havia guardas no portão, mas senti um cheiro estranho no ar, um cheiro doce misturado com algo metálico. Fiquei ainda mais apreensiva e as brasas começaram a zumbir no meu peito à medida que caminhávamos entre as colunas e entrávamos no pátio de Cor. Nyktos praguejou baixinho e diminuiu o ritmo. Foi então que ergui o olhar.

Parei de supetão quando o horror tomou conta de mim. Não foi o vento que ouvi. Bons deuses, eram *gemidos*. O som vinha das árvores dentro do pátio, das alcovas cintilantes da fortaleza e dos panos brancos que não eram dosséis, mas véus, vestidos rasgados e túnicas que ondulavam ao vento.

Nada, absolutamente *nada*, poderia ter me preparado para aquilo. Voltei o olhar do corpo nu e manchado com rios de sangue seco amarrado aos portões dourados de Cor, para as formas flácidas e oscilantes atrás das flores brancas dos salgueiros. A bile quase me sufocou. Meu coração disparou e senti um nó na garganta ao ouvir os sons, os *gemidos*, que ecoavam dos galhos e dos vãos entre as colunas, onde mãos e pés haviam sido cravados na pedra.

Pensei ter ouvido Nyktos sussurrar o meu nome, mas não tive certeza porque a intensidade dos gemidos formava um coro ainda mais brutal do que o das sereias. Não conseguia nem contar quantos corpos havia ali de tantos que eram. Movi a boca sem dar nem um pio, e as brasas...

Um novo horror surgiu quando as brasas começaram a vibrar freneticamente no meu peito, reagindo não apenas à morte, mas também aos moribundos. Tentei tirar os olhos dali, esperando desesperadamente deter as brasas, mas não tinha mais para onde olhar. Havia corpos pendurados como sinos de vento pelas árvores e sacadas. Minha pele se aqueceu e percebi que estava perdendo o pouco controle que tinha sobre as brasas. Pelos cantos dos olhos tudo que eu enxergava era um branco infinito, e minhas pernas começaram a se mover por conta própria, levando-me até uma coluna na qual os olhos azuis de um homem gritavam o que sua boca costurada não conseguia implorar.

A vida.

Ou a morte. Uma libertação.

Incapaz de me conter, comecei a levantar o braço. O poder das brasas era muito forte, o choque do que eu estava vendo era demais para mim. A rachadura começou a desabar dentro de mim à medida que o poder saía e se espalhava por toda a parte.

As brasas, a fonte da vida, faiscaram dentro de mim no coração de Dalos, e não havia nada que eu pudesse fazer para detê-las.

34

Nyktos me virou para si, me puxando de encontro ao peito. Mal notei a carga de energia que fluía do seu corpo para o meu enquanto ele segurava o meu rosto.

— Não sabia que seria assim. Eu teria te avisado antes. Eu juro — disse ele. — Respire fundo, Sera. Respire comigo.

Olhei para ele em pânico conforme as brasas pressionavam a minha pele, acendendo o éter nas minhas veias.

— Não consigo evitar — sussurrei, ofegante, e vi em seus olhos cintilantes que ele entendia o que eu estava querendo dizer. — Você precisa me deter, porque eu...

Nyktos levou a boca até a minha. Arfei, atordoada, e ele aproveitou a abertura para aprofundar o beijo. A pressão dos lábios dele, o movimento inesperado da sua língua na minha e o gosto de menta da sua boca agiram como um raio nos meus sentidos, dispersando a nuvem de pânico e todo o resto. Eu não sabia que um beijo podia conter tanto poder, mas o de Nyktos tinha. Ele acariciou o meu rosto e cabelos, embalando a minha cabeça com a mão enquanto intensificava o beijo.

Seus lábios se moviam contra os meus, firmes e selvagens, enquanto traços de fumaça da cor da meia-noite fluíam dele em fios grossos e ascendentes. Eles subiram pelas nossas pernas e se enroscaram ao redor das minhas costas. O toque gelado foi outro choque, lembrando-me da noite em que ele me espiou e depois tocou em mim no meu quarto.

Agarrei o colarinho da camisa de Nyktos e as bordas do brocado pinicaram as minhas mãos enquanto o latejar se intensificava no meu peito. Uma luz prateada saiu dos meus dedos, mas foi apagada pelas sombras dele.

Nyktos estava detendo as brasas, não da maneira que eu tinha previsto, mas da mesma maneira como eu mesma o distraíra depois que Attes saiu de seu escritório. Eu estava prestes a implorar que ele usasse de persuasão comigo, e Nyktos deve ter percebido. Em vez disso, ele me beijou. Sem parar.

Nós estávamos no pátio dos mortos e moribundos, mas era como se estivéssemos bem longe dali à medida que ele deslizava a boca e a língua na minha. Eu relaxei em seus braços, mas estremeci quando suas presas cortaram o meu lábio e arrancaram uma única gota de sangue, que ele logo lambeu.

Nyktos continuou me beijando até que o poder que invadia o meu sangue recuasse e as brasas se acalmassem, ainda vibrando, mas sob controle.

E ainda assim, ele repuxou os meus lábios. Sua boca dançou sobre a minha até que outro tipo de calor invadisse a minha pele, provocado não pelo horror do pátio, mas pela forma como eu reagia a ele. Não importava onde estávamos. Nem o que o vi fazer. Ou como aquilo era imprudente.

Alguém havia chegado.

Fiquei tensa.

Nyktos moveu os lábios mais lentamente, suavizando o movimento da língua e a pressão da boca. Quando ele enfim levantou a cabeça e eu abri os olhos, as sombras de éter que invocara já tinham desaparecido.

O olhar dele encontrou o meu e havia uma pergunta ali: eu estava sob controle? Pensei que sim, agora que sabia o que nos cercava, e confirmei com a cabeça.

— Tão forte. Tão corajosa — murmurou Nyktos, deslizando os dedos pelo meu cabelo. Ele passou a palma da mão pela minha bochecha enquanto dizia em voz alta: — Há algum motivo para nos interromper, Attes?

Graças aos deuses que era Attes e não outra pessoa, mas meu alívio não durou muito. Attes já devia suspeitar que eu não era o que Nyktos havia lhe dito e não sabíamos o que ele faria com essa informação.

Reunindo a coragem que Nyktos mencionara, olhei por cima do ombro e vi que o Primordial não estava sozinho. Havia um homem de cabelos escuros ao seu lado, o rosto pintado com asas douradas.

A máscara pintada disparou um vislumbre de lembrança que não consegui capturar. O sorriso nos lábios do desconhecido não era nada como o sorriso divertido de Attes, mas mantive os olhos neles, somente neles, evitando olhar para qualquer outro lugar porque sabia o que iria ver.

— Não fui eu que interrompi — respondeu Attes, com os braços cruzados sobre o peito sem armadura. Ele apontou para o homem ao seu lado com o queixo. — Foi Dyses. Eu estava apreciando o espetáculo.

A centelha de energia que irradiou de Nyktos era tão gélida que contrastava com a minha bochecha quente aninhada na mão dele.

— Você está realmente determinado a perder os olhos, não?

Attes deu uma gargalhada.

— Vai valer a pena.

Vi o Primordial dos Tratados e da Guerra arquear aquela sobrancelha de um tom escuro de louro quando Dyses deu um passo à frente e fez uma reverência. Seus olhos azul-claros me estudaram de cima a baixo enquanto ele se levantava. O deus ergueu o queixo.

— Sua Majestade está presidindo a Corte e ainda não está pronto para recebê-los — anunciou Dyses com um sotaque tão carregado que me fez lembrar dos Lordes do Arquipélago de Vodina. — Os outros estão no saguão. Vou acompanhar você e... — ele pigarreou — ...e sua amante até lá.

Eu o encarei, perplexa.

Attes abaixou a cabeça e passou a mão na boca, sem conseguir esconder o sorriso cada vez maior.

— E por quanto tempo Sua Majestade vai ficar ocupado? — perguntou Nyktos enquanto tirava a mão da minha bochecha e se postava ao meu lado.

— Ele vai se juntar a vocês quando estiver pronto — respondeu Dyses, me observando com aquele olhar claro.

— Aposto que sim — disse Nyktos, quase ronronando, enquanto a frustração tomava conta de mim. — E ela não é a minha amante. É a minha Consorte.

— Só se Sua Majestade conceder o título — corrigiu Dyses, franzindo os lábios ao olhar para mim. — Até lá, seria bom ela ter ciência de que está na presença de seres superiores e se curvar diante de nós.

Fiquei tensa ao me dar conta de que devia ter feito isso no segundo em que pus os olhos em Attes. Embora tivesse a impressão de que Dyses estivesse mais ofendido por não ter demonstrado respeito a *ele*. Reprimi o aborrecimento e, provando que tinha bom senso, comecei a me curvar.

— Não faça isso — disse Nyktos baixinho, colocando a mão no braço. Seus olhos encontraram os meus e, em seguida, ele se virou para Dyses. — Minha futura Consorte vai se curvar quando estiver na presença de quem for digno de respeito. — O sorriso lânguido dele disparou vários sinais de alerta em mim. — Mas até lá...

Nyktos caminhou nas sombras, aparecendo atrás de Dyses num piscar de olhos, sem qualquer aviso. O peito de Dyses simplesmente explodiu num jato de sangue azul-avermelhado quente e brilhante.

Recuei por instinto, levando a mão até a coxa onde a adaga estava embainhada, mas então vi a mão de Nyktos.

Meus deuses... Nyktos tinha enfiado a mão nas costas do deus, atravessando ossos e tecidos.

Ele tirou a mão dali e tinha uma... uma protuberância carnuda azul-avermelhada no meio da palma. Dyses olhou para o próprio peito, de queixo caído.

— *Você* é que vai se curvar diante dela. — Os dedos de Nyktos se fecharam em torno do coração, destruindo-o numa explosão de éter prateado.

— Merda — disse Dyses asperamente, caindo de joelhos e depois de cara no chão.

Vi o buraco ensanguentado no meio da túnica branca de Dyses e ergui o olhar para Nyktos.

— Ora, ora — disse Attes devagar. — Isso vai irritar ou divertir bastante Sua Majestade.

— É mais provável que seja a última opção. — Nyktos se ajoelhou, usando a túnica do deus para limpar o sangue da mão enquanto olhava para mim. — Não gostei do tom de voz dele.

— Nem eu — falei com a voz rouca, recuperando a voz. — Mas acho que isso foi meio exagerado.

Não consegui captar nada nas feições duras e marcantes do rosto de Nyktos.

— Era um teste dele para saber o que eu permitiria em relação a você. — Ele ficou de pé. — Mas falhou, e os demais vão ficar sabendo.

— Desconfio de que muitos deuses serão encontrados mortos e sem o coração até o final do dia — comentou Attes, olhando para mim. O sorriso voltou aos seus lábios. — O sangue deles vai combinar com o seu lindo vestido.

— O seu também, se continuar olhando para ela desse jeito — advertiu Nyktos, passando por cima do deus caído. — Você estava aguardando nossa chegada?

Attes pareceu não se incomodar com a ameaça.

— De fato. Esperava que vocês viessem logo, já que são uma companhia bem melhor.

— Não é muito difícil. — Nyktos fechou a mão que não estivera dentro de outro deus ao redor da minha. — Qual era o motivo?

Olhei para baixo enquanto ele me fazia contornar o deus morto, hesitando ao ver a mão de Dyses.

— Sera? — Nyktos olhou de volta para mim. — Alguém vai resgatá-lo.

— Não é isso — falei, e poderia jurar que os dedos de Dyses haviam tremido. Mas era impossível. Os deuses, ao contrário dos Primordiais, não sobreviviam sem coração. Por outro lado, também não senti as brasas reagirem à morte dele. Mas como não podia dizer isso naquela hora, sacudi a cabeça, hesitante. — Não importa.

— Parece haver alguma coisa errada com ele, não é? — perguntou Attes, chamando a minha atenção. Ele tirou os olhos do deus e encarou Nyktos. — Dyses sempre me pareceu... esquisito.

— É... — murmurou Nyktos, repuxando os cantos dos lábios para baixo. — Mas todos os lacaios de Kolis são assim, não são? Há algum tempo já. — Ele continuou olhando para o deus, com a cabeça inclinada. — Não sinto nenhuma... alma dentro dele.

Attes virou a cabeça bruscamente na direção do deus morto.

— Mas isso é impossível.

— E ainda assim não vejo uma. — Nyktos me afastou ainda mais do deus e olhou para o outro Primordial. — Ou a alma dele ainda não deixou o corpo ou ele não tem alma. Dessas coisas eu entendo.

— É, de fato. — Attes cutucou a perna do deus. Não houve reação.

— Interessante. — Ele levantou a cabeça, sem emoção naqueles olhos prateados. — Bem, melhor irmos andando.

Assim que começamos a avançar, olhei de esguelha para Dyses. O deus estava morto, mas será que realmente não tinha... alma? Engoli em seco, lembrando-me do que Gemma havia me dito sobre os Escolhidos que desapareceram. Eles voltaram como algo que ela nunca tinha visto antes.

Nervosa, olhei para a frente conforme Attes nos guiava, tomando o cuidado de não andar sob os corpos deixados para apodrecer nas árvores e sacadas. Estremeci e me concentrei na sensação da mão fria de Nyktos e nos calos ásperos da sua palma. Havia algo de reconfortante em seu toque, sobre o qual achei melhor não me aprofundar enquanto percorríamos uma trilha de diamantes e granito.

— Vejo que Sua Majestade andou *redecorando* a cidade — comentou Nyktos ao entrarmos num pátio que morri de medo de avaliar.

— É o que parece. — Attes engoliu em seco, uma reação que já dizia muita coisa. — Não sei o que selou o destino deles, mas acho que alguns eram Escolhidos de algum Ritual recente.

O ar ardeu nos meus pulmões e fechei os olhos por um segundo.

Nyktos apertou a minha mão, sem dizer nada, enquanto Attes nos conduzia por uma passarela florida, onde o cheiro doce das flores e a beleza rosa e púrpura das pétalas contrastava com o horror que eu havia testemunhado.

— Você também foi convocado? — perguntou Nyktos ao passarmos pelos muros de arenito de alguns bangalôs.

— Não, mas Kyn foi. — Attes olhou de relance para Nyktos. — Então resolvi acompanhá-lo.

Algo se passou entre os dois Primordiais enquanto Attes voltava a se concentrar na trilha sinuosa.

— Hanan também está aqui. Só não sei se ele também foi convocado.

Fiquei ainda mais inquieta, mas Nyktos abriu um sorriso malicioso.

— E por que você decidiu se juntar a nós?

Attes parou diante de um dos bangalôs.

— Queria ver Sera.

Nyktos se virou para Attes com o éter faiscando no ar em torno dos olhos.

Dei um suspiro.

— Você sente um prazer perverso em irritar Nyktos, não é?

— Gosto muito de prazeres perversos — admitiu Attes. — Mas só queria me certificar de que você se lembrasse do que lhe disse quando nos conhecemos. — Ele desacelerou o passo. — Embora ache a sua língua afiada revigorante e até mesmo atraente — disse ele, me encarando com os frios olhos prateados —, outros podem não achar. Ainda mais aqueles que você vai encontrar aqui no Palácio Cor.

Dentro das alcovas escuras que flanqueavam os corredores adornados com ouro a caminho do átrio, havia indivíduos parcialmente vestidos ou completamente nus envolvidos em todos os atos sexuais imagináveis, alguns que eu sequer havia considerado, tanto sozinhos quanto em grupos. Não prestei atenção para saber se eram todos deuses ou não porque... Bons deuses, devia ter muita coisa acontecendo ali com tantos gemidos e suspiros ecoando ao redor

Nem Nyktos, nem Attes me pareceram incomodados, ou mesmo conscientes, dos vislumbres de membros nus e pele suada sob o teto dourado, o que me fez pensar se aquilo era comum.

— Quando você chegou? — perguntou Nyktos enquanto eu me esforçava para manter o olhar afastado das colunas banhadas que revestiam as entradas das alcovas, encarando as cortinas douradas e brocadas no final do corredor.

— Algumas horas atrás — respondeu Attes, com os olhos ligeiramente semicerrados. — Você não vai ficar nada surpreso, mas Kyn já está enchendo a cara.

Nyktos deu um sorriso malicioso.

— Nem um pouco.

— Há mais alguém aqui? — perguntei sem mencionar o nome dela, mas senti o olhar de Nyktos em mim.

— Nenhum Primordial, que eu saiba. Minha presença por si só mais do que compensa a ausência deles. — Ele me deu um sorriso rápido e provocante.

Revirei os olhos, aliviada por saber que Veses não estava presente, mas preocupada que Nyktos arrancasse ao menos um órgão vital ou pedaço do corpo de Attes até o fim de nossa missão.

As brasas zumbiram de leve quando vi as cortinas douradas se abrirem mais à frente. Meu coração disparou. O aposento era uma imensa câmara circular, mas não chamaria necessariamente de átrio. Havia sofás e divãs compridos sob faixas grossas de tecido que cobriam as janelas e o teto parecia ter sido pintado de... ouro.

Meu olhar seguiu pela câmara até o estrado elevado e rodeado por duas colunas no meio de uma abóbada fechada. Havia cortinas douradas presas nelas, revelando um trono adornado com o que pareciam ser diamantes e... ouro.

Comecei a notar que havia um tema, um tema bastante pomposo, no Palácio Cor enquanto atravessávamos o piso de mármore entremeado por veios de mais ouro.

Percebi que o átrio não estava vazio. Um homem alto de cabelos escuros estava à direita do estrado, de costas para nós, falando com alguém que não consegui ver. Estava vestido como Attes e Nyktos, calça de couro preta e uma túnica sem mangas. Um bracelete prateado adornava seu bíceps. Ele segurava um copo com um líquido escuro e cor de âmbar até a metade.

— Hanan — informou Nyktos baixinho, inclinando a cabeça na minha direção.

Assenti, sentindo como se meu estômago estivesse cheio de serpentes. Havia mais homens no átrio, espalhados por toda parte e parecidos com os guardas pelos quais passamos, aqueles com armadura e o rosto pintado de dourado.

Nyktos nos levou até um sofá à esquerda, o mais longe possível dos guardas. Ele se sentou e me acomodou entre suas pernas. Enrijeci por meio segundo antes de me lembrar por que ele havia me colocado ali. Relaxei de encontro ao peito dele, mantendo a expressão impassível.

Attes arqueou a sobrancelha.

— É melhor eu procurar meu irmão — anunciou ele, olhando para o corredor movimentado por onde havíamos passado. — Antes que ele se meta numa situação difícil que me desagrade.

— Attes? — chamou Nyktos, detendo o outro Primordial enquanto passava o braço ao redor da minha cintura. — Por que você matou os guardas de Kyn? — perguntou ele, mantendo a voz baixa.

Os ombros de Attes enrijeceram, e me lembrei de ambos mencionarem os guardas de Kyn quando o Primordial foi nos dizer que a coroação teria que ser adiada.

— Eles estavam levando jovens que ainda nem entraram na Seleção para o acampamento — respondeu, e senti um ronco de desaprovação irradiar de Nyktos contra as minhas costas. — E seu objetivo não era mantê-las a salvo, então os estripei e depois acabei com eles.

Em seguida, ele fez uma reverência e deu meia-volta. Observei-o sair do átrio, com as cortinas voltando ao lugar atrás de si.

— Não esperava por essa resposta? — perguntei.

— Não teria esperado alguns meses atrás — respondeu Nyktos, esticando a perna enquanto eu mantinha as minhas entre as suas.

Eu me virei para ele, falando igualmente baixo.

— Não lhe pareceu que Attes estivesse... cuidando de mim?

Ele assentiu, olhando para o átrio. O éter tinha desbotado atrás de suas pupilas, mas seu olhar permanecia alerta.

— Sim, foi o que pareceu.

— Então que tal parar de ameaçar arrancar os olhos dele? — sugeri. — Ele pode ser... um *amigo*.

— Então ele deveria parar de olhar para você como se quisesse sentir o seu gosto.

Lancei a ele um olhar de choque.

— Em primeiro lugar, ele não estava olhando para mim desse jeito.

— Ele sempre olha para você desse jeito.

— Bem, mesmo que estivesse, você não tem o direito de ficar com ciúmes — lembrei a ele.

— Concordo. Mas isso não muda o fato de que estou com ciúmes e de que Attes vai ter que regenerar os olhos mais cedo ou mais tarde — disse ele, virando a cabeça para a esquerda.

Uma porta se abriu junto ao estrado e uma mulher saiu carregando uma bandeja com copos. Seus cabelos cacheados estavam penteados para trás e a máscara pintada em seu rosto reluzia sobre a pele negra. Voltei a atenção para o vestido: um peplo folgado feito de um tecido quase transparente, indo até os pés. Havia pulseiras douradas nos seus braços esguios dos pulsos até os cotovelos.

— Todo mundo é obrigado a usar dourado aqui? — perguntei, à medida que a mulher se aproximava de nós.

Nyktos bufou.

— Sua Majestade tem bastante apreço pela cor, pelo simbolismo.

A mulher parou diante de nós, mantendo a bandeja equilibrada enquanto fazia uma reverência.

— Aceitam um refresco, Vossas Altezas?

Ergui o olhar para ela. Os olhos da mulher eram castanho-escuros e não havia sinal de aura por trás das pupilas. Será que era uma semideusa que ainda não tinha Ascendido? Ou uma mortal? Uma Escolhida. Senti um aperto no peito e examinei a bandeja, escolhendo um copo cheio de um líquido escuro e arroxeado. Curiosa, estendi a mão na direção dele.

— Isso não seria sensato — murmurou Nyktos, estendendo a mão ao meu redor para pegar um copo fino de líquido âmbar da bandeja. Ele o entregou a mim e depois pegou outro para si. — Obrigado — disse ele à mulher.

Ela ficou nitidamente surpresa, mas logo recuperou a compostura, baixou o queixo e fez mais uma mesura. Em seguida, ela se endireitou e seguiu até Hanan, que ainda não tinha notado a nossa presença, o que eu achava ótimo.

— O que havia naquele copo?

— Vinho Radek, feito com uvas cultivadas em Kithreia — respondeu ele, tomando um gole.

— Kithreia é a... Corte de Maia, não é?

— É. O vinho é um poderoso afrodisíaco.

— Ah. — Olhei rapidamente para Nyktos e depois me virei para a mulher, que oferecia a bandeja a Hanan. — Muito poderoso?

— Nunca bebi, mas ouvi dizer que deixa a pessoa excitada por três dias inteiros.

De olhos arregalados, tomei um gole do que veio a ser uísque.

— É difícil de imaginar que alguém tenha tanta resistência assim.

— Eu tenho — murmurou ele, com as íris brilhando por trás dos olhos semicerrados.

Olhei de volta para ele.

— Aposto que sim.

Nyktos deu um sorrisinho. Desviei o olhar, bebericando o uísque enquanto acompanhava os veios no mármore, seguindo as linhas e curvas até o centro do átrio. Apertei os olhos, abaixando o copo e inclinando o corpo um pouco para trás. O braço de Nyktos apertou a minha cintura quando voltei a seguir as linhas no piso. Não eram marcas naturais, mas formavam o desenho de...

De um lobo.

Um lobo enorme, que cercava e rosnava.

Nyktos inclinou a cabeça em direção à minha.

— Você sentiu alguma coisa lá fora? Com Dyses?

Desviei o olhar do chão e encarei Nyktos.

— Eu... eu não senti *nada*.

Ele assentiu, franzindo o cenho, sinal de que entendeu o que deixei subentendido.

— Sou só eu, ou há um desenho no piso?

— Não é você — confirmou ele. — Quero dizer, isso se você estiver vendo um lobo.

— Exatamente. Parece o brasão nas portas da sua sala do trono.

— Deve ser porque é quase idêntico. É o brasão da linhagem do meu pai. Tanto dele quanto de Kolis... — Ele fez uma pausa. — E minha.

O uísque defumado ardeu na minha garganta. Tive vontade de perguntar o que ele achava de partilhar o mesmo brasão que o tio, mas sabia que não era o momento apropriado. Voltei o olhar para o lobo, lembrando-me do lobo kiyou que eu havia trazido de volta à vida, de como ele foi feroz e corajoso mesmo à beira da morte.

— Por que um lobo?

Minha família sempre teve um... apreço especial pelos lobos — explicou ele depois de um momento. — Certa vez, o meu pai me disse que não existe nenhuma criatura tão leal ou protetora. Nem espiritual. Ele via os lobos do mesmo modo que via a si mesmo. Como um guardião.

— Você também se vê como um guardião? — murmurei. Senti o peito de Nyktos subir contra as minhas costas, mas ele não respondeu. Então respondi por ele. — Porque deveria.

Ele firmou a mão no meu quadril e roçou o queixo na lateral da minha cabeça.

— Você ainda acha isso? Mesmo depois de tudo que aconteceu?

Eu sabia do que ele estava falando. De Veses.

— Acho — admiti. — Ser um completo idiota não muda as coisas.

Nyktos não disse nada.

Tomei mais um gole, olhando para o rosto pintado e severo de um guarda. As lembranças se agitaram outra vez dentro de mim.

— Tem alguma coisa que me incomoda nessas máscaras... — falei, pigarreando. — Mas não consigo definir bem o quê.

— É outro símbolo que pertencia ao meu pai — disse Nyktos depois de um momento, movendo os dedos distraidamente no meu quadril. — Os falcões representam inteligência, força e coragem. Um lembrete para se ter cuidado, mas também ser corajoso. — O sussurro dele roçou em minha têmpora. — São as asas de um falcão, mas quando o meu pai reinava, eram sempre prateadas.

Meu corpo enrijeceu.

— Prateadas? Como as de um falcão prateado?

— Isso, como as do grande falcão prateado — confirmou ele. — Meu pai sempre foi fascinado por essas criaturas. Achava que eram... — Nyktos parou de falar e apertou o meu quadril. — Você ficou tensa. O que foi?

— Não sei. — Virei a cabeça para ele, reprimindo um suspiro quando os meus lábios roçaram nos dele. Senti a mão trêmula ao redor do copo e engoli em seco. — É que eu vejo falcões prateados por toda a parte. Como naquela noite nos Bosques Moribundos. Havia um falcão lá.

— Impossível. — Nyktos voltou a mover os dedos, traçando círculos preguiçosos ao longo do meu quadril e cintura. — Você teve sorte de ver um deles na Floresta Vermelha, mas nem mesmo um falcão se atreveria a entrar nos Bosques Moribundos.

— Mas eu vi... — Parei de falar quando uma porta se abriu atrás do estrado e um homem de ombros largos entrou na câmara, sem camisa e com o cabelo de duas cores como o de Nektas: ruivo e preto. Não precisei me aproximar para ver seus olhos ou se sua pele marrom-clara tinha marcas de escamas para saber que aquele homem era um dragontino.

— Davon — sussurrou Nyktos, seguindo o meu olhar. — Um parente distante de Nektas.

— Ah.

— Mas poderia ser ainda mais distante, de acordo com Nektas.

— *Ah* — repeti, observando o dragontino descer do estrado.

Ele jogou os cabelos compridos sobre os ombros e olhou para nós dois conforme caminhava pelo átrio. Então deu um sorriso malicioso.

Enrijeci.

— Ignore a presença dele — disse Nyktos, passando o polegar no meu quadril.

Era meio difícil, pois ele continuava nos encarando enquanto se dirigia para as portas acortinadas. Como um parente de Nektas podia permanecer na Corte de Kolis depois do que ele fizera com Halayna? Por outro lado, Nektas não havia dito que alguns dos dragontinos que serviam a Kolis tinham sido forçados e corrompidos? De qualquer modo, não era preciso muita imaginação para descobrir por que ele gostaria que aquele tal de Davon fosse um parente ainda mais distante.

O braço de alguém abriu as cortinas assim que Davon se aproximou. Só pude ver um pouco do homem que aguardava no corredor, já que ele estava de costas para nós. Pele clara. Cabelos louros na altura dos ombros.

— Temos assuntos a tratar — anunciou o homem.

Franzi a testa quando Davon respondeu:

— Nós certamente temos.

Havia algo de familiar na voz dele, na cadência suave da fala. Podia apostar que já a tinha ouvido antes.

Nyktos me fez virar a cabeça de novo, chamando a minha atenção ao roçar os lábios nos meus.

— Hanan está vindo.

Esqueci completamente do homem oculto e do dragontino quando Nyktos colocou o copo de uísque quase intocado na mesinha lateral. Ele me deu um beijo no canto do lábio e o arrepio e o misto de emoções que senti vieram antes de eu me lembrar que era só fingimento. Uma encenação. Aos poucos, ele afastou a boca da minha.

— Hanan.

— Nyktos — veio a resposta grave e áspera.

Com o coração batendo descompassado, virei a cabeça e olhei para o Primordial da Caça e da Justiça Divina. Ele parecia ter a idade de Attes, mais ou menos na terceira década de vida, com um rosto anguloso e pálido, bonito de um jeito predatório e astuto que me dava calafrios.

— Eu estava me perguntando quando você iria me cumprimentar com o devido respeito — disse Nyktos, e notei o divertimento em seu tom frio. — Mas imaginei que estivesse esperando um pequeno exército de Cimérios para acompanhá-lo antes disso.

Bons deuses...

Vi Hanan franzir os lábios. Ainda não tinha me acostumado com a mudança de comportamento de Nyktos quando outro Primordial estava presente, a rapidez com que passava de perigoso a letal.

— Bem, já que você matou os soldados que mandei até sua Corte — começou Hanan —, não deveria se surpreender ao ver que não tenho nenhum Cimério comigo.

— Foi uma vergonha. — Os dedos de Nyktos continuaram seus traços lentos ao longo do meu quadril. — Desperdiçar as vidas de tantos Cimérios por causa da sua audácia e covardia.

Hanan retesou o corpo.

— Algum dia desses sua boca grande ainda vai colocá-lo em maus lençóis.

— Acho que já colocou, mas continuo aqui.

— E junto com... — O olhar de Hanan pousou em mim — ...ela.

Senti um calafrio na espinha. Coloquei o copo de uísque na mesa lateral para o caso de precisar de ambas as mãos. O sorriso nos lábios de Hanan me deixou tensa, assim como o poder gélido crescendo atrás de mim.

— Ela não é como eu esperava — declarou Hanan.

Nyktos subiu os dedos pela minha cintura até a faixa do meu corpete.

— E o que você esperava?

O Primordial da Caça e da Justiça Divina arqueou a sobrancelha.

— Tudo menos um diamante que acabará quebrado em vários pedacinhos.

Respirei fundo, surpresa ao ouvir o que poderia ser um elogio e uma ameaça velada.

— Não sou do tipo que se quebra facilmente — retruquei antes que conseguisse me lembrar do aviso de Attes. — Afinal de contas, diamantes não racham.

Hanan inclinou a cabeça.

— Mas se quebram.

— Cuidado, Hanan — advertiu Nyktos baixinho quando Hanan se ajoelhou aos nossos pés, ficando ao nível dos meus olhos.

O Primordial ignorou Nyktos e respirou fundo, farejando o ar como um predador faria ao sentir o cheiro da presa.

— Você é... O quê? Uma semideusa? Foi o que me disseram. À beira da Ascensão — continuou ele, e eu fiquei grata pela sua aparente falta de sentidos aguçados. — Mas, por enquanto, não passa de uma mortal, certo? — Ele sorriu, exibindo duas presas afiadas. As brasas zumbiram no meu peito, ameaçando liberar uma fúria violenta. — E não há nada mais frágil do que isso.

— Sabe o que também é frágil? — perguntou Nyktos, passando o polegar por baixo do volume dos meus seios. — Seus ossos.

Hanan abriu a boca, mas antes que pudesse responder ele começou a rastejar para trás sobre o piso de mármore. O Primordial arregalou os olhos brilhando de essência e bateu com a mão no chão até conseguir parar. Se a raiva de Nyktos fosse tangível, imagino que me afogaria nela.

— Já avisei uma vez, só por diversão — disse Nyktos lentamente, com um tom de voz suave e em completo desacordo com as palavras que dizia. — Não vou avisar de novo. Se voltar a falar ou sequer olhar para ela, vou quebrar todos os ossos desse seu corpo covarde e depois arrastá-lo para o Abismo e enterrá-lo tão fundo nos poços que levará centenas de anos para que consiga sair. Entendeu?

Agora foi a minha vez de ficar boquiaberta. Um calor inebriante percorreu o meu corpo, acumulando-se no meu baixo-ventre. Eu devia ter ficado apavorada e perturbada com as palavras de Nyktos, ainda mais quando não duvidava delas nem por um segundo. Mas fiquei bastante excitada. E acho que não teve nada a ver com as brasas Primordiais, embora elas parecessem palpitar em concordância com as palavras de Nyktos.

Hanan se levantou, com rugas de tensão ao redor da boca.

— Você acha sensato me ameaçar?

— Acho insensato da sua parte sequer se atrever a falar comigo depois de mandar seus guardas até minha Colina para fazer exigências — respondeu Nyktos. — E acusações infundadas.

— Infundadas? — Hanan deu uma risada, o éter se agitando nos olhos. — Uma deusa da minha Corte Ascendeu como Primordial dentro da *sua* Corte. Você só tinha que entregá-la a mim para que pudéssemos evitar o que está por vir.

— Uma deusa? — perguntou Nyktos, e não disse mais nada.

— Bele.

Mantive o rosto impassível, embora o meu coração estivesse descompassado. Detestei ouvir o nome dela nos lábios de Hanan.

— Não vejo Bele há muitas luas. Nem sei onde ela está, já que não faz parte da minha Corte. — Nyktos mentia tão bem que quase acreditei nele. — Você devia ficar de olho em seus lacaios.

— Você vai mesmo insistir nisso? Fingir que não sabe que uma deusa Ascendeu na sua Corte? Nem quem foi?

O polegar de Nyktos se moveu para a frente e para trás, criando o único calor em todo o átrio.

— E você está mesmo insinuando que não foi Kolis que fez isso? Talvez ele não suporte mais você e esteja preparando uma armadilha. Ou será que você não acredita que ele seja capaz de fazer algo assim? É isso? — Nyktos deu uma risada. — Nesse caso, eu teria muito cuidado se estivesse no seu lugar. Acho que não seria bom para você se Kolis descobrisse que tem tão pouca fé na... força dele.

Hanan empalideceu.

— Não é isso que estou dizendo.

— Ah, não?

— Não. Mas creio que logo veremos com que rapidez essa daí vai se quebrar — disparou Hanan, com o éter se dissipando dos olhos enquanto as brasas vibravam intensamente no meu peito. — Em breve, imagino, já que Sua Majestade está prestes a chegar. E desconfio de que ele vai fazer mais perguntas sobre a Ascensão de uma deusa do que sobre a sua futura Consorte. Terei o que quero antes que o dia termine, e você... Bem, você vai voltar a reinar sobre a sua Corte dos Mortos sem nada, como de costume.

Nyktos parou de movimentar a mão e se inclinou para a frente, mas então se deteve. O ar pareceu deixar o átrio com o fôlego que tomei. Fiquei com a pele toda arrepiada e senti um aperto no peito.

Hanan abriu um sorriso malicioso e recuou quando uma enxurrada de guardas de rosto pintado encheu o átrio, as portas que levavam ao estrado se abriram e...

Kolis, o falso Rei e verdadeiro Primordial da Morte, entrou.

35

Uma enorme presença invadiu o átrio, assentando sobre a minha pele enquanto o cheiro de lilases podres me sufocava. Meus olhos arderam quando o éter dourado serpenteou pelo chão e desceu até a beira do estrado, faiscando no piso de mármore e lambendo as colunas, fazendo as cortinas se agitarem. Meus ossos pareciam prestes a desmoronar sob o poder que inundava a câmara. O éter se espalhou como uma névoa rodopiante banhada pela luz do sol, mas havia alguma coisa naquela luz. Alguma coisa... errada.

O peito de Nyktos pressionou as minhas costas. Mal o ouvi sussurrar — *respire* —, mas obedeci quando a massa de poder rodopiante e palpitante começou a diminuir. Minha pulsação zumbiu nos ouvidos quando a essência desabou no chão a seus pés, onde se enrolou como uma víbora ao redor da calça de linho branco, pronta para atacar.

De repente, percebi que Nyktos estava de pé, que *eu* estava de pé. Ele colocou as mãos nos meus quadris e me fez encostar o joelho no chão. Parecia tão errado me ajoelhar, mas pousei uma das mãos trêmulas no chão e a outra sobre o peito, fazendo uma reverência. Afinal, se Nyktos podia se ajoelhar, então eu também podia.

Fiquei alerta ao sentir um formigamento na nuca. Senti o olhar de Kolis em mim quando as brasas latejaram em meu peito. Comecei a entrar em pânico ao me curvar diante do monstro que mandava na minha vida antes mesmo de eu nascer. E em todas as vidas das quais eu sequer me lembrava.

Vesti o véu do vazio, abafando o medo e a raiva à medida que contava os segundos entre cada respiração. Eu me recuso a rachar e me despedaçar ali. *Eu me recuso. Eu me recuso. Eu me recuso.* Hoje, não. Minhas mãos ficaram firmes. Meu peito relaxou. Meu coração desacelerou. Respirei fundo. Voltei a não ser nada.

— Levantem-se — soou uma voz repleta de calor e luz do sol. Uma voz que, se ouvida com bastante atenção, continha uma nota mordaz e amarga.

O vestido vermelho deslizou pelo chão como uma poça de sangue que corria na minha direção quando me levantei. Nyktos se posicionou de modo a ficar parcialmente na minha frente, e só então percebi que Attes voltara com o irmão, que tinha os cabelos um pouco mais escuros, mas a mesma altura e ombros largos. Ele estava meio tonto e seminu.

— Agora sentem-se — ordenou Kolis. — Antes que esse idiota caia de cara no chão.

Em outra ocasião, eu teria começado a rir porque Kyn realmente parecia prestes a cair.

Nyktos se virou e olhou para mim com os olhos cor de ferro enquanto Attes praticamente empurrava o irmão em uma cadeira. Ele pegou a minha mão e fez um pequeno aceno de cabeça, levando-me de volta para onde estávamos sentados antes.

— Ela, não.

Enrijeci.

A pele se esticou nos cantos da boca de Nyktos, que engoliu em seco. Os fios de éter se espalharam por trás de suas pupilas.

— Quero vê-la — acrescentou Kolis. — Dar uma boa olhada em quem chamou a atenção do meu... *sobrinho*.

Os sulcos ficaram mais fundos nas faces de Nyktos e as veias sob seus olhos começaram a se encher com um tênue brilho de éter. Meus sentidos começaram a formigar: algo ruim estava prestes a acontecer. E acho que não era a única que sentia a tempestade violenta se formando dentro dele. Attes deu as costas para o irmão bêbado e se virou para Nyktos.

Não hesitei. Dei um passo para o lado, me revelando por completo. Senti a respiração gelada de Nyktos em minha pele, mas não tremi e me mantive parada ali, com as mãos ao lado do corpo. Não entrei em pânico ao ver a massa agitada de luz dourada girando em torno das pernas de Kolis. Respirei fundo.

— Aí está ela — disse Kolis devagar antes de surgir diante de mim ao caminhar nas sombras.

Minha coluna se retesou enquanto eu lutava contra a vontade de me afastar do éter pairando sobre a barra das minhas saias. Olhei para o peito desnudo dele, mantendo o olhar baixo como era esperado na presença de tal Primordial. Havia pontos dourados em sua pele reluzente, formando um padrão de arabescos e redemoinhos.

— Erga o olhar para mim — sussurrou ele, me persuadindo.

Meus músculos obedeceram, embora eu sentisse um nó no estômago e um aperto no peito. Persuasão. Uma persuasão *desnecessária*, pura demonstração de poder e força, para lembrar aos presentes quem ele era. Ergui o olhar como Kolis me incitou a fazer.

O ar ficou preso na minha garganta quando o vi. Não de longe. Não como ele era retratado em quadros e esculturas. Não havia dúvidas sobre as semelhanças entre ele e Nyktos. No entanto, mesmo com os traços em comum, as diferenças eram marcantes.

A beleza de Nyktos era dura e gélida, uma escultura prateada de ângulos rígidos e linhas inflexíveis que ganhava *vida* de uma forma quase aterrorizante. Era uma beleza do tipo que *exigia* que você olhasse para ele e tivesse vontade de tentar captar seus traços com carvão ou argila.

Mas essas feições — a curva forte do maxilar, as maçãs do rosto angulosas e proeminentes e a boca larga e exuberante —, que eram tão selvagens e desimpedidas em Nyktos, eram absolutamente perfeitas em Kolis, douradas e *calorosas*. A beleza dele era sedutora, incitando as pessoas a admirarem, a olharem para ele e serem consoladas. Persuadia todos a se aproximarem.

Eram iguais, mas opostos. A beleza de um havia sido concebida para ser infinita em sua finalidade, instilando o medo no coração das pessoas, ao passo que a do outro não passava de fingimento. De uma fachada. Uma armadilha.

532 / Jennifer L. Armentrout

Os olhos prateados e salpicados de dourado analisaram meu rosto lenta e intensamente. Minha pele começou a pinicar, mas não demonstrei nada porque não senti *nada* diante do monstro que tinha dado início a tudo. Aquele que passei a vida inteira treinando para matar.

— Fui informado de que o seu nome é Sera — disse Kolis quando olhei para cima, reparando na coroa em sua cabeça: uma série de espadas feitas de diamantes e ouro com o centro no formato do sol e seus raios. — É diminutivo de alguma coisa?

Fiquei em dúvida. Não sabia se devia dizer a verdade, mas achei que menos mentiras implicavam menos possibilidades de ser descoberta. Mesmo a menor das mentiras poderia causar uma inspeção mais detalhada.

— Seraphena, Vossa Majestade.

— *Seraphena* — repetiu ele, enrolando os lábios para dentro. — Um nome que arde na boca. Interessante. Também me disseram que você é uma semideusa. — Os redemoinhos cintilantes subiram pelo pescoço e maxilar dele, sangrando por sua carne até formarem uma máscara alada e crepitante como aquelas pintadas nos rostos dos demais. — Ela não parece com uma.

— Mas é — respondeu Nyktos. — O pai dela é um deus. E a mãe, uma mortal.

Seus cabelos dourados caíram sobre a bochecha e ombros quando Kolis inclinou a cabeça. A coroa permaneceu no lugar.

— Ela possui éter demais para uma semideusa.

— É o meu sangue que você deve estar sentindo. Ela tem bastante dele nas veias — acrescentou Nyktos. Normalmente, aquele tom de voz presunçoso teria me tirado do sério. Mas entendi o que ele pretendia com aquilo.

— Estou vendo. Vejo também que você foi enfeitiçada. Muito inteligente da sua parte, meu sobrinho — comentou Kolis com um sorriso divertido nos lábios enquanto continuava me inspecionando. — Seus cabelos são... apaixonantes — murmurou o falso Rei, e eu me lembrei do que Gemma e Aios haviam me contado sobre as favoritas dele. Eram todas loiras ou ruivas. Kolis ergueu a mão, mas Nyktos foi rápido como um raio, pegando o pulso de Kolis antes que ele tocasse num fio de cabelo meu.

Meu coração deu um salto.

Kolis se virou lentamente para Nyktos. Nenhum dos guardas se mexeu quando o falso Rei olhou para a mão de Nyktos ao redor do seu pulso antes de voltar a encará-lo.

— Não quero que ninguém toque em Sera. — A voz de Nyktos ficou mais grave. — Ela é minha.

Mordi a bochecha.

— E se eu quiser tocar nela? — perguntou Kolis tão baixinho que mal o ouvi.

Nyktos abriu um sorriso, e o meu estômago revirou com a zombaria do gesto.

— Então farei com você a mesma coisa que faz com aqueles que se atrevem a tocar em quem lhe pertence.

Minha mandíbula começou a doer com o esforço para manter a boca fechada. Quem lhe pertence. As favoritas dele. As mulheres que Aios me disse que ficavam presas numa jaula.

— Ele é muito possessivo com essa daí — acrescentou Attes de onde estava sentado, meio reclinado, meio esparramado. — Já ameaçou arrancar os meus olhos umas três vezes.

Não sei se isso melhorava a situação.

O sorriso de Nyktos se alargou, revelando um vislumbre das presas, e eu tive certeza de que *isso* não melhorava a situação.

— A ameaça está mais para uma promessa — respondeu ele, com o olhar fixo em Kolis. — Ninguém além de mim deve tocar nela.

Um momento tenso se passou, e então Kolis repuxou um canto dos lábios para cima. Não senti nenhum alívio, só mais tensão.

— Sobrinho — ronronou Kolis, com os fios de ouro rodopiando nas íris. — Você me... deixa satisfeito.

Como é que é?

— Mas é melhor me soltar — continuou Kolis —, antes que eu fique *in*satisfeito.

Nyktos ergueu um dedo de cada vez, soltando o pulso do falso Rei.

O sorriso se alargou no rosto de Kolis enquanto ele olhava para o sobrinho.

— Esse seu lado... — Ele ergueu o queixo, respirando fundo. — Sempre me agrada quando vem à tona. — Kolis lançou um olhar demorado na minha direção. — É, no mínimo, divertido.

Comecei a pensar que *satisfeito* tinha um significado diferente para Kolis. Ou talvez fosse eu que tivesse entendido mal.

Porém, Nyktos sorriu e deu as costas para o falso Rei. Então pegou a minha mão, passando o braço em volta da minha cintura, mas não olhou para mim quando perguntou:

— Podemos nos sentar?

— Podem fazer o que quiserem.

Nyktos me levou de volta para o sofá, nos recolocando na posição de antes, comigo sentada entre suas pernas. Virei a cabeça, mas Kolis continuava olhando fixamente para nós, para mim. E foi só então que senti um pouco de alívio. Eu não era parecida com Sotoria. Ele não me reconheceu.

Um ligeiro tremor percorreu o meu corpo quando Kolis voltou ao trono em cima do estrado, com os fios de éter dourado se arrastando atrás de si. Nyktos apertou a minha cintura conforme eu suspirava pesadamente, apoiando a mão no seu joelho. Nektas estava certo. Finalmente a sorte estava do nosso lado. Pelo menos, em relação a isso. E quanto ao resto? Aí eu já não tinha tanta certeza.

Kolis continuou me avaliando, com a cabeça inclinada, embora a coroa não escorregasse nem um centímetro enquanto ele tamborilava os dedos nos braços dourados do trono.

— Fiquei magoado, Nyktos — começou ele. — Imaginei que você pediria a minha aprovação para realizar um evento tão... alegre como sua união com a impetuosa Seraphena.

— Não achei que você teria interesse — respondeu Nyktos, deslizando o polegar pela minha cintura. — Pensei que estivesse ocupado demais para um pedido desses.

— Pois pensou errado. — Kolis deu um sorriso de boca fechada. — É uma demonstração de respeito que você, mais do que qualquer um, já devia saber que me era devida.

— Nesse caso, peço desculpas — disse Nyktos.

Ele não me pareceu nada sincero e o sorriso contido de Kolis me dizia que ele também tinha percebido isso.

— Veremos se está realmente arrependido.

Senti as entranhas enregeladas, mas Nyktos continuou roçando o polegar em mim, imperturbável.

— Mas há outra coisa que precisamos discutir — acrescentou Kolis.

— Se você está falando do lacaio que encontrei ao chegar... — O tom de voz de Nyktos era despreocupado e parcialmente divertido, como aquele que usou comigo no meu lago. — Não gostei de como se dirigiu a mim.

Kolis bufou.

— Não é de Dyses que estou falando. Ele vai ficar bem.

— Infelizmente, acho que não — retrucou Nyktos. — Considerando que arranquei o coração dele.

O falso Rei alargou o sorriso, exibindo os dentes, e eu fiquei ainda mais tensa.

— Bem, é mais uma coisa que vamos ver. — Ele se recostou no trono ao mesmo tempo que os dedos de Nyktos na minha cintura hesitaram por um segundo. — Tenho certeza de que sabe por que o convoquei, sobrinho.

Apertei o joelho de Nyktos. Naquele momento, percebi que detestava o modo como Kolis fazia questão de lembrar a Nyktos que os dois tinham laços de sangue.

O polegar de Nyktos retomou seus movimentos tranquilos.

— Porque Hanan acredita que eu sei como uma deusa Ascendeu e quem foi?

O Primordial Hanan se virou na nossa direção.

— Não se trata de *acreditar*. Eu *sei* disso.

— Não lhe dei permissão para falar — disparou Kolis, com o olhar fixo em nós. — Ou dei, Hanan?

Hanan se retesou em seu assento.

— Não deu. Peço desculpas, Vossa Majestade.

— Não me obrigue a causar uma péssima impressão na adorável Seraphena ao me irritar — advertiu Kolis.

— Não tive a intenção — acrescentou Hanan rapidamente, abaixando a cabeça. — Só não aprecio que ele tente mentir para Vossa Majestade sobre um assunto tão sério.

— Sem dúvida foi isso que o motivou a abrir a boca — cantarolou Nyktos, e as palavras retumbaram nas minhas costas.

O éter faiscou nos olhos de Hanan quando ele olhou de cara feia para Nyktos, mas Kolis levantou a mão, fazendo com que o Primordial se calasse.

— O poder de Ascender um deus pode ser sentido por todos. É um poder que não deveria existir fora desta Corte — afirmou ele, sabendo muito bem que todos ali, além de mim, sabiam que esse poder não existia mais em Dalos. — Mas existe?

— Existe — confirmou Nyktos.

Os fios de éter rodopiaram na base do trono quando Kolis inclinou a cabeça outra vez.

— É só isso que tem a dizer?

— É só isso que *posso* dizer, tio — respondeu ele, e eu fiquei tensa ao ouvir Nyktos se referir a Kolis daquele jeito. Ainda assim, ele continuou deslizando o polegar de modo lento e reconfortante. — Também senti esse poder. E senti antes no plano mortal, embora não tão poderoso. Também já procurei por ele, mas não encontrei ninguém nas Terras Sombrias que poderia ter sido responsável por tamanha reverberação de poder.

Hanan praticamente tremia de vontade de falar, mas esperou até que Kolis assentisse.

— Como isso é possível?

— Você realmente está me fazendo esta pergunta? — replicou Nyktos enquanto Attes passava as presas pelo lábio, mal escondendo o sorriso. — É óbvio que o responsável não está mais nas Terras Sombrias. Presumi que tivesse sido o nosso Rei.

Quase comecei a rir, mas fiquei impressionada demais ao ver como Nyktos soava calmo e convincente. E igualmente perplexa. Kolis mandou seus dakkais para as Terras Sombrias como um alerta de que tinha conhecimento das brasas da vida. Talvez até tivesse mandado o dragontino, apesar de Nektas não reconhecer aquele que nos atacou. Ele já devia saber que Nyktos não acreditava que tivesse sido ele. Havia alguma coisa errada naquela história.

— Você está sugerindo que Kolis Ascendeu uma deusa nas Terras Sombrias sem motivo algum e depois foi embora? — questionou Hanan.

— E quem mais poderia ter sido? Só o Primordial da Vida é capaz de Ascender um deus — respondeu Nyktos.

A respiração ficou presa na minha garganta quando o ar no átrio ficou quente, espesso e úmido.

O dourado faiscou nos olhos de Kolis.

— O que você está *sugerindo*, Nyktos?

— Creio que ele esteja sugerindo que somente uma pessoa seria capaz de realizar um milagre desses — intrometeu-se Attes. — Você.

Foi só então que Kolis desviou o olhar de nós dois. A essência pulsou pelo chão quando ele olhou para o Primordial da Guerra e dos Tratados.

— Sim — murmurou ele, não tão irritado por Attes ter falado fora de hora quanto tinha ficado com Hanan. — Somente eu tenho o poder de Ascender um deus. De devolver a vida aos que pereceram. — Kolis se virou lentamente para nós à medida que os fios da essência subiam e se enroscavam ao seu redor. Vi uma sombra no meio da essência quando o falso Rei levantou a mão novamente.

As portas atrás dele se abriram e...

Dyses subiu no estrado, com a frente da túnica manchada de sangue seco cor de ferrugem.

Fiquei boquiaberta e ofegante, e Nyktos enrijeceu atrás de mim. Attes se empertigou, inclinando o corpo para a frente quando o deus parou ao lado de Kolis e fez uma reverência, o mesmo deus cujo peito eu vi ser atravessado pela mão de Nyktos. Um deus que não deveria estar vivo depois de Nyktos destruir seu coração.

Era impossível, mas... Não pensei ter visto seus dedos tremerem? Eu não tinha sentido sua morte como senti quando outros deuses pereceram. Além disso, tanto Attes quanto Nyktos disseram que parecia haver algo errado com Dyses.

— Ele estava morto na última vez que o vi — comentou Nyktos friamente.

Kyn deu uma risadinha abafada.

— Estava sim, Vossa Alteza. — Dyses curvou-se mais uma vez. — Mas o Primordial da Vida achou por bem me trazer de volta.

Isso não... não fazia sentido. Quando trouxe Bele de volta à vida, eu a Ascendi. Mas os olhos desse deus ainda tinham aquele tom incrivelmente claro de azul. Será que eu havia feito algo errado porque não sabia o que estava fazendo? Ou isso era diferente?

Meu coração começou a martelar minhas costelas. Era disso que Gemma havia falado? Os Escolhidos que desapareciam e depois voltavam como criaturas frias, sem vida e famintas? Dyses não se parecia em nada com Andreia. Ele não era um Voraz. Então só podia ser o que Kolis chamava de Espectros.

Por outro lado, Dyses estava lá fora sob o sol, e Gemma me disse que aquelas coisas só saíam à noite. E que Kolis precisava da *graeca* para aperfeiçoá-las.

Kolis abriu um sorriso ao olhar para Dyses, mas a expressão sumiu do seu rosto quando seu olhar pousou em Hanan.

— Só porque resolvi não devolver a vida ou Ascender um deus não significa que não farei isso quando alguém merecer. Não é culpa minha que a maioria das pessoas não seja digna de tal bênção — afirmou ele, erguendo o queixo. — Acha que não sei que apesar de jurarem lealdade a mim, há vassalos que questionam a minha força? Que não sei que você e alguns de seus irmãos duvidam que eu seja tão forte quanto era no momento em que Ascendi para governar como seu Rei?

— Eu... eu... — gaguejou Hanan, empalidecendo. — Não estava insinuando que você não tivesse esse poder. Vossa Majestade não disse que foi você...

— Por que eu precisaria dizer isso a você? — rebateu Kolis.

Hanan ficou em silêncio. Não havia nada que ele *pudesse* dizer.

Kolis o deixou num impasse. Se Hanan admitisse que acreditava que foi outra pessoa que Ascendeu uma deusa, algo que *deveria* ser impossível, isso significava que achava que Kolis não era capaz de fazê-lo. Pensar isso era bem diferente de revelar.

— Aconselho-o a ser mais ponderado ao expressar suas preocupações, Hanan, para que eu não perca a minha estima por você — disse Kolis, ecoando as palavras de Nyktos. — Seria muito insensato fazer isso quando há outro Primordial para tomar o seu lugar.

— Sim, Vossa Majestade — disse Hanan, claramente abalado.

— Agora saia da minha frente. — Os fios de éter giraram ao longo do estrado. — E não volte antes de eu o convocar.

O Primordial da Caça e da Justiça Divina se levantou, fazendo uma reverência antes de se virar e sair do átrio sem cumprimentar os que continuaram ali. O silêncio recaiu na câmara, e então Kolis disse:

— Peço desculpas por ter testemunhado tamanho absurdo, Seraphena.

Estremeci, olhando de volta para ele. Suas palavras. Seu comportamento. Nada disso se encaixava com o que eu sabia a respeito de Kolis.

— Tudo... tudo bem.

O falso Rei abriu um sorriso.

— Você tem uma natureza gentil e indulgente.

Nyktos parou de mover os dedos pela minha cintura por alguns segundos permeados pelo conhecimento de que Kolis não tinha Ascendido Bele. E que havia algo de errado com a criatura ao seu lado. Olhei de soslaio para Attes, que observava os guardas, e fiquei me perguntando se ele estava pensando a mesma coisa que eu — e provavelmente Nyktos também.

Quantos daqueles guardas teriam renascido por causa de Kolis, um Primordial que não deveria ser capaz de trazer ninguém de volta à vida?

— Vocês dois parecem surpresos ao ver Dyses vivo. — Kolis olhou de Attes para Nyktos. — Por acaso partilham as mesmas preocupações que Hanan?

— Não o vejo conceder tal honra há muito tempo, Vossa Majestade. — Attes deu de ombros. — É uma surpresa vê-lo fazer algo assim.

Kolis assentiu, voltando a atenção para Nyktos. Seu sorriso ficou mais largo e tenso.

— E quanto a você?

— É muito improvável que Hanan e eu partilhemos qualquer preocupação — respondeu Nyktos suavemente. — Também estou surpreso pelos mesmos motivos de Attes. E pelos dakkais que você mandou para as minhas terras logo após a reverberação de energia.

Senti um arrepio na espinha e fiquei alerta.

Kolis se inclinou para a frente, deixando cair a mão sobre o braço do trono. Sua coroa brilhava tão intensamente quanto o sol.

— Por que acha que essas duas coisas estão relacionadas?

— E não estão?

— Não.

— Uma infeliz coincidência, então?

— Sim, uma infeliz coincidência. — Kolis inclinou a cabeça como se fosse uma... serpente. — Fiquei insatisfeito com a sua falha em anunciar a intenção de tomar uma Consorte. Ainda não estou satisfeito que você tenha pretendido realizar uma coroação sem pedir a minha aprovação.

Enrijeci.

Nyktos também.

Era uma mentira descarada, e eu duvidava muito de que Nyktos acreditasse nele. Nem sei se Kolis achava que acreditávamos nele. Fiquei inquieta. Aquilo parecia um jogo cujas regras permaneciam ocultas.

— Você sabe o que acontece quando fico insatisfeito, principalmente com você. — O tom insidioso de Kolis ecoou pelo átrio, me causando calafrios. — E, no entanto, parece muito feliz com isso. Tenho sido muito tolerante, mas você me desrespeitou e não poderá ficar impune.

— Eu sei — disse Nyktos, e foi *só* isso.

Um medo absoluto tomou conta de mim.

— Foi culpa minha — disparei, com o coração acelerando quando Attes virou a cabeça na minha direção.

— Sera — sibilou Nyktos, endireitando o corpo e agarrando os meus quadris como se pretendesse me levantar e sair correndo da sala ou me jogar para fora dali. — Não é...

— Não. — Kolis ficou de pé. — Quero ouvir o que ela tem a dizer. — Seus olhos dourados e rodopiantes se fixaram em mim. — Por que é culpa sua?

— Eu... — Engoli em seco, com o coração e a cabeça a mil. — Ele não pediu a sua permissão porque exigi que não fizesse isso.

— Isso não é verdade — rosnou Nyktos.

— É, sim — argumentei, avançando o máximo que podia enquanto o olhar de Kolis passava de mim para Nyktos. — Sabe, eu tive medo...

— De mim?

— Não — neguei rapidamente, forçando o meu coração a desacelerar. — Não tenho nenhum motivo para temê-lo.

Kolis chegou até a beira do estrado, *pairou* até ali, e os fios de éter se derramaram sobre o piso de mármore.

— Tive medo de que você me considerasse indigna. Sou só uma semideusa. E Nyktos, seu sobrinho... — engasguei com a palavra, arregalando os olhos — ...é o Primordial da Morte. Certamente há muitas deusas mais dignas do que eu.

Kolis não disse nada enquanto nos escrutinava.

— Imaginamos que não seria um motivo de preocupação, pois Nyktos acreditava que Vossa Majestade estivesse muito ocupado para essas coisas. Mas sou eu a culpada e estou profundamente arrependida. — Senti uma raiva gélida nas minhas costas e me dei conta de que receberia um sermão daqueles. Digo, isso se Kolis não acabasse comigo ali mesmo. Mas não podia deixar que ele punisse Nyktos. De jeito nenhum. — Espero ser perdoada e poder provar que sou digna de tal honra e benevolência.

Kolis permaneceu em silêncio por tanto tempo que comecei a sentir uma pressão no peito. Mas então um sorriso malicioso surgiu no seu rosto.

— Você é... corajosa, Seraphena, de admitir tal coisa para mim, o *Rei*. Isso por si só já a torna digna. Mas devo pedir que você me prove o seu valor.

De repente, Nyktos me colocou de pé e se postou diante de mim.

— Se há alguém que precisa provar o seu valor, esse alguém sou eu.

— Tenho certeza de que você terá outras oportunidades de fazer isso no futuro. Mas se quiser a minha permissão para tomá-la como Consorte... — a máscara se desvaneceu em torno dos olhos de Kolis e desceu pelas suas bochechas — ...Seraphena deve merecê-la da mesma maneira que eu pediria a você.

— Posso fazer isso — afirmei, sem me permitir pensar de que maneira poderia provar o meu valor a ele quando os olhos selvagens e rodopiantes de Nyktos se chocaram com os meus. Dei um suspiro. — Quero provar que sou digna, Vossa Majestade.

Kolis olhou para Kyn.

— Você trouxe o que pedi?

Voltei minha atenção para o Primordial da Paz e da Vingança. Kyn se endireitou na cadeira enquanto Attes franzia a testa.

— Sim — respondeu o Primordial rispidamente. — No corredor.

Kolis estalou os dedos e dois guardas se afastaram das paredes, desaparecendo atrás da cortina.

— Puta merda — murmurou Attes, virando-se para o estrado.

Ele fechou os olhos, e eu senti meu estômago revirar.

— Deve ser... — começou Nyktos.

— Silêncio — interrompeu Kolis. — Não me desobedeça, Nyktos. Não vai ser você quem sofrerá.

Nyktos cerrou as mãos em punho junto às laterais do corpo e se manteve imóvel, ao passo que eu sentia o estômago revirar cada vez mais.

Os guardas voltaram com um... um rapaz. Alguns anos mais novo do que eu. Ele tinha os cabelos louros como os de Reaver, a pele clara e o rosto macio. Meu coração martelou dentro do peito quando ele ergueu o rosto e vi seus...

Olhos vermelhos. Ele era um dragontino. Um dragontino que ainda devia ser considerado um filhote.

— Qual o preço do desrespeito, Nyktos? — perguntou Kolis. O Primordial olhou para mim com o peito ofegante, e meu coração se recusou a desacelerar. — Com uma vida.

Ai, deuses. Minhas mãos tremeram. Ele não podia estar falando sério... Não. *Não*. Kolis não podia ter pedido a Kyn para trazer um dos dragontinos mais jovens só para ser sacrificado. Aquilo não estava acontecendo. Kolis não podia exigir isso de mim. Mas ele já não tinha feito isso tantas vezes a ponto de deixar a pele de Nyktos coberta de lembretes?

Ainda assim, eu me ouvi sussurrar:

— Não entendi.

Kolis inclinou a cabeça.

— Você me deve uma vida para pagar por tal desonra.

— Mas ele... — Apontei para o dragontino, engolindo em seco. — O que ele fez?

— Nada — disparou Kyn.

Encarei o jovem dragontino, atônita. Ele olhava para a frente, com os lábios franzidos e os olhos cor de rubi límpidos. Não falou. Não piscou. Não chorou.

— Pague o que me deve — disse Kolis enquanto Kyn pegava uma adaga fina. A lâmina escura tremeu na mão do Primordial. — E você e Nyktos serão perdoados. Terão a minha permissão.

Sacudi a cabeça, encarando a adaga de pedra das sombras e tomada pelo horror.

— E se... e se eu não fizer isso? — perguntei. Nyktos se virou para mim, com o rosto lívido. — Você vai recusar a coroação?

— Não, ele vai me matar no seu lugar — disse o dragontino, erguendo o olhar para o falso Rei. — E depois vai matar você. Mas não antes de trazer um dragontino das Terras Sombrias para ser morto também.

Kolis riu baixinho.

— Ele não está mentindo.

Fiquei engasgada de incredulidade.

— Tem que haver outra opção...

— Ele já disse qual é a outra opção — vociferou Kolis, surgindo no piso num piscar de olhos. O éter girava ao redor dele. — Caso se recuse, Seraphena, vou fazer exatamente o que ele disse.

Eu não devia ter ficado surpresa. Nem um pouco. Fui avisada de que Kolis poderia nos obrigar a fazer certas coisas, coisas que iriam nos assombrar. Mas, independentemente do que me disseram ou até mesmo do que Aios me contou, nada poderia ter me preparado para isso. Não conseguia sequer compreender.

— Por quê? Por que isso? — sussurrei com a voz rouca e o coração acelerado. — O que você ganha com isso?

Onde estava o *equilíbrio* nisso?

Algo semelhante a confusão surgiu no rosto de Kolis, como se ninguém nunca tivesse perguntado isso antes. Em seguida, sua expressão suavizou.

— Tudo — respondeu ele. — Isso vai me dizer tudo que preciso saber.

Aquilo não fazia sentido para mim.

Nyktos deu um passo à frente, com as mãos para cima.

— Permita que eu faça isso. Fui eu que o irritei...

— Só vou avisar mais uma vez. — O éter dourado e prateado faiscou nos olhos de Kolis. — Silêncio. Ou será o coração dela que terei nas mãos.

Nyktos respirou fundo enquanto a sua pele afinava. As sombras surgiram sob a carne dele.

— Controle-se, sobrinho — aconselhou Kolis. — É melhor domar seu mau comportamento.

A contenção de Nyktos foi impressionante. Ele se controlou, mantendo o peito e o corpo absolutamente imóveis.

— Ele é tão novo que a cabeça ou o coração vão servir — disse Kolis, sem nenhuma emoção. Parecia que ele estava me ensinando a dar um ponto numa peça de roupa. Aquele... *Aquele* era o Kolis que eu esperava. Estremeci.

Attes arrancou a lâmina da mão do irmão e se levantou, com as feições severas e distantes ao se virar na nossa direção.

— E se alguém além de Seraphena pagar o que me deve, vou exigir que *ela* pague o preço com o próprio sangue — advertiu Kolis. — Não que vocês sejam tolos a ponto de cometer tamanho desrespeito.

Attes passou por Nyktos, e eu vi a cicatriz marcada em seu rosto assim que ele parou na minha frente, me entregando a lâmina. Atordoada, olhei de relance para Kyn. Queria pedir desculpas. Ele estava com a mão em cima dos olhos. Não consegui encontrar as palavras certas para dizer e me forcei a olhar para o dragontino.

Os olhos dele encontraram os meus. Resignados.

— Vá em frente — sussurrou ele. — Estou preparado para entrar em Arcadia, onde minha família espera por mim.

O horror formou um nó na minha garganta. Ele esperava mesmo por isso, o que só piorava a situação.

— Qual é o seu nome?

— Não importa — respondeu o jovem dragontino.

— Importa, sim — sussurrei, com os olhos embaçados.

— Não — disse ele baixinho. — Não é um nome do qual precise se lembrar.

Estremeci novamente.

Nyktos se virou para mim com as feições severas, marcadas por rugas profundas de tristeza. Os fios de éter em seus olhos estavam frenéticos e cheios de raiva mal contida.

— Vá em frente — disse o dragontino. — Por favor.

Os segundos se passaram como uma eternidade. Eu não tinha escolha. Não me importava em obter a permissão de Kolis para a coroação ou que a recusa implicasse perder a minha vida, mas, se eu não fizesse isso, ainda assim aquele jovem morreria. Assim como outras vidas também seriam perdidas se eu me recusasse. Eu não tinha escolha.

Pelo menos, não agora.

— Sinto muito — falei.

O dragontino deu um leve aceno de cabeça e fechou os olhos.

Bloqueei as emoções. Por completo. Assim como fiz quando a minha mãe ordenou que eu mandasse uma mensagem aos Lordes do Arquipélago de Vodina. Não senti nada ao erguer o olhar para Kolis. Ele exibia um sorriso malicioso no rosto bonito, e o éter girava, enroscando-se ao seu corpo, a coroa ardendo intensamente.

Havia *alguma coisa* em sua essência. Naquele poder dele. Não percebi quando ele compareceu ao Ritual no Templo do Sol, mas estava bem ali agora. Algo contaminado. Perverso. *Corrompido.*

Aquilo embotava o arco de luz dourada. Havia partes borradas num tom de cinza fosco e sem vida que me fez lembrar da Devastação. O que havia na essência envolvendo o falso Rei, dentro do falso Rei, fez com que as brasas zumbissem violentamente, expandindo a rachadura que fora aberta em meu peito nos Bosques Moribundos. E assim como naquela ocasião, a sensação de um conhecimento ancestral despertou dentro de mim. De repente, eu estava ali e ao mesmo tempo não estava. Aquela *entidade* se fundiu aos meus ossos, vestiu a minha carne e viu através dos meus olhos.

Uma fúria, absoluta e *Primordial*, ferveu meu sangue quando baixei o rosto e ouvi uma voz sussurrar a palavra "meu" na minha mente, tornando-se um coro de vozes que gritavam: *meu!* Seu poder roubado. Era *meu.* Sua dor. Seria *minha.* Vingança. Retaliação. Sangue. *Meus.* Seria tudo *meu.*

E eu sabia *o que* era aquela voz à medida que firmava o aperto no cabo da lâmina. De *quem* era. Não era a fonte das brasas, mas um espírito. O fantasma de muitas vidas. Uma alma.

Retribui o olhar de Kolis e, embora fossem os meus lábios repuxados, foi Sotoria quem sorriu quando paguei o que devia a ele.

36

Tudo que veio a seguir aconteceu num torpor, como se eu assistisse à cena lá do alto. Kolis deu uma gargalhada e as brasas da vida zumbiam violentamente no meu peito.

E continuou rindo quando soltei a lâmina, que tilintou no piso de mármore.

Ele nos deu sua permissão enquanto eu via Attes pegar o dragontino, cerrando os dentes quando o sangue do rapaz chamuscou sua pele. Kyn me encarou com os olhos livres do transe do álcool, mas cheios de um ódio ardente. Kolis me considerou *digna* e Nyktos interceptou minha mão parada no meio do ar.

Kolis nos dispensou à medida que as vozes se acalmavam e a entidade dentro de mim se aquietava para esperar pelo que ele devia a *ela*.

Ele deixou uma *marca* que permaneceu em mim quando saí do átrio.

Não me lembro de ter caminhado pelo corredor ou pelo pátio. Não vi Attes nem Kyn e, se Nyktos disse alguma coisa, não o ouvi. Tínhamos conseguido o que viemos buscar. Entramos nas árvores de Aios sabendo que Kolis não me reconheceu como Sotoria e saímos sabendo que Gemma estava certa: ele havia descoberto uma maneira de criar a vida.

A questão é que deixei um pedaço de mim naquele átrio — uma lasca da bondade que Nyktos tinha mencionado antes. Aquilo fora arrancado de mim e agora jazia ao lado da adaga no piso de mármore manchado com o sangue do dragontino.

Quando Nyktos passou os braços ao meu redor, preparando-nos para voltarmos à sacada dos seus aposentos, percebi que jamais recuperaria aquele pedaço.

A imagem do dragontino surgiu diante dos meus olhos.

— Por favor, me leva para a Corte de Attes e Kyn — murmurei, sentindo sua respiração ofegante enquanto ele me segurava de encontro ao peito. — Para Vathi. Posso trazê-lo de volta à vida.

— Sera — sussurrou ele, praticamente implorando. — Você não pode fazer isso.

— Trazê-lo de volta não vai causar a morte de ninguém, vai? Os dragontinos devem ser como os deuses em relação a isso.

— São, mas...

Agarrei a frente da túnica dele, mantendo a voz baixa.

— Posso tentar. Não se passou muito tempo, e não sabemos se Kolis vai sentir isso. Como vamos saber? Eu nunca trouxe um dragontino de volta à vida. Mas sei que não vou Ascendê-lo. Já trouxe animais de volta antes e nenhum deles...

— Um dragontino não é a mesma coisa que um animal, Sera — interrompeu Nyktos sem emoção enquanto uma brisa amena agitava as folhas douradas acima de nós. — E quando você fez isso, nós *sentimos*. Foi fraco. Diferente. Não sabíamos o que era naquela época, mas agora sabemos.

— Tudo bem. Talvez ele sinta alguma coisa, mas eu tenho que fazer. Por favor. — Senti as mãos trêmulas ao puxar a túnica dele. — Qual é o sentido disso se inocentes estão morrendo? Entende que não faz sentido sacrificar algumas vidas para salvar muitas quando essas *algumas* se tornam tão numerosas? Para que existe o equilíbrio se o mal sempre mexe na balança? Como alguém permanece *bom* vivendo desse jeito?

As sombras surgiram sob a carne de Nyktos quando ele olhou para mim.

— Não permanecemos, nós sobrevivemos. É assim que honraremos o sacrifício que o dragontino jamais deveria ter feito.

Mas aquilo não era suficiente. Nem para mim. Nem para *ela*.

Uma Luz na Chama / 549

— Isso não é suficiente — eu disse a ele. — Jamais será.

Nyktos fechou os olhos e praguejou baixinho. Em seguida, o éter sombrio se ergueu à nossa volta. Meu coração acelerou quando tentei me afastar, mas Nyktos me segurou com força junto ao peito. Poucos segundos se passaram, e então um ar fresco com cheiro de *mar* substituiu o ar quente.

Abri os olhos e dei um passo para trás, mas não fui muito longe. Nyktos me segurou, mas contorci o corpo em seus braços e me dei conta de que estávamos numa sacada de pedra branca. Atordoada, avistei a *vegetação* — as pontas dos pinheiros escuros e exuberantes espalhados pelas colinas que se erguiam até as montanhas cobertas de neve. Eu me virei, olhando para além da Colina cor de marfim tão alta quanto a que cercava a Casa de Haides e depois para as águas azul-claras do mar.

— Onde estamos? — sussurrei.

— Num lugar de decisões ruins — murmurou Nyktos.

De repente, o vento rugiu pela varanda, soprando o meu cabelo enquanto algo imenso e preto voava lá em cima. Asas. As asas grandes e coriáceas de um *dragontino*. Nyktos me puxou contra si quando uma cauda espetada pairou a um fio de cabelo de onde eu estava.

— O que vocês estão fazendo aqui? — indagou Attes. — Sem convite nem aviso prévio, devo acrescentar.

Vathi.

Nyktos tinha me levado para Vathi.

Quase desmaiei de alívio assim que nos viramos para as portas abertas. Attes vinha na nossa direção, a túnica queimada revelando a pele exposta e em carne-viva.

— O dragontino — perguntei apressadamente. — Onde ele está?

Attes parou de supetão.

— Kyn levou o corpo dele até a pira...

— Não! Você tem que detê-lo imediatamente. — Fui até ele, tomada pelo pânico. — Por favor. Vá buscar o dragontino e traga-o para mim. Por favor.

Ele franziu o cenho, virando-se para Nyktos.

— Mas que porra é essa?

— Anda! — gritei, deixando Attes atordoado.

— Faça o que ela pede, Attes — ordenou Nyktos. — Depressa.

Attes hesitou por um breve instante e então uma névoa prateada girou em torno dele. Num piscar de olhos, ele sumiu dali. Eu me virei para Nyktos. Não estávamos exatamente a sós. Do outro lado do pátio, havia um dragontino preto empoleirado na Colina nos observando com cautela.

— Obrigada — balbuciei.

— Não me agradeça. — Nyktos se afastou, esfregando a cabeça.

— Desculpa. Eu tenho que fazer isso.

Com o coração apertado ao ver Nyktos desviar o olhar, esfreguei as mãos exangues no corpete do vestido, afastando-as quando senti alguns buracos ali. O sangue do dragontino havia queimado o vestido, mas não alcançou minha pele. A imagem do seu rosto pálido e resignado ressurgiu em minha mente e a bile sufocou a minha garganta.

Nyktos emitiu um som áspero ao se virar, estendendo a mão para mim.

— Não! Não toque em mim... — Dei um passo para o lado para evitar o contato. Uma amargura terrível se instalou no meu peito, deixando o meu estômago revirado. — Eu preciso trazê-lo de volta à vida. Ele era só um garoto, não merecia isso e... Não entendo por que Kolis faria uma coisa dessas com um dos dragontinos de Kyn. Só porque pode?

— Ele fez isso porque sabe que os dragontinos são uma das poucas coisas com as quais Kyn se importa. Kolis já pretendia fazer essa exigência e o convocou justamente por isso — respondeu ele, e eu fiquei imaginando se era por isso que Kyn estava tão embriagado. — Ele sabia muito bem o que estava fazendo: tornando Kyn nosso inimigo.

Vi o ódio nos olhos de Kyn. Não tive a menor dúvida de que Kolis havia conseguido o que queria.

— Mas o dragontino não fez nada de errado...

— Não, não fez. — Surgiram rugas de tensão em torno da sua boca. — Mas isso não importa para Kolis. Nunca importou.

Respirei fundo, mas o ar não alcançou meus pulmões

— Acha que podemos confiar em Attes?

— Agora é tarde para fazer essa pergunta — respondeu ele. — Mas eu realmente espero que sim.

Afastei uma mecha de cachos emaranhados do rosto e senti aquela sensação insidiosa se espalhar pelas minhas veias outra vez.

E se já fosse tarde demais? E se não desse certo? Eu nunca havia trazido alguém com vida dupla de volta à vida.

A pressão aumentou ainda mais, e eu me virei, agarrando o parapeito. Me senti... enojada. Como se aquela crueldade tivesse impregnado minha pele e não fosse sair nem se eu usasse uma escova de aço.

— Ele voltou — anunciou Nyktos.

Senti um ligeiro tremor no peito e me virei na direção do quarto, quase chorando ao ver Attes colocar o dragontino de cabelos louros em cima de uma mesa lá dentro. Saí correndo e quase derrubei um vaso de planta no meio da pressa.

— Kyn saiu para arranjar um pouco de uísque antes de começar — informou Attes, franzindo a testa enquanto passava a mão pela bochecha pálida do dragontino. Ele olhou para nós dois. — Não sei o que vocês acham que vão fazer.

— Bem, você está prestes a descobrir. — Nyktos entrou depois de mim quando cheguei perto do dragontino. — Não deixe ninguém entrar aqui.

O golpe que dei foi limpo, mas não tão rápido. Deve ter levado vários minutos para ele perder todo o sangue, e odiei pensar nisso, mas precisava desse tempo extra. Talvez a alma do dragontino já tivesse entrado em Arcadia e não me permiti sequer pensar no que significaria puxá-la de volta. Mas talvez eu devesse, não é mesmo? Afinal de contas, quem era eu para tomar essa decisão?

Por outro lado, a morte do dragontino não foi nada natural. Não era a hora dele. Não tinha sido uma decisão minha. Mas *essa* era. Certa ou errada, eu estava disposta a conviver com ela. Pousei as mãos no peito dele, atenta ao sangue seco.

— Ninguém jamais entra nos meus aposentos particulares — disse Attes em resposta à ordem de Nyktos. — Até hoje, quero dizer.

— E você não dirá a ninguém o que está prestes a ver — continuou Nyktos, aproximando-se da mesa enquanto eu fechava os olhos, convocando as brasas da vida. — Se o fizer, vou destruir sua Corte, Attes. E depois ir atrás de você. E não vou arrancar só os seus olhos.

As brasas responderam com uma onda de calor e energia, inundando as minhas veias. Vi uma luz prateada por trás das pálpebras fechadas. Senti o poder percorrer o meu corpo, descendo pelos braços e dedos. Minhas palmas se aqueceram quando o éter faiscou, palpitante e absoluto.

— Sabe, estou ficando cansado das suas ameaças, Nyktos. Você poderia começar a *pensar...* — Attes arfou quando o cheiro de lilases recém-floridos tomou conta do ambiente. — Puta merda.

Abri os olhos, ofegante, e vi uma luz prateada ondular sobre o dragontino, cobrindo o ferimento em seu peito e se infiltrando no interior. Um som agudo e impressionante veio lá de fora — o chamado de um dragontino — e foi respondido num coro que deve ter ecoado pela Corte inteira.

— Puta merda — repetiu Attes, afastando-se da mesa aos tropeços.

As veias do dragontino se iluminaram, primeiro no peito e depois no pescoço e faces. Por um breve instante, ele ficou todo iluminado, brilhante como uma estrela. Em seguida, o éter se desvaneceu.

Com o coração acelerado, afastei as mãos dele.

— Eu... não sei se vai funcionar.

Nyktos se aproximou de mim.

— Se não der, tudo...

— Não, não está tudo bem — sussurrei. — Talvez eu tenha que tentar de novo. Talvez precise me esforçar mais. — Fiz menção de pousar as mãos no peito do dragontino outra vez.

— Sera.

Nyktos pegou as minhas mãos. Comecei a me desvencilhar dele.

O peito do dragontino subiu com uma respiração profunda e ele abriu os olhos agora de um tom intenso de azul-cobalto. Como os olhos de Nektas haviam ficado por um breve instante. O chamado estridente soou outra vez lá fora.

— Graças aos deuses — sussurrei, caindo em cima da mesa com um sorriso no rosto. — Funcionou.

Nyktos apertou a minha mão. Ele sorriu, mas o sorriso não chegou a seus olhos rodopiantes.

— Funcionou, sim.

— Eu... — O jovem dragontino pigarreou, piscando os olhos até que retornassem ao tom vermelho-rubi de costume. Ele baixou o olhar para o peito, colocando a mão trêmula sobre a pele curada, e então se voltou para mim. — *Meyaah Liessa* — balbuciou.

— Não. Pode me chamar de Sera — eu disse a ele, com a voz embargada e falhando. — Como está se sentindo?

— Estou... bem — respondeu ele, olhando para Attes, que se aproximava da mesa. — Mas cansado. Exausto.

— Acho que é normal — disse, tocando de leve no braço dele. — Precisa descansar um pouco. Espero que fique... — Parei de falar. — Você só precisa de repouso.

— Pois é. — Ele olhou para Attes outra vez.

— Ele precisa mudar de forma — explicou o Primordial, olhando para mim antes de se voltar para o dragontino. — Pode descansar em segurança aqui.

Ele assentiu, fechando os olhos.

— Thad.

— O que disse? — perguntei.

— Thad — repetiu ele, sonolento. — Meu nome é Thad.

— Você precisará mantê-lo escondido — informou Nyktos enquanto eu ficava perto das portas abertas. As montanhas de Vathi eram lindas, mas era difícil vê-las com as dezenas de dragontinos empoleirados na Colina. — Kolis deve ter sentido isso.

Attes bufou.

— Sentiu, sim. Todos *nós* sentimos.

— Talvez precise escondê-lo até mesmo de Kyn.

— Aí já vai ser difícil.

554 / *Jennifer L. Armentrout*

Olhei por cima do ombro para o dragontino de escamas marrons e pretas deitado de lado em cima da mesa. Sua cauda, ainda sem espetos, pendia da beirada.

— Kyn se importa com os dragontinos. — Attes estava andando ao redor da mesa. — Ele pode achar que um dos outros cuidou de Thad, mas Kyn passa muito tempo nas montanhas.

— Então, quando ele acordar, você pode levá-lo para as Terras Sombrias — ofereceu Nyktos. — Nektas o manterá escondido e em segurança.

Attes assentiu.

— Tenho certeza disso.

— Não podemos nos demorar aqui.

— Não. — Attes inclinou a cabeça na minha direção. — O feitiço dela não vai funcionar aqui.

— Não — falei. — Não vai.

— Kolis talvez mande os dakkais até aqui — advertiu Nyktos. — Para procurar as brasas.

Ainda não tinha acontecido nada, mas eu sabia que isso não significava muita coisa.

— Estaremos prontos.

— E? — insistiu Nyktos.

Attes parou na frente dele.

— E não vão descobrir o que aconteceu aqui. Prometo... — ele se virou para mim — ...a você.

Vi o Primordial se ajoelhar, colocando uma das mãos no peito e a outra no chão.

— Prometo que jamais revelarei o que você fez hoje, *meyaah Liessa*.

— Não precisa disso — falei. — Essa história de "minha Rainha". Eu não sou sua Rainha.

Attes levantou a cabeça.

— Mas você é...

— Não, eu não sou coisa nenhuma — interrompi.

O Primordial da Guerra e dos Tratados franziu a testa ao se levantar, virando-se para Nyktos.

Nyktos sacudiu a cabeça.

Attes olhou de volta para mim.

— Sabia que havia algo... diferente a seu respeito. Você não me pareceu uma semideusa. — Então disse a Nyktos: — Mas pensei que fosse o que disse a Kolis, que tinha dado muito sangue a ela.

— Mas quando foi embora, você já sabia que não era isso. Você é inteligente. Pode até ter pensado que eu era a fonte do poder quando chegou, mas deve ter desconfiado disso antes de partir.

— Desconfiei, sim — confirmou Attes, me olhando de cima a baixo. — Desconfiei ainda mais quando você não reagiu à minha presença como deveria.

Retesei o corpo.

— Foi muito baixo da sua parte tentar fazer isso comigo.

— Há coisas bem mais baixas que eu poderia tentar fazer com você — respondeu ele, mas quando Nyktos estreitou os olhos, Attes acrescentou: — Mas prefiro não ser ameaçado pela décima sexta vez hoje.

— Ainda não foram dezesseis, mas aposto que chegaremos a esse número em breve — rosnou Nyktos, com o éter imóvel nos olhos. — Por que não dizer nada a Kolis, Attes? Você já podia ter compartilhado com ele suas suspeitas. Pode contar agora. Seria favorecido como Hanan costumava ser, e você sabe bem o que isso significa. Não precisaria temer que seus dragontinos e vassalos fossem levados até a Corte para serem mortos.

— Eu sei. Poderia fazer isso, sim. — Attes encarou Nyktos. — Mas como disse antes, eu me lembro de quem seu pai era. E me lembro de quem você deveria ser.

Os fios sombrios de éter se assentaram à nossa volta quando voltamos para as Terras Sombrias. As estrelas ainda estavam fracas, mas o céu já começava a escurecer quando saí dos braços de Nyktos e me virei para o parapeito da varanda.

Não havia nenhuma montanha coberta de neve ou pinheiro verde-
-escuro ali, mas havia uma beleza única e misteriosa no mar de folhas
vermelhas e no céu cor de ferro.

— O que acha que vai acontecer agora? — perguntei, fechando os
dedos em torno do parapeito de pedra fria. — Com Attes? E Kolis?

— Não tenho como saber. Kolis pode não fazer nada por enquanto
ou pode enviar um aviso assim como fez conosco. — Nyktos se juntou a
mim, colocando a mão ao lado da minha. — Mas confio em Attes. Em
relação a isso, ao menos. Ele estava abalado como nunca vi antes. Ele no
mínimo vai ficar de boca fechada pelo menos até que possamos realizar
a coroação e transferir as brasas.

Assenti com um aceno de cabeça, sentindo as brasas pulsarem no
peito e pressionarem a minha pele. Ignorei a sensação.

— Sei que podemos estar errados e que o que acabei de fazer pode se
voltar contra nós. Mas eu tinha que... consertar as coisas.

— Eu sei — disse ele. — Só porque vivemos desse jeito não significa
que as coisas deveriam ser assim.

Olhei para Nyktos, mas ele não disse mais nada por alguns momentos.
Em seguida, perguntou:

— Por quê? Por que você se pronunciou, Sera? Você não deveria ter
feito aquilo. Eu poderia lidar com qualquer coisa que ele fizesse.

Fechei os olhos.

— Eu sabia que ele faria alguma exigência. Sabia que seria algo
doentio. Perverso. E estava preparado para isso. Para carregar a marca que
isso deixaria em mim. — Nyktos estava mais perto agora, falando em voz
baixa. — Você não precisava se meter. Não precisava se sentir responsável.
E sei que ainda se sente culpada. Consertar as coisas só diminuiu um
pouco da sua culpa, mas você não merece isso.

— E você merece? — Abri os olhos e o encarei. — Você merece
carregar essas marcas?

Fios de éter surgiram nos olhos dele.

— Já estou acostumado.

Senti o parapeito frio contra as palmas das mãos.

— Mais um motivo para não ter sido você.

— É *exatamente* por isso que devia ter sido eu.

— Isso é ridículo — retruquei, agarrando-me à raiva porque era bem melhor do que a culpa. — Eu lamento ter tirado a vida do dragontino, mas não me arrependo de ter impedido que você fosse forçado a matá-lo. E me odeio por ter precisado fazê-lo, mas odeio Kolis muito mais por exigir uma coisa dessas. Então, sim, embora tenha conseguido trazer Thad de volta à vida, ainda me sinto uma merda, mas eu vou lidar com isso. E se *você* está com raiva de mim por ter tomado a frente da situação, é melhor dar logo um jeito de lidar com isso e superar.

— Não estou com raiva de você, Sera. — Os olhos dele faiscaram com raios intensos de essência. — Estou horrorizado que você tenha se colocado nessa posição e que agora tenha que conviver com isso por minha causa.

Dei um suspiro entrecortado.

— Não fiz isso por sua causa. Essa honra é de Kolis. Fiz isso *por* você. É bem diferente.

Nyktos recuou como se eu tivesse dado um tapa nele.

— Ainda assim, preciso perguntar: por que você fez isso por mim? Eu não mereço. Não depois de te ter magoado. Nem mesmo antes.

Era uma boa pergunta. E eu sabia a resposta.

Eu queria proteger Nyktos, mesmo agora, e essa vontade me levou a outra pergunta sobre a qual não queria pensar no momento. Não podia.

Voltei o olhar para as folhas vermelhas, concentrando-me em coisas bem mais importantes. Minha voz falhou ligeiramente quando perguntei:

— Você acha que Dyses é o que Gemma mencionou? Um dos renascidos de Kolis? Aqueles tais de... Espectros?

Nyktos não respondeu por um bom tempo, mas senti o seu olhar em mim.

— Ela disse que nunca viu os Espectros durante o dia, mas deve ser, não? Somente um Primordial poderia sobreviver depois de ter o coração destruído. Não um deus.

— Mas ela também disse que Kolis precisava da sua *graeca* para aperfeiçoá-los. — Franzi os lábios. — Não sei como *aperfeiçoar* algo que já é capaz de sobreviver depois de ter o coração destruído.

— Nem eu. Na verdade, não estou certo de que Dyses fosse um deus. Ele parecia ser um, mas... de um jeito esquisito, difícil de compreender. — Ele suspirou pesadamente. — Só espero que Kolis não tenha muitos Espectros. Seria bastante problemático.

Dei uma risada áspera.

— Para dizer o mínimo — murmurei, engolindo em seco. — Como foi que Kolis o trouxe de volta? Ele não tem mais as brasas da vida dentro de si. Ou será que estamos enganados quanto a isso?

— Não estamos enganados. Mas não faço a menor ideia de como ele fez isso, pois Dyses não é um demis.

Demorei um pouco para lembrar o que Aios havia me contado sobre eles. Demis eram mortais Ascendidos por um deus, mas que não tinham essência suficiente dentro de si como os terceiros filhos e filhas. Era um ato proibido porque não costumava ser bem-sucedido e muitas vezes transformava o mortal de forma desagradável.

— Como você sabe?

— Eu teria sentido. Eles têm uma certa presença detectável por um Primordial. Algo de... errado — respondeu ele, observando as silhuetas distantes dos guardas que patrulhavam a Colina. — Gemma nos disse que os Espectros eram o trabalho atual de Kolis. Talvez ela os tenha visto em diferentes estágios de criação. — Ele contraiu os ombros. — Seja como for, ele encontrou uma maneira de criar a vida sem as brasas, algo que poderia convencer as outras Cortes de que possui esse poder. Mas quem sabe que tipo de vida conjurou? Ou o que eles são?

Um calafrio percorreu o meu corpo.

— Acha que Kolis acreditou em você? Quando disse ter pensado que foi ele quem Ascendeu uma deusa nas Terras Sombrias?

— De jeito nenhum. — Nyktos riu baixinho. — Ele pode até acreditar que eu não saiba quem foi e que procurei a origem do poder, mas ele não compraria essa ideia de que eu pensei ter sido ele. Kolis só estava mantendo as aparências na frente de Hanan e dos Primordiais de Vathi.

Fazia mais sentido do que Kolis acreditar no que Nyktos havia dito.

— Então ele sabe que você está ciente da existência de outra pessoa com as brasas da vida. Por que Kolis deixaria isso passar?

— Pelo mesmo motivo que não houve um ataque imediato a Vathi: por causa do que Holland disse. Não há muito que Kolis possa fazer comigo antes de se arriscar a expor a fraude que ele é. Seu controle sobre os outros Primordiais enfraqueceria se acreditassem que ele não possui mais as brasas de vida que alega ter. É bem possível que ele acredite ser capaz de encontrar a origem do poder antes de qualquer um. Mas agora eu queria ter perguntado a Attes o que ele pensa sobre Dyses.

Assenti, esfregando as mãos no parapeito. Também gostaria de saber, mas permanecer em Vathi não seria muito sensato, e eu já tinha sido imprudente demais para um dia só. Ficamos em silêncio por alguns minutos.

— Kolis não era como eu esperava — falei, pigarreando. — Quero dizer, o que ele exigiu foi, mas antes disso? Ele estava...

— Sereno? Calmo? — disse ele com outra risada seca. — Kolis pode ser incrivelmente charmoso quando quer, e é quando ele é mais perigoso.

Lembrei-me do que Aios havia me dito. Que Kolis tinha um jeito de fazer as pessoas se esqueceram de quem e do que são. Olhei para as minhas mãos, vendo o sangue que não tinha chegado a tocar a minha pele.

— Temos a permissão dele.

— Sim, embora eu não confie que ele tenha nos dado sua permissão, de fato. Mas não é só isso — disse Nyktos, e eu compartilhava o sentimento. — Também sabemos que ele não te reconheceu.

Voltei a acenar com a cabeça.

— Aconteceu alguma coisa lá. Com você. — Nyktos se virou na minha direção. — Eu senti.

Olhei para ele, sentindo um nó na garganta.

— Sentiu o quê?

— Fúria. — Ele olhava com atenção. — Uma fúria que não me pareceu sua. Era diferente. Tinha um gosto diferente.

— É porque não era só minha — admiti baixinho. — Não sei como nem por quê, mas eu senti. — Coloquei a mão no peito. — A raiva dela. Eu a senti observar tudo através dos meus olhos. Sotoria.

Nyktos respirou fundo.

— Acho que Holland estava errado. Acho que muitos de nós estávamos errados enquanto você esteva certa. — Ele me olhou de cima a baixo. — Você não é a Sotoria. Você tem duas almas. A sua. E a dela.

37

A ideia de ter duas almas me parecia mais plausível do que pensar que eu fosse Sotoria.

Nyktos não poderia confirmar se eu tinha duas almas ou não antes que eu morresse, algo que eu esperava que não acontecesse tão cedo. Mas será que um Arae poderia estar enganado sobre isso? Não sei, mas essa não era a questão mais urgente quando Nyktos se reuniu com seus guardas, informando-os sobre o que acontecera em Dalos. Dyses. Kolis agindo como se tivesse Ascendido Bele. A permissão que nos foi concedida. Nyktos contou tudo a eles, exceto sobre a exigência de Kolis e quem pagou por ela.

Fiquei grata por ele não ter dito nada, já que não paguei coisa nenhuma. Quem pagou por isso havia sido o jovem dragontino, e, mesmo sabendo que tive sorte de conseguir chegar a tempo de consertar as coisas, Nyktos contaria a Nektas o que havia acontecido. Os demais acabariam descobrindo mais cedo ou mais tarde, mas não precisavam saber disso agora.

Saí da reunião quando começaram a especular sobre a criação de Dyses. Não conseguia mais ficar sentada. Precisava de movimento. De espaço. Já tínhamos decidido que a coroação seria realizada no dia seguinte e que partiríamos para Irelone em seguida. Não precisava mais ficar ali. Ninguém me seguiu, mas podia jurar que ainda sentia o olhar de Nyktos em mim muito depois de sair do escritório.

Caminhei pelos corredores e depois pelo pátio. Por fim, Reaver se juntou a mim. Ele pairava no ar ao meu lado enquanto eu percorria a extensão da Colina ao redor do palácio, sua presença silenciosa tão bem-vinda quanto dolorosa, pois me fazia pensar no dragontino que eu preferia esquecer.

Desejei encontrar aquele lugar dentro de mim que me permitia esquecer as vidas que tirava. A parte que era capaz de seguir em frente, apesar das coisas que eu fazia. Fiquei imaginando se também tinha deixado isso no chão do Palácio Cor.

Afinal, embora Thad estivesse vivo e respirando outra vez, o horror e a crueldade permaneceram em mim, bem como as minhas dúvidas, que eram inúmeras. Será que eu podia ter feito alguma coisa para evitar o que aconteceu? Acho que não, pois isso exigiria que eu desfizesse muitas atitudes do passado. E mesmo assim, ainda poderíamos ter acabado ali. E se Thad não quisesse voltar à vida? Eu tirei essa escolha dele, assim como Kolis havia tirado a escolha de nós dois. Eu era capaz de conviver com isso, mas essa crueldade pesava dentro de mim.

Cansada, eu me sentei no rochedo de onde Jadis tinha tentado saltar. Reaver pousou ao meu lado, colocando a cabeça no meu colo e dobrando as asas ao lado do corpo. Meus dedos tremeram quando toquei nas saliências das escamas nas costas dele. Minha visão começou a ficar turva.

— Sinto muito — sussurrei.

Reaver chilreou baixinho enquanto levantava a cabeça e a repousava em meu ombro. Fechei os olhos quando as emoções fizeram minha garganta arder. Tristeza, raiva e muita culpa. Eu comecei a chorar.

Não tentei me conter, e nem sei se teria sido capaz. Eram lágrimas que vinham do fundo do meu coração, silenciosas, pesadas e inconsoláveis.

Não sei quanto tempo ficamos sentados ali, mas quando abri os olhos ainda úmidos, as estrelas estavam muito mais brilhantes e o céu tinha um tom de cinza-escuro. Reaver recuou, esticando as asas.

— Está com fome? — perguntei, passando a palma da mão na bochecha.

Reaver deu um gritinho e se levantou. Dei apenas um passo antes de notar algo na minha mão.

Algo vermelho.

Traços de um vermelho desbotado.

Minhas lágrimas.

Assim como as lendas diziam que acontecia com os Primordiais acometidos por uma tristeza profunda, eu havia chorado lágrimas de *sangue*.

Já era tarde quando voltei para os meus aposentos. Aios e Bele me encontraram assim que voltei para o palácio.

A noite me trouxe uma novidade: jantei com Aios e Bele em uma das salas de visita, com Reaver presente. Fiquei tão surpresa com o convite delas, além de já não estar pensando direito, que acho que só murmurei algumas poucas palavras quando soube que Nyktos tinha ido a Lethe para se certificar de que tudo estivesse pronto para a coroação. Relutante em deixar o calor da sala, bebi mais vinho do que deveria enquanto Aios contava sobre um semideus prestes a Ascender em Lethe e um casal que ia se casar. A normalidade só era quebrada pelos olhares rápidos que as duas trocavam. A princípio, eram olhares apreensivos, mas se tornaram algo mais quando seus breves toques começaram a se prolongar. Senti que elas queriam ficar a sós e saí com Reaver a tiracolo, juntando-me a Ector, que aguardava no corredor para me acompanhar até os meus aposentos.

— Onde está Orphine? — perguntei.

— Com Nyktos — respondeu ele enquanto virava a cabeça para o lado, evitando por pouco uma das asas de Reaver, que voava à nossa frente. — Destinos! Qualquer dia desses, vou acabar perdendo um olho.

Reaver deu um gritinho descontente e voou escada acima. Eu me virei para Ector.

— Eles ainda estão em Lethe?

— Mais ou menos. Algumas Sombras desgarradas foram até a margem dos Bosques Moribundos e se aproximaram da cidade — explicou.

— Eles dois e mais alguns estão cuidando delas.

Fiquei irritada. Eu poderia ajudá-los a cuidar das Sombras, mas para isso Nyktos teria que voltar ao palácio para me buscar. E até eu admitia que isso não fazia sentido.

— Com que frequência as Sombras causam problemas?

— Antes era raro, mas parece estar acontecendo com mais frequência ultimamente. — Ector franziu a testa. — Elas andam se reunindo em grandes grupos, o que faz com que sejam mais difíceis de lidar.

Fiquei preocupada, mas me lembrei de que Nyktos era um Primordial. Ele ficaria bem, embora as Sombras já o tivessem ferido antes. E se certificaria de que os outros também ficassem. Além disso, eles tinham a companhia de uma dragontina.

Alguma coisa nessa história das Sombras me incomodou quando entrei nos meus aposentos, mas não consegui identificar muito bem o que era enquanto segurava a porta aberta para Reaver.

— Quer ficar aqui comigo?

O dragontino voou para dentro do quarto.

Ector permaneceu no corredor, olhando para mim como se eu o estivesse convidando para uma noite de devassidão na Luxe.

— Não, obrigado.

— Eu não estava falando com você — retruquei. Reaver bufou baixinho atrás de mim.

O deus abriu um sorriso malicioso.

— Aham.

Revirando os olhos, fechei a porta e me virei. Reaver se esgueirava pelo aposento, inspecionando cada cantinho exatamente como Nektas havia feito. Sacudi a cabeça e fui até a sala de banho para me preparar para dormir. Foi só quando peguei a camisola que vi que não passava de um pedaço de tecido prateado que mal chegava às minhas coxas. Dei um suspiro, grata por também ter levado o roupão.

Já estava fechando a fileira de botões do roupão quando o meu peito começou a zumbir. Prendi a respiração ao abrir a porta do quarto e olhar para a porta adjacente. Continuavam fechadas.

A sensação era parecida com a de quando Nyktos estava por perto, só que mais fraca. Fiquei parada na porta da sala de banho. Reaver me olhou com curiosidade, empoleirado na espreguiçadeira.

— Você sentiu alguma coisa? — perguntei, esfregando o peito. Ele deu um pequeno silvo que poderia significar tanto sim quanto não, então eu esperei, sem saber o que temia mais: que as portas continuassem fechadas ou se abrissem. Alguns segundos se passaram. Nada aconteceu, e a sensação esquisita cessou.

Mordi o lábio e peguei a escova na sala de banho, imaginando se poderia ser indigestão. Talvez fosse mais um sintoma da Seleção.

Sentei-me na beira da cama, desembaraçando os nós do cabelo. Embora estivesse exausta, fiquei grata pela presença de Reaver porque achei que ele sentia que eu precisava de companhia. E precisava mesmo.

— Jadis está com Nektas nas montanhas?

Reaver confirmou com a cabeça.

— Quer dizer que você ficou no palácio para se esconder dela?

Ele bufou outra vez, abaixando o queixo.

Dei uma risada, passando a escova pelos fios embaraçados. Reaver estremeceu.

— Parece pior do que é, eu juro. Mas seria melhor cortá-lo— disse, soltando alguns cachos ainda emaranhados. — A essa altura, vou acabar sentando em cima...

As brasas começaram a vibrar de novo. Larguei os cabelos e me voltei para as portas. Reaver fez o mesmo, recuando e abrindo as asas.

Um grito soou no corredor, me sobressaltando. Abandonei a escova e peguei a adaga da cama ao me levantar, sentindo o chão frio sob os pés conforme avançava.

— Fique aí, ok? — pedi quando Reaver se preparou para descer da espreguiçadeira. Ele se deteve, bufando, conforme eu contornava a cama. — Ector...?

De repente, as portas do aposento se abriram com um clarão intenso de luz prateada. Dei um passo para trás, atordoada, quando Ector entrou *voando* no quarto, com os braços e as pernas bem abertos. Eu só soube que era Ector porque ele estava no corredor, mas não consegui vê-lo sob a onda crepitante de éter que cobria seu corpo. Ector se chocou contra a mesa de jantar, quebrando as pernas do móvel ao cair com força no chão. O vaso que estava em cima da mesa se quebrou, espalhando pedras por toda a parte.

Ele estava vivo.

Foi o que disse a mim mesma antes de avançar, agarrando o braço de Reaver antes que ele alçasse voo. Puxei-o para baixo, prendendo o dragontino entre o meu corpo e a espreguiçadeira. Eu sabia que Ector estava vivo porque as brasas pulsavam no meu peito, mas não vibravam com a intensidade da morte. Em vez disso, zumbiam por um motivo diferente. A percepção de... de *outro*.

— Desculpe — disse da porta uma voz suave como seda. — Ele já sabia que era melhor não me impedir de entrar.

Com o coração estranhamente calmo, me virei para a porta e dei de cara com Veses. Do nada, algo que Attes me disse quando esteve no palácio voltou à minha mente. Ele se referiu à situação entre mim e a Primordial dos Rituais e da Prosperidade como uma complicação que não invejava.

E era exatamente isso que ela era.

— Olá. — Veses abriu um sorriso e... Deuses, ela era linda demais.

Tão linda que não seria difícil ignorar as coisas desagradáveis ou cruéis nas quais estava envolvida quando ela parecia com uma pintura delicada que ganhara vida.

Veses flutuou para dentro do quarto, a barra do vestido lilás esvoaçando em torno dos pés. Fiquei surpresa ao ver que, para alguém tão magra quanto ela, Veses tinha um corpo bastante voluptuoso. Percebi isso porque o vestido dela era tão transparente quanto a camisola que eu usava por baixo do roupão.

— Eu disse... — ela inclinou a cabeça — ...*olá*?

Fiquei alarmada, o que me fez manter sob controle a raiva que ameaçava me levar a mais uma escolha insensata. Não importa o que ela havia feito com Nyktos nem se estava envolvida com ele, Veses era uma Primordial, alguém que eu não gostaria de deixar irritada. Mantive a adaga escondida sob a manga do roupão enquanto olhava de relance para Ector. Ele ainda não tinha se mexido.

— Eu ouvi.

Veses inclinou a cabeça, repuxando os cantos dos lábios largos e da cor de frutas vermelhas. O sorriso seria adorável, não fosse pelo seu jeito frio e calculista.

Foi então que me dei conta do que era aquilo que me incomodara quando voltei aos meus aposentos. Ector havia me dito que costumava ser raro que as Sombras fossem até Lethe. Mas quando invadiram o palácio, Taric e os outros dois deuses levaram as Sombras para Lethe primeiro para afastar Nyktos dali. Foi uma distração. Não consegui lembrar se havia contado isso a Nyktos ou não, mas era muito conveniente que Veses se esgueirasse pelo palácio agora, jogando deuses porta adentro, enquanto ele estava ocupado com outras coisas.

Passos ecoaram pelo corredor. Rhain apareceu na soleira da porta aberta.

— *Merda.* — Essa única palavra resumiu tudo. — Sinto muito, Vossa Alteza. Não sabia que você estava aqui. — Rhain curvou-se rigidamente, olhando para o corpo caído de Ector. — Esse não é o quarto de Nyktos. Vou mandar uma mensagem para ele e informá-lo da sua chegada. Venha — ele me chamou, com os olhos fixos nos meus.

— Não precisa. — Veses olhou de relance para o filhote de dragontino que tentava espiar por trás de mim. Mudei de posição, ocultando Reaver. Ele era muito novo para ver o corpo de Veses. — Não vim aqui para ver Nyktos.

Medo. Rhain arregalou os olhos, e eu vi medo ali.

— Mas...

Veses estalou o dedo.

Rhain foi derrapando para trás, saindo dos aposentos até chegar no corredor. Bastou isso: um movimento do dedo dela.

— Pode levá-lo com você — disse ela, e o corpo inconsciente de Ector deslizou pelo chão até o corredor. — Ele já vai acordar. Acho.

Rhain começou a se desencostar da parede.

De repente, as portas se fecharam, mas uma delas ficou torta no batente. Elas haviam se quebrado quando Veses atirara o corpo de Ector por ali. Eu duvidava muito que alguém, a não ser outro Primordial, fosse entrar agora.

— Está ouvindo alguma coisa? — perguntou Veses. — O silêncio, não?

Silêncio absoluto. Ninguém bateu nas portas. Já não havia mais passos no corredor.

— Pelo menos, Rhain reconhece seu lugar. Espero que faça Ector se lembrar do lugar dele assim que acordar — continuou ela. — E talvez eu o perdoe pelo seu deslize e por ficar entre mim e... — O sorriso voltou aos seus lábios, dessa vez zombeteiro. — Você. — Ela sacudiu a cabeça. — Sabia que ele chegou a apontar a espada para mim? — Veses deu uma risada ao me ver arregalar os olhos. — Onde será que ele estava com a cabeça? Para me atacar sendo que você ainda não é a Consorte de Nyktos.

Merda.

Onde Ector estava com a cabeça?

Engoli em seco, sentindo Reaver ainda atrás de mim.

— Talvez a espada tenha escorregado e caído na mão dele.

Veses deu uma risada de corpo inteiro que sacudiu partes dela que eu nem devia estar vendo.

— Não sei, não. Mas talvez Nyktos consiga me convencer disso.

Recusei-me a responder. Sequer pestanejei.

— Sabe, mal pude acreditar quando ele me disse que os rumores eram verdadeiros.

Os olhos delineados de preto me analisavam de um jeito que me deixou dolorosamente consciente da minha aparência: vestida de roupão e com os cabelos parecendo ter sido pegos no meio de uma tempestade de vento.

— O pouco que ele falou a seu respeito me deixou confusa — retomou Veses, começando a andar em volta de mim, rindo baixinho. Era assim que ela se movia. Como os grandes tigres listrados que vagavam pelas terras áridas de Irelone. Veses se sentou no sofá, passando os braços ao longo do encosto enquanto cruzava uma perna em cima da outra.

— Seu nome é Sera, não é?

— Isso.

— Bem, Seraphena, para ser mais exata — disse ela, e eu fiquei tensa. Será que ela estivera em Dalos e Kolis falara de mim? Ou então Hanan? — Achei que seria melhor batermos um papo, Seraphena.

Dei uma olhada rápida para as portas.

— Sobre o quê?

— Muitas coisas. — O sorriso permaneceu nos lábios dela. — Não se preocupe. Não seremos interrompidas. Rhain vai achar um pouco difícil chegar até Nyktos. Pelo menos, por algum tempo.

Não parei para pensar como Veses tinha se certificado disso.

— Como foi que *você* se tornou a Consorte dele?

— Ele não te contou?

— Como disse antes, ele falou muito pouco a seu respeito. — Os olhos dela cintilaram como dois diamantes cinzentos. — É claro que estou morrendo de curiosidade para saber como isso aconteceu.

Que pena que não era uma afirmação literal.

— Nós nos conhecemos no plano mortal. Eu estava nadando num lago quando ele me encontrou.

Ela abriu os dedos pálidos de pontas rosadas nas almofadas do encosto.

— E?

— E começamos a conversar.

— Não pode ter sido só isso.

— De fato, não foi só isso.

Veses ficou tão imóvel que acho que o peito dela nem se mexeu para respirar — e eu teria como saber, já que podia ver tudo através do vestido dela.

— Me conte o que aconteceu.

— Acho que você já sabe, visto que estou aqui agora — falei, posicionando o corpo para que Reaver ficasse atrás de mim.

— Na verdade, eu sei. — Veses mudou de posição, apoiando os cotovelos sobre as coxas e pousando o queixo nas mãos em concha. O fato de ela parecer ainda mais deslumbrante era muito desagradável. — E é por isso que sei que você está... mentindo.

— Não estou mentindo — retruquei, sustentando o olhar dela.

Ela deu uma risada.

— Por outro lado, Nyktos também mentiu. — Ela estreitou os olhos cintilantes com a essência. — Acho que faz sentido.

— O quê? — Estendi a mão, bloqueando Reaver quando ele começou a se esgueirar ao redor das minhas pernas.

O sorriso voltou aos lábios apertados e cor de amora de Veses.

— Ele escolher uma Consorte sardenta e gorda.

Arqueei as sobrancelhas tão alto que não ficaria surpresa se elas batessem no teto. O insulto foi tão patético que não consegui sentir nada além de decepção. Esperava mais de uma Primordial.

— Mas os seus cabelos são lindos, tenho que admitir. E... — ela revirou os olhos — ...o seu rosto é bastante agradável, apesar das sardas.

— Obrigada — disse bem devagar.

Veses deu um sorriso malicioso.

— Mas você é a Consorte dele apenas no título, não é?

O calor escaldou a minha pele, deixando meu pescoço e rosto vermelhos. Era a verdade. Mas ele tinha contado isso a ela? Não havia outra maneira de Veses saber. Aquilo me deixou tão abalada a ponto de sentir uma pontada de dor. Como ao ver os dois juntos no escritório dele.

— Ah. — Ela arregalou os olhos, pressionando os dedos finos na base da garganta. — Desculpe...

— Por que está se desculpando? — interrompi, bloqueando as emoções. — Não foi você que disse isso.

— Verdade, não fui eu. Foi o seu futuro *marido*. É muita gentileza sua reconhecer isso — disse ela, e eu quase comecei a rir. Não acreditei nem por um segundo que ela pensasse assim. Ela abaixou os cílios volumosos e escuros. — Ele contou a você sobre mim? Sobre nós dois?

Retesei o corpo.

— Contou, sim.

Ela ergueu os olhos cheios de éter para os meus. A essência não era a única coisa que transbordava ali. Também havia uma certa avidez. Daquele tipo cruel que eu costumava ver no olhar de Tavius.

— E o que ele disse?

— Pouca coisa, para falar a verdade — respondi, enquanto dizia a mim mesma para ficar calada. Para não alfinetar a Primordial. Para não a provocar com suas próprias palavras. Mas essa voz foi completamente ignorada. — Foi a minha vez de ficar confusa. Sabe, eu a vi na última vez que veio aqui, vi o quanto você é linda. Mas tudo o que ele me disse foi que você era da pior espécie de pessoa.

— Ele disse isso? — O cascalho substituiu o veludo na voz dela.

— Disse, sim.

Nyktos dissera mesmo, não era mentira.

Ela franziu os lábios.

— Nyktos tem um jeito tão poético de falar das mulheres na vida dele, não é?

Dei uma risadinha seca.

— Tem mesmo.

— E isso não a incomoda?

— Incomoda a você? — perguntei de volta.

Os cachos dourados caíram sobre o seu peito quando ela abaixou a cabeça.

— Não sou eu que vou me tornar a Consorte dele.

— Ah, então é isso que a incomoda? Que seja eu, tão sardenta e gorda, a futura Consorte dele? Em vez de você?

— Por favor. — Ela se levantou com uma graça fluida. — Eu sou uma Primordial. Não posso ser a Consorte de ninguém.

— Mas poderia ser a *esposa* dele. Você o quer — afirmei. — É bem óbvio.

— Eu o quero? — Veses se aproximou, deixando Reaver agitado. Estendi o braço para trás, segurando a mão dele. Suas garras pressionaram a minha pele de leve. — Minha querida, eu já o tenho.

O nó no meu estômago e peito me deixou enjoada.

— É sobre isso que você queria falar comigo?

Ela deu de ombros.

— Bem, já que o seu futuro com Nyktos me inclui, imaginei que poderíamos nos conhecer melhor.

Senti o gosto da bile na garganta.

— Meu futuro com Nyktos não tem nada a ver com você.

— Você acha mesmo? — Veses deu uma risada tão áspera quanto ossos secos.

— Eu não acho, eu sei.

— Então o que você acha que sabe é uma piada.

— A única piada que conheço está bem diante de mim — disparei, perdendo o controle. — E é patética.

Reaver bufou baixinho, parecendo dar uma risada.

Veses recuou, arqueando as sobrancelhas.

— O que você disse?

— Preciso mesmo repetir?

O choque ficou estampado no rosto dela.

— Como se atreve a falar comigo com tanto desrespeito?

— É difícil falar com você com respeito quando você não é digna disso, Vossa Alteza.

Duas manchas cor-de-rosa surgiram nas suas faces quando ela avançou na minha direção.

Reaver saiu de trás das minhas pernas, abrindo as asas e grasnando. O medo gelou minhas entranhas. Agarrei seu braço fino e escamado, mas ele relutou. O danadinho era forte e se afastou de mim enquanto esticava o pescoço e abria a boca, soltando faíscas. As chamas atingiram as saias do vestido lilás de Veses, queimando o tecido fino.

Veses reagiu tão rápido quanto a Primordial que era. Reaver gemeu quando ela deu um chute nele, soltando-o da minha mão. Ele voou para trás, batendo na parede ao lado da lareira. Caído no chão, ele encolheu o corpinho a vários metros de onde eu estava.

— Dragontino idiota — sibilou Veses. — Você tem sorte de eu não ter te matado.

Um véu vermelho deslizou sobre os meus olhos. Não houve tempo para pensar. Foi como quando vi os deuses na Luxe jogarem aquele pobre bebê no chão como se fosse lixo. Reagi por pura fúria vingativa. E dessa vez Nyktos não estava por perto para me impedir. Avancei na direção dela, esticando a mão e cravando a adaga no seu olho até chegar ao cérebro. E não senti nem um pingo de culpa.

Veses deu um berro, recuando tão rápido que não tive chance de puxar a adaga. Ela esbarrou no canto da cama, mas se equilibrou. E não chegou nem perto de cair.

Merda.

A Primordial levantou a cabeça. O sangue tingido de azul escorreu por sua bochecha quando ela fechou os dedos ao redor do punho da adaga e a puxou. Um tecido espesso e gelatinoso se agarrou à pedra das sombras, deixando o meu estômago revirado. O éter saiu do seu único olho bom, crepitante, enquanto ela soltava a adaga, que tilintou no chão. Esferas de energia cintilante pulsaram sobre as mãos delas.

— Puta merda — sussurrei.

Não a vi se mexer, mas senti o golpe no instante em que acertou meu peito. Parecia um soco, isso se tomar um soco de um *raio* fosse possível. Uma explosão de dor percorreu o meu corpo conforme eu voava para trás, batendo no armário. Meus músculos estavam tão rígidos que mal senti o impacto quando caí de joelhos no chão. Um raio percorreu minhas veias e nervos. Vagamente, percebi que ela não tinha nem tocado em mim. Foi o *éter*. Vi estrelas piscando atrás dos olhos.

— Sua vadia idiota. — Veses me puxou pelos cabelos e me jogou como se eu não passasse de um travesseiro.

Caí no chão com toda a força, soltando o ar que restava nos meus pulmões. Rolei o corpo até bater na coluna da cama com um grunhido.

— O que você achou que ia conseguir com isso? — indagou Veses. — Eu sou uma *Primordial*.

O chão entrou em foco à medida que as ondas daquela dor lancinante diminuíam. Alguma coisa parecia errada dentro de mim. Um monte de coisas. Eu me sentia meio... frouxa por dentro quando levantei a cabeça. Reaver... Ele estava deitado onde havia caído, ainda encolhido, mas na forma mortal. Entrei em pânico quando as brasas começaram a latejar no meu peito. Deitei de costas, ofegante, e senti algo me perfurando. Um punho. A adaga.

Veses se ajoelhou ao meu lado. Seu olho esquerdo estava destruído, mas já começava a sarar. Ela me puxou pelos cabelos novamente, tirando a minha cabeça do chão, e repuxou os lábios num sorriso de escárnio.

— Acho que você e Nyktos se merecem, já que ele também tem o hábito de agir impensadamente. Não foi à toa que a aceitou como Consorte. Eu tentei impedi-lo. Mandei meus guardas e meu dragontino preferido para sequestrar você. E, bem, todo mundo sabe como isso se provou inútil, levando em conta que você está enfeitiçada.

Fiquei perplexa.

— Foi você que mandou o dragontino para libertar os deuses sepultados.

— Eu precisava fazer alguma coisa antes que ele se metesse em mais encrenca. Por exemplo: será que ele acha que ninguém percebeu que Taric e os outros vieram aqui antes de desaparecerem? — Ela revirou um olho inteiro e o outro parcialmente formado. — Foi tão conveniente, não? Eles estavam procurando algo no plano mortal, e você sabe o que era? Pois eu sei. Vida. Eles estavam à procura da *vida*. E a seguiram até a casa da Morte. Onde *você* está. Será que ele realmente acha que ninguém vai descobrir? — Ela arqueou as sobrancelhas. — Achei que teria a sorte de Kolis proibir a coroação antes que Nyktos se desse conta de que fui eu que fiz isso. Homens... Sempre podemos contar com eles para uma coisa: tomar decisões erradas. Por isso estou tentando ajudar Nyktos mesmo que ele fique furioso comigo. Mas você deve conhecer o ditado: nenhuma boa ação fica impune.

— Boa ação? — gaguejei. — Várias pessoas *morreram...*

— Pessoas morrem o tempo todo. — Ela me tirou de perto da cama. O puxão deixou o meu couro cabeludo dolorido enquanto ela limpava o sangue do rosto. — E agora veja só o que vai acontecer. Ele vai descobrir que fui eu. Você já o viu furioso? — Um dos olhos dela se iluminou com o brilho do éter. — Ele é bastante destrutivo. — Veses abaixou o tom de voz, lambendo o sangue dos dedos. — Ele fica tão deliciosamente imprevisível que chega a ser excitante.

— Você... você é depravada.

Veses deu uma gargalhada.

— Ah, você não imagina o quanto.

— Acho que posso imaginar, sim.

— Eu também. — Veses parou, ajoelhando-se mais uma vez. Ela soltou os meus cabelos, mas o alívio foi curto. Em vez disso, ela me segurou pelo queixo. — Sabia que havia algo mais por trás dessa história, independente do que Nyktos afirmasse. Ele só podia ter um bom motivo para estar disposto a fazer qualquer coisa por você. — Os dedos dela pressionaram o meu queixo, e eu arfei ao sentir uma dor no maxilar. — Pude sentir sua presença assim que você chegou aqui. Pensei que estivesse imaginando coisas, mas quando você apareceu no outro dia e interrompeu uma noite muito agradável, eu a senti de novo. E das duas uma: ou Nyktos te deu tanto sangue que posso senti-lo em você, ou...

Meus olhos se encontraram com os de Veses. A *sensação* que tive peito. O *zumbido* de energia. Imaginei que Nyktos estivesse por perto, mas era outro Primordial. Senti algo parecido quando Attes veio ao palácio. Só que não reconheci a sensação e...

— Ou ele não encontrou uma Consorte — concluiu Veses, colocando a boca a poucos centímetros da minha. — Mas uma Primordial no meio da Seleção. E não uma Primordial qualquer. Pois sabe o que mais senti hoje, ao partir de Vathi? *Vida.* — Ela mordeu o meu lábio. — O que, por mais impossível que pareça, ainda é mais plausível do que ele compartilhar o que é meu. Seu sangue.

— Ah, mas eu bebi o sangue dele, sim. — Sorri para ela. — Eu o tive por inteiro.

Ela arregalou o único olho bom.

Ataquei, batendo com a lateral da mão na garganta dela com toda a força.

Veses soltou o meu queixo, cambaleando enquanto engasgava e fechava a mão ao redor da garganta. Rastejei de cócoras até Reaver. As brasas latejaram no meu peito à medida que a energia aumentava dentro de mim. O calor desceu pelo meu braço. O éter começou a faiscar.

Veses agarrou a parte de trás do meu roupão e me puxou para trás. Escorreguei, batendo no pé do sofá. A caixa em que eu guardava todas aquelas emoções voláteis estremeceu, rachou e se quebrou...

As portas do quarto se abriram de repente. Veses deu meia-volta, mas não foi Nyktos que entrou por ela.

Foi *Bele*.

38

— Seus olhos — disse Veses com a voz rouca, mas assombrada.

— Sim? — Bele olhou de relance para Reaver, que jazia imóvel na forma mortal, e depois para mim. — O que tem eles?

— Não se faça de boba, Bele. Foi você quem Ascendeu. — Ela lançou a Bele um sorriso ensanguentado. — Deve ser o meu dia de sorte. Há uma recompensa pela sua cabeça.

— Olhando para a sua cara, eu diria que este está longe de ser seu dia de sorte. — Bele deu um sorriso malicioso. — E só vai piorar quando Nyktos voltar.

Pus-me de joelhos, ofegante. Foi o máximo que consegui fazer por algum tempo. A dor irradiava pelas minhas costelas e pélvis. Pisquei os olhos até que a minha visão turva desanuviasse, então vi a adaga no chão entre Reaver e eu.

Veses deu de ombros.

— Não está tão ruim quanto o dia que você vai ter quando Kolis arrancar o seu coração do peito e devorá-lo.

— Há partes bem mais gostosas do meu corpo, mas que seja.

Bele se esgueirou para dentro dos meus aposentos, observando a Primordial com atenção enquanto eu rastejava na direção de Reaver.

A cada centímetro que meio engatinhava, meio deslizava pelo chão, eu sentia como se adagas estivessem perfurando minhas costelas.

— Se veio aqui atrás de mim, então você já me encontrou — disse ela.

— Não vim aqui atrás de você — respondeu Veses enquanto eu pegava a adaga do chão. — Você é só um brinde.

Bele franziu a testa.

— Bem, se você veio aqui atrás *dela*, vai ser um problema.

— Acha mesmo? — vociferou Veses.

— Para você — acrescentou Bele quando cheguei até Reaver. — Você sabe quem ela é, não sabe? — Bele apontou para mim com o queixo. — Sera é a Consorte de Nyktos. É impossível que não saiba disso. E aquele ali é um dos dragontinos dele. Um dos dragontinos de *Nektas*.

— E eu por acaso tenho cara de quem se importa com isso?

Bele riu baixinho, rodeando a Primordial.

— Ah, mas vai se importar, sim.

— O que você pensa que vai fazer com essa espada? — indagou Veses, virando as costas para mim.

Havia um hematoma feio e vermelho no peito de Reaver. Passei a mão pela sua testa pálida, afastando seu cabelo do rosto. Os olhos dele estavam fechados, e as brasas latejavam quase tão intensamente quanto depois que cumpri a exigência de Kolis.

— Reaver está ferido. — Olhei por cima do ombro, limpando o sangue do queixo com as costas da minha mão formigante.

O olhar de Bele encontrou o meu quando ela conseguiu se interpor entre Veses e nós dois.

— É grave?

Senti um nó na garganta.

— Bastante.

— Ele vai ficar bem. — Veses revirou os olhos, mas sua voz vacilou. — Ele é um dragontino.

— Ele é uma criança! — disparei.

— E daí? — Veses ergueu o queixo. — Ele não devia ter me atacado.

— Veses. — Bele estalou a língua em reprovação. — Você é tão fraca assim a ponto de encarar um filhote como uma ameaça?

— Não foi uma ameaça, foi um desrespeito — desdenhou Veses. — E você não respondeu à minha pergunta sobre a espada. Não pode me atacar.

— Ah, não? — Bele continuou se aproximando de Veses, forçando-a a se afastar de mim e de Reaver.

— Você conhece as regras — disse Veses. — Ela ainda não é a Consorte de Nyktos, e o dragontino, filhote ou não, não tem o direito de defendê-la contra mim. Não fiz nada de errado.

— Ah, sim, as regras. Mas como você bem disse, há uma recompensa pela minha cabeça — disse Bele. — E para isso aposto que você teria que me levar até Dalos, viva ou morta. Sendo assim, e daí se eu quebrar uma regra?

— Reaver?

Toquei no rosto dele. A pele estava pegajosa. Trêmula, peguei o cobertor macio da espreguiçadeira e coloquei sobre ele. Seu peito mal se movia. Fiquei ainda mais preocupada. Ele não tinha acordado e parecia ter mudado de forma ainda inconsciente. Já vi dragontinos fazerem isso quando estavam gravemente feridos.

Senti a garganta seca ao olhar de relance para Bele e Veses, sabendo que estava prestes a correr um grande risco. Talvez Veses já suspeitasse que eu fosse a origem do poder que sentira antes, mas eu precisava fazer alguma coisa. Não podia deixar que Reaver morresse e temia que as brasas palpitantes estivessem me alertando disso, pois sentiam que sua morte era iminente.

Eu sentia isso.

E qualquer risco que eu corresse ao confirmar que possuía brasas da vida valia a pena. A jovem vida de Reaver valia a pena. Assim como a de Thad.

As brasas continuaram a zumbir, pressionando a minha pele. Meus sentidos se aguçaram quando coloquei a adaga ao lado de Reaver e pousei a palma da mão em seu peito. Foi bem parecido com o que fiz com Thad, só que ainda mais rápido e instintivo, como se usar as brasas as tornasse mais fortes e acessíveis. Como se fossem verdadeiramente minhas quando invoquei o éter, que respondeu à *minha* vontade.

Um poder absoluto e ancestral jorrou do meu peito, inundando minhas veias pela segunda vez naquele dia. Uma emoção ardente e inebriante fluiu junto com o meu sangue. Dessa vez, a adrenalina foi diferente, como um ajuste de contas. Uma... *volta ao lar*.

Arfei ao respirar fundo e sentir o cheiro de lilases frescos. *Vida*. O éter zumbiu através de mim, faiscando da ponta dos meus dedos para o peito de Reaver. A luz cintilante percorreu o pequeno corpo do dragontino como uma onda antes de penetrar nele, preenchendo as veias sob a pele pálida e ligeiramente estriada e a carne machucada.

O éter faiscou e pulsou, depois se desvaneceu lentamente até se tornar um brilho tênue que se prolongou por mais alguns segundos. O hematoma logo sumiu do peito dele e, em seguida, uma coisa belíssima aconteceu.

O peito de Reaver subiu com uma respiração profunda e ele abriu os olhos — olhos de um azul-cobalto vívido antes de voltarem para o vermelho habitual.

— *Liessa* — sussurrou ele, com lágrimas nos olhos.

Estremeci, afastando os cabelos do rosto dele.

— Está tudo bem.

— Tudo bem porra nenhuma — explodiu Veses no instante em que os olhos de Reaver voltaram a se fechar. Virei a cabeça na direção dela, colocando a mão no punho da adaga. — Eu estava certa. É você. — Ela deu um passo para trás, com os olhos, o que apunhalei agora curado, arregalados de *horror*. — O que foi que Nyktos fez?

— Ele não fez nada — respondi.

Veses sacudiu a cabeça.

— O que você é...?

Bele brandiu a espada.

A Primordial atacou como uma víbora, movendo-se mais rápido do que eu podia acompanhar e tirando a espada de Bele. A lâmina se quebrou com um clarão de luz prateada. Veses bateu com a mão no peito de Bele, jogando-a vários metros para trás.

Bele se chocou contra a parede junto à varanda e caiu de joelhos no chão, levantando a cabeça e afastando as mechas escuras dos cabelos do rosto.

— Ai, essa doeu.

Veses limpou o pó de pedra das sombras das mãos e começou a avançar na direção de Bele. Entrei em ação, reprimindo um suspiro de dor ao levantar o braço e atirar a adaga na parte de trás da cabeça de Veses. A Primordial deu meia-volta, inclinando a cabeça para mim.

— Sério?

A adaga pairou no ar e então se voltou na minha direção.

Ofegante, me abaixei no momento em que a lâmina passou zunindo por cima da minha cabeça, cravando-se na parede atrás de mim.

— Merda.

Bele se levantou e começou a correr na direção de Veses.

A Primordial ergueu a mão e Bele saiu voando pelo quarto. Não tirei os olhos de Veses, mas ouvi Bele cair no chão. Com toda a *força*.

— Se você for esperta, Bele, vai ficar bem aí onde está. Quem sabe assim continue viva — advertiu a Primordial, voltando a atenção para mim. — Você, por outro lado... vai mesmo morrer. Porque você... — ela respirou fundo — ...você é uma *abominação*.

— Mas que grosseria — sibilei.

O éter faiscou ao longo da pele dela, deixando o ar carregado conforme eu me posicionava sobre Reaver, tensa.

— E se eu não ficar aqui? — perguntou Bele, se ajoelhando.

Os olhos de Veses se transformaram em duas esferas de prata.

— Então talvez morra também.

Bele girou sobre os joelhos, levantando-se enquanto uma luz prateada descia em espiral por seus braços e irrompia entre as palmas das mãos. O éter fez uma curva no ar, assumindo a forma de um arco e flecha. Sorridente, ela puxou a corda feita de éter.

— Anda, quero ver você tentar, sua vadia.

Fiquei boquiaberta. Taric havia conjurado uma espada de éter, mas nunca vi Bele fazer isso antes.

— Se disparar essa flecha, você vai me deixar furiosa — advertiu Veses. — Realmente furiosa.

— Ops. — Bele soltou a flecha.

Veses esquivou o corpo. O projétil passou de raspão pela sua bochecha, fazendo um corte na pele. Ela deu um gritinho, pairando no ar enquanto o éter faiscava dos olhos e das pontas dos dedos.

De repente, a brasa que pertencia a Nyktos começou a vibrar freneticamente dentro de mim. Houve um ligeiro tremor sob o assoalho de pedra das sombras enquanto Veses se voltava para a porta aberta, onde a noite era densa e escura. Outra carga de energia percorreu o aposento, me deixando toda arrepiada. Minha respiração se condensou e reconheci imediatamente a origem do poder que se derramava ali.

Fios grossos da cor da meia-noite e do luar se espalharam pelo quarto, lembrando-me do que eu tinha visto ali certa noite. Anéis de névoa rodopiante deslizaram pelo chão e subiram pelas paredes. Perdi o fôlego quando Nyktos avançou, os olhos fixos nos meus. Tentei me recuperar, mas a temperatura continuou caindo e logo ficou tão frio que meus lábios começaram a tremer. Eu não conseguia tirar os olhos dele.

Sua pele estava tão fina a ponto de se tornar mais sombra e luar do que carne. O poder que irradiava dele deixou o ar carregado. Fios de éter se reuniam ao redor de Nyktos, girando em torno das suas pernas e cobrindo seus ombros. Através deles, vi o contorno tênue de suas asas.

Nyktos era uma tempestade de fúria rodopiante. Sombras entremeadas com faixas de luz prateada saíam do corpo dele e floresciam sob sua pele. Ele nunca me pareceu mais frio, mais ameaçador e mais como o Primordial da Morte do naquele momento.

— Ela descobriu tudo. — Bele se levantou, com o arco crepitante de éter ainda apontado para Veses e outra flecha de energia pura preparada. — A respeito de Sera.

Os cachos dourados giraram em torno da cabeça de Veses como serpentes conforme ela descia até o chão.

— Nyktos...

— Calada— rosnou ele, com o olhar fixo em mim enquanto levantava a mão. Um raio de éter explodiu de sua palma e percorreu o aposento como se fosse um raio. Encolhi o corpo contra a luz ofuscante, puxando Reaver para perto de mim por instinto.

Dessa vez, Veses não foi rápida o bastante.

A rajada de energia atingiu o peito da Primordial, jogando-a para trás. Engoli em seco quando seu corpo inteiro se iluminou. Por um instante, ela ficou suspensa no ar, as veias cintilando à medida que a luz inundava sua boca, narinas e olhos. Em seguida, foi arremessada pelos ares ainda mais para trás, atingindo a parede. Acho que nunca fiquei tão entusiasmada ao ouvir o som de um corpo se chocando contra uma superfície dura antes.

Veses deslizou pela pedra, contorcendo-se e estremecendo até parar, caída no chão. A energia crepitante se dissipou, deixando para trás o cheiro de carne carbonizada. O sangue escorria do nariz, da boca e dos ouvidos dela. A pele acima dos cotovelos e pulsos estava escura e queimada.

Veses estava inconsciente, mas não sei por quanto tempo ficaria daquele jeito.

— Leve-a — ordenou Nyktos ao atravessar o quarto, com o contorno tênue das asas esfumaçadas brevemente visível antes de desaparecerem. — Tranque-a em uma das celas.

Pestanejei ao ver Orphine se aproximar, junto com quem supus ser seu irmão, Ehthawn.

— Gostaria que pudéssemos atirá-la no Abismo — murmurou Ehthawn, agarrando o braço da Primordial inconsciente e colocando-a sobre o ombro como um saco de batatas.

O comentário me fez sorrir, eu acho.

— Sera.

Estremeci ao ouvir o meu nome.

Nyktos se ajoelhou na minha frente e não vi mais ninguém. Havia sangue na sua têmpora esquerda, e eu não sabia se era dele ou de outra pessoa.

— Reaver estava ferido — murmurei, olhando para ele. — Ela o *feriu*.

Ele tocou no rosto do filhote de dragontino enquanto eu sentia seu olhar em mim.

— Mas ele não está mais ferido, certo?

— Ele só está dormindo. — Tremi ao olhar para Reaver, cuja pele tinha voltado à cor normal. — Eu tive que agir. Ele estava *muito* ferido, e eu não podia...

— Tudo bem. — Nyktos ergueu a mão e tocou na minha bochecha com as pontas dos dedos. — Você o salvou, é só isso que importa.

— Mas ela *descobriu* tudo — eu o avisei. — E Veses não é como Attes. Ela não vai guardar esse segredo. Não importa o que esteja acontecendo...

— Ela não vai ter qualquer chance de contar a Kolis — interrompeu Nyktos, deslizando os dedos pela curva do meu queixo, onde a pele doía. — Não vai conseguir sair da cela.

— Ela não queria contar a Kolis. Veses quis me matar assim que se deu conta do que eu podia fazer. — Minhas costas latejaram quando inclinei o corpo para a frente. Estremeci. — Não faz sentido, faz? Mas ela... ela ficou com medo quando percebeu do que eu era capaz.

O éter cintilou em seus olhos conforme Nyktos me observava. Ele engoliu em seco.

— Bele? Você está bem?

— Estou. — A deusa se aproximou de nós dois. — Sera tem razão, Nyktos. Veses parecia apavorada.

— Ela sentiu o que aconteceu hoje cedo — contei a ele.

— O que aconteceu hoje cedo? — perguntou Bele.

Nyktos ergueu a mão para silenciá-la.

Tomei um fôlego curto e dolorido.

— Mas Veses veio aqui porque disse que sentiu algo diferente em mim quando eu a vi... na última vez que ela esteve aqui — continuei, sem olhar para ele. Era importante lhe contar isso. — E foi por isso que ela voltou. As Sombras...

— Foi ela — interrompeu Nyktos. — Não tinha me dado conta disso até que Rhain nos encontrasse. Ele teria chegado a mim mais rápido, mas havia muitas Sombras. Eram tantas que estavam deixando Orphine e Ehthawn sobrecarregados.

Estremeci, percebendo que ele precisou matar as Sombras. Eu sabia que isso o assombraria.

— Sinto muito.

Nyktos sacudiu o corpo com tanta força que me voltei para ele. Seus olhos estavam arregalados e fixos em mim.

Ele pareceu confuso com o meu pedido de desculpas, por isso expliquei:

— Sei que você não gosta de matar as Sombras. Lamento que tenha precisado fazer isso.

Ele continuou olhando para mim como se eu tivesse duas cabeças.

— Foi ela. — Continuei, ignorando a dor que só aumentava. — Foi o dragontino dela que libertou os deuses sepultados. Ela o mandou junto com um de seus guardas para me sequestrar e me disse que fez isso porque sabia que devia haver um bom motivo para você tomar uma Consorte — falei, e o éter começou a crepitar nos olhos dele. — Deu a entender que estava tentando ajudar você.

— Até parece. — Ele se voltou para Bele. — Leve Reaver para os meus aposentos e fique com ele, está bem? Ele vai acordar desnorteado.

— Pode deixar. — Bele se abaixou, mas eu me agarrei ao corpinho de Reaver, sem querer soltá-lo. Ela olhou para mim. — Eu cuido dele.

Sabia que ele estava bem, mas por algum motivo, estava relutante.

— Pode soltá-lo, Sera. — Nyktos virou a minha cabeça para ele com delicadeza. Senti um aperto no peito. — Ele está bem, diferente de você. Deixe Bele cuidar dele para que eu possa cuidar de você.

Meu coração palpitou quando afrouxei os braços ao redor de Reaver para que Bele pudesse pegá-lo. Nyktos puxou o cobertor, mantendo-o sobre ele.

— Obrigada — sussurrei, me sentindo um pouco fora de mim. — Obrigada por ter vindo me ajudar.

— Não precisa me agradecer. — Bele levantou o filhote adormecido nos braços. — Faz séculos que venho querendo dar uma surra naquela vadia.

Dei uma risada, sentindo uma dor no maxilar, peito e em mais tantos lugares que desisti de contar.

Nyktos estava sério quando espiou por cima do ombro. Avistei Saion e Theon ali.

— Fiquem de olho em Veses.

Os deuses assentiram. Eles pareciam meio acabados, como se tivessem voltado da guerra, e eu fiquei imaginando quantas Sombras Veses tinha conseguido libertar.

— E quanto a Ector? — gritei, respirando fundo quando uma dor aguda desceu pelas minhas costelas. — Ele está bem?

Saion confirmou com a cabeça.

— Vai ficar.

Aliviada, fechei os olhos e me recostei na espreguiçadeira.

— Ector tentou impedir que Veses entrasse — expliquei, vagamente ciente da saída dos demais. — Onde ele estava com a cabeça? Ele já sabia o que ia acontecer.

— Bele também. — Nyktos jogou os meus cabelos por cima do ombro. — Mas os dois estavam dispostos a correr o risco para proteger você.

Abri os olhos.

— Eles podiam ter morrido.

— Sim, eles sabem.

— E ainda podem ser punidos se Kolis ou mais alguém descobrir que enfrentaram uma Primordial.

— Eles sabem disso também.

Nyktos estava de joelhos, debruçado sobre as minhas pernas.

— Você está ferida, Sera.

— Estou — arfei. Não havia como negar. — Acho que quebrei as costelas.

As sombras se reuniram sob as faces dele.

— Acho que não é só isso — disse ele, passando o polegar pelo canto do meu lábio. Havia sangue na ponta do dedo quando ele afastou a mão. — Você está sentindo muita dor.

— Verdade, mas apunhalei o olho dela. Foi nojento. — Dei a ele um sorriso que era metade careta de dor. — Mas valeu a pena.

Ele deu uma risada baixa e meio tensa.

— Você vai precisar do meu sangue.

Não fiquei surpresa com a informação, mas, ainda assim, senti meu coração dar um salto. Era provável que eu estivesse bem mais machucada do que quando o dragontino me atacou. De fato, eu não me sentia muito bem por dentro. Como se partes importantes de mim não estivessem conectadas *corretamente*.

— Não podemos correr o risco de você entrar em estase de novo, Sera. Você pode não acordar mais — continuou ele, percebendo a minha hesitação. — Sairei daqui logo depois. Não precisa se preocupar com os efeitos do meu sangue.

— Não é isso.

Uma expressão de dúvida surgiu no rosto de Nyktos quando levantei o braço estranhamente fraco e toquei na mão pousada no chão ao lado do meu quadril. A troca de energia foi fraca.

— A sua pele está gelada. Tão fria quanto antes. — De repente, me dei conta do motivo e senti um aperto no peito. — Porque... ela se alimentou de você, não foi? É por isso que a sua pele está tão fria.

Nyktos ficou tenso.

— Eu já te disse por que a minha pele é fria. Eu sou *a Morte*, Sera.

Ele já tinha me dito isso, sim, mas não fazia muito sentido para mim. Nyktos me encarou por um momento.

— Não importa — concluiu ele, mas eu achava que importava, sim. — Eu vou ficar bem. Você, por outro lado, talvez não fique.

Dei um suspiro, sabendo que não era muito sensato discutir. Não queria cair num sono de vários dias do qual poderia não acordar mais.

— Tudo bem — concordei. — Vamos acabar logo com isso.

Nyktos arqueou a sobrancelha, mas não fez nenhum comentário. Em vez disso, ele se aproximou, sentando-se no chão ao meu lado. Não pude deixar de observá-lo quando levou o pulso até a boca. Tive um breve vislumbre das presas antes que se cravassem profundamente na própria carne. Assim como da outra vez, a visão me fez estremecer. Ele afastou a boca, revelando as perfurações que gotejavam. O sangue cintilante e vermelho-azulado brotou de dois círculos perfeitos e o cheiro de frutas cítricas e ar fresco dele ficou mais forte.

Permanecemos em silêncio quando ele trouxe o pulso até a minha boca, mas não hesitei como antes. O gesto me pareceu quase natural quando abaixei a cabeça. Talvez fosse por causa das brasas, talvez fosse só eu.

Fechei os olhos, encostei a boca na ferida e suguei a mordida. O gosto dele foi um choque para os meus sentidos. Um abalo no meu corpo inteiro que jamais perderia a intensidade, não importava quantas vezes eu provasse o seu sangue.

Uma sensação de formigamento percorreu minha língua e boca antes de descer pela garganta ao engolir. Achei estranho que o sangue dele pudesse ser tão quente sendo que sua pele era tão fria, mas a lembrança do gosto de Nyktos não lhe fazia jus. Era como um mel doce e defumado. Delicioso. Tentador. Bebi cada vez mais, maravilhada com o calor inebriante que percorria o meu peito e estômago, aliviando as dores pelo caminho.

— Só mais um pouco — disse Nyktos com a voz mais baixa e embargada.

Continuei bebendo, vagamente consciente de que segurava o braço de Nyktos com firmeza. Achei que não devia fazer isso, mas foi só um lampejo de pensamento. Um inconveniente. O zumbido do sangue dele passou pelo vazio dentro de mim, acabando com a dor nas minhas costelas e abdômen e levando consigo uma dor mais profunda e arraigada que ia além do físico.

Foi então que a encontrei, que a senti.

A paz.

A sensação era como mergulhar em águas tranquilas, cercada de silêncio. Mas havia *cores* em meio à escuridão. Elas ganharam vida com uma centelha de luz prateada e preta e, como as imagens que se formaram nos Poços de Divanash, uma delas surgiu na minha mente. Era eu. Eu estava de vestido preto no pátio da Casa de Haides sob o céu cinzento e repleto de estrelas. Com as bochechas coradas e os olhos de um verde selvagem e febril, eu empunhava uma espada curta, a lâmina de pedra das sombras reluzindo na minha mão, e um cacho platinado dançava na minha bochecha, tocando o canto do meu lábio. Eu sorria.

Era uma imagem de mim, mas a lembrança não era minha.

—Acho que já é o bastante — grunhiu Nyktos, destruindo a imagem enquanto soltava o pulso das minhas mãos com delicadeza.

Abri os olhos no instante em que as minhas mãos caíram sobre o meu colo. Nyktos estava sentado ao meu lado, a perna dobrada, e levou o pulso até a boca para fechar a ferida. Agora não havia sombras sob a carne dele, mas sua pele estava ainda mais fina, os sulcos das bochechas mais proeminentes e a tez mais pálida.

— Como está se sentindo? — perguntou Nyktos.

Uma Luz na Chama / 589

Fiz um balanço de mim mesma, um tanto atordoada. Soltei o ar lentamente, sem sentir qualquer resquício de dor. Levando em conta o que eu era capaz de fazer só de tocar em alguém, a capacidade de cura do sangue de um Primordial não deveria me surpreender, mas me surpreendia mesmo assim.

— Melhor. Obrigada.

Nyktos assentiu com os cílios semicerrados, ocultando os olhos ao se levantar.

— Vou esperar por você nos meus aposentos...

— Espera — pedi, detendo-o. Ele engoliu em seco. — Eu tive uma visão de mim mesma no pátio, apontando a espada para seu pescoço — disse a ele, com a pele começando a vibrar conforme o calor do seu sangue se infiltrava nos meus músculos. — De onde veio isso?

— Não veio de você — disse ele rispidamente. — Veio de mim.

— Mas como...?

— Às vezes isso acontece quando um deus ou Primordial se alimenta de outro. Eles conseguem sentir, ou ver, o que o outro está pensando. Ou encontrar uma lembrança. Alguns são hábeis em arrancar velhas lembranças enquanto se alimentam.

— Como Taric — murmurei. — Mas isso não machucou você, machucou?

Nyktos negou com a cabeça.

— Você não conseguiu fazer isso na última vez que se alimentou, mas agora está mais próxima da Ascensão.

— Isso não é nada bom.

— Não. — Nyktos ergueu os cílios. — Precisamos tirar as brasas de você.

O medo começou a crescer dentro de mim, mas logo desapareceu. Não houve nenhum aviso antes que o calor agradável no meu sangue e músculos se transformasse em lava derretida. Embora soubesse o que o sangue dele faria comigo, a excitação aguda e rápida foi brutal, me deixando sem fôlego. Agarrei o tecido macio do roupão com força, sentindo crescer uma necessidade pulsante.

Ai, deuses, eu estava com calor. Muito calor. Levei os dedos até a fileira de botões do roupão, abrindo-os apressadamente. O tecido caiu para os lados e um ar fresco e abençoado soprou sobre a camisola transparente e a minha pele quente.

O alívio durou apenas alguns segundos, no máximo.

Meu coração começou a martelar dentro do peito. Estremeci, cerrando os dentes, mas não tive como deter a sensação intensa de formigamento que percorreu o meu corpo nem reprimir o suspiro que dei ao sentir o calor invadir cada parte do meu ser e todos os meus sentidos. Seguiu-se um peso, que se instalou nos meus seios e depois no meu âmago. Meus mamilos ficaram tensos, entumecidos.

Desejo. Não importava o quanto dissesse a mim mesma que não deveria fazer isso. Eu *precisava.* E, pelos deuses, acolhi o sentimento de bom grado porque não deixava espaço para o pavor, a incerteza e a crueldade daquele dia.

— É melhor eu ir — balbuciou Nyktos, a voz soando como fumaça e cascalho.

Olhei para ele e percebi que também não deveria ter feito isso.

Ele se afastou de mim o suficiente para que eu visse a silhueta do seu pau grosso contra a calça de couro. Quase gemi ao ver a reação visceral *dele* à *minha* luxúria, a *mim.* Deuses! Apertei as coxas, mas eu estava vazia, e foi tão fácil me lembrar da sensação dele dentro de mim, me preenchendo.

Agi sem pensar, agarrando o braço de Nyktos. A descarga de energia e a sensação da sua pele sob a minha mão provocaram outra onda de desejo, úmida e quente.

— Sera — sibilou ele.

Com a pulsação acelerada, ergui o olhar para o dele. Seus olhos pareciam duas esferas de mercúrio, aquecidos e girando com muito poder, com a mais pura *necessidade.* Cravei as unhas na pele dele.

Fique.

Não pronunciei a palavra, mas pensei nela em tom de súplica, apesar de saber que eu mesma poderia acabar com o meu tormento. Dar prazer a mim mesma. Mas não era isso que eu queria. Eu queria *ele,* apesar dos perigos desse desejo. Apesar do que eu tinha visto com ele e Veses e ainda não compreendia.

A luxúria ficou estampada no rosto de Nyktos, sulcando suas faces enquanto ele olhava para mim.

— Você sabe o que vai acontecer se eu não for embora — rosnou ele, me advertindo. — Não importa o quanto me odeie agora, você vai se odiar ainda mais depois.

— Eu não odeio você — sussurrei.

— É o meu sangue que está fazendo você pensar assim.

Ele estava errado. Quem me dera que estivesse certo. As coisas seriam muito mais fáceis se eu o odiasse, mas não odiava.

— Acho que provei hoje cedo que não o odeio.

O braço dele tremeu na minha mão.

— Pois deveria.

— Deveria, sim. — Passei a língua pelos dentes. — Você poderia ir embora se quisesse.

Os olhos dele se voltaram para os meus.

— Eu sei.

— Mas não foi.

Rugas de tensão surgiram em torno da sua boca quando ele baixou o olhar para os meus seios. Meus mamilos estavam à mostra sob a camisola. Um brilho predatório reluziu em seus lábios e olhos enquanto ele me observava tirar o roupão.

— Sera — murmurou ele, entreabrindo os lábios e olhando pela camisola transparente para o espaço pulsante no meio das minhas pernas. — Não sei se amo ou odeio essas coisas que você chama de camisola.

Fiquei ofegante quando nossos olhares se encontraram. Um segundo se passou. Depois mais outro.

— Mas há centenas de motivos pelos quais um de nós precisa ir embora — continuou ele, com a respiração igual à minha. — E só um motivo para nenhum dos dois fazer isso.

— Desejo.

Ele sacudiu a cabeça.

— *Necessidade*.

E assim, num piscar de olhos, eu estava nos braços dele.

Não sei quem agiu primeiro. Se fui eu que subi em seu colo, se foi ele que me pegou pelos braços, ou se nós dois nos movemos ao mesmo tempo. Tanto faz.

Nyktos me deu um beijo selvagem e desesperado. Faminto. Senti sua carne fria sob a túnica rasgada acalmando a minha pele excessivamente sensível e então acendendo outra onda intensa de desejo. Movemos nossas mãos para a calça dele. Fechei os dedos ao redor do seu membro, acariciando-o através do tecido macio. Ele rasgou os botões, e a luxúria escaldou o meu fôlego quando ele se revelou para mim.

Nada mais importava. Veses. A mágoa. A dor. A crueldade. Como Reaver tinha chegado perto da morte e as consequências de salvá-lo. Ou como a minha Ascensão estava próxima. Não pensei em nada disso quando Nyktos colocou as mãos nos meus quadris para me firmar. Ele consumiu os meus pensamentos junto com o meu corpo. Era aquilo que importava. Nós dois. Arfei ao sentir a cabeça larga do seu pau penetrando devagar na minha umidade e pressionando a carne. Agarrei os ombros dele. Nyktos estremeceu, mantendo-se imóvel enquanto eu me abaixava, gemendo nos seus lábios entre um beijo e outro. A pressão e a ardência eram maravilhosas. Os dedos dele apertavam meus quadris enquanto eu o possuía, centímetro por centímetro, até o fim. Ofeguei, parada em cima dele.

Era como... Deuses! Joguei a cabeça para trás. Era como se fôssemos feitos um para o outro.

Nyktos passou o braço em volta da minha cintura e mergulhou a mão nos meus cabelos, me segurando pela nuca. Em seguida, puxou a minha boca até a dele.

— Me fode com vontade — ordenou ele.

Era uma das raras ocasiões em que eu ficava feliz em obedecer.

Ergui o corpo, recuando lentamente antes de voltar a me abaixar. Meu grito entrecortado se perdeu em meio ao gemido rouco dele. A fricção dos nossos corpos e o impacto do seu membro tão fundo dentro de mim quase me fizeram perder o controle. Eu me movia de forma lenta e constante, acompanhando o ritmo da língua dele.

Depois comecei a me mover mais rápido, sacudindo o corpo contra o dele e apertando o seu membro. Não havia mais ritmo nem beijos.

Apenas a nossa respiração e prazer partilhados enquanto eu enterrava os joelhos no chão duro.

— Destinos... — gemeu ele com a voz rouca. — *Nada* se compara a isso. — Seus quadris pontuaram as palavras com uma estocada profunda. — Nada se compara a você.

Estremeci, porque ele tinha razão. Nada se comparava *àquilo*. Eu poderia passar a eternidade procurando por um substituto, mas sabia que seria em vão. Porque era *ele* que eu cavalgava. Era *ele* que estava dentro de mim. E saber disso me deixou ainda mais desesperada para captar aquele momento de alguma maneira.

Enrosquei os dedos nos cabelos dele. Seu braço se afrouxou em volta da minha cintura. Ele deslizou a mão sob a bainha esvoaçante da minha camisola, espalmando-a no meio da minha bunda. Esfreguei o peito contra o dele. Mordisquei seu pescoço, sentindo um gosto de sal. Dei um gemido quando ele puxou a minha boca de volta para a dele. Nós nos beijamos, suas presas colidindo com os meus dentes. Nossos lábios ficaram inchados. Nossos corpos começaram a tremer. Ele cravou os dedos na carne da minha bunda enquanto me puxava para baixo com mais força a cada mergulho. Nós nos banqueteávamos um com o outro. Devorávamos um ao outro. Meus músculos internos começaram a se contrair, apertando o pau dele. Eu ofegava e ele rugia de prazer.

E tudo isso...

Tudo isso me pareceu algo *mais*.

Nyktos me puxou com força contra si, ainda dentro de mim, enquanto se ajoelhava e depois me deitava no chão. Sua mão permaneceu na parte de trás da minha cabeça enquanto ele me penetrava, criando um escudo entre mim e a superfície dura. Passei as pernas em torno dos seus quadris, tomando-o por inteiro à medida que ele arremetia cada vez mais fundo, com mais força e mais rápido até que o único som que conseguia ouvir era o dos nossos corpos se unindo.

Dei um gritinho quando ele puxou a minha cabeça para trás, expondo meu pescoço. Suas presas roçaram na minha pulsação antes de pressionarem a carne. Nyktos estremeceu. Ele não perfurou a pele, apenas manteve as presas ali, mas só isso já bastou. Explodi em um orgasmo, me despedaçando em fragmentos de prazer que o arrastaram até a beira do precipício e para o meio da tempestade junto comigo. Nyktos gozou com um rugido no meu pescoço antes de curvar o corpo, esgotado.

O peso dele se assentou em cima de mim enquanto espasmos de prazer percorriam nossos corpos. Continuei agarrada a ele, com os dedos perdidos nos seus cabelos, as unhas cravadas em seu braço e as pernas enroladas em torno das dele, remexendo lentamente os quadris. Nossa respiração estava irregular, demorando a se estabilizar, e as presas dele...

Permaneceram no meu pescoço.

Minha barriga vibrou e eu apertei seu membro, arrancando um gemido rouco dele.

— Se você precisa se alimentar — sussurrei. — Pode fazer isso.

Os quadris de Nyktos ficaram imóveis, mas eu o senti pulsar dentro de mim. Ele não precisava fazer isso, mas queria. E eu queria sentir o prazer doloroso da sua mordida. Os goles profundos e lânguidos. Queria senti-lo no pescoço, no seio e no meio das minhas pernas, me chupando e bebendo o meu sangue como eu tinha bebido o dele. Mordi o lábio, gemendo. As presas dele roçaram na minha pele e o meu corpo inteiro tremeu.

Nyktos estremeceu e então se afastou dali.

— Não posso nem vou fazer isso — arfou ele, encostando a testa no meu ombro. — Não mereço. E tenho certeza de que não mereço isso de você.

39

Os aposentos particulares de Nyktos eram muito parecidos com o seu escritório e quarto — um espaço amplo e aberto equipado apenas com o essencial. Havia uma grande mesa oval diante das portas que levavam à varanda, disposta num palanque emoldurado por duas colunas de pedra das sombras. Várias cadeiras estavam ao redor da mesa, e fiquei imaginando com que frequência ele realizava reuniões ali. Havia duas cadeiras de espaldar alto ao lado de um aparador abastecido com garrafas de vários tamanhos. Não vi nenhum sinal daquele vinho radek. A única outra peça de mobiliário era o sofá bastante acolchoado em que me sentei.

As paredes estavam vazias. Nenhuma lembrança pessoal, quadros ou retratos — sequer uma peça de roupa sobressalente deixada por ali.

Olhei para Reaver, dormindo com a cabeça apoiada no meu colo, e me perguntei como seria o quarto dele em sua casa. Antes de sair para ver como Ector estava e procurar Aios, Bele me contou que o dragontino tinha acordado e perguntado por mim. A preocupação dele aqueceu meu coração enquanto eu passava os dedos pelos seus cabelos. Reaver tentou me proteger. Quase perdera a vida por causa disso, o que ainda me deixava apavorada. Ele era muito novo para passar por isso, e eu sabia que se Kolis não fosse detido, o pior ainda estava por vir.

Enquanto observava o peito de Reaver subir e descer sob a camisa comprida demais que Bele tinha encontrado para ele, minha mente passava de uma coisa para outra. Mas um pensamento em particular não parava de voltar à minha cabeça.

Ele está disposto a fazer qualquer coisa por você.

O que Veses havia me dito permaneceu no fundo da mente como um pesadelo, fazendo-me pensar em outra coisa que ouvi. O que Rhain afirmou depois que os Cimérios vieram até a Colina.

Lembrei-me das pessoas que vira no pátio do Palácio Cor. Attes me pareceu enojado, mas será que Hanan partilhava os mesmos sentimentos? E quanto a Kyn? Ou aqueles que estavam nas alcovas sombrias? Se eles não ficaram perturbados com os horrores que aconteceram naquele pátio, então também deveriam ser capazes de cometer atos de tamanha depravação. E Veses...

Afastei o cabelo de Reaver do rosto, acompanhando a sua respiração.

Veses devia ser capaz de qualquer coisa. E se Nyktos estivesse realmente disposto a fazer qualquer coisa por mim?

Senti um aperto no peito ao imaginar coisas terríveis. Do tipo que fazia as brasas vibrarem, mas não com o ímpeto de curar e restaurar a vida e sim o de acabar com a vida de alguém.

Concentrei-me na respiração até ouvir o clique suave da porta. Ergui o olhar, parando de acariciar os cabelos de Reaver quando Nyktos saiu da sala de banho, passando uma toalha pelo peito molhado. Ele esperou até que eu terminasse de tomar banho para fazer o mesmo, mas não conversamos muito — principalmente sobre o que havíamos compartilhado mais cedo.

Não sei se precisávamos discutir o assunto.

Não me arrependi nem um pouco. Sabia muito bem o que estava fazendo. Eu o desejava apesar de tudo que sabia ou desconhecia. Mas aquela fachada de indiferença me parecia ainda mais frágil.

Só não tinha certeza se era pelo que havíamos compartilhado ou pelo que eu estava começando a suspeitar.

Nyktos colocou a toalha sobre o encosto de uma cadeira.

— Ele ainda está dormindo?

Olhei para Reaver, assentindo com a cabeça enquanto a preocupação tomava conta de mim.

— Um filhote de dragontino é capaz de dormir no meio de uma guerra — continuou ele, se agachando diante de nós, ajeitando o cobertor em torno da cintura de Reaver. — Mas acho que o processo de cura, cura *total*, leva mais tempo do que os resultados que podemos ver de imediato. Tanto Gemma quanto Bele ficaram dormindo por um bom tempo, então você não precisa se preocupar.

Expirei lentamente, sem parar para pensar se tinha projetado a minha apreensão ou se Nyktos havia lido as minhas emoções.

— E quanto a você? — perguntou ele baixinho. — Como está se sentindo?

— Não estou sentindo dor nenhuma.

— Não é disso que estou falando.

Ergui o olhar para ele e... Deuses, havia tanta coisa que precisávamos conversar! Mas sabia a que ele estava se referindo.

— Eu queria você — falei, com a voz pouco acima de um sussurro. — Foi uma escolha minha. Só minha. Não teve nada a ver com o seu sangue. — Encostei-me na almofada com cuidado para não incomodar Reaver. — O que você vai fazer com ela?

— Ela vai continuar lá embaixo. — Nyktos colocou uma mecha de cabelo molhado atrás da orelha. — Não consegui me conter. A rajada de éter a colocou em estase. Veses deve ficar inconsciente por alguns dias.

Fiquei aliviada ao ouvir *uma* parte disso.

— E depois? Você não pode mantê-la presa para sempre.

— Mas também não posso libertá-la.

— Porque ela vai contar tudo a Kolis.

— Sim, mas há outro motivo. Gostaria de acreditar que assim que você se tornar minha Consorte, ela vai perceber que não pode passar dos limites e que não tem mais controle. — Nyktos cerrou o maxilar. — Mas não estou certo disso, ainda mais depois de saber que ela já tentou sequestrar você antes. — Ele olhou para a mesa, franzindo o cenho. — Ela nunca demonstrou que tinha sentido sua presença.

— Como foi que ela sentiu as brasas se nem mesmo Kolis conseguiu? — perguntei, franzindo a testa.

— Veses é a Primordial dos Rituais, das *Ascensões*. E não apenas dos mortais. Se há algum Primordial capaz de sentir quando um deus ou semideus está próximo da Ascensão, esse alguém seria o verdadeiro Primordial da Vida e ela — explicou. — Mas Veses não consegue mais sentir nem quando um semideus está chegando ao fim da Seleção, não desde que Kolis tomou as brasas do meu pai, algo que a deixou irritada ao longo dos anos.

— Deixa eu adivinhar — falei. — O gesto de Kolis enfraqueceu as habilidades dela?

Nyktos confirmou com a cabeça.

— Mas ninguém se deu conta do quanto as brasas em você eram poderosas.

Refleti a respeito disso.

— Ou seja, Veses sabia que Taric e os outros dois deuses buscavam a origem da energia que sentiram no plano mortal, o que os trouxe até aqui. Ela também sentiu *algo* em mim, e acabou se dando conta de que eram as brasas Primordiais. E então, quando juntou as duas informações, percebeu que a origem era eu e pensou... O quê? Que Kolis ficaria furioso por você me esconder, então decidiu lidar comigo para que as coisas não se voltassem contra você?

— É o que parece — murmurou ele, coçando o queixo.

— Ela se importa com você.

As palavras deixaram um gosto ruim na minha boca, e eu detestava pensar nelas, menos ainda dizê-las, mas se Veses estava preocupada com o que poderia acontecer a Nyktos, então se importava com ele. Além disso, suas ações poderiam incitar tanto a raiva de Nyktos quanto a de Kolis.

Nyktos deu uma risada sem qualquer divertimento.

— De um jeito deturpado, ou pelo menos é o que ela diz.

Gostei ainda menos disso do que da ideia de Veses permanecer na cela por tantos motivos que não queria nem pensar. Mas também porque senti que faltava uma informação muito importante.

Uma descarga suave de energia passou da pele de Nyktos para a minha quando ele tocou no meu braço.

— Acho melhor você tentar descansar um pouco. Já está tarde. Podemos conversar sobre isso amanhã.

— Não quero deixar Reaver sozinho ou correr o risco de acordá-lo se me mexer — confessei, e Nyktos sorriu de leve antes de se agachar no chão, sentando-se logo abaixo de mim. — Você vai ficar aqui?

Nyktos encostou a cabeça na almofada e olhou para o teto.

— Enquanto você estiver aqui, também vou ficar.

— Não precisa fazer isso.

— Eu sei.

— Há lugares melhores para você se sentar.

— Estou bem aqui. — Ele olhou de relance para mim. — Mas você ainda devia tentar descansar um pouco. Reaver vai ficar bem.

Assenti.

— Mas não vai fazer isso.

Dei de ombros.

— Eu poderia usar a persuasão, sabe? — Ele esfregou um pedaço de pele esticada acima do coração. — Obrigar você a ser sensata e ir descansar.

— Poderia, mas não vai.

— Não. — Ele deu um suspiro. — Logo vai amanhecer e o dia vai ser longo.

A coroação. Finalmente. O dia de amanhã seria longo, assim como o dia seguinte, quando partiríamos para Irelone, mas a minha mente não estava pronta para relaxar. Não conseguia me livrar da sensação de que havia muita coisa a respeito de Veses, de Nyktos *e* Veses, que não fazia sentido. Havia algo que eu precisava saber. Algo que eu tinha de compreender.

— Você disse a ela que eu era a sua Consorte apenas no título.

A sombra de uma emoção surgiu no rosto dele, mas sumiu antes que eu conseguisse identificar o que era.

— Disse, sim.

O fôlego que tomei fez meus pulmões arderem, um sinal de alerta que escolhi ignorar.

— Por quê? — sussurrei. — Você queria que os demais Primordiais acreditassem que sentíamos atração um pelo outro, mas não queria que ela pensasse assim?

— Ela é diferente — respondeu ele, virando a cabeça enquanto passava a mão pelo rosto.

Fiquei tensa e depois me forcei a relaxar, olhando para Reaver.

— Como assim? Aliás, como foi que você explicou por que aceitaria uma Consorte apenas no título?

Nyktos não respondeu por um bom tempo conforme olhava fixamente para as paredes de pedra.

— É complicado, Sera.

— Aposto que consigo entender.

— Mas eu não sei explicar.

Aquela fachada rachou ainda mais.

— O que você quer dizer é que não *quer* explicar.

Nyktos fechou os olhos, pousando a mão no joelho dobrado.

Esperei. Como ele não disse mais nada, precisei me esforçar para conter o turbilhão de emoções dentro de mim.

— Você se importa com ela?

— Destinos... — Ele riu baixinho, sacudindo a cabeça. — Tenho pena dela. Eu a odeio. Isso é tudo o que sinto por Veses.

A resposta dele me deixou ainda mais confusa.

— E o que você sente por mim?

Nyktos ficou em silêncio e então inclinou a cabeça para trás para olhar para mim. O éter pulsou intensamente atrás das suas pupilas.

— Tantas coisas... Uma curiosidade e uma excitação que imagino ser expectativa. Necessidade. *Desejo* — respondeu ele com a voz rouca e baixa. — Às vezes você me diverte, em outras, me deixa furioso. Mas nunca deixo de *admirá-la*. Posso continuar a lista, mas, acima de tudo, o que sinto é a coisa mais próxima de paz que já senti em toda a minha vida.

O coque de cabelos escuros se soltou um pouco quando a ex-Escolhida e agora costureira inclinou a cabeça.

— Não se mexa — pediu Erlina suavemente.

— Boa sorte com isso — comentou Bele.

Erlina riu baixinho.

De cima de um banquinho no meio do meu quarto, fiz uma careta para a deusa. Antes que eu voltasse, alguém tinha limpado a bagunça que o confronto com Veses havia criado, mas ainda conseguia sentir a presença dela ali. O cheiro dela. Rosas. Repuxei os lábios de nojo.

— A propósito — acrescentou Bele, esparramada no sofá com a cabeça apoiada num braço e as pernas no outro. Ela sequer olhava para mim enquanto girava a adaga na mão pela enésima vez, algo que vinha fazendo desde que Aios acabara de pentear meu cabelo e saíra. — Fiquei sabendo que Jadis teve um ataque quando Nektas a deixou com Reaver nas montanhas e percebeu que não viria para a coroação.

Arqueei as sobrancelhas.

— É mesmo?

— Aham.

Fiquei um pouco triste. Adoraria ver a filhote de dragontino lá. Mas mesmo com a permissão de Kolis, as coisas ainda poderiam acabar mal. E depois do que acontecera com Reaver, ninguém queria arriscar que os filhotes ficassem em perigo.

— Você está se mexendo de novo — disse Bele.

Olhei de esguelha para ela.

— Não estou, não.

— Você está se balançando — confirmou Erlina.

Estava?

— É, como se tivesse enchido a cara de vinho — acrescentou Bele.

Erlina cortou uma linha perto da curva do meu quadril.

— O que você está fazendo aqui, aliás? — perguntei, o tom de voz parecido com o da minha mãe quando ela me via em algum lugar onde eu não deveria estar. Minha felicidade ao ver Bele chegar com Aios tinha acabado cerca de quinhentos comentários atrás.

— Mandando você ficar parada.

— Você está fazendo um péssimo trabalho — murmurou Erlina, que segurava uma agulha entre os dentes.

Revirei os olhos. Bele deu um muxoxo.

— Não me mexi tanto assim — eu me defendi.

As mãos de Erlina se detiveram quando ela olhou para mim com os olhos castanho-escuros e as sobrancelhas arqueadas.

— Que seja — murmurei.

— Nunca conheci alguém tão ansiosa quanto você. — A adaga girou no ar mais uma vez. — Parece até que tem *sparanea* nas veias em vez de sangue.

Fiz uma careta.

— *Sparanea?*

— Sim, são aranhas minúsculas muito rápidas e supervenenosas. São vistas por toda parte nas montanhas de Sirta quando começa a nevar — explicou ela, referindo-se à Corte de Hanan.

— Mas que porra…? — sussurrei, estremecendo quando a minha mente imediatamente começou a evocar imagens de aranhas minúsculas rastejando dentro de mim.

— Você piorou a situação — reclamou Erlina.

Bele deu uma risada suave e casual.

— Desculpe. Mas, ei, pelo menos não falei nada sobre as aranhas que são do tamanho de um cachorro.

— Aranhas do tamanho de um cachorro? — sussurrei.

— Aham. Elas adoram os pântanos. São enormes e é apavorante esbarrar com uma delas correndo por aí. Mas não mordem — continuou ela enquanto eu decidia que não tinha mais vontade nenhuma de conhecer o restante do Iliseu se aquelas coisas viviam no reino. — Elas têm mais medo da gente do que a gente deveria ter delas.

— É impossível *não* ter medo de uma aranha do tamanho de um cachorro.

Bele deu uma gargalhada.

— Então, é melhor nem te contar sobre as cobras…

— Pare de falar, por favor — pedi.

Ela riu.

Erlina cortou outra linha.

— Não tem problema, sabe? — disse a costureira baixinho. — Ficar nervosa. — Ela olhou para mim. — É normal se sentir assim.

— Verdade. — Bele pegou a adaga um centímetro antes que se cravasse em seu peito. — Não é todo dia que alguém é coroada Consorte do Primordial da Morte diante de uma imensa multidão formada por deuses e Primordiais.

Olhei de esguelha para Bele enquanto ela jogava a lâmina no ar mais uma vez.

— Espero que você deixe a adaga cair e ela acabe dentro do seu olho.

Bele a pegou.

— E a cidade inteira de Lethe — continuou. — Quando vi Ector hoje cedo, ele me disse que grande parte da Prefeitura já estava lotada. Sabe, ainda bem que vou precisar ficar aqui. É gente demais.

Meu coração disparou. Embora tivesse ficado aliviada ao saber que Ector estava bem, eu estava mais nervosa do imaginava e talvez até meio atônita. Tudo bem. Muito atônita, o que me pareceu estranho, levando em conta que eu tinha me preparado para aquele momento durante toda a vida. Era surreal, e eu duvidava muito de que a falta de sono tivesse alguma coisa a ver com isso.

— Pronto. — Erlina se endireitou e deu um passo para trás, olhando para mim. — Acho que acabamos.

Respirei fundo, voltando lentamente ao presente.

— O quê?

— O vestido. — A ex-Escolhida pegou a minha mão. — Aqui.

Ela me ajudou a me virar no banquinho para que eu ficasse de frente para o espelho de corpo inteiro que havia trazido consigo. Vi a minha imagem refletida ali.

Meus cabelos não tinham sido escovados com força, haviam sido domados por um tipo de óleo que Aios esfregou entre as mãos depois de trançar as laterais para trás. Cachos e ondas platinadas e sedosas desciam em cascata pelas minhas costas.

Não havia nenhum véu cobrindo meu rosto, mas mal notei as sardas. Um pó dourado e cintilante destacava a curva da minha testa e maçãs do rosto, e a sombra marrom que Aios aplicou nas minhas pálpebras e cílios inferiores realçava o verde das minhas íris. Ela havia pintado meus lábios com uma cor um pouco mais escura do que costumavam ser.

E o vestido...

Não era branco nem transparente, mas de um tom quente de prata semelhante àquele raro tom dos olhos de Nyktos quando ele estava relaxado ou achava graça de algo. As mangas tinham um padrão delicado de renda parecido com os arabescos que eu via nas túnicas de Nyktos e seus guardas. A mesma estampa descia pelo restante do vestido, que se ajustava como uma segunda pele do busto até os quadris. A partir daí, camadas de tecido macio de chiffon haviam sido cuidadosamente costuradas para que as saias esvoaçassem até o chão. Pequenos diamantes cintilavam dos meus braços, busto, cintura e saias. O vestido era a própria luz das estrelas.

— Gostou? — perguntou Erlina, deslizando o lacinho preso à parte de baixo da manga no meu indicador de ambas as mãos.

— É lindo — sussurrei.

— Você está linda. — O rosto de Bele apareceu por cima do meu ombro. — De verdade.

Pigarreei.

— Obrigada. — Eu me virei para Erlina. — Muito obrigada.

Suas bochechas marrom-claras reluzentes coraram.

— Foi um prazer e uma honra fazer esse vestido para você.

— Não sei como você fez isso. Eu levaria anos para costurar algo assim. — Dei uma risada sem jeito. — Na verdade, não conseguiria fazer isso nem se levasse a minha vida inteira.

— Eu também não — murmurou Bele, e Erlina ignorou os comentários, mas seu sorriso se alargou.

Com a ajuda de Bele, desci do banquinho com cuidado.

— Você vai à coroação?

Erlina confirmou com a cabeça.

— Por sorte, as coroações são muito parecidas com os Rituais. Todos os mortais e semideuses presentes estarão de máscara.

Fiquei feliz por saber que ela estaria lá, mas continuei preocupada enquanto calçava os sapatos de salto alto.

— E é seguro?

— Os mortais e semideuses ficam tão longe dos demais que não dá para saber quem está entre eles — respondeu Bele. — Além disso, a maioria dos Escolhidos que foram trazidos para as Terras Sombrias estão aqui há tanto tempo que, se algum deus ou Primordial se alimentou deles enquanto estavam em Dalos, seu sangue já enfraqueceu a essa altura.

— Graças aos Destinos — murmurou Erlina. Em seguida, ela apertou as minhas mãos. — Vejo você lá, Vossa Alteza.

— Não me ch... — Ao notar o olhar penetrante de Bele, suspirei. — Nos vemos, Erlina.

Erlina saiu com a bolsa de costura, deixando o espelho para buscar mais tarde. Bele fechou a porta atrás da costureira enquanto fui apanhar a adaga de pedra das sombras e sua bainha em cima do baú perto do armário.

Peguei-a e levantei as saias com delicadeza.

— O que você...? — Bele deu uma risadinha enquanto eu prendia a bainha em volta da coxa. — Gostei do toque.

— Nunca saio sem ela — comentei, firmando a bainha e depois abaixando o pé. Observei as saias cintilarem de volta até o chão.

— Só não esqueça que essa adaga não vai adiantar de nada contra um Primordial — aconselhou Bele. — Você sabe, no caso de algum deles decidir mandar a tradição à merda.

— É, como se eu fosse me esquecer disso depois de cravar uma adaga no olho de Veses e ela não dar a mínima.

— Nossa, como eu gostaria de ter visto essa cena.

— Foi bem nojento. — Olhei de relance em sua direção. — Ela ainda está dormindo?

Bele confirmou com a cabeça.

— Espero que pelos próximos cem anos, mas duvido que tenhamos tanta sorte assim.

— Sim, mas quanto tempo temos antes que alguém dê falta dela e venha procurá-la? — perguntei.

Se bem que, depois que Nyktos conseguir transferir as brasas para si, o paradeiro de Veses não será da menor importância para ninguém, pois ele Ascenderá como o verdadeiro Primordial da Vida.

Ela bufou.

— Você acha mesmo que a Corte que Veses governa se importa com ela a ponto de perceber que está desaparecida? Bem, saiba que a resposta é não. Para ser sincera, aposto que a maioria está feliz que ela esteja ausente.

Bem, saber disso me deixou meio triste. Mas não queria me sentir mal por ela porque eu era mesquinha e ainda não entendia muito bem o que se passava entre Veses e Nyktos. Ele dizia que não a suportava, mas a deixava se alimentar dele e fazer sabe-se lá mais o quê. E Veses se importava com ele o suficiente para não querer vê-lo ter problemas com Kolis. Por outro lado, eu tinha a impressão de que alguém sabia o que se passava entre os dois.

— Você sabe se Rhain ainda está aqui? — perguntei.

— Está, sim. Ele vai acompanhá-la até Lethe.

Olhei para as portas fechadas. Não era a hora mais apropriada para aquela conversa, mas...

— Gostaria de vê-lo rapidinho, se você souber onde ele está.

A curiosidade ficou estampada no rosto dela.

— Ele está aqui perto. Vou lá buscá-lo. — Bele baixou o olhar para o vestido. — Tente não se mexer muito, acho que vai ser mais prudente.

— Pode deixar — respondi com um sorriso, embora fosse bem difícil ficar parada enquanto Bele ia buscar Rhain. Por sorte, em poucos minutos ela estava de volta com um Rhain bastante confuso.

— Você queria me ver? — perguntou ele, de pé ali com a mão no punho da espada.

— Queria, sim — falei, e então, para Bele: — Você pode nos esperar no corredor?

Ela arqueou as sobrancelhas.

— É mesmo necessário?

— Prefiro que sim.

— Mas eu sou enxerida...

Fiquei olhando fixamente para ela enquanto Rhain parecia ainda mais desnorteado.

— Tudo bem — resmungou Bele. — Vou esperar no corredor.

Assim que a porta se fechou, me virei para Rhain.

— Preciso perguntar uma coisa.

Ele inclinou a cabeça sob a luz forte do lustre, que deixava seus cabelos mais ruivos do que louros

— E não poderia falar na frente de Bele?

Uma Luz na Chama / 607

— Achei que você não responderia se ela ou outra pessoa estivesse presente — respondi.

— Tenho um mau pressentimento sobre isso — murmurou ele, pigarreando. — O que você quer saber?

— Daqui a algumas horas, serei a Consorte. Presumo que isso signifique que terei certa autoridade sobre as pessoas que vivem aqui, incluindo os guardas de Nyktos.

Rhain estreitou aqueles olhos cor de avelã.

— Sim, você terá.

— Então se eu te perguntar alguma coisa, você terá que me responder honestamente, certo?

— É... — disse ele bem devagar. — Acho que sim.

— Sendo assim, espero que você responda à minha pergunta agora para que não tenha que ordená-lo a fazer isso daqui a algumas horas — concluí, enquanto uma expressão desconfiada surgia no rosto dele. — Sei que não é uma hora muito oportuna, mas quero saber o que Nyktos sacrificou por mim.

Rhain pestanejou, e demorou alguns segundos para que a sua expressão se suavizasse.

— Não foi isso que eu quis dizer...

— Não acredito que você estivesse sendo dramático, como Ector afirmou. Você sabe de alguma coisa.

Ele olhou para mim, com os ombros tensos.

— Por que você quer saber?

— Porque sim.

— Vou reformular a pergunta: você realmente se importa se ele se sacrificou ou não?

Retesei o corpo.

— Eu não teria perguntado se não me importasse. Acredite se quiser. Sei que não vou persuadi-lo a mudar de ideia. E, para ser sincera, não me importo nem um pouco com isso. Basta responder à minha pergunta. *Por favor.*

Rhain sustentou o meu olhar, mas logo tirou os olhos de mim e praguejou baixinho.

— Eu não deveria ter comentado nada. Ele pode até me matar se descobrir o que fiz.

Duvido muito que Nyktos fosse matá-lo.

— Não vou repetir o que você me contar.

Os olhos dele se voltaram para os meus, com o brilho atrás das pupilas ainda mais forte.

— E eu devo acreditar nisso?

— Ao contrário do que você possa pensar a meu respeito e apesar da sua antipatia por mim, não quero ver você nem ninguém aqui morto — respondi secamente. — Muito menos por Nyktos.

— Bem, espero mesmo que isso seja verdade. — Rhain mudou o peso de um pé para o outro, voltando a praguejar enquanto erguia o olhar para o lustre. — Eythos manteve o maldito acordo que fez com o seu antepassado em segredo por muito tempo.

Fui tomada pela surpresa. Não esperava que *aquilo* viesse à tona.

— Nyktos também — continuou ele. — Nenhum de nós sabia disso até que... até que outra pessoa descobriu alguns anos atrás. Agora, como? Não faço a menor ideia. Os acordos costumam ser conhecidos apenas por quem os fez e pelos Arae, isso porque aqueles sacanas intrometidos têm que saber de tudo — disse ele, franzindo os lábios. — Ela só descobriu a respeito do acordo, não de tudo que Eythos fez paralelamente. Mas saber sobre você era tudo de que precisava.

Uma constatação gélida percorreu minha nuca.

— *Ela?*

— Veses. — Ele deu uma risada seca e rouca. — Sim, ela descobriu alguns anos atrás. Ameaçou contar a Kolis que Nyktos tinha uma Consorte no plano mortal, algo que sabia que o deixaria bastante intrigado. E por intrigado quero dizer que Kolis tiraria você do plano mortal e a usaria para atingir Nyktos.

De repente, lembrei-me de Veses com as mãos em cima de Nyktos do lado de fora do escritório. *Ouvi dizer que você tem uma Consorte.* Presumi que aquilo significava que ela não sabia. Mas havia um tom estranho em sua voz. Não de surpresa, mas de... aborrecimento.

Uma Luz na Chama / 609

Agora fazia sentido Nyktos ter dito a Veses que eu era a Consorte apenas no título. Ela sabia sobre o acordo, estava muito bem informada. Não deixava de ser doloroso, mas ao menos dava para entender.

— E, para a sua sorte, acho que a obsessão de Veses por Nyktos é maior que a lealdade dela a Kolis — disse Rhain, me deixando ainda mais angustiada. — Nyktos conseguiu negociar com ela e fazer com que ficasse de boca fechada. — Ele olhou para o chão, repuxando os lábios num sorriso de escárnio. — Dando-lhe algo em troca.

Eu gelei. De repente, não queria mais saber de nada daquilo. Senti que talvez fosse melhor deixar para lá. Mas, então, me lembrei de Veses dizendo que Nyktos mentira para ela. Rhain havia acabado de confirmar o que eu já sabia: que ela desconhecia a existência das brasas, mas suspeitava que havia algo mais naquela história. Algo que ele estava escondendo, embora *anos* atrás Nyktos ainda não soubesse sobre as brasas. Algo pelo qual ele...

Ele está disposto a fazer qualquer coisa por você...

Eu precisava saber exatamente o que era.

— O que ela pediu em troca? — perguntei com a voz rouca.

— Ele concordou em... atender à necessidade de Veses por sangue. Em alimentá-la toda vez que ela quisesse.

Entreabri os lábios e, por um momento, não senti absolutamente nada.

— Seria de esperar que isso não acontecesse com muita frequência. Primordiais não precisam se alimentar tanto assim, a menos que estejam enfraquecidos, mas Veses não passa muito tempo sem fazer uma *visitinha*. E que escolha ele tem, se não pode recusá-la? — O olhar dele se voltou para o meu. — Não quando *você* está em jogo.

E então eu senti *tudo*.

Dei um passo para trás, afastando o corpo inteiro do que Rhain havia me contado. Eu não entendia por que Nyktos deixava que Veses o tocasse e se alimentasse dele. Até aquele momento. Fazia sentido ele não ter me contado antes. Afinal, ele servia às necessidades de Veses para manter o acordo, a *mim*, em segredo.

Ai, deuses. Achei que fosse começar a vomitar.

— Mas por que ele fez isso?

Rhain me encarou.

— Você sabe muito bem por quê.

Fechei os olhos com força. Ele tinha razão. Eu sabia. Pelo mesmo motivo que Nyktos não tinha me aceitado como sua Consorte três anos atrás: me proteger de Kolis.

— Bons deuses, eu...

A caixa em que tranquei minhas emoções se despedaçou, e não consegui dizer nada em meio à tempestade que explodia dentro de mim. Fui tomada por uma onda de incredulidade e horror, o mesmo que sentira no momento em que Kolis fizera sua exigência, mas essa *crueldade* era completamente diferente. Dei mais um passo atrás como se me pudesse distanciar daquilo, mas não consegui. Era impossível.

Como ele pôde concordar com uma coisa dessas para me proteger se nem me conhecia ainda? Por que ele havia se sujeitado a algo que em nenhuma circunstância ofereceria a ela?

Nyktos sacrificara o próprio direito de se negar a alguém.

De repente, eu me lembrei de como todos ficaram chocados ao saber que Nyktos não reagiu quando toquei nele. Eu havia sido informada de que ele não gostava de ser tocado...

E quando ele me disse que não queria ninguém além de mim. *Queria*. Ai, deuses.

— Pode até ser que Veses quisesse acabar com você porque descobriu sobre as brasas e sabia que isso poderia prejudicar Nyktos. Mas ela também sabia que sua influência sobre ele estava chegando ao fim — disse Rhain, e me lembrei do que Nyktos havia me dito na noite passada: "ela não tem mais controle". — Ninguém vai me convencer de que não foi por isso que ela veio atrás de você. Afinal, depois que se tornar a Consorte, ela não terá mais nenhum segredo para guardar.

— Ele podia ter parado... — Não consegui concluir a frase. — Todos descobriram sobre mim semanas atrás. Ele não sabia que Veses ainda podia sentir que eu estava próxima da Ascensão... — Parei de falar e permaneci em silêncio.

Porque as brasas não importavam.

Nyktos não estava protegendo as brasas. Não há uma semana. Nem meses. Ou mesmo anos atrás.

Ele estava protegendo a *mim*.

— Ninguém entendia por que ele tolerava a presença dela quando era evidente que não a suportava. — Rhain passou a mão pelos cabelos até chegar na nuca, e eu senti um aperto no peito. — Mas ele não nos contou nada, sabe? Só Ector e eu descobrimos porque, depois de uma das visitas de Veses, ele ficou muito mal. Ela...

Não precisei de muita imaginação para entender o que ele não quis dizer. Se Nyktos ficou mal, só pode ter sido porque Veses bebeu sangue demais dele.

— A pele fria dele... — murmurei. — Nyktos me disse que sua pele era fria porque ele é a Morte.

— Mas ele não é o verdadeiro Primordial da Morte — disse Rhain. — A pele de Nyktos não devia ser assim.

— Sim. Sua pele é fria porque... — Dei um suspiro entrecortado. — Porque Veses se *alimenta* dele.

Rhain não me respondeu. Nem precisava, pois eu já sabia. Estava certa quanto às minhas suspeitas.

Nesse instante, senti minha pele se aquecer e as brasas começaram a vibrar. Uma fúria incandescente invadiu todas as células do meu corpo. Um tremor me atingiu...

— Puta merda — sussurrou Rhain, com a luz tremeluzindo sobre o rosto e pelas paredes enquanto ele olhava para o lustre tremendo. — É... é você. É você que está fazendo isso. — Ele disparou para a frente, diminuindo a distância entre nós. Em seguida, pegou o meu rosto com ambas as mãos, me forçando a encará-lo. — Você precisa se acalmar. Não posso detê-la como Nyktos fez sem a deixar inconsciente de um jeito muito mais doloroso, o que sequer é uma opção, já que ele ficaria furioso comigo se eu a machucasse. Mas também não quero saber como é ter um palácio desabando na minha cabeça.

As brasas zumbiam poderosamente, mas a fúria... A fúria era a mesma que senti quando olhei para Kolis, quando senti a presença *dela* dentro de mim. Mas dessa vez era só *eu*. Minha fúria era tão absoluta e terrível que acabou *me* acalmando. Não as brasas. *A mim*. As brasas ainda zumbiam, mas forcei o lustre a parar de se sacudir.

E assim foi.

Respirei fundo.

— Eu vou matar Veses.

Rhain arregalou os olhos, alarmado.

— Você não pode matar uma Primordial, Sera.

— Pois aguarde e verá — prometi.

40

Rhain disparou na minha frente, bloqueando as portas para onde eu estava indo.

— Você não pode fazer isso.

Estreitei os olhos para o deus.

— Ah, não?

— Além de Veses ser uma Primordial e você não ser capaz de matá-la — começou ele —, você tem uma coroação para ir.

— Mas posso tentar. — Desviei dele. — E ainda conseguir fazer as duas coisas. Sou multitarefa.

Rhain deu um grunhido baixo e continuou a bloquear o meu caminho.

— Sei que você ficou com raiva. Mais do que imaginei que ficaria. Mas não posso deixar que faça isso. Nós vamos cuidar de Veses.

— Como? — indaguei. — Como vocês vão cuidar dela?

O éter pulsou intensamente nos olhos dele.

— Acha mesmo que Nyktos vai perdoar o que ela fez com você e Reaver? Não mesmo. Aquela vadia está com os dias contados. Ela não vai permanecer muito tempo neste plano. No momento em que Nyktos tiver as brasas dentro de si e Ascender, será o fim de Veses.

614 / *Jennifer L. Armentrout*

Demorei um pouco para entender o que Rhain disse em meio a toda aquela fúria. Voltei o olhar para a porta atrás dele, onde Bele nos esperava no corredor. Quando trouxe Bele de volta à vida, acabei a Ascendendo e ameaçando a posição de Hanan como Primordial da sua Corte. Depois que as brasas forem transferidas, Nyktos será capaz de Ascender outro deus para substituir um Primordial morto. Aquela vadia, por exemplo.

Olhei para a porta, abrindo e fechando as mãos ao lado do corpo. Rezei para que Rhain tivesse razão e que os dias dela estivessem mesmo contados, mas adoraria arrancar as presas daquela boca medonha e enfiá-las goela abaixo.

Rhain deu um passo na minha direção.

— Nyktos está à sua espera, Vossa Alteza.

Pisquei, atônita.

— Não me chame assim.

— Mas você será minha Rainha — disse ele, contraindo os ombros de novo. Dessa vez, quase chegaram até as orelhas. — Na verdade, você já é.

Eu o encarei, sem saber o que pensar de Rhain, justo ele, me dizendo tal coisa, mas não tinha cabeça para isso no momento.

Não quando estava tomada de fúria. E tristeza.

Fechei os olhos, sentindo um aperto no peito e o estômago revirado. Nyktos... Ele nunca teria partilhado seu sangue com Veses se ela não tivesse descoberto quem eu era. Era coerção, quer ele tivesse oferecido ou concordado com isso. Chantagem. Detestei saber que ele estava naquela situação. Odiei saber que era por minha causa, e que eu desconhecia isso até então.

Por que ele faria isso por uma Consorte que sequer desejara?

Isso ia além da bondade e alcançava um nível que eu sequer conseguia imaginar, mas que sabia, sem sombra de dúvida, não merecer. Ora, só conseguia pensar em poucas pessoas *dignas* de tal gesto. Ezra era uma delas. Marisol. Perdi o fôlego. *Nyktos*. Ninguém deveria ter que fazer uma coisa dessas. Mas ele merecia o mesmo tipo de *sacrifício*.

A culpa pesou em meu peito. Não porque me sentisse responsável pelo que Veses havia imposto a Nyktos, mas porque, como Bele havia me dito, a relação dele com Veses não fazia sentido. Eu sabia disso, mas a mágoa ofuscou algo que estivera bem na minha cara. E eu jamais teria imaginado que fosse por causa disso. Não ia querer saber.

— Quem sabe disso? — perguntei. — Você e Ector?

— E Nektas.

Isso não me surpreendeu. Nektas parecia saber de tudo. Mas ele não teria me contado isso.

— Você está bem? — perguntou Rhain baixinho.

— Não — sussurrei, abrindo os olhos. — Eu... não quero que ele tenha feito isso por mim. Nem por ninguém.

— Eu sei — disse ele, me analisando. — Veses esteve aqui... — A compreensão ficou estampada no rosto dele. — Foi isso que a fez perder o controle naquele dia. Você os viu. — Ele praguejou, passando a mão pelos cabelos. — Eu não entendi o que havia mudado entre você e Nyktos, mas foi ela.

Não adiantava mentir.

— Sim, eu vi os dois.

— E ele não te contou por que estava com Veses.

Sacudi a cabeça.

Rhain cerrou o maxilar.

—- Nyktos não ia querer que você soubesse da vergonha dele.

— A vergonha não é de Nyktos. — Retesei tanto o corpo que os diamantes minúsculos da roupa pareciam estar cortando a minha pele. — É dela.

Os olhos dele assumiram um brilho mais âmbar do que castanho.

— Nós dois sabemos disso, mas será que nos sentiríamos assim se estivéssemos no lugar dele?

— Não.

Não precisei parar para pensar. E, deuses, isso... Isso me deixou de coração partido. Eu mal conseguia falar sobre como Tavius se comportava comigo. Até minimizei suas ações, pois era muito difícil falar sobre isso. E o que ele fez não chegava nem perto do que Veses havia feito com Nyktos. Franzi os lábios, piscando os olhos para conter as lágrimas.

Uma batida na porta interrompeu a nossa conversa.

— Tudo bem aí? — gritou Bele.

Rhain se voltou na minha direção.

Respirei fundo, assentindo, antes de soltar o ar lentamente e relaxar as mãos ao lado do corpo.

— Nyktos está me esperando.

Ele se virou para a porta, depois me encarou.

— Você o ama?

O chão pareceu se mover sob meus pés. Amar? Nyktos? Tentei falar, mas não consegui encontrar as palavras certas.

Rhain inclinou a cabeça para trás.

— Acho... acho que eu estava enganado a seu respeito.

— Vocês notaram algo estranho? — perguntou Lailah assim que entramos no saguão. As tranças na altura dos ombros se afastaram de seu rosto quando ela olhou para as velas de vidro. — Posso jurar que senti o palácio inteiro tremer alguns minutos atrás.

— Que estranho — murmurou Rhain, mas não disse mais nada.

Não consegui parar para pensar sobre o fato de não ter perdido o controle. Que a raiva em si havia me acalmado. Eu ainda estava desnorteada tentando me recompor depois de saber o que Nyktos havia feito para me manter em segurança. O que ele havia passado antes mesmo que eu o conhecesse.

O gosto da bile na garganta ameaçava me sufocar quando Saion e Rhahar entraram. Os dois interromperam a conversa e se entreolharam em silêncio por tanto tempo que me arrancaram dos meus pensamentos.

Bele agitou a mão na frente do rosto.

— Ela é tão bonita, não é?

Lancei a ela um olhar enviesado.

— Nós já sabíamos disso — disse Saion, com as sobrancelhas arqueadas. — Mas o vestido...

— Parece a luz das estrelas — concluiu Rhahar.

Ao sentir as faces coradas, murmurei:

— Obrigada.

Saion sorriu e estendeu a mão para as pesadas portas de pedra, empurrando-as para abrir. Saí do palácio e desci alguns poucos degraus até o pátio. A primeira coisa que vi foi Orphine e o irmão gêmeo, Ehthawn. Os dois enormes dragontinos de escamas da cor meia-noite estavam empoleirados na Colina e, ao longe, pude ver a silhueta de outros dragontinos sobrevoando os Bosques Moribundos. O som de rodas atraiu o meu olhar.

Uma carruagem puxada por cavalos avançou em meio a um pequeno exército de guardas montados. Havia quase... cem deles. Pisquei os olhos, concentrando-me no desenho entalhado na lateral da carruagem. As videiras. O lobo branco. Era o mesmo desenho que havia nas portas da sala do trono.

Um lado das portas da carruagem se abriu e Ector colocou a cabeça para fora. Ele arregalou os olhos de leve e então suavizou a expressão ao estender a mão para mim.

— Pronta?

Engoli em seco, assentindo com a cabeça, enquanto Saion pulava no banco do condutor. Comecei a avançar, mas me detive assim que vi os outros deuses montarem a cavalo. Apenas Bele ficou parada junto às portas.

— Esperem um pouco — gritei, apreensiva. Saion espiou por cima do ombro. — Se todos vocês estão aqui, quem está com... Nyktos?

— Nektas — respondeu Rhahar, segurando as rédeas com força. Ele voltou a olhar para a frente. — E todo o exército das Terras Sombrias, creio eu.

Ah.

— Sera? — Ector balançou os dedos para mim.

Respirei fundo, levantando a barra do vestido enquanto segurava a mão quente e entrava na carruagem mal iluminada. Havia dois bancos equipados com almofadas brancas e grossas. Sentei com cuidado numa delas.

— Vou ficar aqui fora a maior parte da viagem — avisou Ector.

— Tome cuidado — murmurei.

Ector hesitou por um instante antes de assentir. Vi-o sair da carruagem e ficar de pé num dos trilhos da lateral. Rhain guiou o cavalo para perto de Ector, e então a porta se fechou. Ouvi uma batida no teto. A carruagem sem janelas entrou em movimento.

Você o ama?

Minhas palmas estavam suadas, por isso mantive-as na almofada ao meu lado enquanto observava as videiras e folhas de álamo entalhadas ao longo das paredes internas e do teto. A carruagem seguia a um ritmo acelerado, mas não sei quanto tempo se passou antes de ser atingida pela realidade do que Nyktos havia sacrificado por mim, do que eu sentia por ele e do motivo pelo qual eu reagira tão intensamente ao vê-lo com Veses e ao descobrir a verdade.

Você o ama?

— Ai, deuses...

Afundei na almofada enquanto pressionava a mão nos minúsculos diamantes que adornavam o corpete do vestido. Senti o coração bater descontroladamente através das camadas de tecido diáfano. Meu peito parecia quente e inchado, mas não eram as brasas.

Só havia uma razão para reagir dessa maneira. Olhei para a mão pressionada no peito, para o espaço logo acima do meu coração.

Meu coração.

Eu... Eu amava Nyktos. Eu amava...?

Outro tremor percorreu as minhas mãos quando ergui o olhar para o banco vazio à minha frente. Engoli em seco. Eu não fazia ideia de como era o amor, então era melhor manter a calma. Talvez fosse uma consequência do estresse, de tudo que havia acontecido. Ou só uma indigestão.

Dei uma risada estrangulada que ecoou pela carruagem vazia.

Indigestão? Até parece.

A porta da carruagem se abriu, deixando entrar uma lufada de ar que trazia o cheiro de lilases podres antes que Ector a fechasse. Ele se acomodou no banco à minha frente.

— Estamos quase na entrada de Lethe, que leva até a Prefeitura, onde Nyktos nos espera.

Olhei para ele, com o coração tão agitado quanto as rodas da carruagem.

— Não houve nenhum problema até agora. Só algumas Sombras, mas tudo foi resolvido rapidamente... — Ector franziu o cenho. — Você está bem? Parece meio pálida.

— Acho que vou vomitar — sussurrei.

Ele piscou os olhos.

— Devemos parar a carruagem?

— Não. Não. Acho que não.

Ou, pelo menos, esperava que não.

— Bele comentou que você estava nervosa. Não acreditei nela. Acho que nunca a vi nervosa antes. — Ele inclinou a cabeça para o lado. — Mas, sim, você está mesmo nervosa. — Ele se inclinou para a frente, apoiando as mãos nos joelhos. — Você me faz lembrar da minha irmã.

Aquilo me tirou da minha espiral de pânico.

— Irmã?

Ele confirmou com a cabeça.

— Ela estava tão apavorada antes do casamento quanto você. Me disse que o estômago parecia cheio de criaturas aladas.

Era assim mesmo que o meu estômago parecia estar.

— Claro que era uma situação completamente diferente. Uma união feita por amor e tudo o mais. — Ele deu um sorriso fraco. — Mas acho que em todos os casos o nervosismo é o mesmo.

— Uma união por amor? — Agora aquelas criaturas aladas invadiram o meu peito.

— Namoradinhos de infância ou algo assim. — Ele sorriu, com um brilho distante mas caloroso no olhar. — Olha, sei que quando entrou nessa história toda você tinha... outros planos e não deve ter pensado muito no futuro. Também não faço a menor ideia do que se passa entre vocês dois na maior parte do tempo, mas Nyktos sempre será gentil com você.

— Eu sei. Deuses, e como sei. — Dei outra risada sem graça e vi quando ele voltou a franzir a testa. — Não é isso.

— Então, o que é? Está preocupada que aconteça alguma coisa? Pois não deveria...

— Eu quero ser a Consorte de Nyktos — confessei. — Quero isso mais do que já quis qualquer coisa na vida... — Acho que ainda mais do que o fim da Devastação e que Kolis fosse detido. E também queria matar Veses, de modo lento e doloroso, então havia *outras coisas* que eu queria tanto assim, mas... — Quero mesmo.

Ector ficou boquiaberto enquanto a carruagem parava de andar. Nenhum dos dois se mexeu. Nem mesmo quando uma batida soou no teto.

— Não esperava que você me dissesse isso — sussurrou ele, o éter pulsando atrás das pupilas. — De jeito nenhum.

— Nem eu — admiti, com a voz tão baixa quanto a dele.

— E é por isso que está nervosa?

Fiz que sim com a cabeça.

As portas da carruagem se abriram, mas dessa vez não consegui sentir o cheiro de flores podres. Havia tantos aromas... Fumaça de lenha, comida e óleo queimado.

— Tudo bem aí dentro? — perguntou Rhahar.

— Sim. — Ector abriu um sorriso lento, mas largo. — De fato está.

— Tudo bem então — disse Rhahar lentamente, virando-se para mim. — Nyktos está esperando por você lá dentro.

Senti um aperto tão forte no peito que fiquei com medo de estar à beira de um infarte, mas procurei relaxar. Fiquei de pé sobre pernas que pareciam frágeis como palitos de dente e peguei a mão de Rhahar, vendo somente as fileiras de guardas montados atrás dele e uma parte da Colina. Ele me ajudou a sair da carruagem enquanto um dos dragontinos voava baixo acima de nós, com as asas bem abertas. Acompanhei sua descida até o topo de uma colunata construída sobre blocos sólidos formando vários arcos que davam na Prefeitura. Dei um passo para trás, observando a extensa estrutura de colunas de pedra das sombras que tinha como pano de fundo o céu cinza-grafite e a luz dispersa das estrelas. A Prefeitura era aberta como eu esperava, mas bem maior que a de Lasania. De trás das colunas vinha o brilho suave e amarelado de luz e o zumbido de... de música e risadas.

Voltei o olhar para os homens a postos na entrada da Prefeitura e nos arredores. Também eram guardas, mas usavam capacetes feitos com uma fina camada de pedra das sombras que cobria seus rostos e pescoços. Soldados.

— Por aqui.

À medida que as fileiras de soldados abriam passagem, a mão de Rhahar se manteve firme em torno da minha e percebi que devia ser porque ela tremia demais.

Ector e Rhain caminharam atrás de mim, junto com Saion e os gêmeos, enquanto Rhahar me levava até uma torre que parecia uma versão menor do Templo das Sombras. A construção sem janelas, que devia ser a entrada, era menos grandiosa, mas refletia a luz das estrelas de tal forma que parecia que milhares de velas revestiam as paredes.

Rhahar caminhou rapidamente pelas fileiras de soldados, mas não sei se a velocidade era devido à sua pressa de se livrar de mim ou de me colocar sob a segurança dos olhos de Nyktos.

As criaturas aladas que Ector havia mencionado pareciam atacar meu coração. As portas da torre se abriram, e logo reconheci aqueles cabelos cor de vinho tinto sob o céu escuro. Aios estava ao lado de quem eu acreditava ser Kars, o guarda musculoso e de cabelos louros que se ofereceu para ficar de olho em mim. Estava usando um vestido sem mangas verde-esmeralda.

Ela se aproximou, pegando a minha mão de um Rhahar provavelmente bastante aliviado.

— Você está linda — disse ela, alisando com a outra mão uma das tranças na lateral da minha cabeça enquanto Kars fazia uma reverência. Em seguida, passou o meu braço sob o dela, andando em um ritmo só um pouco mais lento conforme os guardas nos cercavam. — Quer perguntar alguma coisa antes de entrarmos?

É bem provável que as criaturas aladas tivessem chegado à minha cabeça porque minha mente estava vazia, exceto por...

— Você já se apaixonou?

A surpresa ficou estampada no rosto dela.

— Já.

— Qual é a sensação? — sussurrei.

Ela diminuiu o ritmo.

— É difícil de explicar, e acho que nem todo mundo sente a mesma coisa — começou ela. — Mas para mim, era como... como estar em *casa*, mesmo num lugar desconhecido.

Eu me sentia assim, mas as brasas reconheciam Nyktos, não é? Por outro lado, eu sabia que elas não eram responsáveis pelo que eu sentia por ele, embora eu pudesse ter confundido isso com uma emoção mais significativa.

— E parece que você está sendo vista pela primeira vez — continuou ela, com um sorriso suave nos lábios enquanto o meu estômago despencava. — E ouvida. Sei que não faz muito sentido, mas é como ser... *conhecida* de uma forma que você nunca foi antes.

Deuses, aquilo *fazia* sentido. Eu me sentia ouvida e vista por Nyktos, mas também não era conhecida por tantas pessoas assim, então...

— Acho que você simplesmente sabe. — Aios apertou a minha mão. — Pois seria capaz de fazer qualquer coisa pela outra pessoa. Qualquer coisa. Não é algo que se possa fingir ou forçar.

Qualquer coisa.

Lembrei-me de quando ele perguntou por que me ofereci para cumprir a exigência de Kolis. Lá no fundo, eu sabia por que tinha feito isso. Eu... eu já o amava muito antes de hoje. Antes de descobrir sobre o acordo que ele fizera com Veses. Antes de reconhecer que queria ser sua Consorte. E era por isso que partilhar o meu corpo com ele me parecia algo *mais*. Porque era para mim.

— Puta merda — sussurrei enquanto Rhain se aproximava de nós.

Aios franziu a testa, lançando um olhar para Rhain por cima da minha cabeça. Passou-se um momento.

— Tudo bem?

Embora estivesse realmente prestes a vomitar, fiz que sim com a cabeça.

Inúmeras fileiras de guardas agora passavam pela entrada. As brasas começaram a zumbir e se agitar e minha garganta pareceu apertar. Vi outro par de portas com o mesmo desenho da sala do trono e da carruagem. Eles se abriram para uma câmara bem iluminada, cheia de soldados fortemente armados no meio dos guardas.

Mas o avistei imediatamente.

Ele estava do outro lado da sala, perto de uma abóbada que imaginei levar ao andar principal da Prefeitura. Seus cabelos estavam soltos, roçando nos ombros largos que esticavam o tecido cor de ferro da túnica sem mangas. Quando os guardas se afastaram, abrindo caminho para ele, que se virou lentamente na minha direção, eu me deparei com... *Ash*.

De repente, lembrei-me do que Nektas havia me dito. *Ele é o que você desejar que ele seja.*

E eu soube naquele instante, parada ali, trêmula, quem ele era para mim. Não Nyktos. Nunca havia sido Nyktos. Para mim, ele era *Ash*, e eu...

Eu estava apaixonada por ele.

Tudo parou. Meu coração. Meus pulmões. Meus passos. O ar na sala. O plano inteiro. A linha dura do seu maxilar se afrouxou quando ele entreabriu os lábios carnudos e exuberantes. Seus olhos se tornaram duas esferas prateadas e luminosas conforme ele retribuía o meu olhar, tão imóvel quanto eu. Não sei quanto tempo ficamos parados ali. Minha pulsação disparou enquanto milhares de coisas se passavam pela minha cabeça. Pode ter sido uma questão de segundos. Ou minutos. Não faço a menor ideia, mas senti que meus pés já não tocavam mais no chão.

E então... *Ash* se pôs em movimento, caminhando na minha direção com os passos fluidos e a graça de um predador. Lembrei-me imediatamente da imagem dos lobos kiyou vagando pelos Olmos Sombrios. Ele se movia da mesma maneira, sem desviar os olhos de mim nem uma só vez.

Mal notei Aios tirar o braço do meu quando... *Ash* parou na minha frente. Seu toque substituiu o dela, eletrizando todo o meu corpo. Ele fechou os dedos em torno dos meus e se inclinou, levando a boca até o meu ouvido para sussurrar:

— Respire, *liessa*.

Algo belo. Algo poderoso.

Respirei fundo, sugando o ar. Ele segurou a minha mão com força ao se aproximar de mim, detendo o tremor selvagem em meus dedos e braço. Senti seu cheiro de frutas cítricas e ar fresco.

— Pronto — sussurrou ele, roçando a concha do meu ouvido com os lábios e me provocando um arrepio. Passaram-se alguns minutos antes que eu parasse de inspirar com força. Ele estava tão perto de mim que suas coxas quase tocavam nas minhas e... fios de sombras haviam se espalhado ao seu — ao *nosso* — redor, bloqueando a câmara e ocultando a nossa imagem dos demais presentes. Ele mexeu a mão de leve na minha, e senti seu polegar deslizando na palma. — Melhorou?

— Sim — sussurrei com a voz rouca.

Ash não se afastou. Ele continuou ali, passando o polegar para a frente e para trás na minha pele.

— Queria dizer que você está linda — começou ele, com a voz tão suave quanto as sombras que se moviam ao nosso redor e o hálito quente no meu rosto. — Mas linda não abrange tudo que eu vejo. Não sei se existe alguma palavra capaz de descrever exatamente. Você me deixou sem fôlego.

Meu coração disparou quando ele deu um passo para trás, e ergui o olhar à medida que as sombras ao nosso redor se dissipavam. Percebi que o brocado ao longo do colarinho da túnica e a faixa que cruzava seu peito e terminava na bainha logo acima das coxas eram mais brilhantes do que antes. Reluzentes. Cheios de joias. A calça e botas pretas eram impecáveis. Ele estava desarmado e usava apenas o bracelete. Mas ao inclinar a cabeça para trás, eu vi... vi a *coroa*. Era o oposto da que Kolis usava.

A coroa de Nyktos era usada baixa, logo acima da testa, e tinha a cor da meia-noite. Uma fileira de espadas esculpidas em pedra lisa cercava a ponta do meio, moldada no formato de uma lua crescente. A ponta de cada espada e toda a lua cintilavam com o brilho dos diamantes.

Era uma coroa apavorante e bela, feita de pedra das sombras e luz das estrelas, assim como seu portador.

A mão de Ash ainda segurava a minha.

— Sera?

— Parece pesada, a coroa — murmurei, pois era a única coisa que eu podia dizer apesar de todos os pensamentos que me passavam pela cabeça.

Ele repuxou um canto dos lábios.

— Espere só até ver a sua.

Arqueei as sobrancelhas.

— É pesada, também?

Ele riu, abaixando as nossas mãos unidas.

— Não se preocupe. Você não vai precisar usá-la depois desta noite.

Assenti, engolindo em seco.

— Saion? — Ele tirou os olhos de mim, mas voltou depressa, examinando a renda e os diamantes ao longo da minha cintura e quadris. — Alguma novidade?

O deus deu um passo à frente.

— Todos os soldados estão a postos ao longo do corredor e ao pé do estrado.

Virei a cabeça e vi que a sala estava praticamente vazia, exceto por Aios e um punhado de guardas. Ela sorriu para mim, e acho que retribuí o gesto. Espero que sim, mas senti algo estranho.

— Cadê...? — Pigarreei. — Onde está Nektas?

— Ele está por perto. — Ash olhou de relance para o meu maxilar e lábios. — Alguém pode me trazer uma taça de vinho?

— Agora mesmo — veio a resposta.

Um momento depois, Kars apareceu com um cálice de bronze. Ele entregou o vinho ao Primordial, olhando rapidamente na minha direção antes de se afastar.

— Aqui. — Ash colocou o cálice na minha mão livre.

— Obrigada — sussurrei, tomando avidamente um gole do vinho doce e fresco, ainda que com cuidado.

Ele me observou em silêncio até que eu tomasse mais um gole.

— Você está bem?

— Claro que estou.

Ash me encarou, inclinando a cabeça levemente. A coroa não se moveu nem um centímetro. Percebi que ele tinha estreitado os olhos.

Retesei as costas, mas forcei minha voz a soar calma em vez de cortante:

— Não leia as minhas emoções, por favor.

Ash franziu a testa.

— Acho que foi o jeito mais gentil que você já me fez esse pedido. — Ele me estudou atentamente. — Há alguma coisa errada?

Senti uma ardência na garganta. Como eu poderia responder quando a única coisa errada comigo era estar, muito provavelmente, apaixonada por ele? E que por causa disso eu não sabia o que fazer ou dizer?

Ash me olhou com atenção.

— Aconteceu alguma coisa?

— Não — respondi depressa, talvez até demais.

E talvez precisasse me recompor tão rápido quanto respondi. Ou talvez conseguisse parar de agir daquela maneira se contasse a ele. Não o que descobri sobre Veses, pois não era o lugar para isso, mas eu podia... eu podia ser sincera.

— Sera? — Ash tocou no meu queixo, inclinando minha cabeça para trás.

Fechei os olhos porque, embora tivesse menos receio, ainda não me sentia muito corajosa.

— Eu só... gostaria que soubesse que eu *quero* isso — disse a ele num sussurro estrangulado. — O que eu disse antes sobre querer ser sua Consorte continua sendo verdade. Eu quero isso, Ash.

Silêncio.

Ao abrir um olho e depois o outro, vi que Ash olhava para mim com os olhos cheios de faixas luminosas de éter. Ele parecia chocado. Perplexo.

— Achei que você deveria saber.

Senti o rosto corar ao mesmo tempo que o meu *cérebro* parecia se encolher de vergonha, mas parte da pressão saiu do meu peito. Ainda havia um monte de contrações no meu estômago, mas me senti melhor quando dei um passo para trás. Os dedos dele caíram do meu queixo conforme eu soltava a mão da dele. Olhei para a entrada. A música havia parado de tocar em algum momento.

— Vamos em frente? — perguntei.

Ash pestanejou, engolindo em seco.

— É. Sim. Vamos, sim — respondeu ele, parecendo abalado.

Nesse momento, Saion se adiantou, e eu esperava que ninguém tivesse ouvido minha declaração desajeitada. Aios nos observava com uma expressão atônita no rosto, e de repente desejei ter perguntado quem ela amava. Estava prestes a perguntar, mas a mão de Ash encontrou a minha outra vez e começamos a nos dirigir para a entrada.

— Trinta e seis — murmurou ele, parando na entrada da Prefeitura.

Franzi a testa.

— O quê?

Uma Luz na Chama / 627

— Trinta e seis sardas — respondeu ele, olhando para a frente. — Contei de novo. Virou um hábito, sabe? E posso ter mentido sobre não saber quantas sardas você tem nas costas. Eu sei, sim. São doze.

Senti um calorzinho no coração e as brasas... começaram a *zumbir*. Antes alguma coisa parecia certa, mas aquilo... *aquilo* era diferente. Um sorriso surgiu nos meus lábios ao olhar para ele. A certeza parecia tatuada na minha pele, preenchendo minhas veias e se infiltrando em meus ossos e músculos. E era uma sensação boa. Nem um pouco confusa. Ainda tremendamente assustadora, mas boa.

Respirei fundo e voltei a atenção para a Prefeitura, onde vi um dragontino empoleirado nas colunas. Havia... dezenas deles, mas acho que Nektas não estava ali. Flâmulas cinza-escuras pendiam do topo das colunas, ostentando o símbolo de uma lua crescente e outra minguante frente a frente e abaixo do que parecia ser a cabeça de um lobo. Cordões luminosos cruzavam todo o coliseu, lançando um brilho amarelado sobre as fileiras intermináveis de mesas e cadeiras sob as flâmulas. Eu nunca tinha visto tanta luz antes e presumi que a energia Primordial a alimentasse.

— Curvem-se — a voz de Rhain retumbou no final do corredor, me sobressaltando. O estrado estava tão longe que mal consegui distinguir a silhueta dele, mas suas palavras me alcançaram. — Curvem-se diante de Asher, o Sombrio, Aquele que é *Abençoado*.

O deslizar de sapatos e botas sobre o assoalho de pedra ecoou à distância, abafando as batidas agora aceleradas do meu coração. Ash apertou a minha mão, e pude senti-lo. Somente a ele e mais nada.

— O Guardião das Almas — continuou Rhain, e eu podia jurar que as estrelas começaram a pulsar no céu. — E *Primordial* do Povo e dos Términos, o *governante* das Terras Sombrias. O Primordial da Morte.

41

Não me dei conta de que tínhamos começado a andar até notar o silêncio absoluto e o peso de *milhares* de olhares, e minha respiração saiu entrecortada. As brasas vibravam no meu peito enquanto meu olhar saltava dos escudos empunhados pelos soldados enfileirados no corredor, para as cores vibrantes dos vestidos e túnicas e os vários rostos indistintos. O silêncio era total enquanto avançávamos, assim como a atenção. De todos. Aqueles atrás de nós, à nossa frente. Senti seus olhares nas mechas do meu cabelo, no corte do vestido de renda cintilante e no meu rosto.

Era a primeira vez que tanta gente olhava diretamente para mim. Eu me virei para o estrado no final do corredor interminável. Minha nuca começou a formigar e o meu peito a doer...

— Respire — murmurou Ash, apertando a mão em torno da minha.

Me acalmei um pouco com o som da voz dele, e então me concentrei em respirar devagar e compassadamente. Só percebi que tínhamos chegado ao estrado quando Ash se deteve, esperando que eu levantasse a barra do vestido para não tropeçar e cair de cara no chão. Eu sabia que reconheceria os rostos das pessoas ali perto, mas não conseguia discernir nenhum deles.

Segurei o vestido com firmeza, cravando os diamantes na palma da mão, conforme subíamos os degraus arredondados de pedra das sombras e nos deparávamos com os tronos. Eles estavam situados diante das flâmulas e eram idênticos aos da Casa de Haides. Havia um púlpito branco diante deles. Com uma coroa em cima.

Perdi o fôlego. A coroa era... Eu nunca tinha visto nada parecido em toda a minha vida. Torres esculpidas em pedra das sombras formavam um halo de luas crescentes e cintilantes. Correntes delicadas de pedra preta pendiam entre os picos, salpicadas de diamantes ao longo das várias camadas que se conectavam à frente de cada torre.

E eu tinha que usar *aquilo*? Na cabeça?

Ash me guiou pelo estrado, passando pelo púlpito e parando no meio dos tronos, bem no lugar onde as asas de pedra das sombras se tocavam. Em seguida, posicionou o corpo na direção do meu de modo que o púlpito e os tronos ficassem logo atrás de nós.

— Olhe para mim — disse ele baixinho. — Somos só nós dois.

Com a garganta seca, sustentei o olhar dele como se fosse um salva--vidas naquele silêncio do coliseu. O éter rodopiou lentamente em suas íris quando ele passou o polegar no dorso da minha mão. Vi uma movimentação com o canto do olho, mas não tirei os olhos dele. Era Rhain, que erguia a coroa do púlpito. Ash moveu o polegar mais uma vez antes de soltá-la para pegar a coroa, mas seu olhar sustentou o meu durante todo o tempo e até quando ele...

Se ajoelhou no chão, curvando-se para *mim*.

Uma explosão de murmúrios chocados percorreu a multidão sentada na arquibancada da Prefeitura conforme eu olhava para ele, confusa. Ash não havia mencionado que teria de se ajoelhar. E, levando em conta a reação dos presentes, tive a impressão de que aquilo não era normal. Tampouco entendi por que era *ele*, um Primordial, que se curvava diante de mim.

— Isso sim é um homem que sabe seu lugar. — Uma voz suave que logo reconheci quebrou o silêncio estupefato da multidão. Eu me virei para a origem do som perto do estrado e me deparei com o Primordial de cabelos louro-claros enquanto risadinhas ecoavam por todo o coliseu.

Não fiquei nada surpresa ao ver Attes, vestido de preto. Sobre sua cabeça repousava um elmo de pedra preto-avermelhada. Só não esperava que Kyn comparecesse depois do que acontecera em Dalos, mas ali estava ele, ajoelhado ao lado do irmão.

O Primordial dos Tratados e da Guerra piscou para mim e uma covinha surgiu em sua bochecha direita.

Voltei o olhar para Ash bem depressa.

Havia um sorrisinho nos lábios dele.

— Você precisa se curvar um pouco para que isso funcione — instruiu ele calmamente. — Mantenha o pescoço e a cabeça eretos.

Obedeci. Ash sustentou o meu olhar novamente enquanto erguia a coroa de luas e a colocava em cima da minha cabeça. As correntes de diamantes tocaram levemente minha testa quando ele deslizou os dedos pelo aro, deslocando a coroa ligeiramente para trás de modo que os pequenos dentes ao longo da parte inferior se agarrassem ao meu cabelo. Não senti o peso, mas só porque tinha certeza que o meu corpo inteiro estava dormente.

Em seguida, Ash pegou na minha mão e endireitei o corpo enquanto ele se levantava, olhando para o meu rosto e para as correntes de diamantes em minha testa.

— Deslumbrante — murmurou ele antes de se virar para que cada um de nós ficasse diante de um dos tronos e encarasse a multidão.

Que se aquietou.

— Todos de pé — comandou Ash numa voz mais grave e alta. Um poderoso trovão. — Todos de pé perante Aquela que nasceu de Sangue e Cinzas, da Luz e do Fogo, e da Lua Mais Brilhante — declarou, e eu me voltei para ele, prendendo a respiração.

Meu título.

Eu tinha me esquecido disso em meio a tantos acontecimentos.

Soou quase como uma profecia. Foi mágico e incrivelmente lindo.

Faixas de essência formaram redemoinhos em seus olhos quando ele ergueu o queixo.

— Todos de pé perante a Consorte das Terras Sombrias.

Por todo o coliseu, Primordiais e deuses, mortais e semideuses se levantaram conforme Ash erguia nossas mãos unidas bem alto e os aplausos se elevavam até os dragontinos empoleirados nas colunas.

Arfei ao sentir um formigamento súbito e intenso na palma da mão pressionada contra a de Ash. Uma luz prateada girava em torno de nossas mãos unidas e descendo por nossos braços. As brasas zumbiam ferozmente dentro de mim. O brilho do éter refletiu-se no rosto de Ash conforme seus olhos arregalavam. A multidão ficou em silêncio.

— É você que está fazendo isso? — sussurrei.

— Não — murmurou ele, com as feições aguçadas e a pele afinando até que um traço das sombras ficasse visível sob a carne. Havia uma incredulidade em seus olhos quando seu olhar encontrou o meu. — *Imprimen* — disse ele, pigarreando. — *Suu opor va id Arae. Idi habe datu ida benada.*

— O-o quê? — Só reconheci uma palavra falada na língua Primordial. Ash engoliu em seco.

— Gravação de casamento — explicou ele, olhando para mim espantado enquanto murmúrios chocados rompiam o silêncio. — Devem ser os Arae. Eles nos deram sua bênção.

Os Arae? Holland? Olhei lentamente para o público, captando vislumbres de rostos boquiabertos e Primordiais de olhos arregalados. Deparei-me com uma Primordial de pele marrom e cabelos ruivos encaracolados sob uma deslumbrante coroa de quartzo azul-claro cheia de galhos e folhas.

A multidão irrompeu em aplausos, batendo os pés e escudos no chão. Todos os Primordiais, exceto ela, estavam boquiabertos. A Primordial abriu um sorriso para mim e levou a mão livre de joias até o peito antes de acenar com a cabeça.

Respirei fundo quando Ash deu um passo para trás, guiando-me até o trono. Com o coração disparado, permanecemos de mãos dadas ao nos acomodarmos e um estrondo ecoou pelas Terras Sombrias. Uma explosão de fogo intenso e prateado iluminou o céu quando os dragontinos empoleirados nas colunas ergueram a cabeça e soltaram um chamado impressionante e agudo. De olhos arregalados, os observei alçar voo e circundarem o coliseu enquanto uma sombra maior recaía sobre a multidão, bloqueando a luz das estrelas. Uma rajada de vento agitou os cordões luminosos e soprou as mechas do meu cabelo quando olhei para cima.

Enormes asas pretas e cinza se abriram enquanto Nektas descia, pousando diante dos tronos. Ele passou as asas para trás do corpo e cravou as garras dianteiras na borda do estrado. Os frisos em sua cabeça se sacudiram quando ele deu um rugido tão alto quanto um trovão. As pessoas perto do estrado deram vários passos para trás, trocando olhares cautelosos, enquanto a fumaça saía das narinas infladas de Nektas. Olhei de relance para Ash...

Meu marido.

Ash repuxou os lábios num ligeiro sorriso enquanto apertava a minha mão e depois a soltava. Puxei a mão para trás e olhei para a minha palma.

Havia uma série de arabescos dourados e luminosos no dorso da minha mão entre o polegar e o dedo indicador, formando vários redemoinhos ao longo das linhas da palma. Olhei para a mão de Ash.

Ele tinha a mesma marca que eu.

— É uma gravação de casamento — explicou Ash baixinho, com a mão esquerda, recém-tatuada, fechada e apoiada na mesa que havia sido colocada diante dos tronos. — Ela aparece quando a união é abençoada.

— Abençoada pelos Destinos? — Tracei os redemoinhos dourados na palma da minha mão. Ao contrário do feitiço colocado em mim, aquela marca não desapareceu sob a minha pele.

— Suponho que eles *poderiam* fazer algo assim — disse ele em voz baixa, inclinando-se para que eu pudesse ouvi-lo. Imagino que para as pessoas que comemoravam lá embaixo, Ash parecia sussurrar palavras doces no meu ouvido.

— Então não foram eles? — perguntei, olhando para as marcas douradas.

— Acho que não.

— Você mentiu?

Ele passou um cacho por cima do meu ombro.

— Só um pouquinho. Tive que dar alguma explicação para o que é relativamente impossível. Faz séculos que ninguém é abençoado por uma união.

Arqueei a sobrancelha.

— Então como isso aconteceu?

Seus dedos permaneceram ao redor do cacho enquanto ele dizia:

— Meu pai costumava fazer isso quando favorecia uma união e queria que todos soubessem. Ele dava sua *bênção* ao casal.

Foi então que me lembrei de Ash ter mencionado isso antes, mas se era algo que o pai dele costumava fazer, então só o *verdadeiro* Primordial da Vida era capaz, ou seja...

Entreabri os lábios.

— Foram as brasas.

Ash se recostou no trono com um sorriso, voltando o olhar para a multidão.

— Será que eles vão acreditar que foram os Arae?

— Os Destinos são capazes de qualquer coisa — respondeu ele. — Então é bem provável que possam fazer algo do tipo, sim.

E, no entanto, Ash estava bastante confiante de que as marcas não eram obra deles.

Baixei o olhar para a minha mão, deslizando o dedo ao longo do redemoinho cintilante. Será que tinham sido as brasas? Ou *eu*? Seja como for, parecia meio... autoindulgente abençoar a própria união.

— Você não vai conseguir apagar — comentou Ash baixinho.

Parei de mover o dedo quando olhei em sua direção. Ele estava observando o Primordial com a coroa de chifres de rubi. Hanan, que estava com Kyn. Os dois pareciam estar a uma dose de ficarem completamente embriagados. Era bem provável que eu também acabasse assim se continuasse bebendo em vez de comer alguma coisa. Em minha defesa, era muito difícil encher a barriga numa mesa posta em cima do estrado, à vista de milhares de pessoas presentes.

Eu preferia estar ao lado de Aios, sentada com vários convidados mascarados atrás do estrado.

— Eu não estou tentando apagá-la — retruquei, voltando a olhar para Kyn. O que será que Attes disse a ele sobre o jovem dragontino, Thad? Fiquei sabendo naquela manhã que ele foi trazido para as Terras Sombrias e estava escondido nas montanhas. — Só não consigo parar de tocá-la.

— Espero que se acostume — disse ele. — A marca só desaparece com a morte, e eu não tenho a menor intenção de que isso aconteça.

Engoli em seco, fechando a mão.

— E se decidirmos não continuar mais com a união?

— Sinceramente? — Ele olhou para mim, com as sobrancelhas franzidas. Passou-se um momento. — Não faço ideia. Nenhum casal que recebeu a marca decidiu se separar.

Fiquei imaginando se Ash estava pensando sobre o acordo que fizera com ele em troca da minha liberdade. Mas isso foi antes de perceber que eu estava... apaixonada por ele. Agora, não sabia mais o que pensar a respeito. Terminar com ele não parecia liberdade, mas outro tipo de prisão. Balancei a cabeça, dizendo a mim mesma que teria tempo depois para refletir sobre tudo isso.

— Os outros casais que possuem a gravação de casamento ainda estão vivos?

Ash negou com a cabeça.

— Nenhum dos casais abençoados pelo meu pai continua vivo.

Um calafrio percorreu minha coluna. Eu não precisava perguntar. Já sabia. Kolis. Matar os casais que o irmão abençoou por algum motivo parecia típico daquele tipo particular de crueldade infantil de Kolis.

E isso não fazia a gravação de casamento parecer um mau presságio? Deslizei a mão tatuada por baixo da mesa até o colo, observando a multidão. Ash já havia me apontado os Primordiais que não reconheci.

Maia. A Primordial do Amor, da Beleza e da Fertilidade era exatamente como sempre fora retratada. Gorda e absolutamente deslumbrante, seus cabelos louro-escuros desciam em cascata pelas costas em cachos grossos, emoldurando a pele marrom. Sua coroa de pérolas era de rosas e conchas. Era uma visão fascinante. Cada movimento, cada sorriso e brilho em seu olhar carregavam um ar de suavidade e um toque apimentado. Não consegui vê-la muito bem, pois ela estava quase sempre rodeada de gente.

Reconheci Phanos, e seria difícil não o avistar em meio à multidão. Ele era mais alto do que todos os Primordiais, talvez até Ash, e sua coroa tinha o formato de tridente. Ficava uns trinta centímetros acima dos demais, com a cabeça marrom e calva sob o brilho dos cordões luminosos.

Fiquei tensa ao vê-lo conversando com Saion e Rhahar, mas ninguém me pareceu muito apreensivo, e ele acabou saindo com o Primordial da Sabedoria, da Lealdade e do Dever.

Embris, um homem quieto e vigilante, apesar dos tufos de cabelos castanhos e encaracolados que conferiam um ar juvenil às suas feições, me lembrava um falcão. Sua coroa de bronze era... perturbadora, moldada em ramos de oliveira e o que pareciam ser *serpentes*. Embris já tinha ido embora. Ou pelo menos pensei que sim, já que não via nem ele, nem Phanos havia algum tempo. Ash não pareceu surpreso com sua rápida partida, pois, de acordo com ele, os Primordiais haviam feito o que se esperava deles ao comparecer à coroação e não tinham motivos para se demorar.

Levei um susto ao me deparar com a Primordial que havia sorrido para mim. Não tinha visto a exuberante Primordial na multidão até aquele momento.

— Quem é ela?

Ash seguiu o meu olhar.

— Keella.

A Primordial do Renascimento, que havia ajudado Eythos. Observei-a sentada em silêncio enquanto vários comensais falavam com ela, com um sorriso acolhedor, embora reservado. De todos os Primordiais presentes, era com ela que eu queria conversar.

Contudo, ela não se aproximou do estrado. Assim como nenhum Primordial nem ninguém que não trabalhasse com Ash. Imaginei que fosse por causa de Nektas, que permanecia na forma de dragontino e ocupava quase todo o espaço no estrado, olhando para as pessoas lá embaixo como se pudesse arrancar um braço ou dois com uma dentada.

— Você acha que ela sabe? — murmurei. Ash se aproximou. — Sobre mim, sobre o que seu pai acabou fazendo com a alma de Sotoria?

Ash não me respondeu por um bom tempo.

— Você sabia que quando um bebê morre, a alma dele renasce?

Virei a cabeça para ele.

— Não.

Ele acenou com a cabeça, olhando de relance para Keella.

— São as únicas almas que não passam para as Terras Sombrias. Keella as captura e as manda de volta.

Uma Luz na Chama | 637

Voltei o olhar para ela.

— Quer dizer que eles reencarnam?

— Não. — Ele sacudiu a cabeça, tamborilando os dedos na mesa. — Não no sentido mais amplo de reencarnação. Um bebê que morre quando respira pela primeira vez não chegou a viver. Não tem passado ou presente para relembrar. Keella lhes oferece um *renascimento*. Uma chance de viver de verdade.

— Ah — sussurrei, sentindo um nó na garganta pela *justiça* de tal gesto.

— Keella consegue ver a alma de todos que captura. Certa vez, meu pai me disse que ela os vê como filhos e os acompanha por toda a vida.

— Como uma... — O ar escapou dos meus pulmões. — Keella capturou a alma *dela*.

Ele confirmou com a cabeça.

— Não sei se ela ainda consegue acompanhar essa alma, já que não foi um renascimento, mas é bem possível — disse ele, e pensei no sorriso dela. — Kolis achava que sim, mas ela nunca lhe disse quem possuía a alma de Sotoria. Caso contrário, ele não estaria mais à procura dela.

Senti uma dor no peito. Holland havia me dito que Keella pagou caro por interferir na alma de Sotoria. Tentei não imaginar todas as formas terríveis com que Kolis poderia tê-la punido.

— Por que Keela não contou a ele?

— Keella não é muito mais nova do que Kolis, mas é uma dos poucos Primordiais que ainda acreditam em certo e errado e que o equilíbrio das coisas não deve ser ajustado para atender aos desejos ou narrativas de alguém. — Um sorriso caloroso surgiu nos lábios dele, leve e genuíno, e o meu coração palpitou por um motivo bem diferente. — Ela tenta ser uma boa pessoa.

— Ela me parece *ser* uma boa pessoa.

Ash deu de ombros enquanto eu tomava mais um gole, reconhecendo a deusa de cabelos cor de mel vestida de branco que se aproximava do assento vazio ao lado de Keella. Penellaphe. Seu olhar se voltou para o estrado conforme ela se acomodava. Penellaphe sorriu ao inclinar a cabeça para Keella, cumprimentando-a. Desviei o olhar, procurando por um rosto familiar e atemporal que sabia que não ia encontrar ali, mas fiquei desapontada de qualquer jeito.

A chegada de Penellaphe me fez pensar em outra coisa.

— O título. — Fiz uma pausa enquanto Paxton tornava a encher o meu cálice. — Obrigada, Paxton..

O rapaz sorriu e acenou com a cabeça, depois saiu correndo, tomando cuidado para não esbarrar em Nektas.

— O que tem o título? — perguntou Ash, olhando fixamente para a multidão, assim como Nektas. Seu vinho permaneceu intocado.

— Gostei dele — admiti, sentindo-me meio boba conforme as minhas bochechas ficavam coradas.

— Gostou? — perguntou Ash, virando-se para mim. Fiz que sim com a cabeça. — Fico feliz.

Voltei a me concentrar na multidão, esperando que o meu rosto não estivesse tão vermelho quanto parecia. Encontrei Keella e Penellaphe novamente, com as cabeças próximas uma da outra no meio da conversa.

— Há uma referência à profecia de Penellaphe nele.

— Sutilmente, para não levantar nenhuma suspeita — assegurou ele. — Era a única coisa que me vinha à cabeça. Seus cabelos. O luar. — Foi a vez de as bochechas dele ficarem coradas. Ash engoliu em seco. — E você parece mesmo a lua mais brilhante hoje à noite.

O calor vibrante da felicidade rivalizava com o das brasas no meu peito, e a sensação era tão emocionante quanto aterrorizante.

— E aquele tal "de sangue e cinzas"?

— É uma coisa que os dragontinos costumam dizer — respondeu ele. — Tem vários significados, como a força do sangue e a bravura das cinzas, por exemplo. Algumas pessoas acreditam que a expressão simboliza o equilíbrio, pois representa a vida e a morte. — A luz das estrelas reluziu em sua coroa quando ele inclinou a cabeça para trás. — Tudo me pareceu bastante adequado para você.

— É... é um título muito bonito — afirmei.

O sorriso que ele me deu foi caloroso e genuíno, envolvendo meu coração e me deixando ainda mais desesperada para ver Veses arder em chamas.

Uma Luz na Chama / 639

Afastei os pensamentos sobre Veses ao observar os presentes. Havia mais rostos mascarados do que à mostra. Vi muitos sorrisos, mas não da maioria dos Primordiais. Imaginei que, se pudesse ler as emoções dos outros como Ash, provavelmente me afogaria em meio à agitação.

Vi Saion e Rhahar abrirem caminho para permitir que Attes subisse as escadas do estrado. Acho que não poderia ficar mais grata ao avistar o Primordial.

— Acho que teremos companhia.

— Parece que sim. — Ash parou de tamborilar os dedos na mesa.

Attes cumprimentou Nektas com um aceno de cabeça ao passar pelo dragontino e então parou diante da mesa, fazendo uma reverência. A coroa cobria metade da cicatriz que atravessava o nariz e a bochecha esquerda dele, mas a combinação das duas coisas o fazia parecer ainda mais perigoso, embora ele não portasse armas, assim como nenhum dos Primordiais. Attes endireitou o corpo.

— Pensei em ser o primeiro a dar meus parabéns e votos de felicidades, pois vou partir em breve.

— Fico grato — disse Ash friamente.

A saudação pouco amigável não passou despercebida. Uma covinha apareceu na bochecha direita de Attes quando ele voltou os olhos luminosos para mim.

— A coroa combina com você, Consorte.

Sorri para ele.

— Obrigada.

— Assim como a gravação de casamento — acrescentou ele. — Foi um acontecimento... inesperado.

Mantive a expressão impassível, embora tivesse ficado tensa.

— Acho que preciso arrumar algum tempo para visitar os lagos do plano mortal — acrescentou. — Quem sabe os Arae não me abençoem com uma beleza como você e uma gravação de casamento?

— Agora seria um ótimo momento para fazer isso. — Ash deslizou os dedos sobre a mesa, fechando-os contra a palma da mão enquanto eu me esforçava em vão para reprimir um sorriso.

A covinha se aprofundou ainda mais quando Attes repuxou os lábios para cima.

— Presumo que não houve nenhum... problema na sua Corte desde a última vez que nos falamos — disse Ash.

— Só alguns dakkais farejando por lá, mas se foram sem causar muitos problemas — confirmou Attes, me deixando aliviada. Embora também cautelosa. Kolis deve ter sentido o uso das brasas. Por que será que não atacou Attes? O Primordial inclinou a cabeça na direção de Ash. — Precisamos arranjar um tempo para conversar — Attes lembrou a ele. — Nós três.

Fui tomada por uma emoção com a qual não estava muito familiarizada e fiquei meio confusa enquanto Ash dizia:

— Vou providenciar isso.

— Estarei à espera. — Attes fez uma mesura. — Desejo que a união de vocês dois seja uma bênção para as Terras Sombrias e mais além.

— Obrigada — murmurei, pegando a taça de vinho enquanto observava Attes caminhar na direção de Nektas. Ele parou para falar com o dragontino.

— Parece uma bebida gelada. — Ash se recostou no trono, olhando para mim. — A sua surpresa.

Arqueei as sobrancelhas.

— Eu estava projetando?

— Estava — confirmou ele. — E não foi a única coisa que estava sentindo.

— Bem, espero que possa lançar alguma luz sobre isso. — Tomei um gole de vinho. — Porque não faço a *menor* ideia do que foi aquilo.

— Satisfação.

Virei a cabeça na direção dele.

— Vai me contar o que aquele babaca disse que a fez se sentir assim? — perguntou ele, com um brilho zombeteiro nos olhos cinzentos. — Porque só senti isso de você em raras ocasiões. Uma delas nada apropriada para uma conversa em público.

Fiz um muxoxo.

— Garanto a você que não foi a única vez que fiquei satisfeita.

Uma Luz na Chama / 641

— Eu sei. Você projetou uma quantidade indecente de satisfação quando me apunhalou na Colina das Pedras.

Dei uma risada.

— Como faz toda vez que aponta uma arma para mim, ou consegue cortar a minha pele, ou meu cabelo... — acrescentou. — Posso continuar a lista.

— Não precisa — retruquei, minha diversão desaparecendo enquanto eu tentava descobrir por que tinha ficado tão satisfeita. A resposta era óbvia. Já reconhecer era bem diferente. — Eu... Acho que não estou acostumada a ser incluída em discussões importantes, mesmo aquelas que dizem respeito a mim, então fiquei surpresa com o que ele disse.

— E depois satisfeita com isso?

Dei de ombros, sentindo um calor subir pela minha garganta.

— Sei que parece bobagem.

— De forma alguma.

Olhei de relance para Ash e percebi que ele me observava atentamente. Voltei a me concentrar na multidão lá embaixo, respirando fundo.

— Eu não era incluída em nenhum tipo de conversa, fosse sobre o clima ou algo importante como a crescente tensão entre Lasania e os demais reinos. Suponho que isso não teria incomodado algumas pessoas, mas para mim era como se nada que eu pudesse pensar ou dizer importasse. Eu... eu não fazia a menor diferença. Como se eu não fosse uma pessoa, sabe, mas um...

— Um fantasma?

Assenti, apertando os olhos.

— Eu estava lá, mas ninguém me via ou interagia comigo. É a única maneira de explicar. E ser incluída nas coisas faz com que eu me sinta vista. Aceita. — Pigarreei, imaginando como havia deixado que a conversa se desviasse para esse lado. — Enfim, você sabe sobre o que Attes quer conversar? Sinto que as possibilidades são infinitas a essa altura do campeonato.

Já que Ash não me respondeu, eu me virei para ele. Ele ainda me observava com o olhar intenso, mas suave.

— O que foi? — sussurrei.

— Odeio saber que você se sentiu assim por tanto tempo. E detesto ter piorado essa sensação. Acho que jamais vou conseguir me desculpar por isso. Mas saiba que você é vista e ouvida, *liessa*.

As brasas se agitaram e vibraram junto com o meu coração conforme a declaração dele me deixava sem palavras. *Liessa*.

— E é importante. Sempre. — Ash se curvou, pressionando os lábios na minha têmpora. O beijo casto e doce foi tão chocante quanto suas palavras. Derreti-me como manteiga deixada ao sol. Ele se afastou, olhando para a frente. — Keella está vindo para cá.

Pisquei os olhos várias vezes, saindo do que tinha começado a parecer um *transe*. Segui seu olhar até Keella, que havia parado para cumprimentar Nektas. O dragontino cutucou o braço dela em resposta ao que quer que a Primordial tivesse dito, e ela colocou a mão na bochecha dele, acariciando a carne escamosa.

Não me lembro de ter visto *ninguém* fazer isso com Nektas antes.

De olhos arregalados, coloquei a taça em cima da mesa antes que a deixasse cair no chão. O espanto colidiu com o nervosismo quando a Primordial do Renascimento se aproximou de nós, seu vestido esvoaçante do mesmo tom de azul-claro da coroa de quartzo.

— Nyktos — cumprimentou Keella, com a voz me lembrando dos ventos na Colina das Pedras. Os olhos prateados dela se voltaram para os meus e permaneceram fixos ali. — Consorte.

— Olá — balbuciei, conseguindo gaguejar com uma só palavra.

Ash a cumprimentou com muito mais graça e confiança.

— É um prazer e uma honra vê-la aqui, Keella. Espero que esteja bem.

Ela inclinou a cabeça de um jeito majestoso que não tinha nada a ver com a coroa que usava.

— Estou, sim. — Um ligeiro sorriso surgiu em seus lábios quando ela olhou para a mão dele. A esquerda. — Faz muitos anos que não vejo uma *benada*. Uma *imprimen*. É uma bela e verdadeira bênção. Posso?

Demorei um instante para perceber que ela estava falando comigo. Levantei a mão direita. Ash sequer pestanejou quando Keella pegou minha mão. Uma descarga de energia subiu pelo meu braço, mas ela não se importou enquanto passava o dedo quente sobre os redemoinhos dourados na minha palma.

Os cachos ruivos se balançaram quando ela sacudiu a cabeça de leve.

— Para ser sincera, pensei que nunca mais fosse ver uma coisa dessas.

— Eu também não — afirmou Ash suavemente, enquanto o meu coração dava um salto dentro do peito. Se havia dois Primordiais naquele coliseu que pudessem não acreditar que aquilo tinha sido obra dos Arae, seriam Embris, que já tinha ido embora, e Keella.

— Fico feliz por isso. — Os olhos dela, um redemoinho de prata, se ergueram para os meus.

Senti um nó na garganta quando tantas dúvidas me ocorreram, coisas que eu não podia perguntar durante a coroação para não correr o risco de ser ouvida. Mas me custou muito não perguntar se ela sabia que havia sido em mim que Eythos, com sua ajuda, colocara a alma de Sotoria. Será que Keella ainda conseguia vê-la? Mesmo dentro de mim? Será que podia dizer se eu tinha uma alma ou duas?

— De verdade. — Keella deu um tapinha na minha mão antes de soltá-la. O sorriso que me deu era o mesmo de antes.

E eu... comecei a pensar que ela *sabia*, sim.

— Eu também.

A Primordial voltou a atenção para Ash.

— O título que você conferiu à sua Consorte também é lindo. Talvez seja até... mais uma *bênção*. Posso perguntar o que inspirou tais palavras?

A pergunta foi feita educadamente, mas havia algo no tom de Keela. Não de raiva, mas algo diferente.

— Você provavelmente ficará desapontada ao saber que me inspirei nos cabelos dela.

Quase engasguei ao ouvir a resposta franca de Ash.

— De jeito nenhum. Fiquei... fascinada com isso. Esperançosa — respondeu ela, e eu me voltei para Keella. — Bem, não vou tomar mais do seu tempo. Desejo que a união de vocês seja uma bênção. — Seu olhar encontrou o meu novamente antes que ela se virasse para a multidão.

Saí do meu estupor e disse:

— Obrigada.

A Primordial do Renascimento nos encarou mais uma vez, e o sorriso voltou aos seus lábios. Um sorriso antigo. Sábio. Perspicaz. As brasas zumbiram no meu peito. Ela inclinou a cabeça, olhando para Ash.

— Seu pai estaria orgulhoso de você.

42

Não tive tempo para falar em particular com Ash, nem para levar mais do que alguns minutos no banheiro, antes que os participantes subissem no estrado. As coroas elaboradas dos Primordiais e suas saudações reservadas e irônicas se transformaram em rostos mascarados e sorrisos mais largos e calorosos conforme caminhavam pelo corredor flanqueado por escudos até onde eu e Ash estávamos sentados.

Gritos ecoavam acima da música a cada dois minutos, me sobressaltando enquanto uma felicitação substituía a outra.

— Devo me preocupar? — perguntei a Ector, que agora estava ao meu lado.

— Não. — Ector sorriu para mim. — São vivas para a nova Consorte.

Olhei de relance para Ash, meio aturdida com a declaração. Ele sorriu para o que um homem mascarado disse e notei que, em algum momento durante os cumprimentos, Ash tinha abaixado a mão sobre a minha, apoiada na coxa. Ninguém — exceto por Ector e Rhahar, que estavam ao lado de Ash — podia ver sua mão, mas foi um choque para mim de qualquer forma. O toque não era uma exibição pública, e o peso da mão dele era firme e reconfortante enquanto eu... era *vista* por tantas pessoas.

Apenas Kyn e Hanan não se aproximaram, e eu os perdi de vista no meio da multidão que avançava como uma onda. Estava começando a ficar cansada, com o pescoço doendo pelo peso da coroa, mas os gritos, os vivas, venceram a exaustão. Era bom ser *acolhida*, e não pude deixar de imaginar se a minha mãe tinha sido bem recebida assim pelo seu povo. Ou o meu pai antes de morrer. Não me lembro. O Rei Ernald e a minha mãe haviam se distanciado muito das pessoas de que deveriam cuidar, mas Ezra era diferente. Ela não governava de uma torre, atrás de uma muralha.

Os pratos de comida foram substituídos por copos que eram mantidos sempre cheios, e a música ficou cada vez mais alta e animada. Acho que não havia mais nenhum Primordial nas Terras Sombrias no momento em que Ash se inclinou na minha direção para me avisar que era hora de partir. Vivas ensurdecedores reverberaram no céu estrelado quando seguimos de volta para a entrada.

A carruagem em que cheguei nos aguardava do lado de fora do coliseu, cercada por guardas e soldados vestidos de cinza. Saion estava postado junto à porta aberta e curvou-se diante da nossa aproximação.

— *Vossas Altezas* — cumprimentou ele devagar.

Ash deu um suspiro.

— Você vai mesmo começar com isso agora?

— Não por você — comentou Saion, dando uma piscadinha para mim.

— Claro que não — murmurou Ash com um ligeiro sorriso nos lábios enquanto subia na carruagem e se virava, estendendo a mão para mim. — Consorte.

Voltei a sentir uma agitação selvagem ao pegar na mão dele, recebendo uma descarga de energia que fluiu da sua palma para a minha. Enquanto Ash me ajudava a entrar na carruagem, os dragontinos levantaram voo das colunas, erguendo-se alto no céu acima. Passei para o banco em frente a Ash quando Rhain apareceu na porta aberta da carruagem, segurando duas caixas de pedra das sombras. Ele as colocou no chão ali dentro.

— Para as coroas — explicou Ash, estendendo a mão para retirar o artefato da cabeça.

Aliviada por poder tirar aquele artefato lindo, porém pesadíssimo, soltei-a cuidadosamente dos cabelos enquanto Rhain abria a primeira caixa. Meu pescoço me agradeceu no mesmo instante.

Ash se ajoelhou entre os bancos, colocando a coroa no interior de veludo cor de marfim. Enquanto Rhain fechava uma caixa e abria a outra, Ash pegou a minha coroa, roçando os dedos nos meus e provocando um arrepio por todo o meu corpo.

— As coroas vão com vocês — explicou Rhain, lançando-me um rápido olhar conforme deslizava as caixas pesadas contra o pé do banco em que eu estava sentada. — Depois serão levadas para uma câmara perto da sala do trono, onde ficarão guardadas e poderão ser retiradas sempre que quiserem.

— Obrigada — disse, e ele assentiu com mais um olhar de soslaio na minha direção.

Torci para que ele não estivesse pensando no que havia me dito antes da coroação.

Era algo em que eu não podia pensar enquanto olhava para Ash, acomodado no assento à minha frente.

— Partiremos em instantes — anunciou Rhain antes de fechar a porta e nos deixar a sós sob a luz suave e fraca de uma arandela, alimentada por combustível... ou por Ash.

— Alguns soldados vão na frente — explicou Ash, com o cotovelo apoiado na saliência da parede da carruagem. — Para garantir que a estrada esteja desimpedida.

— Acha mesmo necessário?

— Na verdade, não — admitiu ele com um sorriso sombrio. — Mas eles estão levando a segurança da Consorte muito a sério.

Arqueei a sobrancelha.

— E a do Primordial?

— Acho que estão mais preocupados com você do que comigo.

— É um tanto... machista.

— Pode ser. — O sorriso dele se alargou, exibindo a ponta das presas sob o brilho da arandela. — Mas nem todos os guardas e soldados sabem que você é capaz de se defender sozinha. E mesmo que soubessem, ainda assim eles iriam querer se cerificar de que a estrada é segura. É o dever deles.

— Um dever que eles mesmo escolheram?

Ash passou os dedos pelo queixo, me estudando.

648 / *Jennifer L. Armentrout*

— Todos os guardas e soldados escolheram a função por vontade própria e estão plenamente preparados para assumir as responsabilidades do cargo. Não é assim em Lasania?

— Há quem diga que existe a escolha de se entrar no exército ou não. Mas será que existe escolha para aqueles que não puderam aprender habilidades enquanto cresciam e não podem pagar para ir à universidade e descobrir outras? — perguntei. — Para muitos, entrar no exército é a única maneira de prover a si e à família. Não vejo isso como uma escolha.

— Nem eu — concordou Ash, ficando em silêncio enquanto a carruagem permanecia imóvel. Ele me ofereceu a mão mais uma vez. — Senta aqui comigo?

Hesitei por um instante, surpresa, antes de me levantar e pegar a mão dele. Ash não me levou para o assento ao seu lado; em vez disso, sentou-se de costas para a parede da carruagem e me colocou no banco entre uma perna dobrada e a outra apoiada no chão. O vestido cintilante se espalhou pela lateral do banco e a perna direita dele.

— Estou sentindo sua surpresa — murmurou ele, afastando as mechas de cabelo da minha nuca.

Estremeci ao sentir o toque dos dedos frios dele no meu pescoço.

— Quando me pediu para sentar com você, não imaginei que quisesse que eu me sentasse praticamente no seu colo.

— Você se incomoda com isso?

— Não. — Deslizei o polegar na palma da mão, seguindo o redemoinho ali.

— Que bom — respondeu ele. — Como está seu pescoço?

— Um pouco dolorido.

— Imaginei. Leva um tempo até se acostumar com o peso da coroa. — Seus dedos pressionaram os músculos tensos em ambos os lados da minha espinha, movendo-se em círculos lentos. Entreabri os lábios num suspiro profundo. — Qual é a sensação?

— Parece até... — Fechei os olhos. — Mágica.

Ele deu uma risada rouca, massageando os nós de tensão. Arqueei as costas, fazendo com que meus seios esticassem o tecido do corpete conforme ele descia as mãos. Pareceu mesmo mágica a rapidez com que ele aliviou a tensão acumulada em meu pescoço.

Assim como a rapidez com que criou uma tensão completamente diferente bem longe do seu toque. Uma delas era relaxante, a outra, excitante. E eu não poderia dizer qual das duas era melhor nem se apontassem uma espada para o meu pescoço.

Ash deslizou as mãos sobre os diamantes para fechá-las em torno dos meus ombros.

— Como está o pescoço agora?

— Perfeito — suspirei, só então me dando conta de que havia me encostado no peito dele e que a carruagem tinha começado a andar bem devagar. — Obrigada, Ash.

Ele retesou o corpo atrás de mim.

Abri os olhos, sentindo um nó no estômago.

— Você... você se importa que eu o chame assim?

— Não. De jeito nenhum — respondeu ele com a voz embargada, passando as mãos para cima e para baixo nos meus braços. — Senti falta disso.

Agora foi a vez de o meu coração palpitar conforme eu virava a cabeça para o lado.

— É mesmo?

— É, sim. — Senti o hálito dele na bochecha enquanto suas mãos desciam até a minha cintura. — Preciso admitir uma coisa para você.

— O quê?

— Sei que poderíamos discutir um monte de questões agora. Planos para Irelone. O que provocou a mudança sobre o que você deseja de mim, de *nós* — respondeu ele, e eu perdi o fôlego, abrindo os olhos de repente. — Ou o que achou da coroação.

Mordi o lábio quando suas mãos desceram até os meus quadris, me sentindo aliviada por Ash ter mudado de assunto.

— Mas?

— Mas só tenho uma coisa na cabeça desde o instante em que a vi com esse vestido e ouvi você me chamar de Ash. — As palavras soaram como uma carícia na carruagem. — E não é vê-la sem o vestido, embora isso esteja em segundo lugar.

Estremeci.

— Ou vê-la nua só com a coroa.

Minha pulsação disparou quando ele deslizou a mão esquerda pelo meu abdômen.

— Esse é o terceiro lugar?

— O quarto. — Sua mão se moveu mais para baixo no meu abdômen, provocando um arrepio de prazer em mim. — O terceiro é imaginar você nua no trono.

— Estou começando a notar um padrão aqui.

— Está mais para uma obsessão — retrucou ele, roçando os lábios na curva da minha orelha e me deixando toda arrepiada. — Uma obsessão que não sou digno de explorar.

Fiquei tensa.

— Você é digno, sim.

Ele deu um ronco no meu pescoço, movendo a mão esquerda em círculos lentos que se estendiam cada vez mais para baixo do meu umbigo.

— Será mesmo? Não que faça diferença. Eu sou ganancioso e egoísta demais para me importar — disse Ash, mas ele não era nada disso enquanto deslizava a outra mão pela lateral da minha coxa.

Fiz menção de dizer que ele não era ganancioso nem egoísta, mas antes que pudesse pronunciar as palavras, Ash passou a mão sobre a minha coxa.

— O que é isso? — perguntou Ash, inclinando a cabeça para o lado enquanto levantava as saias do vestido, sem se preocupar com os cristais de diamantes conforme desnudava a minha perna até a coxa. — Sua adaga. — Ele emitiu um som grave e retumbante, fechando a mão ao redor do punho da lâmina. O toque dos seus dedos frios em minha pele me fez estremecer. — Cacete.

Senti o arranhar das presas dele no pescoço e arfei, meu corpo inteiro ficando deliciosamente tenso.

— Acho que a ver só com a adaga presa à coxa acabou de tomar o segundo lugar. Mas não o primeiro — disse ele. Estremeci quando seus dedos passaram pela parte interna da minha coxa. — Sabe qual é o primeiro?

Meu coração começou a martelar quando ele roçou os dedos pela renda da minha calcinha. Meus quadris quase saltaram do banco quando ele pressionou o meio da peça fina.

Com o coração acelerado, não conseguia responder às suas perguntas à medida que ele movia os dedos para a frente e para trás. O toque começou leve e depois ficou mais intenso. Ele esfregou a carne, deslizando os dedos até tocar na parte mais sensível. Não tive a menor dúvida de que ele podia sentir a umidade aumentando através do tecido a cada movimento dos dedos à medida que meu desejo crescia. E também que não havia como esconder minha reação a ele. Minha vontade. Minha necessidade.

E *adorei* saber disso.

De olhos abertos e fixos na parede da carruagem do outro lado do banco, segurei o braço de Ash quando ele começou a mover os dedos sobre a calcinha, levando-os para baixo e de volta para onde o desejo pulsava.

— Sera? — Os lábios dele roçaram na minha têmpora.

— O-o que foi?

— Sabe o que tomou o primeiro lugar nos meus pensamentos?

— Não — murmurei em meio a uma onda de calor líquido.

— Ouvir você me chamar de Ash — murmurou ele — quando gozar.

Estremeci, sentindo um peso no peito. E mais para baixo, onde ele estava com a mão no meio das minhas pernas, um desejo agudo e doloroso começou a latejar.

— Será que você pode aplacar essa minha obsessão? — perguntou ele. — Vai me chamar de Ash quando gozar?

Meu peito subiu bruscamente quando agarrei o joelho dele com a outra mão, remexendo os quadris selvagemente de encontro ao seu toque.

— Vou chamá-lo do que quiser.

Ele mordiscou a área entre o meu ombro e pescoço.

— É só isso que eu queria saber.

— Pode deixar — prometi enquanto a carruagem avançava aos trancos, percorrendo o terreno acidentado.

Ele deu um gemido, me puxando de encontro ao corpo no meio das pernas.

— Mal posso esperar para ouvir isso.

— Então não espere — sussurrei.

— Não era mesmo o que eu tinha em mente — rosnou ele.

Remexi os quadris quando ele passou os dedos sob a roupa de baixo e roçou nos pelos ali.

E então ele... provocou. *Brincou* comigo. Por alguns segundos. Minutos. Mais tempo ainda. Eu já estava trêmula e ofegante quando ele finalmente enfiou o dedo em mim. O choque de sensações entre a minha carne quente e o dedo frio dele foi arrasador, e o segundo dedo me deixou querendo mais.

Inclinei a cabeça para trás.

— Preciso de você — arfei. O peito dele atrás de mim subia e descia tão rápido quanto o meu. — Preciso de *você*. — Estendi a mão para baixo, agarrando-lhe o pulso. — Dentro de mim.

Ash parou de movimentar os dedos.

— Eu quero *você* dentro de mim — sussurrei contra a curva do seu maxilar. — Quando estiver gozando e o chamar de Ash.

— Cacete — rosnou ele, tirando os dedos de mim. Ele agarrou a renda, rasgando-a com um puxão forte que me deixou toda excitada. — O que está te impedindo?

Nada.

Absolutamente nada. Nem o movimento oscilante da carruagem conforme eu me levantava e Ash endireitava o corpo, apoiando os dois pés no chão. Ele desabotoou a calça, segurando o membro enquanto eu subia no banco. Fechei a mão em uma barra perto do teto para me equilibrar enquanto plantava os joelhos em ambos os lados dos seus quadris e levantava as saias com a outra. Ele me puxou de encontro ao peito, prendendo o vestido entre nós dois enquanto descia meu corpo sobre o membro duro.

Dei um gemido ao sentir sua pele fria ganhando espaço em mim e me preenchendo com uma estocada escaldante. Ash puxou meus cabelos e me deu um beijo de tirar o fôlego. Eu me perdi no choque de dentes e línguas enquanto ele se movimentava embaixo de mim. Meus dedos escorregaram da barra e caíram no seu ombro enquanto eu o cavalgava e ofegávamos um na boca do outro.

O som dos nossos corpos unidos se perdeu em meio ao barulho das rodas lá fora, mas dentro da carruagem, *nós* estávamos perdidos em meio aos suspiros e gemidos e à tensão crescente. Ash estremeceu, grunhindo ao impulsionar os quadris, e me apoiei contra ele, trêmula.

O êxtase veio quente e frio, forte e rápido, enquanto eu estremecia no pau dele. Ondas intensas de prazer percorreram meu corpo quando afastei a boca e disse o que ele queria ouvir no instante em que gozei.
— Ash.

Meus músculos ainda pareciam líquidos quando Bele nos cumprimentou na volta ao palácio. Não havia acontecido nada durante a nossa ausência: Veses continuava em estase, Bele estava entediada.

Ash e eu não nos demoramos e subimos as escadas enquanto Rhain levava as coroas para a câmara perto da sala do trono. Um nervosismo inexplicável se apoderou de mim, e meu coração rugia quando nos aproximamos da porta dos nossos aposentos.

Será que nos separaríamos até a manhã seguinte, quando partiríamos para Irelone? Dormiríamos em camas separadas? O que aconteceu na carruagem, o que admiti para Ash, não mudava nada.

Mas eu queria que mudasse.

Queria passar aquela noite com ele. E todas as noites dali em diante. Mas tanta coisa tinha ficado por dizer entre nós ou então foram ditas às pressas. Era bem provável que continuássemos como...

E então eu parei.

Parei de andar. Parei a espiral ansiosa de perguntas para as quais seria difícil obter a resposta.

Ash parou um passo à frente, virando-se para mim.

— Sera?

Senti uma pressão no peito que quase me deixou sem ar, mas me forcei a respirar fundo, prendendo o fôlego enquanto fechava os dedos na palma da mão contra a gravação de casamento. Só precisava abrir a boca e *dizer* a ele o que queria. Mas embora fosse capaz de fazer exigências de todo tipo, aquilo era diferente. Era algo *mais*, o que fazia com que eu me sentisse vulnerável. Queria ter o privilégio de achar que ser sincera a respeito dos meus sentimentos e desejos não passava de uma simples conversa.

— Não quero dormir sozinha hoje à noite. — Senti as bochechas quentes. — Quero dizer, eu gostaria de ficar com você. Para dormir. Ou conversar. Seja lá o que for. Eu... só quero ficar com você.

As faixas de essência ganharam vida nos olhos dele, começando a girar descontroladamente enquanto Ash permanecia imóvel. Eu poderia jurar que o próprio ar no corredor deixou de se mover junto com ele, mas então seu peito subiu bruscamente. A tensão abandonou seu rosto e, por um breve instante, ele, o Primordial da Morte, me pareceu tão vulnerável quanto eu.

— Eu adoraria, Sera. De verdade.

Dei um sorriso imediato e tão largo que o meu rosto poderia até rachar.

— Tudo bem — sussurrei, começando a me acalmar um pouco. — Vamos para os seus aposentos, então?

Mas Ash não se mexeu. Ficou me encarando enquanto o éter chicoteava nas suas íris a uma velocidade vertiginosa, como se não tivesse a menor ideia de como proceder.

Passei o peso de um pé para o outro.

— Você está bem?

— Estou. Estou, sim. — Ash pestanejou, sacudindo a cabeça de leve. — É só que você... você é linda.

Uma emoção agradável e inebriante tomou conta de mim, apesar da tensão que voltava aos cantos da boca de Ash.

— Não tenho certeza se você acha isso uma coisa boa, mas agradeço mesmo assim.

Ele arregalou os olhos ligeiramente.

— É uma coisa boa. Acho... Quero dizer, *é* uma coisa boa, sim. Mais do que boa — disse ele. Duas manchas cor-de-rosa surgiram em suas bochechas enquanto ele esfregava a mão no peito. — E o sorriso que você deu agora? Acho que nunca a vi sorrir assim antes.

— Foi um sorriso ruim?

— Não. — Ele se aproximou de mim, pegando a minha mão antes de dar um suspiro suave. — Nada ruim.

Em seguida, Ash me levou até a porta do quarto, com a marca na minha mão formigando contra a sua. Ele ficou calado ao entrarmos nos seus aposentos até que as arandelas de parede se acendessem.

— Tem certeza de que não vou conseguir fazer isso depois de Ascender? — Eu me virei para ele, inalando seu cheiro que impregnava o ar.

— Provavelmente não — disse ele, fechando a porta. — Além dos Primordiais, só os deuses mais antigos conseguem transformar essência em energia, eletricidade.

— Isso é bem decepcionante.

Ele riu baixinho e se dirigiu até a mesa junto à varanda, onde havia uma garrafa.

— Aceita uma bebida?

— Sim, por favor.

Ele arqueou a sobrancelha na minha direção conforme pegava a garrafa.

— Já que fiquei tão distraído na carruagem — disse ele, e eu abri um sorriso, esperando mais distrações como aquela no futuro. Bem mais. — Não tive a chance de perguntar o que você achou da coroação.

— Achei tudo lindo. As luzes e as pessoas.

Então me sentei com cuidado na beira do sofá, pousando as mãos sobre as saias adornadas de diamantes do vestido. Ainda estava surpresa por nenhum deles ter caído durante a viagem de volta às Terras Sombrias. Era uma prova da habilidade de Erlina. — E mais fácil do que eu esperava.

— Você achou que pudesse haver algum tipo de problema? — perguntou ele, torcendo a rolha de cristal.

— Achei, sim. Ou que Kolis fosse mudar de ideia e dar as caras lá. Não acha estranho que ele só tenha mandado alguns dakkais para Vathi em vez de um exército deles?

— Imagino que os dakkais tenham perdido o rastro, pois não foi tão forte como quando você Ascendeu Bele. Caso contrário, eles teriam feito com Vathi o que tentaram fazer com as Terras Sombrias.

Assenti, observando-o servir a bebida âmbar em dois copos enquanto pensava na Primordial do Renascimento.

— Acho que Keella sabe que sou eu. Que foi em mim que ela ajudou a colocar a alma de Sotoria. É difícil de explicar, mas o jeito... sei lá. O jeito como ela sorriu para mim. — Percebi que aquilo não parecia ser prova de nada e dei de ombros, tomando um gole. A bebida era um pouco mais doce que o uísque que eu tinha bebido antes. — O que é isso?

— Uísque, mas feito de uma maneira diferente. Infundido com caramelo, pelo que me disseram — respondeu ele. — Gostou? Se não, posso pegar outra coisa para você.

— Está ótimo — Tomei mais um gole, gostando da bebida. — Posso estar enganada em relação a Keella.

— Talvez não, Sera.

Dei um suspiro baixinho, sem saber o que pensar disso.

— Mas ela é de confiança, não é? Embora saiba que Kolis está à minha procura, Keella nunca lhe disse nada.

Ele confirmou com a cabeça.

— Ela é um dos poucos Primordiais em quem confio um pouco.

— Só um pouco?

— Não confio cem por cento em nenhum Primordial. — Ele se voltou para mim. — Principalmente quando se trata de você.

Não sabia o que dizer, por isso tomei um longo gole. Sabia que era melhor não perguntar sobre Attes. Ash relutava bastante em confiar no Primordial. Eu me virei para ele e vi que me observava daquele seu jeito intenso. Mudei de assunto, passando o dedo pela borda do copo.

— Você está nervoso por causa de amanhã?

— Eu estou animado. Vamos descobrir uma maneira de transferir as brasas. — Ele fez uma pausa. — E você?

— Acho que tenho emoções conflitantes. Nervosismo com a possibilidade de não conseguirmos encontrar Delfai ou ele não poder nos ajudar e entusiasmo com a perspectiva de ele possuir esse conhecimento — admiti. — Sei que as coisas não vão mudar imediatamente, mesmo depois da transferência. Ainda teremos que enfrentar Kolis. Mas você será o verdadeiro Primordial da Vida, como sempre deveria ter sido. E isso é importante.

— O que importa é que a sua vida será salva. Isso que é importante.

Eu me virei para ele. *Você é importante. Sempre.* Aquelas quatro palavras eram mais poderosas do que as que eu não tinha conseguido dizer. Pode-se argumentar que Ash retomar seu destino era muito mais importante que a minha vida, mas... tudo me fazia crer que ele achava que a *minha* vida era mais importante.

E isso fez meu sentimento por ele se tornar ainda mais profundo.

— Passei a noite toda querendo perguntar uma coisa... — disse ele. — O que mudou?

Mordi a parte de dentro da bochecha.

— Mudou o quê?

Ele me lançou um olhar penetrante, arqueando a sobrancelha.

— Você me disse que queria ser a minha Consorte apenas no título.

— Mas também disse antes que queria ser mais do que isso — reafirmei. — Não tenho o direito de mudar de ideia?

Ele repuxou um canto dos lábios para cima.

— Você tem direito ao plano inteiro, Sera, mas foi uma mudança radical de emoções quando seria esperado que as últimas ações de Veses fortalecessem sua decisão de permanecer distante.

Senti a boca seca, e achei que nem todo o uísque do mundo poderia aliviar essa sensação. Eu estava me esforçando ao máximo para não pensar no que descobri — e conseguindo até então.

— Não foi uma mudança de emoções. O que sinto por você não mudou em nada — afirmei com cautela. — O que mudou foi a minha opinião sobre como eu gostaria de proceder.

— Nesse caso, peço desculpas — disse ele devagar, com os cílios volumosos ocultando os olhos. — Então o que provocou essa mudança de opinião?

Contorci o corpo de leve.

— E isso importa?

— Importa, sim.

Segurei o copo com força. Não queria contar o segredo que Rhain partilhara comigo. Mas também não podia dizer a Ash que o amava, que já estava apaixonada por ele mesmo antes de saber do acordo que fizera com Veses para me manter em segurança. Olhei para ele, e o meu coração bobo inflou tanto que até perdi o fôlego. Uma tempestade de emoções tomou conta de mim. Não senti medo nem incredulidade ao olhar para ele. Senti *admiração*. Uma agitação selvagem no peito e no estômago. Uma necessidade dele que ia além da parte física. Uma empatia poderosa, uma vontade imensa de protegê-lo, embora ele pudesse fazer isso sozinho. Um sentimento de adequação ou, como dissera Aios, a sensação de estar em casa. De ser *vista*. A certeza de saber que faria tudo por ele. Tudo mesmo. O medo de não ser digna do que ele havia sacrificado por mim. E a determinação de fazer qualquer coisa para ser. Já estava me afogando naqueles sentimentos quando o meu coração começou a bater com a intensidade do que sentia, com o conhecimento de que era ele quem possuía o meu coração. Mais ninguém.

Ele entreabriu os olhos para estudar o meu rosto.

Passaram-se alguns segundos.

— No que está pensando?

Retesei o corpo. Ai, deuses, eu devia estar projetando.

— O que você está captando?

— Não sei. — Ele parecia confuso, curioso. — Sinto... um gosto doce. — Ele franziu a testa. — De chocolate e morangos.

— E você não sabe o que é?

— Não — respondeu Ash.

Deuses.

Fiquei de coração partido e desviei o olhar. Ele não sabia o que estava captando porque não sabia qual era o *gosto* do amor. Ou a sensação. Nem eu. Não até me dar conta do que estava sentindo. Mas Ash... Era diferente para ele porque sua *kardia* havia sido removida. O amor não era algo bem-vindo nem desejado.

Engoli em seco, esperando não estar projetando nada e que ele não estivesse lendo as minhas emoções. Não queria que ele sentisse a minha tristeza.

— Você ainda não respondeu à minha pergunta — insistiu ele baixinho. — Por que voltei a ser Ash para você? Por que, mesmo depois de eu tê-la magoado, mesmo depois que eu... Por que você quer ser mais do que uma Consorte apenas no título?

— Eu sei — interrompi, fechando os olhos por um instante.

— Sabe o quê?

— Sei que você não me traiu. — Deixei o copo de lado, escolhendo as palavras com cuidado. — E que não pretendia me magoar. Que as coisas... não eram o que pareciam.

Ash ficou calado.

Endireitei os ombros, reprimindo tudo o que sentia tão profundamente que Ash não conseguiria captar nada. Além da minha raiva, duvidava muito de que ele quisesse sentir o gosto de outra coisa. Eu me virei na direção dele, esperando não ter arrancado nenhum dos diamantes.

— Sei de tudo sobre Veses.

Suas feições se aguçaram quando ele baixou o copo até o joelho. Foi a única mudança. O único sinal de que ele sabia do que eu estava falando.

— Ela te contou?

Estava prestes a responder, mas então decidi que seria melhor se ele acreditasse nisso. Não queria que ele ficasse aborrecido com Rhain.

— Eu... — Parei de falar, sem saber o que dizer. O acordo que Ash havia feito dizia respeito a mim, mas foi ele quem se sacrificou. Era ele que sofria com a crueldade de Veses. Não se tratava de como eu me sentia em relação a isso. Do meu horror, raiva e agonia. Só havia uma coisa para dizer: — Obrigada.

O copo se quebrou na mão de Ash.

Ofegante, levantei-me de um salto quando a bebida e o copo caíram do joelho dele até o chão. Havia sangue em sua mão.

— Você se cortou!

— Está tudo bem. — Ele fechou os dedos sobre os cacos de vidro.

— Ash, você está se cortando ainda mais! — Inclinei-me, segurando a sua mão enquanto ele afastava os cacos de vidro do joelho e do sofá. A descarga de energia foi ainda mais forte. O sangue jorrou entre os dedos dele. — Bons deuses — sussurrei, voltando a me sentar ao seu lado. — Abra a mão.

— Já disse que está tudo bem.

— Abra a mão, Ash!

Ele nem se mexeu.

Praguejei, abrindo os dedos dele à força. Havia cacos de vidro cravados na palma de sua mão através do redemoinho dourado. A carne livre de vidro já tinha começado a sarar.

— Sei que você é um Primordial — falei, esticando a mão dele em cima do meu joelho. — E que vai se curar muito bem, mas não com cacos de vidro na mão.

— Você vai sujar seu vestido de sangue.

— Não dou a mínima. — Peguei um caco de vidro e o soltei em cima da mesinha. — Não vou voltar a usá-lo.

— Por que não?

— Acho que ninguém usa o vestido de noiva mais de uma vez. — Tirei um caco ainda maior.

Ash sibilou de dor.

— Desculpa.

— Não... — Ele respirou fundo. — Não peça desculpas. Nem me agradeça.

Fechei os olhos por um instante, amaldiçoando a mim mesma. Tive vontade de pedir desculpas a ele de novo por ter dito a coisa errada.

— E pode usar esse vestido sempre que quiser.

Assenti, engolindo em seco enquanto tirava mais uma lasca. O cheiro do sangue dele chegou às minhas narinas quando passei o polegar sobre a gravação de casamento, procurando por cacos ocultos.

— É por isso que está me chamando de Ash agora?

— O quê? — perguntei, voltando a olhar para ele.

Sua pele havia afinado e estava cheia de sombras.

— Você descobriu que eu era a refeição pessoal de sangue de Veses e então se deu conta de que queria ser minha Consorte?

— Não.

Ele repuxou a boca bonita num sorriso frio e cruel.

— Sério, *liessa*?

— *Não* — repeti. — Eu disse que queria ser a sua Consorte antes disso.

Uma Luz na Chama / 661

— Mas isso havia mudado.

— Sim, porque eu não sabia de tudo em relação a ela e... — Eu me virei para a mão dele, vendo que ainda escorria sangue de vários lugares. — Olha, eu não quero dizer a coisa errada.

— Não vai dizer.

Raspei um caquinho de vidro com a unha.

— Acabei de fazer isso.

— Isso não tem nada a ver com você — disparou ele. — Fala logo.

O tom de voz dele teria me deixado irritada em outra ocasião, mas não naquele momento.

— Fiquei magoada quando vi vocês dois juntos. Isso me fez mudar meus planos. Você sabe disso, Ash. Mas agora que sei por que vocês... estavam juntos, mudei de ideia de novo.

— Nós não estávamos *juntos* — afirmou ele, e a temperatura do quarto caiu.

— Eu sei. Eu... — Apesar de exigir que eu falasse com ele, era Ash que precisava desabafar, mas só se quisesse. Além do que sabia que precisava dizer, era melhor ficar de boca fechada. — Não me sinto desse jeito por causa do que você fez para me proteger. Eu já desejava ser mais do que uma Consorte apenas no título antes. Mas isso me ajudou a entender o que tinha visto. Não precisamos falar sobre isso se você não quiser. — Olhei por cima do ombro mais uma vez. — Apenas saiba que se você não matar Veses, eu mesma vou dar um jeito nela.

Ele me encarou por um segundo e depois deu uma gargalhada. Com vontade.

— Eu estou falando sério — afirmei.

— Não tenho dúvida.

Sustentei o olhar dele.

— A vadia já está morta.

— De acordo.

— Ótimo. — Voltei para a mão dele, arrancando o resto dos cacos com cuidado. Só percebi que tinha tirado tudo quando o sangue parou de escorrer. — Pronto.

— Obrigado — disse ele asperamente.

Franzi os lábios, passando o dedo sobre o redemoinho dourado na palma da mão dele. Ao chegar perto do polegar, seus dedos se fecharam, enroscando nos meus. O sangue de Ash manchou nossas mãos, mas vê-las unidas era... Bem, era uma visão e tanto. Levei nossas mãos até a boca e beijei a dele.

Senti-o estremecer. Alguns minutos se passaram até que ele dissesse:

— Não queria que você soubesse. Nem que se sentisse responsável.

Lutei contra a vontade de dizer que ele não precisava se preocupar com o que eu sentia.

— E... não queria que você, nem ninguém, soubesse o controle que ela tinha sobre mim. Que tipo de complicação ela é — continuou ele depois de um momento, falando com a minha cabeça baixa. — Attes sabe que ela se alimenta de mim, mas não sabe por quê. Poucas pessoas sabem. Mas nunca estivemos juntos. Ela se alimenta de mim, às vezes torna a experiência prazerosa. Outras vezes, arde como o Abismo. E se eu discordar de onde ela quer se alimentar, costuma ser a última opção. Para falar a verdade, prefiro quando é assim. É bem melhor que a alternativa. Obter prazer com ela é a última coisa que eu quero. Mas a única coisa minha que ela já teve dentro de si foi o meu sangue.

O alívio que senti ao saber que as coisas não tinham ido mais longe do que Veses beber o sangue dele não durou muito. Forçar o prazer a alguém sem o seu consentimento ainda era uma violação, não importava o motivo. Chantagear alguém para que atendesse às suas necessidades era um abuso.

Fechei os olhos, mantendo as emoções sob controle, porque aquilo não dizia respeito a mim nem a como eu me sentia. Dei mais um beijo na mão dele. Meus olhos começaram a arder pelo esforço de conter tanta raiva e tristeza. Não podia deixar que nada disso se tornasse o foco daquele momento, então me controlei o máximo que pude.

Ele apertou a minha mão, e alguns momentos se passaram.

— Seja qual for a habilidade que você acredita que eu possua, não passa de pura sorte, porque eu não tinha ideia do que estava fazendo. — Ele deu um suspiro e... Deuses, como eu gostaria de não ter dito isso a ele. Por que presumi que alguém sem experiência não poderia me dar prazer?

Foi tão infantil da minha parte pensar nisso. — E continuo sem saber, para falar a verdade.

Beijei sua mão pela terceira vez.

— Mas Veses... Ela não me queria. Nem agora, nem nunca. Ela quer Kolis. Sempre quis — disse ele, e eu fiquei surpresa. — E como ele nunca quis nada com ela, eu me tornei a segunda opção. Só que eu também não a quis e foi justamente minha recusa que a fez vir atrás de mim. Deve ter acontecido a mesma coisa com Kolis.

Eu ainda achava que os sentimentos de Veses por Ash pudessem ter mudado. Que ela tivesse passado a se importar com ele. Mas, deuses, como alguém poderia fazer com quem gostava o que ela fazia com Ash?

Ash dobrou o braço, me puxando para trás. Fui tomada pela surpresa novamente quando ele me colocou no meio das pernas e me puxou de encontro ao peito. Ele respirou fundo antes de soltar o ar lentamente e então relaxou o corpo atrás de mim. Exceto a mão. Seus dedos permaneceram unidos aos meus.

— Ela acabou encontrando uma maneira de chegar até mim — disse ele por fim. — Veses me seguiu na noite em que você foi levada para o Templo das Sombras. Nós não conseguimos sentir a presença de outros Primordiais no plano mortal de modo tão intenso quanto no Iliseu. Sequer percebi que Veses estava lá até ela aparecer nas Terras Sombrias alguns dias depois. Ela deve ter ouvido o bastante para entender o que estava acontecendo, mas quando veio aqui pela última vez, sabia que não se alimentaria mais de mim. Por isso que estava passando dos limites naquela noite.

Três anos.

Ele fora forçado a alimentá-la por três anos.

Fiquei imaginando se era possível fazer com que a *morte* de alguém durasse três anos.

— Não esperava que ela viesse tão cedo e tenho certeza de que tranquei a porta porque não queria que ninguém visse aquilo. Muito menos você. Ela deve ter sentido a sua presença... — Ele engoliu em seco. — Sei lá. Devia ter contado tudo a você quando me perguntou depois de acordar da estase, mas não consegui. Eu simplesmente...

— Tudo bem. — Eu me virei nos seus braços, encostando a cabeça no ombro dele. — Eu entendo.

— Eu simplesmente não podia deixar que Veses fizesse o que sabia que faria se eu me recusasse. Foi uma decisão minha. Você não teve nada a ver com isso.

Respirei fundo, sufocando a pergunta sobre o motivo de ele ter tomado essa decisão numa época em que não me conhecia nem sabia nada a respeito das brasas.

— Gostaria que ela não tivesse colocado você nessa situação.

— Há muitas coisas das quais me arrependo, mas mantê-la fora do alcance de Kolis não é uma delas — afirmou ele. — E isso não apaga nem corrige as coisas. — Ele roçou o queixo no topo da minha cabeça. — Mas agora acabou.

— Só vai acabar — sussurrei — quando ela estiver morta.

Ele deu uma risada áspera, mas calorosa.

— Sanguinária.

Nem tentei negar.

Ash ficou calado por um bom tempo. Quando voltou a falar, sua voz mal passava de um sussurro:

— Obrigado.

Abri os olhos.

— Pelo que você está me agradecendo?

— Por... por ser quem você é — disse ele.

— Aposto que esse não é um agradecimento que as pessoas me fariam, de um modo geral, mas não tem de quê.

— Bem, então essas pessoas deveriam morrer também.

Dei uma risada.

— Sera?

— Sim?

— Eu queria tanto... — começou ele com a voz grossa, antes de parar de falar e engolir em seco.

— O quê?

O que quer que Ash fosse me dizer se perdeu no ar quando ele inclinou a minha cabeça para trás e baixou a boca até a minha. Ele me beijou até que a crueldade de Veses ficasse em segundo plano, até que quaisquer preocupações sobre o que encontraríamos em Irelone desaparecessem, até que não houvesse lugar para mais nada além da sensação dos seus lábios nos meus. Até que só existissem os braços de Ash ao redor do meu corpo à medida que eu retribuía seu abraço.

Só aquele momento. Só nós dois.

Era só isso que importava.

43

Acordei algum tempo depois sentindo a pele de Ash através do linho da camisa que peguei emprestada depois que ele abriu cada botãozinho do meu vestido com muita paciência.

A roupa não era nenhuma barreira contra a pressão do seu corpo rígido e frio e também não tinha ficado no lugar enquanto eu dormia, tendo subido até os meus quadris. Sabia disso porque não havia nada entre o pau duro dele e a minha bunda.

Pisquei os olhos sonolentos, sem conseguir enxergar muita coisa no quarto escuro. Não faço a menor ideia de quantas horas dormimos, mas não parecia ter passado muito tempo depois que saímos do sofá e fomos para a cama. *Juntos.*

Para dormir.

Pensei no quanto estávamos exaustos — tanto física quanto emocionalmente — da coroação, do trajeto de carruagem e do que havíamos discutido quando voltamos.

E imaginei que Ash ainda estivesse dormindo, que a reação do seu corpo fosse algo físico e não necessariamente proposital. Desse modo, seria melhor também voltar a dormir em vez de ficar pensando na sensação dele e do que fizemos na carruagem. Mas não conseguia parar de me remexer, inquieta, nos seus braços.

A subida brusca do peito dele contra as minhas costas me deixou imóvel. Será que ele estava acordado? Comecei a virar a cabeça, mas me detive quando ele moveu os quadris atrás dos meus. Mordi o lábio quando seu pau deslizou pela minha bunda, provocando uma pontada de prazer intensa.

Meu coração disparou dentro do peito.

— Ash?

— Você não deveria me chamar assim — disse ele, com a voz áspera na escuridão.

Fiquei confusa.

— Pensei que era o que você queria.

— É, sim. — Ele fez uma pausa. — Mas pode ter sido uma decisão impensada.

— Por quê?

— Acho que é óbvio. — O hálito dele agitou os cabelos no topo da minha cabeça. — Ouvir você me chamar assim me faz pensar nas outras coisas que ocuparam a minha mente durante boa parte da noite.

O calor começou a correr pelas minhas veias à medida que a sonolência me abandonava.

— A que está em primeiro lugar?

— Principalmente isso.

— Quer me ouvir gritar o seu nome quando estiver gozando de novo?

— O que você acha? — O corpo dele se retesou ainda mais atrás do meu.

A chama do desejo se acendeu surpreendentemente rápido.

— Bem, você pode ter seu desejo realizado — sussurrei, e ele deu um gemido enquanto eu esfregava a bunda em seu pau. — Pode me possuir, se quiser.

— Eu quero, mas estou...

— O quê? — Estendi a mão, encontrando seu rosto na escuridão. A pele dele estava mais fria... e dura, quase como pedra. Meu coração palpitou. — Qual é o problema?

Ele não me respondeu por um bom tempo, até que finalmente disse:

Uma Luz na Chama / 669

— Eu estou com fome. Se eu fizer isso agora, não vou conseguir me conter. Nem devia estar deitado aqui na cama. Já ia me levantar, mas você está... você está tão quentinha.

Senti a pele gelada e depois em brasa.

— Vai me fazer mal se você beber o meu sangue? Por eu estar tão próxima de completar a Seleção? Mesmo que só beba um pouco para aliviar a fome?

— Não é isso. — Sua voz estava áspera. Grossa. — Não lhe faria mal se eu só bebesse um pouco.

Engoli em seco.

— Então beba.

Ash permaneceu imóvel.

Em meio ao silêncio, lembrei como ele quis se alimentar de mim quando estávamos no chão do meu quarto, mas não fez isso. Comecei a entender sua relutância. Não tinha a ver apenas com o que Kolis o obrigara a fazer no passado. Na cabeça dele, a alimentação tinha uma relação estreita com Veses, mesmo que ele não se alimentasse dela. E eu sabia que Ash não se sentia digno de beber o meu sangue, não importava o que dissesse a ele.

Só os deuses sabiam que emoções ele associava à alimentação, mas eu sabia que Ash precisava se alimentar, e a única maneira de ajudar era me oferecendo.

Dei um suspiro e arqueei as costas, esticando o pescoço para expô-lo enquanto pressionava a bunda contra o corpo dele.

O arrepio de Ash me fez estremecer por inteiro.

Deslizei a palma pela bochecha dele até chegar no queixo duro como granito. Em seguida, pousei a mão na cama diante de mim.

— Sou sua Consorte agora, e quero ajudá-lo — sussurrei, esperando ter dito as palavras certas. — Se você permitir.

Ash permaneceu calado e imóvel atrás de mim. Não senti seu peito se mover, e fui tomada por uma tristeza profunda. Uma dor que não dizia respeito a mim, mas a ele.

Em seguida, se moveu daquele jeito ágil tão característico dele e de repente eu estava de bruços na cama, sentindo a bochecha no antebraço dele pouco antes de ele me *atacar*.

Suas presas perfuraram a minha carne com uma velocidade surpreendente. A explosão de dor aguda e ardente me deixou atordoada, por um breve instante. Um ou dois segundos se passaram antes que ele fechasse a boca sobre a ferida e começasse a sugar meu sangue. A dor se transformou num *prazer* intenso e relaxante.

Ash bebeu de mim.

Bebeu com vontade, cravando os dedos nos meus quadris enquanto eu enroscava os meus no lençol macio debaixo de mim. Sua boca se movia avidamente no meu pescoço e o calor irradiava da mordida, transformando as faíscas num verdadeiro incêndio. Tive vontade de remexer os quadris sob o corpo dele, mas me lembrei do que Ash havia me dito. Que ela costumava passar dos limites. Então me controlei, em brasa, ardendo de desejo, mas não me mexi. Deixei-o no controle. Ele precisava mais disso do que eu precisava que ele aproveitasse.

E ele aproveitou.

Ash bebeu meu sangue conforme assentava o corpo em cima de mim, me imprensando contra a cama. Uma emoção inebriante juntou-se ao desejo quando ele levantou a minha bunda e me penetrou. Excitada, molhada e ávida, eu estava mais do que pronta para tomá-lo dentro de mim.

E agora foi minha vez de aproveitar.

Ash se moveu em cima de mim, dentro de mim, firme e rápido. Não tive a menor chance de alcançar ou acompanhar seu ritmo. Ele ditou a velocidade e não desacelerou nem depois que atingi o clímax, gritando seu nome para que ele pudesse ouvir. Sentir seu nome na minha voz. Mas ele não parou nem assim e continuou arremetendo enquanto bebia o meu sangue. Eu adorei aquela selvageria. As estocadas do pau, a boca sugando. Quando ele gozou, sussurrei seu nome repetidas vezes, e passou-se uma breve eternidade antes que sentisse sua língua no pescoço e seus quadris diminuíssem o ritmo. Não sei quanto tempo ficamos assim, com o pau dele dentro de mim e sua bochecha encostada no meu ombro. Só sei que queria ficar ali, e senti sua falta no instante em que ele se deitou de lado, me puxando para que ficasse aninhada em seu peito outra vez.

— Você está bem? — perguntou ele.

— Estou, sim. — Pigarreei quando meus batimentos cardíacos finalmente começaram a diminuir. — E você?

Ele deslizou a mão pela minha barriga até chegar nos meus quadris. Sua mão estava *quente*.

— Eu queria tanto... — Com a voz embargada, ele se perdeu em meio à escuridão, sem concluir o que ia dizer.

Ou me dizer o que tanto queria.

Na tarde seguinte, eu e Ash caminhamos nas sombras até Massene, um vilarejo não muito longe da capital de Irelone.

Chegamos a uma floresta nos arredores da Mansão Cauldra num piscar de olhos. Talvez dois. Foi como da última vez, mas um certo nervosismo tomou conta de mim, me deixando inquieta.

— Isso foi rápido — sussurrei.

— Realmente — disse ele, me observando.

— Acho que não deveria parecer *tão* rápido assim para mim — concluí.

Ash me segurava firme a alguns centímetros do chão, com o peito e o coração de encontro aos meus. O dele batia ainda mais rápido.

— Viajamos ainda mais longe do que da última vez. E entre os planos. Você deveria ter desmaiado.

— As brasas — falei com um suspiro. — Eu sei. Estão ficando cada vez mais poderosas. Ele me colocou no chão, passando a mão pela minha trança. — Mas você vai se livrar delas em breve.

Espero que sim, pensei, mas não disse nada. Não queria nem cogitar a possibilidade de não encontrarmos Delfai ou de ele não poder nos ajudar.

— Então o que faremos agora? Ir para a entrada da mansão e exigir ver a Princesa?

— Parece um bom plano.

Arqueei a sobrancelha.

— Sério?

— Acha que eles vão recusar o pedido de um Primordial? — perguntou Ash, dando um puxão de leve na minha trança.

Franzi a testa.

— Você vai revelar quem é?

— Facilita muito as coisas, não é?

— Verdade.

Um sorriso surgiu nos lábios dele, afastando as olheiras sob seus olhos, e eu senti o coração quentinho.

— Além disso, é muito divertido ver quando os mortais se dão conta de que estão na presença de um Primordial.

Parte da minha ansiedade diminuiu enquanto eu dava uma risada.

— Aposto que tem bastante gritaria envolvida.

— E preces.

— Vai ser divertido então — falei, dando um passo para trás.

Ash pousou a mão sobre a minha, me detendo. A sensação da sua pele quente outra vez me deixou satisfeita.

— Vai correr tudo bem, Sera.

Perdi o fôlego.

— Estou projetando de novo?

— Está. — O éter parou de girar nos olhos dele.

— E como... Qual é o gosto da minha ansiedade? — perguntei.

— De um creme de leite muito espesso. — Ele passou o polegar por cima da minha mão. — Qual é a sensação para você?

Franzi os lábios, pensando na melhor maneira de explicar.

— É parecida com o gosto que você sente. Algo... muito difícil de engolir. Sufocante. — Baixei o olhar para nossos dedos entrelaçados, desconfortável. A marca dourada nas costas da mão dele reluzia sob a luz suave do sol. Sacudi a cabeça em silêncio. — É uma... sensação constante de que algo ruim está prestes a acontecer, mesmo quando não há nenhum problema aparente. E quando há uma chance de que as coisas deem errado, então se torna a única coisa que *pode* acontecer. — Senti um nó na garganta. — Sei que não faz muito sentido, mas é como ter um peso esmagador sobre o peito, que está sempre ali, mesmo quando a gente se acostuma e não percebe mais. Ainda está ali, à espreita. E eu... Sei lá. É assim que me sinto.

— Entendi — disse ele, engolindo em seco. — Não sei como é me sentir assim, mas entendo o que você está dizendo. — Ele continuou deslizando o polegar sobre a minha mão, traçando as linhas da gravação de casamento. — Gostaria de poder fazer alguma coisa para mudar isso.

O calor que invadiu meu coração me fez flutuar até os galhos pontiagudos dos pinheiros. Minhas bochechas ficaram coradas, e não sei se foi pelo que confessei a ele ou por suas palavras. Sua compreensão. Sua vontade de melhorar as coisas. Não fiquei constrangida com o que revelei. Só não estava acostumada a falar sobre isso. Mas foi... bom falar. Como tirar um peso do peito. Imagino que foi assim que ele se sentiu depois de me contar a respeito de Veses.

— Acredito de verdade que vai ficar tudo bem — continuou ele baixinho, sustentando o meu olhar. — Vamos descobrir uma maneira de remover as brasas de você. Eu realmente acredito nisso.

Respirei fundo, desejando acreditar também, mas o medo continuava presente. Já estava ali quando acordei, aninhado no fundo do meu peito, junto com as brasas. De repente, eu me dei conta de que talvez não tivesse nada a ver com a ansiedade, mas assenti mesmo assim.

— Acho que está na hora de assustar as pessoas.

Ele deu uma risada alta.

— Também acho.

As folhas caídas estalaram sob nossos pés quando seguimos na direção da Mansão Cauldra. Era o único som na floresta. Inclinei a cabeça para trás, procurando os pássaros nos galhos pesados, mas eles permaneceram quietos e escondidos. Não havia nenhum sinal de vida, sequer o vento. A Terra dos Pinheiros estava imóvel, como se prendesse a respiração. Era como se a natureza reconhecesse que o Primordial da Morte caminhava por ali e ficasse quieta, cautelosa e atenta ao nos ver sair da floresta.

A luz do sol banhava a colina rochosa sobre a qual a Mansão Cauldra se erguia, refletindo a armadura de bronze dos guardas que patrulhavam o terreno ao redor da mansão. Ao contrário de Wayfair, não havia nenhuma muralha para separar a propriedade real das fazendas e daqueles que cuidavam dos milharais e de outras plantações. Subimos a colina, ainda despercebidos, e observei os extensos vales pontilhados de casas modestas de pedra e campos cheios de agricultores que trabalhavam no final da colheita. Irelone fazia parte de uma rota de navegação vital com a capital servindo de porto, mas a minha mãe e o Rei Ernald haviam tentado fazer uma união com o reino também por causa das terras férteis, intocadas pela Devastação.

A Mansão Cauldra surgiu, com a hera que se balançava suavemente junto à pedra cor de marfim parando de se mexer assim que alcançamos o topo da colina. Os cavalos começaram a relinchar nervosamente no estábulo ali perto.

— Parem! — gritou um guarda perto de uma porta aberta, avançando a passos largos, com a espada de aço desembainhada. Vários guardas se voltaram na nossa direção, e fiquei imaginando que não era sempre que se deparavam com pessoas vindo da Terra dos Pinheiros. — Quem são vocês?

Olhei de relance para Ash.

Ele repuxou um canto dos lábios e deu mais alguns passos, algo que os guardas que vieram do estábulo não gostaram nem um pouco. Eles também desembainharam as espadas.

— Eu sou Asher, o Sombrio, Aquele que é *Abençoado*. O Guardião das Almas — declarou ele, e eu podia jurar que até mesmo as nuvens pararam de se mover lá no céu. — O Primordial do Povo e dos Términos, o *governante* das Terras Sombrias. Eu sou Nyktos, o Primordial da Morte, e essa é a minha Consorte.

Silêncio.

Cerca de meia dúzia de guardas nos encararam no mais absoluto silêncio.

De repente, aquele que falou primeiro começou a rir.

— E eu sou o maldito Rei de Irelone — zombou ele, e sua declaração foi recebida com gargalhadas estridentes.

— Veja só... — comentei baixinho. Os guardas estavam muito longe para notar qualquer coisa *estranha* nos olhos dele. — Parece que as coisas não saíram como esperávamos.

Uma Luz na Chama / 675

Ash abriu um sorriso, voltando a atenção para os guardas. As brasas começaram a vibrar no meu peito, reagindo à descarga de energia que atingia o ar à nossa volta.

Atrás de nós, um bando de pássaros levantou voo dos pinheiros com um bater desvairado de asas. Eles voaram por cima de nós como uma onda escura, assustando os guardas. Fiquei toda arrepiada ao olhar para o Primordial. No vale lá embaixo, os cães começaram a uivar e os cavalos relinchavam ainda mais alto.

Ash abaixou o queixo e sua pele começou a afinar. E então as sombras surgiram sob sua carne, espalhando-se e agitando-se à medida que o éter da cor da meia-noite se derramava ao seu redor, ondulando pela grama.

O ar ao redor dos ombros dele ficou denso e começou a faiscar. Uma lufada de vento soprou as mechas de cabelo no meu rosto enquanto o contorno tênue das asas se ergueu acima de nós.

— Quer dizer que você é o Rei de Irelone — disse Ash, com os olhos cheios de fios rodopiantes de éter. — Ora, mas que prazer em conhecê-lo.

O guarda estava boquiaberto e tão pálido quanto um cadáver. Eu poderia até rir se ele e os demais não parecessem prestes a desmaiar. Vários guardas recuaram. Mas nenhum deles saiu correndo ou começou a gritar.

Todos se ajoelharam diante de nós como peças de dominó. Suas espadas bateram na rocha e na terra quando curvaram a cabeça, pressionando as mãos trêmulas no chão e de encontro ao peito.

— Sinto muito, Vossa Alteza — disse algum deles acima dos murmúrios de... *preces*. — Nós não sabíamos que era o senhor. Por favor...

— Não precisam se desculpar — interrompeu Ash. A energia se dissipou no ar enquanto as sombras ondulantes desapareciam à nossa volta. Os cachorros pararam de uivar. Os cavalos se acalmaram. Ash abriu um sorriso largo. — Levantem-se.

Os guardas se levantaram desajeitadamente, de olhos arregalados de medo e corpos trêmulos. Eu não podia nem culpar aqueles que ainda moviam os lábios em orações silenciosas, mas foi então que me lembrei do que me disseram, sobre como os mortais se sentiam perto de Kolis, o verdadeiro Primordial da Morte. Como reagiam a ele.

Como *Sotoria* reagiu a ele.

Do mesmo jeito que os guardas reagiam diante de Ash agora — ao passo que teriam chorado lágrimas de alegria se fosse Kolis que tivesse saído da Terra dos Pinheiros. Correriam para cumprimentá-lo e se atirariam a seus pés em adoração. Dariam as boas-vindas a um monstro que se apresentava como o salvador porque acreditavam que ele era o Primordial da Vida.

Um rótulo. Um título. Uma crença sobre o que era bom e o que era mau mudava tudo. Mas não devia ser assim.

— Viemos falar com a Princesa Kayleigh — anunciei, atraindo os olhares dos guardas. Não faço a menor ideia do que eles pensaram quando olharam para mim, se acreditavam que eu era uma deusa ou não. — Ela está na mansão?

— E-está, sim — respondeu um dos guardas. — Ela e-está sempre aqui. Prefere a m-mansão ao Castelo Redrock.

— Ótimo. — Ash abriu um sorriso, mas acho que isso não deixou nenhum dos guardas mais à vontade. — Algum de vocês pode nos levar até ela?

Ash exibiu um novo poder Primordial que eu desconhecia.

O dinheiro não cresce em árvore, como ouvi o Rei Ernald dizer a Tavius certa vez, mas várias moedas brotaram do solo sob as botas de Ash conforme seguíamos um guarda atônito para dentro da mansão. Ele deixou em seu rastro dinheiro suficiente para que os guardas alimentassem a si mesmos e suas famílias por anos a fio.

Ash não me disse nada quando olhei para ele com uma expressão questionadora no rosto, mas sabia que tinha feito aquilo para compensar o susto que havia dado nos guardas.

Assim como fez com aquele que nos guiou sob as flâmulas verdes e amarelas com o emblema de um navio que adornavam o salão da Mansão

Cauldra. A bolsinha presa ao quadril do guarda ficou cheia de moedas que o homem nem chegou a notar. Ele parou em frente a uma sala de visitas.

Dentro do aposento ensolarado, a Princesa estava sentada no sofá com as pernas dobradas sob a barra do vestido lilás. Estava lendo um livro apoiado no colo enquanto passava a mão distraidamente pelas costas de um gato preto e branco deitado ao seu lado, com os cabelos castanhos presos num coque alto.

O gato foi o primeiro a notar nossa presença, levantando a cabeça peluda para nos lançar um olhar sonolento. O olhar me deu a nítida impressão de que ele tinha ficado aborrecido com a interrupção.

O guarda pigarreou e fez uma reverência.

— Vossa Majestade tem visita, Princesa Kayleigh.

Kayleigh levou um susto ao ouvir a voz dele e levantou a cabeça de súbito. A visão que tive dela nos Poços de Divanash foi precisa. Ela estava com uma aparência saudável, feliz. Bem diferente da última vez que a vi pessoalmente.

Ela olhou diretamente para mim, arregalando os olhos de surpresa.

— Meus deuses! É você mesmo, Seraphena? — perguntou ela, ofegante, enquanto fechava o livro no colo.

Assenti.

— Sou eu, sim.

— Como foi que você...? — Ela parou de falar assim que viu Ash. O sangue se esvaiu do seu rosto em forma de coração. — Meus deuses, você é o... — Ela se levantou tão depressa que o livro caiu do seu colo em cima do tapete grosso. O gato deu um golpe irritado com o rabo na almofada agora vazia. A Princesa fez menção de se curvar.

— Isso não é necessário — disse Ash, detendo-a para meu alívio e surpresa de Kayleigh, assim como do guarda. — Não precisa se curvar.

Os olhos verdes dela cintilaram de perplexidade.

— Mas...

— Está tudo bem — intervim, entrando na conversa. — Ele não é do tipo de Primordial que gosta de reverências.

— Às vezes sou, sim — murmurou ele.

Olhei de cara feia para ele enquanto Kayleigh nos encarava, confusa.

678 / *Jennifer L. Armentrout*

— Precisamos falar com você. — Lancei um olhar para o guarda.
— Em particular.

Ela assentiu, engolindo em seco.

— Obrigada por trazê-los aqui, Rolio.

O guarda hesitou, mas a Princesa deu-lhe um sorriso firme e um curto
aceno de cabeça. Rolio saiu da sala, mantendo distância de nós. Mas não
se afastou muito dali, parando na metade do corredor. Gostei de saber
que era leal, apesar de todo o medo.

— Estou em apuros? — perguntou Kayleigh.

— O quê? — Eu me virei para ela. — Não. Por que acha que está?

Ela não me pareceu muito certa disso ao olhar para Ash.

— Você é um... um Primordial. Sei disso por causa dos seus olhos. —
Ela engoliu em seco. — Só os Primordiais que já vi têm olhos prateados.

Arqueei as sobrancelhas.

— Quantos Primordiais você já viu?

— O bastante — respondeu ela, fechando os olhos por um instante.
Esperei que Ash não dissesse a ela que Primordial ele era. — Desculpa.
Não quis ofendê-lo.

— Não ofendeu, Princesa — respondeu Ash, observando-a atentamente. Percebi que ele estava lendo as emoções dela. — Você não tem
nenhum motivo para nos temer. Não viemos aqui para lhe fazer mal.

Ela assentiu, mas a desconfiança ficou estampada em seu rosto ao
mesmo tempo que uma inquietação tomou conta de mim. Lembrei-me do
que Ash me dissera que já estava começando a acontecer em outros reinos.

— O que aconteceu quando os Primordiais vieram aqui?

Ela entreabriu os lábios num breve suspiro, olhando na direção de Ash.

— Eu... eu sei que eles podem ficar muito ofendidos quando não são
devidamente respeitados.

— O respeito deve ser conquistado, até mesmo por um Primordial.
E eu ainda não fiz nada que mereça honra ou desrespeito. — Em seguida, ele suavizou o tom de voz: — Só viemos falar com um homem que
acreditamos que você conheça. Ele pode estar usando o nome de Delfai.

Kayleigh retesou o corpo.

— O erudito?

— Talvez — respondi, dando a ela uma breve descrição dele.

— Sim. Ele mesmo. Delfai está aqui há alguns anos. Está me ensinando a ler a língua antiga. — Kayleigh entrelaçou as mãos, olhando de mim para Ash. — Ele está em apuros?

— Não — sussurrei, com o coração apertado. O que será que ela vira os outros Primordiais fazerem? — Só queremos falar com ele.

Ela acenou com a cabeça.

— Acho que ele está na biblioteca no final do corredor. — Um sorrisinho afetuoso surgiu nos lábios dela. — Ele gosta de arquivar os livros e diários da maneira que acha que devem ser encontrados. Tira o meu pai do sério quando ele vem aqui. — Kayleigh deu uma risada nervosa. — Desculpem, é que estou tão confusa. Faz anos que não a vejo, Seraphena, e agora estou diante de um Primordial que não deseja que eu rasteje aos seus pés... — Ela parou de falar de novo. — Peço mil desculpas...

— De novo, não precisa se desculpar — Ash garantiu a ela. — É evidente que sou eu que tenho de pedir desculpas pelo comportamento dos meus semelhantes.

Os lábios de Kayleigh formaram um círculo perfeito.

— Você é... — Ela pigarreou. — Posso perguntar qual é a sua Corte?

— Ahn... — balbuciei devagar.

Ash inclinou a cabeça.

— Eu sou Nyktos.

A Princesa olhou fixamente para ele. Acho que mal respirava durante os longos minutos de silêncio constrangedor que se seguiram.

— Você é o Primordial da...

— Morte — concluiu ele por ela.

Ela assentiu lentamente, piscando os olhos enquanto virava a cabeça na minha direção.

— Por que você está...?

— Com ele? — Apontei com o queixo para Ash, que franziu a testa. — É uma longa história.

Kayleigh ficou interessada.

— Adoro ouvir histórias.

Dei um sorriso para ela.

— Talvez seja melhor não ouvir essa — repliquei, preocupada que a minha verdadeira identidade mortal e o meu novo título de Consorte do Primordial da Morte pudessem causar problemas a ela e aos demais. — Você pode nos levar até Delfai?

— Certamente. — Ela se abaixou depressa para pegar o livro do chão. O gato olhou para Kayleigh com um descontentamento impressionante quando ela colocou o livro onde estava sentada antes. Ela começou a avançar, mas então se deteve, olhando para mim. — Quando fui embora de Lasania, pensei que nunca mais fosse ver você.

— Eu também — admiti.

Ela olhou de relance para Ash.

— Acho que ainda não agradeci pela sua... *ajuda*.

— Não precisa agradecer.

Ela abriu e fechou a boca antes de dizer:

— Recebemos a notícia de que a Princesa Ezmeria havia assumido o trono de Lasania, mas não ouvimos nada sobre o destino do Príncipe Tavius.

— O ex-Príncipe de Lasania não é mais motivo de preocupação. Nem para você nem para ninguém — disse Ash, abaixando a voz até um rosnado. — Ele vai passar a eternidade no Abismo.

Tentei reprimir um sorriso, mas falhei miseravelmente e fiquei imaginando se algum dia me sentiria mal com o prazer perverso que sentia toda vez que pensava no destino de Tavius. Provavelmente não, ainda mais depois de ver o alívio que relaxou as rugas de tensão da princesa.

— Ai, meus deuses. Eu... eu estava com tanto medo de acreditar nisso, mas... — Ela deu uma risada, levando a mão até o peito. — Deuses, que coisa feia rir disso. Parece até que sou uma pessoa horrível, mas... — Ela fechou os olhos com força. — Nosso noivado já acabou, mas não aos olhos de todos. Enquanto ainda houvesse uma chance de estar prometida a Tavius, eu continuaria... — Os olhos dela brilharam, repletos de lágrimas — ...presa, à espera de que ele se tornasse noivo de outra ou...

— Você não é uma pessoa horrível. Tavius era um mortal da pior espécie — afirmei, desejando saber mais cedo que a vida de Kayleigh havia

Uma Luz na Chama / 681

estagnado. Eu teria descoberto uma maneira de mandar uma mensagem para ela. — Pode rir e comemorar. Você não está mais presa a ele.

Kayleigh deu um sorriso hesitante mas resplandecente conforme olhava para mim, estudando o meu rosto antes de baixar o olhar luminoso para a minha mão direita. Para a gravação dourada.

— Você não era só uma criada da Rainha, era?

Respirei fundo.

A Princesa Kayleigh se virou para Ash.

— Era?

— Não — respondeu o Primordial, suavizando a expressão. — Era ela que deveria governar Lasania.

A proclamação de Ash desencadeou uma enxurrada de emoções em mim, e eu teria que refletir sobre elas mais tarde.

A Princesa nos levou pelo corredor até um par de pesadas portas de madeira. Era evidente que queria se juntar a nós, mas eu a persuadi a voltar para a sala de visitas. Não fazia ideia de como Delfai reagiria à nossa presença.

Ou como *ela* reagiria ao saber que tinha um deus catalogando a biblioteca do pai.

Assenti com a cabeça quando Ash olhou para mim. Em seguida, ele abriu uma das portas e só deu um passo antes que uma voz soasse da sala cavernosa e mal iluminada em meio ao cheiro suave do incenso de sândalo.

— Estava esperando por vocês — disse um homem. — Há três longos anos.

44

As tapeçarias bloquearam todas as fontes de luz quando a porta se fechou atrás de mim. Meu olhar percorreu os retratos de pessoas com olhos verde-esmeralda e as prateleiras cheias de livros que revestiam as paredes antes de se deter na origem da voz.

Havia um homem parado junto às estantes, com os cabelos escuros roçando nos ombros da túnica de um tom vivo de azul. Estava de costas para nós, segurando o que parecia ser uma pilha de livros.

Ash se dirigiu até o centro da biblioteca e parou ao lado de um sofá e cadeiras com almofadas douradas.

— É mesmo?

— É, sim — respondeu o deus, curvando-se para enfiar um livro entre outros dois. — Já estava começando a ficar impaciente. Por sorte, a Mansão Cauldra é um lugar encantador. Assim como a família Balfour. Seu nome será honrado muito depois da queda dos grandes reinos.

Lancei um olhar questionador a Ash ao me juntar a ele.

— Já é honrado agora.

— Mas se tornará antigo e honrado muito depois que meus ossos virarem cinzas. — Delfai olhou por cima do ombro. Seus olhos cor de ônix incrustados na pele marrom-clara encontraram os meus. Ele não parecia ser mais velho do que eu, mas seus olhos... Seus olhos eram tão escuros e insondáveis quanto os de Holland. — Se os Destinos assim quiserem, é um nome que você ainda virá a conhecer.

Um calafrio percorreu a minha espinha.

— Mas o nome Balfour é bastante interessante — continuou ele antes que Ash ou eu pudéssemos responder. — Assim como seus antepassados. Um deles me vem à cabeça. Uma oráculo. A última a nascer. — Um ligeiro sorriso surgiu em seus lábios quando ele inclinou a cabeça para o lado. — Era muito gentil, e eu adorava conversar com ela. A Princesa me faz lembrar dela. Talvez seja por isso que me sinto confortável aqui.

— Não viemos aqui para falar sobre a família Balfour — interrompeu Ash.

— Eu sei. — Delfai se virou na nossa direção. — Vocês vieram aqui para saber como repetir algo que jamais deveria ter acontecido.

— Isso mesmo — confirmou Ash, cruzando os braços. — Queremos saber como as brasas foram transferidas.

— Não é só isso que vocês querem saber — corrigiu Delfai. — Os Arae, apesar de tudo que eram capazes de ver, se preocupavam com o que não seriam capazes de prever. O invisível. O desconhecido. As possibilidades. E nada os deixava mais preocupados do que um desequilíbrio do poder Primordial. Os Destinos queriam criar algo para o caso de haver um momento em que um novo Primordial devesse surgir, mas não houvesse nenhum Primordial da Vida para Ascendê-lo. — Delfai abaixou a cabeça conforme percorria as prateleiras. — É evidente que um dos Arae previu o que estava por vir, mas nenhum deles teve a perspicácia de ver que o que criaram poderia ser usado para produzir exatamente aquilo que queriam evitar: um falso Rei. — Ele deu uma risada, abaixando-se. — O destino sacaneia até os próprios Destinos.

Troquei um olhar com Ash.

— O que foi que eles criaram?

— Um canal poderoso o suficiente para ser capaz de armazenar e transferir as brasas voláteis e imprevisíveis em seu estado bruto e desprotegido. — Delfai passou os dedos pelas lombadas dos livros, movendo os lábios num murmúrio silencioso até encontrar o que estava procurando.

Ele empurrou alguns volumes para o lado e enfiou outro ali. — Eles tiveram que ir até as profundezas das Colinas Imortais para encontrá-lo.

— As Colinas Imortais ficam no plano mortal — falei, passando o polegar sobre a marca na minha mão. — É um trecho de montanhas ao longo da região norte do reino de Terra.

— Mas antes era apenas um campo sem nome, intocado e livre da contaminação dos homens e deuses. — Delfai se virou para nós. — Até que os Arae conjuraram o coração das montanhas, uma pedra preciosa criada pelas chamas dos dragões que viviam nesse plano eras atrás, antes que os Primordiais derramassem as primeiras lágrimas de alegria. Essa pedra foi a primeira do gênero, conhecida não só por sua indestrutibilidade, mas também por suas belas faces e seu brilho prateado. Eles chamaram esse diamante de Estrela.

Ash franziu a testa, e eu arqueei as sobrancelhas de surpresa.

— Nunca ouvi falar disso.

O deus deu um sorriso irônico.

— Nem deveria. Ninguém além dos Arae deveria saber de sua existência.

— Por que a remoção do diamante fez com que as montanhas passassem a ser chamadas de Colinas Imortais? — perguntei.

— Você não tem nenhuma pergunta mais pertinente para fazer? — perguntou o deus.

Olhei de cara feia para ele.

— Tenho, sim, mas estou curiosa.

Delfai bufou.

— Você já viu as Colinas Imortais?

— Não. — Pensando bem, eu sequer tinha visto quadros daquela região.

Um sorriso seco surgiu nos lábios de Ash.

— Elas receberam esse nome porque só as plantas e criaturas mais resistentes conseguem sobreviver naquele ambiente, com suas longas extensões de terras áridas, fornecendo pouca comida ou abrigo. Nenhum mortal sobreviveria muito tempo nessas condições.

Cruzei os braços.

— Mas por que a remoção do diamante causou isso?

— Os Arae tiveram que escavar metade da montanha para encontrar o diamante — explicou Delfai. — A rocha aquecida e o gás alteraram a paisagem para sempre.

— Ah — murmurei. — Suponho que sim.

— Então os Arae conseguiram seu canal — disse Ash, retomando o assunto. — Como ele é utilizado?

— Para muitos fins. Mas para o propósito que vocês têm em mente? — Delfai sentou-se no sofá com um suspiro que combinava com um deus da sua idade, apesar da aparência jovial. — É um processo relativamente simples, basta que um Primordial ou Arae utilize o canal, visto que são os únicos que possuem a essência necessária para forçar a transferência. Em seguida, o Primordial em que as brasas estão e o deus para o qual serão transferidas devem entrar em contato. Ou os dois Primordiais, como foi usado antes. A Estrela transfere as brasas de um para o outro.

— Só isso? — perguntou Ash, incrédulo.

— Como mencionei, trata-se de um processo relativamente simples. — Delfai sorriu para nós. — Os Arae são conhecidos por sua natureza simplista, não?

Não sei nada sobre isso, mas fiquei grata que a transferência não exigisse nenhum feitiço complicado.

— Espera aí. Se o diamante não deveria ser do conhecimento de ninguém, então por que um dos Destinos contou a Kolis sobre a Estrela? — Respirei fundo, me dando conta de que Holland devia saber disso, mas havia mentido para mim. Será? Ou será que compartilhar essa informação comigo seria passar dos limites? Por outro lado, o que aquele Arae fez ultrapassou todos os limites. — Os Arae não deveriam ser... Sei lá, imparciais e não interferir no destino de alguém? Dar a Estrela para Kolis me parece ser uma interferência e tanto.

Os olhos escuros dele se voltaram para os meus.

— Os Arae costumam seguir uma linha tênue entre a orientação e a interferência, não é?

Fiquei tensa, e o sorriso de Delfai se alargou até me causar arrepios. Então me lembrei do que Ash havia me contado sobre a queda dos Primordiais.

— Quando os Primordiais começaram a ter emoções, aconteceu o mesmo com os Arae.

Ash confirmou com a cabeça.

— Imagino que a maioria deles tenha permanecido imparcial, mas a capacidade de sentir emoções mudou tudo — ponderou ele.

— E *todos* — acrescentou Delfai, virando aquele sorriso sinistro para Ash. — Não sei qual deles deu a Kolis o que tanto queria, nem o motivo por trás disso. Talvez tenha sido um ato nefasto, mas os Arae também podem ter sido vítimas do que temiam que aconteceria se os Primordiais fossem capazes de amar. É bem possível que suas emoções tenham sido exploradas, forçando-os a fazer isso para proteger alguém que amavam.

— Amor — murmurei, engolindo em seco. — Talvez seja uma fraqueza mesmo.

— Acredito que seja a única coisa mais imprevisível que uma brasa Primordial e, portanto, ainda mais forte — retrucou Delfai, chamando a minha atenção. — O amor torna *tudo* possível. E faz com que qualquer pessoa seja capaz de fazer algo inesperado.

Passei o peso de um pé para o outro, desconfortável, enquanto o deus continuava me encarando.

— Onde está esse diamante agora?

Seus olhos escuros cintilaram.

— Com Kolis — respondeu Delfai, e senti um nó no estômago. — Ele sabe do que o diamante é capaz. Não ia querer que mais ninguém tivesse acesso a ele.

— Que maravilha — rosnou Ash, exibindo as presas.

— Mas você quer saber como remover as brasas *dela* — ressaltou Delfai. — Não precisa da Estrela para isso.

Levantei a cabeça.

— Você pode nos dar mais detalhes?

— Neste momento, você não passa de um recipiente mortal para as brasas...

— Ela não é só um recipiente — rosnou Ash conforme o éter deixava o ar carregado de energia. — Não é agora, não foi antes nem será daqui para a frente.

O aperto que senti no peito me deixou tonta ao olhar de volta para Ash. Tive vontade de dar um abraço nele. E um beijo também.

— Peço desculpas. — O deus abaixou a cabeça. — O que quis dizer é que ela é a atual detentora das brasas, um ser vivo que permite que elas se fortaleçam dentro de si. Portanto, transferi-las dela não é o mesmo que remover as brasas de um Primordial nascido e Ascendido. — Seu olhar misterioso e inabalável pousou em mim. — As brasas só precisam ser removidas de você, o que causará um impacto bem menor nos planos.

Fiquei... aliviada. Um alívio intenso e doce. Mas o pavor também surgiu em meu peito.

O olhar de Delfai se voltou para Ash.

— Você se tornará o que estava destinado a ser depois que o seu pai entrou em Arcadia. O verdadeiro Primordial da Vida e Rei dos Deuses.

Aquilo me parecia correto e justo, mas as brasas... começaram a zumbir descontroladamente no meu peito, como se não gostassem do que tinham ouvido. Só que as brasas não eram uma entidade consciente, certo? Elas estavam... reagindo a mim. Às minhas emoções. Ao que eu estava pensando.

A pensamentos que sequer reconhecia.

O alívio havia suavizado as curvas do rosto de Ash, que perguntou:

— Então como faço para remover as brasas dela?

— É outro processo simples, que poderia acontecer a qualquer momento durante a Seleção e antes da Ascensão dela. — Delfai continuou olhando para Ash do mesmo jeito perturbador que havia olhado para mim. — Você deve se alimentar dela.

— Só isso? — Eu me virei para Ash, franzindo a testa. — Mas ele já se alimentou de mim.

O sorrisinho estranho sumiu dos lábios de Delfai.

— Será necessário beber até a última gota do seu sangue, até que não reste nada além das brasas. Só assim elas serão transferidas para ele, que Ascenderá. Mas você... — Delfai deu um suspiro. — Você não vai sobreviver. Ao final, você estará morta.

45

Você não vai sobreviver.

Estremeci, com as palavras do deus ecoando sem parar na minha cabeça.

— Não. *Não* — rosnou Ash enquanto a energia deixava o ar carregado. As sombras surgiram sob a sua carne, agitando-se rapidamente. — Você está enganado.

— Você pode remover as brasas com sucesso. Qualquer Primordial pode fazer isso porque ela é, quer o seu pai tivesse a intenção ou não, um lugar reservado para elas — explicou Delfai baixinho, embora parecesse berrar as palavras. — Os planos têm a sorte de ninguém mais saber da existência das brasas dentro dela — continuou ele, e eu me encolhi. — Mas, como mortal, ela não sobreviverá à remoção.

A morte sempre a encontra, sussurrou a voz de Holland na minha mente. *Seja pelas mãos de um deus ou de um mortal mal informado. Pelas mãos de Kolis, e até mesmo da Morte.*

Ash.

Comecei a rir.

Eu ria enquanto olhava para eles. Não consegui me conter. O som era estranho, alto e frágil ao mesmo tempo.

Ash virou a cabeça na minha direção. Seus olhos pareciam duas esferas de éter. As sombras corriam pelas faces dele à medida que os fios de essência se derramavam no ar à sua volta. Ele estava prestes a mudar de forma e perder o controle, e eu só...

Fiquei parada *ali*.

O chão não pareceu se mover sob os meus pés como na última vez que ouvi alguém falar da minha morte de forma tão direta. Não houve surpresa nem choque. Talvez porque já soubesse disso, não é mesmo? Consegui esquecer o meu destino por algum tempo. Mas, lá no fundo, eu sabia que não era possível escapar dele.

— Não — repetiu Ash, como se aquela palavra pudesse mudar o que Delfai dissera. O que um Arae já havia dito antes. Ele sacudiu a cabeça, com rugas de tensão em torno da boca e os olhos fixos nos meus. — Tem que haver uma saída — murmurou ele, virando-se para Delfai. — Não é possível que só haja essa opção. Tem que haver uma maneira de remover as brasas sem fazer mal a ela. Meu pai conseguiu sobreviver...

— Seu pai era um deus destinado a Ascender e se tornar Primordial, assim como você. As brasas pertenciam a ele, ao passo que só estiveram escondidas na linhagem e no corpo mortal dela. Elas não lhe pertencem — afirmou ele no mesmo tom de voz calmo e sem emoção. — Mas bastou uma gota de sangue Primordial para que as brasas se fortalecessem dentro dela, tornando impossível que alguém as removesse. — Ele repetiu o que Holland já havia alertado. — Fundiram-se a ela. Mesmo que você tivesse tentado fazer isso no momento em que descobriu que ela possuía ambas as brasas, o resultado ainda seria o mesmo. Seria como arrancar o coração dela. Há apenas três opções. Ou você se torna o verdadeiro Primordial da Vida e restaura o equilíbrio dos planos. Ou alguém, outro Primordial, toma as brasas para si, e creio que nenhum de nós deseje isso. Ou ela completa a Ascensão, e você já garantiu que...

— Não. — Abri os olhos quando as brasas começaram a vibrar no meu peito, desencadeando uma corrente de calor e energia pelas minhas veias, que atingiu o ar. Os vidros racharam na biblioteca. — Não termine essa frase.

Delfai se recostou no sofá.

— Sinto muito, mas você vai morrer de qualquer maneira. — Ele deu um suspiro de... aceitação. *Resignação.* — Se os planos serão salvos no processo só depende de...

Ash caminhou nas sombras, agarrando o deus pelo pescoço e arremessando-o contra a estante muitos metros *atrás* do sofá e *acima* do chão, sacudindo os móveis. Os livros tombaram para a frente, caindo como uma tempestade no chão.

— Pare! — gritei, saindo em disparada.

— A morte dela não virá pelas minhas mãos — rosnou Ash com uma voz gutural e quase irreconhecível. O contorno nebuloso das asas feitas de éter surgiu atrás dele. A essência faiscou na extensão de seus braços. — Sua resposta é inaceitável.

Senti o estômago revirar quando os alcancei e vi que os olhos de Ash estavam tomados pelo éter e que sangue... sangue começou a escorrer do nariz e do canto da boca de Delfai. O deus começou a se contorcer e as veias se iluminaram sob a sua pele.

Ash repuxou os lábios, exibindo as presas.

— Não! — gritei. — Não é culpa dele.

— Talvez não. — Ash abaixou a voz até que ficasse entremeada de sangue e sombras. — Mas talvez ele se torne mais criativo depois que passar algum tempo no Abismo.

— Não vai adiantar. Ele já nos contou o que sabe. A resposta vai continuar igual. — Agarrei o braço de Ash. O choque da essência afastou as mechas de cabelo do meu rosto. A pele dele parecia feita de gelo e pedra. — *Ash.*

Ele virou a cabeça na minha direção, e meu coração palpitou. As sombras se acalmaram, deixando sua pele num mosaico impressionante da cor do bronze e da meia-noite. Ele era mais Primordial do que homem.

— Não é culpa dele, Ash. — Engoli em seco, passando o polegar pela pele dura do seu antebraço. — Você o está machucando, e ele não merece isso. *Você* não merece mais uma marca. Solte-o. *Por favor.*

Um segundo se passou. Um piscar de olhos. Mas me pareceu uma eternidade enquanto ele olhava para mim, com o corpo contraído de poder e violência e o belo rosto retorcido de raiva.

Então ele soltou Delfai. Melhor dizendo, derrubou-o no chão.

Seja como for, o deus estava livre.

Seu corpo caiu com tanta força que derrubou mais alguns livros da estante. Eles caíram no chão ao seu redor enquanto Delfai se deitava de lado com a mão no pescoço, ofegante. Ferido, mas vivo.

Não soltei o braço de Ash, e ele não tirou os olhos de mim enquanto eu o forçava a se afastar de Delfai. Pouco a pouco, as sombras se desvaneceram sob a sua carne e o éter se dissipou dos seus olhos.

— Eu devia estar morto a essa altura — murmurou Delfai. — Vi minha própria morte.

Franzi a testa, olhando para o deus, mas sem soltar o braço de Ash.

— Era para você ter me matado — acrescentou Delfai enquanto se escorava na estante, com a pele ao longo dos braços e pescoço carbonizada. Senti um nó no estômago. — Era assim que eu deveria morrer.

— Bem, você só não está morto graças a ela. — Ash cerrou os dentes, olhando para o deus como se estivesse prestes a mudar de ideia. — Meus parabéns.

Delfai parou de mover os dedos em torno do pescoço.

— É um motivo de celebração. — Ele pousou a mão no colo. — Talvez haja uma fera prateada e uma lua mais brilhante. Duas em vez de uma — balbuciou ele. — Duas, e depois uma só.

— Do que você está falando? — indagou Ash.

— Nada. — Ele abriu um sorriso largo, exibindo os dentes manchados de sangue. — Nada além de esperança.

Era bem possível que Ash tivesse causado algum dano cerebral em Delfai porque o que ele disse não fazia o menor sentido. Fera prateada? Lua mais brilhante? Parecia até o título que Ash me deu, mas não sei com que propósito ele ficaria balbuciando essas coisas, e nem me importava, para dizer a verdade.

Uma Luz na Chama / 693

Ficamos em silêncio ao sair da Mansão Cauldra, passando por guardas que se curvaram às pressas diante de nós, mas se mantiveram à distância. Gostaria de ter me despedido de Kayleigh, mas sabia que não seria prudente nos demorarmos ali. Não quando o éter violento e frenético ainda se derramava no ar em torno de Ash. E eu não tinha a menor capacidade de manter uma conversa naquele momento de tão concentrada no que estava por vir. O que não podia mais negar.

Tive uma sensação muito estranha ao descermos a colina rochosa, sentindo o calor do sol em meu rosto. A devastação de todas as possibilidades que jamais viriam a acontecer. A certeza de que o fim estava realmente próximo dessa vez. E o colapso total da esperança.

Era tão... *libertador.*

Uma calma recaiu sobre mim.

A pressão constante no meu peito continuava ali, mas não era tão forte quanto antes. Talvez porque sempre esperei morrer. Ou porque a alma dentro de mim também havia passado por muitas mortes.

Afinal de contas, a morte tinha sido a minha companheira, uma velha amiga que eu sempre soube que viria me visitar mais cedo ou mais tarde.

Eu me virei para Ash. Ele estava olhando para a frente, o músculo do maxilar marcando cada passo. Tínhamos acabado de chegar aos pinheiros quando falei:

— Pare.

— Temos que voltar para as Terras Sombrias — disparou ele.

— Precisamos conversar.

— E eu preciso pensar.

Dei um suspiro hesitante enquanto o seguia até o bosque de pinheiros.

— Você tem que fazer isso.

Ash se deteve.

— Não *tenho* que fazer nada.

— Isso é bobagem, e você sabe muito bem. — Parei a alguns metros dele, finalmente compreendendo tudo. — Você... Você sabia como remover as brasas de mim o tempo todo, não é?

Ash se retesou.

— Deuses... — sussurrei com a voz rouca. Eu sabia, com toda a certeza, que estava certa.

— Não sabia ao certo. Nunca existiu ninguém como você, uma mortal carregando brasas Primordiais. — Ele abaixou a cabeça. — Mas imaginei que beber todo o seu sangue seria uma das possibilidades.

Ele poderia ter feito isso a qualquer momento. Tomado as brasas de mim. Ascendido. Detido Kolis e *Veses*. Mas não o fez.

Pois sabia que acabaria me matando.

Joguei a cabeça para trás, respirando fundo e dolorosamente.

— Mas também sabia que não foi assim que Kolis tomou as brasas — resmungou Ash. — Sabia que deveria haver outra maneira.

Mas não havia.

Abaixei a cabeça, piscando para conter as lágrimas.

— Viemos aqui para descobrir como transferir as brasas e agora sabemos.

Ele não disse nada, mas o ar ficou mais rarefeito e frio. Algumas folhas caíram dos galhos dos pinheiros, flutuando até o chão.

Meu coração começou a bater forte dentro do peito, e eu senti um nó na garganta.

— Não há outra opção. Não podemos deixar que outra pessoa descubra sobre as brasas e as tome de mim.

Ele se virou para mim, com uma expressão severa no rosto.

— Tem que haver outra maneira, Sera. Quem sabe, a Estrela...

— Mas como conseguiríamos o diamante? Você sabe onde Kolis o guarda? Conhece alguém que estaria disposto a compartilhar essa informação conosco? Não. E mesmo que conseguíssemos encontrar a Estrela, você ouviu o que Delfai disse. É tarde demais. As brasas se fundiram a mim. Removê-las vai me matar de qualquer maneira, e eu... eu não quero morrer.

— Fico feliz por saber que você finalmente se sente assim.

Ignorei o comentário dele.

— Eu quero ter um futuro. Quero *viver*. Quero experimentar uma vida em que tenha o controle do meu próprio futuro. Quero nós dois — sussurrei. — Mas *preciso* de um futuro no qual derrotaremos Kolis e a

Devastação desaparecerá. Um em que os habitantes do Iliseu e do plano mortal ficarão a salvo. É isso que importa. A única coisa que importa.

— Não, não é a única coisa que importa, Sera. — Os olhos dele faiscaram. — Você. Não as malditas brasas. Nem os malditos planos. *Você* é importante.

Perdi o fôlego e fechei os olhos para reprimir as emoções que se apoderavam de mim. Eu... eu era importante. Mas não se tratava apenas de mim. Eu sabia disso. E ele também.

— Não tem outro jeito, Ash. — Um calafrio percorreu o meu corpo quando abri os olhos. — Eu *entendo*. Não é culpa sua.

Ele desviou o olhar, engolindo em seco.

— Pare...

— *Não é* — insisti. — Pode não ser certo nem justo, mas você sabe o que tem que fazer, Ash.

— Não — rosnou ele, virando-se para mim. Ele deu um passo hesitante na minha direção e, em seguida, caminhou nas sombras, aparecendo bem na minha frente. — *Não* me chame de Ash quando diz que devo tirar a sua vida como se isso não fosse nada.

Senti uma pressão no peito e um nó na garganta, uma mistura de emoções intensa demais para que eu pudesse compreender.

— Sinto muito.

— Você sente muito? — Ele deu uma risada irritada. — Destinos... *Sente* mesmo. Sinto um gosto de baunilha picante. — Ele sacudiu a cabeça, incrédulo. — Você sente empatia, angústia. Por *mim*.

Respirei fundo, levando a mão direita até o coração. Empatia. Angústia. E uma determinação férrea.

— Você não fez nada de errado.

— Nem você.

— Como você pode dizer uma coisa dessas? — rugiu Ash, tão alto que, mesmo com toda a distância que havíamos percorrido, ainda era provável que alguém tivesse ouvido. Embora duvidasse muito de que alguém se atreveria a entrar no bosque de pinheiros. — Havia outra opção, *sim*. Eu poderia ter salvado você.

— Não depende de você. — Estendi as mãos, aninhando suas bochechas frias. Ele fez menção de se afastar, mas eu o segurei conforme as brasas zumbiam no meu peito. A essência tomou conta dos seus olhos, assim como a raiva e a dor. Respirei fundo e quase sufoquei com o cheiro de pinho. — Mesmo que você ainda tivesse sua *kardia*, Ash, não há a menor garantia de que fosse me amar...

— Há, sim. — Seus olhos estavam arregalados e selvagens quando ele me pegou pelos pulsos. — Eu a amaria se fosse capaz disso. Nada me impediria de amá-la.

Um choque percorreu o meu corpo. A afirmação dele era tão poderosa quanto uma declaração de amor e me deixou completamente abalada. Fiquei tão mexida que as brasas começaram a zumbir e latejar no meu peito e senti o gosto do éter na garganta. Os cantos dos meus olhos ficaram luminosos.

— Me beija — sussurrei.

Ele não hesitou.

Ash me puxou para si, me deixando na ponta dos pés enquanto levava a boca até a minha. Nós dois estremecemos quando nossos lábios se tocaram.

O beijo foi lento e gentil, cheio de adoração e pesar. As lágrimas escorreram pelos meus olhos fechados. Um gemido de alma dilacerada retumbou do peito de Ash até o meu.

As brasas zumbiam.

Meu coração doía.

Os braços de Ash me envolveram e suas mãos seguraram a minha trança e quadris. Ele me puxou para mais perto de si, unindo nossos corpos. Em seguida, inclinou a cabeça para aprofundar o beijo com o deslizar da língua sobre a minha num choque de dentes e presas. Do meio da angústia, veio uma sensação desesperada de necessidade e desejo, consumindo tudo o mais.

Não houve nem um segundo de hesitação quando nossas bocas se separaram e nossos olhares se encontraram. Não dissemos nem uma palavra antes que os lábios dele voltassem para os meus e começássemos a nos agarrar, abrindo botões e puxando calça e roupas íntimas para baixo.

Nossos lábios não se separaram quando ele me deitou no chão coberto de folhas de pinheiro e me possuiu com uma estocada.

Sua boca abafou o meu grito de prazer, e ele respondeu com um rosnado excitado. Com a calça presa logo abaixo dos joelhos, não conseguia levantar as pernas nem as abrir. O movimento restrito fazia com que cada impulso fosse apertado e absurdamente intenso enquanto eu segurava os braços dele.

Era só o que eu podia fazer, segurá-lo enquanto Ash entrava e saía de mim, indo o mais fundo que podia e me levando até o limite do prazer e da dor. Ele se acomodou dentro de mim, afastando a boca da minha enquanto aninhava a minha bochecha em uma das mãos e se detinha por um instante.

— Eu queria tanto... — sussurrou ele com a voz rouca, passando os dedos pelas sardas que cobriam a minha bochecha. — Eu queria tanto não ter removido a minha *kardia*.

Meus olhos se abriram.

Os olhos dele cintilavam com um... um brilho vermelho. Lágrimas Primordiais de dor.

— Nunca quis amar. Até conhecer você, *liessa*.

Senti um nó na garganta e um aperto no coração. Emoções tão conflitantes.

— Eu sei.

Ele estremeceu antes de perder completamente o controle, arremetendo os quadris contra os meus. Cada estocada era uma promessa do que o seu coração não podia me dar. Cada respiração ofegante entre nós dois era crua e bela. O prazer surgiu, seguido de perto pela tristeza. E quando o êxtase nos encontrou, levou os dois ao mesmo tempo, deixando-nos abalados e destruídos.

Ficamos deitados ali por um bom tempo. Em meio ao silêncio, aproveitei a sensação do coração dele batendo contra o meu e do peso frio do seu corpo enquanto olhava para os pinheiros lá em cima.

— Me promete uma coisa?

Ele levantou a cabeça, e seus olhos cheios de luar prateado encontraram os meus.

— O que você quiser, *liessa*.

— Quando chegar a hora — sussurrei —, você me leva para o meu lago? Quero que aconteça lá.

O peito de Ash se aquietou contra o meu. Ele fechou os olhos, com os tendões da nuca salientes e as feições muito tensas.

— Prometo.

46

Ash me segurou firme de encontro a si como se tivesse medo de que eu fosse fugir. Senti seu coração batendo contra o meu rosto quando ele se preparou para nos levar de volta para as Terras Sombrias.

Onde teríamos que nos preparar. Fazer planos. Tentar descobrir quanto tempo eu tinha antes de... morrer. Não devia ser muito. As brasas já estavam poderosas demais. Era bem possível que eu só tivesse mais alguns dias, ou semanas, com muita sorte.

Senti um calafrio. O queixo de Ash roçou no topo da minha cabeça enquanto seus dedos se enroscavam em volta da minha trança. Fios de escuridão enluarada pairavam no ar.

Será que a morte era assim? A escuridão absoluta? Um nada até que eu atravessasse a névoa diante dos Pilares, sem conseguir ouvir nem ver ninguém perto de mim? Uma avassaladora espiral de pânico tomou conta de mim, ameaçando destruir a calma que o fracasso de todas as possibilidades havia me concedido. Fechei os olhos, engolindo o nó na garganta seca.

Eu podia lidar com isso. Tinha que lidar.

Não havia opção.

À medida que os fios de éter se assentavam à nossa volta, o ar frio e imóvel das Terras Sombrias chegou às minhas narinas, trazendo um cheiro forte de madeira queimada. As brasas começaram a vibrar.

— Tem alguma coisa errada. Há... *morte* por todo lado — disparou Ash conforme o pavor explodia dentro de mim. Um grito ecoou da Colina. — Merda.

Ash se virou bruscamente quando um calor ardente rugiu sobre as nossas cabeças. *Fogo* atingiu o palácio. Engoli em seco quando a estrutura inteira tremeu sob a rajada das chamas.

Tudo o que descobrimos em Massene caiu no esquecimento. Estávamos sendo atacados.

— Segura firme— ordenou Ash.

Agarrei a frente da sua túnica, esperando que ele fosse caminhar nas sombras, mas ele deu um passo à frente, me levantando enquanto se lançava sobre o parapeito da varanda.

Ash *pulou* lá de cima.

— Puta merda — ofeguei, fechando os olhos com força contra o ar pungente. Meu estômago pareceu despencar durante os breves segundos de total ausência de gravidade antes que começássemos a cair.

Ash diminuiu a velocidade antes de pousar com um baque no chão, agachado. Não senti o impacto, mas não sei se foi porque ele o absorveu ou pelo choque de vê-lo pular da varanda.

Ele me colocou de pé ao se levantar, me soltando. Avistei vários guardas na Colina mirando e disparando flechas no terreno lá fora.

Os gritos estridentes e rosnados guturais me deixaram toda arrepiada enquanto Saion entrava correndo pelos portões.

— Onde está Veses? — disparou Ash.

— Ela continua em estase na cela, mas há dakkais na Colina. Aqui e em Lethe. Bele e Rhahar estão lá embaixo, só que... — Saion derrapou até parar quando uma sombra recaiu sobre o pátio.

Ash me puxou para trás quando um dragontino preto-avermelhado voou na nossa direção, soltando um jato de fogo. O calor soprou na nossa cara. O fogo atingiu o solo, levantando terra e pedras. Por um segundo, não consegui ver Saion através das chamas e meu coração quase parou de bater.

O fogo recuou, revelando Saion, que se levantava alguns metros mais para trás.

— Aquele desgraçado acabou de aparecer — rosnou ele. — E já está começando a me irritar.

— Davon — rosnou Ash, e me senti como se estivéssemos prestes a pular da varanda de novo. Era o dragontino que vi em Dalos, o parente distante de Nektas. Ash passou pela fissura de vários metros de profundidade no chão carbonizado e fumegante, segurando minha mão. — Há quantos dragontinos aqui?

— Há pelo menos mais um sobrevoando Lethe — respondeu Saion, e eu fechei a mão livre em punho. — Nektas e Orphine estão cuidando dele, mas Nyktos, meu caro... — Saion engoliu em seco, sacudindo a cabeça enquanto se virava na nossa direção e os arqueiros disparavam mais uma saraivada de flechas da Colina. — *Ele* está aqui.

Senti a pele enregelada, e Ash se deteve no mesmo instante.

Não.

Ele não podia estar falando de Kolis.

Mas a tensão nos cantos da boca, a palidez, os olhos arregalados e brilhantes e o jeito como Saion engasgou provocaram uma onda de pavor em mim.

E em Ash.

As sombras surgiram imediatamente sob a sua carne.

— Kolis? — perguntou Ash.

Saion segurou a espada com firmeza.

— Kyn.

Enrijeci.

— Kyn? — balbuciei, olhando para a Colina enquanto os guardas corriam por todo lado. Se Kyn estava ali com o dragontino e os dakkais de Kolis...

— Ele veio antes dos dakkais, procurando por vocês dois — explicou Saion. — Surpreendeu os guardas e a todos nós. — Ele começou a se afastar, mas então se deteve. — Não havia nada que pudéssemos fazer. Ele é um Primordial. — Saion se curvou de repente, apertando a lateral do corpo e respirando fundo. — Aquele desgraçado... — Ele engasgou e não disse mais nada.

Nem podia, pois começou a ranger os dentes e passar a mão ensanguentada no rosto.

Ash captou o que Saion estava sentindo e respirou fundo, sua pele se tornando ainda mais fina. A energia deixou o ar carregado, e as brasas começaram a zumbir e se agitar no meu peito.

Ash começou a se dirigir até o lado oeste do pátio. Inquieta, comecei a ir atrás dele, mas Saion me pegou pelo braço.

— Não — murmurou ele. — É melhor não ver isso.

Parte de mim queria dar ouvidos ao seu alerta, pois sabia que havia acontecido alguma coisa. Alguma coisa muito ruim. Algo que Saion gostaria de não ter visto. Mas não consegui me deter, porque Ash já estava a caminho.

Soltei meu braço. O palavrão de Saion se perdeu em meio aos berros de mais um disparo de flechas. Apressei-me, alcançando Ash enquanto examinava os céus em busca do dragontino, sem ver nenhum sinal dele.

O ar tinha um cheiro diferente ali. Um... um toque de metal úmido. Um aroma distinto. De sangue. E *morte*.

Pelos deuses...

De repente, eu me vi no lugar de Saion, querendo impedir que Ash descobrisse o que o aguardava.

— Ash — gritei.

Ele não parou de andar até virar a esquina do palácio.

E então, do nada, Ash *estremeceu* e cambaleou para trás. Eu nunca o tinha visto *tropeçar* antes. O medo do que ele tinha visto tomou conta de mim quando cruzei a curta distância entre nós e me deparei com uma mancha vermelho-escura que percorria o chão cinzento e rachado em meio às espadas descartadas. Rios vermelhos. Respingos carmesim. Poças de sangue.

Ash estendeu o braço para que eu não me aproximasse, mas já era tarde demais. Avistei...

Avistei-os ali.

Em estacas cravadas no chão. Com as mãos e os braços amarrados. A pele mutilada e os torsos dilacerados, o coração arrancado. As gargantas cortadas até os ossos. Algumas tão profundamente que as cabeças não estavam mais sobre os ombros, mas no chão.

As brasas zumbiram em resposta ao massacre diante de nós. Examinei os rostos de pessoas que não reconheci, os olhos sem vida daqueles por quem passei no pátio ou vi treinando com Ash. Até que olhei para baixo.

Cabelos louros. Traços distintos e exangues. Olhos cor de âmbar inanimados e opacos. Era... era a cabeça *dele*.

Ector.

Cambaleei para trás, sentindo a garganta se fechar conforme levava a mão até a boca e um vermelho mais suave chamava a minha atenção.

Da cor do vinho.

O brilho de uma corrente de prata em torno de uma garganta encharcada de sangue.

— Não — sussurrei, com a pele esquentando e ficando dormente logo em seguida. — *Não*.

— Ela veio aqui fora para ajudar — explicou Saion com a voz rouca por trás de nós. — Eu lhe disse para voltar ao palácio, mas Kyn a viu. E Ector... O maldito Ector tentou detê-lo.

Fiquei tonta, com o peito latejando conforme as brasas reagiam a mim, ao turbilhão de emoções que me acometiam. Meu sangue ficou quente e minhas veias se encheram de fogo.

— Bele ainda não sabe o que aconteceu — avisou Saion asperamente. — Ela já estava a caminho de Lethe. Ela não sabe... *Cacete*, você está começando a brilhar.

Ele não estava falando de Ash, que permanecia calado e quieto.

Mas de mim.

Um ronco distante ecoou do céu. Davon estava por perto. Era um problema que tínhamos de descobrir como resolver, mas não consegui pensar em nada além de Aios, Ector e as dezenas de vidas perdidas entre aquelas estacas.

Não conseguia entender o motivo daquilo tudo. O que eles tinham feito?

As brasas latejaram quando avancei na direção de Aios, na direção deles, mas me obriguei a recuar. Tinha sido justamente o uso das brasas que provocara aquilo. Se eu as usasse de novo, mais ataques aconteceriam.

Cerrei as mãos em punhos e senti minha fúria se chocar com a dor. Eu podia fazer alguma coisa. Podia consertar a situação, mas quem pagaria por isso?

Não quem deveria. Kolis.

— Kyn ainda está aqui? — perguntou Ash com a voz fria e sem emoção à medida que a temperatura caía vertiginosamente.

— Na última vez que o vi, ele estava do lado de fora da Colina — respondeu Saion. — Atrás da fileira de dakkais. Estava com alguns Cimérios... — Saion se virou para o céu. — Aquele desgraçado está voltando.

Ash se afastou das estacas, para longe da carnificina.

— Convoque o exército.

O éter faiscou na sua carne agitada conforme ele repuxava os lábios sobre as presas. O poder jorrou no ar. As sombras se derramaram ao redor dele, rodopiantes, e seus olhos pareciam duas esferas de prata quando encontraram os meus.

O rugido de Davon soou mais próximo dali.

Ash levantou a cabeça e começou a se erguer no ar. Em linha reta, como uma flecha disparada. Faixas de luz prateada irradiavam dele, sibilando e crepitando. O contorno nebuloso das asas surgiu assim que ele abriu as mãos. Do lado de fora da colina, os dakkais começaram a uivar e Saion correu na direção de uma guarda montada a cavalo para lhe dar ordens. Ela partiu para os portões de frente para os Bosques Moribundos. Esperei que ela e o exército voltassem logo.

— Disparar! Disparar! — Ouvi Rhain gritar da Colina, graças aos deuses. — Agora!

O ar crepitou à volta de Ash, piscando cinza-claro conforme o éter crescia dentro dele, tornando sua pele da cor da pedra das sombras. Suas asas pareciam quase sólidas à medida que as nuvens deixavam o céu mais escuro. Nuvens *de verdade* que começaram a se acumular lá em cima.

Ash se transformou numa tempestade.

Davon surgiu sobre o palácio, com as mandíbulas abertas e as escamas vibrando.

As chamas faiscaram de dentro da sua garganta.

Ash deu uma *gargalhada*.

E o céu tremeu ao som do trovão. O dragontino abriu as asas, diminuindo a velocidade e encolhendo o corpo, mas não estava parando por conta própria.

Era *Ash* quem o detinha.

Ele ergueu a mão, torcendo o pulso.

O estalo da asa quebrada de Davon se perdeu em meio ao uivo de dor.

— Meus deuses — sussurrei.

— É... — arfou Saion. — Você nunca viu um Primordial furioso antes, não é?

O éter irrompeu de Ash. Raios ofuscantes iluminaram o céu, atingindo Davon. O dragontino começou a cair enquanto o éter percorria seu corpo escamoso.

— Não é uma visão muito bonita — concluiu Saion.

Davon pousou no pátio sobre as patas dianteiras e partiu para cima outra vez com um rugido, ainda faiscando pelo éter. O dragontino voltou a voar, mesmo com a asa quebrada.

Não, não era nada bonito.

Percebi que Ash ficaria bem e me virei para as estacas. Precisava me concentrar. Eu tinha um trabalho a fazer. Comecei a avançar, desembainhando a adaga.

— O que está fazendo?

— Me ajude aqui.

Corri até Aios. Odiei ter que escolher entre vidas, mas ela estava mais perto e ainda... ainda tinha a cabeça. Não sei o que poderia fazer pelos outros. Não entendo como as brasas funcionam para recolocar membros e órgãos no lugar, mas Aios... Eu poderia ajudá-la e depois tentar com os demais.

— Me ajude a colocá-la no chão.

— Porra, Sera. Tem certeza? Todo mundo vai sentir isso. Você vai Ascender Aios, assim como fez com Bele — insistiu Saion. — Isso só vai piorar as coisas...

— Piorar as coisas? — Dei uma risada entrecortada. — Mais do que já estão? Sério?

— Sempre pode piorar.

Foi o que aconteceu com Aios, que já havia vivenciado mais horrores do que qualquer um deveria ter que passar.

— Os riscos... — começou Saion.

— Sei quais são os riscos, mas não importa.

E não importava mesmo, pois assim que tivéssemos a chance, Ash removeria as brasas de mim. Não haveria mais espera nem planos para descobrir o que fazer com o tempo que me restava. Depois disso, ele teria que Ascender o mais rápido possível.

Para deter Kolis.

— Eles não vão morrer hoje — afirmei.

Ignorando as barras manchadas de sangue do vestido de Aios, inclinei-me e cortei as cordas ao redor dos seus tornozelos enquanto o céu se iluminava de chamas prateadas. Fiquei tensa, mas relaxei quando Davon urrou de dor outra vez.

Levantei-me, soltando os pulsos amarrados às costas de Aios. A pele dela... estava fria e pegajosa, mas não rígida.

— Me ajude a colocá-la no chão — falei, antes de cortar a corda em volta da cintura dela. Sustentei o olhar de Saion. — Como Consorte, *ordeno* que você faça isso.

Saion fechou os olhos por um instante antes de assentir. Depois veio até o meu lado e passou os braços ao redor de Aios.

— Deixe que eu a seguro. — Ele me olhou nos olhos. — Você terá que colocar a mão atrás da cabeça dela imediatamente ou...

Eu apenas acenei com a cabeça. Já sabia o que poderia acontecer.

— No três — avisei. — Um, dois, três. — Cortei a corda e mudei de posição, apoiando as laterais da cabeça frouxa dela enquanto Saion sustentava o seu peso. — Deite-a no chão. Mas não em cima do sangue.

— Não há nenhum lugar limpo. — Saion começou a abaixá-la. — Vai ter que ser aqui mesmo.

Pisquei os olhos para conter as lágrimas enquanto o raio de Ash cruzava o céu, acertando Davon mais uma vez. Ajoelhei-me e coloquei a adaga no chão, invocando as brasas e forçando-as a responderem ao meu comando. Elas começaram a pulsar, e a essência inundou minhas veias.

— Mantenha a adaga por perto — aconselhou Saion, de olho na Colina enquanto mudava de posição para apoiar a cabeça de Aios. — Ash está atraindo os dakkais. — Ele olhou de relance para mim. — E você também. Não se esqueça de que eles não apenas rastreiam a essência. Eles também a devoram.

Pousei as mãos sobre o peito ferido de Aios e rosnei:

— Fodam-se os dakkais.

Saion riu.

— Gosto de você, sabia? — disse ele, sacudindo a cabeça enquanto voltava o olhar para a Colina. — Gosto mesmo.

A essência faiscou nas minhas palmas.

— Também gosto de você.

Eu me virei para Aios, sem ver nem ouvir a resposta de Saion enquanto canalizava tudo o que tinha para a deusa. O fluxo de energia respondeu sem a menor hesitação, mais rápido e quente do que antes. Concentrei-me no rosto dela, sem olhar para mais nada. O éter ondulou sobre o seu corpo, infiltrando-se na pele. As veias dela se iluminaram com uma luz intensa.

Gritos ecoaram da Colina, assim como uivos e rosnados.

O brilho se expandiu sob a pele de Aios, espalhando-se para além do seu corpo. O chão começou a tremer sob os meus joelhos.

— Prepare-se — alertou Saion.

O éter pulsou e explodiu numa rajada de poder que fez com que tanto eu quanto ele nos afastássemos de Aios. Soltei-a quando a reverberação de poder saiu do pátio e seguiu para além da Colina, além das Terras Sombrias. Um raio ainda mais brilhante e nítido cruzou o céu.

Em seguida, tudo parou. O vento, o tremor.

Voltei apressadamente para perto de Aios, puxando a gola rasgada do vestido. Uma linha cor-de-rosa circundava a garganta dela. A pele sobre seu coração estava ferida, mas curada.

O peito dela subiu com uma respiração profunda e singular.

— Aios — arfou Saion.

Ela abriu os olhos, prateados e brilhantes.

— Saion? Eu... — A deusa engoliu em seco, virando a cabeça tão depressa na minha direção que cheguei a me encolher. — *Sera*.

Dei um sorriso de leve, com as mãos trêmulas.

— Oi.

— Oi — sussurrou ela.

Gritos ecoaram pelo ar, me deixando apreensiva. Era melhor levar Aios para longe dali. O sono que vinha depois do que acabei de fazer parecia impossível de controlar. Saion se voltou para a Colina, o maxilar tenso.

Aios se sentou com dificuldade no momento em que Davon desabou no chão como um saco de batatas, endireitando-se rapidamente.

— O-o que é...?

Peguei-a pelos ombros.

— Você precisa entrar no palácio para se esconder.

— Mas...

— *Agora*.

Saion se virou de repente.

— Kars?

Um guarda parou ao pé da Colina e mudou de direção, seguindo até nós. Ele diminuiu o ritmo, arregalando os olhos.

— Leve Aios lá para dentro. Imediatamente.

Ele pestanejou e sacudiu a cabeça.

— Agora mesmo.

Fiquei de pé enquanto ele ajudava Aios a se levantar e depois a colocava de encontro ao peito. Foi então que me virei em direção a...

— Me ajude a colocar Ector no chão.

— Sera...

— Eu posso tentar. — Fui até os tornozelos de Ector. — Tenho que tentar. Assim como ele fez. — Senti uma ardência na garganta. — Como sempre fez.

— É. Tudo bem. Vamos colocá-lo no chão primeiro, depois eu pego a...

Estremeci, mas fizemos isso bem depressa, deitando Ector de modo que ele quase parecesse inteiro. Encontrei o olhar atormentado de Saion e convoquei o éter.

— Eles estão vindo — gritou Rhain da Colina. — Para trás. Todos para trás!

Gritos estilhaçaram o ar, e as brasas começaram a arder e pulsar conforme eu me aproximava para pousar as mãos no peito imóvel de Ector.

— Puta merda. — Saion recuou. — Os dakkais estão sobrevoando a muralha.

— Mantenha-os longe daqui — ordenei, respirando fundo.

O raspar das garras sobre a pedra abafou o som do meu coração palpitante. A essência começou a faiscar, intensa e poderosa, e minha visão ficou completamente branca por um breve segundo quando o éter cresceu dentro de mim.

— Pare. Pare! — gritou Saion enquanto o éter reverberava das minhas palmas, se espalhando sobre o peito de Ector. — Você está atraindo os dakkais. Pare!

Só precisava de mais alguns segundos. Só isso. Eu podia trazer Ector de volta à vida...

Saion me agarrou pela cintura, me puxando para trás.

— Não! — Arregalei os olhos quando a essência cintilou sobre Ector e desapareceu. — Me solta!

— Não temos tempo para isso.

Saion me puxou para trás à medida que corpos musculosos e escorregadios como óleo avançavam pelo pátio, estalando as mandíbulas e cravando as garras no chão. Seus rosnados recaíram sobre mim como adagas.

Tentei me desvencilhar.

— Posso trazê-lo de volta à vida. Só preciso...

— Não. — Saion girou o corpo, me empurrando alguns metros para trás. Os olhos dele cintilaram de essência enquanto os meus pés escorregavam no sangue. — Se fizer isso, eles vão cercá-la. Você vai acabar morrendo.

Eu iria morrer de qualquer maneira.

Avancei na direção de Ector enquanto as flechas caíam no pátio, acertando os dakkais.

Mas... eu não podia morrer ali. Porque as brasas eram importantes. Mais do que Ector. Mais do que eu.

E eu sabia disso. Deuses.

Eu sabia disso.

Mas detestava saber.

Saion gritou, virando-se para tirar as espadas das bainhas nas costas e lateral do corpo. Um dakkai se lançou sobre ele e outro passou por cima do deus. Dei um grito de fúria e angústia e me abaixei depressa, brandindo uma espada de pedra das sombras que estava caída por ali em vez de pegar a minha adaga.

Girei o corpo e cravei a espada no pescoço da besta sem rosto, arrancando sua cabeça. Abaixei-me e peguei outra espada. Golpeei, enterrando-a no peito de um dakkai. Seu sangue fétido cobriu a lâmina assim que me virei para brandir a espada no alto. Um raio cortou o céu.

Um dakkai disparou por Saion, passando pelos guardas agora no pátio. Seguido por outro. E mais outro. Dei meia-volta, e o horror me deixou sem fôlego conforme eles vinham atrás do poder. Atrás do éter.

Ector.

— Não! — gritei, lançando-me pelo chão escorregadio e cravando a espada em qualquer parte do corpo dos dakkais que conseguisse atingir enquanto eles cercavam o corpo de Ector em um verdadeiro pesadelo de garras e presas. Deixei de lado toda a habilidade. Dilacerei as bestas sem piedade.

Saion estava ali. Rhain também. Outro guarda — um deus — usou o éter para golpear os dakkais, mas só atraiu mais deles, que continuaram avançando e cercando as estacas. Eles continuaram vindo, mesmo quando os derrubamos, com as bocas e as garras cobertas de sangue vermelho-azulado e cintilante.

As brasas latejavam descontroladamente. Gritos de pesar ecoaram pelo pátio e por toda a Colina quando Rhain chutou um dakkai morto para o lado, afastando-o de onde Ector estava.

O deus cambaleou para longe do... do que foi deixado para trás. Ele se virou e começou a vomitar. A espada escorregou dos meus dedos. Uma bagunça. Era tudo que restava de Ector. Uma *bagunça*. Minha mão começou a tremer. Estremeci e, bem lá no fundo, a essência do Primordial da Vida *rugiu* dentro de mim. Minha pele começou a zumbir. Senti um gosto metálico na boca e uma dor pungente no maxilar. Um redemoinho percorreu o meu corpo, e eu entreabri os lábios.

Um grito de fúria e destruição irrompeu da minha garganta, e pelo canto dos olhos eu só enxergava um branco infinito.

Por todo o pátio, os dakkais se empinaram, virando a cabeça na minha direção. O poder aumentou cada vez mais dentro de mim até que nada fosse capaz de contê-lo.

Eu nem mesmo tentei fazer isso depois que a espada quebrou na minha mão. Uma onda de poder irrompeu de mim, me deixando tonta ao acertar os dakkais, afastando-os de Saion e Rhain e elevando-os no ar, onde simplesmente desapareceram.

Eliminados por completo.

Fui tomada por uma exaustão que nunca senti antes quando a onda de poder se retraiu. Cambaleei para a frente, ofegante. Algo quente e úmido pingou do meu nariz, atingindo o meu braço. Sangue. Meu sangue. Olhei para baixo e vi o brilho prateado sumir das minhas mãos ao mesmo tempo que um bando de dakkais alcançava o topo da muralha.

Ouvi meu nome ser chamado e gritos de recuar, mas as vozes soaram abafadas. Rhain correu na minha direção. Ele me pegou pelo braço e cintura, mas não consegui sentir seu toque. Não me sentia conectada ao meu próprio corpo. Era como se estivesse flutuando. Pisquei os olhos devagar, com a visão saindo de foco...

E depois voltando.

— Sera! — gritou Rhain, com a voz tão alta que até me encolhi. — Você está bem?

— N-não sei. — A sensibilidade voltou ao meu corpo quando Rhain virou a minha cabeça para a dele. Senti-me um pouco mais forte, mas não muito. Engoli o sangue que se acumulou na minha boca. — Acho que sim.

Ele não pareceu acreditar em mim conforme limpava o sangue do meu nariz.

— Temos que voltar para o palácio — disse Saion, respirando pesadamente. Um dakkai tinha arranhado o seu peito. Percebi que Rhahar estava com ele.

Olhamos à nossa volta, mas não havia nenhum caminho livre até o palácio, até a segurança. Por toda a parte, vi mandíbulas abertas e narinas achatadas e dilatadas, cabeças sem rostos e garras ensanguentadas.

Os dakkais haviam nos cercado.

— Merda — sibilou Rhahar, passando as costas da mão pela bochecha suja de sangue. — Puta merda.

— Exatamente — comentou Saion, brandindo a espada e olhando por cima do ombro para mim. — Acha que consegue fazer aquilo de novo? Você vai atrair mais dakkais, mas pode abrir o caminho para nós.

— Eu... — Procurei as brasas, mas não vi nem senti nada. Nada. Meu olhar encontrou o de Saion quando a minha garganta começou a se fechar. Não consegui sentir as brasas. Não consegui...

De repente, um dragontino colidiu com a Colina, rachando-a e arrancando um bom pedaço da muralha. Uma luz cintilante ondulou sobre o corpo de Davon quando ele caiu no pátio, assumindo sua forma mortal.

De repente o ar ficou gélido. Nossas respirações formaram nuvens de condensação no ar, e eu fiquei com a pele toda arrepiada. Rhahar se virou lentamente para a direita.

Onde um Primordial pairava no ar, com as asas sombrias abertas e o corpo envolto em fios de éter crepitante.

A névoa saía de Ash, do *corpo* dele. Névoa Primordial. A névoa se derramou no chão, repleta de faixas agitadas de essência.

Os dakkais ergueram a cabeça, repuxando os lábios e farejando o ar. Sentindo o cheiro. Rastreando.

Localizando.

— Merda — arfou Rhain atrás de mim. — Mas que *merda*.

Os olhos prateados de Ash se fixaram nos meus por um instante, e eu podia jurar ter ouvido sua voz como um sussurro em minha mente.

Os dakkais alçaram voo, um após o outro, e foram atrás de Ash, exatamente como ele queria. Por um instante, seus olhos prateados se fixaram nos meus, e eu podia jurar ter sentido o roçar gelado dos fios de éter em meu rosto, do mesmo modo que sentira na noite em que ele foi ao meu quarto. Senti um arrepio na nuca.

Fuja daqui, liessa. Fuja.

Esbarrei em Rhain, olhando para Ash. A voz dele. Ouvi a voz dele na minha cabeça.

Um dakkai voou na frente de Ash. Ele pegou a criatura pela garganta, jogando-a para trás. Outro correu na direção dele, um brilho prateado pulsando sobre seu corpo.

Um medo real e profundo se apoderou de mim, mesmo quando a névoa extinguiu uma fileira de dakkais. Dezenas de criaturas tomaram o lugar dos mortos. Ash ficaria cercado. Primordial ou não, ele seria derrotado. A imagem do que restou de Ector voltou à minha mente.

— Não! — Desvencilhei-me de Rhain e peguei uma espada. — Alguém ajude! — gritei, mas Rhahar e Saion já estavam a postos.

Corri, mais devagar do que antes, mais devagar do que nunca, mas segui em frente. Até rastejaria, se fosse preciso. Brandi a espada agora pesada...

Um jato de fogo jorrou no chão entre nós dois. *Nektas*. Ele atravessou os dakkais, voando baixo. Mas não estava sozinho: Orphine estava com ele. Ela lançou uma torrente de chamas atrás de Ash, descendo rapidamente em direção ao chão.

— Ela está voando muito baixo! — gritou Rhahar.

Um dakkai pulou conforme ela desviava, cravando as garras na lateral do seu corpo. Ela se sacudiu para se livrar da criatura, mas outra pousou em suas costas. E mais outra.

Alguma coisa bloqueou a luz das estrelas, deixando o chão na escuridão. Eu me virei para a Colina. As sombras reunidas lá em cima começaram a descer pela muralha, sombras densas e cheias de formas sólidas. Corpos.

— Os Cimérios — arfei.

Eles ainda estavam aqui.

Kyn ainda estava aqui.

Os Cimérios vieram a toda velocidade, alimentando-se do éter até que uma noite nublada recaiu sobre nós.

Não consegui ver mais nada. Nem Orphine. Nem Nektas. Nem Ash.

Fiquei paralisada e ofegante. *Inspire*. Alguém gritou. O clangor de espadas ecoou de forma sombria em meio à escuridão. *Prenda*. Seguiu-se o som da carne dando lugar à pedra, ao metal e às garras. Berros. Gritos.

Um maremoto de corpos se chocou contra mim, me empurrando e me forçando a recuar. Não sei se eram o nosso povo, os Cimérios, ou os dakkais. A espada caiu das minhas mãos. Alguém me empurrou. Recebi cotoveladas na lateral do corpo e nas costas. Não conseguia me manter de pé. A massa de corpos subindo e descendo, o fedor do medo, as armas caindo e a escuridão, uma escuridão entremeada por rajadas de éter e ouro, me engoliram por completo. *Inspire.* Captei vislumbres de ouro cintilante em meio à escuridão. Roupas douradas. Cabelos dourados. Engasguei.

De repente, a muralha conseguiu deter o fluxo dos corpos.

Atingi com força a pedra fria. Perdi o fôlego assim que a dor irrompeu nas minhas costas. Minhas pernas cederam sob o meu peso e desabei no chão de cascalho. Rolei de lado, me encolhendo enquanto os corpos também colidiam contra a muralha, alguns caindo e outros conseguindo se esquivar. Retesei o corpo ao sentir joelhos se chocarem contra o meu ombro e cabeça. De repente, o estrondo do trovão fez o chão tremer. Será que eram mais dakkais? Cavalos? Nosso exército? O nosso povo?

O nosso povo.

Levantei a cabeça, vasculhando a massa de sombras iluminadas de éter que lotavam o pátio. Espadas e corpos continuavam se chocando enquanto eu procurava Ash. *Inspire.*

Precisava encontrá-lo.

Depois, teríamos que encontrar um lugar seguro para que ele pudesse retirar as brasas de mim. Tínhamos que fazer isso agora, antes que mais pessoas morressem. Antes que começasse a guerra que ele tanto queria evitar.

Embora já parecesse uma guerra.

Prenda. Fiquei em pé e me afastei da muralha. As brasas continuavam em silêncio no meu peito enquanto eu avançava com dificuldade, tropeçando nos corpos espalhados pelo chão. Um dakkai rosnou ali perto. Segui em frente, captando breves vislumbres das lutas. Lampejos dourados que fizeram meu coração disparar. Um rugido retumbou no céu oculto, e torci para que fosse um dos nossos dragontinos. Até que finalmente encontrei uma espada.

Ash me encontraria, eu tinha certeza. Ele sentiria a minha presença como nas outras vezes. Isso se os dakkais não o tivessem cercado. E se ele ainda estivesse consciente. Nós nos encontraríamos.

Chamas prateadas cortaram a escuridão, atingindo os mortos e os vivos e espalhando a sombra mais densa que já vi.

Ouro.

Vi um clarão de cabelos dourados e tinta dourada a poucos metros de mim.

Cambaleei para trás, sentindo o estômago embrulhado enquanto segurava o punho da espada com força. As sombras dominavam o ambiente quando me virei para a direita, onde achava que ficava o palácio. *Inspire.* Segui em frente, com a mão estendida diante de mim. Nós íamos nos encontrar. Nós...

Parei de súbito.

Senti a nuca toda arrepiada. *Prenda.* Um calafrio desceu pelas minhas cotas. Contraí o abdômen, segurando firme a espada. Senti os ombros tensos ao ouvir Ash gritar meu nome, cada vez mais perto até que o som de cascos abafasse a sua voz. Nosso exército havia chegado, mas algo... ou alguém estava por perto. Um caçador. Senti sua presença no fundo da alma. E eu era a presa. O instinto assumiu o controle sobre mim.

Girei o corpo e brandi a espada.

A mão de alguém me agarrou pelo pulso no instante em que um jato de fogo dispersou as sombras lá no céu. O ar desanuviou, e pude ver seus cabelos castanho-claros. As maçãs do rosto altas. Uma cicatriz na bochecha esquerda.

Attes.

O alívio que senti quase me fez desmaiar. Ele tinha vindo em nosso auxílio, mesmo correndo o risco de deixar Kolis furioso e de lutar contra o irmão. Graças aos deuses que conseguiu deter o que seria um golpe doloroso, apesar da armadura de pedra das sombras que protegia seu peito.

— Obrigada — balbuciei com a voz rouca.

Rugas de tensão surgiram nos cantos da sua boca.

— Você não deveria me agradecer.

Olhei para ele e tentei respirar, em vão. Todo o meu ser se rebelou contra o que o instinto me dizia.

— Por quê? — gritei.

O olhar dele era inexpressivo.

— Porque não tem outro jeito.

— Ah, mas tem — vociferei, com a fúria explodindo dentro de mim. — Tem, sim.

Attes pressionou os dedos entre os tendões do meu pulso. A pontada de dor foi intensa e chocante, me forçando a abrir a mão. A espada caiu no chão, e o horror e a fúria se apoderaram de mim.

— Sinto muito — grunhiu ele.

Contorci o corpo, numa tentativa desesperada de me desvencilhar. Attes se esquivou, fazendo com que eu me virasse. Antes que eu pudesse dar mais um passo, ele me puxou contra si.

— Sera! — berrou Ash, seguido por um clarão de luz intensa.

Através da turba de corpos e dakkais, espadas se chocando e cavalos correndo, avistei Ash a alguns metros de distância, encharcado de sangue cintilante. Com as roupas esfarrapadas. O rosto arranhado. O braço cortado. Furioso. Belíssimo. Seus olhos prateados e ferozes se fixaram nos meus enquanto ele arrancava um Cimério das sombras, dilacerando o deus. De repente, um dakkai o atacou por trás. Ele acertou a criatura, despedaçando-a só com o toque da mão.

Attes passou a mão em volta do meu queixo, forçando a minha cabeça contra o peito à medida que a fumaça e a sombra se espalhavam sobre nós.

— Só queremos você. Remova o feitiço e o sangue de mais ninguém será derramado. A vida de mais ninguém será perdida.

Ash berrou o meu nome na escuridão. A raiva e o desespero tomavam conta de mim.

— Mas se você se recusar — continuou Attes calmamente —, o meu irmão não poupará ninguém além do Primordial.

Ash surgiu em meio à escuridão, com o corpo carregado de éter conforme empurrava um dakkai para o lado e Rhain atrás dele, lutando contra outra besta.

— Sera! — berrou Ash, começando a pairar no ar, mas os dakkais mais uma vez o seguiram, pulando sobre ele como fizeram com Orphine e derrubando-o no chão. Tentei me desvencilhar de Attes e correr até Ash, que se livrava rapidamente dos dakkais.

— A escolha é sua — disse Attes. — Mas decida logo.

Meus olhos se fixaram nos de Ash e não o deixaram até que a fumaça e as sombras começassem a se agitar no ar entre nós.

— Jure para mim — murmurei com a voz rouca. — Prometa que mais ninguém será ferido.

— Mais ninguém será ferido — prometeu Attes. — Juro a você.

Estremeci, sentindo as entranhas enregeladas.

— Vou com você.

Senti o mesmo formigamento nos pulsos de quando Vikter lançara o feitiço sobre mim. As palavras antigas apareceram em minha pele com um brilho tênue que logo se desvaneceu.

Attes se transformou subitamente numa espiral escura e cercada de fumaça.

— Você fez a escolha certa.

Ele estava enganado.

Porque não havia escolha.

Nunca houve.

47

Sonhei com meu lago.

Eu estava nadando, deslizando sem dificuldade por suas águas frias e escuras. Percebi que não estava sozinha assim que emergi. Na margem, uma silhueta estava à minha espera.

Um lobo, mais prateado do que branco sob o luar, me observava.

Ao mergulhar novamente, pensei já ter visto aquele lobo antes. Não em sonho, mas muitos anos antes, quando passeava por aqueles bosques quando criança. A imagem desapareceu quando comecei a flutuar na água.

Eu queria ficar ali, onde era tranquilo e calmo e nada de terrível poderia me incomodar. Nadei até sentir o leve movimento das brasas no peito. Voltei à superfície e olhei para a margem do meu lago.

Onde o lobo branco estava sentado antes.

Onde agora Ash estava de pé.

Minha cabeça começou a latejar com uma dor aguda que desceu até o maxilar assim que respirei fundo, mas o cheiro que senti não parecia em nada com o que eu me lembrava: a fumaça e o fedor de pele carbonizada e morte. O cheiro de mofo do navio para onde Attes nos levara ao caminhar nas sombras.

Era a última coisa da qual eu me lembrava.

Disso e da pontada de dor na parte de trás do crânio no instante em que Attes me soltou.

O que explicava a dor de cabeça. Aquele maldito traidor.

Só os deuses sabiam havia quanto tempo ele trabalhava para Kolis.

Jurei a mim mesma que o mataria antes de dar meu último suspiro, mas ainda não sabia como fazer isso. No momento, uma preocupação mais urgente ocupava meus pensamentos.

O ar que respirava ali, deitada em cima de algo obscenamente macio, tinha um cheiro de baunilha e... e lilases. Lilases podres.

Não estava mais no navio, mas temi saber onde exatamente eu estava.

Meus olhos pareciam grudados como quando acordei da minha breve estase, mas foi preciso um esforço bem maior para abri-los dessa vez. Mais uma preocupação para acrescentar à lista. Muitas delas diziam respeito a mim, mas também a Ash... e aos demais.

Será que Attes cumpriu sua promessa e interrompeu o ataque? Será que o... *nosso povo* estava a salvo? Orphine e Rhain? Rhahar e os outros? E quanto a Ash? Eu sabia que ele sobreviveria aos dakkais, Cimérios e qualquer coisa que entrasse em seu caminho, mas ele estava *ferido*. Talvez a ponto de precisar se alimentar, algo que certamente se recusaria a fazer. Ele ficaria enfraquecido. Veses entrara em estase. A mesma coisa poderia acontecer com Ash.

Parei de pensar nisso antes que perdesse a pouca calma que ainda me restava. Eu tinha que dar um jeito de voltar para Ash. Ele precisava tirar logo as brasas de mim, e eu...

Eu precisava vê-lo mais uma vez. Para me despedir. Para dizer que... que eu o amava. Foi um erro não contar a ele antes por medo de que se sentisse culpado. Senti um aperto no peito. Mas não pensava mais assim. Ele precisava saber. E eu precisava que ele soubesse.

Também precisava sair daqui, o que não seria possível se eu perdesse a cabeça. Precisava manter os sentidos aguçados, pois não tinha muito tempo. Sabia disso com cada fibra do meu ser. Então me forcei a abrir os olhos.

Mas não vi nada. Apenas a mais absoluta escuridão. Senti uma pressão no peito. Engoli em seco e tentei respirar fundo...

Senti algo comprimindo minha garganta.

O pavor tomou conta de mim quando levei a mão trêmula até o pescoço. Meus dedos encontraram um aro de metal fino e frio na base da garganta, logo abaixo do ponto da pulsação. Passei os dedos pelo aro, encontrando um gancho grosso ali no meio e...

Uma *corrente*.

O pânico me inundou quando agarrei a corrente, crescendo tão depressa que meu coração disparou e pareceu saltar.. Fiquei tonta. Puxei a corrente de leve com as mãos trêmulas, sobressaltando-me com o tilintar que ela fez contra o piso de pedra. A corrente era comprida e, por mais que eu puxasse, não encontrei nenhuma resistência, o que não me deixou nada aliviada. Porque havia uma maldita algema em volta do meu pescoço.

A pressão continuou comprimindo meu peito enquanto eu me esforçava para controlar a respiração e não deixar que o pânico me dominasse. Mas eu estava acorrentada e...

De repente, as luzes invadiram o aposento, intensas e brilhantes.

Ofuscada, levantei a mão para proteger os olhos e larguei a corrente. Ela caiu com um baque surdo no chão, que agrediu meus ouvidos.

— Finalmente acordou. — Aquela voz. Não era de Attes nem de Kolis, mas, ainda assim, era familiar. — Ficou inconsciente por dois dias — acrescentou o homem.

Senti um aperto no peito. *Dois dias?* Será que entrei em estase de novo e consegui sobreviver?

— Estávamos começando a ficar preocupados — acrescentou ele com uma risada. — Não era para Attes bater em você com *tanta* força, mas como certas pessoas diriam, e por certas pessoas me refiro a mim mesmo, o que ele tem de beleza lhe falta em inteligência.

Abaixei a mão bem devagar e pisquei os olhos lacrimejantes. A primeira coisa que vi foram os redemoinhos dourados na mão direita. A *gravação de casamento*. O conforto que a visão me proporcionou desapareceu assim que ergui o olhar.

Fiquei com o corpo todo gelado e dormente diante do que vi.

Barras douradas e espaçadas a cerca de trinta centímetros de distância uma da outra. Uma jaula. Uma *jaula* de ouro. O horror abriu caminho através de mim, deixando-me paralisada e com a mão erguida no ar.

— Ele deveria ter tomado mais cuidado. Afinal de contas, tecnicamente você não passa de uma mortal. Não é verdade? — continuou ele. — Você não é uma deusa prestes a completar a Seleção. Nem mesmo uma semideusa. Só uma mortal que possui as brasas da vida.

Senti um nervosismo lá no fundo do peito, onde as brasas permaneciam irritantemente quietas. Eu me virei, passando os olhos por baús de tamanhos variados, uma mesa redonda, uma cadeira, um divã dourado e um grosso tapete de pele. Todos os itens dentro da jaula comigo.

Foi então que o vi.

Cabelos dourados.

Máscara dourada.

Olhos azul-claros iluminados por tênues fios de éter. Olhos que eu acreditava pertencerem a um deus. Mas Dyses tinha aqueles mesmos olhos e era algo completamente diferente.

Um Espectro.

Lembrei-me de ter visto aquele homem em Dalos, só de perfil. Ele estava no corredor, esperando por Davon. Mas não foi a primeira vez que o vi.

Já o tinha visto no plano mortal, no meu reino, por isso que as asas pintadas de dourado eram tão familiares. Ele estivera em Wayfair, conversando com a minha mãe. Ezra me disse seu nome.

Callum.

Ele estava de pé do lado de fora da jaula, mas foi a única outra coisa que havia na câmara escura que chamou a minha atenção. Uma cadeira elaborada e adornada de ouro.

Um trono.

A bile subiu pela minha garganta, e a engoli de volta ao baixar a mão até o cobertor macio em cima da *cama* em que estava deitada.

O mesmo sorrisinho sarcástico que vi naquele dia em Wayfair surgiu nos lábios dele.

— Olá, Seraphena Mierel. Fico feliz por vê-la outra vez. — Ele inclinou a cabeça ao sorrir, fazendo com que as pontas das asas pintadas subissem nas bochechas e acima das sobrancelhas. — Se lembra de mim?

— O... — Pigarreei, estremecendo ao sentir o aro apertar a garganta. — O ataque foi interrompido?

— Attes lhe deu sua palavra. O exército de Kyn recuou. — Ele endireitou a cabeça, e eu vi o punho da espada presa às suas costas e a adaga, à coxa. O Espectro tinha se livrado de boa parte do traje dourado. Só a túnica bordada era da cor do sol. Sua calça era preta. — Você não respondeu à minha pergunta.

— Eu me lembro, sim. — Afundei os dedos no cobertor para me firmar, colocando os pés *descalços* no chão.

Baixei o olhar e, dessa vez, senti a pele quente antes de voltar a esfriar quando vi *ouro*. Já não usava minha calça, sequer a camisa e o colete. Em vez disso, eu estava com uma combinação dourada de tecido quase transparente e diáfano.

— Você estava coberta de sujeira e com o fedor das Terras Sombrias e do Primordial de lá — explicou Callum.

Levantei a cabeça.

— O único fedor que carrego comigo é o deste lugar.

O sorriso de Callum se alargou mais um pouco.

— Aconselho você a não deixar que Sua Majestade a ouça dizer uma coisa dessas.

A raiva ferveu nas minhas veias numa fúria ardente.

— Foda-se Sua Majestade.

A coisa diante de mim deu uma gargalhada.

— E aconselho a não deixar que ele ouça *isso* também — disse ele. — Enfim, você foi banhada e recebeu roupas limpas.

A bile subiu pela minha garganta outra vez por saber que eu não fazia ideia de quem tinha cuidado disso. Mas não podia pensar nisso naquele momento. Não *mesmo*. Olhei ao redor da câmara, avistando uma porta e o que parecia ser uma parede divisória, ambas fechadas.

— Você está esperando que eu agradeça?

— Não espero nada do tipo. — Ele se aproximou das grades. — Mas até que seria bom.

Dei uma risada desdenhosa, olhando para a adaga na coxa dele.

— Era você conversando com a Rainha...

— A Rainha Calliphe? Sua mãe, você quer dizer — interrompeu ele, e retesei o corpo. — Para falar a verdade, tive a impressão de que ela não é grande coisa como mãe. — Ele deu de ombros e... Bons deuses, como era revelador que até ele tivesse notado isso. *Deuses*. — Mas, sim, era eu conversando com ela. Nós conversamos muitas vezes. — Ele baixou o queixo e seus olhos claros ficaram cheios de *malícia*. — Durante muitos anos.

Estremeci.

Callum chegou um pouco mais perto.

— Você já se perguntou como um mortal descobriu como matar um Primordial?

— Acho que posso adivinhar — sibilei. — Foi você que contou?

Callum se curvou numa mesura, fazendo um floreio com o braço conforme seu olhar se encontrava com o meu.

— Eu mesmo. — Ele piscou para mim e endireitou o corpo, parando de sorrir e arregalando os olhos. — O que foi? Você parece chocada.

Já havia me perguntado como a minha família obtivera essa informação, mas presumi que um Destino ou até mesmo um *viktor* tivesse contado. Mas isso? Descobrir que o conhecimento foi adquirido durante as últimas duas décadas? Não era difícil de acreditar que minha mãe tivesse mentido para mim, mas saber que alguém da corte de Kolis havia compartilhado essa informação com ela? Um dos seus Espectros? Jamais pensei nisso. Mas não fazia sentido.

— E por que você fez isso? Por que ele...? — Estremeci novamente, enjoada e incrédula. — Kolis sabe.

Um sorriso lento surgiu no canto da sua boca.

— É claro que sabe. Ele é o Rei dos Deuses. — Callum falava comigo com delicadeza, como se estivesse conversando com uma criança. — Sua

Majestade soube disso na noite do seu nascimento, quando o seu pai convocou o Primordial da Vida para fazer outro acordo.

Todos os músculos do meu corpo se contraíram.

— O quê?

— Qual era mesmo o nome dele? Ah, sim. *Lamont*. O pobre Rei Lamont não fazia ideia de que havia sido Eythos a atender à convocação do seu antepassado, por isso falou francamente com Sua Majestade. Ele pediu, ou melhor, *exigiu*, que fosse feito outro acordo que libertasse sua filha recém-nascida de quaisquer obrigações prometidas durante o acordo original.

Eu estava tão desnorteada que não consegui nem me mexer. Mal podia respirar. Descobrir que o meu pai havia tentado desfazer o acordo, por mim, me deixou atordoada.

— Ele foi bastante insistente. Desesperado, até. Infelizmente, não é simples desfazer um acordo feito por um Primordial. — Callum fez um beicinho. — Seja como for, o acordo era de grande interesse para Sua Majestade. Afinal de contas, ele sabia que o irmão devia ter feito alguma coisa com as verdadeiras brasas da vida, já que não foram transmitidas a ele após sua morte.

Fiquei boquiaberta. Quer dizer que... Deuses, quer dizer que Kolis havia drenado a força vital do irmão. Do próprio *irmão*. Agarrei-me à beira da cama, enojada.

— Ele passou anos à procura do lugar para onde sua *graeca* havia debandado — continuou Callum, dando uma risada. — *Debandado*. Adoro essa palavra.

Graeca.

A palavra tinha dois significados. Amor. E vida. Quando Taric se alimentou de mim e disse que sempre imaginou qual seria o gosto da *graeca*, pensei que tivesse descoberto a respeito da alma dentro de mim. Mas não, Taric sentiu o gosto da vida. *Graeca* sempre significou vida: as brasas da vida.

— Sua Majestade sabia que Eythos devia ter escondido as brasas em algum lugar. — Callum inclinou a cabeça. — Aí chega o seu pai e conta a ele sobre o acordo. Portanto, sim, Sua Majestade sabe desde o seu nascimento o que você carrega dentro de si.

Bons deuses...

Levantei-me sem sequer me dar conta ou entender o porquê. Só sabia que não podia continuar sentada ali conforme o choque se transformava em confusão e logo dava lugar à angústia.

— Não — afirmei, estremecendo ao ouvir o som da corrente batendo no chão quando dei um passo à frente.

— Sim.

Eu não queria acreditar. Não porque não conseguia entender como Kolis sabia disso o tempo todo e agira daquela maneira nem porque era óbvio que ele sabia como remover as brasas de mim. Mas porque tudo... *Tudo* o que Ash sacrificara havia sido *em vão*.

Kolis já sabia sobre mim e as brasas. Sempre soubera. Não havia nenhum motivo para me manter escondida e a salvo. Para que as pessoas tenham dado suas vidas por isso. Nem para que Ash tenha feito um acordo com Veses.

Callum me olhou nos olhos.

— Você parece aborrecida.

Aborrecida? Estremeci, agarrando-me à raiva em vez da tristeza. Uma das emoções me fortalecia. Já a outra iria me destruir.

Ele deu de ombros de novo.

— Foi muito inteligente da parte de Eythos, não acha? Pegar as últimas brasas e escondê-las numa simples mortal, onde ninguém pensaria em procurar. Uma mortal que ele se assegurou que pertenceria ao seu filho. Muito inteligente mesmo.

De repente, percebi que Callum não havia mencionado a alma de Sotoria nem uma vez. Era algo que nem o Rei Roderick, que fez o acordo, nem o meu pai sabiam.

E Kolis também não.

— Se ele já sabia que eu possuía as brasas Primordiais, por que esperou tanto tempo? — perguntei, escondendo a informação sobre a alma. — Por que deixou que eu fosse levada para as Terras Sombrias? Por que deixou que as coisas chegassem a... a esse ponto? Tantas pessoas morreram e... — Respirei fundo. — Ele podia ter me levado a qualquer momento. Por que esperou tanto?

— *Sangue*. — Callum respirou fundo. — *Cinzas*.

O jeito como ele disse isso me fez lembrar da noite em que o dragontino libertou os deuses sepultados. O guarda de Veses me disse algo bem parecido depois de farejar o meu sangue. Algo como:

— Sangue *e* cinzas.

Retesei tanto o corpo que a algema em volta do pescoço quase cortou a minha garganta. Meu coração palpitou assim que me voltei para a parede divisória. Ela havia se aberto, permitindo que as raras horas da noite se infiltrassem na câmara. Pude distinguir as sombras das árvores altas e frondosas atrás de...

Kolis.

Nesse mesmo instante, percebi que ainda não tinha pensado sobre o que eu havia sido treinada para fazer desde que nasci, para o que Holland havia me treinado. Sequer uma vez desde que acordei.

Torne-se sua fraqueza. Faça-o se apaixonar. Acabe com ele.

Kolis. Não Ash.

E ali estava eu, diante dele, embora cumprir meu dever fosse a última coisa na minha cabeça enquanto eu lutava contra a vontade de me afastar o máximo que podia do falso Rei. Ele estava vestido do mesmo jeito em que o vi em Dalos. Calça de linho larga. Sem camisa ou botas. Mas vi que não estava de coroa quando Callum se virou para ele, fazendo uma reverência.

— Fico feliz em ver que finalmente acordou — observou Kolis.

Inspire. As brasas permaneceram quietas conforme Kolis avançava, mas senti uma queimação no peito. Um terror e uma fúria que não eram completamente meus. Tive uma sensação bastante parecida com *déjà-vu*. Jamais havia estado ali, enjaulada e acorrentada. Mas Sotoria, sim. Quando Kolis a trouxe de volta à vida.

Tive vontade de fugir, de me entregar à fúria. Mas uma vida inteira sendo ensinada a não demonstrar medo, a não demonstrar *nenhuma* emoção, voltou à minha mente. O véu se acomodou sobre mim conforme eu sustentava o olhar de Kolis.

Kolis abaixou o queixo.

— Não vai se ajoelhar?

— Não — resmunguei. — Não vou.

Kolis deu uma risada baixa e suave enquanto Callum se dirigia para a lateral da jaula dourada.

— Vejo que continua incrivelmente corajosa. Assim como foi ao pegar a adaga que lhe foi entregue. — Ele pousou as mãos nas grades. — Mas será que foi muito corajosa quando planejou me trair no momento em que partiu? E usar o que não lhe pertence para roubar a vida que me devia?

Cerrei o maxilar para não dizer nenhuma tolice e impedir que meus dentes começassem a ranger.

— Sangue e cinzas? — repeti. — O que isso significa?

Kolis passou a mão pelas grades, voltando a rir. Uma expressão parecida com respeito surgiu em seu rosto impecável antes que ele baixasse os olhos. Fiquei grata pelos cabelos soltos em cachos emaranhados sobre meu busto.

— É o nome da profecia.

Lembrei-me imediatamente da profecia que Penellaphe havia partilhado conosco.

— De uma profecia?

— Não uma qualquer, mas *a* profecia. A última profecia sonhada pelos Antigos. Uma *promessa* conhecida por poucas pessoas. Mencionada por menos ainda. — Ele deslizou os dedos pelas grades quando começou a rondar por ali. — E só repetida pela descendente dos Deuses da Divinação — acrescentou.

Penellaphe. Ele estava falando dela.

— E pelo último oráculo — concluiu ele.

Delfai também mencionara o último oráculo, não mencionara? Um oráculo nascido na linhagem Balfour. Quais eram as chances de Delfai ter dito isso por coincidência?

Nenhuma.

Kolis abriu um sorriso malicioso e frio.

— Mas a minha querida Penellaphe não recebeu uma visão completa — disse ele.

Enrijeci.

— Para sorte dela, Penellaphe achava que eu não sabia a respeito da visão. Todos que sabem parecem encontrar uma morte prematura — prosseguiu ele, e Callum deu uma risada. — Meu irmão sabia. — Ele gesticulou na minha direção. — Evidentemente.

Eu me virei, seguindo-o enquanto ele percorria toda a extensão da jaula.

Ele parou bem na minha frente.

— As profecias costumam ter três partes. Cada uma parece não ter a menor relação com as outras até que todas estejam juntas.

Senti um formigamento na nuca. Penellaphe... Ela havia me dito isso. Que as profecias tinham começo, meio e fim, mas nem sempre eram recebidas em ordem ou completas.

O olhar dourado de Kolis se voltou para Callum e ele deu um passo à frente.

— "Do desespero das coroas de ouro e nascido da carne mortal, um grande Poder Primordial surge como herdeiro das terras e dos mares, dos céus e de todos os planos. Uma sombra na brasa, uma luz na chama, para se tornar o fogo na carne" — recitou ele. "Quando as estrelas caírem do céu, as grandes montanhas ruírem no mar e velhos ossos brandirem as espadas ao lado dos deuses, a falsa deusa será despojada da glória por duas nascidas do mesmo delito e do mesmo Poder Primordial no plano mortal. A primeira filha, com o sangue repleto de fogo, destinada ao Rei outrora prometido. E a segunda, com o sangue cheio de cinzas e gelo, a outra metade do futuro Rei. Juntas, eles vão refazer os planos e trazer o final dos tempos."

— "Com o sangue derramado da última Escolhida, o grande conspirador nascido da carne e do fogo dos Primordiais despertará como o Arauto e o Portador da Morte e da Destruição das terras concedidas pelos deuses" — continuou Kolis por Callum. — "Cuidado, pois o fim virá do Oeste para destruir o Leste e devastar tudo o que existe entre esses dois pontos."

Kolis pressionou a testa contra as grades.

— Tenho certeza de que você já ouviu isso antes.

O fato de ele saber que Penellaphe havia falado conosco me deixou extremamente perturbada.

— O que pensa a respeito da profecia? — perguntou ele.

Dei de ombros.

— Nada de mais, exceto que está evidente para mim quem é o falso, quem é o grande conspirador.

Kolis deu uma gargalhada.

— A sua atitude me diverte.

— Que bom para você.

— Não *tanto* assim. — Os olhos dele faiscaram com um brilho intenso de ouro e prata. — Mas, sim, acredito que se refira a mim. Agora, as duas filhas? Essa parte sempre me confundiu. Ainda confunde um pouco, mas acredito que uma delas seja Mycella. Afinal, ela foi prometida ao antigo Rei. Meu irmão. — Ele deu uma batidinha no queixo. — E a segunda filha? *Você*. Você foi prometida para o futuro Rei, ou quem seria o futuro Rei depois que Eythos entrasse em Arcadia e Nyktos Ascendesse para tomar o seu lugar. — Três partes. O começo. O meio — continuou Kolis antes que eu conseguisse entender que Ash e eu acreditávamos que a parte do meio aconteceria em algum momento no futuro. — E depois o fim. Há mais uma parte na profecia.

— Claro que há — murmurei.

— Há o fim. — Kolis abriu um sorriso malicioso, agarrando as grades. — "Para aquela nascida de sangue e cinzas, a portadora de duas coroas e mensageira da vida para mortais, deuses e dragontinos, uma fera prateada com sangue escorrendo das mandíbulas de fogo e banhada nas chamas da lua mais brilhante que já nasceu se tornará uma só" — recitou, e a minha pele ficou gelada. — É você de novo, caso não esteja acompanhando as coisas.

Meu coração disparou dentro do peito e a minha cabeça ficou a mil.

— O meu... meu título. A parte sobre ser nascida de sangue e cinzas. A... a lua mais brilhante.

— Sim. O seu título, conferido a você pelo meu sobrinho. — O sorriso dele se alargou. — "Sangue e cinzas" é uma expressão que os dragontinos costumam usar e que pode significar várias coisas.

Cruzei o braço sobre o abdômen.

— Foi... foi o que ele me disse. — Ash não havia mentido, pelo menos não naquela ocasião. Tive um vislumbre das presas dele e senti o estômago embrulhado. — Sangue, a força da vida. Cinzas, a bravura da morte. Vida e Morte, se levadas ao pé da letra.

De repente, lembrei-me da reação de Keella ao título e como ela perguntou o que o inspirara. *Os cabelos da minha Consorte*. Tinha sido uma resposta sincera. Eu tinha certeza disso, pude sentir em cada fibra do meu ser, e Keella... Ela nos disse que ficou *esperançosa*. Assim como Delfai ao mencionar a lua mais brilhante depois que Ash não o matou. Será que eram eles que conheciam a visão completa? Keella era quase tão velha quanto Kolis, e só os deuses sabiam a idade de Delfai. Também havia o guarda de Veses. Ele se deu conta do que sentiu ao farejar o meu sangue. E a reação de Veses ao descobrir o que eu carregava dentro de mim. Podia apostar que ela também sabia.

— Você possui as brasas Primordiais da vida desde que nasceu, graças ao meu irmão. — As manchas douradas pararam de se agitar nos olhos dele. — E agora é a portadora de duas coroas.

Duas coroas.

Respirei fundo, sentindo um aperto no peito. A coroa da Consorte e a coroa de uma Princesa.

— Foi por isso que você esperou. Para que eu fosse coroada?

— Exatamente.

— Então por que adiou a...? — Mensageira da vida para mortais, deuses e dragontinos. Senti o estômago revirado. — Você precisava que eu trouxesse o dragontino de volta à vida.

O sorriso voltou aos lábios dele, provocando uma explosão de pavor e fúria em mim. Attes usou a vida de Thad para nos trair.

— Eu precisava me certificar de que as brasas haviam chegado a esse ponto de poder. Que você estava no ponto mencionado pela profecia para que o restante das coisas pudesse acontecer.

O que foi mesmo que Kolis me disse quando perguntei o que ganharia com a morte de Thad? Que isso lhe diria tudo que precisava saber. De fato.

— Há mais alguma coisa na profecia?

A risada de Callum ecoou atrás de mim.

Kolis assentiu.

— "E os poderosos irão tropeçar e cair, alguns de uma só vez, desabando em meio ao fogo até atingirem o nada. Aqueles que permanecerem de pé irão tremer e se ajoelhar, cada vez mais enfraquecidos à medida que se tornarem irrelevantes e forem esquecidos. Pois finalmente surge o Primordial, o doador do sangue e o portador do osso, o Primordial de Sangue e Cinzas."

Fiquei boquiaberta e de olhos arregalados.

— O Primordial de Sangue e Cinzas... — Um calafrio de incredulidade percorreu o meu corpo. Um ser que não deveria existir. — Um Primordial da Vida *e* da Morte.

— Garota esperta — comentou Kolis.

— Eu não sou uma garota — retruquei, soltando o braço ao lado do corpo. — E não é preciso ser muito esperta para entender. É literalmente o que diz a profecia.

— Não, você não é uma garota — cantarolou ele, me deixando enojada. — Você é o recipiente que cumprirá a profecia que os Antigos sonharam. Que vai me dar o que eu quero.

— E o que... seria isso? Reinar sobre o Iliseu e o plano mortal? — Dei uma gargalhada. — Pelo visto, a profecia só vai te dar aquilo que você merece.

— O quê?

— A morte.

Os olhos vidrados de Kolis encontraram os meus, e vários segundos se passaram à medida que eu ficava toda arrepiada.

— Faz sentido pensar assim. Talvez seja isso que a profecia prenunciava, mas suponho que os Antigos jamais imaginaram que eu fosse tentar mudá-la. Que me atreveria a fazer isso. Parece que era aceitável, previsto, até, que Eythos colocasse as coisas em movimento. — Um sorriso de escárnio acompanhou a menção ao irmão. — Já eu? — Ele deu uma risada fria. — Não, eles acharam que eu não fosse fazer nada. Deviam ter previsto isso, mas me subestimaram até em seus sonhos. Nem imaginam do que sou capaz para permanecer vivo e conseguir o que quero. E o que quero é ser o *único*, Seraphena. O começo e o fim. A vida e a morte. — Seus olhos começaram a brilhar. — Não haverá mais necessidade de Reis mortais. Nem de outros Primordiais. Não depois que surgir um Primordial da Vida e da Morte.

Um novo horror tomou conta de mim.

— Você... você quer matar todos os Primordiais?

— A maioria, sim. O que foi? — Kolis bufou. — Você parece surpresa. Ora, já conheceu alguns deles. — Ele sacudiu a cabeça. — Viu em primeira mão como a maioria é terrivelmente irritante.

Bem, eu não podia discutir com isso, mas...

— Pirralhos mimados e chorões que se esqueceram de como as coisas eram. Como éramos respeitados e temidos não apenas pelos mortais, mas também pelos deuses. Como até os dragontinos se curvavam diante de nós. — Ele repuxou os lábios. — Quando o poder significava alguma coisa.

Dei um passo à frente.

— E você já não tem poder suficiente? Você se autoproclamou o Rei dos Deuses. Já subjuga qualquer governante mortal, assim como os outros Primordiais. — A raiva embotou os meus sentidos. — Para que precisa de mais poder?

— Para quê? Que pergunta mais boba — respondeu ele, e Callum riu na hora. — Só uma mortal faria uma pergunta dessas. Além do fato de que se não fizer nada, eu posso morrer? O poder não é infinito nem ilimitado. Outro Primordial pode Ascender. O poder pode ser tomado, deixando-o enfraquecido e incapaz de proteger a si mesmo ou àqueles com quem se importa.

— Como se você se importasse com alguém além de si mesmo — retruquei.

Os olhos dele faiscaram como ouro e, de repente, Kolis apareceu *dentro* da jaula. Comigo. Ele permaneceu a alguns metros de distância de mim, mas senti sua mão na garganta, apertando com mais força que o aro ali.

— Como se você soubesse alguma coisa a meu respeito que não foi contada por terceiros, Seraphena. — Ele deu um passo, com o contorno do corpo borrado. — Você acha mesmo que sou o vilão?

Tentei respirar, mas a pressão fechou a minha garganta. Levei as mãos até o pescoço.

734 / *Jennifer L. Armentrout*

— Acha mesmo que sou o *único* vilão da história? Que os outros Primordiais merecem continuar vivos apesar de não terem feito nada para me ajudar quando o meu irmão era o Rei? Nenhum deles? Que os mortais que possuem riqueza e prestígio são inocentes e dignos da vida apesar das muitas guerras e falta de empatia por seus irmãos? Você acha que sou o único que busca o poder absoluto? Se acha, então não é tão esperta quanto pensei que fosse.

Eu não conseguia respirar.

Ele deu mais um passo à frente.

— Todo mortal deseja o poder. Todo deus. Todo Primordial. Até mesmo Eythos. Para que você acha que ele estava preparando o filho ao colocar as brasas da vida na mortal prometida a ele como Consorte? *"Uma fera prateada com sangue escorrendo das mandíbulas de fogo e banhada nas chamas da lua mais brilhante que já nasceu se tornará uma só."* Ênfase em *se tornará uma só*. Eythos colocou as brasas dentro de você para que o filho pudesse tomá-las, algo que Nyktos teria feito no momento em que descobrisse que estava pronto, se soubesse o que isso significava. Ele queria que Nyktos fosse *o* Primordial, a fera prateada. Não só para me derrubar e acabar comigo, mas porque Eythos sabia que seus dias estavam contados. Afinal de contas, os Antigos haviam sonhado com um ser tão poderoso como o Primordial de Sangue e Cinzas. Eythos sabia o que isso significava para ele, mas também sabia que, uma vez que o filho tomasse as brasas e Ascendesse, Nyktos poderia até trazê-lo de volta à vida.

Ofeguei, trêmula.

Ele abaixou a cabeça, com os olhos ardentes como poças de ouro.

— Eythos sempre me odiou. Sabe por quê? Porque ele amava Mycella, e Mycella me amava. Não importava que eu não retribuísse seus sentimentos. Que nunca tenha feito nada a respeito do que ela sentia. Ele me odiava mesmo assim, e foi por isso que se recusou a fazer a única coisa que pedi a ele. — O peito de Kolis subiu bruscamente. — Se não tivesse recusado, não teria mudado nada disso. Os Antigos tinham seus sonhos. Suas visões. Ele ainda precisaria morrer, mas poderia ter salvado muitas pessoas, incluindo sua preciosa Mycella, e todas as vidas que o filho teve que tomar em seu lugar.

Segurei a garganta, sentindo as veias salientes e a visão escura.

De súbito, a pressão diminuiu. Desabei no chão. Engasgando, puxei profundamente o ar para dentro da garganta dolorida.

— Mas aqui estamos. — Kolis se ajoelhou diante de mim. — Como prometido. — Ele segurou o meu queixo. Embora seu toque fosse suave, estremeci quando ele inclinou a minha cabeça para trás. — Sabe o que vai acontecer agora, Seraphena?

Minha garganta estava muito seca para formar quaisquer palavras enquanto eu retribuía o seu olhar, mas sabia muito bem o que estava prestes a acontecer.

— Eu vou drenar você. Beber cada gota do seu sangue. Até a última — declarou ele suavemente. — Em seguida, vou tomar as brasas da vida e Ascender. Completar a minha Ascensão final. Serei o Primordial da Vida e da Morte. Aqueles que não se curvarem diante de mim ou abrirem mão de suas Cortes e reinos morrerão. — Ele se aproximou de mim, parando só quando o rosto ficou a meros centímetros do meu. — E acho que você sabe o que isso significa para o meu sobrinho.

Estremeci.

— É, sabe, sim. — Ele passou o polegar pela minha bochecha. — Terei o que quero. O que mereço. Finalmente. Pois nada... — ele começou a se levantar, forçando-me a ficar de pé — ...*nada* será proibido. Ou impossível. Nem mesmo o que foi escondido de mim.

Sotoria.

Ele estava falando dela.

— Seraphena Mierel — murmurou Kolis, levando a boca até a minha têmpora. — Você manteve as brasas a salvo. Você se atreveu a usá-las e se certificou de que estavam prontas para mim. As palavras não fazem jus à gratidão que sinto, mas, ainda assim, lhe agradeço.

Em seguida, Kolis me atacou.

Não houve outro aviso.

Ele me virou de costas para si e cravou as presas no meu pescoço, rasgando a carne logo acima do aro. Dei um grito quando a dor explodiu em mim. Meu corpo ficou rígido, os olhos arregalados, e a dor... Bons deuses, a dor era absoluta.

Tentei agarrar o braço em volta da minha cintura, mas só alcancei o ar. Chutei-o, mas não acertei nada. A dor era intensa. A cada tragada que ele dava, um fogo atravessava o meu corpo, arrancando os meus ossos da pele e deixando as chamas no lugar. Espasmos de agonia invadiram meu peito e garganta e — ai, deuses — era assim. Era assim que seria a minha morte. Kolis beberia até a última gota do meu sangue e tomaria as brasas para si. Eu seria a primeira a arder, seguida pelos planos.

Eu já estava morrendo.

Não teria a chance de me despedir de Ash, de dizer a ele que o amava. Não havia como salvá-lo ou a qualquer um dos deuses ou planos. Não cumpriria o meu destino. Estremeci, fechando os dedos e enterrando as unhas na palma da mão, na gravação de casamento.

Normalmente, Ash era capaz de sentir a minha dor. Deuses, será que ele podia senti-la de onde estava? De uma forma ou de outra, ele saberia da minha morte assim que a gravação desaparecesse da sua palma. Na mesma hora.

O peito de Kolis inflou contra as minhas costas. Ele bebia com força, cada vez mais fundo.

O calor se derramou no meu peito quando as brasas começaram a se inflamar fracamente, mas o fogo continuou aumentando. Foi então que aquela presença se apoderou de mim outra vez. Aquela consciência. Aquela voz. Vozes.

Não. Não. Não. Não.

Não era apenas a minha voz que gritava. Era a voz *dela*. De Sotoria. De todas as vidas que viveu. E foi a nossa vida que me fez abrir a boca.

— *Você está me matando* — disse com a fala arrastada e os olhos pesados. — *Você está me matando de novo, depois de todos esses anos.*

Kolis levantou a cabeça.

— *O quê?*

Minha língua parecia inútil. Inchada. O teto entrava e saía de foco. Não havia mais dor. A única coisa que eu sentia agora era a raiva *dela*, a *nossa* fúria.

— O que você disse? — Kolis me virou em seus braços. O rosto dele estava embaçado. Havia sangue nos seus lábios e presas. Ele me balançou, sacudindo a minha cabeça. — Que porra você acabou de dizer?

— *Sou eu...* — Uma risada que não parecia minha irrompeu dos meus lábios. — *Sotoria*.

Kolis ficou imóvel enquanto seus olhos estudavam o meu rosto, cabelos e corpo. Ele sacudiu a cabeça, repuxando os lábios, com o sangue escorrendo da boca.

— Mentirosa — rosnou ele.

— Não é... mentira. Eythos tinha a alma dela... — Meu coração parecia tão lento quanto as minhas palavras. — E a colocou junto com as brasas para que... nascesse de novo em mim. Eu sou Sotoria.

— Impossível. — Ele me agarrou pelos cabelos, puxando a minha cabeça para o lado. — Mas é uma mentira bastante inteligente.

— Vossa Majestade — interrompeu uma voz. Attes. Quando foi que ele chegou? — Um momento, por favor.

— Você está falando sério? — A tensão no meu pescoço não diminuiu quando Kolis vociferou: — Só um *segundo*.

— É Keella — insistiu Attes.

Kolis ficou tenso mais uma vez.

— Você sabe que Keella ajudou Eythos a capturar a alma de Sotoria para que ela pudesse renascer. — A voz dele soou mais perto. — E sabe que ela está por aí, mas ainda não conseguiu encontrá-la, embora tenha capturado todos os Escolhidos, todos os mortais que possuem uma aura. Será que foi porque ela não renasceu nos últimos séculos? — sugeriu Attes. — Será que você finalmente a encontrou?

— É um truque — disparou Callum. — Não confie nela nem nesse Primordial.

— Eu sei como matar você, seu merdinha — rosnou Attes. — Volte a falar de mim desse jeito e eu vou mostrar.

Um tremor percorreu o braço de Kolis quando ele levantou a minha cabeça, forçando-me a voltar o rosto para o seu. Ele olhou para mim com os olhos arregalados e o éter rodopiando até que só houvesse manchas douradas ali.

— Pense bem, Kolis — continuou Attes. — Seu irmão era muito esperto. Ele pode ter capturado a alma de Sotoria e a colocado junto com as brasas para protegê-la e foder com você. Sabe que ele seria capaz disso.

738 / *Jennifer L. Armentrout*

Kolis estremeceu.

Seus braços me soltaram e eu comecei a cair. Ele me pegou antes que eu atingisse o chão, se ajoelhando e me puxando contra o peito. Em seguida, aninhou a minha bochecha com a mão trêmula e me embalou junto a si, pousando a minha cabeça no braço. Encolhi-me ao sentir seu toque e me escondi dentro de mim mesma ao ver o horror estampado no rosto do falso Rei assim que ele se deu conta de quem tinha nos braços.

De quem teria que matar.

Mais uma vez.

Kolis começou a tremer. Ele balançou o corpo enquanto eu voltava o olhar para as portas abertas e as folhas escuras que se agitavam na brisa amena. Até ver...

Um lobo.

Um lobo agachado sobre os troncos das árvores. Um lobo mais prateado do que branco.

Uma fera prateada.

Banhado sob a luz da lua mais brilhante.

Ash.

Agradecimentos

Por trás de cada livro há uma equipe de pessoas que ajudaram a torná-lo possível. Na Blue Box Press, agradeço a Liz Berry, Jillian Stein, MJ Rose, Chelle Olson, Kim Guidroz, Jessica Saunders e às incríveis equipes de edição e revisão.

Gostaria de agradecer à maravilhosa equipe da Social Butterfly, e a Michael Perlman e toda a equipe da S&S, pelo apoio e experiência na distribuição de livros. Além disso, a Hang Le, pelo incrível talento em design; aos meus agentes, Kevan Lyon e Taryn Fagerness; à minha assistente, Malissa Coy; à gerente de vendas, Jen Fisher; e ao cérebro por trás da ApollyCon e muito mais: Steph Brown. E ainda a Vonetta Young e Mona Awad, moderadoras do JLAnders. Obrigada a todos por serem a equipe mais incrível e encorajadora que um autor poderia desejar, por garantir que meus livros sejam lidos em todo o mundo, por criar produtos oficiais, ajudar com questões de enredo e muito mais.

Sou muito grata àqueles que me ajudaram a manter a sanidade, fosse me ajudando a encontrar a saída de um impasse na trama ou apenas por estarem presentes para me fazer rir, serem uma inspiração ou para me meterem ou tirarem de alguma encrenca: KA Tucker, Kristen Ashley, JR Ward, Sarah J. Maas e Brigid Kemmerer (ainda vou conseguir soletrar seu sobrenome sem checar a ortografia).

Além disso, a Kayleigh Gore, por estar sempre disposta a ler aleatoriamente um capítulo fora de contexto; a Steve Berry pela contação de história; a Andrea Joan, Stacey Morgan, Margo Lipschultz e tantos outros.

Um enorme agradecimento aos membros da JLAnders por sempre criarem um lugar divertido, e muitas vezes hilário, para relaxar. E à equipe da ARC, por suas críticas sinceras e apoio.

Acima de tudo, nada disso seria possível sem você, leitor. Espero que saiba como você é importante para mim.

Nota da autora

Seraphena é uma criação da minha mente, mas seus pensamentos, sentimentos e ações em relação ao que admitiu nos Poços de Divanash são muito reais. São emoções e ações complexas que eu mesma já experimentei. Por isso, sei que podem ser gatilho para alguns leitores. Não é todo mundo que tem um dragontino velho e sábio com quem contar em um momento de necessidade, mas se você já teve os mesmos pensamentos que Sera e eu, há pessoas dispostas a ouvir assim que estiver pronto para falar.

Seguem alguns recursos disponíveis o dia todo, todos os dias:

O CVV, Centro de Valorização da Vida, oferece apoio emocional e de prevenção ao suicídio atendendo voluntária e gratuitamente todas as pessoas que querem e precisam conversar. O atendimento é totalmente sigiloso e pode ser realizado por telefone, e-mail ou chat, 24 horas por dia, todos os dias.

Telefone: 188

Bate-papo on-line: https://www.cvv.org.br/chat/

Você não está sozinho.

Este livro foi composto na tipografia Adobe
Garamond Pro, em corpo 12/16, e impresso em
papel off-white no Sistema Cameron da
Divisão Gráfica da Distribuidora Record.